Kristin Lukas

Der Zorn, der dich trifft

Thriller

grafit

Die Autorin

Kristin Lukas, geboren 1976 in Hagen, studierte Architektur in Berlin, Paris und Zürich, bevor sie an der Universität St. Gallen ihre Dissertation schrieb. Parallel zu ihrer Beratungstätigkeit in der freien Wirtschaft arbeitet sie als Professorin für Immobilienmanagement und Projektentwicklung.

Für R.

1

Ich wache auf und spüre unmittelbar meinen pochenden Zeigefinger. Mein Mittelfinger schmiegt sich kurz an seinen schmerzenden Nachbarn und bestätigt, dass das provisorisch gewickelte Taschentuch noch als Pflaster dient. Also keine Blutflecken auf dem Bettlaken.

Mit geschlossenen Lidern lasse ich den gestrigen Abend Revue passieren. Das Blitzen in Karlas strahlend grünen Augen, als sie mir mit Stolz die Auszeichnung für einen ihrer Artikel zeigte. Der spontane, aber einstimmige Entschluss, diese Ehrung sofort zu feiern. Unsere Flucht vor den Touristenströmen in Kreuzberg, den Aperol-Spritz-Trinkern und dem Englisch sprechenden Klientel mit deutschem Personalausweis. Gestrandet in *Mr Browdys Whiskey Club*, einem winzigen, vernachlässigten Kleinod zwischen den überquellenden Szenebars der Nachbarschaft. Eine Insel der Nichtattraktiven, der immerwährend Bärtigen und der Chucks-Träger, deren Turnschuhe noch aus dem Originalzeitalter stammen. Der Preis dafür: eine schmale, klebrige Theke und Fruchtfliegen, die über einer handbetriebenen Zitronensaftpresse schweben. Die Regale sind mit allem möglichen Krimskrams vollgestopft, die Boxenkabel mit Klebeband geflickt und in den Aschenbechern klebt eine feste Staubschicht.

Trotz des maroden Charmes der Kneipe, oder gerade deswegen, lässt Karla sich nicht davon abbringen, einen zweiten Whiskey Sour zu bestellen. Und auch nicht davon, den Barkeeper in ein Gespräch zu verwickeln. Wie er denn hieße, erkundigt sie sich interessiert, über den Tresen gebeugt, der nur von uns beiden belegt und trotzdem schon voll besetzt ist.

Der Barkeeper ist langhaarig bei gleichzeitiger Halbglatze, sodass seine Frisur in starkem Kontrast zu der gängigen Berliner-Hipster-Montur steht. Er antwortet wortkarg: »Hartmut.«

Karla lacht. Zu laut. Ich befürchte, der Barkeeper könnte es persönlich nehmen. Doch nicht nur die Kneipe, auch er hat in seinem Leben bereits ganz anderes erlebt, und so akzeptiert er Karlas Reaktion mit der gleichen Gelassenheit, mit der er auch unsere Drinks mixt.

Als sie nachhakt, ob er denn auch so gerufen würde oder einen Spitznamen habe und ob es sich dabei um ›Hatti‹ oder vielleicht um ›Mutti‹ handle, rechne ich fest damit, dass ihr inzwischen gestiegener Alkoholpegel nicht mehr als Entschuldigung herhalten wird.

Doch auch diese Fragen locken Hartmut nicht aus seiner stoischen Reserve. »Nee«, antwortet er, »das klingt ja blöd. Aber ich habe mal eine Freundin gehabt, aus Frankreich. Die nannte mich immer Artmüt.«

Während das Ü gedehnt über seine Lippen kommt, heben sich seine Mundwinkel. Höher als es die Aussprache erfordert. Kleine Grübchen bilden sich. Es muss die Erinnerung an seine einstige Bekannte sein, die dieses zwar unscheinbare, aber doch deutlich vorhandene Lächeln hervorruft. Ich frage mich, wer sie gewesen ist und was aus ihr wurde. Doch nachzuhaken, wäre mir zu privat.

Das Rätsel um die Französin bleibt ungelöst, denn jetzt fragt Artmüt nach unseren Namen, mixt weitere Drinks und erklärt, dass es eine Runde Whiskey für alle gibt, sobald die *Internationale* in der Playlist ertönt. Der Abend plätschert dahin, das Kampflied der sozialistischen Arbeiterbewegung erklingt und Schnapsgläser werden aus einer Staubschicht herausgelöst.

Unvermittelt erkundigt sich der Barkeeper bei Karla, ob er ihr vertrauen könne. Überrascht zieht sie die Schultern hoch, nickt jedoch zur Bestätigung.

Artmüt betrachtet sie kritisch und scheint zu einem zufriedenstellenden Ergebnis zu kommen. Er bittet Karla, für ein paar Minuten die Bar zu übernehmen. Kurzerhand bindet sie ihre langen braunen Haare zum Pferdeschwanz und wir wechseln die Seiten.

Artmüt lässt sich Zeit und wir mischen Longdrinks und reichen Flaschenbier über den Tresen. Whiskey-Sour-Bestellungen und die daraus folgende Herstellung des Zitronensafts versuchen wir zu vermeiden.

Als auch nach einer halben Stunde nichts von Artmüt zu sehen ist, frage ich Karla, ob wir gerade eine herrenlose Bar geerbt hätten.

»Der kommt schon wieder«, meint sie optimistisch und mixt zwei Cuba Libre.

Doch auch ihre Zuversicht bringt Artmüt so schnell nicht hinter den Tresen zurück und so widme ich mich dem anwachsenden Berg schmutziger Gläser. Beherzt greife ich nach dem Spülschwamm und entferne die Zitronenfasern aus einem Longdrinkglas. Auch auf meinen mittlerweile gestiegenen Alkoholpegel ist zurückzuführen, dass ich auf das rot durchzogene Wasser starre, dann den Hautlappen an meinem Zeigefinger entdecke und erst zuletzt einen Schmerz verspüre. Ich schnappe mir ein Zellstoffküchentuch mit Blumenmuster und verabschiede mich vom Barbetrieb.

Draußen auf dem Bürgersteig lasse ich mich auf der knietiefen Fensterbank nieder, das Küchentuch fest um meinen Zeigefinger gepresst. Erst als das Blut hindurchsickert und mir flau im Magen wird, kommt Artmüt um die nächste Hausecke geschlichen.

»Willst du eine Kopfschmerztablette oder gleich dein Handy?«, höre ich Karlas Stimme. Dann bebt die Matratze kurz und Karla wirft sich neben mich. Mit einer Hand wuschelt sie mir durch mein kurz geschnittenes Haar. »Marie, es hat schon dreimal geklingelt. An einem Sonntag um diese Uhrzeit ist jemand entweder penetrant genug, um nicht einfach aufzugeben, oder es ist wichtig.«

Trotz des Dröhnens in meinem Kopf gefällt mir keine der angebotenen Optionen und ich ziehe mir das Kopfkissen über das Gesicht.

So leicht gibt sich Karla jedoch nicht geschlagen. Mit verblüffender Energie springt sie vom Bett, tänzelt, nur mit Slip und Unterhemd bekleidet, Richtung Fenster und zieht die Vorhänge auf. Selbst unter meinem schützenden Kopfkissen bemerke ich die durchdringende Helligkeit. Ein strahlender Wintermorgen. Auch das noch.

Mit einem Ruck reißt Karla mein Kissen zur Seite und als sie sich vergewissert hat, dass ich zumindest blinzle, zeigt sie zu einem sprudelnden Wasserglas auf dem Nachttischschränkchen. »Das wird dir guttun! Und danach schauen wir uns deinen Finger an.«

Als ich mich gerade dazu aufgerafft habe, mit einer Hand nach meinem Smartphone zu langen, vibriert es erneut.

Der Name auf dem Display lässt mich schlagartig hellwach werden. Wie gebannt starre ich auf die angezeigten Buchstaben, während das Gerät weiter in kurzen Abständen bebt.

Karla beobachtet das Schauspiel verblüfft von der Bettkante aus. »Alles okay, Marie?«

Ich blicke weder zu ihr auf noch beantworte ich die Frage. Mehrere Gedankenströme spulen sich parallel in meinem Kopf ab.

Das Handy vibriert ein weiteres Mal.

Instinktiv zucke ich zurück, halte es weiter weg, als könnte ich mit den gewonnenen Zentimetern dem Anruf seine Brisanz nehmen. Zögerlich und nach einer Zeitspanne, die jeden anderen Anrufer bereits die Hoffnung hätte verlieren lassen, lege ich meine Fingerkuppe sacht auf den grünen Kreis. Das

Gerät am Ohr, nehme ich mit einem knappen »Ja« den Anruf an.

»Wo sind Sie?«, ertönt mit ebenso knappem Wortlaut eine mir wohlvertraute Stimme.

»Sind Sie wahnsinnig?«, poltere ich los. »Wir haben uns seit über einem Jahr nicht gesehen, zwölf Monate gab es kein Wort von Ihnen. Es ist Sonntagmorgen und Sie fragen mich, wo ich bin?«

»Jetzt regen Sie sich nicht gleich auf«, beschwichtigt er. Sein Tonfall hat sich im vergangenen Jahr nicht verändert. Und genauso unverblümt wie zuvor fragt er ohne Erklärung: »Wann kann ich Sie treffen?«

»Wieso wollen Sie mich treffen?«, halte ich entgegen. Auch das Prinzip der Gegenfrage ist nicht neu.

Es entsteht eine Pause. Eine Pause, die lang genug ist, um in Karlas fragendes Gesicht schauen zu können, die sich mit einem Stirnrunzeln nach dem Anrufer erkundigt, worauf ich nur genervt die Augen verdrehe.

Als ich mich schon frage, ob die Leitung unterbrochen wurde, höre ich wieder seine Stimme, jedoch zurückhaltender als zuvor: »Ich möchte Ihnen etwas zeigen.«

Seine Erklärung ist nicht gerade umfangreich. Doch ihm scheint sie ausreichend. Er verstummt und erneut herrscht Stille zwischen uns. Als ich keine Anstalten mache, diese zu durchbrechen, ergänzt er: »Es handelt sich um einen neuen Fall. Ich glaube, es gibt eine Verbindung zu Ihrem Bruder.«

Der Kommentar folgt unmittelbar. Schneidend und endgültig. »Mein Bruder ist tot.«

Doch mein entschlossener Tonfall überzeugt ihn nicht. Statt aufzugeben, höre ich jetzt eine Bitte: »Kommen Sie ins Präsidium. Ich bin hier. Auch heute.« Danach klickt es und die Leitung wird stumm.

Abermals starre ich auf das Display, bis der Bildschirmschoner anspringt und sich die Glasfläche schwarz färbt.

»Wer war das?«, höre ich Karla fragen.

»Kellermann.«

»Der Kommissar aus Frankfurt?«

»Der Kommissar aus Frankfurt«, bestätige ich und lasse meinen Arm auf die Bettdecke sinken. Das Smartphone gleitet mir aus der Hand.

»Und er will dich treffen?«, hakt Karla nach.

Als ich nicht auf die Frage eingehe, schlussfolgert sie: »Du willst aber nicht.«

Ohne sie anzuschauen, weiß ich, dass ihr Blick eindringlich geworden ist.

»Es geht um irgendeinen Fall, der angeblich etwas mit Erik zu tun hat«, antworte ich gedehnt, fast belanglos. Das gespielte Desinteresse soll meine innere Anspannung verbergen.

Karla lässt nicht locker: »Warum willst du ihn denn nicht sehen?«

Bilder schießen mir durch den Kopf. Journalisten, die mir vor meiner Wohnung auflauern, Fotos meines Bruders in der Tagespresse und immer wieder die Schlagzeile: *Serientäter gestoppt. Polizei erschießt bestialischen Kunstmörder.* Ohne eine merkliche Bewegung schüttle ich innerlich den Kopf. Für keinen Preis der Welt würde ich dieses Kapitel meines Lebens freiwillig wieder öffnen. Die Anfeindungen der Presse und die Drohungen aus dem Internet ertrage ich nicht noch einmal. Entschieden bestimme ich: »Erik ist tot. Das Thema ist vorbei. Es gibt keinen Grund, mich mit dem Kommissar zu treffen.«

»Ist das nicht ein bisschen egoistisch?«, wirft Karla ein und legt den Kopf schief. Durch die Bewegung rutscht ihr Unterhemdträger herunter und legt das linke Schlüsselbein frei.

Innerlich brause ich auf. Was mischt sie sich überhaupt ein? Es war schließlich nicht ihr Bruder, der so viel Leid über andere brachte. Niemand aus ihrer Familie hat ein halbes Dutzend Menschen auf dem Gewissen, hat die Körper Unschuldiger in krankhaftem Wahn bestialisch verstümmelt. Nicht ihre Familie wurde an den Pranger gestellt. Wir haben unter Generalverdacht gestanden. Meine Mutter und ich. Wie hatte ein solches Monster unserer Familie entsprungen sein können? Der ständige Argwohn und die Vorwürfe der Journalisten haben mir schwer zugesetzt. Von welchen Taten hatte ich gewusst? War ich eine Mitwisserin, vielleicht sogar eine Mittäterin? Wildfremde Menschen schrieben mir anonyme Drohbriefe. Wüste Beschimpfungen prasselten auf mich ein. Ein Graffiti an meiner Hauswand wünschte mir den Tod.

Doch diese Zeiten sind vorbei. Die Öffentlichkeit hat das Interesse an meiner Familie verloren. Die Journalisten sind weitergezogen. Auch weil ich mich nach der Sprühaktion nach Berlin absetzte und mich so wenig wie möglich in Frankfurt blicken ließ. Doch trotz der eingekehrten Ruhe sitzt der Schmerz tief.

Jetzt ist die Wunde wieder aufgerissen. Doch mir ist klar, dass Karla recht hat, dass in ihrer Aussage ein Funken Wahrheit steckt. Daher wechsle ich meine Taktik: »Ich habe keine Zeit.«

Karla prustet laut. »Du hast keine Zeit? Das ist echt die schlechteste Ausrede, die ich je gehört habe. Die Anzahl deiner Beratungsprojekte hast du so weit minimiert, dass man deinen Job auch als Hobby bezeichnen könnte. Deine Kollegen haben dich seit Ewigkeiten nicht mehr gesehen. Christian ist der Einzige, mit dem du wenigstens noch ab und an per Mail kommunizierst. Früher bist du von Kunde zu Kunde gereist, hast fast jede Nacht in einer anderen Stadt verbracht. Jetzt verkriechst du dich seit Monaten in Berlin und lungerst in irgendwelchen Galerien herum, damit dir die Decke nicht völlig auf den Kopf fällt.«

»Ich lungere nicht herum«, gebe ich trotzig zurück. »Ich setzte mich mit den Künstlern des frühen zwanzigsten Jahrhunderts auseinander.«

»Ui, ui, ui«, ruft Karla aus und wedelt dabei mit ihren Händen wie ein Gespenst beim Kinderkarneval durch die Luft. »Fahr zu Kellermann. Auch deine Künstler machen die Vergangenheit nicht ungeschehen. Es wird Zeit, dass du ins einundzwanzigste Jahrhundert zurückkehrst.«

2

Noch am selben Abend nahm ich den Zug nach Frankfurt. Immer noch unschlüssig, ob ich die richtige Wahl getroffen habe, steige ich jetzt die Treppenstufen zu Kellermanns Dienststelle hinauf. Der Geruch des Putzmittels versetzt mich sofort zurück in eine Zeit, die ich hinter mir lassen wollte. Die Erinnerung gräbt sich in jede meiner Poren. Die fieberhafte Suche nach dem Serienmörder. Die Tage und Nächte, die ich mit bloßgelegten Nerven im Präsidium verbrachte. Und letztendlich die Gewissheit, dass es mein eigener Bruder war, der mit seinen beiden Komplizen an einem makabren Kunstwerk feilte, der Nachbildung der *Porte de l'Enfer,* Rodins Höllentor. Doch statt aus Bronze sollte es ein Monument aus menschlichem Fleisch und Blut werden. Für mich hatte Erik eine ganz besondere Rolle vorgesehen. Ich sollte das finale Puzzlestück werden. Doch bei dem Versuch, auch meinen Körper für sein Kunstwerk zu entstellen, starb er. Der Kommissar und seine Kollegen kamen mir rechtzeitig zu Hilfe.

Obschon der Polizist am Empfang mir verkündet hat, dass der Kommissar mich erwarten würde, ist sein Zimmer leer. Ich bleibe im Türrahmen stehen und betrachte das Büro. Kellermanns Schreibtisch, der sich in gewohnter Manier unter Papierbergen biegt. Sein alter Stuhl, dessen linke Lehne trostlos zur Seite herabhängt. Und eine Wand, an der zahlreiche Fotos und Aktenvermerke mit Klebestreifen befestigt wurden, auch wenn es nicht dieselben sind wie vor einem Jahr. Dass die Raufasertapete unter diesen Klebevorgängen leidet, ist ihr deutlich anzusehen. Der Putz schimmert an einigen Stellen hervor.

Es ist paradox. Trotz der Beklemmung, die die Erinnerungen auslösen, sehne ich mich auch nach dieser Zeit zurück, in der mein Bruder noch mein Bruder war. Unschuldig und vorbehaltslos geliebt.

Ich will gerade auf dem Absatz kehrtmachen, als Kellermann förmlich in mich hineinstolpert. Statt sich für den rüden Empfang zu entschuldigen, fährt er mich verdutzt an: »Was machen Sie denn hier?«

»Das fragen Sie mich?«, kontere ich offensiv. Es war definitiv die falsche Entscheidung hierherzukommen, ich wünsche mich in das über fünfhundert Kilometer entfernte Berlin zurück.

»Ich meine nur, warum stehen Sie im Türrahmen?«, wiegelt Kellermann ab. Er fährt sich durch sein widerspenstiges Haar. Das Braun ist ausgeblichen, silbergraue Stellen nehmen überhand. Nachdem er sich sortiert und hinter seinem Schreibtisch verschanzt hat, meint er: »Jetzt setzen Sie sich doch erst mal.«

Ich ziehe den Besucherstuhl vor die Tischplatte. Als ich Platz nehme, ächzt er wie ein altes Waschweib.

Der Kommissar und ich sitzen uns jetzt zwar gegenüber, doch das Ergebnis ist ernüchternd. Die überdimensionalen Papierstapel versperren den Blick. Mit einem tiefen Seufzer erhebt sich Kellermann und wuchtet zwei von ihnen, vorsichtig balancierend, hinunter auf den Linoleumboden. Mit kritischer Miene beobachte ich diese akrobatische Meisterleistung.

Nach getaner Arbeit lehnt sich der Kommissar zufrieden zurück, legt den Kopf schief und schaut mich erwartungsvoll aus seinen unterschiedlich farbigen Augen an. Die linke Iris ist hellblau, die rechte eher grau. An seinen Schläfen fächern sich kleine Fältchen auf, deren Anzahl in den letzten Monaten offensichtlich zugenommen hat. Auch sein blauer Seemannspullover zeigt Gebrauchsspuren, eines der Bündchen ist ausgefranst.

Das kann nicht sein Ernst sein, denke ich, als er schweigt. Er hat mich einbestellt und lässt mich jetzt auf dem Trockenen sitzen? Auch wenn es seine Paraderolle ist, kann er mich nicht mit bloßem Schweigen abspeisen.

Doch gerade als ich mich echauffieren will, räuspert sich Kellermann und fragt: »Hatten Sie noch einmal Kontakt zu Prof. Stallenberg?«

Stallenberg? Ich dachte, es ginge um meinen Bruder. Der kunstversierte Manager der *Sega Invest* war einer meiner früheren Auftraggeber. Bis zum Schluss hatte ich ihn als Hauptverdächtigen im Visier und wurde doch eines Besseren belehrt. Er selbst war meinem Bruder und seinen Jüngern auf der Spur gewesen, sein Sohn hatte zu Eriks Opfern gezählt.

»Nein«, antworte ich emotionslos.

Was ich nicht erwähne, ist, dass ich zwar keinen persönlichen Kontakt gesucht habe, Stallenbergs Aktivitäten aber in der Presse verfolge. Das ist nicht schwierig. Als Aufsichtsratsvorsitzender eines der größten Immobilienfondsanbieter Deutschlands und als Professor einer renommierten Hochschule gehören öffentliche Auftritte zu seinem Tagesgeschäft.

Wieso fragt Kellermann nach ihm? Ist Stallenberg etwas zugestoßen? Ist der Aufsichtsratsvorsitzende einem Verbrechen zum Opfer gefallen? Aber würde der Kommissar mir diese Nachricht nach so einem Vorgeplänkel verkünden?

Nein, denke ich, wenn Stallenberg etwas passiert sein sollte, wäre selbst Kellermann nicht so herzlos, es mir auf diese Weise zu vermitteln. Da der Kommissar jedoch auch keine Anstalten macht, mich über sein Anliegen aufzuklären, fordere ich ihn heraus: »Ich bin wohl kaum hier, weil Sie sich über die Kontaktpflege zu meinen ehemaligen Kunden unterhalten möchten, oder?«

Statt einer Antwort reicht Kellermann mir eine der restlichen Aktenmappen auf dem Schreibtisch herüber. Darin entdecke ich einen Stapel Fotos.

Mein Gehirn blockiert sofort, weigert sich, das Motiv als real anzuerkennen. Ich will nicht wahrhaben, dass es sich bei dem Mann, der mit gefesselten Beinen kopfüber vor einer Mauer hängt, um ein leibhaftiges Wesen handelt. Doch nach und nach gibt mein Verstand auf. Die Hämatome sind zu offensichtlich. Auch das Blut, das ihm über seine Wangenknochen in die Augenhöhlen lief und schließlich von seiner Stirn tropfte, scheint echt. Schwarze Blutkrusten durchziehen sein Haar, das durch den Kurzhaarschnitt wie eine silberne Haube wirkt. Ein Helm, der ihn nicht schützen konnte. Denn die Gefahr kam von anderer Seite. Aus seinem Mund ragt ein grüner Flaschenhals. Ein kleines 0,33er Bier. Die Kiefer des Mannes sind gespreizt, weit genug, um die Flasche in seinen Rachen zu schieben, mit dem Boden voran. Sie trägt keinen Kronkorken, ist nicht verschlossen. An der Flaschenöffnung klebt Blut. Auch an den Mundwinkeln – dort, wo sich ein kleiner Zwischenraum gebildet hat und die Haut nicht luftdicht das Glas umschließt – zeichnen sich dunkle Krusten ab. Dahinter schimmern abgebrochene Zähne hervor.

Ich lege die Mappe zurück auf den Schreibtisch, ohne mir die weiteren Bilder anzusehen, und verharre für einen Moment, konzentriere mich auf meinen nächsten Satz, denn ich möchte nicht, dass Kellermann das Zittern meiner Stimme hört. Daher beschränke ich mich auf wenige Worte: »Wer ist das?«

»Werner Grüter, CEO der *Nord Assekuranz.*«

»Kenne ich nicht«, kommentiere ich prompt und bin selbst über meine spröde Reaktion überrascht. Mein Gehirn arbeitet immer noch eigenmächtig, möchte mich schützen und Abstand zwischen mir und dem gerade Gesehenen schaffen.

Kellermann beobachtet mich kritisch. Seine Stirn legt sich in Falten. Dann werden seine Gesichtszüge weicher und er räuspert sich. »Wie heißt noch einmal der Künstler, der die Menschen immer verkehrt herum gemalt hat, sodass sie auf dem Kopf stehen?«

»Baselitz. Aber nur weil der Tote an den Füßen aufgehängt wurde, muss das noch nicht heißen, dass hier ein Kunstwerk nachgebildet werden sollte«, gebe ich zu bedenken. Ich schlucke und ergänze bestimmt: »Wenn Sie darauf hinauswollen, dass jemand die Taten meines Bruder imitieren will, dann sehe ich dafür keine Indizien. Mit Baselitz' Werken hat dieser Mord nichts gemein.«

Der Kommissar lässt sich nicht aus der Ruhe bringen. »Der Mord geschah unweit eines der letzten Tatorte. Sie erinnern sich sicher an den Toten in Hamburg.«

Bilder steigen in mir auf. Ein Mann, gefesselt an eine eiserne Leiter, die Arme nach oben gereckt. Der Körper war übersät von Kanülen, aus denen sein Lebenssaft rann. Auch er war ein Opfer meines Bruders und seiner Jünger geworden, ein Teil des grausamen Höllentores.

»Der Mord geschah im Hamburger Hafen?«

»Ja«, bestätigt Kellermann. »Diesmal aber auf der anderen Seite der Flusses, in der Nähe des südlichen Eingangs zum alten Elbtunnel.«

Während Kellermann den Tatort geografisch für mich einordnet, überfällt mich das dringende Bedürfnis, dem

Präsidium zu entfliehen. Die Erinnerungen an die zurückliegenden Mordfälle überwältigen mich. Mir wird heiß und der Schweiß juckt unter meinen Achseln. Ich ziehe den Reißverschluss meines Kapuzenpullis auf, doch auch das verschafft wenig Linderung.

Meine nächsten Worte klingen hysterisch: »Ich sehe keinen Zusammenhang. Die Tatorte liegen in zwei verschiedenen Stadtteilen, getrennt durch die Elbe. Einen Kunstbezug kann ich auch nicht erkennen. Ich weiß nicht, wie ich Ihnen helfen könnte.«

Während ich die letzten Worte ausspreche, stehe ich bereits und wende mich der Bürotür zu, fest entschlossen, das Präsidium zu verlassen. Doch Kellermann hält mich zurück.

»Warten Sie. Bitte, sehen Sie sich nur noch diese eine Aufnahme an.«

Der Zeigefinger des Kommissars ruht auf einem Foto, ausgedruckt auf einem DIN-A4-Blatt. Hier soll ein Detail im Großformat betrachtet werden. Doch von meiner Position aus kann ich nichts erkennen. Kellermanns Hand versperrt den Blick.

Der Kommissar macht keine Anstalten, auf mich zuzugehen. Ich hingegen weigere mich, meine Stellung im Türrahmen aufzugeben. So verstreichen die Sekunden. Schließlich tippt Kellermann erneut auf das Foto und meint in kollegialem Ton: »Kommen Sie, nur einen Blick.«

Ich atme einmal durch und trete wieder an den Schreibtisch heran. Kellermann kommt mir entgegen und reicht mir das Foto. Ich betrachte es im Stehen. Am oberen Rand der Aufnahme steht ein Verweis, eine Beschriftung: *Werner Grüter.* Dann fokussiere ich die Bildmitte. Der Ausschnitt eines Unterarms. Ich starre auf die behaarte Haut, die zerschunden ist, aufgerissen durch einen eingeritzten Schriftzug. Buchstabe für Buchstabe entziffere ich die blutige Nachricht. Der erste, ein W, ist stümperhaft eingeritzt, der erste Strich wurde doppelt ausgeführt, als müsste der Verfasser noch üben, als hätte er gleich mehrfach angesetzt. Die Schnitte sind uneben, für ein Messer nicht gerade und gleichmäßig genug. Vielleicht wurde ein Nagel verwendet.

Mein Gehirn klammert sich an diesem Gedanken fest, will erforschen, mit welchem Instrument die Markierung ausgeführt wurde, welches Material die Haut malträtiert hat. Denn mein Geist will immer noch nicht wahrhaben, was mein Blick erfasst. Einmal, zweimal wandern meine Augen über den Schriftzug. Erst nach und nach begreife ich den Inhalt. In Grüters Unterarm ist das Wort *Wagenfeld* eingeritzt.

3

Meine Gedanken überschlagen sich auch noch, nachdem Kellermann mir detailliert geschildert hat, wie nach Stand der aktuellen Polizeiermittlungen mein Familienname auf Grüters Arm gekommen ist. Der Geschäftsführer der *Nord Assekuranz* hat sich mit dem Scharnier des abgebrochenen Brillenbügels selbst den Unterarm aufgeritzt. Die Buchstaben seien zwar schwer lesbar, ließen aber dennoch den Begriff ›Wagenfeld‹ erkennen.

Ein Name, den es wer weiß wie oft auf dieser Welt gibt. Wer sagt, dass der meiner Familie gemeint ist?

Trotzig stelle ich die Ermittlungsergebnisse infrage: »Wie kann es sein, dass Grüter sich selbst so verunstaltet hat? Er war doch gefesselt.«

Kellermann nimmt meinen Vorstoß gelassen entgegen. »Seine Arme waren nicht parallel zum Körper, sondern über Kreuz vor der Brust gebunden. Zudem ließ die Fesselung ausreichend Spiel, dass Grüter seine Brille fassen und mit dem Bügel den Unterarm aufritzen konnte.«

»Hat man denn eine Fremdeinwirkung ausgeschlossen?« Noch während ich die Frage ausspreche, weiß ich, wie töricht sie ist. Selbstverständlich werden die Beamten das überprüft haben. Doch ich will mir Zeit verschaffen, die ich brauche, um mich in dieser Situation zurechtzufinden.

Kellermann scheint meine Taktik zu bemerken und lächelt milde. Nach einer kurzen Pause setzt er zu einer Erklärung an: »Wir haben die Fingerabdrücke auf der Brille und dem Bügel geprüft. Es waren keine fremden Spuren zu finden. Jedoch ist die Frage berechtigt. Die Abdrücke einer fremden Person könnten auch abgewischt oder durch Handschuhe verhindert worden sein. Zudem liegen nur Ritze in der Haut vor. Bei einer Schnittwunde könnten wir den Schnittwinkel prüfen und daraus die Position des Täters ableiten. Bei diesen flachen Hautabschürfungen können wir nur mutmaßen und im Moment weisen die Indizien darauf hin, dass Grüter sich diesen Schriftzug selbst beigebracht hat.«

Zu gern würde ich mir jetzt die Kapuze überstülpen und sie tief in die Stirn ziehen. Wieso sollte jemand auf meinen Bruder hinweisen? Er ist vor gut einem Jahr gestorben. Welchen Hinweis wollte Grüter mit dem Schriftzug geben? Ein neuer Gedanke lässt mich erschauern: Weiß die Presse bereits davon? Ich ertrage die Journalisten nicht noch einmal, die mich vor meiner Wohnung abfingen und Tag und Nacht wie Hyänen belagerten.

»Sind die Medien bereits informiert?« Mein erster Satz nach einem langen Schweigen.

Kellermann schüttelt den Kopf.

Dank der unmittelbar einsetzenden Erleichterung bin ich versucht, ihm zu danken. Doch ich lasse es. Dass die Presse noch nicht informiert wurde, ist nicht mir zuliebe geschehen, sondern wird taktische Gründe gehabt haben. Stattdessen wage ich einen letzten Versuch: »Und Sie sind sich sicher, dass mit dem Schriftzug meine Familie gemeint ist? Erik? Er ist schließlich tot!«

Wieder schüttelt Kellermann den Kopf. Aber diesmal ergänzt er: »Im Moment sammeln wir nur Indizien. Fest steht, dass sich das Wort auf Grüters Arm mit dem Nachnamen Ihrer Familie deckt und Ihr Bruder mehrere ähnlich gelagerte Straftaten begangen hat. Daher gehen wir dieser Spur nach.«

Mich erstaunt die einfühlsame Wortwahl, mit der er die Morde meines Bruders anspricht. Eine weitere Hilfestellung, um mir die Situation zu erleichtern? Ich bin überrascht von dieser Empathie. Hat der Kommissar sich im letzten Jahr so stark verändert?

»Und Sie werden mir dabei helfen!«, bestimmt der Kommissar und durchbricht meine Gedanken. Dann schaut er mich mit schief gelegtem Kopf und zusammengekniffenen Augen auffordernd an.

Das ist Kellermann, wie ich ihn in Erinnerung habe. Kellermann, wie er typischer nicht sein könnte. Nein, nichts, rein gar nichts hat sich in den vergangenen zwölf Monaten geändert.

»Wieso sollte ich?«

Der Kommissar reißt theatralisch die Arme in die Luft, verkneift sich jedoch ein ›Herrgott noch mal‹. Stattdessen fährt er sich durch die bereits wild abstehenden Haare. Dann sagt er: »Weil eine Verbindung zu Ihrer Familie besteht.«

»Es *könnte* eine Verbindung zu meiner Familie bestehen«, korrigiere ich ihn. »Und von dieser sogenannten Familie sind nur noch zwei Personen übrig. Meine Mutter lebt weit weg auf Mallorca und hat ebenso wenig Interesse daran wie ich, in diesen Fall verstrickt zu werden.«

Kellermann wirft sich in seinem Bürostuhl zurück. Seine Augen sind jetzt zu Schlitzen verengt. Er mustert mich, taxiert mich wie ein Skatspieler, dem eben ein Kontra angesagt wurde. »Weil Sie mal eine von uns waren«, meint er dann schmeichelnd.

»Waren!«, kommentiere ich brüsk, ohne auf seinen vorgetäuschten Charme hereinzufallen. »Sie sprechen ganz richtig von der Vergangenheit. Ich habe vor Jahren den Beruf gewechselt.« Ich verschränke die Arme vor der Brust.

Kellermanns Ton wird eindringlich. »Also gut, Herr Prof. Stallenberg bittet Sie darum.«

Wieso jetzt schon wieder der Aufsichtsratsvorsitzende? Aber auch ohne dass mir der Zusammenhang zwischen Stallenberg und Grüter klar ist, hat Kellermann den richtigen Knopf gedrückt. Stallenbergs Sohn starb durch die Hand meines Bruders. Ich wäge ab, doch ein diffuses Schuldgefühl lässt mir keine Möglichkeit, sein Anliegen von vornherein auszuschlagen.

»Also gut«, lenke ich ein. »Dann erklären Sie mir mal, welche Bitte Herr Stallenberg genau an mich richtet und wieso ich sie ihm erfüllen sollte.«

»Werner Grüter war Vorstandsvorsitzender einer Versicherungsgesellschaft. In seiner Verantwortung lag auch die Steuerung des Immobilienportfolios der *Nord Assekuranz*. Die Versicherung besitzt eigene Immobilien und hat zudem in externe Fonds investiert. Unter anderem zwanzig Millionen Euro in einen Spezialfonds namens *EuroShop XXL*. Sie wissen sicher, wer diesen Fonds aufgelegt hat.«

»Die *Sega Invest.*« Meine Antwort kommt schnell. Der Fonds ist mir noch aus meiner Beratungstätigkeit bei der Bank vertraut.

»Ganz genau«, bestätigt der Kommissar und unterstreicht seine Worte mit einem zustimmenden Nicken.

»Und da in die Mordfälle meines Bruders Mitarbeiter der *Sega Invest* involviert waren und der Bank dadurch ein ordentlicher Imageschaden zugefügt wurde, fürchtet Stallenberg erneut um sein Renommee? Das macht doch keinen Sinn.

Mein Bruder ist tot. Seine beiden Komplizen sind ausgeschaltet. Weck hat sich umgebracht und Meier sitzt im Gefängnis. Somit kann keiner der drei Grüter ermordet haben.« Meine Stimme ist laut geworden.

»Nun«, beginnt Kellermann diplomatisch, »wir konnten einen der Mordfälle nie definitiv mit Ihrem Bruder oder seinen Jüngern in Verbindung bringen. Es konnten keine DNA-Spuren zugeordnet werden.«

»Und das war der Mord in Hamburg?« Ich bin hellhörig geworden.

»Ganz recht.«

»Glauben Sie etwa, dass es noch einen weiteren Jünger gibt, der nicht gefasst wurde und das Werk meines Bruders vollenden will?« Bei dem Gedanken wird mir schlagartig kalt.

»Wir wissen es nicht«, räumt Kellermann mit ruhiger Stimme ein, »aber wir können es nicht ausschließen. Daher ermitteln wir auch in diese Richtung.«

Ich versuche, meine Gedanken zu sortieren, doch ich komme nicht weit, denn der Kommissar fährt fort: »Der Mord war im Detail vorbereitet. Die Leiche wurde inszeniert. Der Täter hat Grüter mit einer Seilwinde hochgezogen, bis sein Kopf einen Meter über dem Boden schwebte. Das Seil, ein Tau, das man um seine Füße band, stammt aus einem Spezialgeschäft für Angler. Spreizzangen halfen, Grüters Mund zu weiten. Der Flasche, die in seinem Rachen stecke, wurde säuberlich der Boden abgetrennt. Dann ließ man den Körper am Seil schwingen, sodass die Flasche gegen die Kaimauer schlug und …«

»Den Rest kann ich mir vorstellen. Danke, das reicht«, werfe ich blitzschnell ein und hebe abwehrend die Hände. Um die Diskussion auf eine andere Ebene zu lenken, bemerke ich: »Und jetzt suchen Sie nach einem Kunstwerk, das zu diesem Mordfall passt, weil es ein weiteres Indiz dafür wäre, dass es einen dritten Jünger gibt?«

»Ganz genau. Dafür brauche ich Ihre Expertise. Sie kennen sich mit Kunst aus und können eventuelle Analogien entdecken. Schließlich haben Sie mir schon einmal sehr geholfen.«

Kritisch halte ich seinem bittenden Blick ein paar Sekunden stand. Dann wende ich mich ab und greife erneut nach dem Dossier auf dem Schreibtisch. Ich bemühe mich, das vor mir liegende Foto als Arbeitsdokument zu betrachten. Sorgfältig untersuche ich jeden Winkel der Aufnahme. Die tödlichen Verletzungen kommen jetzt nicht mehr so nah an mich heran. Nachdem ich das erste Foto eingängig geprüft habe, nehme ich mir die restlichen Bilder vor. Sie zeigen die Leiche aus verschiedenen Blickwinkeln, Nahaufnahmen des Gesichts, die abgehängte Leiche auf dem feuchten Sandboden liegend.

Kellermann schaut mir stillschweigend zu. Er stellt keine Fragen, drängt mich nicht zur Eile. Erst nachdem ich das letzte Foto gemustert habe, vernehme ich von der gegenüberliegenden Schreibtischseite ein einsilbiges: »Und?«

»Schwer zu sagen«, gebe ich zurück und wiege den Kopf hin und her. »Ich glaube nicht, dass die Position des Körpers eine künstlerische Absicht verfolgt. Eher vermute ich, dass sie gewählt wurde, um ihn als Pendel verwenden zu können, sodass er zur eigenen Tatwaffe wurde. Daher glaube ich auch nicht an die Nachahmung eines Werkes von Baselitz.«

»Aber Sie haben eine andere Vermutung?«

»Vielleicht, vielleicht auch nicht«, wäge ich ab. »Es könnte daran liegen, dass ich kürzlich in der Ausstellung gewesen bin.«

»In welcher Ausstellung?« Kellermanns Stimme klingt mit einem Mal aufgekratzt.

Ich teile diesen Enthusiasmus nicht und antworte gleichmütig: »Die Berlinische Galerie zeigte letztens Arbeiten des österreichischen Künstlers Erwin Wurm. Er ist aktuell sehr populär. Im Mittelpunkt seiner Werke steht der menschliche Körper. Dabei verfolgt er einen partizipatorischen Ansatz.«

»Welchen Ansatz bitte?«, unterbricht mich Kellermann.

»Nun, vereinfacht gesagt, lässt der Künstler den Betrachter zu einem Teil des Kunstwerkes werden, das gilt insbesondere für seine Instruktionszeichnungen. Auf diesen Skizzen ist ein Mensch in verschiedenen Körperstellungen abgebildet und hantiert mit einzelnen Gegenständen: Stühlen, Lampenschirmen, Büchern oder eben auch Flaschen. Und auf einem dieser Werke steckt im Mund des porträtierten Mannes eine Flasche.«

»Können Sie mir das Bild im Internet zeigen?« Der Kommissar richtet seinen Blick auf meine Umhängetasche, in der er mein Handy vermutet.

Langsam schüttle ich den Kopf. »Ich glaube nicht, dass wir die Skizze im Netz finden, aber ich habe ein paar Fotos von der Ausstellung gemacht. Mit etwas Glück ist die Instruktionszeichnung dabei.«

Ich fingere mein Handy aus der Tasche und tippe auf das Display. Wenige Augenblicke später strecke ich Kellermann das Smartphone entgegen. Er reckt sich über den Schreibtisch und kneift die Augen zusammen. Dann schiebt er sich ein Stück zurück und fixiert den Bildschirm erneut. Ich frage mich, ob seine Eitelkeit einer Brille entgegensteht oder er sich schlichtweg nicht aufrafft, zum Optiker zu gehen.

»Meinen Sie, die Ähnlichkeit reicht?«, fragt der Kommissar skeptisch.

Ich zucke die Schultern. »Ich weiß es nicht. Das ist das Kunstwerk, das mir spontan zu der Mordszenerie einfiel. Aber die Analogie steckt für mich auch nicht zwingend in der Skizze selbst. In den Erklärungstexten zu den Instruktionszeichnungen wurde darauf hingewiesen, dass es sich bei den Darstellungen um autoritäre Anweisungen handelt, die der Betrachter strikt befolgen soll.«

»So, so, autoritäre Anweisungen«, brummt Kellermann und starrt gedankenverloren auf die Schreibtischplatte. Auch meine Ergänzungen scheinen ihn nicht zu überzeugen. Dann blickt er auf: »Wann wurde die Ausstellung gezeigt?«

»Im Sommer. Wenn Sie es genau wissen möchten, kann ich es nachschauen.«

Kellermann nickt zustimmend.

Nach einer kurzen Recherche berichte ich: »Vom vierzehnten bis zum zweiundzwanzigsten August. Der Täter kann die Zeichnungen allerdings auch woanders gesehen haben. Soweit ich weiß, entstanden diese Skizzen bereits in den Neunzigerjahren. Und im Moment werden Wurms Werke in einer Stadt nach der anderen ausgestellt.«

»Mmh«, brummt der Kommissar gedankenverloren und beginnt, durch mich hindurchzusehen, als wäre er allein mit sich und seinen Gedanken.

Nach einer Weile beschließe ich aufzubrechen. »Gut«, ich lege die Hände startbereit auf meine Oberschenkel, »damit habe ich Ihnen alles gesagt, was mir einfällt. Ich wünsche viel Erfolg bei der Kunstrecherche.«

»Moment, Moment«, hält Kellermann mich zurück. »Sie können nicht einfach gehen.«

»Wieso?«, frage ich verdattert.

Kellermanns Blick könnte man jetzt als verwundert beschreiben. Er wirkt so erstaunt, als hätte ich einen wildfremden Menschen auf der Straße angesprochen. Völlig unbedarft kommt es aus ihm hervor: »Weil der Fondsmanager des *EuroShop XXL* wenige Tage nach Grüters Tod vermutlich Selbstmord begangen hat.«

Ich gerate in Rage. »Können Sie mich bitte einmal über den gesamten Fall informieren und mir nicht ständig mit irgendwelchen Überraschungen kommen?«

Kellermann hebt entwaffnend die Hände. »Jetzt beruhigen Sie sich erst einmal wieder.«

Doch allein seine altbekannte Standardfloskel, mit der er mir eine völlig unberechtigte emotionale Reaktion vorwerfen will, lässt die Wut weiterkochen.

»Also gut«, meint Kellermann seufzend. »Alexander Kerbas ist am vergangenen Donnerstag verstorben. Er hatte Diabetes, litt unter akuter Unterzuckerung, fiel ins Koma und starb. Wir führen das auf eine Überdosis Insulin zurück. Alles deutet auf Selbstmord hin. Es konnte keine Gewalteinwirkung festgestellt werden.«

»Aber Sie haben dennoch ermittelt?«, hake ich nach.

»Ja, dabei habe ich auch Kerbas' berufliches Umfeld durchleuchtet, mit seinen Arbeitskollegen bei der *Sega Invest* geredet und mit Stallenberg. In dem Gespräch thematisierten wir auch die Geschäftsbeziehung zu Grüter. Als Fondsmanager stand Kerbas im direkten Austausch zu dem Manager. Stallenberg ist nervös geworden. Vor einem Jahr erweist sich einer seiner Geschäftsführer als Mörder, jetzt wird einer seiner besten Kunden bestialisch ermordet und wenige Tage später begeht die verantwortliche Kontaktperson unter noch ungeklärten Umständen Selbstmord. Da sind die Schlagzeilen in der Presse vorprogrammiert. Wie sensibel die Finanzbranche auf einen Imageschaden reagiert, muss ich Ihnen nicht erklären.«

»Aber wenn Kerbas sich umgebracht hat, wieso ist er dann relevant für den Fall?«

»Die Ermittlungen sind noch nicht abgeschlossen. Sie wissen ja bestimmt, dass eine Fremdeinwirkung bei Insulinverabreichung schwer nachzuweisen ist. Insbesondere bei einem Diabetiker. Im Moment ermitteln wir in alle Richtungen, privat wie beruflich, und Grüter gehörte zu Kerbas' direkten Geschäftspartnern.«

Vor meinem inneren Auge taucht Alexander Kerbas auf. Mir ist er während unseres Projekts nur ab und an auf den Fluren der *Sega Invest* begegnet. Es kam höchstens zu einem kurzen Hallo oder einem Kopfnicken. Beruflich bestand keine Notwendigkeit zu einem Austausch und persönlich fehlte mir das Interesse. Kerbas strotzte vor Selbstbewusstsein und wenn er im Stechschritt durch die Bank eilte, drohte seine vor stolz geschwellte Brust sein Hemd platzen zu lassen. Damit vor lauter Dynamik sein Haar nicht durcheinandergeriet, klebte er es mit Gel eng an die Kopfhaut.

Plötzlich wird mir bewusst, dass ich nicht sehr positiv über den Toten denke und ich bekomme ein schlechtes Gewissen. Doch auch wenn es mir leidtut, dass er gestorben ist, macht ihn das nicht sympathischer. Ich frage mich, was ihn zum Selbstmord getrieben hat. War da mehr als diese aalglatte Fassade, die er vor sich hertrug? Hatte er innerlich solche Zweifel? Welche Ängste oder Sorgen zehrten an ihm? Falls es überhaupt Selbstmord war, kommt mir Kellermanns Einwand wieder in den Sinn. »War Kerbas verheiratet oder hatte er eine Freundin?«, frage ich daher, um einen Einblick hinter die Kulissen zu erhalten.

»Verheiratet, seit drei Jahren. Und er hatte eine anderthalbjährige Tochter.«

Perfekter Zeitplan, denke ich bei mir. Auch in der Familienplanung hat er die gesellschaftlichen Erwartungen eingehalten. Nimmt man sich als erfolgreicher, aufstrebender Fondsmanager mit junger Familie das Leben?

»Sie sehen die Ungereimtheiten. Daher sollen Sie für die Investoren des *EuroShop XXL* ein Reporting-Konzept erstellen.«

Wieder ein Überraschungshieb in Form eines unvermuteten Themenwechsels. Diesmal werde ich jedoch nicht wütend, sondern bleibe betont gelassen. Ich ziehe einzig meine Stirn kraus, um still zu äußern: Was wollen Sie denn nun von mir?

Kellermann wird etwas geschäftiger, beugt sich auf seinem ramponierten Schreibtischstuhl vor, verlagert das Gewicht von einer Pobacke auf die andere. »Also, Sie sollen ein Reporting-Konzept für die *Sega Invest* erstellen und dabei Kontakt zu den Investoren aufnehmen.« Erwartungsvoll schaut er mich an. Als keine Reaktion kommt, ergreift er erneut das Wort: »Es gibt fünf Investoren. Auch wenn Grüter tot ist, bleibt die *Nord Assekuranz* als Kunde selbstverständlich bestehen.«

»Sie wollen, dass ich Ihr V-Mann bin?«, frage ich ruhig, aber kritisch.

»Genau gesagt, eine V-Frau«, berichtigt mich Kellermann.

»Sachlich korrekt, inhaltlich bleibt meine Frage jedoch bestehen«, gebe ich zurück.

»Sie würden natürlich für das Projekt bezahlt. Stallenberg benötigt das Reporting-Konzept tatsächlich. In letzter Zeit hat es wohl Reklamationen gegeben. Und er meinte, Sie wären dafür die perfekte Besetzung, würden sich mit den Systemen der *Sega Invest* auskennen, hätten viel Erfahrung im Immobilienmarkt und ...«

»... und ich würde zwei Fliegen mit einer Klappe schlagen«, unterbreche ich Kellermanns Wortschwall.

»Was nicht schaden kann«, resümiert der Kommissar spitzbübisch. »Sein Wunsch nach rascher Aufklärung der Todesfälle ist sicherlich der größere. Falls das Image der Bank beschädigt würde oder sich sogar ein weiterer Mitarbeiter als Komplize herausstellen sollte, braucht er sich um Reklamationen zum Reporting nicht mehr zu scheren. Als Karl Peter Weck und Mark Meier letztes Jahr verhaftet wurden, war das für Stallenberg ein Desaster. Daher sollen Sie in seinen Reihen recherchieren.«

Wie die Zeiten sich geändert haben, denke ich. Vor Kurzem noch saßen wir uns hier gegenüber und Kellermann wollte mich aus den Ermittlungen heraushalten. Jetzt unternimmt er jeden Versuch, um mich ins Boot zu holen. Aber auch ich habe mich verändert. Die letzten zwölf Monate habe ich damit verbracht, Abstand zu gewinnen. Abstand zu der Tatsache, dass mein Bruder ein psychopathischer Serienmörder war. Mein Bruder ist tot. Und wenn Stallenberg und Kellermann eine Verbindung im beruflichen Umfeld der beiden Opfer vermuten, dann hat das nichts mit Eriks grausamen Taten zu tun. Das hier ist nicht mehr mein Fall. »Nein«, antworte ich daher. »Ohne mich.«

Kellermann ist nicht überrascht über meine Reaktion. Er wirkt eher, als hätte er mit meiner Ablehnung gerechnet und lässt meine Antwort daher still über sich ergehen. Seinen erwartungsvollen Gesichtsausdruck gibt er jedoch keineswegs auf.

Eine unangenehme Stille entsteht. Er weiß es, denke ich fuchsig. Er weiß genau, was er tun muss. Er weiß, dass er mich bei meinem Schuldgefühl packen kann. Als Nächstes wird er an den Teamgedanken appellieren, das alte Musketierkonzept: Einer für alle, alle für einen.

Doch dann kommt es anders als gedacht. Kellermann legt noch ein Gewicht obendrauf: »Wenn der Täter ein unentdeckter Jünger Ihres Bruders ist, der im Alleingang weitermordet, könnten Sie vielen Menschen einen grausamen Tod ersparen. Sie kannten Erik am besten. Sie können uns Hinweise liefern, die niemand sonst erkennt.«

Kellermanns Ton ist sachlich, nüchtern, geradlinig. Und trotz des fehlenden Pathos haben seine Worte ins Schwarze getroffen.

Ich muss schlucken. Alles in mir sträubt sich, dieses Kapitel wieder aufzuschlagen.

Daher wage ich einen letzten Versuch: »Warum fragen Sie nicht Meier? Er sitzt im Gefängnis und müsste wissen, ob es einen weiteren Jünger gibt.«

Kellermanns Antwort kommt prompt: »Mark Meier behauptet vehement, dass Erik, Weck und er die Morde allein begangen hätten. Die Tat in Hamburg schreibt er einem von den anderen beiden zu, doch uns fehlt der eindeutige Beweis. Und Weck können wir ja nicht mehr befragen.«

Leichtes Spiel für Meier. Weck hat in der Untersuchungshaft Selbstmord begangen. Ohne stichhaltige Beweise kann die Aussage also nicht verifiziert werden. Mein Blick schweift zurück auf das Dossier. Wieder erscheint Grüters Gesicht vor meinem inneren Auge. Der weit geöffnete Mund, die aufgerissenen Lippen, das Blut, das am Flaschenhals klebt. Übelkeit vermischt sich mit Trauer und Wut. Um diese Gefühle nicht zuzulassen, antworte ich mit Nachdruck: »Also gut, ich mache es.«

Der Kommissar klatscht triumphierend in die Hände wie ein am Spielfeld stehender Trainer, der gewahr wird, dass seine Mannschaft gerade ein Tor geschossen hat. Dann besinnt er sich in seinem Jubel und wird wieder sachlich. »Die IT-Abteilung der *Sega Invest* ist informiert, Sie können direkt auf Herrn Blasek zugehen.«

Die IT ist bereits informiert? Und wer ist dieser Blasek? Zum letzten Mal fühle ich mich im heutigen Gespräch übertölpelt.

Kellermann springt auf, klopft mir kameradschaftlich auf die Schulter und wiederholt, über jeden Zweifel erhaben: »Sie machen das schon. Ganz bestimmt.«

4

Herr Blasek stellt sich mir als der neue IT-Leiter vor. Er trägt einen silbernen Anzug, der sich farblich deutlich von seinem raspelkurzen Rotschopf abhebt. Mit seiner hochgewachsenen, schmalen Statur erinnert er mich an ein überdimensionales Streichholz.

Nach der Vorstellung klärt Blasek mich darüber auf, dass er aus der Versicherungsbranche kommt und die Betreuung der IT-Systeme der *Sega Invest* vor gut einem halben Jahr übernommen hat.

Dass der neue IT-Leiter mir noch unbekannt ist, hat auch Vorteile. Im damaligen Projekt gehörte ich praktisch zum Inventar und Sitzungen fanden in der Regel in einem der stickigen Projekträume statt. Heute treffe ich meinen zukünftigen Ansprechpartner hingegen in einem der repräsentativen Konferenzräume in der Geschäftsführungsetage. Ergänzend zu Kaffee und Wasser, wurde Gebäck auf einem Silberschälchen bereitgestellt. Diese Zusatzverköstigung wurde damals nur externen Besuchern gewährt.

»Möchten Sie einen Kaffee?« Blasek weist auf die bereitgestellte Verpflegung und fügt damit nach seiner Begrüßung eine weitere Höflichkeitsformel hinzu. Trotz dieses charmanten Entgegenkommens wirken seine Gesten hölzern, als würde er aufmerksam eine auswendig gelernte Liste abarbeiten.

»Gerne«, antworte ich. »Vielen Dank.« Seine Augen blitzen kurz zufrieden auf und ich frage mich stillschweigend, wie viel der IT-Leiter von meinem inoffiziellen Auftrag weiß.

Nachdem er eingeschenkt hat, nimmt Blasek mir gegenüber Platz. Hinter ihm gibt die Glasfassade den Blick auf das Frankfurter Bankenviertel frei. Ich rühre meine Tasse noch nicht an, ich mag meinen Kaffee gerne lauwarm.

»Frau Wagenfeld, die IT-Systeme der *Sega Invest* sind Ihnen ja bestens aus Ihrem vorherigen Projekt vertraut und Sie kennen sicherlich auch die Vielzahl der Berichte, die wir tagtäglich erstellen müssen. Soll-Ist-Vergleiche, Übersichten zu laufenden Bauprojekten, Renditeberechnungen der Fonds. Daten, die wir in äußerst mühsamer Kleinarbeit zu Reports aufbereiten.« Mit dem Wechsel zu fachlichen Themen verliert sich Blaseks hölzerne Art. Jetzt ist er in seinem Metier. Mir kommt dieser direkte Einstieg sehr entgegen und ich lausche aufmerksam Blaseks Ausführungen.

»Wir möchten diese zeitraubende händische Berichterstattung abstellen. In einem zentralen Reporting-Tool sollen Daten aus den verschiedenen Applikationen zusammengeführt werden. Dazu werden wir in zwei Schritten vorgehen. Zuerst möchten wir die Inhalte der zukünftigen Reports mit unseren Kunden abstimmen und anschließend die Programmierung des Tools vornehmen. Wir werden Ihre Unterstützung insbesondere für den ersten Teil benötigen.«

Neben der *Nord Assekuranz,* die von Grüter gemanagt wurde, sind zwei weitere Versicherungen als Investoren beteiligt. Die *Neue Leben* aus München und die *Swiss Protect* mit Sitz in Zürich. Darüber hinaus ist der *Berliner Pensionskassenverband* in den Fonds *EuroShop XXL* investiert und fünftes Mitglied ist die *SAB,* kurz für *Stockholm Asset Bank.*

Ich mache mir Notizen und frage dann: »Wie werde ich die Reporting-Bedürfnisse bei den Kunden abfragen? Sind dazu Sitzungen in Frankfurt angedacht?«

»Nein. Bei den Kontaktpersonen handelt es sich um das oberste Management, da werden wir so schnell keinen gemeinsamen Termin finden. Daher haben wir entschieden, dass Sie vorerst Einzelgespräche bei den Unternehmen vor Ort durchführen. Eine gemeinsame Sitzung ist dann für die *MIPIM* geplant.«

Da werden die Investoren aber mit Puderzucker bestäubt. Für jeden einzelnen wird ein Vor-Ort-Besuch kreuz und quer durch Europa anberaumt. Und neben dieser Prestigebehandlung ist ein anschließendes Treffen in Cannes auf der internationalen Immobilienmesse natürlich nur standesgemäß.

»Sind die Investoren denn bereits über das Vorhaben informiert?«, erkundige ich mich.

»Ja, sie wissen Bescheid. Daher können Sie umgehend auf die Unternehmen zugehen. Ich sende Ihnen im Nachgang die Kontaktdaten.«

Das ging ja schnell, denke ich und frage mich, ob die Vorinformation der Investoren vor oder nach dem Gespräch mit Kellermann erfolgt ist. Hat der Kommissar fest darauf gesetzt, mich überreden zu können?

Während ich abwäge, wie sehr ich verschaukelt wurde, fährt Blasek fort: »Neben den Geschäftsführern werden Sie auch mit den Verantwortlichen aus der IT sprechen. Wir möchten unseren Kunden die Basisdaten zur Verfügung stellen, daher ist es wichtig, dass Sie deren IT-Systeme kennen.«

Ich bin überrascht über das Ausmaß der Datenlieferung. Daher stelle ich infrage, ob dieser Umfang wirklich erforderlich ist.

Blasek verdreht die Augen und erläutert: »Sie kennen das doch. Wenn man einmal den kleinen Finger reicht, reißen einem alle anderen den Arm ab. Ob sie die Daten letztendlich einsetzen, steht auf einem anderen Blatt, aber haben wollen sie sie. Die Schweden werden wahrscheinlich sogar tatsächlich damit arbeiten, die Skandinavier sind uns in ihrer IT-Entwicklung weit voraus.«

Damit mag Blasek recht haben. Nach der jahrelangen unangefochtenen Vormachtstellung der USA in der Digitalisierung bilden sich inzwischen immer mehr regionale Kompetenzinseln in der restlichen Welt heraus. Einer dieser digitalen Hotspots ist definitiv Stockholm.

»Gut«, resümiert Blasek. »Den Projektauftrag habe ich Ihnen per Mail zugestellt. Kommen wir zum Organisatorischen. Werden Sie das Projekt allein abwickeln oder ziehen Sie einen Ihrer Kollegen hinzu?«

Kurz gehe ich in Gedanken unser Team durch. Einzig Christian käme für mich infrage. Doch er ist ein typischer IT-Nerd, der das Tageslicht scheut und sich am liebsten allein hinter seinen Datenbanken verschanzt. Er wäre für die Kommunikation mit den Investoren völlig unbrauchbar. Daher antworte ich: »Ich werde das Projekt allein abwickeln.

Für technische Fragestellungen ziehe ich eventuell einen Kollegen hinzu.«

»Gut, dann müssen wir nur für Ihre Ausrüstung sorgen.« Blasek ist sofort mit meinem Vorschlag einverstanden und schlägt noch nicht einmal vor, selbst mit zu den Investoren zu reisen. Jetzt bin ich mir sicher, dass Stallenberg ihn auf irgendeine Weise über meinen Zusatzauftrag informiert hat.

Unbedarft plaudert der IT-Leiter weiter: »Um Ihren Arbeitsplatz, einen Rechner und die Zutrittskarte für das Gebäude wird sich Frau Schröder kümmern.« Jetzt muss Blasek meinen fragenden Blick bemerkt haben, denn er ergänzt: »Prof. Stallenbergs Assistentin. Frau Tennschild, seine ehemalige Sekretärin, ist vor ein paar Monaten in den Vorruhestand gegangen. Ich werde Sie Ihnen gleich vorstellen. Sie wird Sie bei den Terminvereinbarungen unterstützen.«

Auf dieses Tempo war ich nicht eingestellt und mein Gesichtsausdruck scheint immer noch Unverständnis zu vermitteln, denn der IT-Leiter meint vorsorglich: »Also, wenn von Ihrer Seite noch Fragen sind, stehe ich Ihnen gerne zur Verfügung. Sie können jederzeit auf mich zählen.«

Ich schüttle den Kopf. Fragen hätte ich viele, aber keine, die er mir beantworten könnte.

5

»Frau Wagenfeld, herzlich willkommen. Ich bin Frau Schröder. Sie wollen bestimmt Ihre Zugangskarte abholen?« Mit dynamischem Schritt kommt Stallenbergs neue Assistentin mit flotter Kurzhaarfrisur auf mich zu. Ihre Statur und Vitalität erinnert mich an meine damalige Sportlehrerin aus Schulzeiten.

»Genau. Freut mich, Sie kennenzulernen.« Ich schüttle ihre Hand.

»Ich habe Ihnen ein ganz besonders hübsches Büro besorgt«, berichtet die Assistentin beschwingt. »Wir haben hier auf der Geschäftsführungsetage noch einen Raum frei, mit Blick auf die Alte Oper.«

Ich finde Gefallen an meiner neuen Rolle. Neben Schokoladenkeksen erhalte ich ein Büro mit exklusivem Ausblick. Bevor ich mir meine neuen Räumlichkeiten anschaue, frage ich jedoch: »Und Prof. Stallenberg? Ist er im Haus?«

»Ja, er ist heute hier. Soll ich kurz fragen, ob er einen Moment Zeit hat?«

Ohne auf meine Antwort zu warten, eilt Frau Schröder in ihren Ballerinas auf das Büro des Aufsichtsratsvorsitzenden zu. Der Kopf der Assistentin verschwindet im Türspalt und kurz darauf winkt sie mich heran. Ich trete über die Schwelle und erblicke Prof. Stallenberg, der hinter seinem massiven Eichenpult thront, das einer Kanzel gleicht.

Der Aufsichtsratsvorsitzende tritt hinter seinem Pult hervor und schreitet mir zackig entgegen. Ein General alter Schule. Das schlohweiße Haar verkündet sein fortgeschrittenes Alter. Die langen Strähnen sind zurückgekämmt, um die ersten kahlen Stellen zu überdecken.

Die Tür in meinem Rücken hat Frau Schröder bereits sanft geschlossen. Noch etwas überrumpelt blicke ich auf Stallenbergs ausgestreckte Hand. Ich bin unsicher, ob ich sie einfach ergreifen soll. Der Aufsichtsratsvorsitzende hätte allen Grund zur Wut auf mich. Doch aus seinen Augen blitzt kein Ärger hervor. Ich spüre keine Antipathie, er nimmt mich nicht in Sippenhaft. Beherzt greife ich nach seiner Hand.

Während ich sie fest umschließe, vermittelt mir sein Blick noch etwas ganz anderes. Eine Spur von Vertrauen. Wir haben damals beide den Mörder gejagt, auch wenn ich lange nicht wusste, dass mein Bruder das Zielobjekt war. So wurden wir zu Mitstreitern, die es beide bis zum Ziel geschafft haben. Daraus entstand schließlich Anerkennung, ein gegenseitiger Respekt, den ich jetzt in seinen Augen erkenne.

»Herr Stallenberg«, grüße ich und erhöhe kurz den Händedruck.

»Frau Wagenfeld«, erklingt betont das Echo.

Dann weist Stallenberg mit der freien Hand auf eine Polstergruppe und wir setzen uns einander gegenüber. Auf Augenhöhe.

Der Aufsichtsratsvorsitzende wählt eine förmliche Eröffnung: »Schön, dass Sie Ihre Teilnahme am Projekt zugesagt haben. Ich bin sicher, dass Sie die richtige Person zur Erstellung des Reporting-Konzepts sind.«

Und um als verdeckte Ermittlerin die Mitarbeiter und die Investoren auszuspionieren, ergänze ich stillschweigend.

Just kommt Stallenberg auf dieses brisante Thema zu sprechen: »Ihre Analysequalitäten haben wir in der Vergangenheit ja bereits kennengelernt. Ich denke, Kommissar Kellermann hat Sie über die delikaten Zwischenfälle in unserem Firmenumfeld informiert. Es käme uns sehr gelegen, wenn Sie bei der Erstellung des Reporting-Konzepts Augen und Ohren offen halten könnten.«

»Gerne«, antworte ich zustimmend, frage mich jedoch, was der Auftrag alles beinhalten wird.

»Es ist gut, dass wir Sie an Bord haben.« Stallenberg räuspert sich. Sein sonst so strammes Auftreten wird weicher, sein Tonfall milde. »Ich schätze Sie und Ihre Arbeit wirklich sehr, Frau Wagenfeld. Ich vertraue Ihnen und das ist mir wichtig. Ich möchte nicht mit irgendeinem x-beliebigen Ermittler zusammenarbeiten. Wir brauchen jemanden, der Rückgrat hat und sich auch vor unbequemen Fragen nicht scheut.«

Diese offene, persönliche Herzlichkeit macht mich sprachlos. Der Manager ist nicht gerade für warme Töne bekannt und hat sich in der Vergangenheit eher durch sein konsequentes Auftreten einen Namen gemacht. Unsere gemeinsame Jagd hat sein Verhalten mir gegenüber tatsächlich verändert.

Weil ich bisher nichts erwidert habe, räuspert sich Stallenberg erneut und fragt: »Haben Sie denn bereits alle Unterlagen erhalten? Wurden Sie von Herrn Blasek umfassend informiert?«

Seine Pupillen sind auf mich fixiert, die Augen erscheinen mir wässriger als noch vor einem Jahr. Auch die Altersflecken haben zugenommen. Die Geschehnisse haben ihre Spuren hinterlassen.

»Ja, alles bestens. Auch ein Büro habe ich bereits bekommen. Wir sind jetzt quasi Nachbarn.«

»Hervorragend. Das freut mich.« Eine kinnlange weiße Haarsträhne löst sich bei dem euphorischen Ausstoß aus seinem zurückgekämmten Haar und schwingt eigenwillig vor Stallenbergs rechter Wange.

Die IT-Themen habe ich bereits mit Blasek diskutiert, die sind auch nicht Stallenbergs Steckenpferd. Dafür hoffe ich, von ihm weitere Informationen zu den Investoren zu bekommen, und spreche ihn darauf an.

Geschäftsmäßig erläutert er mir die Beziehung zu den Unternehmen, ihr Anteilsvolumen, die vereinbarte Laufzeit der Investition und beschreibt jede einzelne verantwortliche Person auf Kundenseite. Ich mache mir Notizen, doch Besonderheiten fallen mir keine auf. Alle Eckdaten weisen auf eine übliche Geschäftsbeziehung hin.

Als ich nach seinem persönlichen Kontakt frage, versichert er: »Ich bin bei den regelmäßigen Anlegersitzungen dabei und treffe den einen oder anderen Geschäftsführer bei den üblichen Branchenveranstaltungen. Zu keinem von ihnen habe ich ein besonders gutes oder schlechtes Verhältnis. Das galt auch für Grüter. Ich kannte ihn allerdings seit vielen Jahren und schätzte ihn als Immobilienexperten.«

»Gab es keine Konflikte? Keine Reklamationen zur Performance des Fonds?«, hake ich nach. Ich weiß, dass das unwahrscheinlich ist, denn ich habe mir die guten Ergebnisse des *EuroShop XXL* im Vorfeld angesehen. Dennoch stelle ich die Frage, in der Hoffnung, auf eine andere brauchbare Information zu stoßen.

»Nein«, antwortet Stallenberg und unterstreicht seine Aussage mit einem Kopfschütteln. »Die Performance war einwandfrei.«

»Und Herr Kerbas war verantwortlich für diese positive Wertentwicklung?« Ich nutze das Thema für eine Überleitung zum toten Fondsmanager, meinem zweiten Interessenschwerpunkt.

»Ja, er hat den *EuroShop XXL* gemanagt, zweifelsohne mit Erfolg. Der Fonds hat in den letzten Jahren an Wert zugelegt und den Investoren eine beachtliche Ausschüttung beschert. Auch als Person war Herr Kerbas bei unseren Kunden geschätzt und anerkannt.«

Diese Lobenshymne auf den mir so unsympathischen Fondsmanager ist mir suspekt. Doch ich will mich nicht von persönlichen Eindrücken leiten lassen. Kerbas' arrogantes Auftreten wird in Investorenkreisen sicher auf seinesgleichen gestoßen sein.

»Hat Herr Kerbas einen intensiven Kundenkontakt auch außerhalb der Anlegerausschusssitzungen geführt?«, frage ich mein Gegenüber.

»Auf jeden Fall, er hat eine enge Beziehung zu den Geschäftsführern gesucht. Insbesondere in Zürich war er sehr oft.«

Stallenbergs Bestätigung wundert mich nicht im Geringsten. Wie die Motten das Licht suchen Menschen wie Kerbas die Nähe statusträchtiger Amtsträger. An deren Schein möchten sie partizipieren, in ihrem Licht mit erstrahlen. Reiß dich zusammen, herrsche ich mich innerlich an, als ich merke, wie meine Skepsis Kerbas gegenüber mit mir durchgeht. Diese Kritik ist weder berechtigt noch angebracht und bei all dem Lob, das Stallenberg dem verstorbenen Fondsmanager zuteilwerden lässt, sicher auch nicht erwünscht.

Bevor ich mich in die Nesseln setze, frage ich daher diplomatisch: »Kannten Sie Herrn Kerbas persönlich?«

»Aber sicher. Er war mein Neffe.«

6

Kerbas ist mit Stallenberg verwandt. Diese Information hat Kellermann mir bisher verschwiegen. Oder hat er es selbst nicht gewusst? Das ist kaum vorstellbar. Der Kommissar wird umfangreiche Ermittlungen eingeleitet haben und dabei wäre die familiäre Beziehung zu dem Aufsichtsratsvorsitzenden sofort zutage getreten.

Aber was bedeutet die verwandtschaftliche Verbindung?

Meine Gedanken kreisen um diese zentrale Frage, während ich mein neues Büro einrichte. Ich bin so konzentriert, dass ich des gelobten Ausblicks auf die Alte Oper gar nicht gewahr werde.

Stumpf starre ich aus der Glasfront und versuche, die Zusammenhänge zu entschlüsseln.

Falls Kerbas' Selbstmord keiner war und Kellermann mit seiner Vermutung richtigliegt, dass die Spur zu Erik und seinen Jüngern führt, käme auch ein weiteres Motiv infrage. Bei der Tat muss es nicht zwingend um die Nachbildung eines Kunstwerks gehen, es könnte sich auch um einen Racheakt gehandelt haben. Stallenberg war es, der damals als Erster die Spur zum Mörder, zum Mordkomplott meines Bruders fand. Der Professor hat Erik zu Fall gebracht, die Fertigstellung des Kunstwerks vereitelt. Ein weiteres Gruppenmitglied könnte sich rächen wollen. Aber ist es wirklich möglich, dass aus dem Kreis von Eriks Jüngern einer unerkannt blieb und das Werk meines Bruders nun fortsetzt?

Je länger ich darüber nachdenke, umso sicherer weiß ich, dass ich aktuell keine Antwort finden werde. Daher wende ich mich von der Glasfassade ab und meinen anstehenden Projektaufgaben zu.

Die Termine mit den Investoren werden durch Frau Schröder ausgehandelt. Also öffne ich den Projektauftrag in meinem Posteingang. Es überrascht mich nicht, dass Herr Blasek alle Aufgaben und das anstehende Vorgehen äußerst strukturiert dargestellt hat. Der IT-Leiter weiß, wovon er spricht.

Doch trotz der guten Lesbarkeit komme ich nicht weit. Denn mein Handy klingelt und das Display verrät mir, dass Anna mich erreichen will. Ich unterbreche meine Lektüre sofort.

»Hallo«, melde ich mich. »Wie stehts in Berlin? Hast du heute keine Vorlesungen?« Lange Einführungsfloskeln sind bei meiner besten Freundin nicht mehr nötig.

»Nein, ich bleibe heute verschont von meinen Studenten. Aber was auf meinem Schreibtisch liegt, macht mich auch nicht glücklicher. Ich muss einen Vortrag für den Innovationstag der Berliner Hochschulen vorbereiten. Hast du schon einmal von ›Blockchain‹ gehört?«

»Klar. Darum wird ja zurzeit viel Wirbel gemacht. Mit dieser Technologie sind Digitalwährungen wie Bitcoin erst möglich.«

»Ja, genau.«

»Und was machst du in der Finanzwirtschaft?«, wundere ich mich.

»Der Technologie wird viel Potenzial für die Immobilienwirtschaft nachgesagt. Ich lese dir mal meine Einleitung vor: *Die Blockchain, zu Deutsch ›Blockkette‹, scheint magisch zu sein, wird als innovativste Entwicklung seit Erfindung des*

Internets bezeichnet und stellt bestehende Geschäftsmodelle auf den Kopf. Doch was genau steckt hinter dieser Technologie und wie wird sie die Immobilienwirtschaft verändern?«

»Klingt doch spannend. Und wie geht es weiter?«

»Das ist ja mein Problem. Weiter weiß ich noch nicht!«

Ich muss lachen. Typisch Anna. Sie ist eine Meisterin darin, tausend Dinge gleichzeitig anzureißen und dann von ihrer eigenen Dynamik überrascht zu werden.

»Also wenn du dazu etwas Schlaues entdeckst, ich bin für jegliche Hinweise dankbar.«

»Ich halte Augen und Ohren offen«, versichere ich und stolpere über meine eigene Wortwahl. Habe ich meine neue Aufgabe bereits so verinnerlicht?

»Als Dankeschön sende ich dir unser Lied zum Wochenende bereits heute!«

»Du bist ein Goldschatz«, gebe ich zurück und meine es auch so.

Ihr seit Jahren gepflegtes Ritual ist mir sehr ans Herz gewachsen. An jedem Freitag bekomme ich ein Musikvideo aus unterschiedlichsten Stilrichtungen geschickt. Mal vergnügt, mal melancholisch, mal politisch, mal populär, aber immer überraschend.

»Wo treibst du dich überhaupt herum? Bist du nicht auch in Berlin? Bei Karla?«

»Nein, ich bin gerade in Frankfurt. Ein neues Projekt hat begonnen«, versuche ich, meinen Auftrag möglichst belanglos klingen zu lassen. Die Worte ›Polizei‹, ›Kommissar‹ oder ›*Sega Invest*‹ nehme ich nicht in den Mund.

Doch Anna lässt nicht locker, bis sie sämtliche Geschehnisse der letzten Tage aus mir herausgequetscht hat. Die Neuigkeiten stoßen bei meiner Freundin nicht auf Begeisterung. Noch allzu lebendig sind die Erinnerungen an die Tatsache, dass ich bei der letzten Ermittlung nur knapp mit dem Leben davongekommen bin.

»Du musst wissen, was du tust«, schließt Anna ihren letzten Einwand. Sie ist nicht nachtragend und eher für Diplomatie bekannt. Ein ›Siehste, hab ich dir doch gesagt‹ habe ich trotz unserer vielen gemeinsamen Jahre noch nie von ihr gehört.

Nachdem Anna aufgelegt hat, lege ich das Handy nicht weg, sondern tätige erneut einen Anruf.

»Marie, von dir habe ich ja lange nichts gehört«, erklingt die brüchige Stimme meiner Mutter.

In den letzten Jahren hat sie sich mehr und mehr dem Yoga verschrieben und schwört inzwischen auf vegane Kost. Sie ist hager geworden. Wenn sie unter der Sonne Mallorcas schulterfreie Tops trägt, erkennt man die hervorstehenden Sehnen an ihren Armen. Doch nicht nur ihr Körper hat an Fett verloren, auch ihre Stimme hat Geschmeidigkeit eingebüßt. Jeden Moment droht sie wegzubrechen.

»Geht es dir gut?«, erkundige ich mich.

Es folgen die üblichen Geschichten aus der Yogaschule, über neue Kochexperimente und jüngst entdeckte Wanderwege durch die mallorquinischen Berge.

Nach einer knappen Viertelstunde eröffne ich mein Anliegen: »Mama, hat sich nach Eriks Tod eigentlich mal jemand bei dir gemeldet? Hat vielleicht jemand angerufen oder dir geschrieben, der dir sonderbar vorkam?«

»Ach, mein Liebes«, meint meine Mutter seufzend. »Warum lässt du dieses Kapitel nicht ruhen?«

»Bitte, Mama, es ist mir wichtig«, insistiere ich.

Meine Mutter atmet tief ein und berichtet dann: »Es gab ein paar Briefe, weißt du? Beileidsbekundungen und Kondolenzschreiben. Und natürlich sind die Reporter wie Aasgeier über mich hergefallen.«

»Hast du die Briefe noch?«

»Die habe ich dir doch geschickt. Ein paar Wochen nach Eriks Tod. Ich wollte sie nicht mehr um mich haben und du hast zugestimmt, dass ich dir die Post sende. Du hast ja auch ein paar Sachen aus seiner Wohnung behalten. Kannst du dich erinnern?«

Jetzt, wo sie es anspricht, kann ich das tatsächlich. Das Gespräch mit meiner Mutter ist mir wieder präsent. Ich habe alles in einen Umzugskarton im Keller verstaut und ihn nie wieder angerührt.

»Ja, ja, stimmt«, erwidere ich in dem Versuch, die aufkommende Unruhe meiner Mutter zu besänftigen.

»Geht es dir wirklich gut, Marie?«

Mein Vorhaben war nicht von Erfolg gekrönt. »Ganz bestimmt, alles in Ordnung«, versichere ich erneut.

»Wann kommst du mich mal wieder besuchen? Du warst schon so lange nicht mehr hier.«

»Bald, Mama.«

7

Als ich abends die Kellerstufen hinabsteige, ist mir übel. Schuld daran ist der Gedanke, gleich Eriks Kiste zu öffnen, die mich wieder in die damalige Zeit zurückwerfen wird. Der Karton ist von der Bodenfeuchte durchgeweicht. Die labbrige Wellpappe droht auseinanderzureißen. Aus Angst, dass das Paket beim Transport ganz zerfällt, inspiziere ich den Inhalt direkt. Mit zittrigen Fingern klappe ich den Deckel hoch. Schallplatten, ein goldener Aschenbecher, Bücher. Dann ein Sparschwein von unserer damaligen Bank aus Kindertagen, eine Tasse mit Aufdruck des Sportvereins und eine Teebüchse aus weißem Porzellan. Die gesuchten Kondolenzbriefe sind in einem Schuhkarton verstaut. Ich nehme ihn heraus und schließe das Paket wieder.

Mich fröstelt und ich will schleunigst in meine Wohnung zurückkehren. Als ich gerade das verrostete Vorhängeschloss überlisten will, klingelt mein Handy. Das Briefpaket unter den Arm geklemmt, fingere ich das Gerät aus meiner Hosentasche. Es ist Kellermann, wenig überraschend. Der Kommissar ist seinem Motto treu geblieben, in den unpassendsten Momenten anzurufen.

»Ja?«, melde ich mich zurückhaltend.

»Was haben Sie herausgefunden?«, schallt es forsch aus dem Hörer. Im Hintergrund sind Geräusche zu vernehmen. Kellermann sitzt im Auto und hat sich für die Freisprechanlage entschieden.

Auf so viel Unverfrorenheit kann ich nur mit Unwissen antworten. »Ich habe den Projektauftrag gelesen und mir die Systemarchitektur angeschaut. Als Basis für die ersten Gespräche zur Entwicklung des Reporting-Konzepts sollte das genügen«, gebe ich mit falschem Enthusiasmus zurück.

»Mein Gott, sind Sie zickig«, stöhnt der Kommissar.

»Zur Auffrischung Ihrer Erinnerung: Sie wollten mit mir zusammenarbeiten.«

Kellermann atmet tief durch. Einmal, zweimal. »Guten Tag, Frau Wagenfeld, ich hoffe, es geht Ihnen gut. Ist Ihnen schon etwas Verdächtiges in der *Sega Invest* aufgefallen?«

»Bis jetzt nicht. Aber selbstverständlich halte ich Augen und Ohren offen.« Ich finde so langsam Gefallen an der Floskel.

»Danke, bis bald.« Es klickt in der Leitung.

Kein Wort habe ich zu dem Inhalt des Schuhkartons in meinen Händen fallen lassen. Doch es kommt kein schlechtes Gewissen auf. Das Thema ist zu persönlich. Wenn ich etwas Interessantes finde, kann ich es dem Kommissar immer noch erzählen.

Die Anzahl der Briefe erstaunt mich. Auf dem Küchentisch ausgebreitet, sind es bestimmt an die dreißig. Bei der Beerdigung stand nur eine Handvoll Leute an Eriks Grab. Es war müßig anzukündigen, dass die Beisetzung im kleinen Kreis erfolgt. Niemand geht freiwillig auf die Beerdigung eines Serienmörders.

Brief für Brief arbeite ich mich voran. Kuverts mit den typischen schwarz gefärbten Einfassungen, Grußkarten mit klassischen Motiven: Kerzen, weiße Lilien, Bootsstege, die ins Wasser ragen. Die Handschriften sind oft unleserlich und es braucht etwas Zeit, sie zu entziffern. Viele Briefe stammen von Freunden meiner Eltern oder Arbeitskollegen meines Vaters. Nur ein Schulkamerad Eriks, der damals in unserer Nachbarschaft wohnte, hat sich unter die Absender gemischt.

Zum Schluss kann ich eine einzige Karte nicht zuordnen. Auf der Vorderseite ist eine Marmorstatue der Mutter Gottes abgebildet und ein Schriftzug aufgedruckt: *Wir nehmen Abschied. Dein Wille geschehe, wie im Himmel so auf Erden.* Im Inneren der Klappkarte wurde mit Kugelschreiber vermerkt: *Er war kein schlechter Mensch. T.*

Wer ist T.? Eine Reihe von Freunden und Bekannten meiner Eltern kommt mir in den Sinn, deren Vor- oder Nachnamen mit T beginnen, aber warum sollte jemand nur mit Kürzel unterzeichnen? Entweder möchte sich die Person verstecken oder sie ist so vertraut, dass keine weitere Erläuterung nötig ist.

Ich hadere mit dem daraus resultierenden Schluss, wäge Alternativen ab und sehe letztlich dann doch keine andere Möglichkeit.

Nach wenigen Sekunden erklingt zum zweiten Mal an diesem Tag die Stimme meiner Mutter. Es ist ihr nicht zu verübeln, dass sie erneut fragt, ob es mir wirklich gut gehe.

»Mach dir keine Sorgen, es ist alles bestens. Ich habe nur eine Frage zu den Kondolenzbriefen. Eine Karte wurde bloß mit ›T.‹ unterzeichnet. Sagt dir das etwas? Weißt du, um wen es sich handelt?«

»Jetzt kramst du doch in den alten Zeiten. Das tut nicht gut, Marie. Lass die Geister ruhen.«

»Mama, nur eine kurze Antwort«, bitte ich inständig.

Ich höre ihren Atem, dann ertönen im Hintergrund Kirchturmglocken. Erst als das Geläut vorüber ist, nimmt meine Mutter das Gespräch wieder auf. »Das ist so lange her. Vielleicht war es Tim? Der Kollege deines Vaters aus dem Städel? Er hat dort doch die Museumswerkstatt geleitet. Oder die Thalmanns, unsere ehemaligen Nachbarn aus Königstein.«

»Aber hätten die nicht mit vollem Namen unterschrieben?«, wende ich ein.

»Wahrscheinlich schon«, gibt meine Mutter zu und ergänzt nach kurzem Nachdenken: »Aber sonst fällt mir niemand ein.«

»Gut. Trotzdem vielen Dank dir.«

»Gerne. Und wir sehen uns bald?«

»Bestimmt«, verspreche ich, »spätestens Ostern.« Das bin ich meiner Mutter schuldig. Eine kleine Entschädigung dafür, sie in dieses dunkle Familienkapitel zurückgestoßen zu haben.

Wer steckt hinter T.? Mein Gehirn arbeitet auf Hochtouren, nachdem ich das Handy beiseitegelegt habe. Ich betrachte die Karte von hinten und von vorn, auf- und zugeklappt. Untersuche das Kuvert, auf dem nur die Adresse meiner Mutter vermerkt ist. So komme ich nicht weiter.

Ob ich Kellermann von der Karte berichten soll? Eigentlich geht es um unsere private Post, andererseits hat er mich um Unterstützung in einem Mordfall gebeten und falls tatsächlich ein weiterer Jünger auf freiem Fuß ist, könnte es durchaus sein, dass er der Absender ist. Schließlich gebe ich mir einen Ruck, zücke mein Handy und fotografiere jede Seite der Karte sowie den Briefumschlag und sende alle Aufnahmen per Mail an Kellermann.

Im Posteingang entdecke ich dabei zwei neue Nachrichten. Um sie zu bearbeiten, fahre ich meinen Laptop hoch. Frau Schröder kündigt die anstehenden Termine mit den Investoren an. Zuerst finden die Gespräche in Zürich und Stockholm statt. Dann folgen die Sitzungen mit den deutschen Kunden in Berlin, München und Hamburg.

Die zweite Mail stammt von Blasek und enthält weitere Informationen zum geplanten Reporting-Tool. Nach der Lektüre drücke ich auf *Antworten.* Ich will die angekündigte Kooperationsbereitschaft des IT-Experten testen und zugleich Anna einen Gefallen tun:

Hallo Herr Blasek,
ich würde Sie gerne um einen Gefallen außerhalb des Projekts bitten. Sie haben sicher schon von der neuen Technologie mit dem Namen Blockchain gehört. Hätten Sie eventuell Informationen zu dieser innovativen IT-Anwendung?
Besten Dank und freundliche Grüße
Marie Wagenfeld

Bevor ich die Mail abschicke, verweilt mein Blick einen Moment auf dem Text. Nicht, weil sich ein Fehler eingeschlichen hat, die Rechtschreibkontrolle ist schnell erfolgt. Ich bleibe an meiner Unterschrift hängen und frage mich erneut, was dieser Nachname auf Grüters Arm zu suchen hatte.

Das Smartphone noch griffbereit, suche ich das Foto aus der Berliner Galerie heraus, das ich Kellermann auf dem Präsidium gezeigt habe. Wurms Instruktionszeichnung enthält nur wenige Striche. Der Kopf einer stilisierten Person, aus deren Mund eine geöffnete Flasche ragt. Die Zeichnung hat nichts Brutales, nichts Martialisches an sich. Sie erscheint eher wie ein leicht skurriler Comic, eine kuriose

Bildgeschichte. Hat der Täter eine Analogie zu dieser harmlosen Skizze schaffen wollen?

Ich bleibe skeptisch und kann Kellermanns Verdacht nicht nachvollziehen. Aber vielleicht übersehe ich auch etwas, denke ich selbstkritisch. Daher öffne ich den Internetbrowser und gebe die Begriffe *Erwin Wurm* und *Instruktionszeichnungen* ein. Einer der ersten Links informiert darüber, dass seine Werke als *One-Minute-Sculptures* angekündigt werden. Ich lese, dass Wurms interaktive Arbeiten die Besucher dazu auffordern sollen, seine Artefakte nicht nur zu betrachten, sondern sie und dabei sich selbst neu zu erfahren. Die begleitenden schriftlichen Anleitungen dienen zur Instruktion und sollen den Besucher motivieren, selbst für die Dauer von sechzig Sekunden zu einem Kunstwerk, zu einer *One-Minute-Sculpture*, zu werden.

Das klingt sehr experimentell, fast spielerisch. Der Mensch wird Teil der Kunst, indem er mit einem Gegenstand interagiert. Ich klicke weitere Links an und meine Vermutungen bestätigen sich. Wurm hat sich von der klassischen Skulptur losgelöst und verzichtet auf traditionelle bildhauerische Materialien. Mit seinen interaktiven Kompositionen will er einen fließenden Übergang zwischen der Position eines Menschen, seinen Bewegungen und einem Gegenstand schaffen. Das jeweilige Exponat existiert nur einen kleinen Augenblick, für eine zeitlich befristete Aktion, bevor sich das temporäre Artefakt wieder auflöst.

Diese Interpretation des Kunstbegriffs bildet einen starken Kontrast zu dem Ziel eines Mörders, das Leben eines Menschen zu beenden. Brutaler Stillstand steht der fließenden Dynamik Wurms entgegen. Wenn der Mörder Wurms Kunstkonzept gekannt hat, ist es mir ein Rätsel, warum er gerade eines der Werke dieses Künstlers als Vorbild für seine Tat nehmen sollte. Anders wäre es, wenn der Mörder nichts über Wurms Arbeitsansatz wusste und die Vision des

Künstlers deshalb nicht richtig deuten konnte. Aber das ist mehr als unwahrscheinlich. Die Skizze ist nicht im Internet zu finden. Der Mörder kann sie nur in einer Ausstellung gesehen haben oder durch die intensive Auseinandersetzung mit Wurms Kunstwerken auf sie gestoßen sein. Ich bin durch zwei, drei Klicks über Wurms Kunstverständnis informiert worden. Sollte dieser Rechercheaufwand etwa zu groß für einen Mörder sein, der sich gezielt in einen Kunstdialog begeben will?

Weitere Spekulationen werden durch das Vibrieren meines Handys unterbrochen. Ich blicke auf das Display. Der Kommissar hat meine Mail empfangen.

»Wo sind Sie?«, schallt es so laut aus dem Hörer, dass ich das Telefon ein Stück weiter weg halte. Die Aufnahmen scheinen Kellermann zu interessieren.

»In meiner Wohnung.«

Die Rückfrage kommt prompt: »Immer noch in Sachsenhausen?« Diesmal sind keine Hintergrundgeräusche zu hören.

»Jawohl, immer noch in Sachsenhausen«, bestätige ich meine Adresse.

»Können wir uns treffen?«

Ich überlege kurz und schlage dann vor: »Das *Newton* ist auch noch an seinem gewohnten Platz. Die Bar müsste schon geöffnet haben. In einer halben Stunde?«

»Ich sehe, wir verstehen uns prächtig.« Es klickt und im Hörer wird es still.

Bevor ich meinen Rechner zuklappe und mich für den spontanen Barbesuch fertig mache, versende ich eine letzte Mail an Karla. Ich schicke ihr das Datum meiner Sitzung in Berlin mit den ergänzenden Worten: *Bist du da?*

8

»Wer ist T.?« begrüßt mich Kellermann, der sich bereits an einem kreisrunden Bartisch im hinteren Bereich des Lokals niedergelassen hat.

Einen freien Platz zu finden, kann ihm nicht schwergefallen sein. Wir sind die einzigen Gäste. Das Nachtleben hat in Sachsenhausen noch nicht begonnen.

Ich lasse mich von Kellermanns stürmischem Empfang nicht aus der Ruhe bringen und verstaue meine Jacke auf dem Nachbarstuhl. Dann nehme ich dem Kommissar gegenüber auf einem Barhocker Platz, setzte mein freundlichstes Lächeln auf und erwidere: »Sie werden es vielleicht nicht glauben, aber wenn ich es wüsste, hätte ich es Ihnen geschrieben.«

Kellermann gibt sich so schnell nicht geschlagen. »Können wir nicht Ihre Mutter fragen?«

»Ist bereits geschehen.« Ich hebe entwaffnend die Hände. »Auch sie weiß nicht, wer hinter dem Kürzel steckt.«

Der Barkeeper hat sich derweil von seiner Theke gelöst und tritt an unseren Tisch heran. Er wirkt so jung, dass ich mich frage, ob er selbst überhaupt schon die Erlaubnis hat, Spirituosen zu erwerben. Gekonnt fischt er einen Kugelschreiber hinter dem Ohr hervor und notiert sich unsere Bestellung. Mich wundert dieser altmodische Gag des so knabenhaften Mannes. Aber vielleicht funktioniert er genau deswegen – die Jugend macht die altbackene Geste salonfähig.

Als er aus unserer Reichweite verschwunden ist, setzt Kellermann zu einem letzten Versuch an: »Vielleicht fällt es Ihrer Mutter ein, wenn wir sie noch einmal fragen?«

»Nein«, wehre ich vehement ab. »Sie kennt niemanden, der mit diesem Kürzel unterzeichnen würde, und falls ihr noch etwas in den Sinn kommt, wird sie sich hundertprozentig bei mir melden.«

»Gut, lassen wir das«, lenkt der Kommissar ein, zupft an einem losen Faden seines grauen Wollpulloverärmels und ergänzt anschließend: »Warum hat der Täter diesen Satz geschrieben? *Er war kein schlechter Mensch.* Warum hat er kein Beileid gewünscht, keine Anteilnahme gezeigt? Das wäre doch die gängige Verhaltensweise für ein solches Schreiben, selbst bei einem Mörder. Aber warum dieser Satz?«

Ich kann Kellermanns Gedankengang nachvollziehen. Auch mir sind die gewählten Worte suspekt. Der Satz klingt wie eine Fürsprache für Erik, als solle ein Ausgleich geschaffen werden zu den in der Presse dominierenden Stimmen.

Wenn meine Mutter das über meinen Bruder gesagt hätte, hätte ich Verständnis dafür. Der Versuch, das Bild des eigenen Sohnes zu retten, den Scherbenhaufen kitten zu wollen, ist nachvollziehbar. Auch ich habe mit diesem diametralen Bild gekämpft, mein geliebter Bruder, der zugleich ein psychopathischer Serienmörder war. In meiner tiefsten Trauerphase hätte ich nach jedem Strohhalm gegriffen. Vielleicht auch nach einem so abgedroschenen Vers, der selbst einen so brutalen Täter wie Erik nicht komplett aufgeben will. Wenn es also meine Mutter gewesen wäre, die diese Karte geschrieben hätte, wäre ich nicht überrascht. Aber wer mochte ihr diese Zeilen geschickt haben? Diese Versicherung, dass im Kern ihres fanatischen Sohnes etwas Gutes steckt?

Der Kommissar beobachtet mich, während mir all diese Gedanken durch den Kopf schwirren. Er hat die Augen zusammengekniffen, sodass in dem schummerigen Licht der Bar ihre unterschiedliche Farbgebung nicht zu erkennen ist. Die Augenhöhlen wirken dunkel und matt.

Der Kommissar muss mein Stillschweigen als Ahnungslosigkeit interpretieren. Er verzichtet darauf, sein Anliegen zu wiederholen, und insistiert nicht auf einer Antwort. Stattdessen beugt er sich ein Stück vor, wodurch wieder mehr Licht auf sein Gesicht fällt, und geht zur nächsten Frage über: »Ist Ihnen vielleicht auf der Beerdigung irgendetwas aufgefallen?«

Wieder ziehe ich mich in meine Gedankenwelt zurück und gehe im Kopf das Begräbnis durch. Kellermann lässt mich gewähren, lässt mir Zeit, mir meine Mutter an meinem linken Arm vorzustellen. Ich musste sie stützen, damit sie nicht vor dem offenen Grab zusammenbrach. Der Pfarrer fand kurze und sachliche Worte. Kein Tadel und auch kein Lob. Ein Satz ist mir in Erinnerung geblieben. Als ob es gestern wäre, erklingen die Worte des Geistlichen klar und deutlich in meinem inneren Ohr: »Möge Gott seine Seele vor ewiger Verdammnis retten.«

Jetzt wird Kellermann doch unruhig. »War jemand da, den Sie nicht kannten?«

Der Kommissar muss sich noch einen Moment gedulden. Der junge Kellner erscheint und stellt zwei Bierflaschen vor uns ab. Den Kugelschreiber hinter seinem Ohr hat er inzwischen durch eine Zigarette ersetzt.

Ich hebe die Flasche, um Kellermann zuzuprosten, doch statt einem Trinkspruch komme ich auf seine Frage zurück. »Nein, am Grab war nur eine Handvoll Leute. Meine Mutter und ich, der Pfarrer und der Friedhofsgärtner. Wissen Sie, die Beerdigung fand erst einige Wochen nach Eriks Tod statt. Da war der Medienrummel schon etwas abgeklungen. Es gab nur einen Journalisten, der Fotos geschossen, aber ausreichend Abstand gehalten hat.«

»Wer war das?«, wirft Kellermann ein. »Wissen Sie noch, von welcher Zeitung er kam?«

Ich schüttle den Kopf. »Keine Ahnung. Ich weiß auch gar nicht mehr, wie er aussah. Mir ist viel mehr sein Kameraobjektiv als sein Gesicht in Erinnerung geblieben. Der Pfarrer hat ihn sich zur Brust genommen und verscheucht. Daher stand er in einigem Abstand hinter dem Jägerzaun, der das Friedhofsgelände umsäumt.«

Kellermann gibt sich noch nicht zufrieden. »Hat er nach der Beerdigung mal versucht, Kontakt aufzunehmen? Oder haben Sie die Berichterstattung irgendwo in den Medien gelesen?«

Ich überlege kurz, dann stelle ich entschieden fest: »Nein. Kein Kontakt und Fotos von der Beerdigung habe ich auch nie in der Zeitung gesehen. Aber das will nichts heißen. Ich habe mich damals zurückgezogen, sämtliche Medien und jeden Blick in das Internet gemieden.«

Meine Informationen helfen dem Kommissar nicht weiter. Doch statt enttäuscht zu sein, kommt ihm direkt ein neuer Gedanke: »Dann kann mir der Pastor vielleicht weiterhelfen. Wo wurde Ihr Bruder begraben?«

»Auf dem Südfriedhof. Er liegt an der Darmstädter Landstraße, wenn Sie von Sachsenhausen Richtung Neu-Isenburg fahren.«

Kellermann macht sich eine kurze, unleserliche Notiz. Als er sich mir wieder zuwendet, frage ich geraderaus: »Haben Sie gewusst, dass Alexander Kerbas Stallenbergs Neffe war?«

Kellermann kneift die Augen zusammen. Er prüft, wägt ab, was ich mit diesem Vorstoß bezwecken will, und entscheidet sich für die offenste aller Antworten: »Ja.«

»Und warum haben Sie mir das nicht gesagt?«, frage ich entrüstet.

»Hätte das etwas an Ihrem Entschluss geändert?« Der Kommissar zieht die Augenbrauen hoch und legt den Kopf schief. Seine Mundwinkel umspielt ein charmantes Lächeln. In seiner Mimik steckt etwas Schelmisches, als wolle er sagen: ›Ach kommen Sie schon, nehmen Sie es mir nicht übel.‹

Ich muss feststellen, dass er zwar nicht mit seiner verschmitzten Aufforderung, sehr wohl aber mit seiner zuvor gestellten Frage irgendwie recht hat. Daher gebe ich vorsichtig zu: »Vielleicht nicht. Wahrscheinlich hätte ich dennoch eingewilligt. Aber die Motivebene für Stallenbergs Handeln verändert sich. Zuvor schien es, dass er den Fall klären will, um sein Unternehmen nicht in Misskredit zu ziehen und seine Kunden zu beruhigen. Das ist aber nur eine Komponente, sogar die untergeordnete. Sein persönliches Motiv wiegt viel stärker. Erneut hat ein Mörder dem Leben eines engen Familienmitglieds Stallenbergs ein Ende gesetzt.«

»Wenn es sich um einen Mord handelt, was bisher eine reine Vermutung meinerseits ist, für die es wenige Indizien gibt«, erinnert Kellermann mich. Sein Themenwechsel ärgert mich. Er verlegt den Gesprächsfokus, ohne zuzugeben, dass die fehlende Information sehr wohl eine wesentliche Verschiebung der Beweggründe für Stallenbergs Interesse an dem Fall mit sich bringt.

Kellermann erahnt meinen missmutigen Gedankengang, denn er fügt versöhnlich hinzu: »Kerbas' Mutter ist Stallenbergs Schwester.«

Ich werte den kooperativen Einschub als stillschweigende Entschuldigung und stelle die nächste Frage: »Hat Stallenberg ihn zur *Sega Invest* geholt?«

»Laut seiner Aussage nicht direkt. Aber wenn aus dem Lebenslauf das verwandtschaftliche Verhältnis zum Aufsichtsratsvorsitzenden hervorgeht, schadet das natürlich nicht.«

Es entsteht eine Pause. Keiner von uns beiden ergänzt etwas, keiner stellt eine Frage. Jeder hängt seinen eigenen Gedanken nach. Um die Stille nicht unangenehm werden zu lassen, knibble ich an dem Etikett der Flasche.

Kellermann trinkt einen Schluck, lässt mich aber nicht aus den Augen. Als er das Bier wieder absetzt, fragt er: »Woran denken Sie?«

Ich lasse die Flasche los und zucke die Schultern. »An die Verbindung zwischen Grüter und Kerbas«, antworte ich zögerlich. »Stallenberg hat die Beziehung zwischen den beiden als rein professionellen Kontakt beschrieben. Sein Neffe war zwar hoch motiviert, Verbindungen zu den Geschäftsführungsetagen zu knüpfen, aber mehr als besonderer beruflicher Ehrgeiz steckte wohl nicht dahinter. Anscheinend war die Bekanntschaft mit Grüter nicht besonders eng. Zumindest nicht enger als zu den anderen Investoren.«

»Was ist, wenn Korruption das Mordmotiv ist?«, wendet Kellermann plötzlich ein. »Vielleicht haben Kerbas und Grüter in die eigene Tasche gewirtschaftet, Immobilienpreise gefälscht und die Bank betrogen. Und das hat einer der anderen Investoren gar nicht gerne gesehen, jemand der *Sega Invest* wollte die Taten unterbinden oder ein Komplize der beiden hat sie ausgeschaltet.«

Ich schüttele ob Kellermanns Fantasien den Kopf. »Eine Unterschlagung kann ich mir nur schwer vorstellen. Bei dem *EuroShop XXL* handelt es sich um einen geschlossenen Fonds. Eine feste Anzahl an Immobilien wurde angekauft, die für eine vereinbarte Laufzeit gehalten wird. Der An- und Verkauf von Immobilien spielt eine untergeordnete Rolle. Die Fälschung der Kaufpreise fällt daher raus und in die tägliche Bewirtschaftung der Objekte sind zu viele Parteien eingebunden. Da wäre jede Manipulation aufgefallen.«

»Welche Immobilien befinden sich in dem Fonds?«, will Kellermann wissen.

»Shoppingcenter, wie der Name schon sagt. Verstreut in ganz Deutschland und dem europäischen Ausland. Insbesondere die Kaufhäuser in der Nähe zur Schweizer Grenze profitieren gerade vom starken Franken. Die Schweizer nutzen den günstigen Wechselkurs und steigern den Umsatz massiv. Der Fonds stand gut da, kein Grund zur Klage.«

Kellermann denkt einen Moment nach. Etwas scheint für ihn noch nicht stimmig zu sein. »Aber die Umsätze kommen doch den Filialen des Einzelhandels zugute. Was hat das mit den Immobilien zu tun?«

»Bei Handelsflächen wird keine fixe Vertragsmiete vereinbart, sondern sie orientiert sich flexibel an der Höhe der Verkaufsumsätze. Fallen diese höher aus, profitiert auch der Gebäudebesitzer, in dem Fall die Anleger des Fonds.«

»Das heißt, sie verdienen an jedem Warenkauf mit? Wenn ich eine Hose erstehe, klingelt es in der Kasse der Immobilieneigentümer?«

»Na ja, im Grunde schon, auch wenn es in der Realität etwas anders abläuft. Es wird monatlich eine Mindestmiete bei einem festgelegten Umsatzstand vereinbart. Wird der Grenzwert überschritten, ist eine zusätzliche Zahlung fällig. Diese wird aber nicht bei jedem Einkauf abgerechnet. Das erfolgt je nach Vereinbarung lediglich quartalsweise oder einmal im Jahr. Denn für eine engere Taktung wäre der Aufwand viel zu hoch.«

Wieder liegt Kellermanns Stirn in Falten, doch meine Erläuterungen scheinen ihm zu genügen. Er wechselt das Thema: »Wie geht es weiter in Ihrem Projekt? Haben Sie mit Blasek gesprochen?«

Ich nicke. »Alles besprochen. Ich habe die erforderlichen Unterlagen bekommen, eine Zutrittskarte erhalten und mein Büro bezogen. Sogar die Termine mit den Investoren stehen schon fest.«

Der letzte Satz erregt Kellermanns Interesse. Seine Augen sind plötzlich hellwach. »Welche Termine? Wann?«

In einer Kurzfassung schildere ich das geplante Vorgehen. Als ich alle Daten, Orte und Gesprächspartner genannt habe, stößt er impulsiv aus: »Ich komme mit.«

Was ich mit einem eindeutigen »Sicher nicht« abwehre.

»Wir befinden uns in einer Mordermittlung«, stellt Kellermann fest.

»Und ich habe ein Reporting-Konzept zu erstellen und werde nicht mit der Kavallerie im Rücken anreisen«, halte ich dagegen.

Stille. Zwei Augenpaare, die sich mustern. Im Hintergrund die rauchige Stimme Johnny Cashs, der die Coverversion eines Nine-Inch-Nails-Songs wiedergibt. Als die Musik verklingt und das nächste Stück einsetzt, durchbreche ich das Schweigen: »Sie haben mich gebeten, in diesem Fall mitzuwirken, indem ich meine Arbeit erledige. Das müssen Sie mich jetzt auch tun lassen.«

Kellermann gibt noch nicht auf. Stillschweigend mustert er mich. Nach einer ganzen Weile löst er sich aus seiner Beobachtung und konstatiert: »Wenn Ihr Einwand stimmt, dass sich Stallenbergs Motivebene durch sein Verwandtschaftsverhältnis zum Opfer ändert, dann gilt das für Sie erst recht. Erledigen Sie Ihren Job, erarbeiten Sie das Konzept, aber machen Sie den Fall nicht zu Ihrem persönlichen.«

Ich wende meinen Blick nicht ab, lasse ihn gerade auf Kellermann gerichtet. Blinzle nicht einmal, auch wenn das Verlangen danach unbändig ist. Der Kommissar hat mit seinen Worten ins Schwarze getroffen, mich ertappt. Die mögliche Verbindung zu Eriks Taten ist der Grund, warum ich an diesem Fall überhaupt mitwirke. Aber diese Motivation ist persönlich und ich weit weg von einer professionellen Distanz, die es für diese Kriminalermittlungen braucht. Doch gerade das will ich nicht zugeben und widerstehe jeglichem Reflex, eine Reaktion zu zeigen. Ich zähle langsam bis drei. Dann zucke ich möglichst gelassen die Achseln. »Also gut, dann lassen Sie mich mal meinen Job machen.«

9

In der Eingangshalle der *Sega Invest* strahlt mir die in goldenen Lettern verfasste und in Marmor eingelassene Vision des Finanzinstituts entgegen: *Nachhaltige Werte.* Auch wenn ich mich lange an diesen Ehrfurcht einflößenden Empfang gewöhnen musste, schreite ich heute völlig ungerührt über den auf Hochglanz polierten Boden. Als ich meine Chipkarte gegen das Edelstahlgehäuse der Zutrittskontrolle halte, öffnen sich die ineinandergeschobenen Glasscheiben wie von Zauberhand und ich betrete den Aufzug, der mich in den sechsten Stock bringt.

Als ich durch den Türrahmen trete, wartet Blasek bereits in meinem Büro, mit einer Gesäßhälfte an den Schreibtisch gelehnt. Er meint es mit seinem großzügigen Kooperationsangebot ernst. Der IT-Leiter streckt mir die Hand entgegen und begrüßt mich mit einem freundlichen »Guten Morgen, Frau Wagenfeld«. Dann überlässt er mir den Schreibtisch und bezieht Position vor der Fensterscheibe, den Rücken an die Glasfassade gelehnt. Weil ich den Höhenunterschied zwischen uns vermeiden will, lasse ich den Bürostuhl unbeachtet, wähle dieselbe Position wie Blasek zuvor und stütze mich am Tisch ab.

Der IT-Leiter, heute in einem dezenten blauen Sakko, wird direkt geschäftlich: »Für Sie geht es ja morgen schon nach Zürich. Ich habe dafür alle Positionen des Kontenplans aufgelistet.«

Ich steige umgehend in die projektbezogene Diskussion ein. Nach einer knappen Stunde haben wir alle relevanten IT-Themen besprochen und ich fühle mich für das Treffen in Zürich gewappnet. Doch bevor Blasek sich verabschiedet, macht er noch einmal an der Türschwelle halt. Seine hagere, hoch aufragende Gestalt füllt nur etwa die Hälfte des Rahmens aus, wobei die Spitzen seiner Meckifrisur fast die Türzarge berühren.

»Sie haben sich doch für das Thema Blockchain interessiert«, erinnert mich der IT-Experte. Ich nicke zustimmend, worauf er fortfährt: »Wir haben an einem Arbeitskreis dazu teilgenommen. Die Technologie hält derzeit die Finanzwelt in Atem. Um die Auswirkungen abzuschätzen, hat sich eine

Projektgruppe gebildet. Die Ergebnisse liegen auf dem Laufwerk, da finden Sie alle möglichen Grundlagen.«

»Vielen Dank«, kann ich gerade noch ausrufen, bevor Blasek aus meinem Blickfeld verschwindet.

Bevor ich mir die besagten Unterlagen anschaue, öffne ich mein Mailprogramm und überfliege kurz die eingegangenen Nachrichten. Es sind keine Mails dabei, die umgehend bearbeitet werden müssten. Und auch keine Nachricht von Karla, stelle ich fest. Das ist für unsere Kommunikationstaktung ungewöhnlich.

In dem von Blasek benannten Ordner sind etliche Zeitungsartikel, Forschungsberichte und Protokolle abgelegt. Das Thema scheint wirklich brandaktuell zu sein, andernfalls käme eine solche Arbeitsdynamik nicht zustande. Aus den gespeicherten Protokollen geht hervor, dass die Sitzungen im Abstand von zwei Wochen stattgefunden haben. Eine hohe Schlagzahl.

Die Brisanz des Themas wird auch durch die Projektteilnehmer bestätigt. Namhafte Größen aus der gesamten Bankenbranche waren vertreten. Also ist die Sorge groß, dass es sich um eine disruptive Technologie handelt, die bestehende Geschäftsmodelle verdrängt.

Ich überfliege den Teilnehmerkreis und bleibe bei einem Namen hängen: Alexander Kerbas. Wieso war der Fondsmanager an einem innovativen Technologieaustausch beteiligt? Ich wüsste nicht, dass der Aufbau digitaler Systeme zu Kerbas' Kernkompetenzen zählte.

Ich greife zum Hörer der Telefonanlage und wähle die Durchwahl des IT-Leiters. Er ist sofort am Apparat.

»Herr Blasek, ich hätte noch eine Rückfrage zu dem Blockchain-Arbeitskreis. Wissen Sie, warum Herr Kerbas in das Projekt involviert war?«

Es herrscht kurz Stille in der Leitung, dann erklärt der IT-Experte: »Ich bin mir nicht mehr hundertprozentig sicher, aber ich glaube, er war dabei, um das Potenzial der Technologie im Einzelhandel zu prüfen.«

»Im Einzelhandel?«, frage ich nach. »Ist die Technologie nicht primär für Geschäftsmodelle in der Finanzwirtschaft gedacht? Blockchain kennt man doch im Rahmen von Digitalwährungen wie Bitcoin.«

»Primär schon, weil der Geldtransfer die einfache Form einer Transaktion darstellt. Eine Überweisung benötigt nur wenige Daten. Aber die Technologie möchte nicht nur Auftraggeber und Empfänger von Überweisungen verbinden. Die Vision der Entwickler zielt darauf ab, eine Vielzahl von Akteuren direkt zu vernetzen, ohne auf einen Vermittler zurückzugreifen, egal ob der Vermittler aus der Bankwirtschaft oder einer anderen Branche stammt. Die Akteure tauschen Werte aus und dieser Transfer wird in einem virtuellen Buchhaltungssystem, der Blockchain, festgeschrieben. Geld ist dabei nur eine Möglichkeit.«

»Und wenn man diese Idee weiterspinnt, kann auch der Einzelhandel davon betroffen sein. Ein Käufer zahlt nicht länger mit Bargeld oder mit Kreditkarte. Einzahlungen oder Überweisungen fallen weg. Der Kunde verwendet eine Digitalwährung und damit ist der ausstehende Betrag in Echtzeit als Guthaben des Kaufhauses verbucht. Der Mittelsmann, zum Beispiel die Bank, fällt bei diesem Modell weg, wodurch die Benutzer sich Kosten wie Überweisungs- und Kontoführungsgebühren sparen.«

»Ja, das ist die Absicht. Und weil sich in fast jeder Branche ein Nutzungspotenzial identifizieren lässt, saßen Spezialisten für verschiedene Anwendungsbereiche in diesem Projekt. So wie Herr Kerbas für den Einzelhandel waren auch Experten für Hotels, Bürogebäude oder Sportstätten dabei.«

»Verstehe. Ist die Technologie denn bereits sicher? Ich habe in der Presse gelesen, dass es zu einem Diebstahl auf einer Bitcoin-Börse kam.«

»Die Technologie selbst gilt als fälschungssicher. Die Daten werden in sogenannte Blocks geschrieben, die aufeinander aufbauen und auf viele verschiedene Rechner verteilt gespeichert werden. Will man einen Datensatz manipulieren, müsste jeder Block der Historie auf jedem Rechner angepasst werden. Das ist quasi unmöglich.«

»Also ist man bei dem Diebstahl mithilfe der Passwörter in die Konten der Tauschbörse gelangt?«

»Korrekt«, bestätigt der IT-Experte. »Der Zugriff auf die Bitcoin-Konten erfolgt über bekannte Verfahren aus der Bankenwelt: Passwort, TAN-Liste, Token, Kartenlesegerät. Wenn ich als Hacker diese Daten geknackt habe, verschaffe ich mir Zugriff auf den Account und kann die Bitcoins stehlen, indem ich sie an eine andere Adresse transferiere.«

»Vielen Dank, Herr Blasek, Sie haben mir sehr weitergeholfen«, bedanke ich mich aufrichtig.

Auch nachdem das Gespräch beendet ist, kreisen meine Gedanken weiter um die neue Technologie.

Wenn sie die Bankenwelt in Aufruhr versetzt, müsste doch auch die Versicherungsbranche betroffen sein. Ein paar Klicks im Internet bestätigen die Vermutung. Der Versicherungssektor rüstet sich und erforscht ebenfalls das Blockchain-Potenzial. Sogar Ansatzpunkte im Haushalt werden identifiziert. Mit der Vision, Akteure und Gegenstände digital zu vernetzen, werden Geschirrspüler, Waschmaschine und Kühlschrank an das Internet angeschlossen und Versicherungsschäden können direkt online identifiziert und abgerechnet werden.

Ich kopiere den Link und die Zeitungsartikel aus dem Ordner in eine Mail an Anna. Das wird sie interessieren, insbesondere der letzte Absatz. Wenn Kühlschränke eigenständig Schäden melden, können auch Stromverbräuche über eine Blockchain abgerechnet werden. Damit hat Anna ihren gesuchten Anwendungsfall in der Immobilienbranche.

Nachdem ich die Mail abgeschickt habe, widme ich mich ein letztes Mal dem Projektordner, öffne erneut eines der Protokolle und lasse meinen Blick über die Teilnehmer schweifen. In der Tat, die Versicherungsbranche hat Feuer gefangen. Der Chef selbst hat an dem Arbeitskreis teilgenommen. In der Mitte der Liste entdecke ich Werner Grüters Namen.

10

»Das ist jetzt nicht Ihr Ernst«, halte ich Kellermann kalt entgegen.

»Wieso, was meinen Sie?«, fragt der Kommissar unschuldig, was mich noch mehr in Rage versetzt.

»Sie haben versprochen, sich aus meinem Projekt herauszuhalten. Das ist meine Arbeit, nicht Ihre!« Die Lautstärke meiner Stimme ist so stark angewachsen, dass die ersten Fluggäste am Gate sich zu uns umdrehen.

»Ich glaube, das Boarding beginnt. Sollen wir uns in die Schlange stellen oder möchten Sie lieber bis zum Schluss warten?«

Kellermanns Ablenkungsmanöver mindert meinen Ärger nicht im Geringsten. »Was soll das?«, stoße ich aufbrausend hervor.

»Keine Sorge, ich bin nicht wegen Ihnen hier.« Kellermanns Tonfall ist übertrieben beschwichtigend.

»Welch wundersamer Zufall treibt Sie dann nach Zürich?«

»Ich gehe in eine Ausstellung. Erwin Wurm, im Kunsthaus Zürich. Das wird toll. Das Museum ist auch so schön gelegen, gar nicht weit von Ihrem Sitzungstreffpunkt entfernt auf der anderen Seite der Limmat. Wenn Sie sich bis dahin wieder beruhigt haben, lade ich Sie gerne nach Ihrem Treffen auf eine Schale ein.«

Ich koche. Alles an ihm macht mich wütend. Der arglose Blick, die vorgespielte Vorfreude auf die Ausstellung und sogar die Verwendung des Schweizer Begriffs für Milchkaffee. Kellermann ist ein Kunstbanause, und dass er unter die Feinschmecker gegangen ist, wäre mir auch neu.

Meine Wut verraucht nicht. Nicht nachdem wir gelandet sind und auch nicht nachdem uns ein Schweizer Werbefilm, der uns die Zeit im Tunnel des Flughafen-Shuttles verkürzen soll, mit Bergpanorama, muhenden Kühen und einem Schweizer Grüezi begrüßt hat. Selbst nachdem ich die Sitzung bei der *Swiss Protect* mit ausgesprochen zuvorkommenden Diskussionspartnern – man schätzt in Zürich das Understatement – erfolgreich hinter mich gebracht habe, ist mein Ärger noch nicht verflogen.

Hektisch bewege ich mich in Richtung der noblen, gusseisernen Ausgangspforte und trete in die Bahnhofsstraße. Ohne ein konkretes Ziel zu haben, eile ich durch das exquisite Bankenviertel. Um mich abzulenken, prüfe ich die eingegangenen Anrufe und Mails auf meinem Handy. Ich flippe kurz durch die Nummern und Nachrichten und entscheide mich, nur eine davon zurückzurufen. Anna.

»Marie, vielen Dank dir für all die Unterlagen zur Blockchain-Technologie. Das hat mir die Vorbereitung meines Vortrags sehr erleichtert.«

»Wann ist es denn so weit, dass du auf die große Bühne trittst?«, frage ich im Gehen.

»In zwei Wochen. Wo steckst du? Du bist ja ganz außer Atem.«

»Ich spaziere gerade durch Zürich und flüchte vor Kommissar Kellermann.«

Es wird still in der Leitung. Anna überlegt wahrscheinlich, wie viel Sarkasmus in meiner Aussage steckt. Bevor sie fragen kann, kläre ich sie über mein letztes Zusammentreffen mit dem Kommissar auf.

»Aber ist es nicht seine Aufgabe, Spuren vor Ort nachzugehen? Ich meine, so als Kommissar«, versucht sie, Frieden zu stiften.

Meine erste Reaktion ist es, Anna zu entgegnen, dass sie das gar nicht beurteilen könne und sie die ganze Situation überhaupt nichts anginge. Doch ich presse die Lippen aufeinander und besinne mich eines Besseren. Es wäre ungerecht, ihr gegenüber und, obschon ich es nicht gerne zugebe, auch Kellermann.

»Also schön, ich rufe ihn an. Aber den Kaffee zahlt er. Und ich nehme die teuerste Adresse in Zürich!«

Anna lacht laut auf. »Lass es dir schmecken!«

Die *Confiserie Sprüngli* am Paradeplatz zählt zwar zu den hochpreisigen, nicht aber zu den angesagtesten Lokalitäten Zürichs. Das Publikum ist dementsprechend gut betucht und antiquiert. Davon unbeeindruckt, nippe ich an der noch zu heißen Schale und nasche ein cremefarbenes Luxemburgerli, das nach Vanille schmeckt.

»Möchten Sie nicht auch eins probieren?« Ich halte Kellermann das schmucke Silbertablett mit dem berühmten Kleingebäck aus Mandelmehl und steif geschlagenem Eiweiß unter die Nase.

»Nein, danke.« Der Kommissar hebt abwehrend die Hände und kommt mir dann doch ein Stück entgegen: »Aber ich glaube, Sie haben recht. Ich habe mir Wurms Ausstellung angesehen, es sind insgesamt an die hundert Skizzen. Und auch die mit der Darstellung des Kopfes samt Flasche habe ich gefunden.«

Während ich dem Kommissar zuhöre, greife ich beherzt nach einer weiteren Süßigkeit.

»Die Szenen wirken verspielt, fast wie eine Bildgeschichte. Nichts Despotisches oder Machtvolles geht von ihnen aus. Eine Analogie zu der …«, der Kommissar gerät ins Stocken, blickt sich kurz um und fährt dann fort, »... sagen wir mal ›Darstellung‹ Grüters kann ich mir nur schwer vorstellen.«

In meinem Kopf erklingt ein trotziges ›Habe ich Ihnen ja gleich gesagt‹. Doch ich erinnere mich an Annas ermahnende Worte und verkneife es mir.

»Wie war Ihre Sitzung?«, wechselt Kellermann das Thema.

Ich fasse in knappen Sätzen den Ablauf der Sitzung zusammen, die sich mehr oder weniger nur um die Reporting-Bedürfnisse der Versicherung und deren IT-Architektur gedreht hat. Erkenntnisse, die in keinster Weise für Kellermann interessant sind. Ich sehe nicht, dass irgendetwas davon im Zusammenhang mit dem Mordfall stehen könnte.

»War Kerbas denn regelmäßig hier?«, fragt Kellermann nachdenklich.

»Ja, schon, das hat die *Swiss Protect* bestätigt. Aber schauen Sie sich doch um. Welcher statusorientierte Fondsmanager würde eine Reise nach Zürich zurückweisen? Und das im Auftrag und auf Kosten des eigenen Unternehmens. Hier glitzert alles. Selbst die Zuwege im Flughafen sind mit Marmor ausgelegt.«

»Also kein Kontakt, der nicht professionell berechtigt wäre.«

»Genau. Die Besuche scheinen rein geschäftlich motiviert gewesen zu seinen.«

»Was ist mit Grüter? Haben Sie etwas Neues über ihn erfahren?«, erkundigt sich Kellermann.

»Man kennt sich natürlich, allein durch die Anlegerausschusssitzungen. Auch Grüters Tod ist niemandem verborgen geblieben. Aus den Reaktionen der Sitzungsteilnehmer ging deutliche Anteilnahme hervor, aber auf professionelle Art, ich hatte nicht den Eindruck, dass es persönliche Kontakte gegeben hätte.«

Der Kommissar entgegnet daraufhin vorerst nichts mehr, nippt gedankenverloren am Kaffee. In seinem Gesichtsausdruck vermischt sich Niedergeschlagenheit mit Enttäuschung.

»Vielleicht habe ich aber trotzdem noch eine Verbindung entdeckt. Nicht zur *Swiss Protect,* aber zwischen Grüter und Kerbas.«

Schlagartig ist Kellermanns Aufmerksamkeit zurück.

In Kürze berichte ich über den Arbeitskreis und die Hintergründe der Blockchain-Technologie. Der Kommissar hört mir interessiert zu und stellt ein paar technische Rückfragen, aber mithilfe von konkreten Anwendungsbeispielen sind auch die schnell geklärt.

»Ist es nicht ungewöhnlich, dass der Geschäftsführer der *Nord Assekuranz* persönlich an der Projektgruppe teilgenommen hat?«, fragt Kellermann.

»Na ja, ein bisschen schon. Aber das kommt auf den Einfluss der neuen Technologie an. Wenn eine maßgebliche Veränderung für das Unternehmen droht, ist eine Involvierung des Managements nicht ausgeschlossen«, wende ich ein.

Das Gespräch hat mich gedanklich völlig gefangen genommen. Als ich auf mein Handy blicke, rufe ich aus: »Ach, du Schande. Es ist schon kurz vor sechs. Wir müssen dringend los, sonst verpassen wir unseren Flug!«

In der Straßenbahn kommt keine Unterhaltung mehr zustande. Erst als wir uns eine Zweierreihe im Flugzeug teilen, nimmt der Kommissar den Faden wieder auf: »Diese Technologie, von der Sie vorhin sprachen, diese Blockchain, wird die heute schon eingesetzt?«

»Ja, klar. Auch wenn viele Projekte noch als Prototyp zu betrachten sind. Es wird im Moment viel ausprobiert.«

»Aber ein Arbeitskreis, der sich so digitalen Spielereien widmet«, gibt der Kommissar zu bedenken, »glauben Sie wirklich, dass aus der Zusammenarbeit dieser Branchengrößen ein Mordmotiv entsteht?«

Eine Flugbegleiterin erscheint und wir wählen beide ein stilles Wasser. Gekonnt bugsiert die Stewardess die dünnen

Plastikbecher auf die schmalen Tabletts. Ich leere mein Getränk in einem Zug.

»Ob ein Motiv in dem Arbeitskreis zu finden ist, kann ich nicht beurteilen.« Ich stocke einen Moment, überlege, setze dann erneut an. »Hätten Sie mich vor ein paar Jahren gefragt, ob ein Motiv für den Mord eines Menschen in der Nachbildung eines Kunstwerks liegen könnte, hätte ich das für absurd gehalten. So ändert sich die Perspektive. Kennen Sie das Sprichwort ›Schließt sich eine Tür, geht eine andere auf‹? Dieser Satz gilt auch andersherum: Öffnet sich eine Tür, geht eine andere nicht mehr zu. Das, was ich mir nie habe vorstellen können, liegt jetzt im Bereich des Möglichen, wenn nicht des Wahrscheinlichen.«

Kellermann schaut mich erst entgeistert, dann prüfend an. Zwei zusammengekniffene Augen, die nicht die Helligkeit im Flugzeug scheuen, sondern verengt sind, um sich zu fokussieren. Dann nickt er, richtet den Blick wieder nach vorne und leert ebenfalls seinen Becher.

In der Haupthalle des Frankfurter Flughafens trennen sich unsere Wege. Taxi und Parkhaus sind die jeweiligen Ziele. Zum Abschied ergänze ich: »Falls Sie sich morgen der Kunst Stockholms widmen möchten, mein Flieger geht um 08:40 Uhr.«

Annas Ermahnung wirkt nachhaltig, denke ich und muss mich erst an meine wiedergefundenen Kooperationsabsichten gewöhnen.

»Nein, nein.« Der Kommissar winkt ab. »Kulturelle Ausflüge reichen mir fürs Erste, da können Sie sicher sein.«

Im Taxi Richtung Sachsenhausen prüfe ich dann die eingegangenen E-Mails des Tages. Wieder keine Nachricht von Karla. Ich rufe die ursprüngliche Mail mit dem bevorstehenden Termin in Berlin auf und sende sie erneut. Dann lehne ich mich zurück und lasse die Commerzbank-Arena an mir vorbeiziehen.

Kurz bevor das Taxi in die Gartenstraße einbiegt, meldet sich mein Telefon. Eine SMS von Karla: *Sorry, deine Mail ist irgendwie untergegangen. Ich bin da, komm vorbei!*

11

Der Tagestrip zu den Schweden ist absolviert, Investorenbesuch Nummer zwei von fünf liegt hinter mir. Müde lasse ich mich auf das Sofa fallen und massiere meine Füße, die dankbar dafür sind, nicht mehr in hochhackigen Schuhen zu stecken. Im Fernsehen plätschert eine Dokumentation über die Haifischbucht an der australischen Westküste dahin. Ich stelle den Ton leiser, denn auf dem Display des Smartphones erscheint Annas Name.

»Wo steckst du denn den ganzen Tag?«, sprudelt es aus ihr hervor.

»In Stockholm. Ich hatte das Telefon ausgestellt«, erkläre ich.

»Gestern Zürich, heute Stockholm. Du steckst also wieder mitten im Beratungsgeschäft. Pass auf, dass du der Drei-Wetter-Taft-Dame keine Konkurrenz machst.«

»Mein Haarspray ist immer dabei«, gebe ich ironisch zurück. »Auch morgen, da geht es nach Berlin.«

»Dafür muss man echt geboren sein. Für mich wäre das nichts, dieses viele Reisen«, gibt Anna nachdenklich zu und fragt anschließend: »Dient dieser ganze Projekttourismus dem Reporting-Konzept?«

»Ja, jeder Investor bekommt seine Individualbehandlung.«

»Wann bist du morgen fertig? Sehen wir uns auf einen Drink in der *Viktoria Bar*?«

Ich zögere kurz und antworte dann: »Wird leider ein bisschen knapp. Ich wollte nach der Sitzung gleich zu Karla aufbrechen. Wie wärs am nächsten Morgen im *Café Vilio*?«

»Aha, zu Karla. Euch zwei kann auch nichts trennen.« Ich kann Annas Schmunzeln förmlich sehen.

»Hey, hey, wir sind nur gute Freunde«, interveniere ich.

»Das sagen sie immer!«, prustet Anna. »Nun, Spaß beiseite. Einen Schuss Koffein werde ich brauchen können. Danach habe ich eine Abstimmung zu meinem Vortrag. So wie es aussieht, herrscht großes Interesse an der neuen Technologie. Ach, apropos Stockholm, falls du noch mal dort bist, da sitzt ein Blockchain-Programmierer. Das wäre ein interessanter Austauschpartner.«

»Klingt spannend. Ich melde mich, falls ein weiterer Termin in Schweden anberaumt wird. Aktuell ist das nächste Treffen auf der *MIPIM* in Cannes geplant.«

»Oh, là, là. Wenn die Côte d'Azur ab jetzt zu deinen Arbeitsstandorten gehört, steige ich doch ins Projektgeschäft ein.«

»Du bist herzlich eingeladen«, biete ich freudig an.

»Nein, nein«, wiegelt Anna direkt wieder ab. »Statt Champagner und Austern bleibe ich lieber bei Bier und Chips.«

»Schlaf gut.«

»Du auch!«

Ich schalte den Fernseher wieder lauter und angle mir die Wolldecke von der Armlehne. Sehnsüchtig verfolge ich die Aufnahmen von bunten Korallenriffen und azurblauem Wasser. Die Gemütlichkeit währt jedoch nicht allzu lang. Noch bevor die Dokumentation beendet ist, ruft Kellermann an. Erneut stelle ich den Ton leiser.

»Wie war es in Stockholm?«, begrüßt mich der Kommissar aufgeregt.

»Gut«, antworte ich freundlich, aber zurückhaltend.

Das mindert Kellermanns Enthusiasmus jedoch nicht im Geringsten. Seine Fragen prasseln auf mich ein: »Gab es dort eine Verbindung zu Grüter? War der Kontakt zu Kerbas besonders auffällig? Haben die Schweden einen Hinweis gegeben?«

»Nein, nichts von alldem.«

»Mein Gott, jetzt lassen Sie sich doch nicht alles aus der Nase ziehen.«

Ich atme in Erinnerung an den Teamgedanken tief durch und ergänze: »Aus meiner Sicht haben wir keine Themen diskutiert, die für Sie interessant sein könnten. Es ging einzig und allein um die Inhalte der Reports und die dafür erforderlichen Daten. Aufgrund der Anlegerstruktur haben sich ein paar Spezifika ergeben, aber auch die konnten wir schnell klären.«

»Welche Spezifika?«, fragt der Kommissar wissbegierig.

Ich bezweifle, dass das von Relevanz für den Fall ist, antworte aber dennoch höflich: »Bei der *Stockholm Asset Bank* besitzen auch Privatpersonen Fondsanteile. In der Regel werden diese Einzelinvestoren nicht im System geführt, da es sich um personenbezogene Daten handelt, die einem besonderen Schutz unterliegen.«

»Wer sind die Investoren?« Der Kommissar lässt nicht locker und stellt meine Geduld auf die Probe.

Ruhig antworte ich ihm: »Die Daten werden mir erst noch zugeschickt. Aber selbst wenn ich die Namen bereits hätte, würde ich sie Ihnen nicht geben. Personenrelevante Daten stehen, wie gesagt, unter Datenschutz.«

Ich will das Gespräch schon beenden, als der Kommissar mich kalt erwischt.

»Wir sehen uns morgen übrigens in Berlin.«

Ich bin so perplex, dass ich einfach nur ein »Warum?« äußere.

»Der Journalist, den Sie bei der Beerdigung Ihres Bruders gesehen haben, ist bei keiner Zeitung in Hessen angestellt. Ich habe nachgeforscht: Keine Pressestelle hat damals einen Reporter geschickt. Der Pastor konnte sich allerdings an die Zeitung erinnern, für die der Journalist zu arbeiten behauptete.«

»Wieso rufen Sie dann nicht einfach dort an? Warum reisen Sie gleich nach Berlin?« Ich bin immer noch nicht überzeugt.

»Das ist ein großer Laden. Mein Ansprechpartner konnte sich nicht mehr genau erinnern, wird aber bis morgen alle Personen zusammentrommeln, die damals bei der Berichterstattung beteiligt waren und ...«

»... und heute noch im Unternehmen sind«, vollende ich Kellermanns Satz.

»Ja, die Personalfluktuation in der Journalismusbranche ist nicht unerheblich, zumal es viele freie Mitarbeiter gibt.«

»Dann drücke ich Ihnen die Daumen.«

»Bis morgen. Gute Nacht.«

Als ich aufgelegt habe, fällt mir auf, dass Kellermann weder einen Termin noch einen Treffpunkt genannt hat. Meine Flugzeiten wird er nicht kennen. Ich fahre mit dem Zug.

12

Wie erwartet, ist von dem Kommissar nichts zu sehen. Nicht am Gleis, nicht im Zug und auch nicht am Berliner Hauptbahnhof.

Ich habe die Zeit genutzt, um mich auf die Sitzung vorzubereiten. Der *Berliner Pensionskassenverband* hat vorab Musterreports zugestellt, die eine Zusammenfassung ihrer Anforderungen darstellen. Im Begleittext der von der Assistentin des Vorstands geschickten Mail stand, dass sie mich darum bitten, diese sorgfältig durchzuarbeiten, denn ihre Zeit sei knapp bemessen.

Im Foyer des *Pensionskassenverbands* begrüßt mich Frau Zimmermann, die Assistentin des Vorstands. Sie informiert mich darüber, dass der Herr Vorstandsvorsitzende noch beschäftigt ist und ich mich einen Moment gedulden müsse. Allein die Betonung von Krögers Position deutet auf eine sehr hierarchische Unternehmenspolitik hin. Was so anfängt, kann ja heiter werden, denke ich missmutig und sehne mich nach dem gestrigen Tag und nach der offenen Kultur der Schweden zurück.

Die folgende Sitzung schleppt sich trotz der kurzen Dauer dahin. Die Anforderungen sind völlig überzogen. Bei jeder offenen Flanke hake ich kritisch nach. Die Teilnehmer sind keine IT-Experten, daher gehen mir die Anmerkungen nicht aus. Da ihr Selbstbewusstsein die fehlende Expertise wettmacht, sind die Diskussionen zäh und langwierig.

Als ich endlich auf die Hardenbergstraße trete, die in ihrer Verlängerung auf die Gedächtniskirche zuläuft, atme ich laut auf. Das war ein anstrengendes Gespräch. Um mich zu beruhigen, schlendere ich Richtung Breitscheidplatz und fische mein Handy hervor. Es warten eine Mitteilung von Kellermann auf dem Anrufbeantworter und eine SMS von Karla, die ich zuerst lese.

Sorry, dauert bei mir etwas länger. Sollte spätestens um 22:00 Uhr zu Hause sein.

Die Nachricht versetzt mir einen Stich. Um mich dem Gefühl der Enttäuschung nicht hinzugeben, höre ich direkt Kellermanns Ansage ab. Mehr als die Frage, ob wir uns treffen, beinhaltet die Mitteilung nicht.

Ein letzter Gedanke an Karla, dann drücke ich demonstrativ die Rückruftaste.

Ich verabrede mich mit dem Kommissar in der *Dschungel Bar,* die eine spektakuläre Aussicht über den Berliner Zoo bietet. Wir wählen einen Platz an der Fensterfassade. Die Bar nimmt ihren Namen ernst und so befindet sich in unserem Rücken eine Vielzahl von verschiedenen, wild rankenden Grünpflanzen. Wie insgeheim von mir erhofft, hat sich um diese Uhrzeit kaum ein Gast hierher verirrt.

Wirklich erfolgreich waren wir beide nicht. Ich berichte knapp von dem Meeting, dann erzählt Kellermann, dass alles dafür spricht, dass es den mysteriösen Fotografen nicht gibt. Keine der Zeitungen will einen Mitarbeiter zur Beerdigung entsandt haben, dafür sei der Fall schon nicht mehr interessant genug gewesen.

Nicht mehr interessant genug, hallt es in meinem Kopf nach. Wie bitter diese Worte klingen. Aus Sicht der Medien allerdings verständlich. Der Serienmörder ist tot, über alle Opfer wurde detailliert berichtet. Wer will da schon den kläglichen Rest einer zerrütteten Familie sehen, die am Grab um den verlorenen Sohn, den abtrünnigen Bruder trauert?

»Ich habe den Kerl gesehen«, beteuere ich, »damals auf dem Friedhof. Er hat so ein Band um den Hals getragen, an dem gerne Presseausweise hängen, und eine Kamera mit einem riesigen Objektiv.«

»Ja, ja, das glaube ich Ihnen gerne. Aber er war aller Wahrscheinlichkeit nach kein Journalist.«

»Und wer war er dann? Wen könnte es interessieren, Bilder eines Begräbnisses aufzunehmen, wenn selbst die Presse den Fall nicht mehr spannend findet?«

»Das ist eine gute Frage«, meint Kellermann besonnen und fährt bedeutungsvoll fort: »Und ich glaube, die Antwort hat direkt mit Erik zu tun.«

Ich hole tief Luft. Der Gedanke, dass jemand Fremdes am Grab meines Bruders gestanden hat, macht den Verdacht auf einen weiteren Jünger realer, als mir lieb ist. Aber ist das eine wirkliche Erkenntnis für den aktuellen Fall? Wo sollen wir nach diesem Unbekannten suchen? Stillstand ist jedoch auch keine Lösung und daher beginne ich an einem Ende, das zumindest fassbar ist. »Erzählen Sie mir etwas mehr über Kerbas. Vielleicht stoßen wir so auf einen neuen Ermittlungsansatz. Wo hat er gewohnt? Hatte er Schulden? Hobbys, von denen keiner wissen durfte?«

Der Kommissar seufzt. »Ich verstehe Ihre Fragen, aber das Frustrierende ist, dass uns die Antworten wohl kaum weiterbringen werden. Kerbas hat in einer Industriellenvilla in Höchst gewohnt, die er von seinem Vater frühzeitig überschrieben bekam. Ohne Hypothek, ohne offene Kredite. Auch ansonsten hatte er keine Schulden. Seine Hobbys beschränkten sich auf den örtlichen Tennisklub und das Segeln. Einmal im Jahr unternahm er einen siebentägigen Segeltörn. Die restlichen Urlaube hat er mit seiner Familie verbracht, abwechselnd an der Nordsee oder in den Bergen. Bevor die Tochter geboren wurde, hat man sich eine exotische Reise nach Thailand geleistet. Nichts in den familiären oder wirtschaftlichen Strukturen weist auf eine Ursache für seinen Selbstmord hin.« Kellermann betont den letzten Satz, als ob das Thema damit beendet wäre.

Ich sehe das anders und frage: »Wie heißt die Tochter?«

Der Kommissar verdreht die Augen und stößt genervt »Elsa« hervor.

Ein hübscher Name, denke ich, aber wie von Kellermann vermutet, hilft er mir nicht wirklich weiter. Daher greife ich ein anderes Thema auf: »War Kerbas in psychologischer Betreuung?«

Kellermann scheint diese Frage für berechtigt zu halten, denn er antwortet entgegenkommender: »Nicht, dass wir wüssten. Wenn er einen Therapeuten hatte, hat er das weder seiner Frau noch seiner Krankenversicherung erzählt.«

»Er könnte die Therapie aus eigener Tasche gezahlt haben«, wende ich ein. »Die Stunden bei einem Psychologen hätten locker in sein Budget gepasst. Gab es Kontoabhebungen, die eventuell dazu passen könnten? Wenn es eine intensive Betreuung war, kostet das sicher ein paar Hundert Euro im Monat.«

»Nein, wie all seine anderen Aktivitäten waren auch Kerbas' Kontobewegungen sehr regelmäßig. Alle größeren Abhebungen konnten wir zuordnen. Ein Hochzeitsgeschenk für den Schwager, ein neuer Kinderwagen, Schmuck für seine Frau. Es fand sich nichts Auffälliges.«

»Und Grüter? Wie sah sein Leben aus?«

Kellermann zuckt die Achseln. »Auf den ersten Blick herrschte die gleiche Unauffälligkeit. Seinen Job als Geschäftsführer hat er sehr gewissenhaft ausgeführt. Mit seiner Frau zusammen besaß er ein abbezahltes Haus am Stadtrand von Hamburg. Er segelte gern und engagierte sich ehrenamtlich.«

»Hört sich nach einer Bilderbuchkarriere an.«

Der Kommissar seufzt. »In der Tat. Die Kollegen aus Hamburg haben ausgiebig recherchiert, aber nichts Verdächtiges gefunden. Auch nicht in der Geschäftsbeziehung zur *Sega Invest.*«

Ich lasse mir Kellermanns Worte durch den Kopf gehen, während vor meinem inneren Auge der an den Füßen aufgehängte Manager erscheint.

Derweil fährt der Kommissar fort: »Frau Wagenfeld, auch wenn Sie das nicht gerne hören, halte ich es aktuell für sinnvoller, nach einem weiteren Jünger zu suchen. Zumindest der Mord an Grüter deutet für mich nach wie vor stark in diese Richtung. In dem Zuge wäre es außerdem sinnvoll, weiter zu überlegen, welche künstlerische Vorlage der Täter verwendet haben könnte.«

»Aber …«, wende ich ein und werde sofort unterbrochen.

»Überlegen Sie, mit wem Erik Kontakt hatte. Schauen Sie sich noch einmal genau seine Sachen an. Sprechen Sie mit Ihrer Mutter. Damit können Sie uns helfen. Vielleicht fällt Ihnen doch noch ein, wer hinter T. steckt oder Sie entdecken einen Hinweis zu dem angeblichen Journalisten auf dem Friedhof.«

Ich fühle mich nicht ernst genommen. Was glaubt der Kommissar eigentlich, was ich die letzten Tage gemacht habe? Wer war es denn, der überhaupt auf T. gestoßen ist, wem ist der Journalist auf dem Friedhof wieder eingefallen? Wenn ich mehr Informationen beschaffen könnte, hätte ich das längst getan. Als ob ein weiteres Gespräch mit meiner Mutter mehr erreichen würde, als sie endgültig zu beunruhigen. Ohne neue Hinweise würden wir hier nicht vorankommen, da war ich mir sicher.

Als hätte er meine Gedanken gelesen, sagt der Kommissar: »Frau Wagenfeld, Ihre Abwehrhaltung ist mehr als verständlich. Sie wollen sich und Ihre Familie schützen. Ich kann mir vorstellen, dass es alles andere als angenehm ist, sich gezielt mit diesem dunklen Kapitel auseinanderzusetzen. Aber ich bitte Sie, helfen Sie mir.«

Kellermann zieht alle Register. Um mich nicht schonungslos seinem emotionalen Druck auszusetzen, schäle ich mich aus meinem Klubsessel und sage: »Ich könnte jetzt etwas Alkoholisches vertragen. Sie auch?«

Er schüttelt den Kopf. »Nein, danke. Ich muss zum Flughafen aufbrechen, für mich geht es heute noch zurück nach Frankfurt.«

Ich bin überrascht über das abrupte Ende des Gesprächs. »Dann zahle ich mal.«

»Warten Sie, lassen Sie mich das übernehmen«, wirft der Kommissar ein.

»Nein. Sie kennen doch die alte Regel: meine Bar, meine Rechnung.«

Karla war noch nicht zu Hause, als ich in ihrer Wohnung eintraf. Ich schalte den Fernseher ein und mache es mir auf dem Sofa bequem, eingemummelt unter einer Bettdecke. Was für ein katastrophaler Tag. Ich werde versetzt und man lässt mich warten, man schubst mich herum und will mich manipulieren. Und zum krönenden Abschluss hatte die U-Bahn einen technischen Schaden. Aber wenigstens bin ich jetzt dort, wo ich sein möchte. Kurz vor elf höre ich, wie sich der Schlüssel im Schloss dreht und Schuhe in die Ecke gekickt werden.

Auf Socken schleicht sich Karla ins Wohnzimmer. Vorsichtig höre ich sie flüstern: »Marie, bist du noch wach?«

»Ja, ich habe es mir nur vor dem Fernseher gemütlich gemacht.«

Karla nimmt am Fußende des Sofas Platz und legt eine Hand auf meinen Oberschenkel.

»Du warst lange unterwegs. Alles okay?«, frage ich.

»Ja, ja. Alles gut. Wir haben im Studio noch ein paar Songs aufgenommen. Die neue Bassistin kennt unsere Lieder noch nicht so gut, daher hat alles ein bisschen länger gedauert als geplant.«

»Seit ihr fertig geworden?«

»Nicht wirklich. Aber es hatte keinen Zweck mehr. Ich werde mir morgen früh erst einmal alle Aufnahmen anhören und mich dann noch mal mit Sebi im Studio treffen.«

»Sebi, ist das ihr richtiger Name?«

Über Karlas Gesicht huscht ein Lächeln. »Eigentlich heißt sie Johanna. Aber sie gleicht Jean Seberg so sehr, dass sie schon seit Ewigkeiten so genannt wird, daher hat sie uns den Spitznamen gleich angeboten.«

»Hat sie auch den gleichen blonden Pixie-Cut?«, erkundige ich mich.

»Ja, so ziemlich, und fast die gleiche Haarfarbe, vielleicht nicht ganz so hell.«

»Magst du noch ein bisschen mit mir fernsehen?« Ich ziehe die Beine an, sodass sich ein freier Platz ergibt.

Karla winkt ab. »Lieber nicht. Ich bin todmüde und gehöre ins Bett. Wir sind morgen schon um zehn Uhr verabredet und ich will mir vorher noch alle Aufnahmen anhören.«

Sie gibt mir einen Klaps auf den Oberschenkel, rafft sich dann vom Sofa auf und schlendert ins Bad.

Das Gefühl von Einsamkeit hat mich gerade wieder kalt erwischt.

13

Am nächsten Morgen nieselt es, als ich die Straßen von Berlin-Mitte durchquere. Mit hochgezogenen Schultern verkrieche ich mich tief in meinen Mantel. Dankbar greifen meine durchgefrorenen Knochen nach dem Türgriff des *Café Vilio* in der Nähe der Volksbühne.

Ich trete ein und habe sofort den gesamten Innenraum im Blick. Anna hat sich an einer Art zweitem Tresen niedergelassen, kein Ladentisch im eigentlichen Sinne, sondern nur ein Holzbrett, das an die Wand genagelt wurde. Davor aufgereiht steht eine Handvoll Barhocker. Einen davon besetzt Annas zierliche Gestalt. Einen zweiten hat sie mit ihrer giftgrünen Daunenjacke für mich reserviert.

Da vor ihr noch kein Getränk, sondern nur die aufgeschlagene Klatschpresse liegt, zupfe ich zur Begrüßung kurz an ihrem blonden Pferdeschwanz und frage sie nach ihren Wünschen. Dann ordere ich an der Theke und setze mich zu ihr.

Anna schließt ihre Zeitschrift und prostet mir mit dem soeben gebrachten Ingwertee zu. Nach einem kleinen Schluck stellt sie ihn jedoch fluchend wieder ab. Sie hat sich die Zunge verbrannt. »Meine Güte«, schimpft sie, »jetzt bin ich erwachsen und habe es immer noch nicht gelernt.«

»Du bist eben impulsiv. Mit allen Vor- und Nachteilen«, meine ich schmunzelnd.

»Apropos impulsiv, du siehst aus, als hättest du kein Auge zugemacht und würdest gleich vom Hocker kippen.«

Anna kennt mich zu gut, denke ich ärgerlich. Ich hatte gehofft, dass die wenigen Stunden, die ich schlafend auf dem Sofa verbracht habe, mir nicht anzumerken seien. Besser als mit offenen Augen neben Karla zu liegen und über die Distanz zu grübeln, die sich zwischen uns eingeschlichen hat, war es allemal.

»Ist schon gut, habe nur schlecht geschlafen.«

Doch so leicht lässt sich Anna nicht abschütteln. Zu groß ist ihr Misstrauen gegenüber dem neuen Projekt bei der *Sega Invest*. Nach zwei weiteren Ausflüchten gebe ich mich geschlagen und berichte von meinem gestrigen Tag, dem Gespräch mit dem *Berliner Pensionskassenverband*, dem Treffen mit Kellermann und von seinen Theorien. Selbst die U-Bahnstörung, die mich auf dem Weg zu Karla heimgesucht hat, lasse ich nicht aus. Nur von Jean Seberg erzähle ich vorerst nichts.

»Gut, gegen die öffentlichen Verkehrsmittel kann ich nichts tun. Du kennst ja den schnöden Spruch: ›Was sind die gefährlichsten Gegner der Berliner Verkehrsbetriebe? Frühjahr, Sommer, Herbst und Winter.‹ Ich weiß«, gibt Anna zu, als ich nicht lache, »kein besonders guter Witz, aber immerhin ein wahrer.«

Jetzt muss ich doch schmunzeln.

Anna fährt fort: »Aber ich hätte vielleicht eine Idee zu deinem Kommissar. Wagenfeld ist kein *so* ungewöhnlicher Name. Hunderte, wenn nicht Tausende Deutsche heißen so. Bei uns an der Architekturfakultät gab es zum Beispiel letztens eine Bauhaus-Ausstellung. Die zeigte sowohl die entworfenen Gebäude der Bauhaus-Künstler als auch verschiedene industrielle Produktserien, also Einrichtungsgegenstände, Küchengeräte, Geschirr. Einer der Produktdesigner hieß Wagenfeld, da bin ich mir ganz sicher.«

Mich rührt Annas naiver Optimismus zutiefst. Jetzt zieht sie sogar einen verstorbenen Bauhaus-Schüler aus dem Hut, um mir Mut zu machen. Eine Designerlampe, die mich vor den dunklen Geheimnissen meines Bruders bewahren soll. Das kommt mir wie eine Geschichte aus Grimms Märchen vor. Doch ich bringe es nicht übers Herz, Anna mit meiner Skepsis zu konfrontieren. Stattdessen streichle ich ihren rechten Arm und sage: »Das ist ein guter Hinweis, vielen Dank. Da forsche ich mal nach.«

14

Am Abend zurück in Frankfurt drehte ich eine Joggingrunde am Mainufer und lies mir vom Sauerstoff das Gehirn durchpusten. Nachdem meine Turnschuhe wieder im Schuhregal verstaut und die kurzen Haare rasch trocken geföhnt sind, mache ich es mir, frisch geduscht, auf dem Sofa bequem. Wohlig spüre ich, wie mein Puls wieder in den Ruhebereich gelangt.

Trotz des mentalen Ausgleichs lässt mich ein Gedanke nicht los. Was, wenn Anna tatsächlich einen Hinweis gefunden, einen neuen Bezug zum Namen Wagenfeld entdeckt hat? Vielleicht sollte ich der Spur tatsächlich nachgehen, anstatt sie von vornherein als Hirngespinst abzutun.

Ich hole meinen Laptop aus dem Flur. Zurück auf der Couch öffne ich eine Suchmaschine und finde schnell die gewünschten Informationen zu dem Bauhaus-Designer.

Wilhelm Wagenfeld wurde 1900 in Bremen geboren und starb 1990 in Stuttgart. Neunzig Jahre hat er gelebt. Was mag er in all der Zeit gesehen haben?, denke ich ehrfürchtig. Wagenfeld absolvierte zunächst eine Lehre zum Industriezeichner, bevor er das Studium in Weimar begann. In den Bauhaus-Werkstätten entwickelte er schließlich seine ersten Entwürfe. Insbesondere eine nach ihm benannte Lampe ist heute weltbekannt.

Ich betrachte lange das zeitlose Design dieser schlichten Tischleuchte mit der halbkugelförmigen Glasglocke, die von einem vernickelten Metallstab gehalten wird. Das Glas selbst ist milchig, weshalb das Licht sanft gestreut wird. Der runde Fuß der Leuchte ist ebenfalls schnörkellos und besteht aus glänzendem Metall. Mir würde sie gefallen. In ihrem schlichten Design passt sie hervorragend zu meiner eher nüchtern eingerichteten Wohnung, die Besucher auch gerne als kahl beschreiben. Nicht selten habe ich die Frage gehört, ob meine Möbel noch geliefert würden.

Ich scrolle die Seite runter und klicke mich durch weitere Links. Wagenfeld konnte mehr, als sich mit Lichtkunst auseinandersetzen. Zu seinen Werken zählt eine Vielzahl von Alltagsgegenständen, Utensilien für das Büro oder die Küche. Darunter eine Teekanne, ein Eierkoch und die allseits bekannten Salz- und Pfefferstreuer, die *Max und Moritz* getauft wurden. Ich schmunzle über die treffende Namensgebung für die bauchigen Glasbehälter und frage mich, ob Wagenfeld neben dem künstlerischen auch über ein literarisches Talent verfügte. Ich werde schnell fündig. Unter dem Titel *Wesen und Gestalt der Dinge um uns* hat der Designer während der Kriegsjahre eigene Essays herausgebracht. Was mag in dem Band stehen? Wagenfeld hat sich geweigert, der NSDAP beizutreten, wurde erst an die Westfront geschickt, später in ein Strafbataillon an die Ostfront, wo er in sowjetische Kriegsgefangenschaft geriet. Ich durchforste das Netz, doch das Buch ist nicht digitalisiert. In einem Antiquariat finde ich ein letztes Exemplar und bestelle es direkt online. Es wird in wenigen Tagen per Post eintreffen.

Ich schließe alle offenen Browser-Tabs, verharre jedoch bei dem Vorletzten. Eine Bildersuche nach Wagenfelds Entwürfen, die ich bisher nur schnell überflogen habe. Jetzt bleiben meine Augen an einer schlichten Teedose aus cremeweißem Porzellan hängen. Der Deckel ist aus demselben

Material, jedoch wurde er mit einem Korkstopfen unterlegt, der den Inhalt vor Verdunstung schützt.

Diese bescheidene Dose raubt mir den Atem. Das kann nicht sein, denke ich. Warum in aller Welt befindet sich unter den wenigen Gegenständen aus Eriks Hinterlassenschaft genau diese Teedose?

Mir ist schlagartig heiß, mein Puls steigt. Ein Beklemmungsgefühl erfasst mich, mein Kapuzenpullover wirkt plötzlich wie eine Zwangsjacke. Hektisch reiße ich ihn mir vom Leib. Bleib ruhig, ermahne ich mich. Mach dich nicht verrückt. Das ist ein Industriedesign. Erik war kunstinteressiert, deine ganze Familie ist von Kunst und Design geprägt. Wieso sollte er sich nicht eine formschöne Teedose gönnen? Vielleicht war es sogar ein Gag, das Produkt seines Namensvetters. Möglicherweise war die Dose sogar ein Geschenk meines Vaters. Auch ich habe einmal eine Kaffeemaschine bekommen, nur weil die Designerin den gleichen Vornamen hatte wie ich.

Also kein Grund zur Panik, trichtere ich mir ein. Versuche, die Dinge zu klären. Eins nach dem anderen. Entschlossen stehe ich auf und fische im Flur den Schlüsselbund vom Haken.

Den Karton mit Eriks Habseligkeiten habe ich im Keller gelassen. Vor mir auf dem Küchentisch thront die Teedose. Unscheinbar, schlicht. Weiß und rein. Ich habe mich vergewissert, auf ihrem Boden ist das kreisrunde Emblem der Serie eingraviert: *Originalform Wilhelm Wagenfeld. Fürstenberg Germany.*

Ich öffne den Korken. Das geschwungene Porzellan schmeichelt meiner Hand. Die Dose ist leer. Nicht einmal ein paar Teekrümel finden sich. Ich stelle das Gefäß zurück auf den Tisch, verharre ein paar Sekunden, bis ich es erneut zur Hand nehme, den Deckel öffne, noch einmal den Inhalt inspiziere. Ich gleite mit meinen Fingern an der Oberfläche entlang, suche nach einer Unebenheit, nach einer Markierung. Finde nichts. Es ist einfach nur formvollendetes, glattes Porzellan.

Ich nehme mein Smartphone zur Hand und lichte die Teedose ab. Anschließend füge ich das Foto einer Mail hinzu, Kellermanns Adresse ist noch in der Vorschlagsliste. Ich beginne einen Satz. Lösche ihn. Versuche es erneut. Lösche wieder. Was soll ich ihm sagen? Dass eine Teedose verdächtig ist? Ich entscheide mich für eine Kurzvariante, ohne Erläuterungen oder Vermutungen, die genug Spielraum für Interpretationen lässt: *Auch ein Wagenfeld.*

Ich lasse die Teedose auf dem Küchentisch zurück und widme mich wieder dem Entspannungsprogramm auf dem Sofa. Zumindest versuche ich es. Auch wenn alle Bemühungen kläglich scheitern und meine Gedanken immer wieder zum Industriedesigner zurückwandern. Zum Glück lässt Kellermanns Reaktion nicht lange auf sich warten.

»Sie ziehen aber auch alle Register. Soll ich jetzt eine Teedose verhaften?«, wirft er mir zur Begrüßung entgegen.

Augenblicklich bin ich beleidigt und bereue, ihm das Foto zugesandt zu haben. Ich antworte nicht.

Die Leitung bleibt still, bis der Kommissar erneut das Wort ergreift: »Also, was wollen Sie mir mit dieser Küchenphilosophie sagen? Statt Ihrer Familie ist der Porzellanhersteller in den Fall verwickelt? Mord zur Teestunde? Hört sich nach einer Miss-Marple-Folge an.«

Ich höre ein amüsiertes Lachen. Kellermann freut sich diebisch über seinen Scherz. Ich bin hingegen ganz und gar nicht amüsiert.

»Wo haben Sie denn das gute Stück gefunden?«, schiebt Kellermann hinterher, als sich seine Belustigung wieder gelegt hat.

Ich reagiere immer noch nicht.

»Ermitteln Sie jetzt in der Hauswarenabteilung? Oder auf dem Flohmarkt?« Wieder muss der Kommissar über seinen eigenen Witz lachen. »Ich sehe schon die Schlagzeile: *Küchenmord! Von der Teedose erschlagen.*«

Es wird still. Die Pause zieht sich und anscheinend wird der Kommissar langsam unruhig und versichert sich: »Hallo? Hallo, Frau Wagenfeld? Sind Sie noch in der Leitung?«

Ich lasse weitere Sekunden verstreichen, dann nehme ich das Gespräch wieder auf und wende einen Trick an, der jedem Gegenüber den Wind aus den Segeln nimmt: »Hallo? Herr Kellermann? Sind Sie noch da? Die Leitung war unterbrochen. Ich habe Sie nicht verstanden. Könnten Sie noch einmal wiederholen, was Sie gesagt haben?«

Damit ist seine Pointe verpufft. Wie geplant, gibt Kellermann auf und verzichtet auf die Wiederholung seiner Scherze. Deutlich weniger belustigt fragt er: »Woher haben Sie die Dose? Was wollen Sie mir damit sagen?«

Gut, dann können wir jetzt endlich zum Thema kommen. Völlig unbedarft antworte ich ihm: »Ich habe sie unter Eriks Sachen gefunden. Der Designer heißt Wilhelm Wagenfeld. Woher mein Bruder diese Dose hat, kann ich Ihnen nicht sagen. Auch nicht, ob sie etwas bedeutet.«

»Sie kann ein Geschenk gewesen sein«, schlägt Kellermann jetzt konstruktiv vor. »Von jemandem, der sich aus der Namensverwandtschaft einen Spaß gemacht hat. In meiner Schulklasse gab es einen Jungen namens Holzschlegel. Sie können sich die Überraschung am Geburtstag vorstellen.«

Ich kommentiere die Geschichte nicht, mir ist immer noch nicht nach Scherzen zumute.

Der Kommissar fragt eifrig: »Wie sind Sie denn überhaupt auf die Dose gekommen?«

Ich erzähle von meinem gestrigen Gespräch mit Anna, und dass nicht die Dose der Ursprung meiner Recherche war, sondern der Geistesblitz meiner Freundin mich auf diese Spur gebracht hat. Wenn man denn überhaupt von einer Spur sprechen möchte. Aber erstaunlich fand ich es schon, die Dose in Eriks Sachen zu finden. Er interessierte sich nicht besonders für Produktdesign, sondern nur für bildende Kunst. Woher stammte also dieses Gefäß?

»Glauben Sie, es könnte ein Geschenk seiner Jünger sein?«, hakt Kellermann interessiert nach.

Ich zucke die Schultern. Als ich gewahr werde, dass der Kommissar diese Geste nicht sehen kann, antworte ich matt: »Ich weiß es nicht. Als Dankeschön für einen Serienmord? Ist wohl zu makaber.«

»Was kann es noch sein? Sind Sie vielleicht verwandt mit dem Designer?«

»Nein, nicht dass ich wüsste«, gebe ich zurück und grüble, ob eventuell doch eine weit entfernte Verwandtschaft bestehen könne. Angeblich kommen meine Vorfahren aus der Nähe von Osnabrück, Wagenfeld wurde in Bremen geboren. Weit entfernt ist das nicht.

»Aber sicher sind Sie sich nicht«, errät der Kommissar durch die Leitung meine Gedanken.

»Nein, aber das finde ich heraus.« Um weitere Fragen zu meinen Ahnen im Keim zu ersticken, gehe ich auf ein anderes Thema ein: »Apropos Familie, was sagt eigentlich Grüters Frau zur Ermordung ihres Mannes?«

»Sie ist natürlich sehr geschockt. Denn Feinde hatte ihr Ehemann angeblich keine. Sie kann sich seinen Tod nicht erklären.«

»Und Kerbas' Frau? Wie hat sie sich zu seinem Selbstmord geäußert?«

»Auch sie ist ratlos.« Die Stimme des Kommissars wird brüchig, die Laute sind lückenhaft. Kellermann muss jetzt wirklich in ein Funkloch geraten sein.

»Ich möchte mit ihr sprechen«, bestimme ich und hoffe, dass die wenigen Worte ihr Ziel erreichen.

»Die Leitung war gerade unterbrochen«, höre ich Kellermann wieder deutlicher. »Können Sie Ihren letzten Satz noch einmal wiederholen?«

Ich zögere kurz. Will er mich mit meinem eigenen Trick foppen? Stoisch wiederhole ich: »Ich möchte mit Linda Kerbas sprechen.«

»Wie stellen Sie sich das denn vor?«, braust Kellermann auf. »Soll ich etwa als Kommissar ein Verhör mit Ihnen anordnen?«

»Warum nicht? Sie können ja Stallenberg als Vermittler einbinden. Er hat seine Unterstützung zugesagt und ein Anruf bei der Witwe seines Neffen wäre ein Leichtes.«

Kellermann überlegt einen Moment, dann lenkt er ein: »Also gut, ich kündige Sie an und schicke Ihnen die Adresse.«

Bevor der Kommissar das Gespräch beendet, füge ich hinzu: »Ich bin morgen bei der *Neue Leben* in München. Die Sitzung mit der Versicherung sollte aber nicht allzu lang dauern. Gegen Abend könnte ich zurück in Frankfurt sein.«

15

Idyllisch fügt sich die Villa der Familie Kerbas in eine Flussbiegung der Nidda ein. Ein Katzensprung zum Main, unweit des Höchster Stadtparks. Wirklich eine ausgesprochen hübsche Lage. Auch das Gebäude selbst steht dem Umland in nichts nach. Im Kontrast zum historischen Stadtpalais aus der Jahrhundertwende wurden moderne Stilelemente eingesetzt. So besteht die überdimensionale Haustür aus einer schlichten Nussholzplanke, verziert mit einem Edelstahlknauf. Aus dem gleichen Metall wurde links daneben eine quadratische, glatte Klingelplatte in den Putz eingelassen.

Kurz nachdem ich geläutet habe, öffnet mir eine junge Frau, die braunen Haare zum Pferdeschwanz gebunden, die

Wangen rosig. »Guten Tag, kommen Sie doch herein«, bittet sie mich freundlich und weist mir schwungvoll mit einer Hand den Weg. Ihre Füße stecken in Turnschuhen. Alles an ihr versprüht Dynamik. Ich hätte nicht mit dieser Agilität gerechnet, nicht mit einer Witwe, die vor jugendlichem Optimismus und Tatendrang strotzt.

»Gerne«, gebe ich zurück und ergänze, »herzlichen Dank, dass Sie sich die Zeit für mich nehmen, Frau Kerbas.«

»Nein, nein.« Die junge Frau schüttelt ihren Kopf, der Pferdeschwanz wippt wild. »Frau Kerbas ist im Salon. Ich bin Henrietta Andersson. Sie können mich gerne Henrietta nennen.«

»Ach so. Sind Sie eine Freundin von Frau Kerbas?« Ein direkter Wechsel zum Du gelingt mir nicht, auch wenn ich mir vornehme, sie beim Vornamen zu nennen.

»Das auch, aber nicht nur. Ich bin die Großcousine aus Schweden und spiele hier das Au-pair-Mädchen. Ich studiere Deutsch und Englisch auf Lehramt, daher ist es eine gute Gelegenheit, die Sprache zu lernen.«

»Die können Sie schon hervorragend«, lobe ich. »Woher aus Schweden kommen Sie denn?«

»Aus Stockholm!« Als die junge Frau ihren Heimatort nennt, glühen ihre Wangen noch stärker als zuvor. Dann ergänzt sie: »Kommen Sie mit in den Wohnbereich, Frau Kerbas erwartet Sie schon.«

Ich durchschreite die Tür zum großräumigen Wohnzimmer und entdecke Frau Kerbas sofort. Sie steht an der Fensterfront, die bis zum Fußboden reicht, und blickt in die dahinterliegende Gartenanlage. Obwohl sie unsere Stimmen gehört haben muss, dreht sie sich erst um, als ich sie mit Namen anrede.

Die beiden Frauen könnten nicht unterschiedlicher sein. Statt eine sportliche Figur zu haben, ist Frau Kerbas dünn, fast schon mager. Statt praktischen Turnschuhen hat die junge Witwe hochhackige Pumps aus beigefarbenem Leder gewählt, abgesetzt mit einer weißen Naht. Passend dazu trägt sie ein sandfarbenes Kostüm und eine weiße Seidenbluse, unter der ein eleganter Büstenhalter hervorblitzt. Selbst die Fingernägel sind perfekt manikürt, der Nagellack ist auf das Outfit abgestimmt.

Ich fühle mich augenblicklich unpassend gekleidet und unordentlich. Mit der rechten Hand streiche ich mir meine kurzen Haare hinters Ohr und spüre, wie sich einzelne widerspenstige Strähnen gleich wieder lösen. Gegenüber dieser eleganten, femininen Perfektion fühle ich mich wie der Struwwelpeter. Ihre blonden Haare sind zu einem strengen Knoten nach hinten gebunden und bestimmt mit Haarspray fixiert. Nicht eine Strähne hat sich gelöst.

»Frau Kerbas, herzlichen Dank, dass Sie sich Zeit für mich nehmen.« Ich wiederhole meine Gesprächseröffnung, diesmal bei der richtigen Person.

»Gerne. Nehmen Sie doch Platz, Frau Wagenfeld.« Ihre Finger zeigen in Richtung der Polsterecke.

Gerade als ich mich gesetzt habe, erscheint Henrietta mit einem Silbertablett, darauf Wasser und Salzgebäck. »Kann ich Ihnen noch etwas anderes anbieten?«, fragt die Schwedin zuvorkommend.

Ich lehne ab und die junge Frau verlässt mit beschwingtem Schritt das Wohnzimmer. Ihr unbekümmerter, jugendlicher Charme steht ganz im Gegensatz zur strengen, wohlgeordneten Kulisse. In diesem Raum ist nichts dem Zufall überlassen. Alle Möbel und Accessoires wirken wie von Designerhand platziert. Ich wette darauf, dass für die Einrichtung ein Innenarchitekt engagiert worden ist. Mit viel Stilgefühl wurden diesem modernen, schlichten Interieur einige historische Elemente entgegengesetzt. Der Kronleuchter scheint antik und auch der gusseiserne Heizkörper, dessen verzierte Füße auf dem weiß lasierten Parkett thronen, stammt aus einem anderen Jahrhundert. Topaktuell sind in diesem Ensemble hingegen die Chromstahlleuchten, die mit Milchglas verkleideten Einbauschränke und die weiße Wohnzimmergarnitur aus Leder, auf der ich mich niedergelassen habe. Ich frage mich, wie sich ein anderthalbjähriges Kind in diese Hochglanzumgebung einfügt. Fällt ein helles Sofa nicht sofort den kreativen Ideen eines Kleinkindes zum Opfer? Ist der Glastisch nicht ständig mit patschigen Fingerabdrücken bedeckt? Vielleicht gibt es aber auch ein separates Kinderspielzimmer und dieser Raum ist den Gästen vorbehalten.

Nachdem sich Frau Kerbas adrett mir gegenüber in den Polstern niedergelassen hat, beginne ich das Gespräch: »Es tut mir sehr leid, was mit Ihrem Mann geschehen ist. Meine herzliche Anteilnahme.«

»Danke«, entgegnet sie rasch und fährt mit demselben Tempo fort: »Wie kann ich Ihnen weiterhelfen? Herr Prof. Stallenberg teilte mir mit, dass Sie um ein Gespräch gebeten haben.«

Sie entscheidet sich für den offiziellen Titel ihres angeheirateten Verwandten. Auch ihre Stimme klingt gewählt und besonnen.

Möglichst kurz erläutere ich der Witwe, woher ich den Professor kenne, warum ich bei der *Sega Invest* tätig bin und dass dieser Auftrag neben dem IT-Konzept einen weiteren Hintergrund besitzt. Ich merke, wie mich ihre perfekte Gestalt in meiner Erzählweise hemmt. Sorgfältig wähle ich meine Worte, vermeide umgangssprachliche Ausdrücke und gerate dadurch immer wieder ins Stocken.

Frau Kerbas kommentiert meine Ausführung in keinster Weise, nicht mal mit einem Wimpernschlag. Wohlerzogen hört sie bis zum letzten Satz zu. Als ich meinen Monolog beende, nickt sie bedächtig zum Zeichen, dass sie mir folgen konnte.

Es bleibt mir daher nichts anderes übrig, als direkt fortzufahren, und so bitte ich Frau Kerbas, mir von ihrem Mann zu erzählen, seinem Arbeitsumfeld, seinen Freunden. Ich bin froh, ihr für einen Moment das Wort zu überlassen, doch Sie wiederholt nur, was ich bereits von Kellermann erfahren habe. Alexander Kerbas war bodenständig, es gab keine Auffälligkeiten, keine ausschweifende Lebensweise. Aus dem beruflichen Alltag kann seine Witwe allerdings wenig berichten. Auch nach ein paar Rückfragen laufen die Antworten ins Leere. Deshalb hake ich noch mal im privaten Umfeld nach und frage nach den regelmäßigen Segelausflügen.

»Mein Mann hat jedes Jahr einen Segeltörn absolviert. Seine Freunde aus Jugendzeiten haben ihn dabei begleitet. Alexander hat das Meer sehr geliebt.«

»Kennen Sie die Freunde?«, frage ich interessiert.

»Ja, es waren Mitschüler aus dem Gymnasium. Sie sind einst alle zusammen hier zur Schule gegangen. Heute leben sie verstreut in ganz Deutschland.« Frau Kerbas lässt sich einen Moment Zeit, erahnt meine nächste Frage und fügt hinzu: »In München, in der Maxvorstadt und in Hamburg, ganz in der Nähe der Alster. Nur einer von ihnen kommt aus Berlin.«

»Haben Sie einmal an einem Törn teilgenommen?«

»Nein, nein«, wiegelt sie rasch ab. »Das war eine reine Herrenrunde. Da wurde gesoffen.«

Ich zucke zusammen bei dem harten Begriff aus dem Mund dieser zarten Frau. Er kam so spontan und so ehrlich. Ehrlicher als ihre bisherigen gesetzten Worte und plötzlich frage ich mich, wie viel von dieser Fassade echt ist und wie viel Energie es kosten mag, sie aufrechtzuerhalten.

Ich lasse mir meine Verwunderung nicht anmerken und gehe direkt zu einer Anschlussfrage über. Ich erkundige mich nach dem Kind.

»Elsa schläft bereits. Falls sie aufwachen sollte, ist Henrietta bei ihr«, versichert mir die Witwe verschlossener als zuvor.

Ihr muss der rhetorische Fauxpas selbst aufgefallen und unangenehm sein.

»Elsa ist ein schöner Name«, preise ich und versuche mit diesem Lob, Frau Kerbas' Reserviertheit wieder zu durchdringen.

Kurz erklärt sie: »Schwedisch, nach Alexanders Großmutter.« Die Distanziertheit bleibt jedoch.

»Stammt die Familie Ihres Mannes aus Schweden?«, frage ich interessiert.

»Ja, die Ahnen väterlicherseits sind in Stockholm wohnhaft. Henrietta ist Alexanders Großcousine.«

›Großmutter‹ statt ›Oma‹, ›Ahnen‹ statt ›Verwandte‹. Frau Kerbas' Sprache bleibt gewählt und reserviert. Dennoch stelle ich meine letzte Frage, auch wenn ich wenig Hoffnung auf eine gehaltvolle Antwort habe. Der Besuch hat sich bis jetzt nicht wirklich gelohnt. »Glauben Sie, dass Ihr Mann Selbstmord begangen hat?«

Frau Kerbas zögert. Ihre Augen werden wässrig, dann wieder klar. An ihren weißen Fingerknöcheln sehe ich, mit welchem Druck sich ihre Hände aneinander festhalten. Als die Stille zwischen uns unangenehm zu werden beginnt, antwortet sie: »Der Tod eines geliebten Menschen lässt rationales Denken schwierig werden. Selbstverständlich glaube ich, dass mein Mann keinen Selbstmord begangen hat. Es wäre eine nicht enden wollende Trauer. Die Frage, warum ich ihn nicht daran hindern konnte, warum Elsa ihn nicht daran hindern konnte, würde mich mein Leben lang begleiten. Daher glaube ich, dass es kein Selbstmord war. Aber fragen Sie mich nicht, wie viel von diesem Glauben vom unbändigen Wunsch getrieben ist, die Trauer eines Tages ablegen und Abschied nehmen zu können.«

Jetzt sind es meine Augen, die wässrig werden, meine Fingernägel, die sich in meine Unterarme graben. Mit diesen wenigen Sätzen katapultiert Frau Kerbas mich in den

Schmerz um den Tod meines Bruders zurück. Augenblicklich ist all die Trauer, all das Unverständnis wieder da. Schlagartig schnüren eigene Schuldgefühle mir die Luft ab. Wie hätte ich Eriks Taten verhindern können? Was hätte ich tun sollen, damit all das nie passiert wäre, damit er nie diesen Weg eingeschlagen hätte? Hätte ich ihn und all seine Opfer vor ihrem grausamen Schicksal bewahren können?

Ich muss hier raus.

»Frau Kerbas«, bringe ich mit brüchiger Stimme hervor, »ich bedanke mich für das Gespräch.«

Dass ich es eilig habe, ist für alle Beteiligten klar, als ich angespannt vom Sofa aufspringe.

Die junge Witwe ist nicht verwundert. In keiner Weise scheint sie mein plötzlicher Aufbruch zu irritieren. Sie wird sich bei Stallenberg erkundigt haben und wissen, dass die quälende Frage, die sie sich vielleicht nicht wird stellen müssen, bei mir zur Gewissheit geworden ist. Eine Gemeinsamkeit, die uns trotz aller offensichtlichen Unterschiede zusammenschweißt und zu ungewollten Verbündeten macht.

Als die schwere Designertür hinter mir ins Schloss fällt, muss ich mich zusammenreißen, um nicht loszulaufen. Ich zwinge mich, ruhig, aber bestimmt einen Fuß vor den anderen zu setzen. Ich drehe mich nicht um und bin dennoch sicher, dass Frau Kerbas mich beobachtet. Als ich um die Ecke biege, halte ich es nicht mehr aus. Ich renne los, so schnell ich kann, den Bürgersteig entlang, über die Straße bis zum Mainufer. Am Fluss halte ich inne. Den Körper vorgebeugt, die Hände auf die Knie gestützt. Meine Lunge brennt. Dann muss ich würgen und übergebe mich ins dunkle Wasser.

16

Heute steht keine Projektreise an, also sitze ich hinter meinem Schreibtisch bei der *Sega Invest.* Es gilt, die Reporting-Anforderungen der bereits besuchten Investoren zusammenzustellen und die Ergebnisse aus dem Gespräch mit Blasek aufzuarbeiten. Das ist bitter nötig, denn der nächste Termin steht schon vor der Tür. Den letzten Kunden, die *Nord Assekuranz,* werde ich morgen in Hamburg treffen. Grüters Unternehmen bildet das Finale.

Als Erstes öffne ich eine Nachricht der *SAB.* Die schwedische Bank hat, wie versprochen, ihre Anlegerstrukturen und eine Liste der zugehörigen Einzelinvestoren geschickt. Ich überfliege beides und versuche, die Beteiligungsstrukturen zu verstehen. Neben diesen mehrstöckigen, komplexen Konstrukten variieren auch die Ausschüttungsmodelle. Nach kurzer Prüfung stelle ich fest, dass die Gewinne auf über ein Dutzend verschiedene Arten ausgezahlt werden. Das kann ja heiter werden. Ich überfliege die weiteren Datensätze und halte plötzlich inne. Mehrfach taucht der Name Andersson auf.

Henrietta, Kerbas' Großnichte, heißt so. Ist seine Verwandtschaft in einen Fonds investiert, den Alexander Kerbas betreute? An sich ist das nicht illegal, aber in der streng regulierten Bankenwelt einen zweiten Blick wert.

Als Vorname ist nur *V.* eingetragen. Daraus lässt sich nicht viel schließen. Ich öffne den Internetbrowser und gebe *Andersson* in die Suchmaschine ein. Augenblicklich erscheint eine lange Liste von Links. Der erste trägt den Titel *Die 100 gewöhnlichsten schwedischen Nachnamen.* Das bringt mich nicht weiter.

Die Mitarbeiter der *SAB* kann ich nicht fragen, ihnen würde es bestimmt eigenartig vorkommen, wenn ich detaillierte Nachforschungen zu einzelnen Personen aus ihrem Investorenkreis anstelle. Da schrillt sofort die Alarmsirene des Datenschutzes. Frau Kerbas zu kontaktieren, kommt auch nicht infrage. Augenblicklich ist die Erinnerung an den galligen Geschmack in meinem Mund zurück. Da fällt mir ein, dass die Lösung gleich nebenan sitzt.

»Ist Herr Stallenberg vielleicht gerade zu sprechen?«, frage ich Frau Schröder im Vorzimmer.

»Ich schaue mal nach. Für Sie hat er sicher ein paar Minuten Zeit.«

Die Assistentin kommt hinter ihrem Schreibtisch hervor und öffnet die Zwischentür zum Büro des Aufsichtsratsvorsitzenden. Ihr Kopf verschwindet und ich höre nur noch ein Raunen. Nach einem kurzen Moment wendet sich Frau Schröder wieder mir zu, hält die Tür weit auf und ermutigt mich einzutreten.

Stallenberg begrüßt mich nicht nur mit Handschlag, sondern berührt gleichzeitig mit seiner linken Hand kurz meinen Oberarm. Ein gelungener Balanceakt zwischen einer förmlichen Begrüßung und einer freundschaftlichen Umarmung. Der Aufsichtsratsvorsitzende erkundigt sich geflissentlich nach dem Fortgang des Reporting-Konzepts.

Ich berichte von den Terminen in Zürich, Stockholm, Berlin und München und fasse kurz den aktuellen Stand zusammen.

Nach der angemessenen Small-Talk-Phase wirft Stallenberg ein: »Aber deshalb sind Sie nicht hier, oder?«

Er hat mich durchschaut. Wahrscheinlich noch bevor er seine Hand auf meinen Oberarm legte. Vielleicht war das eine Taktik, die mir Vertrauen einflößen sollte, um mein Anliegen vorzubringen.

»Sagt Ihnen der Name Andersson aus Schweden etwas? Kerbas müsste mit dieser Familie verwandt sein.«

Stallenberg zieht die Augenbrauen hoch, sodass der ohnehin schon weit zurückgehende Haaransatz noch lichter erscheint. »Ja sicher, Alexanders Großmutter stammt aus Schweden. Als sie Alfred Kerbas kennenlernte, zog sie zu ihm nach Frankfurt. Aber die Anderssons sind eine große Familie. Alexanders Großmutter hatte noch zwei Schwestern und zwei Brüder.«

»Und einer der Brüder hat eine Enkelin mit Namen Henrietta?«, erkundige ich mich.

»Ja. Sie lebt schon seit ein paar Monaten in Frankfurt und kümmert sich um die kleine Elsa.« Dann fügt er mit einem stolzen Lächeln hinzu: »Eine sehr tapfere und bodenständige junge Frau.«

Ich nutze die gute Stimmung und gehe auf mein eigentliches Thema ein: »Kann es sein, dass die Familie Andersson über die *Stockholm Asset Bank* am *EuroShop XXL* investiert ist?«

Stallenberg antwortet nicht direkt. Er grübelt, das ist seiner Stirn deutlich anzusehen. Neben den üblichen Falten zeichnen sich jetzt weitere Furchen ab. Eine weiße Strähne fällt ihm erneut ins Gesicht, doch in seiner Konzentration lässt er sich davon nicht stören. Trotz seiner Überlegung antwortet er schließlich mit einer Frage: »Wieso wollen Sie das wissen?« Stallenberg verschafft sich Zeit.

»Der Name ist in der Investorenliste aufgetaucht. Allerdings war als Vorname nur das Kürzel *V.* eingetragen. Sagt Ihnen das etwas?«

»Nun«, beginnt der Aufsichtsratsvorsitzende langsam, »das kann gut sein. Die Familie ist sehr wohlhabend, besitzt ein Unternehmen und mehrere Immobilien. Es sollte mich nicht wundern, wenn ihnen nicht auch Anteile von Immobilienfonds gehören. Vielleicht hat Kerbas ihnen sogar die Empfehlung gegeben. Bei dem Kürzel kann ich Ihnen leider spontan nicht helfen.«

Jetzt bin ich diejenige, die einen Moment zum Nachdenken braucht.

Das macht den Professor unruhig. Alarmiert erkundigt er sich: »Vermuten Sie etwas hinter dieser Investition?«

»Ich weiß nicht«, meine ich seufzend und zucke die Achseln. »Mir ist lediglich der mögliche Familienzusammenhang aufgefallen, deswegen wollte ich nachfragen.«

Stallenberg wägt ab: »Die Investition an sich ist ja kein Vergehen. Jede Privatperson mit ausreichendem Kapital kann sich als Einzelinvestor an einem solchen Fonds beteiligen. Zumal die *SAB* als Vermittler dazwischensteht.«

»Sie haben völlig recht. Zudem handelt es sich um einen geschlossenen Fonds. Da helfen einem keine kurzfristigen Insidertipps. Die Familie Andersson ist wie jeder andere Kunde an die Investitionslaufzeit gebunden. Sie könnten nicht frühzeitig aussteigen oder Anteile hinzukaufen.«

Stallenberg hebt die Stimme: »Wie hoch ist der Anteil der Familie Andersson überhaupt? Ich weiß, dass die *SAB* das kleinste Paket am *EuroShop XXL* besitzt. Wenn diese Fondsanteile auf weitere Gesellschaften und Einzelinvestoren verteilt sind, bleibt für die Familie nur ein sehr geringes Investitionsvolumen übrig.«

Im Gedächtnis rufe ich die Anteile auf, die unter dem Investor V. Andersson aufgelistet waren. »Na ja, das ist natürlich relativ. Für einen institutionellen Investor gering, aber für einen persönlichen Anleger sind zwei Millionen Euro schon eine rechte Summe.«

Jetzt ist es Stallenberg, der mir zustimmt, doch er wendet zugleich ein: »Dennoch fehlt mir die Fantasie für eine unrechtmäßige Vorteilsnahme. Ich sehe nicht, wie eine illegale Bereicherung stattgefunden haben könnte.«

Auch der Professor kann mir in meinen Überlegungen offensichtlich nicht weiterhelfen, daher ist jedes weitere Wort müßig und ich beende unser Gespräch. »Ich danke Ihnen für die Information, Herr Stallenberg. Eine letzte Frage hätte ich noch, bevor ich Sie nicht länger störe: Wissen Sie, wo die Anderssons wohnen?«

Der Professor grübelt einen Moment. »Die genaue Adresse kann ich Ihnen nicht sagen. Aber ich bin mir sicher, dass sie in Gamla stan wohnen. Das ist die auf der Insel Stadsholmen gelegene Altstadt Stockholms. Ich kann gerne die genaue Adresse erfragen.«

»Nein, nein, das reicht schon. Sonst melde ich mich wieder«, lehne ich dankend ab.

Zurück in meinem Büro, rekapituliere ich das Gespräch. Noch ist nicht klar, ob die Investition in den von einem Verwandten geführten Fonds reiner Zufall oder eine Klüngelei von Stallenbergs Verwandtschaft ist.

Auf diese Frage würde ich jetzt eigentlich Karla ansetzen. Mit ihrem nahezu endlosen Informationsangebot in der Nachrichtenagentur hätte sie schnell herausgefunden, welche Hintergrundinformationen es zur Familie Andersson gibt.

Doch etwas lässt mich zögern, mein Anliegen in eine Mail zu tippen. Die Leichtigkeit fehlt, mit der ich sie sonst um einen Gefallen gebeten habe. Jetzt ist da eine unsichtbare Schwelle, die ich nicht übertreten möchte. Ich will keine Bittstellerin sein, auf keinen Fall in ihrer Schuld stehen.

Also begebe ich mich selbst ans Werk, doch die Suche gestaltet sich schwierig. Andersson ist tatsächlich ein Allerweltsname und die Familie scheint ihre Privatsphäre zu schätzen. Warum habe ich nicht vehementer nachgefragt, als sich Stallenberg nicht an den Vornamen erinnern konnte? Ich klicke mich genervt durch die Links und weiß nicht, über was ich wütender sein soll: die ergebnislose Recherche, die Distanz, die sich zwischen Karla und mir eingeschlichen hat, oder über meinen eigenen Stolz. Doch meine Eitelkeit siegt, ich lasse mein Handy unberührt, schreibe keine Mail und durchforste stattdessen weiter missmutig das Netz.

Dabei erinnere ich mich an ein weiteres Thema, das mir Kopfschmerzen bereitet: das gestrige Gespräch mit Kellermann. Ich hatte es gekonnt verdrängt und dabei ganz vergessen, dass ich versprach, die verwandtschaftliche Beziehung zum Produktdesigner Wagenfeld zu klären. Der einfachste Weg wäre, meine Mutter anzurufen. Aber auch hier kommt die naheliegende Lösung für mich nicht infrage.

Da sich die aktuelle Suche so frustrierend gestaltet, beschließe ich, der anderen Recherche nachzugehen. Und tatsächlich bin ich erfolgreicher. Nach etlichen Webseiten zur Ahnenforschung bin ich mir relativ sicher, dass kein verwandtschaftliches Verhältnis zu Wilhelm Wagenfeld besteht.

Da die Suche nach den Anderssons nichts ergeben hat, beschließe ich, mir an anderer Stelle Hilfe zu holen. Also verlasse ich mein Büro und gehe zu Frau Schröder.

»Hätten Sie die Telefonnummer von Frau Kerbas für mich? Oder vielleicht sogar die von Henrietta Andersson?«

»Das ist gar kein Problem«, ruft Frau Schröder erfreut. »Ich sende Ihnen die beiden Kontakte gleich per E-Mail zu.«

Das ging leichter als gedacht. Ich verfluche mich für meine Sturheit und die unnötige Recherche, das hätte ich schneller haben können. Als ich zurück an meinem Schreibtisch sitze, blinkt Kellermanns Name auf dem Display meines Smartphones. Vielleicht ist er unterdessen weitergekommen.

»Hallo, Frau Wagenfeld, Sie sind morgen in Hamburg, nicht wahr?«

Die rhetorische Frage lässt mich hellhörig werden. Schmunzelnd gebe ich zurück: »Anscheinend kennen Sie meinen Terminkalender im Detail.«

»Welchen Flieger nehmen Sie denn?«, erkundigt sich der Kommissar.

Er will also erneut eine Reisegruppe gründen. Doch ich muss ihn enttäuschen: »Ich nehme den Zug.«

»Und welchen?«

»Den um 06:58 Uhr«, antworte ich vorsichtig. »Was wollen Sie in Hamburg? Den Termin bei der *Nord Assekuranz* nehme ich allein wahr, das hatten wir geklärt.«

»Jetzt gehen Sie nicht gleich wieder an die Decke. Ich werde Ihre Sitzung schon nicht stören«, verkündet Kellermann großspurig. »Ich möchte mit Grüters Witwe sprechen. Es scheint nämlich, als hätte er Kontakte in das SM-Umfeld gepflegt.«

»Woher wissen Sie das plötzlich? Davon haben Sie bisher nichts erzählt«, frage ich völlig verdattert.

»Von seinem Konto wurden mehrere Bargeldabhebungen am Frankfurter Hauptbahnhof und rund um die Moselstraße getätigt. Also haben wir in den einschlägigen Bars im Rotlichtviertel nachgefragt, unter anderem auch im *Dark Magic.* Kreutzer, der Chef höchstpersönlich, konnte sich an ihn erinnern.«

Ich bin immer noch perplex. Grüter hatte Verbindungen zu dem Klub, in dem auch mein Bruder und seine Jünger einander kennenlernten?

»Wurde er zusammen mit Erik und seinen Komplizen gesehen?« Meine Fragen werden hektisch und ich spüre, wie sich ein Schweißfilm auf meinen Handflächen bildet.

»Das konnte Kreutzer nicht bestätigen. Er wusste auch nicht, ob Grüter jemals aktiv an SM-Praktiken teilgenommen hat. Definitiv wusste er hingegen, dass das Opfer mehrfach die Bar besucht hat, einige Drinks dort nahm und den Damen an der Pole-Dance-Stange zusah.«

Ich werde etwas ruhiger und gebe gleichmütig zurück: »Das ist kein Verbrechen und entspricht dem Verhalten von Hunderten Nachtschwärmern, die sich tagtäglich im Bahnhofsviertel aufhalten.«

Doch trotz meines beherrschten Tonfalls rasen meine Gedanken. Grüter wurde in einem Lokal gesichtet, in dem mein Bruder einst regelmäßig verkehrte. Dieser Fakt unterstützt Kellermanns Theorie einer Verbindung zu Erik. In meiner Konzentration achte ich nicht mehr auf die Stimme des Kommissars und so dringt nur noch ein letzter Satzfetzen zu mir durch.

»… sie davon gewusst hat.«

»Äh, könnten Sie das noch einmal wiederholen?«, bitte ich kleinlaut.

»Ist das Ihre neue Marotte?«, fragt der Kommissar kritisch und holt dann erneut aus: »Ich will nach Hamburg fahren, um Grüters Frau zu treffen und herauszufinden, ob sie etwas von seinen nächtlichen Eskapaden weiß. Ich will seine externen Termine und Geschäftsreisen abklären. Vielleicht war Grüter nicht nur Opfer, sondern einer der Täter. War er ein Mitglied von Eriks Jüngern, dann hat er sie vielleicht in Frankfurt getroffen oder war selbst bei einem der Mordfälle vor Ort.«

Übelkeit steigt erneut in mir auf und vorsorglich prüfe ich, ob sich ein Papierkorb in der Nähe befindet. Das rettende Mainufer ist diesmal nicht in Sicht.

Kellermann berichtet mit solch einer Selbstverständlichkeit von Grüters Verbindung zu meinem Bruder, als würde er mir den Einkaufszettel für den anstehenden Besuch im Supermarkt vorlesen. Mir selbst fehlt jegliche Distanz. Um nicht die Fassung zu verlieren, versuche ich abzulenken: »Kerbas' Familie ist in den *EuroShop XXL* investiert.« Nachdem ich den Satz ausgesprochen habe, überkommen mich Zweifel. Denn zum aktuellen Zeitpunkt ist das nur eine Vermutung. Aber ich weigere mich, diese Aussage zu korrigieren.

Nach meiner Verdächtigung wird es erst einmal still in der Leitung. Dann sagt Kellermann seelenruhig: »Und was daran steht im Zusammenhang mit unseren Morden? Sie haben selbst gesagt, der Fonds stand so gut da, dass sich daraus kein Mordmotiv ergeben würde und ein unentdecktes Abzweigen von Gewinnen quasi unmöglich sei. Warum lenken Sie ab?«

Trotzig erwidere ich: »Sie haben mich zur *Sega Invest* geschickt. Ich teile Ihnen nur meine Ermittlungsergebnisse mit.« Wieder ist außer Kellermanns tiefen Atemzügen kein Laut zu hören.

Fantastisch, denke ich mir, das hast du prima hingekriegt, Marie, jetzt ist die Stimmung gänzlich im Eimer.

Der Kommissar fängt sich als Erster. »Dann viel Erfolg in Hamburg.«

Zu einer Antwort kommt es nicht mehr. Er hat aufgelegt.

Ich könnte mir die Haare raufen. Vor Enttäuschung über das missratene Gespräch und den Verlauf der Ermittlungen, die mich immer stärker mit meiner Vergangenheit konfrontieren. Frustriert muss ich mir eingestehen, dass ich mich außerdem alles andere als professionell verhalten habe. Die Beteiligung der Anderssons am *EuroShop XXL* ist bislang nicht bestätigt, und selbst wenn dem so sein sollte, fehlt mir das passende Mordmotiv. Ich hoffe inständig, dass mein nächstes Telefonat positiver verläuft.

Statt die Nummer der unnahbaren Linda Kerbas wähle ich die Henriettas. Analog zu ihrem freundlichen Empfang an der Haustür ist auch der Einstieg in das Telefonat erfrischend herzlich. Daher fällt es nicht schwer, den von ihr angebotenen Vornamen zu verwenden.

»Henrietta, die Frage ist vielleicht ungewöhnlich, aber gibt es in Ihrer Familie jemanden, dessen Vorname mit V beginnt?«

»Stellen Sie ruhig Ihre Fragen, Frau Wagenfeld, egal wie ungewöhnlich. Linda hat mir schon berichtet, dass Sie helfen, Alexanders Tod aufzuklären. Unser Großvater heißt Viktor.

Er wird sicher gemeint sein. Sonst gibt es niemanden in unserer Familie, dessen Name mit V beginnt.«

Ich nutze Henriettas großzügige Auskunftsbereitschaft und stelle direkt eine Anschlussfrage: »Mir ist zu Ohren gekommen, dass die Familie Andersson ein eigenes Unternehmen führt. Hat dieses Geschäft etwas mit Immobilien zu tun?«

Ein ansteckendes Lachen erklingt. »Ganz und gar nicht. Meine Familie ist in der Textilbranche aktiv, mit Spezialisierung auf Damenbekleidung. Kennen Sie das Label *under water?«*

Auch wenn ich eher ein Shoppingmuffel bin, ist mir die an allen Ecken emporsprießende Modekette nicht verborgen geblieben. Die Waren zielen auf die jüngere Generation ab. Sportlich und auch mal elegant, bunt mit einzelnen Klassikern in Schwarz-, Grau- oder Weißtönen. Die Kette hat Erfolg – durch ihr Designkonzept und ihr Preismodell für den schmaleren Geldbeutel.

»Sollten Sie mal in Schweden sein, schauen Sie doch einfach bei meinem Großvater vorbei. Er freut sich sicher, Sie kennenzulernen und Ihnen das Geschäft zu erklären. Er wohnt in Gamla stan.«

Das ist schon die zweite Einladung nach Stockholm innerhalb weniger Tage und bei Henriettas herzlichem Angebot bin ich versucht, darüber nachzudenken.

Ich verabschiede mich von der jungen Schwedin und auch von meinem Schreibtisch bei der *Sega Invest.* Der heutige Tag ist nur noch durch eine Joggingrunde am Main zu retten.

17

Der Zug ist überraschend pünktlich und ich komme ohne Verzögerung im Hamburger Hauptbahnhof an. Auf einem der größten Personenumschlagplätze Deutschlands herrscht wie immer Hochbetrieb. Ich quetsche mich durch die Menschenmenge, doch auch außerhalb des Bahnhofsgebäudes wird es nicht entspannter. Es regnet und ich habe selbstverständlich keinen Schirm dabei. Zum Glück erwische ich ein vorbeifahrendes Taxi. Von Kellermann findet sich den ganzen Vormittag keine Spur.

Die *Nord Assekuranz* hat ihren Firmensitz an der Außenalster. Das Sitzungszimmer hat Blick auf das Binnengewässer, auf dem heute trostlos Nebelschwaden dahinwabern. Ausgesprochen pünktlich betritt eine burschikose Frau mit grauem Kurzhaarschnitt den Raum. Frau Weigel hat Werner Grüters Nachfolge angetreten und ist somit der Key-Account für den *EuroShop XXL*. Schwungvoll tritt sie auf mich zu. Nicht dynamisch, dazu ist ihr Schritt etwas zu schwerfällig. Fast könnte man behaupten, sie stapfe durch den Konferenzraum. Auch ihr Handschlag ist kraftvoll.

Ohne große Höflichkeitsfloskeln kommt Sie direkt zum Wesentlichen. »Wie kann ich Ihnen helfen?«

Jetzt bin ich mir sicher, dass Frau Weigel durch und durch pragmatisch ist.

Ohne Umschweife stelle ich ihr alle meine Fragen. Erst die fachlichen, zum Reporting-Konzept und zur IT-Architektur der Versicherung, und anschließend die zu Grüter.

Umfassend, jedoch schnörkellos fasst Frau Weigel den Lebenslauf ihres Vorgängers zusammen, erklärt seine Aufgaben im Unternehmen und fügt auch persönliche Details hinzu, sofern sie ihr bekannt sind.

Neu sind die Informationen allerdings nicht für mich. Daher schlage ich eine andere Richtung ein: »Ich habe gehört, dass sich die *Nord Assekuranz* auch an der Brancheninitiative zur Evaluation der Blockchain-Technologie beteiligt hat. Wissen Sie etwas über das Projekt?«

»Selbstverständlich. Das Thema ist hochinteressant. Sowohl für das Versicherungsgeschäft als auch für das Immobilienmanagement. Herr Grüter persönlich hat am entsprechenden Arbeitskreis teilgenommen. Jetzt ist diese Aufgabe an mich übertragen worden.«

Frau Weigel scheint mit der Thematik vertraut, daher frage ich: »Haben Sie schon konkrete Anwendungsfälle entwickelt?«

»Nun«, wägt die Geschäftsführerin ab, »wir stehen noch am Anfang, aber Ziel ist es, alle Mietverhältnisse über eine Blockchain abzubilden. In einem Shoppingcenter gibt es oft weit über hundert Verträge, die Parkplätze und Lager noch nicht einberechnet. Dazu kommen die Umsatzmeldungen.«

»Sie wollen auch die Umsatzmeldungen über eine Blockchain abbilden?«

Damit wird mir klar, dass die Idee, die ich im Gespräch mit Herrn Blasek gesponnen habe, schon längst weitere Kreise zieht. Nicht nur Kunde und Kaufhaus werden verbunden, sondern die ganze Kette vom Konsumenten bis zum Immobilienfonds digital abgedeckt.

Frau Schröder nickt nachdrücklich. »Clever, nicht? So haben wir die Umsatzzahlen automatisch tagtäglich in Echtzeit und müssen nicht bis Quartalsende auf die Umsatzmeldungen warten.«

»Respekt«, honoriere ich die Idee. »Damit ersparen Sie sich eine Menge Administrationsaufwand. Wie weit sind Sie denn in der Entwicklung? Wann kommt die Technik zum Einsatz?«

Frau Weigel hebt entschleunigend die Hände. »Wir sind erst in der Prototypenentwicklung. Ein IT-Unternehmen aus Stockholm ist dabei, alle Verträge abzubilden. Das wird sicher noch ein paar Monate dauern.«

Schon wieder Stockholm. Es wird Zeit für einen Besuch vor Ort. Bei dem besagten IT-Unternehmen handelt es sich sicher um dasselbe, das Anna bereits erwähnt hat. So viele Blockchain-Experten kann es in Schwedens Hauptstadt nicht geben. Zur Sicherheit frage ich nach dem Namen der Firma und die Managerin antwortet umgehend: »*WIRED.*«

Als das Meeting beendet ist, habe ich noch fast eine Stunde Zeit bis zur Abfahrt des Zuges, daher beschließe ich, einen Kaffee zu trinken.

Direkt neben der *Nord Assekuranz* befindet sich ein Hotel mit einem Restaurant in der obersten Etage. Die Außenwand ist vollverglast, bei Sonnenschein hat man hier den schönsten Blick auf die Alster. Das wird heute leider definitiv nicht der Fall sein. Doch ich lasse mich vom schlechten Wetter nicht entmutigen und betrete den gläsernen Aufzug, der mich ins Dachgeschoss bringt. Zum Abendessen ist es noch zu früh, daher haben sich nur wenige Gäste hierher verirrt. Ich wähle einen Tisch mit größtmöglichem Abstand zu den übrigen Besuchern, um jeglichem Small Talk vorzubeugen.

Statt Kaffee entscheide ich mich für einen Kräutertee. Ein wohliger Geruch nach Pfefferminze, Kamille und Thymian dringt in meine Nase. Das heimelige Gefühl wird umso stärker, je länger ich meinen Blick über die nebelverhangene Alster gleiten lasse.

In dieser Sehnsucht nach Geborgenheit schweifen meine Gedanken zu Karla ab. Der spärliche Kontakt, der zwischen uns gerade herrscht, belastet mich. Trotzdem habe ich nichts dazu beigetragen, dass diese Kommunikationspause endet. Lächerlich komme ich mir vor, wie ein zickiger Teenager, der sich rarmachen will, um Aufmerksamkeit zu provozieren. Beherzt greife ich zu meinem Telefon und komme mir erwachsen und großmütig vor, als ich eine SMS an Karla tippe: *Sehen wir uns, wie geplant, am Wochenende?*

Als mein Handy schon kurz darauf vibriert, erscheint ein Lächeln auf meinem Gesicht. Doch nur für einen Moment. Denn Karla hat abgesagt. Proben mit Jean Seberg. Augenblicklich möchte ich das Smartphone durch die Glasfassade schmettern.

Doch bevor ich mich zu sehr in meinem Selbstmitleid verlieren kann, meldet sich mein Handy erneut. Kellermann ruft an.

»Sind Sie noch in Hamburg?«, schallt es aus dem Hörer.

»Ja«, antworte ich zögerlich.

»Können Sie bis morgen bleiben?«

»Auf keinen Fall. Ich habe noch nicht mal eine Zahnbürste dabei.« Es ist die erste Begründung, die mir einfällt, um Kellermanns Vorstoß abzuwehren. Doch selbstverständlich hält sie nicht lange stand.

»Die spendiere ich Ihnen«, kommt sofort als Konter. Fieberhaft durchforste ich mein Gehirn nach einer anderen Ausrede, während der Kommissar parallel auf mich einredet: »Grüter hat mit einer Gruppe schwer integrierbarer Jugendlicher zusammengearbeitet. Sie werden es nicht glauben: Schwerpunkt dieser karitativen Aktivitäten war das Thema Kunsterziehung. Jetzt staunen Sie, nicht? Ich will, dass Sie mich morgen zu dieser Einrichtung begleiten.«

Was sollen denn diese Jugendlichen mit Grüters Tod zu tun haben?, schießt es mir durch den Kopf. Und wieso Kunsterziehung? Nach der Entdeckung von Grüters Besuchen im *Dark Magic* tritt jetzt auch noch ein Hinweis auf ein künstlerisches Interesse zutage? In meinem Kopf dröhnt es. Ich bin gerade überhaupt nicht zu Überraschungen aufgelegt. Die neuesten Nachrichten aus Berlin haben mir mehr als gereicht.

»Kommen Sie schon«, höre ich Kellermanns Stimme in der Leitung.

Nur um Ruhe zu haben, rufe ich aus: »Also gut.«

»Na bitte. Es ist ein Zimmer im Hotel *Alter Hafen* gebucht. Abendessen um zwanzig Uhr im Restaurant *Kessel.*«

18

Das *Kessel* liegt unweit der Reeperbahn in einer sich dahinschlängelnden Parallelstraße. Links und rechts reihen sich Kneipen aneinander, wir sind im Partyviertel Hamburgs.

Der Raum, ehemaliger Treffpunkt der Freunde der Punk-Musik, wurde zu einem charmanten Restaurant umgebaut. Dazu hat man zentimeterdicke Schichten an Musikplakaten und Aufklebern entfernt, sehr zum Missfallen der einstigen Gäste. Die sitzen heute nicht mehr hier, das Publikum hat gewechselt. Die Gentrifizierung hält auch in St. Pauli Einzug.

Das alles hat mir der Kellner erzählt, während ich auf Kellermann am Tresen warte. Er ist bis zum Hals tätowiert und wohl einer der wenigen Angestellten, die beide Phasen des Lokals miterlebt haben.

Kellermann duckt sich in der niedrigen Eingangstür und tritt in den Lokalbereich. Zur Begrüßung hebe ich die Hand und weise zu einem Tisch am Fenster. Die Auswahl habe ich vorher mit meinem tätowierten Kompagnon abgestimmt.

»Sie meinen also, dass die schwer integrierbaren Jugendlichen unseren Fall lösen werden?«, begrüße ich Kellermann.

»Hallo, Frau Wagenfeld, schön, dass Sie geblieben sind«, erwidert der Kommissar zuckersüß.

Verkehrte Welt. Normalerweise bin ich diejenige, die seine Fragen ausbremst. »Also gut.« Ich seufze. »Hallo, Herr Kellermann, schön, Sie zu sehen.« Ich strecke ihm meine Hand hin, die er demonstrativ ergreift und fest drückt. Als wir uns gesetzt haben, füge ich dennoch hinzu: »Also gut, jetzt erzählen Sie mal.«

Doch unser Kellner kommt schneller als gedacht und so bestellen wir, bevor Kellermann mit seinem Bericht beginnt. Die Auswahl fällt nicht schwer, es gibt ohnehin nur drei Gerichte. Wir wählen beide Fisch, das Meer ist schließlich nicht weit. Dazu Rotwein und viel Wasser. Dann ergreift der Kommissar das Wort und ich lehne mich zurück.

Beate Grüter hat Kellermann berichtet, dass sich ihr Mann bei seiner ehrenamtlichen Tätigkeit um schwer erziehbare Jugendliche gekümmert hat, Teenager, die abseits der gesellschaftlichen Norm auf die schiefe Bahn geraten sind, zu Drogenabhängigen oder Strichern wurden und nicht weit von hier auf der Reeperbahn ihr Geld verdienen.

Die Geschichten aus der Jugendgruppe kommen mir mehr als bekannt vor. Daher werfe ich in Kellermanns Berichterstattung ein: »Es handelt sich also um Teenager, die die gleiche Karriere durchlaufen haben wie mein Bruder. Angefangen mit Drogen und dann auf die schiefe Bahn geraten.«

»Ja, das ist mir auch aufgefallen. Aber besonders hellhörig bin ich geworden, als Grüters Frau mir von den Inhalten der Projekte erzählte. Der Geschäftsführer hat Kunstwerke mit den Jugendlichen kreiert. Er war der Auffassung, dass er durch eine künstlerische Bildung den jungen Menschen eine neue Basis geben könne und zugleich auch ein Ventil, um Gefühle auszuleben. Sein Ziel war es, die Frustration der Jugendlichen in einen kreativen Prozess zu transformieren. Ihre Wut sollte sich dadurch auf eine friedliche Art entfalten können.«

»Was hat Grüter mit den Teenagern denn gemacht? Bilder gemalt?« Mein Interesse an dem Projekt ist geweckt.

»Alles Mögliche. Es ging ihm um eine allgemeine Kunsterziehung: Malerei, Bildhauerei, Musik, Literatur, Tanz und Theater«, zählt Kellermann auf und fügt hinzu: »Grüter hat mit den Jugendlichen an Plastiken und Skulpturen gearbeitet, sie malen lassen oder mit ihnen Grafiken erstellt. Aber sie haben auch Aufführungen, Konzerte und Vorträge besucht.«

»Solch ein Engagement ist beachtenswert. Ich kenne niemanden in der Branche, der sich auf diese Weise in soziale Belange einbringt.« Ich zolle Grüter meinen größten Respekt. Doch dann fällt mir Kellermanns ursprünglicher Grund für die Reise wieder ein und ich bekomme Zweifel daran, dass Grüter aus selbstlosen Motiven handelte. »Kann es sein, dass er die Nähe der Jugendlichen nur gesucht hat, um seine eigenen Fantasien auszuleben und ein potenzielles Opfer zu finden?«

»Ihr Verdacht liegt nahe, der Gedanke kam mir auch direkt. Wenn wir von einer Verbindung zu Ihrem Bruder ausgehen, halte ich diese Theorie für wahrscheinlich. Die Witwe wusste allerdings von den Besuchen im *Dark Magic* und behauptet felsenfest, dass Grüter nur dort gewesen sei, um nach seinen Schützlingen Ausschau zu halten. Er war zwar in einem lokalen Hamburger Verein aktiv, doch die Jugendlichen wechseln häufig die Stadt, um sich der sozialen Kontrolle durch Streetworker oder Mitarbeiter des Jugendamts zu entziehen. Grüter ist ihnen hinterhergereist, angeblich in der Hoffnung, sie zu retten.«

Ich stelle mir den Vorstandsvorsitzenden als unermüdlichen Aufpasser seiner unkontrollierbaren Schäfchen vor. Dabei kommt mir ein weiterer Gedanke: »Im Kontakt mit schwer erziehbaren Teenagern gab es bestimmt Konflikte. Ich meine, die Kids sind doch sicher abgehärtet und auf Krawall gebürstet. Ganz abgesehen von den Drogen, die sie einschmeißen. Vielleicht ist mal eine Situation eskaliert?«

»Diesem Ansatz ist die Hamburger Polizei nachgegangen. Doch bisher wurden keine Anhaltspunkte dafür gefunden, dass einer der Jugendlichen in Grüters Tod verwickelt war.

Es gab keine Beweise am Tatort, keine Videoaufzeichnungen oder Zeugen, die einen der Teenager in der Nähe der Mordstelle gesehen haben.«

»Und was glauben Sie?«, frage ich matt.

Der Kommissar zuckt mit den Schultern, zieht seine Stirn kraus. »Im Moment gar nichts. Wir haben zwei Tote, die sich kannten. Bei dem Fall Grüter häufen sich die Hinweise auf eine Beziehung zu Ihrem Bruder. Ihr Nachname war in Grüters Arm eingeritzt, der Vorstandsvorsitzende wurde mehrfach in dem SM-Klub gesehen, in dem Ihr Bruder und seine Jünger sich kennenlernten, und hatte außerdem ein Faible für Kunst. Da braucht es nicht viel Fantasie, um Parallelen zu finden.«

Auch wenn mir die Vorstellung einer Verbindung Grüters zu meinem Bruder nicht gefällt, kann ich der Zusammenfassung des Kommissars nicht widersprechen. Allein aus Mangel an Argumenten beschäftige ich mich mit meinem Essen, spieße ein Stück Dorsch auf, trinke einen Schluck Rotwein, nehme einen weiteren und schaue den Passanten auf der Straße zu, die gut gelaunt auf dem Weg in eine der benachbarten Bars an unserem Fenster vorbeiziehen.

»Ich werde Sie nicht davor bewahren können. Wenn es so ist, dann ist es so.« Kellermanns Stimme trifft mich unvermittelt.

»Wie bitte?«, fasse ich nach, obwohl ich die Worte eindeutig gehört habe.

»Wenn es eine Verknüpfung zu Ihrem Bruder gibt, dann gibt es sie. Ob Sie es wahrhaben wollen oder nicht. Es hilft nichts, sich vor dieser Möglichkeit zu verschließen. Machen Sie es sich nicht schwerer, als es sein muss.«

Mir ist klar, dass der Kommissar es gut meint. Und dass er recht hat. Trotzdem staut sich eine ungeheure Anspannung in mir auf, die mich daran hindert, irgendetwas zu sagen oder zu tun.

Kellermann sitzt mir still gegenüber, zu nah, um nur die geringste Emotion vor ihm verstecken zu können. Gelassen schaut er meinem inneren Kampf zu. Er kneift die Augen leicht zusammen, doch sein Blick ist wohlwollend. Auch das noch. Der Kommissar zeigt Güte. Allein deswegen möchte ich ihn anbrüllen, dass ich sein Mitleid nicht brauche.

Schließlich erlöst er mich, steht auf und tritt mit wenigen Schritten an die Bar. Ich starre stumpf geradeaus, sehe jedoch aus den Augenwinkeln, dass er mit dem tätowierten Kellner spricht. Kurz darauf steht Kellermann wieder neben mir und stellt zwei Schnapsgläser mit braunem Inhalt auf den Tisch.

»Das hilft. Zumindest manchmal.«

Der Kommissar trinkt sein Glas noch im Stehen, greift dann in seine Manteltasche und holt ein Smartphone heraus, bevor er sich wieder setzt. Ich schaue ihm entgeistert zu.

»Also los«, spornt er mich an. »Trinken Sie schon.«

Der Kräuterlikör brennt wie Feuer in meinem Hals. Von dem hohen Alkoholgehalt muss ich mich schütteln. Kein Wunder, dass der Bitter ursprünglich als Magenmedizin hergestellt wurde.

»Besser?«, fragt Kellermann.

»Anders«, antworte ich, muss aber doch mit einem Lächeln zugeben, dass er mich aus meinem Tief gerissen hat.

»Gut, dann weiter im Text.« Der Kommissar tippt beherzt auf seinem Handy herum und öffnet den Fotomodus. »Bitte schauen Sie sich alle Bilder an. Es sind eine ganze Menge. Familienfeste, Urlaubsfotos, Aufnahmen aus dem Jugendklub. Erkennen Sie eine der darauf abgebildeten Personen wieder? Haben Sie jemand schon einmal im Umfeld Ihres Bruders gesehen?«

Ich flippe durch die Fotos: Aufnahmen aus unterschiedlichen Stationen in Grüters Leben, eine Vielfalt an Situationen mit wechselndem Personenkreis. Kellermann hat sie abfotografiert. Es sind Bilder aus einem Fotoalbum oder gerahmte Aufnahmen an der Wand. Die meisten hake ich schnell ab, andere betrachte ich eingängiger. In der Zwischenzeit kommt der Kellner und räumt unsere Schnapsgläser ab. Ohne mich zu fragen, bestellt Kellermann noch mehr Rotwein. Mir ist es recht.

Schließlich gebe ich dem Kommissar das Smartphone zurück und schüttele den Kopf. »Leider nein, ich erkenne niemand.«

»Niemand?«

»Niemand!«, bestätige ich.

Einen Moment lang schweigen wir und nippen an unserem Wein. Dann wechselt Kellermann das Thema: »Ich würde zu gerne erfahren, wer der Journalist gewesen ist. Vielleicht haben wir den rätselhaften T. in ihm gefunden?«

Ich kann dem Kommissar keine Antwort auf die Frage geben, tue ihm jedoch den Gefallen, eine Weile darüber nachzudenken. Dann wechsle ich peu à peu die Themen. Komme über das nah gelegene Millerntor-Stadion auf den Fußball zu sprechen, erkundige mich nach seiner Fanliebe zum 1. FC Köln und frage das persönliche Sportprogramm ab. Wir geraten ins Plaudern. Ich erzähle ihm von einer zurückliegenden Fahrradtour von Berlin an die Ostsee, der verwunschenen Schönheit der Uckermark und der Feldberger Seenlandschaft.

»Apropos Sport«, meint Kellermann schließlich. »Nehmen Sie noch einen Nachtisch?«

»Warum nicht?«, erwidere ich, drehe mich um und werfe einen Blick auf die Schiefertafel über der Theke. Während ich die handschriftlich aufgeführten Desserts überfliege, höre ich Kellermann hinter mir auf seinem Stuhl hin und her rutschen. Eine Reaktion auf seine nicht vorhandene Brille.

»Soll ich Ihnen die Speisekarte vorlesen?«, biete ich an.

»Gerne.« Die Zustimmung kommt prompt.

Der Reihe nach lese ich die Namen der Desserts vor: »Crème brûlée, Mousse au Chocolat, Tarte Tatin …«

»… Crème Caramel, Profiteroles«, schließt Kellermann die Auflistung ab.

Ich fahre auf meinem Stuhl herum und lache. »Hey, Sie haben mich gefoppt. Sie sind gar nicht kurzsichtig.«

»Wenn, dann zumindest nicht auf den nächsten zwei Metern«, erklärt der Kommissar schelmisch. Auch die sich an den Schläfen bildenden Fältchen können nichts an der Strahlkraft seiner Augen ändern.

Wir bestellen Mousse au Chocolat und Crème Caramel, tauschen nach der Hälfte die Schüsselchen und der Abend plätschert dahin. Wir verlassen das Restaurant als Letzte, abgesehen von dem tätowierten Keller, von dem wir jetzt wissen, wie er heißt, woher er kommt und wie sehr ihm das Leben in der Hafenstadt gefällt.

Unser Weg zum Hotel führt uns an der Reeperbahn entlang, vorbei an blinkenden Leuchtreklamen und Damen in engen Leggings und neonfarbenen Moonboots. Aus den Kneipen schallt Musik, abwechselnd Elektro oder Achtzigerjahresongs. Ein junger Mann hat sich zu viel für den Abend vorgenommen und übergibt sich in einem Hauseingang. Wir machen einen Bogen um ihn, Kellermann dicht an meiner Seite.

In der Hotellobby zeigt der Kommissar mit einem Kopfnicken zur Bar. Ich tue es ihm gleich, jedoch in die Gegenrichtung, zu den Aufzügen. Kellermann hebt nur kurz die Schultern. Es soll wohl so viel heißen wie: Also gut, dann eben nicht.

Mein Zimmer ist im dritten, Kellermanns im fünften Stock. Als der Aufzug hält und die Türen aufgehen, reagiere ich nicht. Keinen Zentimeter bewege ich mich, sondern taxiere Kellermann. Prüfe, wie er meinen Blick erwidert, erst erstaunt, fragend, dann mit zustimmender Gelassenheit.

Er sagt nichts, jedes Wort wäre unnötig, zu viel in diesem Moment.

In der nächsten Sekunde schließen sich die Aufzugtüren und kurz bevor sie aufeinandertreffen, schiebe ich meine Hand dazwischen und verlasse die Kabine.

Lass es, sage ich mir. Noch mehr Chaos kann ich im Augenblick ganz und gar nicht gebrauchen.

19

Mein Kopf dröhnt. Als auch die kalte Dusche nicht hilft, verteufle ich das letzte Glas Wein. Meine Habseligkeiten sind schnell zusammengesammelt, ich reise mit leichtem Gepäck.

In der Lobby angekommen, entdecke ich Kellermann im Gastronomiebereich. Vor dem Kommissar türmen sich Reste des Frühstücksbuffets. Leere Marmeladendöschen, Eierschalen und eine übrig gebliebene Scheibe Käse. Ich beschränke mich auf einen Latte macchiato aus dem Kaffeevollautomaten und setze mich auf den freien Stuhl Kellermann gegenüber. Meine Jacke lasse ich an. Ich will nicht lange bleiben.

»Guten Morgen. Um wie viel Uhr haben Sie den Termin im Jugendklub vereinbart?«

Der Kommissar schaut mich mit vollem Mund entgeistert über seine Frühstücksreste hinweg an.

Als keine Antwort kommt, füge ich hinzu: »Lassen Sie uns losgehen. Es ist bestimmt schon jemand da.« Ich schwinge demonstrativ den Riemen meiner Tasche über die Schulter.

»Moment, Moment«, ruft der Kommissar gestresst aus. »Mein Gott, Frau Wagenfeld, Sie sind echt anstrengend.«

»Schwierig«, betone ich. »Das ist etwas anderes.«

Der Jugendklub liegt unweit des Millerntor-Stadions in einem ehemaligen Kleinkunsttheater. Wir müssen nicht klingeln, denn die Tür steht bereits offen. Im Foyer ist ein Bistro eingerichtet. Früher gab es hier sicher Snacks für die Pausenverpflegung, heute nimmt eine Handvoll Jugendliche ihr Frühstück ein. Dazu wurde der Vorraum mit Biertischgarnituren ausgestattet. Vor den Teenagern stehen Müslischalen und Holzbrettchen mit Brot, auf jedem Tisch ist eine Großfamilienpackung Nutella deponiert.

Kellermann nimmt das Gespräch mit dem Leiter der Einrichtung auf, der vom Tresen des Bistros aus das Getümmel überwacht. Ein hagerer Mann, doppelt so alt wie seine Klientel, aber in die gleiche Montur gekleidet. Schwarzer Kapuzenpulli, Jeans. Die wenigen Mädchen in der Runde haben die Hose durch einen Rock ersetzt und tragen darunter zerrissene Strumpfhosen.

Ich verfolge das Gespräch stillschweigend. Der Kommissar stellt dem Jugendleiter, der sich als Herr Henschel vorgestellt hat, Fragen zu Grüter. Er erkundigt sich danach, wie lange und wie oft der Manager hier gearbeitet hat. Ich betrachte den Raum, der mehr als sanierungsbedürftig ist, und frage mich, wie Grüter mit seinem Nadelstreifenanzug und seinen Manschettenknöpfen hier reingepasst hat. So leicht kann man sich täuschen, denke ich mir. Hüte dich vor deinen eigenen Vorurteilen.

Während der Kommissar eine Frage nach der anderen stellt, bemerke ich, wie ein Mädchen an einem der Tische uns beobachtet, verstohlen und dennoch offensichtlich. Ich durchquere den Raum und frage: »Darf ich mich setzen?«

Die junge Frau zuckt die Schultern. Von Nahem erkenne ich, dass sie kein Teenager mehr ist, sie wirkt nur so mädchenhaft durch ihre zierliche Gestalt, die in einem viel zu großen Kapuzenpulli versinkt. Dann deutet ihre Hand kurz auf einen freien Platz auf der gegenüberliegenden Bank, doch die Einladung wird durch den abweisenden Gesichtsausdruck konterkariert. Die übertrieben schwarz geschminkten Augen, ihre blasse Haut und die stumpf herabhängenden rot gefärbten Haare lassen die Begrüßung nicht herzlicher wirken.

»Ich bin Marie. Das dahinten ist Kommissar Kellermann aus Frankfurt. Wir sind wegen Werner Grüter hier. Kanntest du ihn?«

Die junge Frau antwortet nicht, knibbelt an ihren Nägeln, die Hände in den überlangen Ärmeln versteckt. Dennoch ist am rechten Handrücken ein Tattoo erkennbar. Ein Schriftzug und drei Sternchen: *Fuck* ***.

»Und?«, frage ich mit etwas mehr Nachdruck.

Ihr Blick hebt sich plötzlich und ihre Augen funkeln mich angriffslustig aus der dunklen Kriegsbemalung an.

»Schon«, raunzt sie. »Man kennt sich halt.«

»Was hat er für Projekte mit euch gemacht? Es ging um Kunst, oder?«

Sie zuckt mit den Schultern. »Alles Mögliche. Gebastelt und so. Manchmal Theater gespielt.« Ihr Kinn reckt sich Richtung Flügeltür, hinter der ich den Bühnensaal vermute.

»Gab es hin und wieder Zoff?«, frage ich und merke, wie sie augenblicklich dichtmacht. Um sie zu beschwichtigen, ergänze ich: »Wäre ja nur normal. Wenn man so intensiv zusammenarbeitet, gibt es auch mal die eine oder andere Meinungsverschiedenheit, oder?«

Trotz meinem Zusatz ist die Stimmung frostig. Aus den Augen der kindlichen Frau sprüht offene Feindseligkeit. Dann erhebt sie sich von der Bank und ich fürchte schon, dass sie sich wortlos verabschiedet. Doch sie bleibt vor mir stehen, sodass ich zu ihr aufschauen muss. All ihre Wut konzentriert sich in der zusammengezogenen Augenpartie. Dann schmettert sie mir mit aller Kraft entgegen: »Was schnüffeln Sie eigentlich hier herum? Sie stecken doch unter einer Decke, Sie und Ihr kranker Bruder!«

Ich fahre zusammen. Nur mit aller Mühe halte ich mich aufrecht und lasse in meinem Gesicht nicht die Reaktion zu, die dieser Schlag hinterlassen hat. Der Angriff hat mich frontal getroffen. Ich stammle: »Aber wieso … warum …«

Das Gesicht der Rothaarigen ist zu einer verbitterten Grimasse verzogen. Mit voller Wucht schleudert sie mir entgegen: »Das wirst du noch bereuen!«

Dann dreht sie sich auf dem Absatz um und verschwindet Richtung Ausgang. Ich bin so konsterniert, dass ich ihr weder folge noch hinterherrufe. Ich komme gar nicht darauf zu fragen, woher sie meinen Bruder kennt, woher sie mich kennt und was ihre Anschuldigung soll. Erstarrt schaue ich zu, wie sie das Foyer verlässt. Ihre beiden Sitznachbarinnen tun es ihr gleich. Erst jetzt, wo ich allein am Tisch sitze, steigen mir die Tränen in die Augen. Um nicht völlig durchzudrehen, beiße ich mit aller Kraft in meinen Handballen.

Ich verharre wenige Minuten so, bis die Emotionen abgeebbt sind. Kellermann hat nichts von meinem Gefühlsausbruch mitbekommen, er ist in die Unterhaltung mit Herrn Henschel vertieft.

Ich rufe zu ihm hinüber, dass ich vor der Tür warte und verlasse das Gebäude. Draußen lasse mich gegen die Hauswand sinken, schließe die Augen und atme tief durch.

»Warum sind Sie vorhin so schnell abgehauen?«, will Kellermann wissen, nachdem der Zug die Elbe passiert hat. Mit Glück haben wir ein leeres Sechserabteil gefunden.

»Die Jugendlichen wussten von meinem Bruder.« Die Antwort kommt direkt, knapp und tonlos. Von meinen Emotionen ist nichts mehr zu spüren, zumindest nicht für Außenstehende.

»Aha, dann wissen Sie es ja bereits«, stellt Kellermann fest.

»Was weiß ich bereits?« Mein Puls schnellt automatisch wieder in die Höhe.

»Grüter kannte ihren Bruder. Erik scheint eine Zeit lang in Hamburg gelebt zu haben. Auch als er wieder nach Frankfurt zurückkehrte, haben die beiden sich ein paarmal getroffen. Henschel ist jedoch überzeugt, dass Grüter nur positive Absichten hatte und nichts von Eriks perfiden Neigungen wusste. Angeblich betrachtete er ihn rein als Jugendlichen mit sozialen Schwierigkeiten.«

Was für eine harmlose Umschreibung für einen psychopathischen Serienmörder, denke ich bitter.

»Und jetzt nehmen sie unsere Familie in Sippenhaft?«, frage ich trocken.

»Nein, wie kommen Sie darauf?« Der Kommissar legt seinen Kopf schief.

»Weil eine aus der Gruppe das angedeutet hat.« Eine wörtliche Wiedergabe ihrer Aussage bringe ich nicht über die Lippen.

»Sind Sie sicher?« Kellermanns Entrüstung ist echt, auch wenn ihm klar ist, dass die Jugendlichen mit ihrer Generalverurteilung nicht die Ersten sind. Um mich abzulenken, wechselt er das Thema: »Ich habe Henschel auch nach Konflikten zwischen Grüter und den Jugendlichen gefragt. Leider konnte er mir dazu nichts sagen. Ihm ist kein Zwist aufgefallen. Es gibt also keinerlei Hinweis darauf, dass der oder die Täter aus den Reihen des Jugendklubs kommen.«

»Schreiben wir die Teenager jetzt also ganz ab?«, frage ich erstaunt.

»Nein, wir behalten sie sicherheitshalber im Visier.«

»Wahrscheinlich sind die meisten von ihnen nirgendwo erfasst. Ich meine, einige werden schon eine gute Karriere im Milieu hinter sich haben, aber sicher nicht alle. Haben Sie die Kontaktdaten der jungen Leute? Die tragen sich ja nicht mit heller Freude in eine Liste der Polizei ein.«

Der Kommissar räumt meine Bedenken beiseite: »Der Jugendleiter meinte, er würde all seine Schäfchen kennen und uns eine Übersicht der Namen zustellen. Wir können nur hoffen, dass sie vollständig ist. Aber sie haben völlig recht, es wird schwierig, alle Teenager zu überprüfen, auch wenn uns der Jugendleiter dabei unterstützt. Die Hamburger ziehen sicherheitshalber auch ihre Kollegen von der Sitte hinzu. Vielleicht kennen die den einen oder anderen von der Straße.«

Vor meinem inneren Ohr erschallt wieder der wütende Vorwurf der jungen Frau. Was hat Grüter ihr erzählt? Was hat sie selbst von Erik gewusst? Ich verteufle mich dafür, dass ich so apathisch war und ihr keine Gegenfragen stellte. Ich weiß noch nicht einmal ihren Namen. Vielleicht gibt Henschels Liste Aufschluss.

»Konzentrieren wir uns auf die Verbindung zwischen Grüter und Ihrem Bruder«, reißt mich Kellermann aus meinen Gedanken.

Ich überlege einen Moment. Die Verknüpfung zu meiner Familie wird immer offensichtlicher. Selbst ich kann das nicht mehr leugnen und daher versuche ich laut, die Dinge zu ordnen: »Wenn Grüter Erik gekannt hat und das Motiv für seinen Mord tatsächlich darin begründet sein sollte, dann kann es nur zwei Varianten geben: Entweder er wusste von Eriks Taten, zählte zu seinen Jüngern und wurde aus Rache von einem der Hinterbliebenen der Opfer getötet oder im Streit von einem weiteren Gruppenmitglied. Das erklärt auch den Schriftzug auf seinem Arm. Er wollte damit die Gruppe auffliegen lassen. Oder aber er hat nichts gewusst und ist das Opfer eines übrig gebliebenen Komplizen Eriks geworden.«

Aufmerksam beobachte ich Kellermanns Reaktion. Seiner Mimik ist deutlich anzusehen, dass er die verschiedenen Varianten durchspielt.

»Ich glaube, es gibt noch eine dritte Möglichkeit«, merkt der Kommissar dann an. »Eventuell hat Grüter von Eriks

Taten gewusst. Vielleicht nicht vollumfänglich, aber zumindest in Teilen und hat trotzdem nichts unternommen.«

Überrascht hebe ich die Augenbrauen, lasse mir dann die neue Variante durch den Kopf gehen. Kellermann hat recht. Wenn Grüters Berufung darin bestand, Jugendliche zu retten, hätte er Erik eventuell nicht sofort verraten. Zumindest nicht, solange er keine handfesten Beweise, sondern nur Vermutungen für dessen Taten hatte. Wenn es nur einen Anfangsverdacht gab, hätte er sicher versucht, meinen Bruder zu bekehren.

Als Resümee aus diesem Gedankengang schlussfolgere ich: »Es kann also nicht nur sein, dass sich jemand an Grüter gerächt hat, weil er zu Eriks Jügern gehörte, sondern auch, weil er kein Mitglied war, meinen Bruder aber nicht aufgehalten hat.«

»Ja, das scheint mir möglich. Und aus diesen Varianten ergeben sich für Sie Konsequenzen.«

Ich richte mich in meinem Sitz auf. »Welche?«

»Nun«, beginnt Kellermann theatralisch. »Es liegt doch auf der Hand. In allen drei Fällen sind Sie in Gefahr. Fall eins: Grüter gehörte zu den Jüngern. Dann wollte man ihn vielleicht aus dem Weg schaffen, um Hinweise auf weitere Mittäter zu verschleiern. Sie wären eine der Ersten, die diesen Hinweisen auf die Spur kommen könnte. Ich selbst habe Sie ja schließlich auch genau deshalb engagiert.«

»Aber …«, wende ich ein, doch Kellermann hebt die Hand und bittet mich, ihn ausreden zu lassen.

»Fall zwei: Grüter selbst wusste nichts von Eriks Taten und wurde Opfer eines noch unbekannten dritten Jüngers. Dann sind Sie sicher auch in dessen Fokus. Ihr Bruder hatte Sie schließlich als sein finales Opfer ausgewählt. Falls es noch einen Komplizen gibt, will der vielleicht das Werk Ihres Bruders vollenden. Und auch in der letzten, der dritten Variante besteht eine potenzielle Bedrohung. In diesem Fall ist Grüter gestorben, weil sich jemand an ihm dafür rächen wollte, dass er Erik nicht aufgehalten hat. Dieser Jemand könnte meinen, auch Sie als nahe Verwandte hätten nicht rechtzeitig gehandelt und Ihren Bruder gestoppt.«

»Aber welche Rolle spielt Kerbas in diesen Varianten? Nahm er sich das Leben, weil er Grüter tötete? Dann wäre er entweder ein weiteres Gruppenmitglied gewesen oder er wollte sich rächen. Stand Kerbas denn in Verbindung zu einem der Opfer? Er ist ja immerhin verwandt mit Stallenbergs Sohn, der zu Tode kam. Doch soweit ich weiß, kannte er ihn gar nicht.«

»Das ist richtig. Stallenberg hat seinen Sprössling aus einer Affäre immer geheim gehalten. Daher kann Rache nicht das Motiv sein. Falls die beiden Mordfälle etwas miteinander zu tun haben, war Kerbas entweder selbst Täter oder ist, wie im zweiten Fall, das Opfer eines verbliebenen Jüngers geworden.«

Bei Kellermanns Argumentation kommen mir wieder die beißenden Worte der jungen Frau in den Sinn. *Sie stecken doch unter einer Decke.* Kann es sein, dass sie Grüters Mörder kennt, von den Rachefantasien weiß?

Ich äußere diese Vermutung.

Der Kommissar muss meine Sorgen bereits im Vorfeld erahnt haben. Denn er antwortet umgehend: »Wir werden den alten Hamburger Mordfall noch einmal aufrollen müssen. Die Kollegen vor Ort wissen schon Bescheid. Wir werden alle Angehörigen erneut befragen und ihr Alibi für den Tatzeitpunkt von Grüters Mord prüfen.«

»Kontaktieren Sie auch Ihre Kollegen aus dem Ausland? Immerhin geschahen die Morde nicht nur in Deutschland.«

Kellermann nickt. »Wir werden alle zuständigen Polizeiorgane in Warschau, Paris und Zürich informieren müssen.«

Das wird ein ziemlicher Aufwand mit ungewissem Ausgang. Die Morde liegen Jahre zurück, verstreut über vier Länder. Wer weiß, welcher Polizist von damals heute noch im Amt ist und ob die persönlichen Verbindungen der Opfer überhaupt noch zu rekonstruieren sind. Falls jemand auf Rachefeldzug ist, könnte es sich nicht nur um einen Verwandten, sondern auch um einen Menschen handeln, der in einer sonstig gearteten besonderen Beziehung zu einem der Opfer stand. Das Vorhaben erinnert mich stark an die Suche nach der Nadel im Heuhaufen, ohne zu wissen, ob es sie überhaupt gibt.

Gedankenverloren betrachte ich die vorbeiziehenden Landstriche. Der Regen hat die Wiesen hinter Hannover so stark unter Wasser gesetzt, dass sich riesige Pfützen gebildet haben. Die Gegend gleicht jetzt einem behüteten Naturreservat, in dem die Fischreiher Futter in den ineinander übergehenden Teichen und Sumpflandschaften finden.

Kellermann unterbricht meine Naturbeobachtungen: »Sie dürfen die Gefahr nicht auf die leichte Schulter nehmen.«

Im ersten Moment bin ich versucht, etwas Trotziges zu erwidern, lasse es dann aber bleiben. Kellermann hat recht. Seine Argumente stimmen. Aus jeder der drei Varianten ergibt sich eine mögliche Bedrohung für mich. Und dennoch will ich den Gedanken nicht an mich heranlassen.

»Neben den drei Varianten kann es noch eine weitere geben, eine vierte Möglichkeit.«

»Sie meinen die Todesfälle stehen in keiner Verknüpfung zu Ihrem Bruder?« Kellermann zieht die Augenbrauen zusammen.

»Ja, ich denke, es wäre falsch, die Geschäftsverbindung zwischen Kerbas und Grüter außer Acht zu lassen. Schließlich hatten die beiden über den *EuroShop XXL* Kontakt und saßen gemeinsam in der Blockchain-Arbeitsgruppe.«

»Daraus haben sich bislang aber noch keine Mordmotive ergeben«, konstatiert Kellermann nüchtern.

»Nur weil wir sie noch nicht entdeckt haben, heißt es nicht, dass es keine gibt.« Meine Antwort ist genauso trocken.

»Und was soll dann Ihr Familienname auf Grüters Arm?«

Punkt für Kellermann. »Ich weiß es nicht. Vielleicht gibt es einen anderen Zusammenhang. Vielleicht hat das eine gar nichts mit dem anderen zu tun.«

»Puh«, stößt Kellermann aus. »Das klingt sehr abenteuerlich. Aber bitte, Sie sind ja an der Quelle. Recherchieren Sie in Kerbas' Arbeitsumfeld weiter. Wann ist das nächste Treffen mit den Investoren angesetzt?«

»Nächsten Dienstag. Montag startet die *MIPIM* in Cannes.«

Kellermann sieht mich verwundert an. »Nervt Sie die ganze Reiserei nicht?«

Ich antworte sofort: »Wenn mich das stören würde, hätte ich meinen Beruf schon vor Jahren aufgegeben.«

Nach der Ankunft in Frankfurt entdecke ich in der Post das bestellte Wagenfeld-Buch. Noch im Treppenhaus reiße ich gespannt das Päckchen auf. Der Band enthält eine Sammlung verschiedener Schriften, kürzere und längere Texte über Gestaltung und Design. Insbesondere ein Artikel weckt mein Interesse: *Über die Kunsterziehung in unserer Zeit.*

Ich schließe die Wohnungstür auf und lasse all meine Sachen im Flur fallen. Nur mit dem Büchlein ausgestattet, verziehe ich mich auf das Sofa und beginne zu blättern. Der Text stammt aus dem Jahre 1948 und bemängelt die fehlende Berücksichtigung der Kunst in der Erziehung von Jugendlichen. Aber Wagenfeld prangert auch die allgemeinen Missstände im Umgang mit jungen Menschen während des dritten Reichs an. Er spricht von einer Eindämmung der Menschenseele und einer uniformierten Abrichtung der Kinder. Offen kritisiert er, dass erziehen nichts anderes als »einfräsen« und »schleifen« in die Passungen eines totalitären Gefüges sei.

Hat Grüter diesen Aufsatz Wagenfelds gekannt? Waren es die Denkweisen des Designers, die er übernahm und selbst in die Tat umsetzte? Meine Augen überfliegen noch einmal einige Textstellen. Die Wortfetzen würden zu dem Charakter des sozial engagierten Managers passen. Das Ziel dieser Erziehungsmethoden ist die Förderung des freien, eigenen Willens der Jugendlichen. Man will ihre schöpferische Seele herausfordern, um ihr Selbstbild zu stärken und ihre Position in der Gesellschaft zu festigen. Wenn Grüter tatsächlich diese Theorie verfolgte, die pädagogischen Ansätze und Grundeinstellungen mit dem Produktdesigner teilte, kann das Wort auf seinem Arm auch eine ganz andere Bedeutung haben.

20

In den letzten Tagen habe ich nichts von Kellermann gehört. Die Kommunikationspause ist sicher dem angekündigten Administrationsaufwand geschuldet. Die Abstimmung verschiedener Polizeiorgane über Ländergrenzen hinweg ist kein leichtes Unterfangen. Ich habe die Ruhe genutzt, um mich um das Reporting-Konzept zu kümmern und intensive Diskussionen mit Herrn Blasek zu führen, die mich von seiner IT-Kompetenz umso mehr überzeugt haben.

Frankfurt habe ich in den frühen Morgenstunden verlassen. Die Maschine nach Nizza war zur Hälfte mit Business-Sitzen bestuhlt. Ein Phänomen, das sich auf der kurzweiligen Strecke zur Côte d'Azur nur während der internationalen Immobilienmesse ereignet. Auch die Nutzung des Hubschrauber-Shuttles nach Cannes hat in dieser Phase Hochbetrieb.

Das Messezentrum, der *Palais de Festival*, ist geprägt vom Baustil der Siebzigerjahre. Wabenförmig reihen sich verschiedene Oktogone zu einem Gebäudekomplex zusammen. Von den sich ergebenden Vorsprüngen und Terrassenflächen hat man eine hervorragende Aussicht auf den alten Hafen und das Mittelmeer. Passend zu den Wetterbedingungen setze ich meine Sonnenbrille auf, als ich die Außenfläche des Obergeschosses erreiche. Nahezu jedes größere Unternehmen, das in der Branche etwas auf sich hält, präsentiert sich mit einem Stand. Um sich die Kosten zu teilen, schließen sich einige Firmen zu Gemeinschaftsständen zusammen. Ich steure die Kooperation für den Raum Frankfurt an, plaudere mit den mir bekannten Geschäftsleuten, trinke einen Kaffee und selbstverständlich auch einen Champagner. »Die *MIPIM* ohne Champagner zu eröffnen«, behauptete einst ein Bankvorstand, »ist schlicht unmöglich.«

Gegen Mittag wechsle ich die Etage und mische mich unter das Geschäftsvolk auf dem Dachgeschoss. Der Regionalverband Berlin-Brandenburg hat hier seinen Messestand aufgebaut. Auch wenn es räumlich nicht passt, genieße ich einen kurzen Zwischenstopp am französischen Käsebuffet.

Am Berliner Stand treffe ich den Vorsitzenden des deutschen Immobilienverbandes. Wir plaudern über aktuelle Vorhaben des Vereins, politische Trends und philosophieren über Veränderungen, die auf den Immobilienmarkt zukommen. Unmittelbar wird uns von einer Messehostess Kaffee angeboten, den sie zusammen mit einer Karaffe Wasser serviert, wir sind schließlich in Frankreich. Dem Umfeld angemessen, ist es kein schnöder Krug, sondern eine stilvolle Rauchglaskaraffe. Ich bewundere den Farbverlauf und plötzlich macht es Klick. Genau dieses Modell habe ich bereits einmal gesehen, auf dem Display von Kellermanns Smartphone. Der Wasserkrug stand auf einem reichhaltig gedeckten Esstisch inmitten einer bunten Festgesellschaft. Das Foto war auf einer Party in Grüters Privathaus entstanden.

Die Plauderei mit dem Verbandsvorsitzenden nimmt ihren Lauf, doch ich bin gedanklich abwesend. Ich schenke mir ein Glas Wasser nach dem nächsten ein und nutze jede

Redepause, um einen großen Schluck zu trinken. Ich möchte den Glasboden prüfen. Vielleicht entdecke ich dort ein Emblem, das mir Aufschluss über den Designer gibt.

Nach einer Viertelstunde ist unsere Unterhaltung beendet. Der Lobbyist eilt zu seinem nächsten Termin und ich kann in Ruhe die Karaffe inspizieren. Die ist inzwischen leer, im Gegensatz zu meiner Blase.

Tatsächlich, das Logo ist mir bekannt. Wilhelm Wagenfeld. Ich zücke mein Handy, fotografiere die Karaffe von allen Seiten und sende die Bilder an Kellermann. In die Mail habe ich geschrieben: *Können Sie nachfragen, ob Grüter dieses Geschirr besitzt?*

Ich verstaue mein Smartphone und mache mich auf den Weg in Richtung der Strandpromenade. Bis zum Treffen der fünf Investoren ist es nicht mehr lang und ich möchte den Raum und die Technik prüfen, bevor sie ankommen. Für die Sitzung wurde im *Hotel Martinez* ein Konferenzraum angemietet. Ich schlendere die Flaniermeile am Meer entlang. In Scharen strömen mir schwarz gekleidete Anzugträger entgegen, die sich durch ihre um den Hals baumelnden Ausweise am roten Bändchen deutlich als Messebesucher outen.

Das *Martinez* hält, was der Name verspricht. Das Traditionshaus hat einen ausladenden Empfangsbereich, der mit dicken Teppichen ausgelegt und mit allerhand pittoresken Bildern, Vasen und Lampen geschmückt ist. Ein Schild neben der Rezeption weist mich auf unsere Tagung hin. Man hat das Sitzungszimmer *Salle d'Or* gebucht. Wie passend für die anstehende Gesellschaft.

Trotz des antiquierten Interieurs ist der Konferenzraum mit moderner Vortragstechnik ausgestattet. Laptop und Beamer in Bereitschaft zu versetzen, stellt kein Problem dar. Die Gäste können eintreffen.

Um mir die Zwischenzeit zu vertreiben, trete ich hinaus auf den Balkon und lasse den Blick über das glitzernde Wasser des Mittelmeers gleiten. Die Strandpromenade ist gesäumt von Gastronomiezelten. Die darüber wehenden Fahnen geben Zeugnis, welche Firma sich jeweils darin präsentiert. In meiner Tasche vibriert es. Ich vermute, dass einer der Sitzungsteilnehmer seine Verspätung ankündigt, aber ich täusche mich, es ist Kellermann. Er hat zurückgeschrieben: *Sie sind irre! Aber ich mache es.*

Auch selten, sein Gegenüber als irre zu bezeichnen und sich trotzdem zu siezen, denke ich.

Nach und nach trudeln die Geschäftsführer ein. Begrüßungsfloskeln werden ausgetauscht und selbstverständlich auch die Information, in welchem Hotel man nächtigt. Der Small Talk über die Unterbringung wird sichtlich ausgekostet, schließlich ist sie ein eindeutiger Hinweis auf die Position der Person und den finanziellen Spielraum des jeweiligen Unternehmens.

Die Sitzung beginnt und nach einigen hitzigen Diskussionen stecken wir in den Tiefen des Reporting-Konzepts. Wie vermutet, möchte Herr Kröger als Vertreter des *Berliner Pensionskassenverbands* eine Extrawurst, Frau Weigel von der *Nord Assekuranz* ist hingegen für eine pragmatische Lösung. Ich pflichte der Managerin bei und stelle infrage, warum wir so viele unterschiedliche Regeln für die Ermittlung der Betriebskosten benötigen.

»Das kann ich Ihnen genau sagen«, fährt Kröger mich an. »Weil sich in einem Shoppingcenter jeder Handelspartner seine eigene Extrawurst brät und wir bei den großen Modeketten nicht mehr die Verhandlungsmacht haben, um unsere Regeln durchzusetzen.«

Gut, denke ich, dafür müsste insbesondere er eigentlich Verständnis haben. Mir ist selten jemand begegnet, der so viele Besonderheiten und Spezialbehandlungen für sich beansprucht. Aber bei dem Sachverhalt hat er recht, denn wenn mit den Einzelhandelsunternehmen unterschiedliche

Verträge geschlossen worden sind, müssen diese auch entsprechend im System abgebildet werden.

Die Diskussionen ziehen sich dahin und nach einer guten Stunde haben wir alle Eckdaten des Konzepts definiert. Ich packe meine Sachen zusammen, während die Manager bereits zu ihren Anschlusstreffen eilen. Einzig Frau Weigel kommt noch einmal zu mir herüber und bedankt sich für die Moderation der Sitzung.

Ich nutze die Chance und hinterfrage noch einmal die Komplexität des Konzepts: »Sind die Regelungen der Betriebskosten, von denen Herr Kröger gesprochen hat, wirklich so unterschiedlich?«

»Nicht nur die«, betont die Geschäftsführerin der Hamburger Versicherung. »Auch der Mietzins variiert stark. Wenn es um eine angesagte Modekette oder einen prosperierenden Elektronikkonzern geht, müssen sie schon hart verhandeln. Das äußert sich dann zum Beispiel in der Miete, dem Beitrag zu den Betriebskosten oder auch der Gebäudestruktur.«

»Der Gebäudestruktur?«, hake ich nach, denn ich kann mir nicht erklären, was darüber verhandelt werden soll.

»Ja, es gibt Ketten, die extremen Wert darauf legen, dass jede Filiale gleich aussieht. Eine ähnliche Raumkubatur, die gleichen Deckenhöhen, ein analoger Ausbau. Wenn diese Struktur nicht passt, dann unterschreiben die Unternehmen keinen Mietvertrag. Und wenn es sich um ein Zugpferd handelt, einen Laden, der viele Konsumenten anzieht, dann tun die Immobilienmanager schon einiges, um so einen Mieter in ihr Shoppingcenter zu bekommen.«

Ich überlege kurz und spreche dann meine Gedanken laut aus: »Und je schwieriger das Objekt oder je mehr ein Fonds in finanzielle Notlage gerät, umso kooperativer ist man in der Vertragsverhandlung.«

»Aber sicher«, stimmt mir Frau Weigel zu. »Wenn die Immobilie einen hohen Leerstand hat oder der Fonds, dem das Objekt gehört, mit einer geringen Rendite kämpft, kommt man den Zugpferden besonders stark entgegen.«

»Frau Weigel, vielen Dank für die Informationen«, bedanke ich mich ausdrücklich. »Ich sehe jetzt vieles klarer.«

»Schön, dass ich Ihnen bei der Klärung des Reporting-Konzepts helfen konnte.«

Ich erwidere ihr Lächeln und verzichte darauf, ihr mitzuteilen, dass sie sich in dem letzten Punkt leider irrt.

21

Nach der Rückkehr aus Cannes habe ich am nächsten Morgen die Ergebnisse der Investorensitzung in das Reporting-Konzept übertragen und stelle das Resultat jetzt Blasek und seinen Kollegen aus der IT-Abteilung vor. Seit mehreren Stunden diskutieren wir mühsam Datenfeld für Datenfeld und die Berechnungsformeln einzelner Kennzahlen.

In das schleppende Gespräch zwängt sich das Vibrieren meines Handys.

Es ist Kellermann.

Ich drücke das Telefonat weg.

Er versucht es erneut.

Ich nehme immer noch nicht ab, schicke aber eine SMS hinterher: *Bin in einer Sitzung.*

Keine Minute später lese ich: *Bis wann?*

Mein Text ist schnell getippt: *12:00 Uhr.*

Seine Antwort ebenfalls: *12:15 Uhr. Italiener.*

Von Charme kann bei dem italienischen Restaurant keine Rede sein. Äußerlich erscheint das Lokal, als wäre es in einen Baucontainer eingefügt worden. Erst im Inneren entfaltet sich ein südländisches Flair, insbesondere dann, wenn die erste Gabel Pasta im Mund verschwindet.

Kellermann hat sich einen Platz an der Wand ausgesucht. Zum Zeitvertreib spielt er mit einem Bierdeckel auf der rotweiß karierten Tischdecke.

»Haben Sie bereits bestellt?«, frage ich, als ich den Tisch zeitgleich mit einem Kellner erreiche, der ein Tablett mit einer großen Wasserflasche und zwei Gläsern jongliert.

»Haben Sie Ihre kulinarischen Vorlieben etwa gewechselt?«

»Nein«, beruhige ich den Kommissar.

»Sie haben Farbe bekommen«, stellt er fest, als ich mich von Jacke und Schal befreit habe.

»Das bleibt bei zweiundzwanzig Grad und Sonnenschein an der Côte d'Azur nicht aus.«

»Haben Sie nur das schöne Leben genossen oder gab es auch wertvolle Erkenntnisse für unseren Fall? Was sagen die Investoren?«

Ich trinke einen Schluck Wasser, um mir einen Moment Zeit zu verschaffen. Statt zu antworten, möchte ich wissen: »Was hat denn die Recherche zur Glaskaraffe ergeben?« Von dem Gespräch mit Frau Weigel kann ich Kellermann später noch erzählen.

Der Kommissar stöhnt auf und verdreht die Augen. »Einfach ist anders.«

Ich zucke mit den Schultern. »Habe ich schon einmal gehört. Wenn ich mich richtig erinnere, von Ihnen.« Ich setze solch ein herzliches Lächeln auf, dass es dem erfrischenden Charme Henriettas Konkurrenz macht.

Der Kommissar gibt sich geschlagen. »Grüters besitzen dieses Geschirr.«

»Na also«, stoße ich hervor.

»Wie, ›na also‹? Was wollen Sie denn mit einer Glaskaraffe beweisen?« Kellermann klingt aufbrausend, seine Augenbrauen sind zusammengezogen.

»Nun, wenn Grüter eine Vorliebe für das Design Wilhelm Wagenfelds hatte, ist mit dem Schriftzug vielleicht gar nicht mein Bruder gemeint, sondern er verweist auf den Industriedesigner.«

Kellermann fährt sich genervt durch die ohnehin strubbeligen Haare. »Sie meinen doch nicht allen Ernstes, aus lauter Begeisterung für einen Künstler ritzt er sich dessen Namen in der Stunde seines Todes in den Arm?«

Ich gehe nicht auf Kellermanns polemischen Vorstoß ein und antworte kühl: »Kennen Sie Wagenfelds Theorien zur Kunsterziehung?«

Der Kommissar schüttelt entgeistert den Kopf und ich erzähle ihm von der entdeckten Textsammlung. Seine Gesichtszüge entspannen sich während meines Berichts. Doch auch wenn die Falten auf seiner Stirn jetzt geglättet sind, bleibt ein Restzweifel.

Als ich ende, fasst Kellermann zusammen: »In Ihrer Theorie hat Grüter Wagenfelds Ideologien in die Tat umgesetzt und versucht, den Jugendlichen durch die Herausbildung einer kreativen Schaffenskraft neuen Halt zu geben?«

Ich wiege den Kopf einmal hin und her. »Ja, so in etwa.«

»Aber denken Sie wirklich, die Verfechtung dieser Ideologie war so wichtig, dass sie einen blutigen Schriftzug rechtfertigt? Ich meine, was sollte Grüter seiner Nachwelt damit sagen wollen? Wagenfelds Texte sind doch veröffentlicht? Es besteht keine Notwendigkeit, auf diese bizarre Art darauf hinzuweisen. Falls überhaupt eine Verbindung zu dem Designer existiert, dann ist es viel wahrscheinlicher, dass der Mörder die Vorgehensweise ihres Bruders kopierte.«

Ich schüttle vehement den Kopf. »Das macht doch gar keinen Sinn. Welches Kunstwerk sollte der Täter denn nachahmen? Will er einen Menschen zu einem Salzstreuer oder einer Butterdose umformen? Und überhaupt, Grüters Tatort zeigt keinerlei Analogie zu einem von Wagenfelds Designerstücken. Das erscheint mir viel zu abwegig. Da vertraue ich eher auf meine Theorie. Was sagt denn die Witwe dazu?

Wenn Werner Grüter von Wagenfelds Ideen fasziniert gewesen sein sollte, müsste sie das doch wissen. Vielleicht stammt selbst die Teedose meines Bruders von Grüter. Vielleicht hatte er das Bedürfnis, seinen Schützlingen ein Souvenir mitzugeben.«

Wieder kommt der Einwand des Kommissars auf Knopfdruck: »Die Teedose kann genauso gut von Ihrem Vater stammen. Er war doch Kunstliebhaber. Was sagt denn Ihre Mutter dazu?«

Auf Kellermanns letzte Frage fehlt mir die Antwort. Erneut führe ich mein Wasserglas zum Mund. Unmittelbar nachdem ich es abgesetzt habe, wiederholt der Kommissar seine Frage.

Ich will gerade mit den Schultern zucken, als mich der Kellner mit zwei dampfenden Tellern erlöst. Beide enthalten die gleiche Mahlzeit: Spaghetti mit Spinat-Gorgonzola-Sauce.

Beherzt greife ich nach meinem Besteck und drehe eine große Portion Pasta auf die Gabel. Kellermann tut es mir nicht gleich. Zurückgelehnt betrachtet er mich kritisch. Noch bevor die Teigwaren in meinen Mund wandern, stellt er seine Frage zum dritten Mal: »Was hat Ihre Mutter gesagt? Stammt die Dose von Ihrem Vater?«

Frustriert lasse ich die Gabel auf meinen Teller fallen und entgegne: »Ich habe sie noch nicht gefragt.«

»Dann tun Sie es!«

Ich entgegne nichts, ziehe jedoch kurz die Augenbrauen hoch, was so viel heißen soll wie ›Also gut‹, und greife wieder nach meinem Besteck.

»Jetzt«, stellt Kellermann entschieden fest.

Abermals lasse ich meine Gabel sinken, eine Spur empörter als zuvor. Ich ergebe mich seinem Drängen nicht ohne Einwand. »Wenn ich meine Mutter jetzt tatsächlich anrufe, dann nehme ich auch Kontakt zu Beate Grüter auf. Ich möchte selbst von ihr hören, welche Verbindung zwischen ihrem Mann und Wilhelm Wagenfeld bestand.«

Kellermann betrachtet mich argwöhnisch. Dann wird sein Ausdruck milder und er nickt. »Wenn Sie jetzt Ihre Mutter anrufen, gebe ich Ihnen Frau Grüters Telefonnummer.«

Ich lasse meinen Teller unangetastet stehen und verschwinde mit dem Handy vor die Eingangstür. Der Straßenlärm ist mir lieber als ein mitlauschender Kellermann.

Meine Mutter nimmt nach dem dritten Klingeln ab.

Wir wechseln zunächst ein paar Begrüßungsworte und ich erkundige mich nach dem aktuellen Yogaprogramm. Dann frage ich sie nach Vaters Meinung zu den Produkten Wagenfelds.

»Marie, mein Schatz, wie kommst du jetzt auf Wagenfeld? Nein, soweit ich weiß, hat Vater trotz der Namensgleichheit nie besonders für diesen Designer geschwärmt. Selbstverständlich hat er tolle Dinge geschaffen, sehr stilvoll, zeitlose Eleganz. Er hat sehr zum Ruhm des Bauhauses beigetragen, doch Vaters Begeisterung konnte er nicht gewinnen.«

»Dann stammt die Teedose nicht von Vater?«, wage ich mich einen weiteren Schritt vor.

»Welche Teedose?«, fragt meine Mutter erstaunt.

»Die von Erik. Ich habe sie in seinem Karton gefunden.«

»Marie, lass die alten Sachen ruhen. Was geschehen ist, ist geschehen.« Meine Mutter seufzt sentimental.

Ich überhöre ihren Einwand und wiederhole: »Dann stammt die Dose nicht von Vater?«

»Nein, ganz sicher nicht. Vater liebte immer die große Geste, auch in der Kunst. Wagenfelds Stil war ihm zu schlicht. Ich glaube nicht, dass er je ein Produkt des Designers verschenkt hat.«

»Lieben Dank dir«, murmele ich sanft in den Hörer, bevor ich das Telefonat beende.

»Jetzt sind Sie am Zug: Wie lautet die Nummer von Frau Grüter?« Der Satz ist ausgesprochen, noch bevor ich wieder auf meinem Stuhl Platz genommen habe.

Vorerst erkundigt sich jedoch der Kommissar: »Keinerlei Verbindung zu Wagenfeld? Ist Ihre Mutter sich sicher?«

»Felsenfest.«

Kellermann hat seinen Teller in meiner Abwesenheit halb leer gegessen. Ich mache mich daran, seinen Vorsprung aufzuholen. Während ich mich mit meiner Pasta beschäftige, zückt der Kommissar seinen Block und notiert ein paar Zahlen darauf. Er reißt das Blatt ab und schiebt es mir über den Tisch. Dann fragt er im Plauderton: »Und wie war es in Cannes?«

Ich schlucke den Bissen in meinem Mund hinunter und erzähle von dem Gespräch mit Frau Weigel. Die Darstellung braucht ein bisschen Zeit, da mich Kellermann mit Rückfragen zu immobilienwirtschaftlichen Zusammenhängen und technischen Details unterbricht. Sein Interesse ist auf jeden Fall geweckt. Er rührt das Essen nicht mehr an.

Als sämtliche Fragen geklärt sind, schlussfolgert der Kommissar: »Wenn Ihre Vermutung stimmt, dann hat Kerbas seine schwedische Verwandtschaft mit Insiderinformationen versorgt, die den Modekonzern in eine bessere Verhandlungsposition versetzten. Sie hätten gewusst, welche Immobilie dringend einen neuen Mieter braucht und wann sie bei der Vereinbarung des Mietzinses hoch pokern könnten. Ihre angepeilten Umsatzzahlen hätten sie dann noch etwas geschönt.«

»Völlig korrekt«, stimme ich Kellermann zu. »Diese Insidergeschäfte wären jedoch aufgefallen, sobald die Umsätze tagesaktuell auf der Blockchain-Basis geliefert würden. Verkaufserfolge und die Höhe der vereinbarten Mieten können unmittelbar miteinander abgeglichen werden. Sollte ein Unternehmen permanent günstigere Mietzinsen zahlen, als sein Umsatz es rechtfertigt, wäre das aufgefallen.«

Kellermann lässt sich einen Augenblick die Sätze durch den Kopf gehen. Dann fragt er: »Aber fällt das nicht bereits heute in den Daten auf?«

»Nicht zwingend, da die Umsatzdaten nur quartalsweise erhoben werden. Zudem sind die *under-water*-Filialen über viele Objekte und Regionen verstreut. Man müsste also die Daten erst zusammenziehen und auswerten. Was oft nicht geschicht, da die Basisdaten in den unterschiedlichen Systemen der einzelnen Länder verbleiben.«

»Müssten mit der Einführung der neuen Technologie nicht auch Auffälligkeiten aus der Vergangenheit sichtbar werden?«

Ich nicke. »Bestimmt. Wenn diese Daten vorliegen, würde jemand wahrscheinlich unbequeme Fragen stellen, sollte *under water* in der Vergangenheit systematisch günstigere Konditionen als üblich erhalten haben.«

»Aber wie können wir das herausfinden?«

»Ich frage morgen den Chef«, bringe ich kurz entschlossen vor.

»Wie, wann? Welchen Chef?«, hakt Kellermann entgeistert nach.

»Viktor Andersson, den Inhaber von *under water.*«

»Wie sind Sie denn an den Kontakt gekommen?« Kellermanns Neugierde ist ganz und gar nicht befriedigt.

»Nun, über Henrietta Andersson, Alexander Kerbas' Großcousine.«

»Also treffen Sie Viktor Andersson morgen in Stockholm?«

»Ja«, bestätige ich kurz.

»Sie fliegen nur für ein Gespräch mit ihm nach Schweden?«

»Nein.«

»Was denn jetzt? Ja oder nein?«, braust Kellermann auf.

»Ich fliege nicht nur wegen Andersson nach Stockholm. Ich treffe mich auch mit der Firma *WIRED*, den Blockchain-Programmierern, die für Grüters IT-Projekt gearbeitet haben.«

Kellermann verschränkt die Arme hinter dem Kopf. »Sie machen mich noch wahnsinnig. Erst erzählen Sie mir in epischer Breite irgendwelche obskuren Geschichten von der Teedose und dann haben Sie hinter meinem Rücken bereits einen Flug nach Stockholm gebucht? Haben Sie schon mal etwas von dem Wort ›Teamwork‹ gehört?«

Ich sage nichts und auch meine Mimik bleibt stoisch. Ich wüsste nicht, was ich Kellermann darauf entgegnen sollte, er hat mich kalt erwischt.

Der Kommissar erhebt sich ruckartig und schnappt sich seinen Mantel. Er verlässt jedoch noch nicht das Restaurant, sondern bleibt vor meinem Stuhl stehen, so nah, dass ich den Luftzug seines Atems spüren kann. Kellermanns Blick ist jetzt so stechend, dass er sich in meine Kopfhaut zu bohren scheint. »Gezahlt ist übrigens schon«, stößt er aus und lässt einige Sekunden verstreichen, in denen er mich stumm seziert. Dann ergänzt er: »Sie sind mir ein Kumpel.«

Im nächsten Moment wandern seine Augen zu dem abgerissen Papierschnipsel mit der Zahlenserie. Er zögert, will schon danach greifen, doch er besinnt sich eines Besseren und verlässt das Lokal.

22

Der Arlanda Express bringt mich direkt in das Zentrum der Stockholmer Innenstadt. Bis zu meinem Treffen mit den IT-Experten ist noch etwas Zeit, sodass ich den Weg vom Bahnhof bis zum Firmensitz gegenüber des Nobelmuseums zu Fuß zurücklege. Mein Spaziergang führt mich über die Vasabron, eine Brücke, die die Stadtteile Norrmalm und Gamla stan verbindet. Sobald ich die Insel betrete, tauche ich in eine neue Welt ein. Hier hat sich die Urzelle der schwedischen Hauptstadt entwickelt. Ich betrete enge Gassen, die von verschiedenfarbigen Giebelhäusern gesäumt sind und an deren Ende sich kleine Plätze öffnen, gesäumt mit Restaurants und anderweitigen gastronomischen Angeboten.

Vor dem Museum des Nobelpreisstifters hat sich bereits eine kleine Schlange gebildet. Großformatige Plakate kündigen eine Sonderausstellung an. Ein Blick auf die Uhr verrät mir, dass mein Termin erst in einer halben Stunde beginnt. So meide ich den Trubel und schlüpfe in ein kleines Café, dessen Inneneinrichtung aus komplett weiß lasiertem Holz gezimmert ist.

Mein Smartphone bestätigt mir ein offenes Netz und ich prüfe meine eingegangenen Mails. Anna hat mir eine kurze Liste mit Fragen geschickt, die ich den Programmierern stellen soll. Eine Mail von Blasek enthält Anmerkungen zum Reporting-Konzept und die Anfrage zur Programmierung eines Prototyps. Das ist der Moment, in dem ich die technische Unterstützung meines Mitarbeiters Christian benötige. Daher leite ich die Mail an unseren IT-Experten weiter. Die Antwort kommt prompt. Christian ist, wie es sich für einen richtigen Nerd gehört, permanent online. Nach seiner Zusicherung avisiere ich Blasek unsere Zuarbeit.

Nach meiner Kaffeepause betrete ich das nüchterne Treppenhaus eines modernen Betonbaus. Das Gebäude wurde in eine schmale Lücke innerhalb des Altbaubestands eingefügt. Hinter der Eingangstür bietet sich daher nur Platz für eine zweiläufige Sichtbetontreppe, die mich in die Obergeschosse führt. In der vierten Etage öffnet sich hinter einer Stahltür ein überraschend weitläufiger Raum. Dieser Gebäudeteil muss in den Innenhof hineinragen, anders wäre dieser Zimmerumfang in der alten Bausubstanz gar nicht möglich. Die Dimensionen erscheinen umso größer aufgrund der spärlichen Möblierung. Nur ein Dutzend Schreibtische stehen im

Raum verteilt. Auf jeder Pressspanplatte thront ein 28-Zoll-Bildschirm.

Ein vollbärtiger, Turnschuh tragender Mittdreißiger tritt auf mich zu und stellt sich als Ansgar vor. Damit ist er der Geschäftsführer und mein anvisierter Gesprächspartner. Er streckt mir eine Hand entgegen und ich zögere kurz. Nicht, weil es ihm an Freundlichkeit mangelt oder seine Geste nicht eindeutig ist. Ist stutze über seine restliche Kleidung. Über einem grauen T-Shirt trägt er ein schwarzes Lederholster. Doch statt silbernen Colts befindet sich in den beiden Taschen je ein Handy. Seine Ausrüstung, die ihn für jeden digitalen Kommunikationsangriff wappnet, wird durch ein Netzwerkkabel unterstützt, das aus der Hosentasche seiner Jeans ragt.

Noch etwas perplex über die Persiflage der eigenen Branche erwidere ich den Händedruck. Im Anschluss bittet er mich, ihm in die Kaffee-Ecke zu folgen. Neben einem Vollautomaten entdecke ich dort einen gläsernen Kühlschrank, prall gefüllt mit *Club-Mate*-Flaschen. Innerlich muss ich grinsen. Es bleibt kein Klischee unerfüllt.

Obwohl der Kaffee im Unternehmen gratis ist, kann ich meine Bestellung über ein Display aufgeben und zahle mit einem hinterlegten Budget. Das soll potenziellen Kunden die Handhabung einer Digitalwährung näherbringen. Ich gehe auf die Spielerei ein, parallel stellen wir uns vor und nach wenigen Minuten ist die Phase des Kennenlernens bereits überbrückt.

Im Anschluss frage ich direkt nach den Entwicklungen, die *WIRED* für die *Nord Assekuranz* programmiert hat, und Ansgar greift nach seinem Tablet. Mit etwas mehr technischen Details gespickt, wiederholt er, was ich bereits von Frau Weigel erfahren habe. Primäres Projektziel ist die Abbildung der Mietverträge und die Erfassung der Umsatzzahlen im Einzelhandel.

Obschon mir die Absichten bekannt sind, bin ich doch erstaunt von den technischen Möglichkeiten. Mir wird bewusst, wie nah die Technologie bereits daran ist, eine ganze Branche zu verändern. Mitarbeiter, die heute noch in mühsamer Kleinarbeit Mietverträge abtippen, werden wohl bald ihre Arbeit verlieren. Auch die Prüfung der Zahlungseingänge oder die Erstellung von Mahnungen würden weitestgehend automatisiert, sobald ein Unternehmen auf die Blockchain-Technologie umstiege. Wenn Grüter und Kerbas dieses Projekt vorangetrieben haben, hatten sie sicher Gegner in den eigenen Unternehmensreihen.

Ansgar fährt mit seiner Präsentation fort, doch in meinen Gedanken bin ich ganz woanders. Die Digitalisierung löst bei vielen Mitarbeitern Ängste aus. Es ist die Sorge, den Arbeitsplatz und die eigene Existenz zu verlieren. Kann diese Furcht so groß sein, dass dafür ein Mord in Kauf genommen wird? Ein Mord, der letztendlich den Einzug der Digitalisierung nicht aufhalten wird? Auch gegen Ende unseres Gesprächs, als ich Ansgar bereits Annas Anliegen vortrage, kreisen meine Gedanken noch immer um diese zentrale Frage.

Zurück auf den Straßen Stockholms schlängele ich mich an den Besucherströmen des Museums vorbei und gelange durch eine schmale Gasse hinunter zum Wasser. Ich nehme auf einer Mauer Platz, blicke über die Wellen und atme tief durch, um mein Gehirn zu lüften und meine Gedanken zu sortieren. Es scheint mir, als zettelte ich lauter lose Enden an, neue Spuren, die mich dennoch kein Stück weiterbringen. Erst Grüters Verbindung zum Designer Wagenfeld, dann der Verdacht auf Insiderhandel bei Kerbas und jetzt taucht ein weiteres Motiv auf: Mord aus Existenzangst. Frustriert spiele ich alle Möglichkeiten durch, komme jedoch zu keinem befriedigenden Ergebnis. All diesen Anhaltspunkten steht Kellermanns Verdacht gegenüber, dass der Mord an Grüter etwas mit meinem Bruder und seinen

Jüngern zu tun hat. Im Vergleich zu meinen schwachen Verdachtsmomenten, die an den Haaren herbeigezogen scheinen, hat der Kommissar ein Schwergewicht aufgefahren. Allerdings eins, das uns auch nicht wirklich weiterbringt.

Es hilft alles nichts, sage ich mir, du wirst die Lösung jetzt nicht herbeidenken können. Geh und versuche, wenigstens ein loses Ende zu kappen. So will ich mich motivieren, doch meine Schritte in Richtung des Stadthauses der Anderssons bleiben mutlos.

Das Anwesen steht der Industriellenvilla der Familie Kerbas in nichts nach. Aufgrund der exklusiven Lage dürfte der Immobilienwert sogar noch um einiges höher sein. Auch die Anderssons haben eine Au-pair, nur ist sie bereits älteren Semesters. Ich werde in die Bibliothek geführt und gebeten, auf einer massigen Couch Platz zu nehmen. Für den Bezug wurde schweres braunes Leder verwendet. Die Stoffteile sind mit Kappnähten aneinandergefügt. Das derbe Sofa erinnert an ein Möbelstück aus der Kolonialzeit und wäre passender auf einer Ranch aufgehoben. Die rustikale Sitzgelegenheit wird jedoch durch feingeistige Literatur umsäumt. An den Wänden ziehen sich meterhohe Bücherregale entlang, ich entdecke viele Sammelbände mit liebevoll verzierten Buchrücken.

Ich muss nicht lange warten, bis Viktor Andersson mich empfängt. Trotz seines fortgeschrittenen Alters sprühen seine wachen Augen vor Tatendrang. Henrietta muss seine Gene geerbt haben. Doch während ihr ein beschwingter Optimismus ins Gesicht geschrieben ist, geht von ihm eher ein dynamischer Geschäftssinn aus.

»Frau Wagenfeld, Henrietta hat mir Ihren Besuch angekündigt und mich darüber informiert, dass Sie helfen, den Tod Alexanders aufzuklären. Auch ich glaube nicht an Selbstmord und es ist gut, dass Sie sich der Sache annehmen. Daher stellen Sie gern Ihre Fragen, ich werde Ihnen helfen, wo immer ich kann.« Viktor Andersson kommt direkt auf den Punkt. Mein Eindruck hat mich nicht getäuscht.

Trotz der Offenheit des Familienoberhaupts fällt es mir schwer, ihn unmittelbar auf die möglichen Insiderinformationen anzusprechen. Daher beginne ich mit Fragen zu den geschäftlichen Kontakten und dem Investment in den *EuroShop XXL*.

Andersson hat sich mir gegenüber in einem klobigen Einsitzer niedergelassen und beantwortet jede meiner Fragen ruhig und ausgiebig. Da der Geschäftsmann nur indirekt über die *Stockholm Asset Bank* in den Fonds investiert ist, hat sich die Interaktion auf den Erhalt eines Quartalsberichts beschränkt. Auch zu den anderen Anlegern, den Versicherungen und dem *Berliner Pensionskassenverband* bestehen keine Kontakte.

Dann frage ich nach dem Verhältnis zu Alexander Kerbas. Ich erkundige mich danach, wie oft Andersson ihn getroffen hat, wo sie sich gesehen haben und ob der *EuroShop XXL* Teil ihrer Gespräche war. Es scheint jedoch, als hätten sich die Zusammenkünfte weitgehend auf Familienfeste reduziert. Ein-, maximal zweimal im Jahr verbrachten die beiden Männer einen gemeinsamen Tag im Kreise der Verwandten. Geschäftliche Themen seien bei diesen Anlässen Tabu gewesen.

Ich beobachte den alten Geschäftsmann aufmerksam während unseres Gesprächs, verfolge jede seiner Gesten, die Richtung seines Blicks und prüfe, an welchen Stellen seiner Rede er ins Stocken gerät. Doch leider bemerke ich nichts Verdächtiges und nachdem alle Themen hinreichend diskutiert sind und dennoch zu keinem nennenswerten Ergebnis geführt haben, komme ich zu der unangenehmen Frage: »Aber über Ihr Modehaus *under water* hatten Sie Kontakt mit dem *EuroShop XXL*, oder?«

Viktor Andersson stockt für den Bruchteil einer Sekunde und antwortet dann: »Ja, unsere Filialen sind in verschiedenen

Shoppingcentern eingemietet, sowohl in Deutschland als auch hier in Schweden, Frankreich und Polen. Die Marke kommt bei Jugendlichen sehr gut an und wird stark nachgefragt. Wir sind mit dem Absatz zufrieden.«

»Würden Sie *under water* als Käufermagnet bezeichnen?«

Ein Lächeln umschmeichelt die Lippen des betagten Geschäftsmannes. »Ja, so könnte man es nennen. Wir üben eine gewisse Sogwirkung auf ein breites Publikum aus.«

»Und haben damit auch eine gute Verhandlungsposition bei der Festlegung des Mietzinses inne?«

Wieder lässt sich Andersson einen Moment Zeit, streicht kurz mit dem Zeigefinger über das derbe Leder seiner Armlehne. »Selbstverständlich, das kommt von allein, wenn man eine starke Marke besitzt.«

Das reicht mir noch nicht, also füge ich hinzu: »Und diese Markenstärke zahlt sich umso mehr aus, wenn es sich um eine schwache Immobilie handelt, die auf neue Mieter angewiesen ist.«

Andersson blickt mich durchdringend an. Seine zuvorkommende Dynamik ist einem abwartenden Taxieren gewichen. »Worauf wollen Sie hinaus?«

»Hat Alexander Kerbas Ihnen Informationen zugespielt? Sie beispielsweise wissen lassen, um welche Immobilie es nicht gut stand? Hat er Ihnen gesagt, wann Sie mit Ihrer eigenen Umsatzerwartung hoch pokern sollen?«

Andersson lässt mich nicht einen Moment aus den Augen, blinzelt weder noch verzieht er das Gesicht. Fast milde schaut er mich an, wie ein Großvater, der sich über die ungestüme Jugend wundert.

»Aber Frau Wagenfeld«, erklingt es dann gedehnt aus seinem Mund. »Selbstverständlich hat Alexander aus seinem Berufsumfeld erzählt. Wir sind eine Familie. Und ich kann nicht abstreiten, dass er sicher auch ab und an einmal von einem Objekt berichtet hat, mit dem es Schwierigkeiten gab und für das dankbar jeder Mietvertrag akzeptiert wurde. Aber glauben Sie wirklich, ich hätte mir das zunutze gemacht?«

Die Frage ist nicht rhetorisch gemeint. Der Unterton seiner nachdrücklichen Stimme verrät mir, dass er eine Antwort will.

Ich komme seiner Forderung nach, doch nur soweit ich es vertreten kann: »Ich weiß es nicht, sagen Sie es mir.«

Andersson schüttelt den Kopf, als würde er an meiner Intelligenz zweifeln. »Was würde uns das nützen? Wir sind doch selbst in den *EuroShop XXL* investiert und würden uns ins eigene Fleisch schneiden. Wenn wir tatsächlich die Miete reduzierten, käme auch in unserer eigenen Ausschüttung weniger an.«

Ich gebe noch nicht auf. »Ihr Investitionsanteil am Fonds ist nicht besonders hoch. Wenn Sie den Mietzins einiger Immobilien reduzierten, könnte der Einsparungsanteil wesentlich höher liegen als der Betrag, der Ihnen am anderen Ende als Gewinn entgeht. Der Verlust durch die entgangenen Mieteinnahmen würde mehrheitlich von den anderen Investoren getragen.«

»Aha, Sie können gut rechnen«, konstatiert Andersson. »Henrietta hat so etwas bereits angedeutet. Aber glauben Sie, ich hätte meinen eigenen Blutsverwandten in solch eine Bredouille gebracht?«

Ich gehe nicht auf seine Frage ein und kontere stattdessen: »Wie viele Quadratmeter haben Sie angemietet? Vielleicht fünfzigtausend? Bei einem durchschnittlichen Mietzins zahlen Sie dafür über zwanzig Million Euro pro Jahr. Wenn Sie die Mietzahlungen nur um ein paar Prozent mindern könnten, käme schon eine stolze Ersparnis zusammen.«

Der Geschäftsmann atmet tief durch, schaut auf seine gefalteten Hände und dann wieder mir direkt ins Gesicht. »Frau Wagenfeld, ich weiß Ihre Hartnäckigkeit sehr zu schätzen. Insbesondere weil es sich um ein Mitglied meiner Familie handelt, dessen Mord Sie aufklären wollen. Aber es hat keine unlauteren Absprachen bei der Verhandlung unserer Mietverträge gegeben. Wir zahlen marktkonforme Summen. Wenn Sie das nicht glauben wollen, können Sie Einsicht in alle Verträge bekommen.«

Anderssons Augen wirken abgespannt.

»Ist schon gut«, antworte ich versöhnlich. »Ich glaube Ihnen und möchte Sie nicht weiter stören. Entschuldigen Sie die vehementen Fragen.«

23

Zurück in meiner Frankfurter Wohnung kicke ich die Stöckelschuhe in den Flur und lasse mich auf mein Sofa fallen. Ein langer Tag geht zu Ende und ein freies Wochenende liegt vor mir. Es ist kurz vor neun. Wenn Anna nicht ausgegangen ist, sollte sie noch erreichbar sein.

Wenige Momente später erklingt ihre Stimme. »Du hörst dich müde an.«

»Ich bin eben erst aus Stockholm zurückgekehrt.«

»Ach ja, stimmt. Wie ist es denn bei dem Blockchain-Programmierer gewesen?«

Als ich von den Colts im Zeitalter der Digitalisierung berichte, müssen wir beide lachen. Danach gebe ich Anna die Antworten auf ihre Fragen weiter, während sie sich Notizen macht.

Als die letzten Details besprochen sind, meint meine Freundin: »Deine Müdigkeit rührt doch nicht nur von einem Gespräch mit dem IT-Entwickler her. Du bist das Reisen gewöhnt.«

Da sie mir mal wieder auf die Schliche gekommen ist, erzähle ich ihr von den weiteren Ermittlungen, den vielen losen Enden und Kellermanns hartnäckigem Verdacht auf einen weiteren Jünger, der an meinen Nerven zehrt. Teile der Ermittlungsstränge kommen mir beim Erzählen selbst wie Hirngespinste vor, daher frage ich Anna nach ihrer Meinung: »Was glaubst du, kann die Angst vor der Digitalisierung ein Mordmotiv sein?«

»Na ja, ich sage nur Maschinenstürmer.«

»›Maschinenstürmer‹?«, hake ich perplex nach.

»Das war eine Protestbewegung gegen die Mechanisierung in der industriellen Revolution und den sich daraus entwickelnden sozialen Nachwehen. Es handelte ich um ein europaweites Phänomen. Am aktivsten war die Bewegung in Großbritannien, aber die Zerstörung von Maschinen oder neu gebauten Fabriken, um die Ersetzung von Arbeitern zu verhindern, fand auch in Deutschland, Österreich und der Schweiz statt. Ein ähnlicher Protest wiederholte sich ein knappes Jahrhundert später. Ende des neunzehnten Jahrhunderts hielt die Straßenbahn Einzug in Berlin, Schienen wurden verlegt und der Verkehr durch die Hauptstadt beschleunigt. Die Elektrifizierung der ehemaligen Pferdebahnstrecken hatte aber nicht nur Befürworter. Einigen Berlinern war das Tempo zu hoch und Widerstand brach aus. Die Passagiere misstrauten dem dahinrauschenden Geschoss.«

Mit Interesse lausche in Annas historischem Bericht. »Und wie ist man mit den Ängsten der Bevölkerung umgegangen?«

»Auf eine sehr menschliche Art: Man hat die Waggons der Straßenbahn ausgekleidet, die Böden mit Teppichen belegt und die Fenster mit Gardinen zugehängt. Selbst Bilder wurden zur Dekoration aufgehängt. Man hat den Berlinern Geborgenheit gezimmert.«

Ich muss lachen bei der Vorstellung, dass die einzelnen Abteile zu einer beschaulichen Wohnstube herausgeputzt wurden.

»Aber«, wende ich kritisch ein, »eine mit Blümchen geschmückte Tapete ist nicht mit einem Mord zu vergleichen.«

Es wird still in der Leitung und für einen Moment glaube ich schon, dass die Verbindung unterbrochen ist. Doch dann höre ich Anna tief Luft holen. Ruhig bringt sie die nächsten Worte hervor: »Marie, jedem anderen würde ich sofort raten, Abstand von dem Fall zu nehmen, die Finger davon zu lassen, die Tasche zu packen und ein paar Tage ans Meer zu fahren. Aber ich weiß, dass diese Empfehlung bei dir zwecklos ist. Daher hilft nur die Flucht nach vorn. Schalte eine Möglichkeit nach der anderen aus. Fang mit der Wagenfeld-Spur an. Sprich mit Grüters Witwe. Wenn es eine Verbindung zu dem Designer gibt, wird sie es wissen.«

»Du meinst, ich soll zu ihr fahren?«, frage ich verblüfft über Annas plötzlichen Vorstoß. Gleichzeitig lässt mich ihr Ratschlag ein Stück weit entspannen. Es fühlt sich gut an, Verantwortung abzugeben und einem fremden Plan zu folgen, anstatt selbst durch den Nebel navigieren zu müssen.

»Warum nicht?«, wirft Anna ein. »Wenn du allein zu Hause sitzt, zerbrichst du dir ohnehin nur den Kopf. Was ist denn überhaupt mit Karla? Warum verbringst du das Wochenende nicht bei ihr? Ihr seid doch sonst unzertrennlich.«

»Ne«, wiegele ich möglichst beiläufig ab, »Karla hat gerade viel mit der Musik zu tun.«

»Dann auf nach Hamburg.«

Nachdem wir das Gespräch beendet haben, rotieren Annas Worte in meinem Kopf. Grüter, Erik, Karla. Soll ich wirklich nach Hamburg fahren und Grüters Witwe besuchen? Allein die Vorstellung, den Koffer zu packen und morgen früh in den Zug zu steigen, löst Widerwillen aus. Aber das Wochenende in der Wohnung zu verbringen, in Eriks Sachen zu wühlen und auf das Handy zu starren, in der Hoffnung, dass Karla sich meldet, ist auch kein verlockender Plan.

Ich krame Kellermanns Zettel mit Beate Grüters Telefonnummer hervor. Es ist kurz nach neun. Ich probiere es.

Frau Grüter ist sehr freundlich, fast offen und direkt einverstanden, mich morgen in Hamburg zu empfangen. Erst bin ich überrascht über ihr unmittelbares Entgegenkommen. Aber vielleicht ist sie einfach froh, mit jemandem über den Tod ihres Mannes reden zu können. Die Stille muss entsetzlich sein.

Nachdem ich das Handy beiseitegelegt habe, stelle ich den Fernseher an und verfolge die aktuellen Nachrichten. Doch ich kann mich nicht konzentrieren, die Gedanken schweifen immer wieder ab. Mein Blick wandert zurück zu Kellermanns Zettel. Sein letzter sarkastischer Kommentar, der Vorwurf, ich wäre nicht teamfähig und die übertriebene Betonung des Wortes ›Kumpel‹ hallen in meinem Kopf nach. Er hat nicht Unrecht, denke ich selbstkritisch.

Schließlich zücke ich mein Smartphone und schreibe eine SMS, begutachte sie kritisch, lösche sie wieder und setze erneut an. Letztendlich ist nur eine Zeile übrig geblieben, als ich sie absende: *Treffe Frau Grüter morgen in Hamburg.*

Nur wenige Sekunden später erscheint die Antwort: *Alles klar, Kumpel, komme mit.*

Na toll, denke ich, einmal den kleinen Finger ausgestreckt und schon ist der Arm ab. Und um den neuen Spitznamen komme ich wohl auch nicht mehr herum.

24

Die Nacht war kurz und so lehne ich mich im Zug gegen die Fensterscheibe, um mit geschlossenen Augen etwas zu dösen. Die Ruhe währt nicht lange. Eine Person lässt sich plumpsend neben mir nieder. Empört öffne ich die Augen und will meinen ungewollten Sitznachbarn auf seine Rüpelhaftigkeit hinweisen, da grinst mir Kellermann verschmitzt entgegen, in den Händen zwei Kaffeebecher.

Ich schaue in sein vom frühen Morgen noch zerknittertes Gesicht, der hellblaue Hemdkragen ist halb unter dem Wollpullover versteckt, das Haar steht leicht ab, der Mund ist zu einem schiefen Grinsen verzogen. Kellermanns Augen hingegen sind hellwach, aus ihnen blitzt schelmische Herausforderung.

»Woher haben Sie gewusst, dass ich diesen Zug nehme?« Mir ist klar, dass er auf die Frage gewartet hat.

»Ich bin Polizist.« Auch diese Antwort wird er sich im Vorfeld überlegt haben.

Ich denke kurz nach und stelle dann fest: »Sie haben Frau Grüter meinen Anruf angekündigt und sie gebeten, mich zu empfangen. Deshalb war sie mir gegenüber so freundlich und gleich mit einem Treffen einverstanden. Aber Sie haben auch mit ihr vereinbart, dass sie Ihnen Bescheid gibt, sobald sich mein Besuch ankündigt.«

»Stimmt!«, bestätigt Kellermann selbstzufrieden.

»Dann hat meine SMS Sie gar nicht überrascht?«

»Stimmt ebenfalls.«

Die diebische Freude über diesen gelungenen Coup ist dem Kommissar ins Gesicht geschrieben. Ich fühle mich hingegen verschaukelt und seine demonstrative Selbstgefälligkeit verstärkt dieses Gefühl noch.

Auch das scheint er vorausgesehen zu haben, denn er streckt mir einen der Kaffeebecher entgegen. »Latte macchiato, schon eine Spur abgekühlt, also in Ihren Augen genau richtig.«

Ich gebe mich geschlagen, bedanke mich zerknirscht und nippe am Kaffee. Auch die Temperatur hat der Kommissar korrekt prognostiziert.

Nach zwei, drei Schlucken fordert Kellermann die Gegenleistung für sein koffeinhaltiges Mitbringsel ein und erkundigt sich nach meinem Besuch in Stockholm. Ich wiederhole, was ich gestern bereits Anna erzählt habe, reduziere jedoch den Technologieteil und berichte vom Gespräch mit Andersson ausführlicher. Zum Glück ist um die frühe Uhrzeit der Waggon nahezu leer und wir sind gegen unliebsame Zuhörer gefeit.

»Vertrauen Sie Andersson? Meinen Sie wirklich, dass er Ihnen die Wahrheit sagt?« Kellermann steht dem schwedischen Geschäftsmann kritisch gegenüber.

Ich zucke die Schultern. »Ja, irgendwie schon. Er hatte etwas Ehrliches an sich.«

»Bei ein paar Hunderttausend Euro hört die Ehrlichkeit oft auf«, setzt der Kommissar meinem Optimismus entgegen. Er starrt einen Augenblick vor sich hin, als würde er tief in seinem Gedächtnis nach etwas suchen. Dann eröffnet Kellermann mir: »Ich habe einmal etwas über ein Forschungsprojekt gelesen, eine Studie über die Psychologie der Reichen. Darin wurden deren Persönlichkeitsmerkmale analysiert. Eigenschaften, die bei diesem Personenkreis auffällig häufig auftreten. Es wurde untersucht, warum der eine reich wird und der andere nicht.«

»Und?«, frage ich gespannt.

»Man muss es wirklich wollen. Und etwas Härte schadet nicht.«

»Also ist zwischenmenschliche Empathie nicht erwünscht«, folgere ich.

»Sie ist zumindest nicht von Vorteil. Man müsse Nein sagen können, die Meinung anderer nicht direkt akzeptieren, den persönlichen Vorteil über den der anderen stellen. Wenn Andersson sein Vermögen dank dieser Eigenschaften aufgebaut hat, kann es sein, dass er selbst Familienmitglieder für das Anwachsen seines Reichtums missbraucht. Etwas Neues herausgefunden haben Sie jedenfalls nicht. Fazit: Ihre Reise hat uns nicht weitergebracht.«

Den letzten Seitenhieb überhöre ich geflissentlich und überlege, wie wir die Beweislage klären könnten. Nach einer Weile schlage ich vor: »Blasek könnte uns helfen. In den Datenbanken der *Sega Invest* sind alle Mietverträge gespeichert und er kann die Höhe der Mietzinsen, die *under water* zahlen muss, mit denen anderer Geschäftskunden abgleichen.«

»Können Sie das nicht selbst nachschauen?«

»Erst, wenn das Reporting-Tool fertig ist. Im Moment sind die Daten auf verschiedene Datenbanken verteilt. Zudem müsste Blasek ohnehin auch in der Vermietungsabteilung nachfragen, wie die Vertragsverhandlungen gelaufen sind, ob *under water* besonders offensiv bei Problemimmobilien vorgegangen ist.«

»Warum? Das wäre den Kollegen aus der Vermietung doch aufgefallen.«

»Nicht zwingend. Vermietungsmanager sind regional unterwegs. Jedem ist ein spezifischer Markt zugeordnet. Dadurch können sie intensive Kontakte zu Maklern und potenziellen Großmietern vor Ort aufbauen. Da die Shoppingcenter des Fonds über ganz Europa verteilt sind, ist es gut möglich, dass für die einzelnen Verhandlungen mit *under water* unterschiedliche Personen zuständig gewesen sind.«

»Dann rufen Sie Blasek an«, bestimmt Kellermann prompt.

»Jetzt? Es ist Samstagmorgen. Da hat er weder Zugriff auf die Datenbank noch auf die anderen Mitarbeiter.«

»Es geht um Mord, da gibt es kein Wochenende. Und haben Sie nicht einmal selbst erzählt, dass man auf die Systeme der *Sega Invest* mit diesem VP-irgendwas zugreifen kann?« Kellermann vermittelt den Eindruck, als handle es sich bei der Netzwerkverbindung um eine mystische Wunderwaffe.

»Also gut«, stimme ich zu und zücke mein Handy.

Trotz der frühen Stunde erreiche ich Blasek direkt, mein Anliegen ist schnell geschildert. Er stellt keine Fragen, nimmt ohne Einwände meine Anfrage auf. Jetzt bin ich sicher, dass Stallenberg ihn instruiert haben muss. Dank des VPN-Zugangs kann der IT-Experte tatsächlich von zu Hause auf die Datenbanken zugreifen und verspricht, auch die Vermieter zu kontaktieren.

Blasek ist kein Mann großer Worte und so ist das Gespräch rasch beendet. Trotzdem hege ich Zweifel an der Glaubwürdigkeit dieser Spur. Sollte ich mich so in meiner Menschenkenntnis getäuscht haben? Als ich Andersson in seiner Bibliothek traf, erschien er mir integer und loyal.

Ich wende mich mit meinen Zweifeln an den Kommissar: »Und Sie meinen, Grüter ist den unlauteren Geschäftspraktiken auf die Schliche gekommen und musste deswegen sterben? Wegen einer reduzierten Miete? Durch Kerbas' Hand? Der sich anschließend das Leben nahm, da er mit seiner Schuld nicht leben konnte? Das klingt wie das zweifelhafte Drehbuch eines Kinoflops.«

Der Kommissar scheint gleicher Meinung zu sein, denn er schüttelt vehement den Kopf. »Nein, das glaube ich nicht. Es ist nur eine Theorie, der ich nachgehen muss, die maßgeblich durch Sie vorangetrieben wurde. Ich glaube nach wie vor, dass die Spur zu Ihrem Bruder führen wird und Grüters Mörder in enger Verbindung zu Erik stand, wahrscheinlich sogar ein verbleibender Jünger ist. Kerbas' Tod steht sehr wahrscheinlich auf einem ganz anderen Blatt und hat gar nichts damit zu tun.«

»Warum in aller Welt lassen Sie mich dann an einem Samstagmorgen Blasek aufscheuchen? Und warum fahren Sie überhaupt mit mir nach Hamburg?« Auch wenn ich selbst die Spur für wenig Erfolg versprechend halte, ärgert es mich, dass Kellermann ähnlicher Meinung ist. Ich mache eine wegwerfende Handbewegung, wende mich demonstrativ ab und richte meinen Blick aus dem Fenster.

Nach einiger Zeit spüre ich, wie ein Finger auf meine Schulter tippt. Ich will schon herumfahren und ›Was denn noch?‹ ausrufen, besinne mich jedoch eines Besseren. Der Schaffner steht im Gang und möchte unsere Tickets sehen. Mein Zorn hätte den Falschen getroffen.

Nachdem der Kontrolleur wieder außer Hörweite ist und ich meine vorherige Sitzposition eingenommen habe, raunt Kellermann mir zu: »Frau Wagenfeld? Hallo? Ist noch jemand da?«

Allein für diesen albernen Scherz könnte ich ihm den Hals umdrehen. Aber die Rolle einer beleidigten Leberwurst will ich auch nicht spielen. »Na los«, fordere ich ihn auf und drehe mich um. »Lassen Sie die Katze schon aus dem Sack.«

»Ihr Bruder wurde mit Grüter gesehen.«

»Das ist nichts Neues.«

»Bei dem Treffen war auch Weck dabei.«

Das verändert die Sachlage. Grüter hatte nicht nur zu meinem Bruder, sondern auch zu einem seiner Jünger Kontakt. Dr. Karl Peter Weck, einstiger Geschäftsführer der *Sega Invest*, der sich in Haft das Leben nahm. Ich versuche, das gerade Gesagte zu verarbeiten, doch ich bin innerlich zerrissen. Entrüstung darüber, dass Kellermann mir diese Verbindung nicht sofort mitgeteilt hat, und Enttäuschung darüber, dass sich der Verdacht auf den Jüngerkreis meines Bruders erhärtet, ringen in mir. Und auch wenn ich diesen Gedanken bislang erfolgreich verdrängt habe, kann ich nicht weiter leugnen, dass auch ich in Gefahr schwebe, sollte einer von Eriks Komplizen unentdeckt geblieben sein.

»Woher wissen Sie das?«, frage ich tonlos und knapp. Jedes Wort erhöht das Risiko, dass der Kommissar das Zittern in meiner Stimme hört.

»Ich war gestern noch einmal im *Dark Magic* und habe das Personal befragt. Eine der Bardamen konnte sich an die drei erinnern.«

»Das Treffen muss Ewigkeiten her sein. Erik ist seit über einem Jahr tot«, werfe ich ein.

»Und dennoch war sich die Kellnerin sicher.«

Kellermanns Blick ist standhaft und klar. Sein Gesichtsausdruck ist ernst, diesmal erkenne ich kein schiefes Grinsen, keine Überlegenheit, keine Maskerade, nichts Scherzhaftes. Die Tragweite dieser Information ist ihm bewusst, jedwedes Geplänkel am Rande wäre jetzt fehl am Platz.

Ich sammle mich, atme tief durch und ergreife wieder das Wort: »Dann fahren Sie gar nicht nach Hamburg, um der Wilhelm-Wagenfeld-Spur nachzugehen. Sie besuchen Grüters Witwe, um mehr Hinweise zum Kreis von Eriks Jüngern zu erhalten.«

Der Kommissar nickt fast unmerklich.

Mir kommt ein weiterer Gedanke: »Und Sie haben diese Stippvisite bereits gestern beschlossen, schon bevor Frau Grüter Sie von meinen Besuchsabsichten unterrichtet hat.«

Nochmals nickt Kellermann fast unmerklich.

In seinem Rücken wird es unruhig. Zwei Fahrgäste, beladen mit Gepäck, schieben sich durch den Gang und nehmen in der Reihe hinter uns Platz. Wir schweigen. Nicht nur wegen der möglichen Zuhörerschaft.

25

Grüters Haus liegt in Othmarschen, einem der gehobenen Stadtviertel Hamburgs direkt an der Elbe. Vom Grundstück kann man den Fluss zwar nicht sehen, dafür liegt es direkt neben dem Jenischpark. Die unter Naturschutz stehende Grünfläche fällt sacht zum Wasser ab und endet im Tal beim Fähranleger Teufelsbrück.

Grüters Heim wirkt wie ein Hexenhäuschen. Fachwerkgiebel, der Eingang mit einem separaten Dach geschützt. An den Seiten des Gebäudes gibt es Erker und die Fenster sind mit Sprossen verziert. Um diese verspielten

Details auszugleichen, wurde das Gebäude komplett weiß gestrichen.

Als Beate Grüter uns die Tür öffnet, erwartet mich eine Frau in einem wallenden Gewand. Mehrere Lagen weicher Stoffe gehen fließend ineinander über. Es ist schwer zu sagen, ob es sich um ein mehrschichtiges Kleid oder um einen Hosenrock mit mehreren langen Shirts handelt. Trotz dieser wallenden Stoffe wird deutlich, dass die Witwe eine sportliche Frau ist. Ihr Körper vermittelt Elastizität, aber auch die Spannkraft durchtrainierter Muskeln. Im Gegensatz zur locker fallenden Kleidung ist ihr schon leicht ergrautes Haar zu einem strengen Pferdeschwanz gebunden.

Nach einer kurzen Begrüßung führt Frau Grüter uns in den Wohnbereich, an den sich eine kleine Küche anschließt. Der Raum ist mir bereits von Kellermanns Fotos bekannt. Wir nehmen am Esstisch vor der Terrassentür Platz. Der malerische Garten ist nur durch ein hölzernes Tor vom Jenischpark getrennt, vor dem Zaun stapelt sich Feuerholz, daneben entdecke ich einen Baumstumpf und eine Axt. Jetzt weiß ich zumindest, woher ein Teil von Frau Grüters Muskeln stammt.

Kellermann beginnt das Gespräch sachte. Er erkundigt sich nach dem Wohlbefinden der Witwe, fragt, ob ihr jemand zur Seite steht, ob Sie Ablenkung im Beruf oder bei Freunden findet. Er schafft Vertrauen, bevor er das delikate Thema anschneidet, bei dem er auf ihre Kooperationsbereitschaft angewiesen ist.

Während dieser Aufwärmphase bleibt mir Zeit, die Einrichtungsgegenstände zu studieren. Ich werde schnell fündig. Unmittelbar mir gegenüber entdecke ich in einem Regal Wagenfelds *Kubus*-Geschirr aus Pressglas. Die durchsichtigen, quadratischen Vorratsgefäße sind eines der frühesten Beispiele für stapelbares Industriedesign. Aber das Geschirr ist nicht der einzige Anknüpfungspunkt. Auf einem Beistelltisch erkenne ich die für ihre Griffigkeit berühmten Salz- und Pfefferstreuer.

Kellermann ist derweil beim eigentlichen Teil des Gesprächs angekommen. Er erkundigt sich nach Grüters Kontakten zur Frankfurter SM-Szene. Wie der Kommissar zuvor berichtet hat, sind der Witwe die Verbindungen nicht neu. Sie zuckt mit keiner Wimper, als der Kommissar das Thema anschneidet, und beantwortet seine Fragen, als würde das Gespräch sich um die Mitgliedschaft ihres Mannes im Segelverein oder seine Vorliebe für italienisches Essen drehen.

»Selbstverständlich hat Werner enge Kontakte ins Milieu in Frankfurt gepflegt, ähnlich wie in Hamburg und Berlin. Ich habe Ihnen ja bereits erzählt, dass mein Mann sich intensiv um Jugendliche kümmerte, die auf die schiefe Bahn geraten sind. Er hat sein ehrenamtliches Engagement sehr ernst genommen. Werner lagen die Straßenkinder wirklich am Herzen. Daher hat er den einen oder anderen Teenager auch aufgespürt, wenn er sich plötzlich nicht mehr blicken ließ. Manchmal ganz in der Nähe, im weit verzweigten Gelände des Hamburger Hafens oder in den Brennpunkten Harburg und Wilhelmsburg. Aber es kam auch vor, dass er jemanden auf dem Strich oder im Drogensumpf anderer Großstädte fand.«

»Woher stammte dieses Engagement?«, stelle ich meine erste Frage. »Den Ausreißern kreuz und quer durch Deutschland zu folgen, ist ein bemerkenswerter Aufwand.«

Kellermanns mahnender Blick sagt mir, dass er ganz und gar nicht mit meiner Intervention einverstanden ist, doch Grüters Witwe lässt sich nicht beirren und antwortet unvoreingenommen: »Ja, da war Werner unerschütterlich. Er hat viel investiert, nicht nur seine private Zeit, sondern auch finanziell hat er den einen oder anderen Jugendlichen unterstützt und den Jugendklub in seiner Arbeit gefördert. Wer meinen Mann in seiner offiziellen Rolle als Geschäftsführer eines Finanzinstituts kennenlernte, hat diese ehrenamtliche Verpflichtung nicht erwartet. Das sind zwei komplett verschiedene Welten.«

Trotz ihrer Gesprächsbereitschaft ist meine Frage nicht beantwortet. Daher bitte ich Beate Grüter noch einmal, auf den Ursprung der sozialen Verpflichtung ihres Mannes einzugehen.

Sie überlegt kurz, lässt den Blick in den Garten und die dahinterliegende Parklandschaft gleiten. »Wir haben keine Kinder. Vielleicht lag ihm deshalb das Wohl dieser Jugendlichen so am Herzen.«

Kellermann will etwas sagen, doch ich komme ihm zuvor: »Ist das Ihre Vermutung oder hat Herr Grüter das tatsächlich mal geäußert?«

Wieder lässt sich die Witwe einen Moment Zeit. »Er hat es nie konkret formuliert. Wir haben damals versucht, Kinder zu bekommen, das ganze Programm, wissen Sie? Das war sehr nervenaufreibend, für uns beide. Ich hatte immer die Vermutung, dass Werner sich deshalb so engagierte. Dass sein soziales Engagement für ihn einen Ausgleich darstellte, einen Kinderersatz.«

Ich stelle gleich die nächste Frage, auch wenn der Kommissar bereits die Augen verdreht. »Wie war das Leben mit unerfülltem Kinderwunsch für sie beide?«

Beate Grüter zuckt kurz die Schultern. »Für mich war es nicht so schlimm, obwohl ich die Frau bin. In meinem Freundeskreis haben sich einige Paare gegen Nachwuchs entschieden, ich stamme selbst aus einer Großstadt, bin in Köln aufgewachsen, da sind kinderlose Lebensentwürfe relativ normal. Bei Werner war das anders. Er ist im Alten Land groß geworden, in einer dörflichen Struktur, wo eigene Kinder zum Pflichtprogramm gehören, gleich hinter der Heirat und dem Einfamilienhaus. Diese beiden Punkte hat er erfüllt, doch die Familiengründung und vor allem den männlichen Nachkommen konnte er nicht vorweisen. Das hat Werner sicher unter Druck gesetzt.«

»Wo genau ist Ihr Mann aufgewachsen?«, erkundige ich mich interessiert.

»Nicht weit von hier, auf der anderen Seite der Elbe. Mitten im Alten Land in der Nähe von Jork. Er hat die Apfelernte auf dem heimischen Hof geliebt.« Bei dem letzten Satz umspielt ein verträumtes Lächeln ihren Mund.

»Frau Grüter …«, setzt der Kommissar an, doch ich unterbreche ihn und verscherze es mir damit endgültig. Seine Augen blitzen auf.

»Entschuldigung, ich hätte noch eine letzte Frage: Hat sich Ihr Mann bei der Betreuung der Jugendlichen von bestimmten Erziehungsansätzen leiten lassen? Hat er beispielsweise die Schrift von Wilhelm Wagenfeld über die Kunsterziehung gekannt?«

Beate Grüter steht beherzt vom Esstisch auf und geht stracks auf das gegenüberliegende Regal zu. Sie zieht ein Büchlein aus einem Stapel neben dem *Kubus*-Geschirr hervor und kehrt damit zu uns zurück. Auf dem Buchdeckel entziffere ich den Titel *Wesen und Gestalt.*

»Werner hat Wilhelm Wagenfeld bewundert, ach was, vergöttert. Als Designer und als Pädagogen. Deswegen lag ihm diese Textsammlung sehr am Herzen. Auch die Arbeit Wagenfelds im Deutschen Ausschuss für das Erziehungs- und Bildungswesen hat er immer wieder hervorgehoben. Nach dem Zweiten Weltkrieg wurde das Erziehungskonzept neu definiert und der Designer hat dafür gesorgt, dass die Kunst eine größere Gewichtung in der Bildung bekam. Er vertrat die These, dass die Erziehung zur Kunst Teil der Erziehung zum alltäglichen Leben sein muss. Mein Mann stimmte dem zu.«

Mit zwei Fingern gleitet Frau Grüter sanft über die Buchstaben des Titels. Es hat den Anschein, als suche sie eine Verbindung zu ihrem verstorbenen Mann.

»Besaß Herr Grüter weitere Stücke des Designers?«

Die Witwe schmunzelt. »Aber ja. Unzählige. Geschirr, Aufbewahrungsdosen, Vasen. Mir fehlt da die künstlerische Ader. Und ich bin auch etwas geizig. Ich würde nie so viel Geld für diesen Designerkram ausgeben.«

»Hatte Ihr Mann denn generell ein Faible dafür? Auch für andere Kunstgegenstände?« Während ich das frage, blicke ich mich noch einmal suchend im Wohnzimmer um, finde jedoch auch jetzt keine weiteren Schätze anderer Designer.

»Zum Glück nicht.« Die Witwe winkt ab. »Das hat ja so schon ein Vermögen gekostet.«

»Wann hat Ihr Mann Wagenfeld denn für sich entdeckt?«

»Vor Ewigkeiten, noch bevor wir uns kannten.«

Dann erhebt Kellermann seine Stimme und kündigt einen Themenwechsel an. Er kommt zu seinem zentralen Anliegen und erkundigt sich nach dem Kontakt zwischen Werner Grüter und Karl Peter Weck. Dass Weck ein Serienmörder war, verschweigt der Kommissar. Stattdessen zeigt er Beate Grüter ein Foto des ehemaligen Managers der *Sega Invest.* Doch die Witwe kann weder den Namen noch das Bild zuordnen.

Das weitere Gespräch verläuft ohne eine erneute Unterbrechung. Meine Fragen sind beantwortet.

26

Kellermann steht auf, als in der S1 die Haltestelle Reeperbahn angekündigt wird.

»Wo wollen Sie denn hin?«, frage ich verdutzt.

»Versprechen Sie, dass Sie sich nicht wieder in meine Unterhaltung einmischen?«

Als Antwort hebe ich die rechte Hand und strecke drei Finger in die Luft.

»Dann kommen Sie. Ich bin noch mal mit dem Jugendleiter und seinen Schützlingen verabredet.«

»Sie haben ein Treffen mit den von Grüter betreuten Teenagern arrangiert?« Mein Interesse ist geweckt.

»Zumindest hoffe ich das. Henschel wollte sein Möglichstes tun, um die Schäfchen zusammenzutrommeln. Die werden nicht gerade scharf auf ein Treffen mit der Polizei sein.«

Die S-Bahn-Türen öffnen sich und wir schieben uns in einem großen Pulk auf den Bahnsteig. Ein leichter Nieselregen hat eingesetzt. Missmutig blinken die bunten Leuchtreklamen hinter einem Grauschleier auf. Ich ziehe die Kapuze über den Kopf und eile dem Kommissar hinterher. Sein Gang ist zielstrebig. Auch wenn mir noch die Orientierung fehlt, ist er sich seines Weges sicher.

Das alte Theater ist heute belebter als bei unserem letzten Besuch. Fast über zwanzig Jugendliche tummeln sich im Foyer und als ich einen Blick in den Bühnenraum werfe, entdecke ich noch einmal so viele. Henschel steckt in einem Zwiegespräch mit einem seiner Schützlinge. Als er uns entdeckt, macht er uns mit Handzeichen klar, am Eingang zu warten. Nach wenigen Minuten zieht ein etwas zerknitterter Teenager von dannen und der Sozialarbeiter wendet sich uns zu.

»Hallo. Entschuldigen Sie, dass Sie warten mussten, aber das Gespräch war dringend nötig. Man könnte auch sagen überfällig.« Henschel breitet bei seiner Begrüßung die Arme aus, als wolle er uns auch körperlich willkommen heißen.

»Kein Problem«, versichert Kellermann. »Wir haben zu danken, dass Sie so kurzfristig ein Treffen ermöglichen konnten und die Jugendlichen versammelt haben.«

Henschel macht eine abwehrende Handbewegung. »Gerne, gerne. Man tut, was man kann. Was mit Werner passiert ist, hat uns alle tief bewegt. Die Kids mochten ihn, daher sind sie auch fast vollzählig erschienen.«

»Fast?«, frage ich sofort nach und merke selbst, dass ich mein Versprechen schon nach wenigen Minuten gebrochen habe.

Kellermann nimmt es mir aber anscheinend nicht übel, denn er ergänzt: »Wer fehlt denn?«

»Zwei unserer Schützlinge, Freddy und Samantha. Bei Freddy wundert es mich nicht. Er ist sehr unzuverlässig, es ist praktisch unmöglich, etwas mit ihm zu vereinbaren. Aber mit Sam hatte ich fest gerechnet.«

»Was können Sie uns zu den beiden sagen?«, will der Kommissar wissen.

»Freddy ist bestimmt schon Mitte zwanzig, seit Jahren im Milieu. Er kommt immer mal wieder vorbei und lässt sich dann Monate nicht blicken. Sam ist jünger, wirkt auch noch kindlich, obwohl sie sicher auch schon zwanzig ist. Seit einem Jahr kommt sie regelmäßig, sucht Kontakt zu den anderen Jugendlichen. Der Anschluss ist ihr wichtig. Eventuell haben Sie sie beim letzten Mal kennengelernt. Ich meine, sie war da, sicher bin ich aber nicht.«

»Ist Samantha die mit dem Tattoo auf dem Handrücken?«, erkundige ich mich.

Henschel lacht laut auf. »Sie sind lustig. Es ist wahrscheinlich einfacher, unter den Kids jemanden zu finden, der kein Tattoo hat. Hier sind fast alle tätowiert, gepierct oder getunnelt.«

Henschels Reaktion hat nichts Überhebliches, er macht sich nicht über unsere vermeintliche Unwissenheit lustig. Er neigt einfach dazu, jeglichen Sachverhalt emotional hervorzuheben, durch seine Gesten, seine Mimik. Auch als er nachhakt, ob ich die Tätowierung näher beschreiben könnte, unterstützt er seine Frage durch eine übertriebene Handbewegung.

»Es war ein Schriftzug«, erkläre ich. »Das Wort ›Fuck‹ in Schwarz und darauf folgend drei rote Sternchen.«

Kellermann sieht mich ungläubig von der Seite an, lässt mich aber gewähren.

»Ja, ja, korrekt«, bekräftigt Henschel enthusiastisch. »Das ist unsere Sam.«

»Wann haben Sie die junge Frau zuletzt gesehen?«, fragt der Kommissar.

»Warten Sie.« Henschel packt sich mit beiden Händen an die Stirn, als ob seine Erinnerung dadurch unterstützt würde. Dann lässt er die Arme plötzlich fallen, als ob ihm ein Geistesblitz gekommen wäre. »Gestern Nachmittag, als ich Ihren Besuch angekündigt habe. Sie hat sich noch verabschiedet und sagte: ›Bis morgen.‹ Deshalb war ich mir auch sicher, dass sie heute auftauchen würde.«

»Haben Sie ihre Handynummer?« Kellermanns Tonfall ist ernster geworden. Er ist angespannt. Das zeigen auch seine leicht zuckenden Kiefermuskeln, als er den Mund wieder schließt und auf eine Antwort wartet.

»Sicher, aber klaro.« Henschel zückt hektisch sein Smartphone, dessen Schutzhülle einer Musikkassette nachgebildet ist. Er öffnet das Adressbuch und scrollt bis zu Sams Namen.

»Können Sie sie anrufen?«, bittet der Kommissar, als der Jugendleiter uns erwartungsvoll das Display hinstreckt.

Henschel tippt auf das entsprechende Symbol und nimmt das Handy ans Ohr. Das Tuten ist trotzdem zu hören, er hat die maximale Lautstärke eingestellt. Fünfmal, sechsmal ertönt das Freizeichen. Nachdem es mehr als zehnmal geklingelt hat, legt der Jugendleiter auf.

»Sie nimmt nicht ab.« Henschel scheint Kellermanns Angespanntheit zu spüren, denn er beschränkt seine Gesten auf ein Minimum.

»Ist das normal?«, fragt der Kommissar.

»Na ja, ich rufe Sam nicht allzu oft an. Nur falls sich eine neue Aktion ergibt oder ein Termin verschoben wird. Höchstens einmal im Monat. Bis jetzt habe ich sie immer erwischt. Oder zumindest kann ich mich nicht daran erinnern, dass sie besonders schwer zu erreichen wäre oder meine Anrufe ablehnen würde. Da gibt es ganz andere Experten, die erreichen Sie nie.« Bei der Erinnerung an seine Spezis macht sich ein Grinsen auf dem Gesicht des Jugendleiters breit. Er hat wieder umgeschaltet in seinen üblichen Kommunikationsmodus. Überschwänglich ergänzt er: »Hundertmal können Sie die anrufen, keine Reaktion.«

In dem Moment nähert sich ein vielleicht zwölfjähriger Bursche. Mit seinen Sommersprossen und den widerspenstig abstehenden roten Haaren wirkt er wie ein Kobold. Schüchtern zieht der Junge an Henschels Sweatshirt.

In seinem Kommunikationsdrang gestoppt, dreht der Jugendleiter sich um und fragt: »Nick, was ist denn los?«

Statt einer Antwort streckt der Jugendliche Henschel ein Handy entgegen. Die Ecken der schwarzen Schutzhülle sind ausgefranst. Die Investition in die Gummiummantelung war eine sichtbar weise Entscheidung des Besitzers.

»Das hat gerade geklingelt. Lag hinter der Theke«, presst der Junge leise zwischen den Lippen hervor.

Henschel nimmt das Smartphone an sich. »Das ist Sams!«

Der Rotschopf flitzt von dannen. Ich blicke ihm hinterher, doch er verschwindet schnell in Richtung der Waschräume.

»Ist das normal?«, fragt Kellermann. »Lässt Sam ihr Handy öfter hier herumliegen?«

»Nein, nie. Sie kennen doch die jungen Leute, vierundzwanzig Stunden am Tag mit ihrem Smartphone verwachsen. Die brauchen kein Wasser und Brot, die brauchen einen Netzzugang. So ist das heute.«

Der Kommissar geht nicht auf die digitalen Gepflogenheiten ein und erkundigt sich stattdessen nach weiteren Kontaktmöglichkeiten.

Henschel schüttelt jedoch nur so vehement den Kopf, dass seine Haare ins Schwingen kommen.

»Und was ist mit Freunden? Jemandem, der Sam kennt und weiß, wo sie steckt?«

Ohne zu zögern, dreht sich der Jugendleiter um und ruft in den Raum: »Weiß jemand, wo Sam steckt?«

Nur wenige Teenager reagieren überhaupt. Henschels Frage erntet nichts weiter als Achselzucken, Kopfschütteln oder desinteressierte Blicke.

»Mit wem hat sie sonst noch Kontakt?«, hakt Kellermann nach. »Wo könnte sie Unterschlupf finden?«

»Weitere Freunde kenne ich nicht. Aber neben unserem Theater gibt es noch die Offroad-Kids. Die haben in St. Georg ihre Anlaufstelle. Und das *Safe Harbour* in der Nähe der Reeperbahn, Richtung Landungsbrücken.« Der Sozialarbeiter kratzt sich am Kopf, während Kellermann mitschreibt. »Ach ja, natürlich auch die *Streetworkstatt*, gleich hinterm Hauptbahnhof am Oberhafen, dort wo der Großmarkt ist. In der Ecke geht es jetzt zu wie in Berlin. Lauter inoffizielle Klubs sprießen dort wie Pilze aus dem Boden. Und die *Streetworkstatt* hat für die Teens eine Halle mit Hindernissen ausgerüstet, wo sie Parkour laufen können. Das kennen Sie doch, oder? Diese Sportart, bei der die Kids Mauervorsprünge überwinden, an Wänden hochlaufen und von Dach zu Dach springen.« Bei seiner Erzählung mimt Henschel einige Positionen nach, duckt sich, stellt sich auf die Zehenspitzen, um der Darstellung der aktionsgeladenen Sportart noch mehr Dynamik zu verleihen.

Kellermann versucht, ihn wieder in unser Gespräch zurückzuführen. »Herr Henschel, ich wäre Ihnen dankbar, wenn Sie uns informieren, sobald sich die junge Dame meldet.«

Henschel wirkt plötzlich besorgt: »Meinen Sie, ihr ist etwas zugestoßen?«

»Sagen Sie uns einfach Bescheid. Sie kennen doch Jugendliche, die verschwinden und tauchen dann plötzlich wieder auf.«

Der Jugendleiter steckt seine Hände in die Jeanstaschen. Der Kommissar hat ihn beruhigt, ohne seine Frage zu beantworten.

Um ihn nicht noch einmal zu verunsichern, fragt Kellermann beiläufig: »Können Sie mir bitte noch den vollen Namen verraten?«

»Samantha. Samantha Bilke«, kommt es nachdenklich aus dem Mund des Jugendleiters.

»Wenn es für Sie in Ordnung ist, würden wir den Jugendlichen jetzt ein paar Fotos zeigen. Es geht darum, ob sie einen Mann wiedererkennen. Ich würde Sie bitten, sich die Bilder ebenfalls genau anzuschauen.«

Der Sozialarbeiter nickt stumm. Das angekündigte Prozedere hat ihn endgültig verunsichert.

Wir betreten den Theatersaal, doch statt auf die Bühne zu steigen, stellt der Kommissar sich davor. Er will auf Augenhöhe mit den Teenagern sein. Allerdings schert sich niemand um dieses Entgegenkommen. Kellermann wird nicht einmal beachtet. Die Gespräche werden munter fortgesetzt, es ist ziemlich laut. Um sich Gehör zu verschaffen, klatscht der Kommissar ein paarmal in die Hände. Als das nichts nutzt, ruft Kellermann die Teenager zur Ordnung. Ebenfalls ohne Erfolg. Letztendlich ist es Henschel, der mit einem schneidigen Brüllen für Ruhe sorgt.

Missmutig verziehen ein paar Jugendliche das Gesicht, doch es wird still und Kellermann kann sein Anliegen vorbringen. Nur ab und an wird er durch einen Zwischenruf unterbrochen. Als eine leere Dose krachend gegen die Wand geschossen wird, zückt der Kommissar Fotos aus der Tasche und verteilt sie. Geschickt, er will die Jugendlichen einbeziehen und so ihr Interesse gewinnen. Parallel erzählt er von Weck, informiert über seine ehemalige Position bei der *Sega Invest,* seine Adresse in Frankfurt, die Aufenthalte im Rotlichtviertel und insbesondere im *Dark Magic.* Die Fakten sollen den Jugendlichen helfen, sich zu erinnern. Alle pikanten Details – dass Weck sich im Gefängnis das Leben nahm, dass er ein Serienmörder war, der zusammen mit Komplizen mehrere Menschen brutal tötete – lässt Kellermann außen vor.

Nach einem kurzen Moment der Ruhe fängt jetzt wieder Getuschel an. Zwiegespräche zwischen den Jugendlichen, ein Foto in den Händen. Die Debatten werden lauter, erste Bilder landen zusammengeknüllt auf dem Fußboden und nach einer Weile ruft Henschel den Trupp erneut zur Ruhe.

Kellermann ergreift noch einmal das Wort. Er bittet die Jugendlichen aufzuzeigen, falls ihnen die Person auf dem Foto bekannt sei oder ihnen sonst etwas im Zusammenhang mit Weck oder einem anderen Kontakt aus Frankfurt ungewöhnlich vorkommt.

Niemand meldet sich.

»Ihr könnt mich gerne auch später kontaktieren. Mein Name ist Kommissar Kellermann von der Frankfurter Polizei. Ich lege euch einige Visitenkarten vorne auf den Tresen. Ihr könnt euch auch einfach bei einer der Polizeidienststellen in Hamburg melden. Wir arbeiten eng zusammen, die Kollegen werden eure Hinweise direkt an mich weitergeben.«

Es erfolgt immer noch keine Reaktion. Betretene Gesichter, die den Blick auf den Boden, das Foto in ihren Händen oder auf einen imaginären Punkt in Kellermanns Rücken richten.

Der Kommissar hält noch einigen Sekunden der Stille stand, bis er mit den Worten schließt: »Ich bedanke mich bei euch.«

Bevor wir das Jugendzentrum verlassen, richte ich mich noch einmal an Herr Henschel. »Ich hätte noch eine Frage: Hat Herr Grüter einmal den Namen Wilhelm Wagenfeld genannt? Das war ein Industriedesigner, der sich auch in der Bildung und Erziehung Jugendlicher engagiert hat.«

»Sie meinen den Mustermacher«, ruft der Sozialarbeiter laut aus.

Kellermann und ich wechseln einen überraschten Blick.

»Wagenfeld hat die Bezeichnung Industriedesigner gehasst. Für ihn war es eine ›Spießerauszeichnung‹. Er verstand sich selbst als jemanden, der Muster für die industrielle Massenfabrikation von Gebrauchsgegenständen des Alltags entwickelt. Bestecke, Türgriffe, von Zitronenpressen über Butterdosen bis hin zu Tintenfässern.«

»Also kannten Sie ihn?«

»Natürlich nicht persönlich, aber ja.« Zur Untermalung nickt Henschel hektisch.

»Durch Herrn Grüter?«, hake ich nach.

»Ja, Werner war ein großer Fan. Wir haben sogar das ein oder andere Wagenfeld-Produkt hier in unserem Repertoire. Natürlich auch *Max und Moritz.*« Ein Finger zeigt auf die Küchenecke im Empfangsbereich. »Werner war dieser Designerkram wichtig, obwohl der sündhaft teuer ist. Daher verschwanden die Dinger auch regelmäßig. Aber Werner war das egal. Dann kaufte er eben neue.«

»Haben Sie auch eine Teedose aus weißem Porzellan?«

Henschel macht einen Ausfallschritt Richtung Küche. »Soll ich sie Ihnen holen?« Ohne eine Antwort abzuwarten, eilt er zu den Einbauschränken. Mit breitem Grinsen präsentiert er uns eine Teedose, die der von Erik zum Verwechseln ähnlich sieht.

27

»Meinen Sie, Sam ist etwas passiert?« Ich hechte Kellermann hinterher, der im Stechschritt die Lerchenstraße entlangläuft.

»Sie stellen Fragen. Ich habe keine Glaskugel, aber es ist seltsam, dass die junge Frau, die Sie auf Ihren Bruder anspricht, einen Tag vor unserem Treffen plötzlich verschwindet.«

»Wollen Sie jetzt die Hamburger Polizei anrufen?« Ich bin immer noch einen Meter hinter dem Kommissar.

Ich höre ein bestimmtes »Nein«.

»Nein?«, frage ich ungläubig.

Kellermann bleibt abrupt stehen und ich renne in ihn hinein. Als wir uns wieder sortiert haben und mit beiden Beinen fest auf dem Bürgersteig stehen, zeigt er auf ein Metallschild an der Hauswand: »Ich werde es ihnen persönlich erzählen.«

»Dann mal los.« Ich will mit Schwung durch die Drehtür treten, da zieht mich etwas an meiner Kapuze zurück und ich gerate erneut ins Straucheln.

»Was soll das?«, fahre ich Kellermann, den Verursacher meiner Slapsticknummer, an.

»*Ich* werde es ihnen persönlich erzählen.« Sein Zeigefinger zeigt demonstrativ auf seine Brust. »Die Straße runter gibt es auf der rechten Seite ein Bistro. Dort kriegen Sie sicher einen Kaffee. Wenn Sie so nett sind, fragen Sie doch in der Zwischenzeit bei Blasek an, ob er in den Mietverträgen oder bei seinen Kollegen aus der Vermietungsabteilung etwas herausgefunden hat.«

Ich bin so konsterniert über diese Unverfrorenheiten, dass mir der Atem stockt. Doch Kellermann verschwindet in der Drehtür, bevor ich meinem Ärger Luft machen kann. Völlig baff starre ich auf die blind gewordene Glasscheibe. Doch es tut sich nichts mehr. Der Kommissar ist von dannen gezogen und hat mich einfach stehen lassen.

Das ist die Retourkutsche an seinen Kumpel für mangelnde Teamfähigkeit.

Ich werfe den Kopf in den Nacken und schicke einen Fluch gen Himmel. Doch das hilft mir auch nichts. Ich lasse mich gegen die Hauswand fallen und denke nach.

Sam ist verschwunden. Hat Grüters Mörder sie im Visier? Ist sie in seine Fänge geraten? Dann schwebt das Mädchen in höchster Gefahr und ich kann nur hoffen, dass Kellermann seine Kollegen so schnell wie möglich aktiviert. Es könnte aber auch das Gegenteil der Fall sein. Wir haben selbst die Jugendlichen als mögliche Täter in Betracht gezogen. Vielleicht war Sam eine Mittäterin oder weiß etwas über den Mord an Grüter.

Mühsam mahlen meine Gedanken. Henschel hatte unseren erneuten Besuch angekündigt. Was ist, wenn Samantha weder vor dem Mörder noch vor der Polizei geflohen ist, sondern vor mir? Schließlich hat sie mir vorgeworfen, mit Erik unter einer Decke zu stecken, mit einem Serientäter. Vielleicht sieht sie mich als Bedrohung, als potenzielle Mörderin.

Mir wird flau, ich muss dringend hier weg.

Auch wenn ich es ungern tue, komme ich Kellermanns Aufforderung nach und schlage den Weg in Richtung des besagten Restaurants ein. Dort angekommen, stelle ich fest, dass es sich eher um eine Kneipe handelt. Einen Schnaps könnte ich jetzt gut vertragen. Dennoch entscheide ich mich für einen Kaffee.

Nachdem der Latte macchiato abgekühlt und zur Hälfte getrunken ist, habe ich meine Nerven so weit beruhigt, dass die innere Unruhe verschwunden ist. Ich muss an Anna denken – eine Möglichkeit nach der anderen ausschalten. Also fange ich mit einer einfachen Aufgabe an und wähle Blaseks Nummer.

Erstaunlicherweise hat Blasek trotz des Wochenendes alle Vermieter erreicht, die bisher mit dem Bekleidungskonzern *under water* in Kontakt standen. Einen konkreten Hinweis auf illegale Aktivitäten hat aber leider niemand geben können. Der ein oder andere hat sich zwar negativ über die Gegenpartei geäußert, sprach von Überheblichkeit und Arroganz, aber alle Anhaltspunkte deuteten laut Blasek eher auf eine bilaterale, persönliche Antipathie hin als auf eine systematische Verhandlungsoptimierung durch Insiderinformationen.

»Geben die Datenbanken etwas her? Zeigen die mit *under water* abgeschlossenen Mietverträge Auffälligkeiten gegenüber denen anderer Mieter?«

»Nein, die Mieten liegen im Bereich des Üblichen. Selbstverständlich gibt es das eine oder andere Center, wo mal etwas weniger gezahlt wird, an anderer Stelle dafür etwas mehr. Nach einer durchgängigen Mietpreisreduktion sieht mir das nicht aus«, erläutert der IT-Experte.

Ich will noch nicht aufgeben und frage nach anderen Faktoren, die man zur Kostenoptimierung nutzen könnte, wie den Nebenkosten.

»Wie wäre es, wenn ich Ihnen die Daten einfach zusende? Ich habe ohnehin sämtliche relevanten Daten in einer Excel-Datei zusammengefasst. Dann können Sie selbst alle Möglichkeiten durchspielen.«

Blasek klingt nicht, als wäre ich ihm mit meinen Nachfragen auf den Schlips getreten, sondern wie jemand, der sich auf sein Wochenende freut, die zweite Samstagspartie der Bundesliga sehen will und die erste schon wegen einer unhandlichen Datentabelle verpasst hat.

»Das wäre prima«, lobe ich daher seinen Vorschlag ohne jeglichen sarkastischen Unterton.

Wie angekündigt, entdecke ich die Datei kurz darauf in meinem Postfach. Doch mein Smartphone hilft mir bei der Auswertung nicht weiter. Hier ist jemand mit einem Computer gefragt. Daher drücke ich direkt auf *Weiterleiten* und füge der Mail ein paar Erläuterungen hinzu. Ein Anruf ist nicht nötig, Christian ist mit seinen unzähligen digitalen Devices verwachsen und wird den Maileingang ohne Verzögerung registrieren.

Seine Antwort erhalte ich schon nach wenigen Minuten: *Geht klar.*

Auch eine weitere Mail entdecke ich bei dem Blick in den Posteingang. Sie stammt von Karla und ist ebenfalls nur eine Zeile lang: *Hey, alles gut bei dir? Kuss K.*

Ich lege das Smartphone beiseite und schaue den vorbeifahrenden Autos hinterher. Ein Bus hält und ein ganzer Pulk von Menschen zwängt sich hinaus. Dabei fällt mir auf, dass die Haltestelle ›Neuer Pferdemarkt‹ heißt. Was für ein skurriler Name. Wie viel Zeit vergangen sein muss, seit man diesen Ort als neuen Pferdemarkt bezeichnete. Eine Droschke ist hier schon seit Jahrzehnten nicht mehr vorbeigezogen. Wie die Zeit fließt und wie vergänglich das eigene Gefühl ist. Wut, Glück, Freude und Enttäuschung, alles bezieht sich immer auf den Augenblick. Nichts kann man durch die Zeit transportieren.

Nach ein paar Minuten fasse ich einen Entschluss. Ich werde Karla nicht nur antworten, ich werde das tun, was mir am schwersten fällt: sie um einen Gefallen bitten. Es ist die einzige logische Konsequenz. Gefühle sind vergänglich, trichtere ich mir erneut ein, und verletzter Stolz gehört dazu. Ich tippe eine Antwort.

Danach lehne ich mich auf meiner Sitzbank zurück und spüre, wie mein Magen knurrt. Ich steuere den Tresen an und erkundige mich nach den Speisen. Das Angebot ist mager, ich entscheide mich für ein Käsesandwich. Noch bevor ich es verspeist habe, meldet sich mein Handy.

»Hey, spielst du wieder Polizistin?«

Aus Karlas Ton klingt deutlich gute Laune und Tatendrang heraus. Keine Verwunderung, kein Hinweis darauf, dass unsere Kommunikationspause in den letzten Tagen sie in irgendeiner Weise irritiert hätte.

Ich tue es ihr gleich. »Fast. Ich kümmere mich um das Projekt bei der *Sega Invest* und recherchiere nebenbei ein bisschen.«

»Ja, ja.« Karla lacht. »Du kannst mir nichts erzählen.«

»Hast du etwas herausgefunden?« Ich möchte schnell zu den inhaltlichen Themen übergehen, ein Terrain, auf dem ich mich sicher fühle.

»Also«, beginnt Karla, »du weißt schon, dass an die vierzigtausend Jugendliche auf der Straße leben? Da jemand Bestimmtes zu finden, wird schwierig.«

»Aber wo leben sie? Wo treffen sie sich? Hast du etwas herausgefunden, insbesondere Orte, die man nicht sofort auf dem Radar hat, an denen sie Unterschlupf finden?«

»Ja, sicher, es gibt einige Einrichtungen. Aber die Anzahl der Couchsurfer nimmt auch immer rasanter zu, vor allem seit es spezielle Foren genau für solche Gesuche gibt. Bei dieser Gruppe handelt es sich um Ausreißer, die abwechselnd bei verschiedenen Bekannten aus dem Netz und bei Freunden Zuflucht finden und nicht direkt im Straßenmilieu leben.«

Falls Sam irgendwo privat Unterschlupf gefunden hat, wird es wirklich schwierig, sie aufzuspüren. »Welche Anlaufstellen in Hamburg hast du gefunden?«

Ich höre Papier rascheln, dann erklingt wieder Karlas Stimme: »Ich habe die wichtigsten ausgedruckt. Da gibt es eine Institution gleich hinter dem Hamburger Hauptbahnhof, nennt sich *Streetworkstatt.* Zwei weitere Häuser liegen in St. Pauli, eines unweit der Reeperbahn, das andere in einem ehemaligen Theater.«

Henschels Einrichtung, denke ich, während ich mir Notizen mache. Aus Karla sprudeln derweil weitere Informationen, die sie in den schier unerschöpflichen Datenbanken der Nachrichtenagentur, für die sie arbeitet, gefunden hat.

So sehr ich mich über den Informationsgehalt freue, ist mir ihr Tempo zu hoch. Daher unterbreche ich sie: »Moment, etwas langsamer, ich schreibe mit.«

»Brauchst du nicht, ich schicke dir gleich alle Informationen zu. Ein Haus liegt noch in Steilshoop, Hamburgs sozialem Brennpunkt, auch wenn man diesen Begriff in der Hansestadt nicht gerne hört, und ein weiteres gehört zu den Offroad-Kids in St. Georg.«

»Super, das hilft mir! Und Samantha Bilke? Hast du etwas über sie herausfinden können?«

»Nicht wirklich. Ich habe einen Bericht über ein Volleyballturnier gefunden, bei dem sie mit ihrer Mannschaft den dritten Platz der Schulmeisterschaften belegt hat.«

»Gut, das ist tatsächlich nicht bahnbrechend. Aber ich dank dir trotzdem ganz herzlich.«

»Wann bist du das nächste Mal in Berlin?«

»Ich habe noch keinen konkreten Termin«, bleibe ich vage.

»Sag auf jeden Fall Bescheid. Sebi und ich haben ein paar neue Songs eingespielt. Dann besuchst du uns im Proberaum und wir führen sie dir vor.«

Sicher nicht, denke ich schroff und bin froh, kein konkretes Datum genannt zu haben, an dem ich mich wider Willen mit Jean Seberg im Proberaum wiederfinden würde.

»Ja, klar«, sage ich betont freudig. »Ich melde mich.«

Nachdem ich aufgelegt habe, rekapituliere ich die genannten Orte. Auch Henschel hat all diese Einrichtungen erwähnt, abgesehen von dem Haus in Steilshoop. Ich öffne eine Suchmaschine und werde schnell fündig. Die Jugendschutzeinrichtung dient zur Inobhutnahme von Kindern und Jugendlichen und verfügt auch über eine Wohngruppe für Frauen mit Kindern. Ich notiere die Adresse und lasse mir den Standort im Stadtplan anzeigen. Dabei spüre ich ein nervöses Zucken in den Fingern. Versteckt sich Sam dort? Hat Henschel uns diese Einrichtung deswegen verschwiegen?

Ich ziehe die Karte auf dem Display mit zwei Fingern größer und meine Nervosität legt sich mit einem Schlag. Gegenüber des Jugendheims befindet sich eine Polizeidienststelle. Das ist sicher nicht die erste Adresse, die Sam wählen würde, um sich zu verstecken.

Enttäuscht lege ich mein Smartphone beiseite, starre gedankenverloren aus dem Fenster und beobachte die vorbeiziehenden Passanten. An der Haltestelle bildet sich schon die nächste Menschentraube, kurz darauf hält ein Bus und tauscht die Menschenmengen aus. Lethargisch schaue ich dem Gewusel zu, bis ich plötzlich ein bekanntes Gesicht entdecke, beziehungsweise einen bekannten Haarschopf.

Ich springe von meiner Holzbank und hechte auf die Straße. Nick will eigentlich schon einsteigen, doch ich kann ihn zu einem kostenlosen Kakao überreden.

Kurz darauf sitzt mir der Junge gegenüber, umgreift die heiße Tasse mit beiden Händen und stürzt sein Getränk hinab. Ich fürchte, dass er sich den Mund verbrennt, will ihn noch warnen, lasse ihn dann aber gewähren. Ermahnungen und Ratschläge wird er genug zu hören bekommen.

»Kannst du mir einen Gefallen tun, Nick? Verrätst du mir, wo ihr hingeht, wenn ihr euch verstecken wollt? Wo findet ihr Unterschlupf?«

Der Junge regt sich nicht, bleibt wie erstarrt auf seinem Stuhl sitzen, die schmutzigen Hände um die Tasse gekrallt.

»Weißt du, ich suche Sam. Ich möchte sie finden, weil ich nicht will, dass ihr etwas passiert, dass ihr jemand etwas so Böses antut wie Werner, eurem zweiten Jugendleiter.«

Nicks Augen wandern hin und her, zeigen den Zwiespalt, in dem er steckt. Dann murmelt er fast unhörbar in den Kakao hinein: »Es gibt eine Villa in Harburg.«

Als ich die ersten Töne vernehme, beuge ich mich etwas vor und versichere mich: »Eine Villa in Harburg? Wo steht sie?«

Der Jugendliche wiegt sich leicht vor und zurück und wiederholt dann: »Villa Brock in Harburg.«

Dann stürzt er den restlichen Kakao hinunter, so ruckartig, dass ein Teil der braunen Flüssigkeit auf seiner Jacke und dem Tisch landet. Ich will noch die Hände heben, um ihn zu beruhigen, doch im nächsten Moment rast er aus der Kneipe und ist verschwunden.

Konsterniert falle ich in meinen Stuhl zurück. Das arme Kind. Was hat Nick in seinen jungen Jahren mitgemacht, das ihn so verängstigt?

Als ich mit einer Serviette die Kakaoreste vom Tisch wische, reißt Kellermanns tiefe Stimme mich aus meinen Gedanken.

»Sorry, ich war wohl etwas ruppig vorhin.«

Ich richte mich auf und zucke nur mit den Schultern. Mein Ärger ist tatsächlich verflogen. Die Vergänglichkeit des Gefühls scheint auch für ihn zu gelten. Daher frage ich übergangslos: »Was haben Ihre Kollegen gesagt?«

Der Kommissar schält sich aus seinem Mantel und wirft ihn auf den Nachbarstuhl. Dann setzt er sich mir gegenüber und bestellt bei der heraneilenden Kellnerin mit experimenteller Frisur ebenfalls einen Kaffee. Als sie außer Hörweite ist, berichtet er: »Sie kannten die junge Dame bereits. Anzeigen wegen Diebstahl, Drogenmissbrauch, Beamtenbeleidigung. Alles kleinere Delikte, bisher war noch nie eine Vermisstenanzeige dabei. Auch jetzt haben die Kollegen darauf plädiert, dass keine Suchaktion gestartet wird, nur weil jemand vierundzwanzig Stunden nicht auftaucht. Zumal sie ja schon volljährig ist. Aber sie werden die Eltern dennoch kontaktieren und die Streifen wollen die Augen offen halten.«

»Was ist mit den Einrichtungen, die Henschel genannt hat? Schaut die Polizei dort vorbei?« Mein Tonfall ist sachlich und zielorientiert. Kein Wort zu viel. Ich bin zwar nicht mehr wütend auf Kellermann, aber Applaus gibt es für seinen Affront vor dem Polizeirevier auch nicht.

Der Kommissar macht eine wegwerfende Handbewegung. »Sie wurde gestern noch gesehen. Und die junge Frau lebt quasi auf der Straße wie Tausende andere Jugendliche, die von zu Hause oder aus ihren Pflegeeinrichtungen ausgebüxt sind. Aber ja, den Kollegen waren die Adressen bekannt und sie haben versprochen vorbeizufahren.«

»Auch in Steilshoop?«, werfe ich rasch ein.

Kellermann lehnt sich zurück, als die Kellnerin seine Kaffeetasse vor ihm abstellt. Als sie außer Reichweite ist, hakt er nach: »Wie kommen Sie denn jetzt auf Steilshoop?«

»Da gibt es auch ein Haus für Jugendliche.«

»Woher wissen Sie das?« Sein Ton ist immer noch etwas verkniffen.

»Von Karla«, antworte ich unverblümt.

»Das ist Ihre Freundin aus der Medienagentur, oder?«, brummt Kellermann.

Ich nicke.

Dann ergänzt der Kommissar: »Auch Steilshoop haben die Kollegen auf dem Zettel. Das Haus steht wohl gleich gegenüber einer Dienstelle. Welches Malheur haben Sie hier eigentlich angerichtet?« Sein Zeigefinger ist auf die kakaogetränkte Serviette gerichtet.

Ich erzähle von dem Zusammentreffen mit Nick und seinen spärlichen Informationen zu einem möglichen Unterschlupf.

»Eine Villa in Harburg, die die Kollegen bis jetzt noch nicht auf dem Zettel haben?«, fragt Kellermann kritisch, aber in seinen Augen sehe ich, dass sein Interesse geweckt ist.

»Glauben Sie, Sam ist dort und schwebt in Gefahr? Die Polizei wird diese Villa nicht aufsuchen, das wissen Sie genauso gut wie ich. Eine Rumtreiberin, die sich gerade mal einen Tag nicht gemeldet hat, löst in einer Stadt wie Hamburg keine Großfahndung aus.«

Kellermann schlägt sich auf die Schenkel und verkündet: »Also gut, Kumpel, brechen wir auf. Wo ist die Villa?«

28

Bei der Villa handelt es sich um den ehemaligen Industriellensitz eines Farbenherstellers mit Namen Brock. Das Haus stand lange Zeit leer, bis sich dort ein illegales Bordell etablierte, der Straßenstrich liegt nicht weit entfernt. Die Baubehörde räumte das Gebäude schließlich wegen Einsturzgefahr. Das klang nach einem perfekten Unterschlupf, wenn man von niemandem gestört werden wollte.

Die Anreise hätten wir uns jedoch sparen können. Der Besuch der Villa Brock erweist sich als Sackgasse. Das noch aus dem neunzehnten Jahrhundert stammende Gebäude steht leer. Als Kellermann und ich durch die Räume streifen finden wir nichts als die Überreste verlassener Schlafplätze, dreckiges Geschirr und Müll. Nur in manchen Zimmern, die durch den jahrelangen Leerstand klamm und feucht sind, finden sich Zeichen aus alten Zeiten. Ein Billardtisch im Obergeschoss, leere Wein- und Champagnerkisten im Keller, Spiegelwände in einer ehemaligen Bar. Doch nichts davon ist noch zu gebrauchen. Die Einrichtungsgegenstände sind beschädigt, die Spiegel eingeschlagen, die Kisten geleert und die Wände mit Graffiti beschmutzt. Alles, was nicht niet- und nagelfest ist, wurde entwendet.

Von Sam keine Spur. Wir treffen auf niemanden.

Dennoch fotografiere ich jeden Raum, halte unseren Gang durch die Etagen bildlich fest. Als wir vom Dachboden bis zum alten Heizungsraum alles inspiziert und nichts gefunden haben, rufen wir uns ein Taxi und fahren frustriert zurück in die Innenstadt.

Das Taxi chauffiert uns hinaus aus dem dunklen Hafengebiet und überquert die Köhlbrandbrücke, während unter uns wieder ein Lichtermeer aufblitzt.

Als wir uns dem Bahnhofsviertel nähern, fragt Kellermann: »Hat Ihr Gespräch mit Blasek eigentlich mehr Licht in die Sache gebracht?«

Ich informiere ihn über den aktuellen Sachstand und muss zugeben, dass Blasek keine Hinweise auf eine Manipulation entdeckt hat, ich die Daten jedoch zur weiteren Analyse an meinen Kollegen Christian geschickt habe. Wenn nicht morgen, rechne ich spätestens Montag mit einem Ergebnis.

Das Taxi setzt uns in St. Georg ab. Ich habe ein Hotel in der Nähe des Bahnhofs gebucht, sodass wir am nächsten Tag direkt in den Zug steigen können. Vom Hansaplatz spazieren wir die Bremer Reihe entlang. Beide missmutig, beide mit hochgezogenen Schultern.

Ganz im Gegensatz zur verlassenen Gegend rund um die Villa blinken hier Neonreklamen von allen Seiten und hochgezogene Rollläden kündigen verheißungsvolle Nächte in den dahinterliegenden Bars an. St. Georg, berühmt-berüchtigt als Schmelztiegel unterschiedlichster Kulturen und Hochburg der Hamburger Homosexuellenszene, hält, was es verspricht. Eine Dragqueen stolpert im Bademantel aus der *Contac Bar.* Der zugehörige Werbeslogan kündigt die Spelunke als *Dein schwules Wohnzimmer* an. Für die Dragqueen gehört das Badezimmer wohl gleich dazu.

Unser Hotel liegt in der nächsten Seitenstraße Richtung Alster. Das Wasser kann man zwar nicht sehen, doch es ist nur einen Steinwurf entfernt. Ich stoppe, kurz bevor wir die Kreuzung erreichen. »Kommen Sie. Nach der Schnapsidee könnte ich jetzt etwas Alkoholisches vertragen.« Kellermann verharrt unschlüssig auf dem Bürgersteig, also ergänze ich: »Ich lade Sie auch ein, Kumpel.«

Der Kommissar kann sich ein Grinsen nicht verkneifen.

29

Zurück in Frankfurt habe ich am späten Nachmittag den Main fast für mich allein. Nur zwei weitere Jogger und ein betagter Herr, der gleich drei Hunde ausführt, kreuzen meinen Weg. Ein übermütiger Beagle springt kläffend auf mich zu, der Hundebesitzer kommt hinterher und versichert mir: »Der tut nichts, der ist noch jung.« Mein Streicheln nimmt das Tier dankbar an und es bestätigt sich: Er wollte tatsächlich nur spielen.

Kurz vor dem Aufgang auf den Schaumainkai stoppe ich an einer Parkbank und mache ein paar Liegestütze. Nachdem ich bis zwanzig gezählt habe, wende ich mich und stütze mich mit den Händen im Rücken von der Sitzfläche ab. Mein Körper ist gespannt wie ein Brett, die Fersen fest im Rasen verankert. Langsam beuge ich meine Arme und drücke mich anschließend wieder hoch. Der Schweiß tropft von meiner Stirn und trotzdem zähle ich weiter: dreizehn, vierzehn, fünfzehn. Meine Trizepsmuskeln schmerzen und ich fixiere ein paar vorüberziehende Vögel, um mich abzulenken.

Nach der anschließenden Dusche fische ich jetzt alle essbaren Utensilien aus dem Kühlschrank und angle jetzt eine saure Gurke aus dem Glas. Ausgepowert und zufrieden schnappe ich mir eine zweite und schiebe mir danach ein Stück Ziegenkäse in den Mund.

Den Entschluss zu meinem nächsten Schritt habe ich bereits gestern Abend gefasst, ihn mir in meiner Joggingrunde noch einmal durch den Kopf gehen lassen, und jetzt verifiziere ich die Notwendigkeit ein letztes Mal: *Haben Sie etwas von Sam gehört?*

Auf meine SMS reagiert der Kommissar kurz und bündig: *Nein.*

Damit steht meiner Entscheidung nichts mehr entgegen. Ich streife meine Jacke über und schlüpfe in schwarze Lederstiefel. Ein kerniger Aufzug kann bei meinem Ziel nicht schaden.

Bevor ich in die Tram springe, meldet sich erneut Kellermann per SMS: *Haben Sie etwas von der Datenanalyse gehört?*

Ich antworte genauso knapp: *Nein.*

Am Hauptbahnhof verlasse ich die Tram, biege in die Kaiserstraße ein und dann in die Moselstraße. Der Abend bricht gerade erst an, das Rotlichtviertel muss sich noch sortieren. Nur wenige Gestalten tummeln sich auf den Bürgersteigen, nur wenige Reklameschilder sind beleuchtet. Die Energie wird für spätere Stunden aufgespart.

Über ein Jahr ist es her, dass ich das letzte Mal diese Straße betreten habe, das *Dark Magic* und dessen Besitzer Kreutzer kennenlernte. Der SM-Klub zählte zu Eriks Stammlokalen. Ich fühle mich unwohler mit jedem Schritt, den ich mich Hausnummer 33 nähere.

Vor der Stahltür stoppe ich und drehe mich zum Haus auf der anderen Straßenseite um. Doch es passiert nichts, hinter der gegenüberliegenden Fassade gibt es keine Regung und auch die Tür bleibt verschlossen.

Ich rätsele. Wurde der Eintrittsmechanismus geändert? Gibt es inzwischen doch irgendwo einen Klingelknopf? Ich suche den Türrahmen und den Hauseingang ab, doch finde nichts. Abermals drehe ich mich dem Haus auf der anderen Straßenseite zu, in der Hoffnung, dass mich jemand hinter den Vorhängen entdeckt und sich die Stahltür wie von Geisterhand öffnet.

Plötzlich rammt sich das Türblatt mit solcher Wucht in meinen Rücken, dass ich auf den Gehweg zurückstolpere. Als ich gerade wieder Fuß gefasst habe, rauscht ein Schwall Schmutzwasser an mir vorbei. Einige Spritzer landen auf meiner Jeans. Ich drehe mich um und entdecke eine Putzfrau im Eingang, die mich mürrisch unter ihrem Kopftuch hervor anschaut.

»Was stehst du auch da rum?«, verteidigt sie sich, ohne dass ich ihr einen Vorwurf gemacht hätte. Das unterlasse ich auch tunlichst, sie ist schließlich meine Eintrittskarte in den Klub.

»Ich suche Herr Kreutzer«, bringe ich hervor.

»Der Laden ist noch zu«, stellt die Putzfrau reserviert fest.

»Ich möchte auch nicht in die Bar, sondern mit dem Chef sprechen. Ist er da?« Die Reinigungskraft sieht mich kritisch an und ich ergänze: »Es ist wichtig.«

»Meinetwegen.«

Sie tritt ein Stück zur Seite, sodass ich an ihr vorbei durch die Tür schlüpfen kann.

»Wenn du vor der Theke stehst, geh nach links«, höre ich in meinem Rücken.

»Danke, ich kenne mich aus«, rufe ich zurück und habe schon fast die Garderobe erreicht. Ich folge dem Flur zur Bar, die sich hinter einem schweren Ledervorhang auftut. Die Musik wird lauter, doch auch hier herrscht noch Aufbruchsstimmung. Eine Bardame in Silikonkorsage sortiert ihr Equipment. Es riecht nach kaltem Rauch. Ich lasse den Tresen links liegen und steuere direkt eine lederbespannte Tür mit der leuchtenden Überschrift *Privat* an. Als sie hinter mir in die Angeln fällt, verstummt die Musik augenblicklich. Auch der Geruch verändert sich, ein aggressives Putzmittel steigt mir in die Nase. Ich schreite zum Ende des Flures, bis ich zu einer Tür mit der Aufschrift *Klubleitung* gelange. Ich drücke die Klinke und stehe inmitten eines Klischees.

Kreutzer hat mich erwartet. Das sagen mir nicht nur sein auffordernder Gesichtsausdruck, seine breit auseinandergestellten Beine und die Lässigkeit, mit der er in seinem abgewetzten Ledersessel thront. Das erschließt sich mir vor allem durch eine meterhohe Monitorwand, die auf seinem Schreibtisch aufragt. In diesem Klub passiert nichts, was ihm verborgen bleibt.

»Hast du Sehnsucht nach mir? Ich dachte, du hättest nach unserem letzten Treffen genug. Aber anscheinend stehst du drauf«, begrüßt er mich anzüglich und presst die Daumen hinter seine Lederweste, als wollte er sie wie Hosenträger spannen.

Obwohl es bereits über zwölf Monate her ist, reicht die Erinnerung an unsere letzte Zusammenkunft, um Übelkeit aufsteigen zu lassen. Möglichst gelassen antworte ich: »Danke, heute kein Bedarf.«

»Was willst du? Der Kommissar war doch schon da. Hat er dich als Laufbursche geschickt?« Der Klubbesitzer grinst, doch es wirkt eher, als würde er seine Zähne fletschen.

Auch wenn Kreutzer mich duzt, bewahre ich mir das distanziertere Sie. Ich nutze jeden Abstand, der sich mir bietet. »Ich weiß, dass Kommissar Kellermann Sie zu dem toten Manager aus Hamburg befragt hat. Herr Grüter ist hier gewesen und wurde zusammen mit meinem Bruder und Karl Peter Weck gesehen.«

»Dann habt ihr doch, was ihr wissen wollt.« Noch mehr Zähne kommen zum Vorschein.

Ich stelle mich aufrecht, so als würde ich in meinen Boots noch einen Zentimeter wachsen. Dann sage ich ernst: »Eine junge Frau ist verschwunden.«

»Eine junge Frau ist verschwunden.« Kreutzer wiederholt meinen letzten Satz, doch seine Tonlage bleibt monoton.

»Ja, wir wissen nicht, wo sie ist. Es könnte sein, dass sie etwas mit meiner Familie zu tun hat.«

»Deine Familie.« Kreutzer betont jede Silbe. Lang gezogen und mit verstellter Stimme. »Gibt's die noch? Deine Familie?«

»Familie gibt es immer«, gebe ich barsch zurück.

Der Klubbesitzer lässt sich nicht im Mindesten davon beeindrucken. Trotzdem stellt er die erste Frage, die echtes

Interesse vermittelt: »Wie kommst du darauf, dass ihr Verschwinden etwas mit dir zu tun haben könnte?«

»Sie wusste, wer mein Bruder ist. Entweder kannte sie ihn oder hat sich über ihn informiert. Ihr Name ist Samantha Bilke.«

»Das ist ein sehr vager Verdacht.« Kreutzer reckt das Kinn vor.

»Es ist der einzige, den ich im Moment habe.«

Meine ehrliche Offenbarung lässt Kreutzer einen Moment nachdenken. Dabei zieht er die buschigen Augenbrauen zusammen.

Bevor er etwas erwidert, schiebe ich schnell hinterher: »War sie hier? Mit Erik? Jugendliche Ausreißer wechseln gerne mal die Stadt.« Dann beschreibe ich ihr Aussehen so detailliert wie möglich, insbesondere den markanten Schriftzug auf ihrem Handrücken lasse ich nicht unerwähnt.

Kreutzer blickt mich entgeistert an. »Nun mal langsam, mein Schätzchen. Warum sollte ich dir das sagen?«

Ich atme einmal tief durch. Ich würde mich gerne setzen, meine Arme vor der Brust verschränken. Aber das wäre kontraproduktiv, ich will gelassen und selbstsicher wirken. Daher bleibe ich gerade aufgerichtet stehen und spreche laut und deutlich. »Weil mein Bruder seine Karriere hier begann. Weil er in Ihrem Klub seine Vorlieben für Sadismus entdeckte und auslebte, eine Neigung, die immer krankhafter wurde, bis er Menschen in den Tod führte. Das macht Sie nicht verantwortlich für seine Taten, das gibt Ihnen keine Schuld, aber vielleicht haben Sie dennoch ein Gewissen, das Sie dazu treibt, wenigsten Morde zu verhindern, die noch nicht geschehen sind.«

Meine Stimme ist ruhig. Ich verzichte bewusst auf Theatralik. Darauf würde Kreutzer nicht reagieren

Der Klubbesitzer taxiert mich noch einen Moment und fragt dann: »Wie alt ist die Frau?«

»Vielleicht zwanzig.«

»Pah.« Kreutzers Hände landen klatschend auf der Schreibtischplatte. »Dann war sie noch ein Teenager, als Erik hier ein und aus ging. Minderjährige haben keinen Zutritt.«

Kreutzers Antwort macht meine Hoffnung, mehr über Sams Verbleib zu erfahren, zunichte. Doch einen Versuch war es wert. Bevor ich ganz aufgebe, schneide ich noch ein weiteres Thema an. »Erik hat eine Zeitlang in Hamburg gelebt. Dort hat er Werner Grüter kennengelernt. Wissen Sie, welche Lokalitäten mein Bruder dort besuchte?«

Der Klubchef hat die Hände wieder in seine Lederweste geschoben und lehnt sich herablassend in seinem Sessel zurück. »Darüber weiß ich nicht viel. Was meine Klienten machen, geht mich nichts an. Grüter hat mal von einem Jugendzentrum erzählt, mitten im Kiez, nahe der Reeperbahn. Dort ist Erik damals wohl öfter untergekommen.«

Dieser Satz verrät mir, dass Kreutzers Kontakt zu Grüter intensiver war, als er Kellermann gegenüber zugegeben hat. Ich glaube nicht, dass er mir diese Information aus Versehen verraten hat. Sie stellt ein Entgegenkommen dar, das er auf andere Weise nicht äußern würde.

Ich wage sofort einen weiteren Vorstoß: »Mehr wissen Sie nicht? Wo hat Erik sich sonst herumgetrieben?«

Auch diesmal entsteht eine Pause. Doch ich glaube nicht, dass sie der Machtdemonstration dient. Die Atmosphäre im Raum hat sich verändert. Ich bin sicher, dass Kreutzer gerade wirklich in seinem Gedächtnis kramt.

Nach ein paar Sekunden eröffnet er mir: »Ich glaube, Erik war öfter in so einer Puff-Villa unterwegs, nahe dem Hafen, südlich der Elbe. Das lief wohl unter der Hand. Grüter hat mal erwähnt, dass er Erik dort völlig zugedröhnt fand und rausholte.«

Das klingt nach der Villa Brock. So viele inoffizielle Bordelle in einstigen herrschaftlichen Gebäuden wird es in

Hamburg nicht gegeben haben. Mein Bruder hat also früher die Räumlichkeiten frequentiert, die ich gestern mit Kellermann durchforstet habe.

In Gedanken stelle ich mir vor, wie Erik durch die Räume schritt, als sie noch nicht mit Graffiti und Spinnweben verschmutzt waren. Ob Grüter meinen Bruder im Billardzimmer fand oder an der Bar, vollgepumpt mit Drogen?

»Wie war Grüters Verhältnis zu meinem Bruder?«

Kreutzer schnauft auf. »Ich glaube, nicht besonders intensiv. Grüter hatte ein Helfersyndrom. Er wollte Erik retten, doch das Problem war, dass der gar nicht gerettet werden wollte. Grüter hing wie eine Fliege an deinem Bruder und der benutzte ihn, wenn er pleite war oder eine Bleibe suchte. Ansonsten machte Erik sich aus dem Staub.«

»Das klingt fast, als wäre Grüter ihm hörig gewesen. Glauben Sie, das er einer von Eriks Jüngern war?«

Ich brauche nicht zu erklären, von wem ich rede. Kreutzer weiß es. Plötzlich wird mir klar, warum sich die Atmosphäre im Raum verändert hat: Dieses gemeinsame Wissen verbindet uns. Und es tritt noch ein weiterer Effekt auf, mit dem ich nicht gerechnet habe. Kreutzer ist der Erste, bei dem es mir nicht unangenehm ist, von der Mordserie meines Bruders zu sprechen. Ich werde nicht nervös, meine Hände bekommen keinen kalten Schweißfilm. Ich will auch nicht sofort das Thema wechseln und schlagartig den Raum verlassen. Ganz im Gegenteil, es tut fast gut, mit ihm darüber zu sprechen. Als wäre es das Natürlichste der Welt. So wie man sich schämt, wenn andere Menschen einen nackt sehen, man sich jedoch vor einem Arzt wie selbstverständlich auszieht. Ein Arzt, der schon so viele nackte Körper gesehen hat, krumme und alte, hübsche und entstellte. Jede Runzel und jede Falte hat er schon einmal in Augenschein genommen, sodass man sich ganz selbstverständlich entblößt und seine eigenen Unzulänglichkeiten preisgibt.

Die gleiche Selbstverständlichkeit übermannt mich jetzt in der Schaltzentrale des *Dark Magics*. Kreutzer hat in seinem Leben schon so viel Gewalt erlebt, abstruse Neigungen und menschenverachtendes Verhalten, dass ich ihn mit einem psychopathischen Bruder nicht schocken kann. Dieses Umfeld, in dem zahlreiche Spielformen menschlicher Entgleisung ausgelebt werden, führt dazu, dass ich mich wohlfühle. In diesem Hort des Abseitigen ist meine Geschichte eine von vielen Eigenartigkeiten und wird gerade deshalb akzeptiert.

Kreutzer lässt sich Zeit für seine nächste Bemerkung, auch wenn sie kurz ausfällt: »Nein, ein Jünger war er wohl kaum.«

»Wieso sind Sie sich da so sicher?«

»Erfahrung. Ich habe hier schon viele Menschen gesehen, die von Praktiken fasziniert sind, die der Rest der Welt verurteilt. Einige hatten richtig Krankes im Kopf. Grüter gehörte nicht dazu.«

»Aber mein Bruder sehr wohl. Haben Sie denn um Eriks Geisteszustand gewusst?« Meine Stimme klingt hektisch, fast flehend.

»Marie«, spricht mich Kreutzer zum ersten Mal mit meinem Namen an, »dein Bruder ist nicht du und du bist nicht dein Bruder.« Sein Tonfall ist weich geworden. Auch ihm muss das aufgefallen sein, denn er brüllt sofort: »Und jetzt raus hier!«

Ich will intervenieren, aber Kreutzer dreht sich bereits seinen Monitoren zu. Es wäre zwecklos.

Draußen auf dem Bürgersteig zücke ich mein Handy und rufe noch einmal die Fotos der Villa auf. Langsam betrachte ich Aufnahme für Aufnahme, in der Hoffnung, doch noch eine Spur zu finden. Ich stoppe im Zimmer mit dem kaputten Billardtisch und ziehe mit zwei Fingern die Aufnahme größer. Mit einer Spraydose wurde der Begriff *deathless* an die Wand gesprüht und darunter die Andeutung zwei weiterer Buchstaben. Erik, frage ich mich, warst du das?

30

Am frühen Morgen zeigte Christian mir in unserem Büro im Westend die Ergebnisse seiner Datenanalyse und erklärte, welche Auffälligkeiten er bei *under water* feststellen konnte. Es gibt eine Handvoll Mietverträge, bei denen der Mietzins erstaunlich günstig ausfiel, und ein Dutzend Mieter, die auf eine besonders vorteilhafte Regelung bei der Umlegung der Nebenkosten setzen konnten. Zu wenig für eine systematische Preisreduktion, jedoch ausreichend, um ein paar Fragen zu stellen.

Daher rief ich Frau Schröder an und bat um ein Gespräch mit Prof. Stallenberg.

Doch das Treffen in seinem Büro verläuft bisher relativ enttäuschend. Stallenberg glaubt nicht, dass die guten Konditionen *under waters* durch gezieltes Falschspiel Alexander Kerbas' entstanden sind.

Ich starre auf die blank polierte Couchtischplatte. Ich will noch nicht wahrhaben, dass mein Besuch vergebens ist, und spreche einen weiteren Verdacht an. Ich bringe die Theorie besorgter Mitarbeiter vor, die eine Kündigung aufgrund von Technologiefortschritten befürchten.

»Nein, um Himmels willen. Das ist völlig abwegig«, fährt Stallenberg auf.

»Sie glauben also nicht, dass die beiden Opfer eines Anschlags wurden, um das Projekt zu stoppen?«, versichere ich mich dennoch ruhig und rutsche auf der hellen Ledercouch ein Stück vor.

»Ganz sicher nicht. Und außerdem sind wir hier im Immobilieninvestment. Technologien wie Blockchain werden sehr wohl die Arbeitswelt verändern, aber eher in der Buchhaltung oder im Vertragswesen. Bei uns geht es hingegen um

Investitionsentscheidungen. Da sind komplexe, kreative menschliche Fähigkeiten gefragt.«

Nach dem Gespräch mit Stallenberg schaue ich auf die Uhr. Es ist gleich Mittagszeit. Ich habe später noch ein Treffen mit Blasek und es lohnt sich nicht, zurück in unsere eigenen Büroräume im Westend zu gehen. Ich entschließe mich daher, die Zwischenzeit in meinem Arbeitszimmer bei der *Sega Invest* zu nutzen. Besonders produktiv bin ich jedoch nicht. Das gestrige Gespräch mit Kreutzer geht mir durch den Kopf und wird nur durch die Erinnerung an die Unterhaltung mit Stallenberg unterbrochen.

Frustriert über meine mangelnde Konzentrationsfähigkeit, stelle ich mich an die Fensterfront und blicke auf den Vorplatz der Alten Oper.

Eine Schulklasse überquert die Fläche mit einem Verkehrspolizisten. Die Knirpse sind in grellgelbe Warnwesten eingepackt. Ihr Gewusel vermittelt Lebensfreude und Tatendrang. Doch auch der Anblick dieses kindlichen Eifers kann mir meine Enttäuschung nicht nehmen. Was habe ich bisher erreicht? Nichts außer einer Vielzahl loser Anhaltspunkte. Und jetzt zerschlägt sich ein Verdacht nach dem anderen: keine Insidergeschäfte, kein zweiter Maschinensturm und Grüter angeblich auch keiner von Eriks Verbündeten. Bleiben Kellermanns Theorien, dass ein anderer Jünger am Werk ist oder ein Vertrauter der Opfer Rache nimmt. Aber nimmt man Rache an jemandem, der ein Helfersyndrom hat? An einem Altruisten, der sich neben seinem Managerposten ehrenamtlich für gestrandete Jugendliche engagiert? Höchstens, weil er Erik nicht frühzeitig stoppte. Dennoch schüttele ich mich. Mit Sicherheit kann man all meine eigenen Theorien und Verdachtsmomente als Hirngespinste abtun, doch nicht viel weniger absurd erscheint mir dieses Motiv.

Und dann ist da noch mein Wilhelm-Wagenfeld-Konstrukt. Grüter, der sich berufen sieht, jungen Menschen zu helfen, setzt auch in seiner letzten Stunde seinem ideologischen Vater ein Denkmal. Aber geht man deshalb wirklich so weit, sich unter Schmerzen einen Namen in die Haut zu ritzen, mit dem wahrscheinlich keiner der Leute, die später mit der Leiche zu tun haben werden, etwas anfangen kann?

Mein Smartphone erlöst mich aus meiner gedanklichen Sackgasse und ich gehe zurück zum Schreibtisch. Auf dem Display erkenne ich eine Nachricht von Kellermann: *Spinat-Gorgonzola-Pasta?*

Kein Einwand, keine Skepsis, kein Zweifel. Ich schreibe einfach nur: *Ja!*

Als ich die Schwelle des Restaurants überquere, entdecke ich Kellermann an dem vertrauten Tisch. Nicht nur der Italiener und die Speisenauswahl, sondern auch der Platz an der Wand hat sich etabliert. Auf der rot-weiß karierten Tischdecke steht schon eine Literflasche Mineralwasser. Wir verstehen uns ohne Worte.

Ich berichte dem Kommissar von meinem Gespräch mit Stallenberg, seinem Standpunkt zur Digitalisierung und zu den Auffälligkeiten in den Mietvertragsabschlüssen und lege dar, wie uns diese zwei Verdachtsmomente zwischen den Fingern zerrinnen.

»Ihre Verdachtsmomente«, erklärt der Kommissar großspurig. »Ich bin immer noch überzeugt, dass Grüters Tod mit den Taten Ihres Bruders zusammenhängt.«

»Zumindest die Vermutung, dass er zu den Jüngern gehörte, können Sie wahrscheinlich ebenfalls zu den Akten legen.«

»Warum?« Kellermann legt den Kopf schräg.

»Weil Kreutzer das sagt.«

Einen Moment funkeln seine Augen wütend. Dann nimmt er seine Gabel, stellt sie senkrecht auf und trommelt stumm mit dem Metall auf den Tisch. Schließlich stoppt er und sagt langsam und jedes Wort betonend: »Wann waren Sie bei Kreutzer?«

»Gestern Abend.« Ich schiebe das Kinn vor, um jeglichen Vorwürfen über eine mangelnde Teamfähigkeit zuvorzukommen.

»Und er hat Ihnen gesagt, dass Grüter und Erik keine Verbündeten waren?«

»Ja«, antworte ich entschieden, merke jedoch, wie meine Standhaftigkeit zu bröckeln beginnt.

»Und wieso glauben Sie plötzlich einem gewalttätigen, wegen Todschlags angeklagten SM-Klub-Betreiber?«

Jetzt fühle ich mich ertappt. Denn der Kommissar hat ins Schwarze getroffen. Wieso habe ich Kreutzer einfach vertraut? Weil ich mir angenommen vorkam in meinem Zweifel? Was, wenn das nur Taktik war, Verhandlungsgeschick, um sich aus der Schusslinie zu ziehen? Ich fühle mich töricht und naiv. Ein kleines Kind, das, ohne zu überlegen, nach der rosaroten Zuckerwatte greift.

»Okay, Sie haben gewonnen. Das ist noch kein Argument«, gebe ich kleinlaut zu.

»Na bitte«, seufzt Kellermann.

Mir kommt in den Sinn, dass ich immerhin erfahren habe, dass Erik vor Jahren die Villa Brock frequentierte. Ich überlege, ob ich Kellermann von diesem Fakt erzählen soll oder ob ich dafür bloß wieder neuen Spott ernten würde.

Der Kellner tritt mit zwei dampfenden Tellern an den Tisch und nimmt mir die Entscheidung ab. Mit einem gekonnten Griff zum Nachbartisch platziert er auch Salz- und Pfefferstreuer. Ich erkenne *Max und Moritz* sofort wieder.

»Buongiorno, bella signora, Ihre Pasta. Signore, buon appetito!«

Der italienische Sonnyboy gibt noch eine Tirade weiterer italienischer Grußformeln und Wünsche von sich und dem

Kommissar ist deutlich anzusehen, dass er dieser Italo-Schlager-Komödie schnell entfliehen möchte.

Ich hingegen bin ganz zufrieden mit der Unterbrechung und stoppe den Kellner, als er gerade wieder in Richtung Küche verschwinden will: »Potrei avere qualche parmigiano?«

Das Lachen wird noch breiter als zuvor. Es ist die Freude über meine sprachliche Komplizenschaft: »Si, si, signora.«

Kellermanns Gesichtsausdruck hingegen ist von einem Lachen weiter entfernt als je zuvor. Nach den ersten Bissen legt der Kommissar demonstrativ seine Gabel beiseite. Ich erwarte eine Fortsetzung seiner Belehrung, doch ich irre mich. Er greift nach seinem Mantel auf dem Nachbarstuhl und holt sein Handy hervor. Er berührt das Display und nach wenigen Sekunden streckt er mir das Gerät entgegen.

Auf dem Smartphone ist ein vollbärtiger Mann zu sehen. Vielleicht Ende vierzig, vielleicht jünger. Es fällt mir schwer, sein Alter einzuschätzen. Er hat einen dunklen Teint, die Augen sind fast schwarz, die Iris kaum von der Pupille zu unterscheiden.

»Wer ist das?«, frage ich, denn der Mann ist mir unbekannt, und reiche Kellermann das Smartphone zurück.

»Der Lebensgefährte von Frau Vernier.«

»Das ist doch die Tote aus Paris.« Ich erinnere mich an den Fall. »Haben die französischen Kollegen etwas herausgefunden?«

»Eben nicht. Sie haben ihn nicht mehr gefunden.«

»Wie?« Verdattert lehne ich mich im Stuhl zurück.

»Er ist verschwunden, untergetaucht, verschollen.«

»Und jetzt vermuten Sie einen Zusammenhang mit dem aktuellen Fall?«

Kellermann geht nicht auf meine Frage ein, sondern schiebt das Smartphone noch einmal in meine Richtung: »Könnte es sein, dass er der Fotograf auf der Beerdigung Ihres Bruders war?«

Ich nehme das Handy wieder entgegen, betrachte den Mann noch einmal im Detail. Sein Gesicht strahlt Freude aus, als wäre er in seiner Freizeit fotografiert worden, im Urlaub oder auf einem Wochenendausflug. Am Kragen erkennt man, dass er ein blau-weiß gestreiftes T-Shirt trägt. Sein Gesicht läuft spitz zu und das Kinn ist etwas vorgereckt. Es erinnert mich an einen Maulwurf. Zudem wirkt es etwas asymmetrisch und bei längerer Betrachtung entdecke ich den Grund: Die Geheimratsecken seiner leicht gewellten Haare sind auf einer Seite stärker ausgeprägt als auf der anderen. Dadurch wirken auch sein Mund und seine Nase schief.

Ich zucke die Schultern. »Vielleicht, vielleicht auch nicht. Es ist zwei Jahre her. Der Mann trug eine Baseballkappe. Ich kann mich vor allem an die Kamera und den Presseausweis erinnern, der um seinen Hals hing.«

»Denken Sie nach«, insistiert der Kommissar.

Ich strenge meine Gedanken an, doch das Bild wird nicht klarer.

»Und?«, fragt Kellermann voller Ungeduld.

»Beerdigen Sie mal Ihren eigenen Bruder! Da betrachten Sie auch keine Passanten im Detail«, entgegne ich impulsiv und füge leiser hinzu: »Nein, tut mir leid, ich bin mir nicht sicher.«

Kellermann nimmt sein Handy zurück und tippt auf dem Display herum. »Ich schicke Ihnen das Bild dennoch. Vielleicht erinnern Sie sich später.« Kurz darauf vibriert es in meiner Jackentasche.

»Aber ist es nicht seltsam, dass der Partner von Frau Vernier verschwindet und das Mädchen aus Hamburg auch? Das scheint mir schon etwas verdächtig.«

»Das sehe ich genauso und würde daher vorschlagen, dass Sie ihre Alleingänge zukünftig bleiben lassen.«

Ich versuche abzulenken. »Wie heißt denn der Mann überhaupt?«

Der Kommissar verdreht die Augen und wird dann noch einmal sachlich: »Der Mann heißt Patisse. Theodore Patisse.«

»Aha«, sage ich nur und schlucke. Sollte er wirklich der Fotograf an Eriks Grab gewesen sein, dann könnte er auch die Beileidskarte geschrieben haben. Theodore – der mysteriöse T.? Aber wieso sollte der Lebensgefährte eines der Opfer meines Bruders meiner Mutter eine Karte mit den Worten ›*Er war kein schlechter Mensch*‹ schreiben? Hat Theodore Patisse meinen Bruder etwa gekannt? War er vielleicht sogar Teil der Gruppe und hat seine eigene Partnerin geopfert? Mich schaudert es.

»Stand Theodore Patisse damals unter Verdacht? Wurde gegen ihn ermittelt?«

Kellermann muss sich die gleichen Fragen gestellt haben, denn seine Antwort kommt unmittelbar: »Ja, intensiv sogar. Aber er hatte ein wasserdichtes Alibi. Er war mit vier Freunden im Urlaub, als der Mord geschah. Jeder einzelne von ihnen hat sein Alibi bestätigt.«

Ich widme mich den Quadraten auf der rot-weiß karierten Tischdecke, während ich nachdenke. »Das scheint wirklich wasserfest. Aber nur weil er den Mord selbst nicht begangen hat, heißt das jedoch nicht, dass er keiner der Jünger war. Wobei es untypisch für ihr Vorgehen wäre, einen Menschen umzubringen, dem einer von ihnen so nahe stand. Die anderen Opfer waren willkürlich gewählte Fremde.«

»Ja, das sehe ich auch so. Aber wir haben noch einen Hinweis«, wirft Kellermann ein, macht jedoch keine Anstalten, das Geheimnis zu lüften.

»Welchen?«, frage ich, als er den Spannungsbogen zu weit ausreizt.

Der Kommissar beißt sich kurz auf die Lippen und eröffnet mir dann: »Theodore Patisses letzter bekannter Aufenthaltsort war Frankfurt. Vor zwei Wochen.«

Zurück bei der *Sega Invest* erwartet mich ein hektischer Blasek. Seine sonst so ruhige, nüchterne Art hat sich verabschiedet, er wirkt gestresst. Etwas muss ihm am Morgen über die Leber gelaufen sein. Die Gesprächsführung ist mehr als anstrengend. Seine Aussagen sind einsilbig, sein Tonfall ist fast schon giftig. Erst nach und nach kristallisiert sich der Grund dafür heraus. Blasek hat im Vorfeld das Feedback der Investoren eingesammelt. Die meiste Kritik kommt von dem *Berliner Pensionskassenverband.* Dessen Anpassungswünsche sind unrealistisch und werfen den von der Geschäftsführung geforderten Terminplan über Bord. Blasek fürchtet um seinen Projekterfolg.

Erst als ich ihm anbiete, kurzfristig selbst Herrn Kröger in Berlin aufzusuchen und ihn von einer Alternative zu überzeugen, löst sich Blaseks Anspannung etwas.

Also auf in die Hauptstadt, denke ich. Am heutigen Tag bleibt mir auch nichts erspart, und das obwohl die Woche gerade erst begonnen hat.

31

Das Gespräch mit Kröger findet um acht Uhr morgens statt. Ein anderer Slot war in seinem Terminkalender so kurzfristig nicht mehr zu finden. Deshalb bin ich bereits am Abend vorher angereist und nutze die Chance, bei meiner Freundin Anna zu übernachten.

Da ihre Wohnung in Mitte liegt, unweit des Naturkundemuseums, habe ich den Weg zu Fuß zurückgelegt. Leider setzte ein Regen ein, der mich ohne Schirm erwischte. Jetzt fläze ich mich in Annas Jogginghosen und mit trocken gerubbelten Haaren auf der Couch. Vor uns stehen zwei Bier und eine Tüte Chips. Anna ist nicht für ihre Kochkünste bekannt. Nachdem die ersten Alltagsgeschichten und der

Klatsch und Tratsch aus der Hochschule erzählt sind, will sie wissen, wie sich das Projekt bei der *Sega Invest* entwickelt und wie weit wir in unseren Nachforschungen zum Fall Grüter sind. Anna sitzt mir schräg gegenüber in einem Sessel, ihre Füße auf meinem Sofa abgestützt. Die Ärmel ihres überlangen Kapuzenpullis hat sie bis weit über ihre Hände gezogen, die langen blonden Haare einfachheitshalber mit einem Gummi zum Dutt gebunden.

Ich berichte in groben Zügen den aktuellen Ermittlungsstand, erzähle von der verschwundenen Samantha und dem Lebensgefährten eines früheren Opfers, der ebenfalls nicht auffindbar ist.

Anna lauscht meinem Bericht mit gerunzelter Stirn. Wie immer ist ihr Gesicht ein unmittelbarer Spiegel ihrer Gedanken. Der aktuellen Mimik nach zu urteilen, ist sie mit den neuen Entwicklungen ganz und gar nicht zufrieden.

Teils um das Thema zu wechseln, teils um der zugigen Kälte der Altbauwohnung entgegenzuwirken, frage ich nach einer Decke. Anna verschwindet rasch in ihr Schlafzimmer und überreicht mir eine moosgrüne Wolldecke. Um nicht zu unserem vorherigen Gespräch zurückzukehren, frage ich nach ihrem Referat auf der Innovationstagung.

Anna winkt lachend ab. »Das war eine Katastrophe. Anscheinend besitze ich zwei absolut identisch aussehende USB-Sticks. Als ich auf der Bühne stand, stellte sich leider heraus, dass ich den falschen im Gepäck hatte. Daraufhin habe ich das versammelte Publikum kurz warten lassen, bin in die Garderobe geeilt und habe meinen Laptop gestartet.«

»Ach du Schande«, rufe ich aus und stelle mir das Chaos und die Anspannung vor, die ein Saal voller ungeduldiger Zuhörer verursacht.

»Na ja, ich habe dann meinen Vortrag mit den Worten begonnen: ›Vielfach scheitert die Technik am Menschen. Was man gerade am lebenden Beispiel gesehen hat.‹«

Ich muss laut lachen. Annas Schlagfertigkeit ist einzigartig.

Dann klatscht Anna in die Hände, das Geräusch wird jedoch durch die Ärmel ihres Pullis abgefedert. Nichtsdestotrotz lösen sich durch die Dynamik ein paar blonde Haarsträhnen aus ihrem Dutt. Ebenso schwungvoll bringt sie hervor: »Genug der Digitalisierung, genug der Immobilienwirtschaft, was ist mit Karla?«

Es war klar, dass das Thema kommen musste, und trotzdem bin ich nicht vorbereitet. Auf dem Sofa liegend, zucke ich nur mit den Schultern.

»Jetzt komm schon. Irgendwas ist da doch im Busch.«

Zögerlich beginne ich, Anna von den länger werdenden Abständen zwischen den Telefonaten und Textnachrichten zu erzählen. Von den Verspätungen und Verschiebungen, die sich immer wieder eingeschlichen haben, bis zu dem Abend, als Karla mir freudestrahlend von ihrer neuen Bandkollegin am Bass erzählte.

»Der Mann ihrer Träume muss also doch kein Bassmann sein, sondern eine Bassfrau«, unterbricht mich Anna mitten in meiner emotionalen Offenbarung.

»Bitte was?«, frage ich perplex.

»Ah, sorry, war vielleicht nicht ganz passend. Mir kam nur das Lied von Herbert Grönemeyer in den Sinn.«

Ich verdrehe die Augen und muss trotzdem schmunzeln. Anna schafft es wieder einmal, durch ihre völlig deplatzierten Äußerungen einer Situation die Ernsthaftigkeit zu nehmen.

»Also gut«, gebe ich jetzt gelöster zu, »um es kurz zu machen: Ich glaube, Karla ist in die Bassfrau verschossen, Herbert müsste seinen Text entsprechend korrigieren.«

Anna seufzt und fragt dann: »Verletzt es nur deine Eitelkeit oder bricht es dir wirklich das Herz?«

Die Frage kommt wie ein Paukenschlag und mir wird klar, dass meine Freundin ins Schwarze getroffen hat. Ich bin gekränkt, fühle mich zurückgesetzt und meine emotionalen

Wunden schmerzen höllisch, aber bin ich nicht zu selbstgerecht?

Während ich meinen Gedanken nachgehe, regt sich in Anna das schlechte Gewissen und die Sorge, mir mit ihrem letzten Satz zu nahe getreten zu sein.

»Ich meine ja nur, ihr beiden wart immer Freunde und nebenbei gab es etwas mehr, aber ihr habt nie eine richtige Beziehung angefangen.«

»Ist schon gut«, beruhige ich sie. »Du liegst wahrscheinlich völlig richtig. In meinem Selbstmitleid musste mir das nur jemand von außen sagen. Es wäre unfair, Karla ihr Glück nicht zu gönnen.«

»Dein Heiligenschein muss ja nicht gleich in Glanz und Glorie erstrahlen. Die Bassfrau ist und bleibt natürlich ein ganz gemeines Miststück, da brauchen wir nicht drüber reden!« Annas Augen funkeln vor diebischem Vergnügen. »Also, hast du ein Foto von ihr? Ich wette, sie ist fett und hässlich.«

Ich schüttle den Kopf. »Leider nein.«

»Leider kein Foto oder leider nicht fett und hässlich?«

»Letzteres.«

»Die Welt ist ungerecht. Und jetzt zeig schon her«, ruft Anna und deutet auf mein Handy in der Mitte des Couchtisches.

Ich bewege mich nicht unter meiner Decke hervor und biete ihr nur unmotiviert an: »Schau ruhig nach, den Code kennst du ja. Es gibt einige Fotos aus dem Proberaum. Die mit dem blonden Pixie-Cut ist es.«

Anna schnappt sich mein Smartphone und flippt durch die Aufnahmen. Bei einem Bild bleibt sie hängen und betrachtet es eingängiger, zoomt heran und hält sich das Handy dicht vors Gesicht. Ich frage mich schon, ob sie mir in Ermangelung von Sebis Fettleibigkeit zumindest einen Pickel präsentieren will, doch als Anna das Display in meine Richtung dreht, handelt es sich bei der Aufnahme nicht um Karlas neue Flamme.

»Den kenne ich. Als wir letztens im *Vilio* waren, saß der auch da. Direkt am Nachbartisch.«

32

Für das Gespräch mit dem Vorstandsvorsitzenden des *Berliner Pensionskassenverbands* war es sicher vorteilhaft, dass ich mit meinen Gedanken ganz woanders war. Krögers Spitzen und politische Seitenhiebe sind an mir abgeperlt wie an Teflon. Um kurz nach neun haben wir einen Kompromiss gefunden, der Anpassungen von unserer und Zugeständnisse von seiner Seite erfordert. Blasek wird nicht begeistert sein, aber der Zeitplan ist zumindest gerettet.

Ich packe meine Sachen, verschwinde aus dem Bürogebäude und winke auf der Hardenbergstraße ein Taxi heran. Für die öffentlichen Verkehrsmittel fehlen mir die Nerven. Nach Annas Entdeckung habe ich gestern direkt Kellermann kontaktiert, der versprach, den ersten Flieger nach Berlin zu nehmen.

Danach habe ich mich noch lange mit Anna unterhalten, immer wieder ließen wir den Besuch im Café Revue passieren. Leider fehlt mir jede Erinnerung an den Typen, ich habe ihn nicht bemerkt. Zwar saß er in meinem Rücken, aber er hätte mir beim Hereinkommen auffallen können oder als ich zum Bestellen an die Theke ging. Aber ich war unaufmerksam, übermüdet nach einer katastrophalen Nacht. Ich habe mir das Hirn zermartert, zusammen mit Anna auf der Couch und später allein bis tief in die Nacht auf der Gästematratze, doch ich kann mich nicht erinnern.

Als ich mit Annas Zweitschlüssel die Wohnung aufschließe, erwartet mich Kellermann im Flur. Er kann nicht allzu lang vor mir eingetroffen sein, denn er steckt noch in seinem Mantel. Ich glaube nicht, dass die Kleidung der zugigen Altbauwohnung geschuldet ist, denn es ist über Nacht erstaunlich mild geworden.

Anna kommt aus der Küchenzeile hervor, in den Händen ein Tablett mit Teekanne und drei Tassen. Für den fremden Besucher hat sie sogar die Milch in ein Kännchen gefüllt. Kellermann und ich entledigen uns sämtlicher Taschen und Jacken und dann nehmen wir zu dritt um den Wohnzimmertisch herum Platz. Diesmal sitzen Anna und ich nebeneinander auf der Couch, Kellermann gehört der Sessel.

Der Kommissar bittet Anna, Theodore Patisse genau zu beschreiben. Sein Äußeres, seine Kleidung und ob es Differenzen zum Foto gab.

Doch meine Freundin besteht darauf, dass die Aufnahme sehr akkurat sei. »Seine Kleidung war eher unauffällig, daher kann ich dazu nicht wirklich viel sagen, vielleicht trug er einen grauen oder blauen Pulli. So einen wie Sie.« Anna reckt ihr Kinn zum Kommissar und bestätigt dann mit etwas festerer Stimme: »Es waren definitiv eher dunkle und gedeckte Farben.«

Nach der Personenbeschreibung fordert Kellermann Anna auf, die Situation im Café genau zu beschreiben. Er will wissen, wo Theodore Patisse saß und was er während unseres Aufenthalts tat.

Anna nimmt ein Blatt Papier und einen Filzstift und zeichnet die Szene auf. Das fällt ihr als Architektin nicht schwer.

Der Kommissar prüft die Skizze eingehend und fragt dann, ob sich Frau Verniers Lebensgefährte mit anderen Gästen unterhielt, telefonierte oder zwischendurch den Raum verließ.

»Er saß nur da und hat gelesen. Ich glaube, es war eine Tageszeitung. Ich kann mich entsinnen, dass er die Seiten etwas umständlich umblätterte. Es muss sich also um ein großes Format gehandelt haben.«

»Aber er hat mit niemandem gesprochen?«, hakt Kellermann nach.

»Nein, nicht dass ich mich erinnern könnte. Aber meine Aufmerksamkeit war auch nicht auf ihn gerichtet. Erst habe ich eine Zeitschrift durchgeblättert und dann kam Marie.« Ihr Blick wandert kurz zu mir herüber.

»Er war schon vor Frau Wagenfeld im Café?«, fragt der Kommissar, hellhörig geworden.

»Ja, da bin ich mir ziemlich sicher. Als Marie vor mir stand, habe ich ihn hinter ihr sitzen sehen.«

Der Kommissar grübelt kurz und fragt dann, an uns beide gewandt: »Wie haben Sie das Treffen vereinbart?«

Anna schaut wieder zu mir herüber. »Weißt du das noch?«

»Ich meine, wir haben telefoniert. Aber ich gehe rasch meine Mails und SMS durch, dann sind wir sicher.«

»Prüf du deine Mails, ich durchforste die Textnachrichten«, schlägt Anna vor

Wir durchstöbern im Akkord unsere Smartphones. Durch die Teamarbeit sind wir nach wenigen Minuten sicher, dass es eine telefonische Vereinbarung war. Erwartungsvoll schauen wir den Kommissar an.

Der entzieht sich jedoch vorerst einer Antwort. Stattdessen kneift er die Augen zusammen und faltet die Hände über dem Nasenrücken. Ich kenne dieses Zurücksinken in seine eigene, stille Gedankenwelt, doch Anna verunsichert es. Hektisch schaut sie zu mir herüber, dann wieder zu Kellermann.

Nach einem weiteren Blickwechsel ohne neue Erkenntnis platzt es aus ihr heraus: »Und was bedeutet das jetzt?«

Kellermann verändert seine Position kaum, nur starrt er nicht länger ins Unbestimmte, sondern fokussiert Anna. Er atmet tief ein und richtet sich auf. »Es gibt verschiedene Möglichkeiten. Entweder kannte Patisse den Treffpunkt, weil er Ihr Gespräch in irgendeiner Weise mitverfolgt hat. Oder er hat Sie beschattet und ist Ihnen gefolgt. Da er bereits im Café saß, als Frau Wagenfeld eintraf, kann er nicht Ihrer Freundin aufgelauert haben. Die dritte und leider unwahrscheinlichste Lösung ist, dass Patisse an diesem Morgen zufällig im selben Café saß wie Sie und einfach nur einen Kaffee oder Tee trinken wollte.«

Annas Hand greift nach meinem Knie, ihre Fingernägel graben sich in meine Haut. Die Nervosität ist ihr deutlich anzuhören, als sie fragt: »Und was machen wir jetzt?«

Kellermann zögert einen Moment, massiert sich kurz die Stirn und antwortet dann: »Sie packen am besten eine Tasche. Es wäre ganz gut, wenn Sie irgendwo anders übernachten. Haben Sie jemanden, bei dem Sie unterkommen können?«

Anna lauscht Kellermanns Worten gebannt, doch in ihrer Anspannung registriert sie nicht, dass die Frage ihr galt.

Der Kommissar stört sich nicht daran und fährt nach einer kurzen Pause fort: »Frau Wagenfeld sagte mir, dass Sie an der Hochschule arbeiten. Im Moment müssten doch Semesterferien sein. Bleiben Sie dem Hochschulbetrieb, wenn möglich, ein paar Tage fern und ändern Ihre Gewohnheiten: nicht das übliche Café, nicht den üblichen Lebensmittelladen, nicht die normale Joggingrunde.«

Annas Anspannung nimmt zu, ihre Finger krallen sich noch fester um mein Knie. Auch der Kommissar scheint das zu bemerken, denn er fährt mit deutlich sachterer Stimme fort: »Das ist eine Vorsichtsmaßnahme. Wir können nicht mit Gewissheit sagen, ob es sich bei dem Mann im Café tatsächlich um Theodore Patisse gehandelt hat. Und selbst wenn, ist immer noch völlig offen, ob er überhaupt irgendwelche gewalttätigen Absichten verfolgt.«

»Siehst du«, ich klopfe Anna leicht auf den Rücken, »du musst dir keine Sorgen machen. Das ist nur eine Vorsichtsmaßnahme.«

Kellermann passt mein Versuch, die Situation zu entschärfen, überhaupt nicht. Das sehe ich an seinem strafenden Blick, der jetzt allein mir gilt.

Er wendet sich erneut an meine Freundin: »Nehmen Sie diese Vorsichtsmaßnahme bitte ernst. Und melden Sie sich bitte umgehend bei mir, wenn Sie das Gefühl haben sollten, verfolgt zu werden.« Dann schaut er mich an. »Und Sie, Frau Wagenfeld, Sie sollten diese Situation erst recht ernst nehmen. Wenn Patisse tatsächlich kriminelle Absichten verfolgt, befinden Sie sich im Zentrum der Zielscheibe.«

Kellermanns Worte sind eindringlich. So eindringlich, dass Anna sich zu mir dreht, um selbst zu prüfen, wie ich darauf reagiere.

Von beiden beobachtet, nicke ich und als sie ihre Aufmerksamkeit dennoch nicht von mir abwenden, ergänze ich: »Ja sicher, ich passe auf.«

»Gut, dann packen Sie jetzt bitte ein paar Sachen zusammen. Denken Sie insbesondere an Dinge, die Sie dringend brauchen: Medikamente, Kontaktlinsen, den Laptop. Sie sollten nicht direkt zurückkehren müssen, nur weil Sie etwas vergessen haben.«

Anna steht auf, um ihre Sachen zusammenzusuchen.

Doch bevor sie in ihr Schlafzimmer verschwindet, ergänzt der Kommissar: »Wenn Sie fertig gepackt haben, werden wir zusammen in das Café fahren. Ich möchte, dass Sie die Situation noch einmal vor Ort nachstellen.«

Als Anna im Nachbarraum verschwunden ist, mustert mich Kellermann. »Und was machen wir mit Ihnen? Sie können momentan nicht nach Frankfurt in Ihre Wohnung zurückkehren.«

Daran habe ich noch gar nicht gedacht.

»Das ist kein Problem«, beteuere ich, obwohl mir selbst noch schleierhaft ist, wo ich die Nacht verbringen soll. Im Kopf gehe ich ein paar Bekanntschaften in Frankfurt durch, merke aber schnell, dass die für mich in der aktuellen Situation nicht infrage kommen.

Kellermann muss meine Gedanken erahnen, denn er lässt mich noch nicht vom Haken. »Wo kommen Sie denn unter?«, fragt er neugierig.

Still verteufle ich seine Hartnäckigkeit. Es bleibt mir nichts anderes übrig. »In einem Hotel«, sage ich zugeknöpft und ergänze dann bereitwilliger: »Ich gebe Ihnen die Adresse, sobald ich gebucht habe.«

Ich zücke mein Handy, um die Buchung vorzunehmen, doch dann kommt mir ein Gedanke. »Wenn Patisse im Café saß, weil er unser Telefongespräch belauscht hat, muss er irgendeine Abhörvorrichtung eingerichtet haben. Weder in meine noch Annas Wohnung wurde eingebrochen. Vielleicht ist es ihm gelungen, eine Spionage-App auf einem unserer Smartphones zu installieren. Sollte er eine solche Software nutzen, dann hört er jederzeit mit. Und wahrscheinlich kann er die Handys dann auch orten, weiß daher also, wo wir uns aufhalten. Egal, ob ich in Frankfurt, in Berlin oder sonst wo auf der Welt bin. Unser jetziges Gespräch könnte er ebenfalls belauschen.«

»Ja, ich weiß«, sagt Kellermann. »Daher werde ich Ihre Handys konfiszieren und gleich bei der Berliner Kriminalpolizei abgeben. Dort warten bereits zwei Ersatztelefone auf Sie.«

Die letzten Sätze muss Anna mitbekommen haben, denn sie steht im Türrahmen und fragt ungläubig: »Auf meinem Smartphone ist eine Spionage-App installiert?«

Kellermann hebt entwaffnend die Hände. »Das kann ich Ihnen erst sagen, wenn wir die Handys überprüft haben. Ich bitte Sie, die Nummer Ihrer Ersatztelefone bis dahin nur einem ausgewählten Personenkreis anzuvertrauen. Je weniger Kontakte Ihre neue Nummer kennen, desto besser.«

»Das kann nicht sein«, interveniert Anna. »Ich habe kaum Apps installiert. Die der Deutschen Bahn und die einer Tageszeitung, das war es auch schon.«

»Es kann sein, dass Sie gar nichts davon bemerken, dass eine weitere App auf ihrem Handy aktiv ist«, beruhigt Kellermann meine aufgebrachte Freundin. »Vielleicht haben Sie eine Mail bekommen oder mal auf ein aufpoppendes W-Lan-Netz geklickt. Die Apps sind manchmal dahinter versteckt und werden durch den Nutzer installiert, ohne dass man davon etwas ahnt.«

Anna ist entsetzt. »Dann hat jemand jedes Wort mitgehört, das ich am Handy gesprochen habe?«

»Das wissen wir noch nicht, deshalb möchte ich Ihre Telefone ja mitnehmen. Grundsätzlich«, erklärt der Kommissar fachmännisch, »gibt es zwei Varianten derartiger Abhörsoftware. Entweder hat tatsächlich jemand live Ihre Gespräche mitverfolgt oder sie wurden aufgezeichnet, sodass sie zu einem späteren Zeitpunkt abgespielt werden konnten.«

Anna zieht ihr Handy aus der Hosentasche und hält es Kellermann an zwei Fingern hin, als würde sich eine giftige Substanz auf der Oberfläche befinden. Ihr ist deutlich ins Gesicht geschrieben, wie sehr das Gerät sie anwidert.

Die Stunden auf dem Berliner Kriminalkommissariat, die offizielle Zeugenaufnahme und die Rekonstruktion im *Café Vilio* haben den ganzen Tag in Anspruch genommen. Die Wartezeit habe ich dazu genutzt, Blasek den letzten Stand des Reporting-Konzepts zuzusenden und die nicht wegzudiskutierenden Anforderungen Krögers zu erläutern. Der Leiter der IT-Abteilung ist so erleichtert über die Rettung seines Zeitplans, dass er anbietet, die anstehenden Abstimmungen mit den anderen Investoren zu übernehmen. Auch die Entwicklung des Prototyps will er zusammen mit Christian angehen. Dankbar akzeptiere ich seinen Vorschlag und bin froh, das Reporting-Konzept in seine Hände zu legen und ein paar Tage Abstand von dem Projekt nehmen zu können.

Am Ende des langen Tages setzen wir Anna bei einer Freundin aus der Hochschule ab. Ich umarme sie zum Abschied. Sie fasst nach meiner Hand und drückt sie so fest, dass mich ihr Ring schmerzt.

Danach brechen Kellermann und ich zum Hauptbahnhof auf. Das Taxi fährt am Potsdamer Platz vorbei und taucht in den Tiergartentunnel ein. Als wir wieder das Tageslicht erreichen, biegt es links in die Invalidenstraße und hält direkt vor dem Bahnhofsgebäude.

Bis zur Abfahrt sind es noch ein paar Minuten, die ich nutze, um Wasser, zwei Kaffees und zwei Schokocroissants zu kaufen. Nach diesem Tag brauche ich dringend Zucker. Der Kommissar scheint ihn noch nötiger zu haben, denn er hat sein Gebäckstück verschlungen, bevor der Zug einrollt.

Wir erwischen ein leeres Abteil und ich mache mich mit dem neuen Handy vertraut. Es befinden sich keine privaten Daten darauf, keiner meiner Kontakte ist gespeichert. Das einzige Foto, das ich übernommen habe, ist das Bild von Patisse. Als erste Aktion buche ich mein Zimmer. Ich entscheide mich für ein Hotel in der Nähe des Willy-Brandt-Platzes.

Danach schließe ich die Augen und widme mich einer Frage, die mich schon den ganzen Tag beschäftigt: Welche Gefahr droht Karla? Wenn Theodore Patisse Rache plant und es auf jemanden abgesehen hat, dann auf mich. Vielleicht will er aber auch Anna oder Karla angreifen, um mich indirekt zu treffen und mir den Schmerz zuzufügen, den er selbst durch meinen Bruder erlitten hat, den Verlust eines geliebten Menschen? In den letzten Wochen fanden zwischen Karla und mir kaum Gespräche statt. Wenn Patisse die Überwachung erst kürzlich begonnen hat, weiß er vielleicht gar nichts von meiner Beziehung zu ihr. Aber sicher kann ich mir nicht sein. Sollte ich den Kommissar informieren? Ihm erzählen, dass wir einst ein sehr inniges Verhältnis hatten, das sich in den letzten Wochen jedoch stark abgekühlt hat? Es widerstrebt mir wirklich zutiefst, mein Seelenleben vor Kellermann auszubreiten. Karla in Gefahr zu bringen, jedoch noch mehr.

Also gebe ich mir einen Ruck und richte mich an meinen Mitreisenden, der mir gegenübersitzt und selbst mit seinem Smartphone beschäftigt ist.

Bevor ich mein Anliegen vorbringen kann, blickt er jedoch zu mir auf und sagt: »Sie lagen übrigens richtig.«

»Womit?«, frage ich verdutzt.

»Die mysteriöse Teedose Ihres Bruders stammt anscheinend wirklich von Grüter.«

»Was?«, rufe ich aus und beuge mich über die Tischplatte.

Kellermann teilt meinen emotionalen Ausbruch nicht und bleibt völlig ungerührt in seinem Sessel sitzen.

»Seit wann wissen Sie das?«

»Gestern haben es mir meine Kollegen von der Kriminaltechnischen Untersuchung gemeldet.«

»Gestern?«, stoße ich hervor.

»Na ja, die KTU hat zuerst keine Fingerabdrücke sicherstellen können. Die Teedose lag ja schon einige Zeit im feuchten Keller. Die Techniker haben jetzt noch eine zweite Analyse durchgeführt und zumindest einen Teilabdruck Grüters sicherstellen können.«

Kellermanns Erklärung besänftigt mich nicht. Mein Vorstoß zielte nicht auf die Frage ab, warum die KTU erst jetzt den Fingerabdruck identifizieren konnte, sondern warum der Kommissar mir davon nicht umgehend berichtet hat. Daher füge ich an: »Warum haben Sie das nicht sofort erzählt?«

»Ich wollte Sie gestern nicht unnötig aufregen und gleichzeitig nicht riskieren, dass jemand unsere Ermittlungsergebnisse mithören kann.«

»Dieser Fund bekräftigt die Theorie, dass die Wagenfeld-Produkte eine besondere Rolle spielen müssen.«

»Grüter hat die Teedose Ihres Bruders irgendwann mal in seinen Händen gehalten. Das beweist es. Nicht mehr, nicht weniger.«

Kellermann schaut demonstrativ aus dem Fenster. Für ihn ist das Gespräch beendet.

Für mich jedoch noch nicht. Insbesondere da ich das Thema Karla noch gar nicht angesprochen habe. Nach der Aufdeckung seiner schleppenden Informationspolitik habe ich zwar erst recht keine Lust, mein Privatleben auszubreiten. Doch ich denke an Karla und gebe mir einen Ruck.

»Kellermann«, sage ich ernsthaft.

»Ja?« Der Kommissar richtet sich wieder auf und schaut mich verwundert an.

»Sie können sich doch bestimmt an meine Freundin aus der Medienagentur erinnern.«

»Nur zu gut«, bestätigt Kellermann. Sein Blick fordert mich auf fortzufahren.

»Meinen Sie, Karla ist in Gefahr? Sollte auch sie die Wohnung verlassen?«

Der Kommissar überlegt einen Moment und fragt dann: »In welchem Verhältnis stehen Sie zu ihr?«

Auch ich zögere einen Moment, um mir die passenden Worte zurechtzulegen, die einerseits eine tiefere persönliche Bindung zu Karla beschreiben und mir gleichzeitig so wenig Emotionalität wie möglich abverlangen.

Kellermann hört still zu, verzieht keine Miene, während ich umständlich Satz für Satz formuliere. Am Ende meines Vortrags ruht sein Blick auf mir, seine Miene ist stoisch. Das steigert mein Unbehagen nur noch. Zum einen, weil es die

Sorge um Karla schürt. Was geht in seinem Kopf vor? Schätzt er das Gefahrenpotenzial so hoch ein, dass er noch nicht weiß, wie er es mir beibringen soll? Zum anderen ist mir mulmig, weil er nun einen Vorsprung hat. Durch meine emotionale Offenbarung hat er einen Einblick in meine Seele erhalten, der mir umgekehrt bisher verwehrt blieb. In der Mauer, die ich so sorgsam um mich herum aufgebaut habe, fehlen ein paar Steine. Durch diese Lücke kann der Kommissar nun zu mir hineinschauen.

Nach ein paar Sekunden erlöst Kellermann mich. Mit ernster Stimme sagt er: »Rufen Sie sie an. Sie soll vorsichtig sein und sich bei mir melden, falls sie etwas Verdächtiges bemerkt. Hat sie meine Nummer?«

Ich nicke stumm, bewege mich jedoch nicht. Kellermanns Ton hat mich in Schockstarre versetzt, er nimmt die Situation ernster, als mir lieb ist.

»Also los«, fordert der Kommissar mich auf. »Worauf warten Sie? Rufen Sie sie an.«

33

In der Nacht habe ich kaum ein Auge zugemacht und mich Stunde um Stunde im Hotelbett gewälzt. Jetzt sitze ich erschlagen und fest in meine Daunenjacke eingemummelt am Mainufer und schaue den Wellen der Frachtschiffe hinterher. Sogar das eine oder andere Segelboot zieht heute Morgen über das Wasser. Im Schutz des Vorsprungs der Kaimauer macht mir die leichte Brise nichts aus.

Kellermann hat bereits gestern Nacht sein Vormittagsprogramm angekündigt. Er stimmt sich im Kommissariat mit seinen Kollegen ab. Es war deutlich herauszuhören, dass eine Ermittlung unter Einbezug der Ämter in Frankfurt, Berlin und Hamburg einige bürokratische Hürden mit sich bringt.

Tief in meine Jacke gekuschelt, rekapituliere ich den gestrigen Tag. Ich wälze die Gedanken hin und her, versuche zu entschlüsseln, was Theodore Patisse in Berlin will, ob er tatsächlich einen Rachefeldzug plant. Oder ist er der mysteriöse T. und will Eriks Höllentor vollenden? Bin ich sein Zielobjekt? Wird Patisse nach Frankfurt zurückkehren, weil er bereits weiß, wo ich wohne? Nicht unwahrscheinlich, wenn er tatsächlich mein Handy angezapft haben sollte.

Nur mit Mühe kann ich die Angst unterdrücken, die langsam, aber stetig meinen Nacken emporkriecht. Insbesondere die Vorstellung, dass Patisse meinen Wohnort kennt und mich bis in meine Privaträume verfolgen könnte, lässt mich schaudern.

Nach einer Weile beginne ich, trotz Daunenjacke zu frieren, und beschließe, zurück ins Hotel zu gehen. Als ich den Untermainkai in Richtung Schauspielhaus überquere, meldet sich Kellermann auf meinem neuen Handy.

»Wo sind Sie? Können wir uns treffen?«

Da ich ohnehin auf halbem Weg bin, schlage ich die Lobby des Hotels vor. Er verspricht, in wenigen Minuten dort zu sein.

Der Abreise- und Frühstücksrummel hat sich gelegt. Das Personal ist dabei, sich für die nächste Besuchercharge zu rüsten. Das kommt mir sehr entgegen. Außer einem beflissenen Putzmann, der den Staubsauger gekonnt zwischen den verschiedenen Sitzgelegenheiten hindurchmanövriert, stört uns hier niemand. Daher entdeckt mich Kellermann auch gleich, als er durch die gläserne Schiebetür tritt. Nach einem kurzen Handzeichen eilt er mit großen Schritten in meine Richtung und lässt sich mit einem lauten Seufzen in einen senfgelben Sessel mir gegenüber fallen. Man schätzt hier im Haus das moderne Interieur.

»Haben Sie schon etwas herausgefunden?«, frage ich ihn und drehe mich in seine Richtung.

Kellermann verkündet: »Patisse war in Hamburg.«

»In Hamburg? Hat er uns dort etwa verfolgt?«, frage ich schockiert.

Der Kommissar schüttelt den Kopf. »Nein, zumindest ist das nicht bestätigt. Sein Aufenthalt liegt schon eine Weile zurück. Er war im Jugendzentrum.«

»Im Jugendzentrum? Haben das Ihre Kollegen gesagt?« Meine Stimme überschlägt sich vor Aufregung.

»Nein, Henschel hat ihn gesehen.«

»Der Jugendklubleiter?«, frage ich ungläubig.

»Genau. Henschel konnte sich nicht an das genaue Datum erinnern, meinte aber, Patisses Besuch müsse etwa ein bis zwei Monate zurückliegen.«

»Was hat Patisse denn im Jugendzentrum gewollt?«, frage ich verwundert.

Die Reinigungskraft mit dem Staubsauger nähert sich und Kellermann wartet mit seiner Antwort, bis die Geräuschkulisse wieder verebbt.

»Er hat eine elektronische Leitung verlegt.«

»Eine Leitung?«, frage ich verdutzt. Die Ellenbogen auf die Knie gestützt, lausche ich gespannt den nächsten Worten des Kommissars.

»Ja. Im Theatersaal wurde ein neuer Trapezträger eingezogen, an dem ein Bühnenlicht angebracht werden sollte. Dazu fehlte ein Starkstromanschluss. Der musste erst gelegt werden und daher suchte man nach einem Elektriker. Dieser Elektriker war Patisse.«

»Und welches Unternehmen hat ihn geschickt?«

»Gar keins. Das Jugendzentrum hat wenig Geld und ist bei handwerklichen Leistungen auf Freunde und Wohltäter angewiesen.«

Ich runzle die Stirn. »Patisse ein Wohltäter des Jugendzentrums? Das kann ich nicht glauben. So viele Zufälle gibt es nicht.«

Kellermann wiegt den Kopf hin und her. »Wohl eher der Freund eines Freundes. Patisse wurde von jemandem vorgeschlagen.«

»Das ist nicht Ihr Ernst!« Ich überlege laut: »Sie wollen mir aber nicht sagen, dass es sich dabei um Samantha Bilke handelte?«

»Doch, ganz genau. Samantha Bilke hat Patisse vermittelt«, bestätigt der Kommissar.

Die Nachricht erschüttert mich. Was verbindet die beiden? Paris und Hamburg, da trifft man sich doch nicht zufällig auf der Straße. »Haben Sie Patisses Nummer in Ihren Telefonverbindungen gefunden?«

Kellermann schüttelt resigniert den Kopf. »Leider nicht. Weder eine französische Festnetz- noch eine Handynummer. Aber das ist nicht verwunderlich, wenn er sich aus seinem alten Leben verabschiedet hat. Unter den Verbindungsdaten sind allerdings ein paar nicht zuortbare Prepaidanschlüsse aufgetaucht. Jedoch heißt das nicht, dass am Ende einer dieser Leitungen Patisse den Hörer abnimmt.«

Verdammt, denke ich. Die Regelung, ein Prepaidhandy nur gegen Vorlage eines Ausweises aktivieren zu können, gilt erst seit wenigen Monaten. Eine Nacherfassung oder Prüfung der Daten von bereits registrierten Prepaidkarten ist durch die Gesetzesänderung leider nicht vorgesehen, die können ohne Einschränkung weitergenutzt werden. Allein in Deutschland gibt es aktuell knapp siebzig Millionen anonyme Nutzer. Da werden wir nicht weiterkommen. Daher frage ich mich, was Patisses ehrenamtlicher Einsatz bedeuten könnte. Die handwerklichen Leistungen hat er doch sicher nicht aus reinem Altruismus durchgeführt.

Ich beziehe Kellermann in meine Überlegungen mit ein: »Wenn Patisse eine Leitung verlegt hat, dann wäre es ein Leichtes für ihn gewesen, dabei unauffällig eine Abhöranlage zu installieren.«

»Den Gedanken hatte ich auch, daher habe ich die Kollegen in Hamburg gebeten, das Jugendzentrum unter die Lupe zu nehmen.«

»Aber«, wende ich ungeduldig ein, »was sollte Patisse im Jugendzentrum suchen? Oder diente die Überwachung Grüter? Bestand zwischen den beiden eine Verbindung?«

Der Kommissar kratzt sich am Hinterkopf und demonstriert so still seine Unwissenheit. Dann beugt auch er sich vor, sodass sein Gesicht über dem schmalen runden Couchtisch nur wenige Zentimeter von meinem entfernt ist und ich jedes Äderchen und jede Falte im Detail betrachten kann.

»Wissen Sie«, sagt er, »das sind alles Fragen, die ich mir heute Vormittag bereits gestellt habe. Ich bin immer noch fest davon überzeugt, dass es eine Verbindung zu Ihrem Bruder gibt, durch das Auftauchen Patisses noch mehr.«

Kellermann lässt mich nicht aus den Augen. Er wartet auf meine Reaktion. Auf einen vehementen Widerspruch oder vielleicht auch auf glasklare Zustimmung. Die Indizien verdichten sich, ich kann nicht länger leugnen, dass die Verbindung zu meinem Bruder auf der Hand liegt. Ich halte Kellermanns prüfendem Blick stand und nicke. »Ich denke, Sie haben recht.« Als ich mich in meinem Sessel zurücklehne, wird mir plötzlich bewusst, dass ich Kellermann zwischen all den über uns hereinbrechenden Verdachtsmomenten eine Information bisher vorenthalten habe. Einen Hinweis, der durch Patisses Auftauchen in Hamburg plötzlich an Relevanz gewinnt. Es wird Zeit zu beichten. Ich schaue dem Kommissar in die Augen. »Erik war in der Villa Brock.«

Kellermanns bisher entspanntes Gesicht wird starr. »Woher wissen Sie das?«

»Von Kreutzer«, gebe ich zerknirscht zu.

»Und wieso haben Sie das nicht gleich erzählt?«, braust der Kommissar auf.

Jetzt regen sich auch in mir die Emotionen. Ich drücke den Rücken durch und entgegne brüsk: »Weil Sie sich über den Kontakt zu Kreutzer so echauffiert haben und mich als naiv darstellten.«

Kellermann brummt und gibt damit zu, dass in meinem Vorwurf einen Funken Wahrheit liegt. Dennoch hakt er nach: »Wie kommt er darauf? War er dabei?«

»Nein, ich glaube nicht. Er sprach nur von einem inoffiziellen Puff im Hamburger Süden, der sich in einer verlassenen Villa einquartiert hatte. Erik scheint früher häufiger dort gewesen zu sein. Angeblich hat Grüter Kreutzer erzählt, dass er Erik einmal dort herausgezerrt hätte.«

»Das kann sonst wo gewesen sein«, stellt Kellermann grantig fest.

»Ja, sicher«, gebe ich zu. »Aber können Sie sich an die Graffitis im Obergeschoss der Villa erinnern? Dort wo der Billardtisch stand?«

Kellermanns ahnungsloser Gesichtsausdruck verrät, dass er nicht weiß, worauf ich hinauswill. Ich greife daher nach meinem Handy, um das Foto zu öffnen. Als ich die Tastensperre lösen will, fällt mir wieder ein, dass mein Smartphone in Polizeigewahrsam ist. Verflixt, denke ich und beschreibe Kellermann mündlich den Schriftzug *deathless* und die darunterstehenden Buchstaben *E* und *T*.

Kellermann hebt eine Augenbraue. »›Deathless‹? ›E‹ und ›T‹? Das ist alles? Else und Tom. Edgar und Tina. Erwin und Tilda. Unsterblich. Für immer vereint. Wie romantisch.«

Ich hole tief Luft. Ich wusste es. Das war so klar. Ich hätte es ihm nicht erzählen sollen. »Sie wollten es hören. Also behalten Sie Ihren Spott und Ihr Andenken an die *Bravo*-Lovestory für sich.«

Einen Moment herrscht Stille. Kühl taxieren wir einander.

Dann regt sich das schlechte Gewissen des Kommissars und er versucht, mir mit einem Angebot entgegenzukommen:

»Ich schaue mir das Foto auf Ihrem Handy an. Die Kollegen sollen es mir schicken.«

»Gut«, entgegne ich. Weniger, um sein Vorgehen abzusegnen, als um mein eigenes Friedensangebot zu signalisieren.

Dann beuge ich mich vor und schiebe das mir immer noch fremde Handy zurück in die Jackentasche. Dabei kommt mir wieder Patisse in den Sinn.

Wenn Grüter wirklich sein Zielobjekt war, dann wird der Franzose sich doch nicht damit zufriedengegeben haben, das Jugendzentrum zu überwachen. Vielleicht hat er sich auch einen Zugriff auf das Smartphone des Vorstandsvorsitzenden verschafft oder eine Abhöranlage in seinen Privaträumen installiert. »Was ist eigentlich mit Grüters Handy?«, frage ich daher nachdenklich.

»Die Hamburger Kollegen sind mit einem Foto von Patisse auf dem Weg zu Grüters Frau. Zudem werden sie sein Handy noch einmal untersuchen.«

Der Kommissar hat sich auch diese Frage offensichtlich bereits vor mir gestellt.

»Was macht Patisse eigentlich beruflich?«, frage ich.

»Er arbeitete als Teamleiter Netzwerktechnik und war verantwortlich für das IT-Netzwerk eines Pharmaunternehmens in einem Pariser Vorort.«

Das erklärt einiges. Mit der Verantwortung über ein gesamtes Netzwerk muss Patisse umfangreiche Kenntnisse über Software-Applikationen, IT-Schnittstellen und Themen rund um den Datenschutz und die Systemsicherheit haben. Die Installation einer Spionage-App auf einem Handy ist da sicher ein Kinderspiel.

Plötzlich kommt mir ein Gedanke. Wie dumm kann ich nur sein? Ich richte meinen Blick zur Decke, dorthin, wo drei Geschosse über uns mein Zimmer liegen müsste.

»Was ist denn los?«, will Kellermann wissen, der sich über meine akrobatischen Verrenkungen wundert.

»Ich muss etwas aus dem Zimmer holen. Warten Sie hier«, gebe ich im Kommandoton zurück.

Der Kommissar runzelt die Stirn, sagt jedoch nichts, als ich zu den Aufzügen stürme. Ich fahre in die dritte Etage und hole meine Laptoptasche aus dem Zimmer.

Als ich damit wieder in der gelb-orangen Sofalounge Platz nehme, fragt Kellermann mich gedehnt: »Und was wollen Sie jetzt damit?« Doch auch ihn muss in diesem Moment der Geistesblitz treffen. »Verdammt!«, ruft er aus.

Ich halte die Tasche mit dem gleichen Abscheu wie Anna gestern ihr Handy. Kellermann und ich können unsere entgeisterten Blicke nicht von ihr abwenden.

»Die müssen wir sofort aufs Kommissariat bringen.« Kellermann zeigt auf die Tasche, als ob es sich dabei um eine giftige Spinne handelt.

In mir vermischen sich Abscheu und Wut. Wenn sich jemand Zugang zu meinem Computer verschafft hat, dringt er damit noch tiefer in meine Privatsphäre ein, als wenn er mein Handy anzapfte. Mein Laptop ist nicht nur Arbeitsgerät, er ist Kommunikationsmittel all meiner Gedanken und Ideen, ein tagtäglicher Teil meines Lebens. Patisse hat eine weitere Grenze durchbrochen. Gegenwehr regt sich. Ich werde nicht zulassen, dass jemand mein Privatleben überwacht.

»Das kriegen wir einfacher heraus«, behaupte ich angriffslustig und ziehe den Laptop hervor. Ich fahre den Rechner hoch und logge mich in das offene Netz des Hotels ein. Dann ziehe ich das Smartphone aus der Tasche und rufe Christian an. Mein Mitarbeiter ist sofort am Apparat. Ich schildere kurz mein Anliegen und er greift über eine Fernwartungsapplikation auf meinen Laptop zu. Unbeteiligt beobachte ich, wie Christian ein Anti-Virus-Programm auf meinem Rechner startet.

»Das kann jetzt etwas dauern«, gibt er zu bedenken.

»Das macht gar nichts. Ich habe Zeit.«

»Alles klar, ich rufe dich wieder an, sobald mein Suchdurchlauf etwas findet.«

Kellermann hat uns derweil Wasser und Kaffee besorgt.

Christians Analysevorgang vollzieht sich schneller als gedacht. Noch bevor wir die Getränke geleert haben, ist der Scan abgeschlossen. Tatsächlich wurde ein Programm entdeckt, das externen Nutzern einen Zugriff auf die integrierte Kamera und das Mikrofon erlaubt. Mich gruselt es bei dem Gedanken, dass mich jemand über meinen eigenen Rechner ausspioniert, mich beobachtet und meinen Gesprächen gelauscht hat. Ich fahre den Computer herunter und stopfe ihn nachdrücklich in die Tasche, als ob er erst darin seine Gefahr verlieren würde.

»Ich nehme den dann wohl mal mit«, meint Kellermann.

Ich reiche ihm die Laptoptasche und fühle mich augenblicklich nackt. Man hat mich meiner Werkzeuge beraubt, beide sind jetzt in Polizeigewahrsam.

Der Kommissar schwingt sich den Riemen über die Schulter und macht Anstalten, sich zu verabschieden.

»Was machen Sie jetzt? Gehen Sie zur *Sega Invest?*«

Ich überlege kurz und antworte dann entschlossen: »Nein, nach Hause.«

»Nach Hause?«, ruft Kellermann aus. »Haben Sie mir in Berlin nicht zugehört?«

»Doch, doch«, entgegne ich selbstsicher. »Aber wenn Patisse in der Lage ist, auf meinen Rechner zuzugreifen, ist es für ihn auch nicht schwer, eine Hotelbuchung einzusehen. Jemandem, der sich mit diesen Fähigkeiten im Netz bewegt, kann ich nicht entkommen, indem ich mich in einem x-beliebigen Hotel einquartiere. Dieses Verhalten wäre idiotisch und würde dem eines Kleinkinds gleichen.« Ich halte mir die Hände vor die Augen. »Huch, jetzt sieht mich niemand mehr.« Dann nehme ich die Arme wieder herunter und füge resigniert hinzu: »Ich kann genauso gut nach Hause gehen.

Wenn Patisse mir etwas antun wollte, hätte er dazu bereits alle Möglichkeiten gehabt.«

Kellermann ist so wütend, dass er die Hände ringt. »Sie sind wahnsinnig. Vielleicht hat der Zeitpunkt einfach noch nicht gepasst. Patisse hat Sie definitiv im Visier, da müssen Sie es ihm nicht noch leichter machen.«

Die Stimme des Kommissars schallt so laut, dass sich ein vorbeieilender Gast zu uns umdreht. Er scheint jedoch zu beschäftigt, um stehenzubleiben oder nachzufragen.

»Ein Hotelzimmer wird mich nicht schützen. Weder die anderen Hotelgäste noch der Rezeptionist und auch nicht die Videokameras«, stelle ich trocken fest.

Der Kommissar macht eine wegwerfende Handbewegung. »Machen Sie, was Sie wollen. Das tun Sie ja ohnehin. Fragen Sie bloß niemanden um Rat, nehmen Sie auch keinen an. Immer schön der eigenen Nase nach.« Beim letzten Satz tippt Kellermann sich kurz an die eigene und streckt dann den Arm in die Richtung der Aufzüge. Dann dreht er sich um und verschwindet wutschnaubend auf die Straße. Auch wenn sein Wegweiser nur symbolisch gemeint war, wende ich mich tatsächlich in Richtung des Lifts.

In meiner Wohnung angekommen, drehe ich den Schlüssel zweimal und lasse ihn in der Tür stecken. Auch wenn jemand digitale Schranken durchdringt, ist eine Sicherung der realen Welt kein Fehler. Obwohl ich Kellermann gegenüber so uneinsichtig und mutig aufgetreten bin, schleichen sich jetzt Zweifel ein. Ich bekomme Angst vor meiner eigenen Courage. Nichts da, herrsche ich mich innerlich an. In einem Hotelzimmer wärest du nicht sicherer. Ablenkung hilft, daher fläze ich mich auf mein Bett und rufe Anna an.

Im Gespräch versuche ich, das Thema Patisse tunlichst zu vermeiden. Nur kurz erkundige ich mich nach ihrem Wohlergehen und berichte in knappen Worten von der Laptopanalyse. Meinen aktuellen Aufenthaltsort lasse ich unerwähnt und bin froh, dass Anna nicht danach fragt. Beide sind wir bemüht, andere Gesprächsinhalte in den Vordergrund zu schieben, und so unterhalten wir uns ausgiebig über das Rezept einer Quiche aus Rote Bete und Ziegenkäse, die ihre Freundin gezaubert hat und die im Ofen auf sie wartet. Ein Thema, dem wir uns zu anderen Zeiten nicht so lange widmen würden. Als Anna mir das gut bestückte Weinregal in ihrer Gastwohnung anpreist, aus dem für den heutigen Abend eine Flasche Cahors geöffnet wurde, klopft ein Anrufer an.

»Warte mal«, sage ich, »da ruft mich jemand an.«

»Wer denn? Es hat doch niemand deine Nummer.«

An den aufblinkenden Zahlen erkenne ich Kellermanns Anschluss.

»Hey Anna, das ist der Kommissar. Ist es okay, wenn ich dich später zurückrufe?«

»Klar. Es ging ja eh um keine weltbewegenden Themen.«

Ich wechsle den Anrufer und sagen nur kurz: »Hallo.«

»Bevor Ihnen jemand in Ihrer Wohnung die Rübe einschlägt, können Sie besser mitkommen. Ich bin in fünf Minuten bei Ihnen. Dann fahren wir zu Kreutzer.«

»Sie sind ja flott unterwegs«, rufe ich scherzend in den Hörer. Außer einem Tuten ist allerdings nichts mehr zu hören.

34

Kellermanns Kombi steht mit einem Rad auf dem Bürgersteig. Als ich mich dem Auto nähere, stößt der Kommissar die Beifahrertür auf. Ich klettere hinein und stelle fest, dass er nicht nur dasselbe Auto wie vor einem Jahr fährt, sondern auch den auf der Fußmatte verstreuten Ramsch beibehalten hat. Leere Becher und Papiertüten sammeln sich um meine Füße. Ich schiebe den Müll mit den Zehenspitzen zur Seite, um mir eine freie Schneise zu bilden. Kellermann lässt sich davon nicht stören und lenkt das Auto unbeirrt über die Friedensbrücke in Richtung Bahnhofsviertel.

»Haben Sie das Foto aus der Villa schon zugeschickt bekommen?«, erkundige ich mich in Small-Talk-Manier.

»Ja«, antwortet der Kommissar mürrisch. Auch wenn er mich abgeholt hat, ist das Streitgespräch aus der Hotellobby noch nicht verziehen.

Dennoch wage ich einen neuen Versuch: »Und mein Laptop? Haben Sie dazu schon Näheres aus der Kriminaltechnik erfahren?«

»Nein.«

»Und die Hamburger Kollegen, wissen die schon etwas über das Jugendzentrum oder Grüters Haus?«

»Nein und nein.«

Damit gebe ich auf und wir legen die kurze Strecke bis zur Moselstraße schweigend zurück. Das Bahnhofsviertel empfängt uns mit seinem bunten Treiben. Die Primetime des Rotlichtmilieus beginnt.

In der Niddastraße finden wir einen Parkplatz und legen die wenigen Meter bis zum *Dark Magic* zu Fuß zurück. Kellermann ist im Eiltempo unterwegs und ich habe Mühe, ihm zu folgen. Vor der Stahltür bleibt er abrupt stehen, greift in seine Gesäßtasche und streckt dem gegenüberliegenden Haus seinen Polizeiausweis hin. Darauf öffnet sich der Eingang und Kellermann hechtet hinein.

Ihm hier drin zu folgen, ist nicht schwer, sein Tempo wird von zwei spärlich bekleideten Gästen gedrosselt, die sich im schmalen Gang Richtung Bar miteinander vergnügen. Obwohl der Kommissar sich mit vollem Körpereinsatz an ihnen vorbeischiebt, stört sie das nicht in ihrem Abenteuer. Ich profitiere von der geschaffenen Lücke und schlüpfe hinterher.

In der verspiegelten Bar wummern Elektrobeats eines französischen DJs, der dieses Jahr gleich mit mehreren Songs die Charts gestürmt hat. Einige Gäste drehen sich verwundert zu uns um. Auch die Kellnerin, erneut in glänzender Korsage, beäugt uns missbilligend. Wir tragen nicht das standesgemäße Outfit. Hier gilt das Motto: Weniger ist mehr. Doch bevor sich jemand beschweren kann, verschwinden wir im nächsten Flur und treten nach wenigen Metern über die Schwelle des Klubleitungsbüros.

»Hoppla, soll ich gleich ein Zimmer buchen? Kostet aber extra.« Auf Kreutzers Gesicht zeichnet sich ein breites Grinsen ab. Die Pose in dem massiven Ledersessel ist dieselbe wie bei meinem letzten Besuch. Es sieht aus, als hätte er sich keinen Millimeter bewegt und selbst die schwarze Rockerkleidung seitdem nicht gewechselt.

»Heute kein Bedarf«, kontert Kellermann.

»Womit kann ich dann dienen? Glauben Sie mir«, verkündet der Klubbesitzer süffisant, »wir haben für jede Vorliebe das Passende im Repertoire.«

»Sie haben Frau Wagenfeld den Hinweis gegeben, dass Erik sich in Hamburg aufgehalten hat. Auch haben Sie Grüter nicht nur von Weitem gesehen, wie Sie mir gegenüber aussagten, sondern mit ihm gesprochen. Was wissen Sie noch? Was hat Erik in der Hamburger Villa getrieben?«

Kellermann stützt die Hände auf der Schreibtischplatte ab und beugt sich zu Kreutzer hinüber. Sein Tonfall ist so energiegeladen, dass einige Tropfen Spucke auf sein Gegenüber herabregnen.

Der Klubbesitzer weicht keinen Millimeter zurück. Selbst sein herablassendes Grinsen scheint eingemeißelt. »Was wird man wohl in so einer Puff-Villa machen? Möchten Sie Details hören?«

Der Kommissar schlägt mit der flachen Hand auf den Tisch, so laut, dass ich aufschrecke. Doch der Klubleiter lässt sich nicht aus der Fassung bringen. Sekundenlang verharren die beiden wie zwei Bullen, die sich für einen bevorstehenden Kampf in Stellung bringen, jederzeit bereit, den Angriff des anderen abzuwehren.

»Kreutzer«, erhebe ich meine Stimme, ohne meine Position zu verändern. Würde ich einen Schritt auf sie zu treten, ihren Freiraum zusätzlich einschränken, würde die Stimmung wahrscheinlich bersten. So äußere ich meine Bitte aus der Distanz, ohne weiteres Konfliktpotenzial zu generieren: »Tun Sie uns den Gefallen und sagen uns, was Sie über die Villa wissen. Wir glauben, die Räumlichkeiten gefunden zu haben, und sind auf ein Graffiti gestoßen, unterzeichnet mit den Buchstaben E und T. Kennen Sie jemanden, der in enger Verbindung zu meinem Bruder stand, dessen Name mit T begann? Könnte Erik der Unterzeichner gewesen sein?«

Kreutzer schaut zu mir herüber. Erst herablassend, sein Blick strotzt vor Arroganz und ich erwarte eine abschätzige Bemerkung, die mit der Anrede ›Schätzchen‹ oder ›Puppe‹ beginnt. Dann wird sein Ausdruck jedoch etwas milder und mir dämmert, dass ich mich bei unserer letzten Begegnung vielleicht doch nicht getäuscht habe. Ich fühle mich in seiner Umgebung nicht nur wohl, da ich mich als durchschnittliches Element dieser grotesken Vielfalt fühlen kann. Es ist auch so, dass Kreutzer mich als Teil dieser Welt akzeptiert, dass meine Geschichte auf kuriose Weise als ein Ritterschlag fungiert.

Der vollbärtige Klubbesitzer zuckt mit den Achseln. »Ich habe keine Ahnung, was Erik dort getrieben hat. Auch kenne ich keinen T.«

Kellermann richtet sich wieder auf, tritt einen halben Schritt zurück. Die Anspannung fällt sichtbar von ihm ab und er scheint selbst zu merken, dass seine Angriffslust nur hinderlich ist. Auch als ich meine nächste Frage vorbringe, die eigentlich in das Terrain des Kommissars fällt, lässt er mich gewähren.

»Der Lebensgefährte eines ehemaligen Opfers von Eriks Jüngern ist in Frankfurt, Berlin und Hamburg aufgetaucht. Können Sie sich ein Foto anschauen und uns sagen, ob Sie den Mann schon einmal gesehen haben?«

Während meiner Worte fasse ich langsam in meine Jackentasche und ziehe sacht das Smartphone heraus. Es geschieht wie in Zeitlupe, wie in einem Film, in dem jemand eine Pistole behutsam hervorholt und beiseitelegt, um sein Gegenüber nicht zu erschrecken. Mit der gleichen Vorsicht trete ich näher und schiebe Kreutzer das Handy über den Tisch. Auf dem Display ist Theodore Patisse zu erkennen.

Der Klubbesitzer betrachtet die Aufnahme eingehend, hält das Smartphone mal weiter entfernt und mal dichter vor sein Gesicht, prüft das Bild erneut mit zusammengekniffenen Augen.

Kellermann schaut mich an, zeigt seine Verblüffung über die Prozedur.

Nach einem kurzen Kopfschütteln schiebt der Klubbetreiber das Handy zurück über den Tisch. »Nein, nie gesehen.«

»Auch nicht in Ihrem privaten Umfeld? Er hat sich auch schon mal als Servicetechniker getarnt.«

Kreutzer wiederholt sein Kopfschütteln. »Ganz sicher nicht.«

Kellermann mischt sich von der Seite ein: »Geben Sie uns Bescheid, sollte er irgendwo auftauchen.«

Seine Intervention führt zu keinem positiven Ergebnis. Augenblicklich verfällt Kreutzer wieder in seine kalte Reserviertheit.

Ich will vermitteln und füge an: »Das würde uns sehr weiterhelfen.« Doch der Moment des Plauderns ist vorbei, eine frostige Stille ist zurückgekehrt. »Kommen Sie«, sage ich daher zum Kommissar und ziehe ihn leicht am Ärmel. Seine Augen flackern widerspenstig auf, doch er folgt mir. Als wir bereits den Türrahmen erreicht haben, höre ich noch einmal Kreutzers Stimme.

»Haben Sie noch nie darüber nachgedacht, wer Erik zu dem gemacht hat, was er wurde?«

Wir drehen uns schlagartig um. Kellermann reagiert als Erster: »Was wissen Sie?«

Kreutzer hebt beschwichtigend die Hände und macht ein so unschuldiges Gesicht wie ein Abwehrspieler nach einer Blutgrätsche. »Nichts, aber einen Gedanken ist das schon wert.« Und nach kurzer Pause ergänzt er: »Oder?«

Unsere Blicke treffen sich. Seine Worte hallen in meinem Kopf nach: ›Oder?‹ Das Fragezeichen fächert sich still zu einem Echo auf.

Kreutzer prüft mich durchdringend, wartet auf meine Reaktion, zwingt mich, diesen Gedankengang zu Ende zu führen, eine Frage, die ich mir bisher nie gestellt habe, weil ich stets meinen Bruder für die Quelle des Übels hielt. Kreutzer eröffnet mir eine andere Perspektive. Vielleicht war gar nicht Erik der Ursprung, vielleicht gab es einen anderen Strippenzieher, der meinen Bruder und seine Jünger lenkte. Was, wenn dieser Meister noch unter uns lebt und seine grausame Vision weiter vorantreibt?

Meine Gedanken rasen, doch ich sage nichts. Auch Kellermann hat den Kopf zu mir gedreht und wartet gespannt auf eine Regung. Doch es kommt keine. Was sollte ich auch sagen?

Schließlich erlöst Kreutzer mich. »Dein Bruder war jung, vielleicht siebzehn, achtzehn, als der erste Mord passierte. Hast du dich nie gefragt, ob jemand hinter ihm stand? Jemand, der ihn führte und zu dem machte, was er war?«

Ich erlebe ein Wechselbad der Gefühle. Einerseits spüre ich einen Widerwillen, mich mit der gewalttätigen Historie meines Bruders auseinanderzusetzen, die mich immer weiter in einen depressiven Strudel hinabzieht. Zum anderen reicht

Kreutzer mir gerade einen Strohhalm, eine Rechtfertigung, warum mein Bruder nicht das Monster war, für das ihn alle hielten: dass auch Erik, zumindest zu einem kleinen Teil, Opfer eines noch größeren Ungeheuers wurde, das ihn erst zu diesem gnadenlosen Mörder formte. Diese Theorie mindert die Schuld meines Bruders und auch die Last auf meinen Schultern würde leichter. Die quälende Frage, welchen Anteil ich an Eriks Entwicklung trage, ob ich meinen Bruder hätte retten können, seine Taten verhindern, diese Fragen würden verblassen, mich nicht mehr tagtäglich zermatern, wenn ich wüsste, dass es diesen ominösen Hintermann gäbe, dem ich die Schuld zuschieben, ihn als Quell allen Übels lokalisieren könnte.

Dieser Gedanke fühlt sich verführerisch an, als könnte er mich in eine warme und wohlige Welt entführen, sobald ich nach ihm greife. Doch ich schrecke zurück. Nach dem letzten Gespräch mit Kreutzer kam ich mir wie ein naives Kind vor, das sich von Taschenspielertricks hat irreführen lassen. Mach den Fehler nicht erneut, sage ich mir still. Nimm dir Zeit, betrachte diese Idee rational und sieh zu, dass du schleunigst hier rauskommst.

»Danke für den Hinweis«, gebe ich nüchtern zurück, drehe mich um die eigene Achse und schlage den Rückweg ein, durch den Flur und dann quer über die Tanzfläche. Ich hechte so schnell durch die Räumlichkeiten, als würde sich darin keine Luft mehr befinden. Erst draußen vor der Stahltür wartet der rettende Sauerstoff auf mich.

Kellermann ist mir dicht auf den Fersen. Draußen auf dem Bürgersteig fasst er mich an den Schultern und zieht mich leicht ruppig herum. In aggressivem Ton fährt er mich an: »Was soll das? Sind Sie und Kreutzer jetzt beste Kumpel?«

Ich schaue ihn fassungslos an. Was soll das? Bin ich nicht gerade vor Kreutzers Einfluss geflohen? Verärgert über diese Ungerechtigkeit, herrsche ich den Kommissar an:

»Nur weil Sie aus ihm nichts herausbekommen, müssen Sie Ihre Wut nicht an mir auslassen!«

Ich wende mich ab und stapfe die Moselstraße Richtung Main entlang.

Kellermann bleibt stehen, ruft mir aber hinterher: »Wo wollen Sie denn hin?«

Doch meine Wut ist so groß, dass ich keine Antwort gebe.

35

Die Nacht habe ich unruhig, aber wohlbehalten überstanden. Am Morgen bin ich früh erwacht und habe die Sorgen mit einer Joggingrunde vertrieben. Jetzt quetsche ich mich, frisch geduscht, durch den von Bankern dominierten *Starbucks* an der Junghofstraße und versuche, einen Platz am Fenster zu ergattern.

Nach erfolgreicher Suche blende ich die geschäftliche Hektik in meinem Rücken aus und schaue dem zäh fließenden Verkehr auf der Straße zu. Nach einem furiosen Überholmanöver eines Fahrradkuriers und einem anschließenden Hupkonzert entdecke ich Blasek auf der gegenüberliegenden Straßenseite, wie er Richtung *Sega Invest* eilt. Auch sein Ziel ist die anstehende Jour-fixe-Sitzung.

Damit ist mein Startschuss gefallen. Ich möchte den Leiter der IT-Abteilung vor der Sitzung bitten, mir einen Laptop der *Sega Invest* auszuleihen. Denn damit würde ich mir viel Aufwand und die Installation der bankeigenen Software ersparen.

Ich erwische Blasek im Aufzug und schildere ihm mein Hardwareproblem.

»Sie sind also ein Käfer, der auf dem Rücken liegt«, kommentiert der IT-Leiter meine aktuelle Handlungsunfähigkeit.

»So in etwa«, gebe ich schmunzelnd zu.

»Da können wir sicher etwas machen. In der IT-Abteilung ist bestimmt ein Rechner frei. Dann haben Sie auch alle erforderlichen Programme installiert.«

Zwei Dumme, ein Gedanke.

Die anschließende Besprechung zieht sich zäh dahin. Heute sind es nicht die kritischen Fragen Blaseks, sondern die des Leiters Asset-Management, die neue Probleme aufwerfen. Das Reporting-Tool wird nur dann funktionieren, wenn auch die Datenqualität stimmt. In vielen Datensätzen treten jedoch heute bereits Inkonsistenzen wie fehlende Mietvertragsenden oder lückenhafte Mietverlängerungsoptionen auf. Sobald das Reporting-Tool genutzt wird, ist es die Aufgabe der Führungskraft, ihr Team zur Korrektur der Basisinformationen zu bringen. Der Unmut über den bevorstehenden Arbeitsaufwand ist dem Leiter deutlich ins Gesicht geschrieben und so versucht er mit großem Engagement, unser Vorhaben zu torpedieren.

Als sich die Diskussionen bereits seit über zwei Stunden hinziehen, erreicht mich die Antwort auf eine am Morgen gestellte Frage. Auf dem Display des Smartphones lese ich: *Kommen Sie heute um 16:00 Uhr vorbei.*

Deutlich positiver gestimmt durch die Terminvereinbarung fällt mir auch die Verhandlung mit dem störrischen Manager leichter. Kurz vor der Mittagspause haben wir alle Themen besprochen und passende Lösungen gefunden.

Den frühen Nachmittag verbringe ich damit, die beschlossenen Änderungen in das Reporting-Konzept einzuarbeiten. Das fertige Ergebnis schicke ich neben Herrn Blasek auch Christian. Er wird die Ergänzungen bei der Programmierung des Prototyps berücksichtigen müssen.

Gegen halb vier verlasse ich die *Sega Invest* und spaziere die Junghofstraße Richtung Goetheplatz entlang. Um diese Zeit sind die Bürgersteige verlassen. Im Bankenviertel herrscht die Ruhe vor dem Sturm, beziehungsweise vor dem Feierabend. Wesentlich mehr Trubel herrscht hingegen auf der Zeil, der Konsum läuft auf Hochtouren.

Nachdem ich mich vorgestellt habe, bittet der Pförtner mich, einen kurzen Moment zu warten. Nach wenigen Minuten springt der Kommissar die Stufen der stattlichen Wendeltreppe hinab.

Im Vorbeigehen raunt er mir hektisch zu: »Kommen Sie, auf geht's.«

Mit solch einem Schwung habe ich nicht gerechnet und bin zu perplex, um etwas zu erwidern. Still nehme ich die Verfolgung auf. Nach wenigen Metern stehen wir vor seinem geparkten Kombi. Auf der Beifahrerseite muss ich mir wieder erst Platz im Fußraum schaffen.

»Und Sie sind sich sicher?«, fragt Kellermann, während er in den Verkehr hineingleitet.

Nach dem dynamischen Aufbruch wundert mich seine restriktive Frage. »Ja«, sage ich daher schlicht und kicke mit der Fußspitze demonstrativ eine leere Coladose beiseite.

Der Kommissar lenkt das Auto Richtung Ostend. Auf der Hanauer Landstraße biegt er ab und nimmt die A 661 Richtung Norden. Nach wenigen Minuten verlassen wir die Autobahn jedoch wieder und nehmen die Ausfahrt Friedberger Landstraße

»Und er war sofort bereit, mir mit zu reden?«, frage ich.

»Ja«, bestätigt der Kommissar knapp, schränkt allerdings umgehend ein: »Aber das heißt nicht, dass er Ihnen auch etwas sagen wird.«

Das werden wir ja sehen, denke ich.

»Wo wird das Treffen stattfinden?«

»Im Besucherraum.« Der Kommissar gibt sich mal wieder wortkarg.

»Im Besucherraum?«, frage ich kritisch.

»Keine Sorge, der ist für normale Besucher bereits geschlossen. Denn die müssen spätestens um 14:45 Uhr das

Haus verlassen. Und selbst die Sprechzeit für Rechtsanwälte endet um Punkt 16:00 Uhr.«

Als ich mich auf dem Parkplatz aus dem Sitz schäle, zeigt der Kommissar auf meine Tasche. »Die lassen Sie besser hier, mitnehmen dürfen Sie sowieso nichts. Stecken Sie Ihren Ausweis ein, das reicht.«

Ich zögere. Soll ich meinen gerade erhaltenen Laptop wirklich im Auto liegen lassen? Allerdings gibt es dafür kaum einen sichereren Ort als vor den Toren einer Justizvollzugsanstalt. Zögerlich stelle ich die Tasche zurück in den Wagen, lege sie jedoch auf die leere Sitzfläche statt in den überquellenden Fußraum.

Wir passieren einige Schranken, beginnend mit dem Eingangstor und weiter mit den Schleusen innerhalb des Gebäudes. Zum Glück ist Kellermann dabei, er übernimmt die Kommunikation und den Papierkram. Ich beschränke mich darauf, meinen Ausweis vorzulegen und die nötigen Dokumente zu unterzeichnen.

Ganz entgegen meiner Annahmen erwarten mich im Besucherraum weder Einzelgesprächszellen noch eine Plexiglaswand. Mein durch einschlägige Kriminalfilme geprägtes Bild muss ich revidieren. Denn der vor mir liegende Aufenthaltssaal erinnert mich an einen Klassenraum aus Grundschulzeiten. Die Sitzgelegenheiten sind zu Vierertischen gruppiert und lose im Raum verteilt. In der Schule hieß es, diese Art der Bestuhlung solle die Kommunikation und die Kreativität der Schüler fördern. Um nachzuhelfen, wurden in diesem fensterlosen Zimmer zudem bunte, idyllische Landschaftsbilder aufgehängt. An einer Wand steht ein Holzregal, auf dem eine Topfpflanze thront. In den darunterliegen Fächern entdecke ich Gesellschaftsspiele. Eins davon: *Mensch ärgere dich nicht.*

Noch ist der Raum leer und ich steuere einen Vierertisch in der Mitte an, mit möglichst viel Platz zu allen Seiten.

Bevor ich mich setze, will ich mich mit einem Seitenblick der Zustimmung Kellermanns versichern. Doch er gleitet ins Leere. Der Kommissar ist im Türrahmen stehen geblieben.

»Was ist? Kommen Sie nicht mit?«, frage ich verdutzt.

»Nein. Meier hat ausdrücklich darauf hingewiesen, dass er nur mit Ihnen sprechen wird.«

Augenblicklich fühle ich mich, als schnüre mir jemand die Luft ab. »Ich werde mit ihm allein sein?«

»Keine Sorge, der Raum ist videoüberwacht«, beruhigt mich Kellermann und zeigt mit dem Finger auf eine schwenkbare Kamera, die in einer von der Decke hängenden Halbschale angebracht ist. Obwohl mich das faustgroße Gerät nicht wirklich beruhigt, nehme ich Platz.

Der Kommissar nickt mir zum Abschied noch einmal zu und fast zeitgleich öffnet sich die zweite Zugangstür. Meier erscheint im Türrahmen. Vor Aufregung stockt mir der Atem. Der begleitende Polizeibeamte raunt ihm noch etwas zu, dann ist auch er verschwunden, die Tür schließt sich und wir sind allein.

Mark Meier verändert seine Position vorerst nicht. Still verharrt er auf der Stelle. Er lässt uns Zeit, uns gegenseitig zu taxieren.

Der einstige Abteilungsleiter ist alt geworden. Die Strahlkraft seiner blauen Augen ist verloren gegangen, auch das einst blonde Haar gleicht eher einem Straßenkötergrau. Und das, obwohl er Blau trägt, einen einfachen Strickpullover und eine grobe Arbeitshose – die Anstaltskleidung. Die Farbe hat ihm immer geschmeichelt, ein Großteil seines Schrankes bestand aus hellblauen Hemden. Die wird er hier drin nicht mehr benötigen.

Ich versuche, keine Emotionen zu zeigen. Ich möchte Meier gegenüber möglichst gleichgültig erscheinen. Auch wenn das ganz und gar nicht der Wahrheit entspricht. Hier steht der Mann, der sich durch jahrelange gemeinsame Projektarbeit erst zu einem guten Freund entwickelt hat und sich dann als brutaler Komplize meines Bruders entpuppte. Doch trotz des Wissens um seine Taten kann ich nicht verhindern, dass sich in mir auch positive Erinnerungen an einen Menschen regen, dem ich einmal sehr nahegestanden habe.

In Meiers Augen meine ich ebenfalls, eine gewisse Zerrissenheit zu erkennen. Kurz flackert ein selbstbewusster Trotz auf, doch dann ist da nur noch müde Resignation. Seine herabhängenden Schultern in dem übergroßen verwaschenen Pulli verstärken den Effekt nur.

»Setz dich doch«, durchbreche ich die Stille.

Meier tritt an den Tisch heran und stockt, als wüsste er nicht, für welchen Stuhl er sich entscheiden soll. Ratlos fährt er sich durch die struppigen Haare und wählt dann den Platz gegenüber von mir mit maximal möglichem Abstand.

»Und, wie geht es dir hier drin?« Aus mangelnder Erfahrung mit Gefängnisbesuchen greife ich auf den gängigen Small-Talk-Einstieg zurück.

Meier zuckt die Achseln, antwortet jedoch nicht.

Um ein Gespräch in Gang zu setzen, schließe ich eine weitere Frage an: »Hast du eine Zelle für dich allein?«

Er schüttelt den Kopf. »Nein, wir sind zu zweit. Zuerst saß ich in Einzelhaft. Aber eine Absonderung Gefangener von mehr als drei Monaten bedarf einer besonderen Zustimmung. Die wurde zum Glück nicht erteilt. Man hat wohl auch die Kosten gescheut. Insassen in Einzelhaft benötigen eine besondere Betreuung.«

Meier taut langsam auf. Ich möchte den Gesprächsfluss am Laufen halten, also frage ich direkt weiter: »Und was machst du den ganzen Tag? Sport?«

»Ja, Sport auf jeden Fall. Basketball und so. Ich habe auch eine Bildungsmaßnahme beantragt, aber das Gesuch wurde abgelehnt. Mein Anwalt geht jetzt in Berufung.«

»Ich dachte, Weiterbildungsprogramme werden im Gefängnis explizit gefördert. Wieso haben sie dir deine verwehrt?«

»Mein Antrag wurde aus Gründen der Sicherheit abgelehnt.«

»Welche Weiterbildung hast du gewählt?«

»Kunstgeschichte«, ertönt es kurz und bündig.

Mir stockt der Atem. Was bist du nur für eine naive Idiotin, herrsche ich mich innerlich an. In unserer Plauderei war ich geneigt, Meier als einen normalen Menschen wahrzunehmen, als den ursprünglich netten Kollegen aus dem Nachbarbüro, der leider auf die schiefe Bahn geraten ist. So sehr nagt diese Hoffnung noch immer an mir. Der Wunsch, dass weder Meier noch mein Bruder die psychopathischen Serientäter sind, die ein halbes Duzend Menschen brutal zugerichtet, deformiert und getötet haben. Der Wunsch ist so unbändig und stetig, dass er meine Wahrnehmung verschleiert und mein Urteilsvermögen trübt. Meier ist kein normaler Mensch. Er ist ein kaltblütiger Psychopath.

»Existiert noch einer eurer Jünger? Hatte Erik einen Meister? Hat jemand hinter ihm gestanden, der ihn lenkte?« Die Fragen schießen nur so aus mir heraus. Sie sind der Kern meines Besuchs. Alle weiteren Themen sind nur Zeitverschwendung.

Auch in Meier ist eine Veränderung vorgegangen. Die müde Resignation ist gewichen und der Trotz ist in seine Augen zurückgekehrt.

»Warum willst du das wissen?«, fragt er höhnisch.

Ich überlege kurz und entscheide mich dann für die Offensive: »Ein Mann wurde ermordet. Hinweise deuten auf eine Verbindung zu Erik oder jemandem, der meinem Bruder nahestand, hin. Der Täter könnte ein verbliebener Jünger sein oder jemand, der hinter euch stand, euch dirigierte.«

»Wie kommst du darauf, dass es eine Verbindung geben könnte?« Meiers Gesicht spiegelt übertriebene Verblüffung wieder.

Erneut überlege ich, wie viele Informationen ich ihm geben soll, und entscheide mich für die Minimalvariante: »Unser Familienname ist am Tatort aufgetaucht.«

»Oha«, ruft Meier aus und wirft den Kopf zurück. »Das gibt es ja gar nicht, euer Familienname. Der ist natürlich so selten, dass es da keine Verwechselung geben kann.«

Seine Stimme trieft vor Ironie und allein deswegen spüre ich einen inneren Widerwillen, ihm mehr zu verraten. Doch so werde ich keine brauchbaren Hinweise erhalten, dann ist dieses Treffen umsonst gewesen.

Daher wage ich mich einen weiteren Schritt vor: »Es ist jemand aufgetaucht, der eventuell mit der alten Mordserie in Verbindung stand. Der Mann ist ein Hinterbliebener des Opfers aus Paris.«

Meier lacht auf und fällt dann schmunzelnd in sich zusammen, den Blick auf die gefalteten Hände in seinem Schoß gerichtet.

»Wieso lachst du?« Ich wollte die Frage möglichst neutral formulieren, doch aus meinem Ton ist deutliche Feindseligkeit herauszuhören.

Mein ehemaliger Kollege richtet sich wieder auf und blickt mir direkt in die Augen. Hämisch stößt er hervor: »Und jetzt kommst du angekrochen, weil du um dein Leben fürchtest, weil dich jemand umbringen will. Denn sterben tust du so oder so, egal ob es einer von uns ist oder ein Racheengel. Da sitzt du schön in der Zwickmühle.« Beim letzten Satz wiegt Meier den Kopf hin und her, sein Gesicht wird zu einer Fratze.

Ich lasse mich nicht provozieren. »Es geht nicht um mich. Eine junge Frau ist verschwunden.«

»So, so, eine Frau ist verschwunden. Und jetzt schwingst du dich als Retterin auf? Meinst du, das wird gut gehen? Unsere Opfer konntest du doch auch nicht vor ihrem Tod bewahren.«

Die nächste emotionale Attacke. Er weiß, wie er mich packen kann. Der Schlag trifft mich härter, als ich vermutet hätte. Meier weiß, dass mich meine Schuldgefühle verfolgen. Doch ich lasse mir nichts anmerken.

»Vielleicht gelingt es mir diesmal. Also?«

»Was ist dir die Antwort wert?«

Mein Gesichtsausdruck wird frostig. »Was willst du?«

Kühl und trocken fordert Meier: »Lass mich deine Hand küssen.«

Unmittelbar erfasst mich Ekel und ein kühler Film legt sich über meinen Nacken. Auf meinen Armen bildet sich Gänsehaut. Ich versuche, mich nicht meinen Emotionen hinzugeben, ruhig zu bleiben und die Entscheidung rational abzuwägen. Meier zu berühren, mich ihm in dieser Weise hinzugeben, käme einer unheilvollen Invasion, einer Verletzung meiner Persönlichkeit gleich. Ich will aufschreien, ihm entgegenschleudern, dass er ein psychopathisches Arschloch ist. Doch der rationale Teil in mir verhindert das. Meier kann mir nichts tun. Wir werden beobachtet. Danach kann ich mir die Hände waschen.

Der einstige Abteilungsleiter ist sich meines Zwiespalts bewusst. »Ich lege noch einen Bonus obendrauf.« Erneut wirft er den Kopf in den Nacken, seine Augen werden schmal. Ein Schachspieler, der mit seiner abwartenden Körperhaltung den Gegenspieler zum nächsten Zug auffordert.

Ohne weiter darüber nachzudenken, lege ich meine rechte Hand flach auf den Tisch. Die Finger sind gespreizt, blaue Äderchen treten hervor. Ich presse so fest auf die Tischplatte, dass mein Bizeps vibriert.

Meier grinst in freudiger Erwartung. Er rückt ein Stück vor und beugt sich langsam zur Tischmitte.

Ich drücke die Hand noch fester herunter, die Kraftanstrengung soll vor allem mein Gehirn lähmen. Meine Vernunft schreit, nicht zuzulassen, dass dieser Psychopath mich berührt, dass sein Speichel auf meine Haut trifft, dass ein noch so geringer Körperkontakt stattfindet.

Meiers Kopf schwebt wenige Zentimeter über meinem Handrücken, ich sehe seinen Haaransatz. Auf seiner Kopfhaut bilden sich Schuppen. Abermals überkommt mich Ekel. Tief unten aus der Magengrube schiebt er sich die Speiseröhre hoch.

Dann berühren Meiers Lippen meine Haut. Fleischig, feucht, zwei fette rote Wegschnecken, die sich auf meine Hand pressen.

Ich muss schlucken, um die Übelkeit in den Griff zu bekommen. Kalter Schweiß bildet sich auf meiner Stirn. Reiß dich zusammen, herrsche ich mich an. Zähle bis drei, dann ist es vorbei.

Bei zwei öffnet Meier seine Lippen und eine spitze Zunge schiebt sich zwischen meinen Mittel- und Zeigefinger. Die rauen Papillen reiben über die empfindsame Haut im Fingerzwischenraum.

Ich ertrage es nicht mehr. »Das reicht«, schreie ich und reiße meinen Arm zurück. Meiers Zunge rutscht dabei an meinem Zeigefinger entlang und hinterlässt eine feuchte Spur.

Als meine Hand in unerreichbarer Entfernung für ihn ist, richtet mein Gegenüber sich auf. Von seinem Mund seilt sich ein Speichelfaden ab.

Mein Arm hängt jetzt seitlich herab, die Hand ist abgespreizt. Meiers Spucke hat einen kühlen Film hinterlassen, der sich wie Säure in meine Haut frisst. Unter der Tischplatte strecke ich die Finger so weit wie möglich weg. Ich will nicht, dass sie mit irgendeinem Körperteil von mir in Berührung kommen.

»Also, was ist jetzt?«

Meier hebt abwartend die Hände. Er kostet den Moment aus. Lehnt sich zurück, blickt in die nicht vorhandene Ferne.

Dann eröffnet er lapidar: »Ja, ja, ich sage es schon noch, Maria.«

Er benutzt den Namen von Rodins Schwester. Den Namen, den auch Erik zuletzt für mich verwendet hat.

»Du musst Rodin verstehen, Maria. So richtig, weißt du?« Meiers Auftreten hat jetzt etwas Gönnerhaftes. Er pflegt das Image eines Lehrmeisters, reckt eine Hand in die Höhe und reibt Daumen und Mittelfinger aneinander, so als würde gleich Sand hervorrieseln. »Sein Innerstes. Du musst über seine Jugend Bescheid wissen, seine Erziehung, seine Ausbildung und die Lehre, die ihm an der École des Beaux-Arts in Paris widerfuhr. Du musst sein Schaffen begreifen und sein Lebenswerk. Wenn dir das gelingt, dann wirst du die ganze Welt begreifen und all deine Antworten finden. Dann wirst du das Rätsel der Jünger lösen.«

»Willst du mich verarschen?« Meine ganze Wut, mein geballter Zorn, den ich bis jetzt in Zaum halten konnte, bricht auf einmal hervor. Ich springe auf, schlage beide Handflächen auf den Tisch und beuge mich zu Meier vor.

Doch der lässt sich nicht beeindrucken, nimmt wieder die Rolle des irren Bösewichts ein und wackelt schelmisch auf dem Stuhl hin und her. »Sachte, sachte. Nicht so hastig, Mariechen.«

Allein für diese Anrede möchte ich ihm ins Gesicht schlagen. Doch meine Vernunft kehrt zurück und schafft es, meine Wut niederzuringen. »Du weißt gar nichts. Du bist nur ein erbärmlicher, kleiner Wicht.« Ich richte mich zu voller Größe auf und wende mich dem Ausgang zu.

Auf halbem Weg hält Meier mich zurück. »Mariechen, du vergisst das Bonusmaterial. Du willst doch nicht ohne meine Empfehlung gehen.«

Ich verlangsame meinen Schritt nicht. Ich will nichts mehr hören. Es wird der gleiche krankhafte, nichtssagende Kram sein wie zuvor.

Doch auch ohne meine Aufmerksamkeit zurückgewonnen zu haben, fährt Meier fort: »Wenn es diesen Racheengel wirklich geben sollte und er hinter dir her ist, wirst du ihn vorerst nicht fürchten müssen. Du wirst nicht sofort sterben, weißt du? Er wird dich brauchen. Du wirst ihm den Weg weisen, den er nicht sieht.«

Ich will mir die Ohren zuhalten, all den Irrsinn nicht an mich heranlassen. Daher beschleunige ich meinen Schritt, klopfe an die Tür, hämmere dann fester dagegen, bis sie aufschwingt und ich mich an dem Wachmann vorbeizwänge. Ich suche einen Hinweis auf eine Toilette, finde keinen und reagiere panisch. Ich blicke hilflos zu dem Beamten und kreische fast: »Toiletten?«

Der ist verdutzt über meine heftige Reaktion und weist nur stumm den Flur entlang. Hektisch laufe ich den Gang hinunter, den Arm weit abgespreizt. Wo steckt Kellermann? Er muss doch sehen, dass ich den Raum verlassen habe.

In dem Moment erscheint der Kommissar am Ende des Flures. Er tritt zwei Schritte vor und öffnet eine Seitentür. Dahinter erkenne ich einen Abstellraum mit Waschbecken und einer ganzen Regalwand voller Reinigungsmittel. Ich reiße den Wasserhahn auf und halte meine rechte Hand in den Strahl. Mit der linken packe ich eine Flasche *Sagrotan* und schraube den Deckel mit meinen Zähnen auf. Ich wage es nicht, meine Hand aus dem Wasser zu ziehen. Das flüssige Desinfektionsmittel kippe ich einfach darüber. Es vermischt sich mit dem Wasserstrahl und verschwindet im Ausguss.

Der Kommissar steht betroffen neben mir, beobachtet stillschweigend die Prozedur.

Als der gesamte Flascheninhalt verbraucht ist, nehme ich eine Scheuerbürste und schrubbe meine Hand, bis die Haut ganz rot ist.

Als sich erste wunde Stellen abzeichnen, gibt Kellermann seine Zurückhaltung auf, stellt sich neben mich und umfasst meine Schultern mit beiden Händen. »Kommen Sie, es ist vorbei. Sie haben alles abgewaschen.« Als ich mich immer noch nicht vom Becken lösen kann, wiederholt er: »Es ist vorbei.«

Ich lasse mich gegen seinen Oberkörper fallen. Meine Stirn prallt auf seinen Brustkorb und bleibt dort liegen. Ich zittere und beginne zu weinen. Mein heftiges Schluchzen wird nur durch den rauschenden Wasserstrahl übertönt, der immer noch den Ausguss hinabrinnt.

Der Kommissar zieht aus dem Automaten einen Becher mit einer dunklen Flüssigkeit, die entfernt nach Kaffee schmeckt. Ich nippe daran und lehne mich dann an die Raufasertapete des Flurs. Mein Kopf dröhnt. Die Anspannung und der nachfolgende Gefühlsausbruch haben ihre Spuren hinterlassen. Kellermann lässt sich neben mir auf einem roten Plastikstuhl nieder, ohne Becher. Die bessere Entscheidung.

»Geht es wieder?«

Ich neige meinen Kopf zur Seite, sodass ich den Kommissar im Blickfeld habe und dennoch den Kontakt zur Wand nicht verliere. »Mmh«, antworte ich. Selbst für mich klingt es wenig überzeugend.

»Was hat Meier denn gesagt?«

Jetzt richte ich mich doch auf und drehe mich Kellermann ganz zu. »Haben Sie das Gespräch nicht mitverfolgt?«

Der Kommissar schüttelt den Kopf. »Leider nein. Den Besuch darf man zwar offen überwachen, die Unterhaltungen jedoch nur abhören, soweit dies im Einzelfall aus Gründen der Sicherheit oder Ordnung der Anstalt erforderlich ist. Bis der Antrag genehmigt worden wäre, hätte es ewig gedauert.«

Vor meinem inneren Auge spielt sich die Szene mit Meier erneut ab, diesmal aus Kellermanns Perspektive. Als Stummfilm muss die Aktion umso skurriler gewirkt haben.

Ich berichte dem Kommissar in kurzen Sätzen von dem Gespräch – von Meiers wahnwitziger Idee, Kunstgeschichte zu studieren, nachdem er seine Opfer Kunstwerken nachempfand, und von seinen abstrusen Äußerungen zur Erforschung von Rodins Lebensweg als Lösung aller Rätsel um Eriks Jünger. Auch seine vagen Vermutungen zu einem potenziellen Racheengel lasse ich nicht unerwähnt.

»Das hat uns nicht wirklich weitergebracht«, kommentiert Kellermann.

Ich widme ihm einen strafenden Blick. »Jetzt sagen Sie nicht, dass Sie mir das auch gleich hätten sagen können.«

»Ich gebe zu, versucht war ich. Aber ich denke, Sie haben heute genug auf den Deckel bekommen.«

Wohl eher auf die Finger, denke ich. Dann kommt mir eine Idee. »Was ist, wenn Meier die Beileidskarte geschrieben hat? Er hätte sich einfach als T. ausgeben können.«

Der Kommissar überlegt kurz. Doch bevor er antwortet, werden wir von einem Vollzugsbeamten unterbrochen, der den Gang entlangeilt. Er tippt sich zum Gruß kurz an die Stirn und verschwindet dann durch die Pendeltür in Richtung Ausgang.

»Sehr unwahrscheinlich«, meint der Kommissar. »Der Schriftwechsel der Gefangenen wird überwacht.«

»Aber nur soweit dies aus Gründen der Sicherheit oder Ordnung der Anstalt erforderlich ist?«, frage ich.

Kellermann nickt.

»Damit ist diese Theorie nicht ausgeschlossen. Eine Beileidskarte stellt keine unmittelbare Gefahrenquelle dar.«

Jetzt ist es der Kommissar, der nachdenklich brummt.

»Der Poststempel auf dem Umschlag müsste doch ein Datum angeben. Vielleicht haben die Beamten der JVA Meiers Briefverkehr protokolliert. Die Liste könnten wir kontrollieren.«

Kellermann lässt sich von meinem Enthusiasmus nicht anstecken. »Wir können es probieren, unsere Erfolgsaussichten sind aber gering. Auch für Strafgefange gilt das Grundrecht auf das Postgeheimnis. Abweichungen sind nur bei Zuwiderhandlungen möglich, wenn der Postversand beispielsweise selbst einen Straftatbestand erfüllt oder der Brief in Geheimschrift verfasst ist.«

»Einen Versuch ist es wert.« So schnell lasse ich mir den Mut nicht nehmen.

Kellermann erhebt sich. Während er im Flur auf und ab geht, raunt er etwas in sein Handy. Nach wenigen Minuten kehrt er zu mir zurück, setzt sich jedoch nicht, sondern bleibt mit herabhängenden Armen vor mir stehen. »Fehlanzeige.«

»Nichts? Keine Post, keine Karte?«

»Meier hat rein gar nichts in dem fraglichen Zeitraum verschickt«, bestätigt Kellermann mutlos. Etwas schwungvoller fragt er dann: »Gehen wir?«

»Nichts lieber als das.«

Auf dem Weg zurück nimmt Kellermann die Ausfahrt Richtung Innenstadt, statt mich an meiner Wohnung in Sachsenhausen abzusetzen. »Ich habe vorhin erfahren, dass Ihr Telefon auf dem Präsidium bereitliegt. Ich dachte mir, dass Sie es sicher so schnell wie möglich wiederhaben wollen.«

Das erklärt die Route. »War es sauber?«

»Scheint so.«

Auch wenn man das von meinem Computer nicht behaupten kann, frage ich: »Und was ist mit dem Laptop? Bekomme ich den auch bald wieder?«

»Der ist noch bei der KTU. Bis jetzt haben wir nur das Programm entdeckt, das Ihr Mitarbeiter bereits entlarvt hat. Unsere Techniker untersuchen aktuell, wie es auf Ihren Rechner gelangt sein kann.«

Ich habe mir bereits den Kopf darüber zerbrochen, ob ich in den letzten Monaten eine verdächtige E-Mail geöffnet habe, doch mir ist keine in den Sinn gekommen. »Was, wenn mir gar nicht Patisse die Mail geschickt hat? Vielleicht war es Meier.«

Kellermann schaut mit hochgezogenen Augenbrauen zu mir herüber. Dass glauben Sie doch selbst nicht, vermittelt er mir ohne Worte. Trotzdem ergänzt er wenige Sekunden später: »Gefangenen ist der Besitz und Betrieb von Mobilfunkendgeräten und sonstigen Telekommunikationsanlagen auf dem Gelände der JVA untersagt, auch einen Internetzugriff gibt es nicht. Zudem haben die Einrichtungen oftmals technische Geräte zur Störung oder Unterdrückung von Frequenzen im Einsatz, die die Verwendung unerlaubter Telekommunikation auf dem Gelände unterbindet. Und überhaupt: Die Nutzung eines Mobiltelefons ist eine Sache, aber die Programmierung und der Versand eines Virus, das funktioniert ganz sicher nicht unter Haftbedingungen.«

Die Erläuterung des Kommissars klingt wie aus dem Lehrbuch. Ich gebe mich geschlagen.

36

In Kellermanns Arbeitszimmer angekommen, entdecke ich mein Smartphone bereits auf dem Tisch und darf es nach der Unterzeichnung eines Formulars auch wieder als mein Eigentum betrachten.

Obwohl ich mich freue, mein gewohntes Gerät wieder nutzen zu können, ist es mir auch ein bisschen suspekt. Ich weiß nicht, wer es in Händen hielt und was damit angestellt wurde. Auf gewisse Weise ist es auch ohne die installierte Spionage-App dauerhaft beschmutzt.

Kellermann hat mir den Rücken zugekehrt und kramt geschäftig in den Unterlagen auf seinem Schreibtisch.

Da die beabsichtigte Telefonübergabe stattgefunden hat, melde ich mich leise zu Wort: »Also, ich geh dann mal.«

»Einen Moment noch. Ich suche ein Dossier, das ich Ihnen zeigen will.«

Er wendet sich wieder ab und kramt weiter. Endlich ruft er laut »Tada!« und streckt eine grüne Aktenmappe triumphierend in die Höhe. Er lässt sich auf seinen Stuhl fallen und bittet mich mit einer Geste, es ihm gleichzutun. Die Aktenmappe landet auf dem letzten freien Platz auf seinem Schreibtisch zwischen uns.

»Und was ist da drin?«, frage ich Kellermann, der sich in seinem Drehstuhl zurückgelehnt hat und mich erwartungsvoll anschaut.

Daraufhin reckt er sich vor und schlägt den Pappdeckel auf. Eine Ansammlung von Fotos und engmaschig beschriebenen Formularen tut sich auf. »Es muss eine Verbindung geben«, beginnt der Kommissar. »Ich bin sicher, dass eine Verknüpfung zwischen Ihrem Bruder, Grüter, Patisse und der verschwundenen Samantha existiert. Das hier sind alle wesentlichen Informationen, die wir im Fall Grüter gesammelt haben.« Er trommelt mit den Fingerspitzen auf den Papierstapel.

Bevor wir in die Akten einsteigen, habe ich eine andere Frage: »Haben Ihre Hamburger Kollegen etwas im Jugendzentrum oder in Grüters Haus gefunden?«

»Das Jugendzentrum wurde abgehört, Grüters Haus anscheinend nicht«, berichtet Kellermann.

Ich ziehe die Stirn in Falten. »Macht das Sinn?«, frage ich mich laut. »Wenn Grüter das Ziel der Observation war, wieso hat man dann den Ort überwacht, an dem er nur einen Bruchteil seiner Zeit verbrachte? Er war pro Woche doch nur wenige Stunden im Jugendzentrum.«

Kellermann lehnt sich zurück. »Eine berechtigte Frage.«

»Wurden seine Computer und Telefone auch geprüft?«, frage ich.

»Ja, aber es wurde keine Schadsoftware gefunden.«

»Was ist mit den Geräten seiner Frau?«

Kellermann schüttelt den Kopf.

»Sie haben in Grüters Privatumfeld keinen Hinweis auf Überwachung gefunden?«

»Exakt«, bestätigt der Kommissar. »Und bevor Sie fragen: Frau Grüter hat weder Theodore Patisse noch Samantha Bilke jemals gesehen. Beide Fotos sagten ihr nichts. Auch die Namen hat sie angeblich noch nie gehört. Grüter hat wohl ab und an Geschichten über das Jugendzentrum erzählt, auch den ein oder anderen Teenager erwähnt, eine Samantha Bilke sei jedoch nie darunter gewesen.«

Ich überlege kurz und wage dann einen letzten Versuch: »Und was ist mit den Räumen und Rechnern der *Nord Assekuranz*?«

»Die KTU ist dran. Noch wissen wir es nicht.«

Ich greife nach einem Kugelschreiber und lasse die Mine rein- und rausspringen. Was mir beim Nachdenken hilft, Kellermann jedoch sichtlich nervt. Ich beende mein Spiel und stelle fest: »Wenn Sam in die Installation der Abhöranlage verwickelt war oder Patisse vielleicht sogar dazu angestiftet hat, macht ihr Verschwinden mehr Sinn. Immerhin hat sie sich damit strafbar gemacht.«

Kellermann brummt zustimmend. »Das wäre schon ein Grund. Und falls die beiden im Vorfeld gemeinsame Sache machten, wäre es auch plausibel, dass sie gemeinsam einen Unterschlupf suchten.«

»Aber können wir denn wirklich sicher sein, dass zwischen Patisse und Sam eine Verbindung besteht? Der Kontakt wurde nur durch Henschel bestätigt. Der Besuch des Handwerkers im Jugendzentrum liegt schon einige Zeit zurück. Sie wissen selbst, wie ungenau Zeugenaussagen sein können, sie sind die Hauptfehlerquelle bei falschen Verurteilungen. Ein Augenzeuge identifiziert eine Person als Täter, obwohl die das Verbrechen gar nicht begangen hat.«

»Sie kennen also die Studie aus den USA, die unkorrekte Zeugenaussagen als Ursache für drei Viertel aller falschen Verurteilungen nennt. Es ist kurios, aber unser Gedächtnis spielt uns Streiche. Erinnerungen können verschmutzt werden, beispielsweise durch Stresssituationen. Augenzeugen, die mit einer Waffe angegriffen wurden, entsinnen sich oft schlechter an das Gesicht des Täters, denn ihre Aufmerksamkeit konzentrierte sich auf den bedrohlichen Gegenstand.«

»Patisse kam allerdings maximal mit Kabel und Schraubenzieher vorbei.«

Kellermann verzieht das Gesicht. Meinen Einwand findet er demnach nicht besonders geistreich. Doch er fährt unbeirrt von meinem Zwischenruf fort. »Ein anderes Experiment zeigte ebenfalls Erstaunliches: Stellt man einer Testperson eine Auswahl von Menschen gegenüber und fordert sie auf, den Täter zu identifizieren, benennen siebzig Prozent eine Gestalt aus der Gruppe, obschon sich der gesuchte Verbrecher gar nicht in der Aufstellung befindet. Die Erinnerung wird positiv verstärkt, weil der Proband annimmt, dass sich der Täter unter den vorgeführten Personen befinden muss. Der Hinweis, dass sich die gesuchte Person nicht zwingend im Raum aufhält, könnte solche Fehlschlüsse verhindern.«

Ich lasse mir Kellermanns Worte kurz durch den Kopf gehen. »Und da Sie Henschel nur Patisses Foto gezeigt haben, ist von einer ganz konkreten Verstärkung der Erinnerung auszugehen. Also können wir auf seine Aussage nicht bauen. Wieso verfolgen Sie die Spur dann?«

»Weil es die einzige ist, die wir haben«, bestimmt Kellermann entschieden.

»Glauben Sie, dass auch Annas Erinnerung getrübt ist?«

»Wahrscheinlich können wir ihrer Aussage stärker vertrauen als Henschels. Ihre Freundin hat Patisse in völlig anderem Zusammenhang auf einem Foto erkannt, ihr Gedächtnis wurde in keiner Weise gelenkt. Apropos, wie geht es ihr?«

»Gut«, antworte ich knapp. Als ich merke, dass Kellermann sich mit dieser Angabe nicht zufriedengeben will, ergänze ich: »Anna ist zu Freunden nach München gefahren. Die wollte sie ohnehin mal wieder besuchen und in der aktuellen Situation ist es vermutlich genau das Richtige.« Ich muss an unser letztes Gespräch denken und die Quiche, die im Ofen auf sie wartete. »Es klang so, als würde sie hervorragend umsorgt.«

Kellermann nickt fast unmerklich und zeigt damit seine Zustimmung. Diese gilt wohl sowohl dem Umfang meiner Erklärung als auch Annas Entscheidung.

Es entsteht eine Stille, die nichts Unangenehmes hat. Jeder von uns hängt seinen Gedanken nach. Wir brauchen etwas Zeit, um die Informationen zu verarbeiten. Nach einer Weile frage ich: »Und weil Sie der Aussage von Henschel nicht vertrauen können, suchen Sie jetzt nach einem anderen Zusammenhang?«

Kellermann beschränkt sich auf ein kurzes »Ja«. Parallel ergreift er jedoch die Akte und streckt sie mir entgegen. »Schauen Sie sich die Unterlagen an. Vielleicht finden Sie etwas, was wir übersehen haben.«

Die ersten Aufnahmen kenne ich bereits. Bilder vom Tatort, Grüters Wohnsitz, eine Aufnahme von Patisse. Dann sehe ich Bilder von Sam. Die sind mir neu und müssen bei einer erkennungsdienstlichen Aufnahme in einer Polizeidienststelle entstanden sein. Es folgen diverse Aktenvermerke, Zeugenaussagen und Protokolle, die den Ermittlungsstand wiederspiegeln. Zuletzt finde ich für jede der beteiligten Personen eine eigene Akte, die in einer Art Lebenslauf den jeweiligen Werdegang wiedergibt.

Ich erfahre, dass Patisse in Marseille geboren wurde und zum Studium nach Paris kam. Nach mehreren Stationen in IT-Abteilungen diverser Großkonzerne führte es ihn zu seinem letzten Arbeitgeber, dem Pharmaunternehmen in der

Pariser Vorstadt. Dort war er auch tätig, als seine Freundin starb. Die beiden wohnten nicht zusammen. Er lebte in einem kleinen Appartement in Belleville, dem dreizehnten Arrondissement von Paris. Ich entdecke nichts Auffälliges und blättere weiter.

Die nächste Akte enthält Informationen zu Samantha Bilke. Sam ist in Bremen geboren und aktuell in Hamburg-Altona gemeldet. Auf die angegebene Adresse sind jedoch ein Dutzend Personen eingetragen und die Polizei bezweifelt, dass tatsächliche alle in dieser Wohngemeinschaft tagtäglich leben. Danach folgt eine Aufzählung ihrer bisherigen Delikte – es ist die typische Karriere einer ausgebüxten Jugendlichen, die sich in einer Großstadt behaupten muss. Sams Eltern leben getrennt. Nach der Scheidung wohnte sie erst bei ihrer Mutter, zog jedoch mit fünfzehn in die Hansestadt. Der Vater wohnt in Süddeutschland und hat zur Familie keinen Kontakt mehr. Ich überfliege die nächsten Zeilen und stocke. Sam hatte eine Schwester, die zwar gut fünfzehn Jahre vor ihr geboren wurde, aber dennoch nie Sams heutiges Alter erreichte. Natalie nahm sich mit achtzehn das Leben. Ich markiere die Textstelle mit dem Zeigefinger und kehre zum Seitenanfang zurück. Die Scheidung der Eltern erfolgte anderthalb Jahre nach dem Tod ihres Kindes. Vielleicht war das die Trennungsursache.

Ich blicke zu Kellermann auf, der mittlerweile die Ellenbogen auf der Tischplatte abgestützt hat. Sein Kinn ruht auf seinen verschränkten Händen. »Wissen Sie, wie Sams Schwester ums Leben gekommen ist?«

»Steht das nicht in der Akte? Sie ist im Winter bei fast null Grad in einen Fluss gestiegen.«

Unmittelbar zieht sich alles in mir zusammen. Wie verzweifelt muss man sein, um sich selbst gegenüber so grausam zu sein und sich dieser Kälte auszuliefern?

»Warum?«, frage ich nur.

»Man wusste es wohl nicht genau. Sie war achtzehn. Die Polizei hat in ein paar Richtungen ermittelt – Liebeskummer, Streit mit den Eltern, Ärger in der Schule, alles, was Teenagern in dem Alter auf der Seele liegt. Wirklich in Erfahrung bringen konnte man es nie. In der Pubertät kann viel passieren.«

»Aber warum ist das Mädchen bei der Eiseskälte in einen Fluss gestiegen? Das ist doch ein erbarmungsloser Tod.«

Kellermann reibt sich die Stirn und presst die Lippen aufeinander. In dieser Geste zeigt sich seine Fassungslosigkeit über das tragische Ende. »Die Eltern meinten, Natalie wäre oft am Elbstrand gewesen. Sie hätte das Wasser geliebt und vielleicht zum Schluss dessen Nähe gesucht.«

Plötzlich stocke ich. »Die Elbe? Bremen liegt doch an der Weser.«

Kellermanns Aufmerksamkeit ist gebannt. »Einer der Kollegen hat es mir auf dem Polizeirevier erzählt. Ich bin mir ziemlich sicher, dass er von der Elbe sprach. Steht denn dazu nichts in der Akte?«

Ich überfliege wieder den Text, finde aber außer Samanthas Geburtsstadt keine Informationen über weitere Wohnorte.

Ich reiche Kellermann die Seiten, doch auch seine Suche führt zu keinem anderen Ergebnis. Als er wieder aufblickt, sind seine Augen zu Schlitzen verengt. Ich kann ihm förmlich ansehen, wie sein Gehirn arbeitet.

»Ich glaube, ich habe eine Idee.« Mit diesen Worten zücke ich mein gerade zurückgewonnenes Telefon und suche nach Karlas Kontakt. Dabei fällt mir auf, dass ich in den letzten Tagen kaum an sie denken musste. Ich habe mich tatsächlich etwas distanziert. Ohne zu zögern, tippe ich auf das Symbol zum Rufaufbau.

»Hey, Marie«, begrüßt sie mich freudig. »Hat sich die Situation entspannt?«

Die altbekannte Nummer im Display ist ihr also sofort aufgefallen.

»Ja«, bestätige ich rasch. »Ich grüble gerade mit dem Kommissar über den Werdegang Samantha Bilkes. Du kannst dich bestimmt an sie erinnern. Ich habe dich gebeten, eine Recherche über sie durchzuführen.«

»Ja, ja, ich erinnere mich.«

»Du hast doch etwas von einem Volleyballturnier erzählt, diese Meisterschaften. Weißt du noch, um welche Schule es sich gehandelt hat?«

»Warte mal, ich leg dich kurz beiseite.«

Am anderen Ende der Leitung ertönt ein Klacken und ich vermute, dass das Handy jetzt auf einer Tischplatte liegt.

Kurz darauf ist Karla zurück. »Es war das Gymnasium in Stade.«

»Prima, dank dir«, sage ich und will schon auflegen, als sie mich fragt: »Wann sehen wir uns wieder?«

»Bald«, antworte ich und meine es diesmal auch so.

Nach dem Telefonat öffne ich eine App auf meinem Smartphone. Dann frage ich Kellermann: »Wie lange brauchen Sie, um zu packen?«

37

Mein Entschluss, gestern Abend noch nach Hamburg zu fahren, stand in dem Moment fest, als Karla am Telefon Stade erwähnte. Eine Stadt, die nur einen Katzensprung von Grüters Heimatort entfernt liegt. Da mir meine Wohnung ohnehin gerade kein heimeliges Nest bietet, kam der Ausflug umso passender.

Wir nahmen den letzten ICE und passierten gegen halb zwei die uns schon vertraute *Contac Bar*.

Wir haben zwar im selben Quartier wie beim letzten Mal ein Zimmer gebucht, jedoch nicht im selben Hotel. Auf diese Vorsichtsmaßnahme hat Kellermann bestanden, obschon ich ihn darauf hingewiesen habe, dass durch unsere Kreditkartenbuchung und Handynutzung ohnehin ein digitales Profil von uns erstellt werden könnte. Der Kommissar hat meinen Einwand einfach nur mit einem »Trotzdem« pariert und sich auf keine Diskussion eingelassen.

Vom Zug aus rief Kellermann die Hamburger Kollegen an und erzählte ihnen von unseren Reiseabsichten. Sie versprachen, sämtliche Informationen zur Familie Bilke zusammenzustellen und ihm zuzusenden. Diese Unterlagen will der Kommissar jetzt sichten. Daher verzichten wir auf einen Platz an einem der gedeckten Tische im Frühstückssaal und setzen uns stattdessen mit Kaffee und Croissants in die ruhigere Hotellobby.

Kellermann beißt in sein Blätterteiggebäck und Krümel fallen auf die Tastatur. Es stört ihn nicht. Zu tief ist er in die Lektüre vertieft.

Nach ein paar Minuten wendet er sich mir zu und bestätigt mit ernster Miene: »Es war die Elbe. Die Familie Bilke wohnt schon lange in der Nähe von Stade unweit des Elbufers.«

»Wie heißt denn das Dorf, in dem sie leben?«

»Hohendeich. Sie haben dort wohl eine alte Reetdachkate renoviert«, erklärt der Kommissar.

»Wie weit liegt der Ort von Grüters Elternhaus entfernt?«, frage ich weiter.

Kellermann wendet sich ab, fokussiert noch einmal seinen Laptop und scrollt durch die Unterlagen. »Bis Jork sind es keine fünf Kilometer.«

Ich tippe etwas in mein Smartphone und wenige Sekunden später erhebe ich mich erwartungsvoll aus meinem Sessel. »Gut, dann brechen wir mal auf. Leider liegt Hohendeich etwas ab vom Schuss, wir müssen erst die S-Bahn und dann den Bus nehmen.«

»Nichts da«, entgegnet Kellermann.

Seine ruppige Art stößt bei mir natürlich auf Granit. Reserviert verschränke ich die Arme vor der Brust. »Was soll das denn jetzt heißen?«

Statt zu antworten, zeigt Kellermann mit ausgestrecktem Zeigefinger auf etwas in meinem Rücken. Ich drehe den Oberkörper und sehe einen Polizisten in blauer Uniform auf uns zustaksen.

»Die S-Bahn fährt ohne uns. Der Kollege Bredehöft spielt Chauffeur.«

Als der angekündigte Herr vor mir steht, muss ich den Kopf in den Nacken legen, um ihn zu begrüßen. Der junge Polizeibeamte misst sicher zwei Meter. Mit seinem kurzen Blondschopf und einem knackigen »Moin« auf den Lippen ist er der Inbegriff eines hanseatischen Burschen.

Die Fahrt nach Hohendeich verbringe ich in Gedanken vertieft auf der Rückbank. Derweil tauschen sich die beiden Kollegen rege aus. Das Polizeiwesen ist bekannt für seine Abkürzungen. Als in den ersten Minuten bereits ein Dutzend Kürzel fällt, die mir nichts sagen, steige ich aus der Unterhaltung aus.

Natürlich passieren wir im Alten Land, einem der größten Obstanbaugebiete Europas, Dutzende Apfelbaumplantagen und Obsthöfe. Die Fachwerkgebäude sind in der Regel liebevoll restauriert und rufen eine heimelige Sehnsucht nach dem Landleben hervor. Die Fahrt führt uns am Deich entlang, ab und an blitzt die Elbe mit ihrem weit ausufernden Flussbecken auf. Träge schiebt sich das Wasser in Richtung Nordsee. Dann biegen wir ins Landesinnere ein und passieren den winzigen Ortskern der Gemeinde Jork. Trotz der beschaulichen Größe ist das Dorf in die Teile Oster- und Westerjork getrennt. Als Grenzlinie dient ein Fleet, das nur wenig Wasser führt.

Einige Minuten später erreichen wir eine kleine Ansiedlung. Hohendeich ist mehr als überschaubar. Die Häuser sind wie eine Perlenkette an einer Straßenseite aufgereiht. Richtung Elbe, entlang des Deiches, wurde kein Gebäude errichtet.

Kurz vor dem Dorfausgang biegt das Polizeiauto auf einen Kiesweg ein. Der junge Hamburger Kommissar hat uns bereits bei Samanthas Mutter angekündigt und geht nun mit forschem Schritt auf die Haustür der Reetdachkate zu.

Mich hingegen hält Kellermann kurz zurück. Mit Handzeichen gibt er mir zu verstehen, dass ich das Sprechen ihm und seinem Kollegen überlassen soll.

Ich trete als Letzte durch die Tür und finde mich an einem Ort wieder, den ich bis jetzt nur aus dem Fernsehen und der Boulevardpresse kannte. Es ist das Heim eines Messies.

Die Wohnung enthält so viel Gerümpel, dass im Flur nur eine schmale Schneise bleibt. Ich schiebe mich an kaputten Möbeln, Haushalts- und Gartengeräten, vollgestopften Plastiksäcken und kiloweise Altglas vorbei, bis ich hinter Kellermann die Wohnstube erreiche. Dort erwartet mich ein ähnliches Chaos.

Frau Bilke, eine zittrige, feingliedrige Frau, deren Alter schwer zu schätzen ist, bietet uns einen Platz auf der Couch an. Die Polsterfläche erinnert mich an den Fußraum von Kellermanns Auto. Ich schiebe mit dem Ärmel den Müll beiseite und setze mich steif. Als Bilke uns fragt, ob sie uns etwas zu trinken anbieten kann, ertönt im Chor: »Nein, vielen Dank.«

Samanthas Mutter lässt den ohnehin leeren Blick sinken. Ihre Haare hängen stumpf hinter den Ohren herab. Frau Bilke tut mir unendlich leid. Sie ist das lebende Beispiel einer gebrochenen Frau, aufgerieben von ihrer eigenen Geschichte.

Bredehöft beginnt das Gespräch, stellt uns vor, versucht mit sanfter, beruhigender Stimme, die zittrige Frau auf das Gespräch einzustimmen.

Samanthas Mutter lässt seine Worte still über sich ergehen. Ein paarmal äußert sie ein »Ja, ja«, aber ich bin mir nicht sicher, ob sie dem Inhalt der Ausführungen wirklich folgt. Dann fragt der Polizist, wann sie ihre Tochter zum letzten Mal gesehen habe, und Frau Bilke schaut verwundert auf. Der Hamburger Kommissar wiederholt seine Frage, doch Sams Mutter sagt wieder nur »Ja, ja« und fällt in sich zusammen.

»Frau Bilke? Wann haben Sie zuletzt mit Ihrer Tochter gesprochen?«, wiederholt der Beamte zum dritten Mal.

Die vom Leben gezeichnete Frau zuckt die Achseln. »Vor ein paar Monaten vielleicht?«

Bredehöft blickt fragend zu Kellermann, der neben mir auf dem Sofa sitzt. Daraufhin ergreift der Kommissar das Wort.

»Frau Bilke, ich würde Ihnen gerne ein Foto zeigen und möchte Sie bitten, sich das Bild ganz genau anzusehen.«

Kellermann erhebt sich und zieht aus der Innentasche seines Trenchcoats eine Aufnahme. Ganz behutsam nähert er sich der zerbrechlichen Frau, die dennoch den Kopf senkt und etwas zurückweicht. Ihre Bewegung gleicht einem Tier, das sich unterordnet. Was muss diese Frau erlitten haben?

»Schauen Sie es sich ganz in Ruhe an«, spricht Kellermann weiter, als er ihr das Foto in den Schoß legt. »Erkennen Sie den Mann darauf?«

Bilke starrt auf das Bild auf ihren Knien, fasst es jedoch nicht an. Es verstreicht fast eine Minute, bis der Kommissar seine Frage in sanfter Tonlage erneut vorbringt. Daraufhin flüstert Samanthas Mutter: »Das ist Werner Grüter.«

Kellermann stellt weitere Fragen – woher sie Grüter kenne, welchen Kontakt sie zum ihm gehabt habe und ob ihre ältere Tochter mit ihm befreundet gewesen sei. Auf keine gibt Bilke eine informative Antwort. Zwischendurch verliert sie immer wieder den Faden, scheint wie in einer anderen Welt zu sein. Der Kommissar wiederholt geduldig all seine Fragen, doch mit geringem Ergebnis. Grüter hat in Jork gewohnt.

Man kannte sich, was aufgrund der Einwohnerzahl nicht verwunderlich ist.

Dann eröffnet Kellermann der zerbrechlichen Frau, dass Grüter in einem Jugendzentrum arbeitete, in dem auch Samantha verkehrt. Bei der Nennung des Namens ihrer Tochter kehrt kurz Leben in die leeren Augen zurück. Doch diese Verbindung scheint Frau Bilke neu zu sein und sie kann uns erneut keine weiterführenden Informationen geben.

Nach einer halben Stunde verlässt die beiden Polizeibeamten die Hoffnung auf eine substanzielle Erkenntnis und wir verabschieden uns von Samanthas Mutter. Als ich über die Haustürschwelle trete, sauge ich tief die frische Morgenluft ein. Betreten steigen wir in den geparkten Polizeiwagen. Die tief sitzende Bestürzung über dieses menschliche Schicksal hat auch von beiden Beamten Besitz ergriffen.

»Das ist bitter«, meint Bredehöft. Er umschließt das Lenkrad mit beiden Händen, hält sich daran fest, macht jedoch keine Anstalten, den Wagen zu starten.

Auch Kellermann lässt sich kraftlos auf den Beifahrersitz sinken und starrt orientierungslos geradeaus.

Ich wende auf dem Rücksitz meinen Blick noch einmal zur Kate. Dabei fällt mir auf, dass das Dach in Richtung Elbe leicht abfällt. Kein Wunder, dass die Balken nachgeben, bei der Last, die auf diesem Ort liegt. Hier herrscht eine Trostlosigkeit, die einem den Atem nimmt. In dieser Zwischenwelt, die weder zum Leben noch zum Reich der Toten zählt, scheint Frau Bilke gefangen zu sein, zu schwach, um noch einmal den Schritt in die Wirklichkeit zu wagen.

Ich wende mich nach vorn und richte mich an die beiden Polizisten: »Wo wurde Sams Schwester eigentlich begraben?«

Der Friedhof liegt in einer Nachbargemeinde Jorks. Wir stellen das Auto auf einem kleinen Parkplatz inmitten des Dorfes ab und setzen unseren Weg zu Fuß fort. Nachdem wir auf einem hölzernen Steg ein Fleet überquert haben, stehen wir vor einer Backsteinkirche mit weißen Fensterrahmen. Ich wundere mich, warum der Kirchturm neben dem Hauptgebäude steht. Bredehöft erklärt, dass das typisch für die Region sei, da der weiche Boden die Last der Türme sonst nicht tragen würde.

Der Friedhof hinter dem Gebäude ist nur spärlich belegt. Zwischen den einzelnen Gräbern gibt es viele Freiflächen, auf denen einfacher Rasen angepflanzt wurde. Anscheinend ist auch diese Region von der Landflucht betroffen.

Die Ruhestätte von Samanthas Schwester liegt in der letzten Reihe. Hinter dem weißen Holzzaun erstreckt sich eine Apfelplantage. Wie farblich abgestimmt, wurde für das Grab ein weißer Marmorblock gewählt.

Natalie Bilke, 12.01.1983 – 22.02.2001. Was Liebe verbindet, kann der Tod nicht trennen.

Das Grab wirkt sehr gepflegt. Fast akkurat ist das Beet mit roten Nelken und Eisenkraut bepflanzt. Um den Blumen noch mehr Strahlkraft zu verleihen, wurde der Boden mit hellem Kies abgedeckt. Wer mag diese Ruhestätte in Ordnung halten? Dass Samanthas Mutter sich darum kümmert, kann ich mir beim besten Willen nicht vorstellen.

In der linken Ecke steht ein weiterer, kleinerer Marmorblock. Er ist nicht mit einer Inschrift versehen, sondern dient als Podest für eine Grablampe – ein schlichtes, bauchiges Glas, dessen Deckel mit einem Metallbügel festgehalten wird. Im Inneren entdecke ich die Überbleibsel eines roten Teelichts. Ich betrachte die Ruhestätte aus allen Winkeln, gehe vor bis zum Zaun und prüfe auch die Hinterseite des Grabsteins – blanker weißer Marmor.

Die beiden Polizisten sind am Fuße der Ruhestätte stehen geblieben und schauen mich fragend an.

Ich schüttle den Kopf und flüstere: »Nichts.« Dann frage ich, ob einer der Männer Feuer hat.

Bredehöft greift in die Hosentasche und wirft mir ein blaues Feuerzeug zu. Ich bücke mich und öffne den Metallbügel der Grableuchte. Der Glasdeckel ist mit eng aneinanderliegenden konzentrischen Kreisen verziert. Ich betätige das Rädchen, doch aus der Öffnung sprühen nur Funken. Kräftig schüttle ich den Behälter und beim nächsten Versuch lodert eine Flamme auf. Ich zünde den Docht des Teelichts an, das allerdings kaum noch Wachs enthält und schnell herunterbrennen dürfte.

Wir spazieren zurück zum Auto, der Hamburger Kommissar vorneweg, ich als Letzte. Der Kies knirscht unter unseren Schuhen nahezu synchron. Als der Polizist den Wagen öffnet und die Rückleuchten blinken, geht auch mir plötzlich ein Licht auf. Ich stocke und rufe: »Moment, ich muss noch einmal zurück.«

Eilig haste ich über den Friedhof, der zum Glück verwaist ist, sodass ich niemandes Andacht störe. An Natalies Grab angekommen, hocke ich mich neben den Marmorblock, öffne vorsichtig den Lampendeckel und puste das gerade angezündete Teelicht wieder aus. Ich will es mit Daumen und Zeigefinger herausheben, doch ich verbrenne mir die Finger an dem heißen Aluminium. Während ich einen zweiten Versuch starte, treffen auch die beiden Polizeibeamten ein. Sie bleiben vor dem Grab stehen und beäugen mich kritisch.

»Was machen Sie denn da?«, fragt Kellermann skeptisch.

Doch ich lasse mich nicht beirren und ergreife diesmal das ganze Glas. Ich hebe es so hoch, dass ich unter den Boden des Gefäßes schauen kann. Tatsächlich habe ich mich nicht geirrt. Trotz der Ehrfurcht gebietenden Umgebung zeichnet sich ein siegessicheres Lächeln auf meinem Gesicht ab. Ich wusste es! Mein Instinkt hat mich nicht getäuscht. »Frau Wagenfeld, was suchen Sie?«, meldet sich der Kommissar erneut.

»Nichts«, antworte ich in aller Seelenruhe und richte mich auf. »Ich habe es bereits gefunden. Die Lampe ist ein Wagenfeld.«

Kellermann runzelt die Stirn. »Das ist doch Unsinn. Wagenfeld hat keine Grablichter designt.«

»Stimmt«, bestätige ich. »Das hier ist auch kein Grablicht im eigentlichen Sinne. Es ist ein Eierkoch, der zweckentfremdet wurde.«

Bredehöft ist anzumerken, dass er unserem Gespräch nicht folgen kann. Trotzdem übt er sich in Geduld, während der Kommissar sich mokiert: »So, so, ein Eierkoch. Was soll das denn bitte sein?«

»Ein Küchengerät, das inzwischen etwas aus der Mode gekommen ist. Man schlägt ein Ei hinein und würzt es mit Salz und Kräutern. Danach wird das Glas mit Deckel und Spange verschlossen und im vorgeheizten Wasserbad ein paar Minuten gekocht. Nach Belieben lässt sich das Ei auch mit weiteren Zutaten wie Schinken oder Sardellen verfeinern.«

Der Kommissar rauft sich die Haare. »Verschonen Sie mich mit Ihren Kochrezepten. Sind Sie sicher, dass es ein Wagenfeld ist?«

Ich nicke. Das Emblem ist eingraviert.

Kellermann schließt kurz die Augen, atmet tief ein. Dann wendet er sich an den immer noch verständnislos dreinblickenden Bredehöft: »Haben Sie eine Papiertüte im Wagen? Wir müssen ein Beweisstück sichern.«

38

Zurück in Hamburg setzen mich Kellermann und Bredehöft in dem nah gelegenen Bistro ab und fahren dann zum Kommissariat. Als ich durch die Tür trete, erkenne ich die Kellnerin vom letzten Mal wieder. Heute trägt sie einen Kurzhaarschnitt mit Ponyfransen und langen Strähnen im Nacken – eine Neuinterpretation der Vokuhila, die ich seit den Neunzigerjahren nicht vermisst habe.

Ich bestelle einen Latte macchiato und ein Stück Marmorkuchen. Normalerweise gehören Torten und Gebäck nicht zu meinen Favoriten, Salziges ziehe ich vor. Doch meine Nerven lechzen nach Nahrung, anders kann ich mir den in letzter Zeit aufgetretenen Appetit nach Süßwaren nicht erklären.

Der Gastraum ist nur dünn belegt und so erhalte ich bereits nach wenigen Minuten meine Bestellung. Genüsslich schiebe ich mir ein Stück der süßen Masse in den Mund. Den Teil mit höherem Kakaogehalt spare ich mir bis zum Schluss auf.

Während mein Blutzuckerspiegel steigt, frage ich mich, was der Friedhofsfund bedeutet. Ist der Eierkoch auch ein Geschenk Grüters gewesen?

Wir sind direkt noch einmal zu Frau Bilke gefahren, doch die konnte sich keinen Reim auf die seltsame Grablampe machen. Ehrlich gesagt, war aus ihren Aussagen noch nicht einmal herauszuhören, ob sie in den letzten Monaten überhaupt das Grab ihrer Tochter besucht hat. Dem Rätsel, wer Natalie Bilkes Ruhestätte so akkurat pflegt, versuchen Kellermann und sein Hamburger Kollege gerade auf die Spur zu kommen.

Wenn das Grablicht tatsächlich von Grüter stammen sollte, was mag der Manager dann damit bezweckt haben? Trieb sein Altruismus ihn dazu, jedem Jugendlichen, der auf die schiefe Bahn geriet oder den der Tod zu früh heimsuchte, ein Mahnmal zu setzen?

Ich muss mehr über Wagenfeld erfahren. Also zücke ich mein Smartphone und gebe das Stichwort *Wilhelm Wagenfeld* in die Suchmaschine ein.

Auf der Seite der Wilhelm Wagenfeld Stiftung entdecke ich als Erstes ein Zitat des Designers, beziehungsweise des

Mustermachers, wie er sich selbst nannte, das seinen Pragmatismus widerspiegelt: *Brauchbar sein heißt auch schön sein, denn alles brauchen muss schön sein können, anders erfüllen die Dinge nicht ihren Sinn.*

Ich überfliege die weiteren Textstellen. Stationen in seinem Leben, Orte, an denen er lernte und in späteren Jahren lehrte. In den chronologischen Lebenslauf sind ab und an Stimmen anderer Künstler und Kunstkritiker eingeflossen. Sie konstatieren, dass Wagenfelds Konzepte stets das Motto *form follows function* verfolgten und oftmals sogar multifunktional waren. Als Beispiel wird tatsächlich der Eierkoch genannt, der sowohl zur Zubereitung als auch zum Servieren der Speisen diente. Nun, die Palette der Funktionsmöglichkeiten wurde inzwischen um eine makabere Variante erweitert, denke ich. Danach werden Preise und Auszeichnungen des Designers aufgelistet. Ich stoppe kurz, als ich das Wort *Paris* entziffere, doch schnell legt sich meine Aufmerksamkeit wieder. Wagenfeld hat 1937 auf der Weltausstellung in der französischen Hauptstadt die Goldmedaille für einen seiner Entwürfe erhalten. Ich sehe keinen Zusammenhang zu Patisse, Frau Vernier oder dem Künstler Rodin. Zu dieser Zeit war der Bildhauer bereits tot.

Ich scrolle weiter und entdecke ein neues Zitat, in dem der Designer sich zur Entwicklung der industriellen Produktion äußert. Er ging davon aus, dass diese keinen ästhetischen Ursprung hatte, und postulierte, dass nicht die Frage, ob diese oder jene Form die richtige sei oder ob etwas geschmackvoll oder geschmacklos wirke, sondern entscheidend sei die Lösung der Aufgabe in ihrer sozialen und ökonomischen Wirksamkeit. Diese Aussagen spiegeln Wagenfelds politische Absichten wider und die starke integrative Kraft, mit der er die Gesellschaft humaner gestalten wollte. Ganz deutlich geht aus der Biografie hervor, dass der Designer mit seinen künstlerischen Entwürfen alle Schichten der Gesellschaft, auch die ärmeren Bürger, erreichen wollte. Aber nicht nur seine beruflichen Ziele und seinen Arbeitsalltag, das Zusammenwirken mit der Industrie und in der Lehre, auch seinen privaten Alltag gestaltete er stets nach der Devise, das richtige Leben mit den richtigen Dingen auszustatten.

War das auch Grüters Intention? Die richtigen Dinge zu tun? Im Geschäftsleben, im privaten Umfeld und vor allem in der Jugendarbeit? War das sein Credo? Woher kommt dieses Pathos? Grüters Frau hat die Aufopferung ihres Mannes mit der eigenen Kinderlosigkeit begründet. Oder schätzte Werner Grüter einfach menschliche Ideale und es war ihm ein Anliegen, aus der Welt etwas Besseres zu machen? War es ein intrinsisches Motiv, ein ureigener Antrieb, der ihn zu seinem sozialen Einsatz drängte?

Ich schaue auf die Uhr. Meine Ankunft ist keine halbe Stunde her. Kellermann hat angedeutet, dass es länger dauern wird. Bei der Aussicht auf den anstehenden Papierkram hat er die Augen verdreht. Es wird noch einige Zeit vergehen, bevor ich wieder von ihm höre.

Ich stopfe den letzten Rest Kuchen in den Mund, schmecke erfreut den erhöhten Kakaoanteil und streife meine Jacke über. Die Rechnung zahle ich auf dem Weg nach draußen direkt am Tresen.

Henschel finde ich in den Sanitärräumen des alten Theaters. Eine Bohrmaschine liegt auf dem Boden. Er befestigt einen Handtuchhalter neben dem Spülbecken. Bei der Dimension des Stahlhakens könnte man meinen, der Sozialarbeiter wolle daran ein Schiff vertäuen.

»Sie fahren aber ganz schöne Geschütze auf«, kommentiere ich.

»Dieses Jahr schraube ich schon zum dritten Mal den Handtuchhalter wieder an. Ich bin es leid. Hoffentlich wird dieser länger überleben.«

Der Sozialarbeiter steht auf und klopft sich energisch den Staub von seiner verwaschenen Jeans. Im Anschluss rüttelt Henschel prüfend an dem gerade angeschraubten Haken. Der bewegt sich keinen Millimeter. Zufrieden verstaut der Jugendklubleiter die gebrauchten Geräte in einem Werkzeugkasten, der mit einem lauten Krachen in der Abstellkammer verschwindet, und ich folge dem Sozialarbeiter in den Empfangsbereich.

Er schlüpft hinter den Tresen und fragt: »Kaffee?«

Obwohl ich gerade erst einen getrunken habe und mein Körper noch ausreichend mit Koffein versorgt ist, stimme ich zu. Ich will an Henschels Gesprächsbereitschaft appellieren, da hilft sicher jedes Entgegenkommen, selbst bei der Getränkeauswahl.

Henschel stellt mir eine Tasse Kaffee auf die Resopalplatte.

Nach einem prüfenden Blick greife ich in eine danebenstehende Schüssel und fische gleich drei Döschen Kondensmilch heraus. Der Erfolg, die Plastikfolie zu lösen, ist mäßig und so landen einige Tropfen der fettigen Kaffeesahne auf meinem Ärmel. Na wunderbar, denke ich, und das, obwohl ich nur wenig Kleidung im Gepäck habe.

Ich beginne das Gespräch im Plauderton. Frage Henschel, seit wann er hier tätig ist, wie es aktuell mit den Jugendlichen läuft und was seine nächsten Projekte beinhalten. Das kommt dem Naturell des Jugendklubleiters sehr entgegen und er antwortet bereitwillig, umfangreich und wild gestikulierend. Auch er saut sich mit der Milch ein, wischt die Hände allerdings ungeniert an seinem Sweatshirt ab.

Schließlich komme ich auf mein eigentliches Thema zu sprechen und frage, ob Henschel mehrere ehrenamtliche Helfer habe. Nach Darstellung des Sozialarbeiters unterstützen ihn zwei Mütter, deren Kinder aus dem Gröbsten raus sind, bei der Zubereitung des Essens und bei der Betreuung einzelner Jugendlicher.

»Und so jemand wie Herr Grüter?«, frage ich. »Jemand, der neben seinem Berufsalltag aktiv ist, gibt es da noch irgendwen?«

Henschel schüttelt den Kopf. »Werners Einsatz war außergewöhnlich. Der hatte ja in seinem normalen Job schon genug zu tun. Unter sechzig Stunden pro Woche hat er sicher nicht gearbeitet. Und dazu noch all die Geschäftsreisen, auch außerhalb Deutschlands. Was er für die Jugendlichen getan hat, war beachtlich. Davor ziehe ich meinen Hut. Ich wusste oft nicht, woher er die Kraft nahm. Aber er fand sie und wenn er hier war, den ganzen Abend geschuftet hatte, mit den Jugendlichen etwas baute, Bilder malte oder auch nur das Geschirr abwusch, dann war er am Ende des Tages glücklich.«

»Hat er das so gesagt?«, erkundige ich mich.

»Nicht direkt«, schränkt Henschel ein. »Aber das sah man. Da war diese Zufriedenheit, dieses Leuchten in seinem Gesicht. Es schien, als würde ihn die Arbeit beseelen, es war …«

Henschel holt mal wieder weit aus und ich bremse ihn, bevor er richtig loslegen kann. »Aber woher stammte dieses Engagement? Haben Sie eine Erklärung dafür? Herr Grüter wird durch seinen Brotjob mit Sicherheit ausgelastet gewesen sein.«

Henschel hebt den Zeigefinger. »Werner hatte ein großes Bedürfnis nach sozialer Gerechtigkeit. In dieser Hinsicht war er ein Weltverbesserer. Er hat Anteil am Schicksal anderer Menschen genommen. Es lag einfach in seiner Natur, sich für die Verbesserung menschlicher Lebensbedingungen einzusetzen.«

Ich nippe an meinem Kaffee-Kondensmilch-Cocktail und schiebe dann eine weitere Frage hinterher: »Hat sich dieses Engagement auf alle Gruppen bezogen? Also hat Herr Grüter sich auch gegen Armut, Diskriminierung oder Krankheiten eingesetzt? War er im Umweltschutz aktiv?«

Henschel lacht auf. »Sie sind lustig. Wie sollte Werner denn neben seinem Managementposten und der Jugendarbeit noch das Waldsterben verhindern? Haben Sie eine Ahnung, wie anstrengend die Arbeit mit den Teenies ist? Wie nervenaufreibend und kräftezehrend?«

Ich pflichte Henschel bei, versichere, dass ich mir sehr gut vorstellen kann, wie hoch der Kraftaufwand sein müsse, und lobe seinen Einsatz. Dann stelle ich meine letzte Frage: »Hat Herr Grüter Ihnen gegenüber einmal seinen Kinderwunsch erwähnt? Ich meine, haben Sie gewusst, dass er Kinder wollte, jedoch keine bekommen hat?«

Der Sozialarbeiter bleibt ausnahmsweise stumm. Er denkt nach und unterstreicht das, indem er sich ans Kinn fasst. »Nein«, meint Henschel dann, »das hat er nie erwähnt.«

Zurück im Café beschließe ich, noch einmal mit Beate Grüter zu telefonieren. Die Witwe wirkt nicht sonderlich überrascht über meinen Anruf und versichert mir, dass sie gerne zu jeglichen Fragen Auskunft gibt. Ihre Äußerungen haben etwas Professionelles, Proaktives an sich, sodass ich direkt zu meinem Anliegen komme.

»Ich hätte nur eine kurze Frage. Hat sich das Engagement Ihres Mannes auf die Jugendlichen konzentriert oder war es breiter gefächert? Hat Herr Grüter sich auch für andere Interessengruppen oder Themen eingesetzt? Oder das früher mal getan?«

Es ist kurz still in der Leitung, dann meldet sich die Witwe zu Wort. »Nein, nicht dass ich wüsste. Ich weiß allerdings nicht, ob Werner als Jugendlicher in irgendeinem Verein aktiv war. Ich lernte ihn erst mit Mitte zwanzig kennen. Seit ich mit ihm zusammen war, hat er sich für die Jugendarbeit engagiert. Der Kontakt mit den Teenagern und auch mit Frank Henschel hat ihm viel bedeutet. Die beiden waren ein gutes Team.«

»Würden Sie Ihren Mann und Herrn Henschel als Freunde bezeichnen?«

Wieder überlegt Beate Grüter, bevor sie antwortet. »Ja, das kann ich zweifelsfrei sagen. Zwar haben die beiden nicht viel über die Arbeit im Jugendzentrum hinaus gemacht – sie haben sich nicht zum Grillen oder zum Sport getroffen, wie man das unter Freunden so tut –, aber dafür haben sie sich tagsüber auch zu oft gesehen. Nichtsdestotrotz würde ich sagen, dass Frank definitiv ein Vertrauter meines Mannes gewesen ist.«

»Die beiden waren allerdings sehr unterschiedlich, Ihr Mann als rationaler Topmanager und Herr Henschel als kreativer Sozialarbeiter. War das ein Hindernis?«

»Nein, nie. Ich hatte eher das Gefühl, dass mein Mann Franks Anwesenheit und sein Umfeld genoss, dass er sich dort in gewisser Weise frei fühlte.«

»Haben Sie vielen Dank, Frau Grüter, Sie haben mir sehr geholfen.«

»Dafür nicht. Melden Sie sich wieder, wenn Sie eine Frage haben.«

Kellermann erscheint erst am späten Nachmittag. Draußen vor der Tür geht ein Regenschauer nieder und ich habe jegliche Tageszeitungen und Klatschblättchen durchgeblättert, die das Lokal hergab.

Der Kommissar lässt sich müde in den Sessel fallen und gibt der Kellnerin mit Handzeichen zu verstehen, dass er einen Kaffee nimmt. Derweil berichte ich von meinen zwischenzeitlichen Gesprächen.

»Warum in aller Welt interessiert Sie Grüters soziales Engagement so sehr?«, fragt Kellermann mich. Für wie sinnlos er dieses Interesse hält, ist deutlich herauszuhören.

»Weil es so einseitig war«, gebe ich zurück, ohne mich von seinem Tonfall irritieren zu lassen. »Grüter hat sich für keine andere benachteiligte Gruppe engagiert außer für die Jugendlichen.«

Kellermann verzieht missmutig das Gesicht. »Na und? Reicht das nicht? Er war schließlich Geschäftsmann. Was hätte er denn noch alles tun sollen?«

Ich bete inständig, dass der Kaffee bald kommt und Kellermanns Stimmung sich durch das Koffein heben wird. In der Zwischenzeit starte ich einen weiteren Erklärungsversuch: »Es geht mir nicht um die Quantität. Er war überdurchschnittlich aktiv, sogar außergewöhnlich. Aber bei diesem auffallend hohen Einsatz ist es komisch, dass sich seine Aktivitäten nur auf eine Richtung konzentrierten.«

»Was soll daran komisch sein? Hier hat sich jemand für jugendliche Streuner eingesetzt und Sie finden dennoch ein Haar in der Suppe.«

Ich komme nicht weiter. Der Kommissar verweigert sich. Ich versuche es von einer anderen Seite. Vielleicht ist er der Wissenschaft gegenüber aufgeschlossener. »Kennen Sie die Motivationsforschung von Prof. Steven Reiss?«

Kellermann schüttelt den Kopf. Seinen abwehrenden Gesichtsausdruck behält er.

»Der Forscher hat Tausende Menschen nach ihren Motiven befragt. Was sie glücklich macht, was sie im Leben antreibt. Im Ergebnis kristallisierten sich sechzehn verschiedene Motive heraus. Eins davon ist Idealismus. Der Idealist pocht auf soziale Gerechtigkeit und Fairness. Ihn motiviert es, wenn er zum Wohl anderer handelt, ohne selbst daraus einen Nutzen zu ziehen.«

»Ich sehe keinen Widerspruch«, fährt der Kommissar dazwischen. »Das trifft auf Grüter zu.«

»Warten Sie einen Moment, es geht noch weiter. Für einen Idealisten ist es ein Grundbedürfnis, sich altruistisch zu verhalten, sich einzusetzen, politisch zu handeln. Das ist sein Lebenselixier, das ihn glücklich macht. Die Forscher fanden jedoch auch heraus, dass der Idealist bei einer starken Ausprägung in diesem Sinne handeln muss. Es ist ein innerer Druck. Ihm bleibt nichts anderes übrig, sonst wird er unglücklich, lustlos, ihm fehlt die Lebensmotivation. Und da ihm das Wohl aller ein Grundbedürfnis ist, fächert sich sein Engagement in der Regel breit auf. Nur als Beispiel: Idealisten setzen sich für Vertriebene ein, sind Vegetarier und vermeiden die Generierung von Müll. Als Weltverbesserer möchten sie an unterschiedlichsten Stellen in der Gesellschaft aktiv sein. Das fängt zu Hause an, beispielsweise beim Speiseplan, und endet in der großen Weltpolitik. Grüter hingegen legte kein solches Verhalten an den Tag. Als Manager eines institutionellen Investors hat er im Zentrum des Kapitalismus mitgemischt. Er war sogar in einem Projekt aktiv, das dazu führen sollte, die Zahl der Mitarbeiter maßgeblich zu reduzieren. Auch in seinem Privatleben erkenne ich den gerade beschriebenen Altruismus nicht. Vor Grüters Haus standen noch nicht einmal unterschiedliche Mülltonnen, um den Abfall zu trennen.«

Kellermanns Stirn liegt in Falten. »Ist das alles nicht etwas an den Haaren herbeigezogen?«

Ich zucke die Schultern. »Nach dem Stand der Forschung reagieren Idealisten sensibel auf alle möglichen Rechtsverletzungen und negative Einflüsse, unabhängig davon, wem diese gelten. Sie solidarisieren sich mit allen Menschen und nicht nur mit denen, die in ihrer Stadt oder ihrem Land wohnen. Sie sind verärgert, wenn Organisationen nicht so arbeiten, wie sie sollten, oder wenn Manager keine fairen oder gerechten Entscheidungen treffen. All das sehe ich bei Grüter nicht. Ich sehe nur seinen sehr fokussierten, bis an die körperlichen Grenzen gehenden, fast manischen Einsatz für unterprivilegierte Straßenkinder.«

»Passen Sie mal auf, dass Ihr Einsatz nicht manisch wird«, kommentiert der Kommissar stumpf.

Zum Glück bringt die Kellnerin in dem Moment den Kaffee. Bis Kellermann die Tasse gelehrt hat, verlieren wir kein weiteres Wort.

Als der letzte Schluck getrunken ist, habe ich meinen Ärger zumindest so weit im Griff, dass ich frage: »Haben Sie sich wieder eingekriegt?«

»Wieso?« Der Kommissar grinst mich an. »Alles bestens.«

Ich atme noch einmal tief durch und wechsle das Thema: »Haben Sie herausgefunden, ob der Eierkoch von Grüter stammt?«

Kellermann steckt sich bedächtig den Kaffeelöffel in den Mund, als wolle er wie an einem Eisstiel vom Geschmack zehren. »Auf die Schnelle haben wir einen Teilabdruck sichern können.«

»Was heißt ›auf die Schnelle‹?«

Der Kommissar holt tief Luft. »Als Sie bei uns waren, gab es das Verfahren noch nicht. Im letzten Jahrhundert hat sich an der Methode der sogenannten Daktyloskopie kaum etwas verändert: Per Pinsel tragen die Kollegen Spurensicherungspulver auf, das an den Fingerabdrücken auf den Gegenständen haften bleibt. Wir verwenden dazu in der Regel Kohlenstoff, auch wenn es inzwischen einige andere chemische Substanzen gibt, die die feinen Hautstrukturen der Finger sichtbar machen.«

Jetzt bin ich diejenige, die sich einen Fachvortrag anhören muss. Kellermann erteilt mir eine wissenschaftliche Retourkutsche, die er sich jedoch hätte sparen können, denn die Methode ist mir geläufig.

»Und?«, frage ich daher. »Wieso jetzt ›auf die Schnelle‹? Für das klassische Verfahren sind doch Laboranalysen und Datenbankabgleiche erforderlich.«

Um mich zu provozieren, verfällt Kellermann noch mehr in die Rolle des Oberlehrers. »Wissenschaftler haben in den letzten Jahren – nachdem Sie der Polizei den Rücken gekehrt hatten – ein neues Verfahren entwickelt. Es hilft vor allem in komplizierten Fällen, bei denen wir bisher nur die aufwendige und zeitraubende Laboranalyse einsetzen konnten. Bei der neuen Methode entstehen farbig leuchtende Abdrücke, die schon nach wenigen Sekunden unter UV-Licht deutlich zu sehen sind.«

»Und die Abdrücke Grüters erstrahlten auf dem Eierkoch.«

Der Kommissar lässt sich von meiner Anmerkung nicht aus der Ruhe bringen. »Ja, die Methode ist insbesondere für glatte Untergründe wie Glas, Metallflächen oder Kunststoffplatten geeignet. Auf porösen Oberflächen wie Kleidung oder Pappe funktioniert sie bisher noch nicht, daran arbeitet die Wissenschaft momentan.«

Aufgeregt stoße ich hervor: »Damit ist doch aber erwiesen, dass Grüter Kontakt zu Sams Schwester hatte und ihr ebenfalls ein Wagenfeld-Geschenk machte. Dabei muss die Lebensaufgabe des Industriedesigners eine Rolle gespielt haben. Ich bin mir sicher, dass Grüter die ideologischen Ansätze Wagenfelds verbreiten wollte.«

Meine Worte überschlagen sich, so groß ist die Aufregung. Und mein Wille, Kellermann von dieser Theorie zu überzeugen. Doch das Ausmaß meines emotionalen Vorstoßes ist auch dem Mangel an Beweisen geschuldet. Bis jetzt steht meine Theorie auf tönernen Füßen. Es sind Behauptungen ohne tragfähiges Fundament.

»Ist Ihnen noch nicht der Gedanke gekommen, dass es sich bei der Verwendung der Wagenfeld-Gegenstände keineswegs um Souvenirs eines Idealisten mit Missionarswunsch handeln könnte?«, bremst Kellermann meine Euphorie. Seinen belehrenden Habitus hat er noch immer nicht abgelegt. »Haben Sie noch nicht daran gedacht, dass diese Designerstücke ein Kommunikationsmittel sein könnten? Erik und seine Jünger haben einander anstehende Morde mit Kunstpostkarten angekündigt. Wer sagt denn, dass das die einzige

Methode war? Vielleicht wird den Opfern auch ein Kunstobjekt übermittelt. So wie Häuser mit Gaunerzinken gekennzeichnet werden, sodass die nachrückende Einbrechertruppe die lohnenswerten Eigenheime schnell identifizieren kann.«

Ich bin baff. Auf den Gedankengang bin ich noch nicht gekommen, Kellermann hat mich kalt erwischt. Ich ärgere mich über mich selbst. Wie konnte ich nur so eindimensional denken? Ist mein Urteilsvermögen derart getrübt? Versuche ich so sehr, meinen Bruder aus der Sache herauszuhalten, dass mir solch logische Zusammenhänge nicht mehr in den Sinn kommen?

Kellermann weitet kurz die Augen, als wolle er still sagen: Sehen Sie, was ich meine?

Seine Mimik löst Beklemmung in mir aus. Wenn seine Hypothese stimmt und der Eierkoch ein Kommunikationsmittel unter Komplizen oder zwischen Täter und Opfer war, dann steckt hinter der Familientragödie der Familie Bilke möglicherweise mein eigener Bruder.

Zögernd frage ich: »Wenn die Designerstücke eine Form der Kommunikation sind, die Ankündigung eines Mordes, dann hat es sich bei Natalie Bilkes Tod vielleicht gar nicht um Selbstmord gehandelt.«

»Exakt!«, ruft der Kommissar.

Ich spinne den Gedanken weiter, frage mich, wer mit wem kommuniziert hat, und formuliere meine Überlegungen laut: »Wenn die Kunstgegenstände zum Informationsaustausch dienten, dann handelt es sich um eine Erweiterung der bisherigen Kommunikationsmittel. Das würde darauf hindeuten, dass auch der Kreis der Komplizen ein anderer als bisher angenommen sein könnte. Wir wissen noch nicht, welche Rolle Patisse spielt. Bis jetzt ist völlig unklar, ob er in irgendeiner Weise mit den Tätern in Verbindung steht oder ob er Rache nehmen will.«

Kellermann hebt kurz die Hand. »Wenn überhaupt. Solange wir keine konkreten Beweise haben, sind beides nur Vermutungen.«

»Gut«, gebe ich zu. »Reine Spekulation. Aber dennoch sind beide Varianten denkbar. Im ersten Fall könnte es sein – mal ganz theoretisch –, dass der Franzose seine eigene Lebensgefährtin geopfert hat. Er hat zwar ein Alibi für die Mordnacht, hätte aber seine Komplizen anstiften können. Wenn er zum Täterkreis gehört, ist es gut möglich, dass Sam in unmittelbarer Gefahr schwebt.«

Kellermann hat jetzt sein Lehrerimage abgelegt, stützt die Ellenbogen auf den Knien ab und lauscht mir aufmerksam.

»Im anderen Fall wäre Patisse ein Racheengel. Er sucht die damaligen Täter, um den Tod seiner Freundin zu rächen. Vielleicht weiß er bereits mehr als wir, hat entdeckt, dass es weitere Tote und diese zusätzliche Art der Mordankündigung gab, ist damit auf Natalie gestoßen und Grüter auf die Schliche gekommen. Dann könnte Sam seine Verbündete sein. Ihre Schwester wurde in den Tod getrieben. Auch sie will sich rächen.«

Der Kommissar grübelt kurz und formuliert dann: »Damit nähern wir uns Kreutzers Theorie, dass noch ein weiterer Anstifter existiert, der im Hintergrund die Fäden zieht und mehr Morde in Auftrag gab, als wir bislang identifiziert haben.«

»Glauben Sie, dass Grüter diese Rolle innegehabt haben könnte?«

»Ob als Anstifter oder Mitläufer, sollte Grüter zum Kreis der Täter gehört und eine Mitschuld an Natalies Tod getragen haben, dann hätte Samantha Bilke ein starkes Mordmotiv. Sie könnte Grüter getötet haben.«

Ich rufe mir die junge, zierliche Frau in Erinnerung, ihren zornigen Blick. Wäre Sam in der Lage, einen Menschen umzubringen? Auf diese grausame Weise?

»Ist das realistisch? Ich meine, könnte Sam überhaupt genug physische Kraft besitzen, um den Mord begangen zu haben?«

»Denken Sie an die Seilwinde. Außerdem könnte sie sich Hilfe gesucht haben. Zum Beispiel Theodore Patisse.«

Ich grübele und wende dann ein: »Aber wenn Natalie tatsächlich ein Opfer gewesen sein sollte, wieso hat man dann ein Wagenfeld-Produkt als Grablampe platziert? Das macht doch keinen Sinn. Wäre es nicht viel schlüssiger, ihr zu Lebzeiten einen Kunstgegenstand zu übergeben?«

»Der Eierkoch muss ja nicht zwangsläufig als Mordankündigung fungiert haben. So wie er auf dem Grab positioniert wurde, wirkt er doch wie eine Trophäe. Als hätte sich jemand ein Denkmal gesetzt. Ein Mörder, der über sein Opfer gesiegt hat und einen versteckten Hinweis auf seine Tat platzieren will. Vielleicht besaß Natalie aber auch einen anderen Wagenfeld-Gegenstand. Bredehöft fährt morgen noch mal zu Frau Bilke, um sie dazu zu befragen und Natalies Sachen zu prüfen, aufbewahrt hat ihre Mutter die bestimmt. Parallel durchsucht ein Team Samanthas Wohngemeinschaft in Altona.«

Ich stelle mir vor, wie der Polizeibeamte das Chaos in der Reetdachkate durchwühlt. Es wäre ein Wunder, wenn er in dieser Masse fündig würde. »Was ist mit Natalies Vater? Möglicherweise hat er ein paar Sachen mitgenommen.«

»Das werden wir herausfinden. Er wird morgen im Frankfurter Präsidium vorstellig.«

Der Kommissar hat die Maschinerie bereits in Gang gesetzt. Schräubchen für Schräubchen fügt sich zum großen Ganzen. Trotzdem habe ich ein Störgefühl. Irgendetwas behagt mir nicht. Falle ich wieder auf meine eigene Engstirnigkeit herein? Will ich das Offensichtliche nicht wahrhaben?

Also wechsele ich erst mal das Thema. »Haben Sie eigentlich Neuigkeiten zu meinem Laptop?«

Kellermann nickt. »Ja und nein. Das Spionageprogramm wurde Ihnen in einer E-Mail zugeschickt, getarnt als Information einer Fluggesellschaft.«

»Einer Fluggesellschaft?«, fahre ich dazwischen.

»Eigentlich pfiffig. Bei Ihrem Reiseaufkommen ist das sicher eine der unauffälligsten Varianten. Um das herauszufinden, muss man Sie nicht lange kennen.«

Punkt für den Eindringling, denke ich still.

»Leider können wir den Absender nicht ermitteln. Der Angreifer hat zur Verschlüsselung das Programm *Tor* verwendet.«

Jetzt wird mir einiges klarer. Das Programm dient zur Verschleierung der eigenen Identität und ist eine Voraussetzung, um das Darknet zu nutzen. Wenn der Angreifer den Umweg über diesen anonymisierten Teil des Internets gewählt hat, dann wird die Polizei seine Identität nicht herausfinden. Und falls Patisse und Samantha tatsächlich gemeinsame Sache machen sollten und vor allem über diesen Weg miteinander kommunizieren, wäre ihr Austausch quasi unsichtbar.

»Das war es also, oder?«, frage ich resigniert.

»Unsere Spezialisten wollen noch ein paar Tests machen, halten es aber für unwahrscheinlich, auf die Zielperson zu stoßen.«

»Und wann bekomme ich meinen Rechner wieder?«, frage ich und freue mich zumindest darüber, bald wieder mein Spielzeug in Händen zu halten.

Doch Kellermann macht mir einen Strich durch die Rechnung. »Vorerst gar nicht«, verkündet er. »Der ist ein Beweisstück und bleibt bis zum Prozessabschluss in der Asservatenkammer.«

Frustriert falle ich zurück in die Polster. Die Aussicht, meinen Computer in den nächsten Monaten nicht zurückzuerhalten, schockt mich zutiefst. Erst als Kellermann mit den Fingerspitzen mein Knie anstupst, tauche ich wieder aus meinen Gedanken auf.

»Also los, kommen Sie. Der Zug nach Frankfurt fährt gleich«, sagt der Kommissar und steht erwartungsvoll vor mir.

Ich schaue unschlüssig zu ihm auf. Um mich in Bewegung zu setzen, nickt er noch einmal motivierend. Doch ich rühre mich nicht.

Mit einem lautstarken Seufzen lässt sich Kellermann zurück auf das Sofa fallen. »Na schön, was ist los?«

Ich denke daran, in meine Frankfurter Wohnung zurückzukehren, den Wohnungsschlüssel im Schloss stecken zu lassen und mich ängstlich unter der Decke zu verkriechen. Auch die Aussicht auf ein Hotelzimmer befriedigt mich nicht. Da kann ich genauso gut hierbleiben. Und meine Theorie weiterverfolgen. »Ich komme nicht mit«, bestimme ich. »Ich werde noch mal nach Jork fahren.«

Kellermann schüttelt den Kopf. »Fahren Sie mit mir zurück. Bredehöft kümmert sich um alles. Glauben Sie mir, Sie werden nichts finden, was nicht auch die Kollegen entdecken.«

Ich zögere. Mache ich mir etwas vor? Leide ich an Selbstüberschätzung? Nein. Ich möchte nicht bleiben, weil ich mir mehr zutraue als der Hamburger Polizei. Ich bleibe, weil es gerade die beste Alternative ist. In meine Wohnung in Frankfurt zieht mich nichts zurück. Berlin kommt aktuell nicht infrage, Karla ist anderweitig beschäftigt und Anna hat sich aus der Hauptstadt verabschiedet.

»Ich bleibe trotzdem.«

Kellermann schließt kurz die Augen und atmet tief ein. Als er mich wieder anschaut, ist ihm seine Ungeduld anzusehen, doch er bringt mit gefasster Stimme vor: »Jork ist ein Dorf. Die Bewohner sind eine seit Jahren eingeschworene Gemeinschaft. Was glauben Sie, was passiert, wenn sich plötzlich eine Hobbypolizistin aus Frankfurt in ihre Reihen zu schmuggeln versucht?« Der Kommissar erwartet keine

Antwort auf seine Frage, denn er fährt direkt fort: »Es passiert gar nichts. Sobald Sie den Mund aufmachen, wissen die, dass Sie nicht von dort kommen. Und selbst wenn Sie sich monatelang in dem Dorf einnisten, werden Sie trotzdem nichts erfahren. Auf dem Land bleibt man unter sich. Die Dörfler reden kaum miteinander, geschweige denn mit Ihnen.«

Ich kann Kellermann nichts entgegenhalten. Genau so wird es sein. Ich bin die Städterin, die Fremde, die sich als Spitzel aufspielt. Selbst wenn ich mir jahrelang Mühe gäbe, bei der Ernte mitwirken, am Apfelblütenfest teilnehmen, den Weihnachtsbaum auf dem Dorfplatz schmücken würde, all das änderte nichts daran, dass ich die Fremde aus der Stadt bin, die Exotin, die von einem anderen Planeten stammt. Jemand vom Land kann in die Stadt ziehen, sich dort unter das Volk mischen, als Teil der Gruppe akzeptiert werden. Andersherum ist das eine ganz andere Angelegenheit.

»Ich glaube Ihnen aufs Wort«, versichere ich dem Kommissar. »Ich halte das Unterfangen für genauso aussichtslos wie Sie. Aber ich bleibe dennoch hier. Es ist das Beste, was ich jetzt tun kann.«

Der Kommissar schlägt sich auf die Schenkel und springt auf. »Ich kann Sie ohnehin nicht umstimmen. Aber tun Sie mir den Gefallen und melden Sie sich in regelmäßigen Abständen bei mir.« Kellermanns Blick ist ernst, als er trocken hinzufügt: »Regelmäßig heißt im Abstand weniger Stunden, nicht alle paar Tage.«

Dann dreht er sich um und verlässt das Lokal. Ich schaue ihm nach, wie er den Bürgersteig entlangeilt, den Arm hebt, ein Taxi heranwinkt und sich auf die Rückbank der beigefarbenen Limousine schiebt.

Regungslos verharre ich auf meinem Sessel. Der Kommissar sorgt sich um mich. Dieser Gedanke verschlägt mir die Sprache. Nach all den kleineren und größeren Wortgefechten in der letzten Zeit habe ich damit am wenigsten gerechnet. Und wenngleich er seine Sorge nur mit einem knappen Hinweis geäußert hat, es sich um alles andere als eine überschwängliche, gefühlsbetonte Besorgnis handelte, rührt mich seine Geste zutiefst.

Immer noch starre ich aus dem Fenster, obwohl Kellermann längst aus dem Blickfeld verschwunden ist. Ich habe mich gegen Frankfurt entschieden, weil ich lieber das Alleinsein in der Fremde akzeptiere als die Einsamkeit in einem vertrauten Umfeld. Hier in Hamburg überrascht die Isolation nicht. Die unbekannte Stadt allein erklärt das Gefühl der Verlassenheit. Hier ist es unabwendbar, zählt zum Repertoire dazu und muss einfach ertragen werden.

Was bist du nur für ein sturer Dummkopf, herrsche ich mich an. Der einzige Mensch, der dir dieses Gefühl gerade nehmen könnte, sitzt in einem Taxi und steigt in wenigen Minuten in den ICE. Ich schaue auf die Uhr. Kurz nach sieben. Es ist noch Zeit genug.

39

Kurz vor Kassenschluss verlasse ich das Sportgeschäft am Hamburger Hauptbahnhof mit einer großen Einkaufstüte. Passende Laufschuhe und Sportkleidung habe ich in wenigen Minuten gefunden.

Bereits als ich mir die Schnürsenkel binde, stellt sich eine erste innere Ruhe ein. Das nagende Gefühl der Einsamkeit rückt in den Hintergrund und die Vorfreude auf den bevorstehenden Lauf nimmt mich gefangen. Nach wenigen Kilometern verschwindet das Unwohlsein komplett. Selbstsicher setze ich einen Fuß vor den nächsten, atme die Abendluft tief ein und ziehe an der Alster vorbei. Der monotone Lauf versetzt mich in einen Rausch. Der sich bildende Schweißfilm auf meiner Haut schwemmt alle Unsicherheiten und negativen Gedanken fort. Dankbar lege ich Meter um Meter zurück. Um keinen Preis der Welt möchte ich dieses zurückgewonnene Selbstbewusstsein wieder verlieren und so biege ich auf der Kennedybrücke nicht Richtung St. Georg ab, sondern wähle den Abstecher Richtung Planten un Blomen. Trotz der späten Stunde steht das Eingangstor noch offen.

Die innerstädtische Parkanlage bietet inmitten der flachen Region ein paar Hügel und ich laufe Kieswege hinauf und Treppenstufen hinab. Auch am botanischen Garten komme ich vorbei. Das Gewächshaus ist um diese Zeit bereits geschlossen und nur noch notdürftig beleuchtet. Dennoch mache ich kurz Halt und bestaune die sich im Inneren befindenden Kakteen. Mein Atem lässt die Scheibe beschlagen. Um nicht auszukühlen, setze ich meinen Weg fort und wähle einen schmalen Pfad, der sich zwischen Büschen eine Anhöhe emporschlängelt. Oben wächst eine Linde, deren Äste so niedrig sind, dass sie auf Kniehöhe über den Boden ragen. Der unterste Ast, dick wie der Oberschenkel eines Holzfällers, macht dabei eine Wölbung, als wolle er dem Besucher einen Ort zum Verweilen anbieten. Ich stütze mich mit den Händen auf der naturgegebenen Sitzfläche ab und mache ein paar Liegestütze. Die Rinde ist noch feucht vom nachmittäglichen Regenschauer. Danach wende ich mich um die eigene Achse und presse beide Handflächen hinter meinem Rücken auf das Holz, um meine Trizepsmuskeln zu trainieren. Wie ein Brett lasse ich mich herunter und als meine Arme maximal gebeugt sind, drücke ich mich wieder hoch.

Plötzlich packt jemand meine Hände und zieht sie ruckartig nach hinten. Ich schrappe mit den Armen an der Baumrinde entlang und rechne damit, jeden Moment mit dem Steißbein auf den Boden zu knallen. Doch kurz bevor mein Po auf die Erde prallt, wird der Fall durch meine Achselhöhlen gestoppt. Mit voller Wucht ramme ich mit den Schultergelenken auf den Holzstamm. Ich schreie auf. Tränen schießen in meine Augen, so sehr schmerzen meine Schultergelenke, die Sehnen in der Armbeuge und die aufgeschürfte Haut.

Ich will herumfahren, doch zwei kräftige Hände halten mich über dem Stamm fest, ziehen mich sogar weiter hinunter, sodass sich der Baumstamm tiefer in meine Achselhöhlen gräbt. Ich zerre an meinen Armen, doch der Angreifer in meinem Rücken ist zu stark, um mir einen Spielraum zu lassen. Ich schreie auf, strample mit den Füßen.

Dann vernehme ich eine dunkle Stimme: »Schreien Sie nicht, sonst sterben Sie.«

Unmittelbar verstumme ich, verharre bewegungslos in meiner Position.

»Ziehen Sie Ihre Schuhe aus und schubsen Sie sie den Hügel hinunter«, weist mich der Mann in meinem Rücken an. Sein Atem ist mir so nah, dass ich den warmen Dunst auf meinem Hals spüre.

Ich folge den Anweisungen und streife die Turnschuhe einzeln ab. Einen nach dem anderen kicke ich den Hang hinunter. Wieso kommt hier niemand vorbei?, denke ich verzweifelt. Wieso habe ich mir diesen einsamen Teil des Parks ausgesucht? Warum bin ich nicht mit Kellermann nach Frankfurt gefahren?

Meine rasenden Gedanken werden durch den Mann in meinem Rücken unterbrochen. »Ich lasse Sie jetzt los. Sie schreien nicht. Sie laufen nicht weg. Sie nehmen Ihre Arme vor. Setzen Sie sich auf den Boden und ziehen Ihre Trainingshose hinunter.«

Was? Innerlich schreie ich auf. Panik überfällt mich. Will der Typ mich vergewaltigen? Jetzt und hier im Schlamm?

Meine Eingeweide ziehen sich zusammen, mein ganzer Körper versteift sich. Ich falle wie ein gejagtes Tier in Schockstarre. Sein Griff hat sich trotz der Ankündigung noch nicht gelockert.

»Haben Sie mich verstanden?«, raunt er in mein Ohr.

Ich nicke mechanisch.

Dann löst er seine Hände von meinen Gelenken und ich rutsche langsam zu Boden. Dabei klappen meine Arme weiter nach hinten. Der Winkel wird so groß, dass meine Sehnen zum Zerreißen gespannt sind. Die Schultern sind kurz davor auszukugeln. Doch ich spüre den Schmerz kaum, so viel Adrenalin pumpt durch meine Adern.

»Jetzt die Hose runter.«

Ich verlagere das Gewicht auf die linke Gesäßhälfte und ziehe umständlich meine Arme vor, sie sind taub vor Schmerz. Trotz der Aufforderung mache ich keine Anstalten, die Hose auszuziehen, und verschränke meine Hände im Schoß.

»Los jetzt«, raunzt mich der Mann in meinem Rücken an und parallel spüre ich einen kräftigen Stoß in der Nierengegend. Er hat zugetreten.

Ich greife nach dem Gummibund, verlagere wieder das Gewicht und ziehe die Hose bis an die Fußknöchel. Dreck und kleine Steinchen graben sich in meine Pobacken. Die Bodenfeuchte zieht in den dünnen Stoff meiner Unterhose und verstärkt meine Angst. Während die Nässe sich in meiner Unterwäsche festsetzt, kriecht die Panik in mir hoch und schnürt mir den Hals ab.

»Ziehen Sie die Arme aus den Jackenärmeln und legen sie vor den Bauch, aber lassen Sie den Reißverschluss zu.«

Als ich mich nicht bewege, folgt ein weiterer Fußtritt. Fester als zuvor. Ich krümme mich zusammen und presse vor Schmerz die Zähne aufeinander. Dann ziehe ich einen Arm nach dem anderen aus dem Stoff, die Ärmel hängen lose herab.

Der Mann ergreift sie und knotet sie eng um den Stamm. Dabei erhasche ich einen kurzen Blick auf seine Hände. Die Haut ist dunkler als meine und stark behaart. Als er fertig ist, richtet er sich auf, tritt jedoch keinen Schritt zurück. Ich spüre, wie nah sein Körper ist. Er muss direkt über mir aufragen, auf mich herabschauen, während ich in einer Zwangsjacke an den Baum gefesselt bin.

»Hören Sie jetzt gut zu: Lassen Sie Sam in Ruhe. Suchen Sie nicht nach ihr. Sie werden sie nicht finden. Suchen Sie Grüters Mörder. Graben Sie in der Vergangenheit. Er war nicht der gute Mensch, der er vorgab zu sein.«

Ich muss an Meiers Prophezeiung denken – Patisse werde mir nichts tun, solange der Hintermann nicht gefunden sei.

Trotz meiner misslichen Lage stoße ich hervor: »Warum sollte ich das tun?«

Mit einem Ruck reißt der Kerl mich an den Haaren zurück, ich knalle auf den Holzstamm und mir wird schwarz vor Augen. Als ich den Kopf wieder aufrichte und meine Augen öffne, sehe ich, wie ein ganzes Haarbüschel auf die Trainingsjacke fällt. Ich hoffe, dass die Attacke damit vorüber ist, doch Patisse hat noch nicht genug. Wer sonst sollte mir derartige Ratschläge erteilen?

Es folgt ein Tritt in meine Rippen. Noch einmal beiße ich meine Zähne fest aufeinander. Diesmal hat sich ein Stück meiner Lippe dazwischengeschoben und ich schmecke den metallischen Geschmack von Blut.

»Lassen Sie die Finger von Sam. Ermitteln Sie gegen Grüter.«

Obwohl der Schmerz zwischen meinen Rippen noch nicht abgeklungen ist, gebe ich mich kämpferisch: »Warum sollte ich?«

Der Mann beugt sich zu mir herunter. Mit zwei Fingern greift er nach meinem linken Ohr, zieht meinen Kopf wieder zurück, bis er den Stamm berührt. Obschon kein Spielraum mehr besteht, reißt er weiter. Es tut höllisch weh, der Schmerz strahlt den Hals hinab bis in die Brust. Dann lockert sich der Griff etwas und vor meinen verschwommenen Augen erscheint eine zweite Hand, die ein Smartphone zwischen den Fingern hält.

Ich blinzle, um die Tränenflüssigkeit zu vertreiben, und als sich das Bild scharf stellt, erkenne ich ein Eingangsportal. Über der Pforte thront eine Inschrift, auf den Stufen darunter tummeln sich Kinder. Einige tragen Schulranzen, andere werden von ihren Eltern an der Hand geführt. Winkende Arme, erhoben zum Abschied.

»Darum«, höre ich den Mann an meinem Ohr flüstern und trotz der leisen Stimme landen ein paar Tröpfchen Spucke auf meiner Wange. Die Feuchtigkeit gräbt sich wie Säure in meine Haut.

Dann höre ich, wie Schuhsohlen auf der feuchten Erde drehen und der Mann mit schnellen Schritten den Hang hinabeilt.

Ich warte ein paar Sekunden, lausche. Nichts passiert.

Ich zerre an der Trainingsjacke, rutsche auf dem Boden herum. Der Dreck schmiert über meine Oberschenkel und meinen Po, die Unterwäsche ist von der feuchten Erde völlig durchnässt. Ich winde mich weiter, wälze mich herum, bis sich langsam die Zwangsjacke löst und ich aus ihr herausschlüpfen kann. Ich springe hoch, greife zugleich nach dem Bund der Trainingshose. Als ich aufrecht stehe, habe ich sie bereits wieder über meine Hüften gestreift. Ich blicke mich um, doch von dem Mann ist nichts mehr zu sehen.

Ich springe den Hügel hinab und fische die Turnschuhe aus dem Gebüsch. Als ich die Schnürsenkel zubinde, spüre ich ein kleines Kieselsteinchen unter meinen Socken. Doch ich wage nicht, den Schuh erneut auszuziehen. Hastig richte ich mich auf, renne los. Sprinte in Richtung Ausgang und verlangsame erst meinen Schritt, als ich durch das Eingangstor des Parks trete. Auf dem Bürgersteig stoppe ich, stütze mich auf den Knien ab und versuche, meine brennende Lunge zu beruhigen.

Nachdem ich meine normale Atmung wiedererlangt habe, wende ich meinen Blick auf die Straße. Ein Taxi nähert sich und ich winke hektisch. Als der Wagen näher rollt, mustert der Fahrer mich kritisch von oben bis unten. Im letzten Moment wendet er den Blick ab und gibt Gas.

»Verdammt!«, fluche ich laut und lege den Weg zum Hotel zu Fuß zurück.

Über eine Stunde ist der warme Strahl der Dusche auf mich eingeprasselt. Das heiße Wasser hat sich erst mit meinen Tränen vermischt, dann mit seinem monotonen Plätschern meine Nerven beruhigt und letztendlich das Zittern in meinen Muskeln gelöst. Ich habe so lange auf dem Boden der Duschwanne gehockt, bis meine Haut ganz aufgeweicht war. Erst dann bin ich aus dem schützenden Refugium hervorgetreten, habe mich in ein dickes Frotteetuch gewickelt und anschließend angezogen. Die neu gekauften Trainingssachen habe ich direkt in den Müll geworfen. Nie im Leben würde ich diese Kleidung wieder tragen.

Ich prüfe meine Hände. Sie zittern jetzt nicht mehr. Laut sage ich: »Hallo, Herr Kellermann. Hallo. Hallo. Eins, zwei. Hallo, Herr Kellermann.« Auch meine Stimme erscheint mir nicht mehr brüchig. Daher greife ich zu meinem Smartphone, setze mich auf das Bett und rufe den Kommissar an.

Ich erwische ihn auf dem Weg vom Frankfurter Hauptbahnhof in seine Wohnung. Die Leitung ist instabil. Er muss mit dem Auto unterwegs sein und von einem Funkloch ins nächste taumeln. Trotz der Widrigkeiten versuche ich, ihm möglichst neutral und gefasst von den Geschehnissen zu berichten.

»Sie waren allen Ernstes joggen?«, fragt Kellermann ungläubig dazwischen.

»Ja«, bestätige ich ruhig, »ich war joggen. Und dann habe ich Patisse getroffen.«

»Wen haben Sie getroffen?«, ruft der Kommissar ungehalten durch die Leitung.

Meine Nerven geraten jetzt an ihre Grenzen. »Herr Kellermann, rufen Sie mich doch bitte zurück, wenn Sie irgendwo angekommen sind und das Netz stabil ist.«

Ich lege auf, lasse den Arm sinken und starre auf den Fernseher. Der nicht läuft.

Nach einer Viertelstunde vibriert das Smartphone in meiner Hand. Die Verbindung ist deutlich besser und ich beginne erneut zu erzählen. Dieses Mal unterbricht Kellermann mich nicht und ich nehme alle Kraft zusammen, um keine Gefühle zu zeigen.

»Wieso sind Sie so sicher, dass es Patisse war? Haben Sie ihn gesehen?«

»Nein, aber der Angreifer hatte eindeutig einen französischen Akzent.«

»Gut, das ist kein Beweis, aber ein starkes Indiz. Es sind wahrscheinlich nicht viele Franzosen hinter Ihnen her.«

Der Kommentar sollte wohl witzig sein, meine Stimmung vielleicht aufheitern, doch mir ist nicht zum Lachen zumute, daher gehe ich nicht darauf ein.

»Wo sind Sie jetzt?«, will der Kommissar nach der entstandenen Pause wissen.

»Im Hotel.«

»Haben Sie die Tür verriegelt?«

»Ja, aber das ist eigentlich auch egal. Meiers Prophezeiung hat sich bewahrheitet. Patisse wird mir vorerst nichts tun.«

»Darauf würde ich nicht bauen«, meint der Kommissar trocken. »Sie setzen sich morgen in den ersten Zug nach Frankfurt.«

»Nein«, gebe ich entschieden zurück.

»Nein?« Kellermann klingt überrascht. Dann wird seine Stimme lauter: »Was um Himmels willen soll das heißen? Sie kommen schleunigst zurück.«

»Das geht nicht«, gebe ich mit der gleichen Überzeugung zurück.

»Warum?«, fährt Kellermann auf. »Was soll daran nicht gehen? Nur weil Patisse Ihnen sagt, dass Sie ermitteln sollen, heißt das nicht, dass Sie seiner Aufforderung Folge leisten müssen. Ganz im Gegenteil. Es heißt, dass Sie schleunigst Hamburg verlassen und zurückkommen.«

Erneut entsteht eine Pause. Ich beiße mir auf die Lippe. Die wunde Stelle reißt wieder auf. Mit dem Handrücken wische ich mir über den Mund, ein Streifen Blut bleibt zurück.

Kellermann unterbricht die Stille: »Frau Wagenfeld, warum können Sie nicht zurückkommen?«

Fast unhörbar stelle ich meine nächste Frage. »Ihre Tochter geht auf das Friedrich-Schiller-Gymnasium, oder? Patisse hat mir ein Foto von ihr gezeigt.«

Nur Kellermanns Atem ist zu hören.

Ich wage nichts zu sagen. Warte, bis er den Gedanken fassen kann, ihn sortiert hat. Mit einem Mal steht seine Tochter in der Schusslinie.

Eine Horde Betrunkener zieht am Hotel vorbei. Männerstimmen grölen: »O Hamburg, meine Perle, du wunderschöne Stadt, du bist mein Zuhaus, du bist mein Leben …«

Auch als der Lärm bereits wieder verebbt, ist immer noch kein Wort vom Kommissar zu hören.

»Herr Kellermann?«, taste ich mich vorsichtig heran.

»Woher wollen Sie so sicher sein, dass es meine Tochter war? Sie kennen sie doch gar nicht. Das kann reine Suggestivwirkung sein.« Der Kommissar klingt angriffslustig, trotzig. Diesmal ist er das Nashorn, das in die Ecke getrieben wird und vor lauter Zorn gegen den nächsten Baum rennt.

»Ich weiß, dass Zeugen unterbewusst beeinflusst werden können und ich Ihre Tochter nur einmal kurz auf einem Foto gesehen habe. Das würde nicht ausreichen, um sie zu identifizieren. Aber ich habe Sie erkannt. Das Foto zeigt, wie Sie ein blondes Mädchen von vielleicht zwölf Jahren von der Friedrich-Schiller-Schule abholen. Es gibt kein Vertun.«

Ich spreche langsamer, erkläre ausführlicher als sonst. Ich möchte Kellermann die Möglichkeit geben, die Situation zu verarbeiten und sich in Ruhe seinen nächsten Schritt zu überlegen.

Der Kommissar nimmt sich die Zeit. Nach einer ganzen Weile ruft er: »Das macht doch keinen Sinn! Wieso sollte Patisse das Risiko eingehen, Sie direkt zu treffen, Sie in einem Park zu kontaktieren? Er könnte einfach eine E-Mail schicken und das Foto meiner Tochter anhängen. Verschlüsselt und nicht nachverfolgbar. Wieso der persönliche, viel zu riskante Kontakt?«

»Darüber habe ich mir auch den Kopf zerbrochen. Ich glaube nicht, dass Patisse die direkte Konfrontation bloß gewählt hat, um mir die Nachricht zu übermitteln und die Aufnahme zu zeigen. Dazu hätte es, wie Sie sagen, viele andere Möglichkeiten mit weniger Gefahrenpotenzial gegeben. Ich glaube, es geht um etwas anderes.«

»Was meinen Sie?«

»Ich bin eine im Immobilienmarkt bekannte Spezialistin für die Einführung von IT-Systemen. Das ist noch leichter herauszufinden als die Tatsache, dass ich viel reise. Und trotz dieser Expertise schickt Patisse mir einen Trojaner.«

»Wenn er es gewesen ist«, merkt der Kommissar kritisch an.

»Wenn es Patisse tatsächlich gewesen ist«, antworte ich gedehnt.

»Sie glauben, er spielt mit Ihnen?«

»In der Tat«, gebe ich zu. »Ich glaube, dass es ihm darum geht, seine Dominanz zu beweisen, mich zu kontrollieren, mich leiden zu sehen. Die Durchsuchung von Sams Wohngemeinschaft haben Sie heute Nachmittag angeordnet. Erst heute Morgen waren wir an Natalies Grab. Patisse will mir zeigen, dass er mich im Auge hat, dass keiner meiner Schritte unbeobachtet bleibt. Egal wie viele Spionage-Apps wir von unseren Handys und Rechnern entfernen.«

»Es macht Sinn, dass er seine Kontrolle demonstrieren will, aber das hätte er auch ohne direkten Kontakt tun können.«

»Ja, aber nicht seine Dominanz. Er muss mir gefolgt sein, den ganzen Weg, mich auch vorher schon beobachtet haben. Er hat einen Zeitpunkt gewählt, zu dem ich absolut verletzlich war. Ich hänge rückwärts über einem Baumstamm, die Arme halb ausgekugelt, mit den nackten Beinen im Schlamm und unfähig, mich aus dieser Position zu befreien. Er steht in meinem Rücken, ich kann ihn nicht sehen, meinen Angreifer nicht einschätzen. Und mit der Angst kriecht die Nässe meine Unterwäsche hoch. Diese Symbolik hat er bewusst gewählt. Er hat gewartet, bis ich mich in der Defensive befinde, um den maximalen Effekt zu erzielen. Er hat mir die Haare ausgerissen und noch einmal nachgetreten. Es ging nicht nur um eine Information. Es ging darum, mir Angst zu machen, zu beweisen, dass er der Stärkere ist. Im digitalen Netz und in der Realität.«

»Also meinen Sie, für Patisse hat der Effekt eine größere Rolle gespielt als die Weitergabe der Information selbst? Hätte er Ihnen die Nachricht per Mail übermittelt, hätte sie nicht die gleiche Bedrohung ausgelöst. Und er hätte an Ihrer Angst nicht partizipieren können.«

»Genau. Eine E-Mail hätte nie und nimmer diese Wirkung erzielt. Ich hätte nicht über eine Stunde auf dem Fußboden einer Dusche verbracht. Und selbst wenn, hätte Patisse all das nicht gesehen. Aber genau das wollte er. Patisse hat sich aus seinem normalen Leben verabschiedet, seinen Job geschmissen und Frankreich den Rücken gekehrt. Er will gar nicht mehr in den Alltag zurück. Rache ist sein Ziel und die will er gebührend auskosten.«

»Dann ist er sich seiner Sache sehr sicher«, stellt Kellermann fest.

»Oder er hat nichts mehr zu verlieren«, gebe ich zu bedenken. »Vielleicht ist er sich gar nicht so gewiss, dass sein

Plan aufgeht. Vielleicht ist ihm das sogar egal. Er hat kein anderes Ziel mehr und daher stört es ihn auch nicht, dass er scheitern könnte. Er weiß, dass es ohnehin keinen Weg zurück gibt. Mit der Abhörung des Jugendzentrums hat er sich längst strafbar gemacht. Die Grenze ist überschritten. Und aus dieser Ausweglosigkeit zieht er eine ungemeine Stärke.«

»Das, was Sie Stärke nennen, bezeichnet man allgemein als psychopathische Anwandlung«, meint Kellermann trocken.

»Wenn Sie wollen, auch das.«

»Aber noch einmal zurück zu unserem Ausgangsthema: Was um Himmels willen tun Sie noch in Hamburg?«

Ich atme zweimal tief durch. »Patisse hat mir heute zwei Dinge gesagt: Egal, was du in der virtuellen oder in der realen Welt tust, ich bin bei dir, ich beobachte dich, ich folge dir, ich überwältige dich. Es gibt keinen Ort, an dem ich mich vor ihm verstecken könnte. Auch mir bleibt nur die Flucht nach vorn. Wenn ich aufhöre zu ermitteln, wird er Ihre Tochter bedrohen. Und selbst wenn wir sie aus der Schusslinie ziehen, würde sich nur der Fokus auf die nächste Person verschieben. Sollte ich mich davon nicht mehr beeindrucken lassen, sollte ich zu erkennen geben, dass mir das Schicksal der bedrohten Person egal ist, dann hätte ich für Patisse an Wert verloren. Dann käme der Moment, den er für mich geplant hat: mein Tod.«

»Aber meine Tochter …«, will der Kommissar einwenden, doch ich unterbreche ihn direkt: »Ich kann Ihnen versichern, es geht nicht nur um Ihre Tochter. Das ist lediglich eine Komponente meiner Entscheidung. Ich tue das auch für mich.«

Wieder kehrt Ruhe in der Leitung ein. Wieder verstreichen einige Sekunden, bis Kellermann das Wort ergreift. »Was, wenn Sie Deutschland verließen, eine Weile zu Ihrer Mutter nach Mallorca gingen?«

»Um Gottes willen, nein. Es ist ausgeschlossen, dass ich meine Mutter in diesen Fall hineinziehe und gefährde.«

»Dann nehmen Sie sich ein Hotel. Ein Flugticket nach irgendwo.« Die Stimme des Kommissars klingt fahrig, so fahrig wie seine Ideen.

»Herr Kellermann, es gibt keinen Ort, an den mir Patisse nicht folgen könnte. Mit seinen Fähigkeiten kann er jeden meiner Schritte nachvollziehen. Ich müsste mich aus der digitalen Welt davonschleichen. Kein Handy, kein Internet, keine Kreditkarte. Auch dieses Gespräch wird er belauschen. Er muss sich dazu nur in meiner Nähe aufhalten und den Datentransfer mit einem Empfänger tracken. Dazu braucht er nicht einmal eine Anwendung auf meinem Gerät zu installieren. Die Bedienungsanleitung dazu finden Sie mit drei Klicks im Internet.«

»Dann hat Patisse das alles mitgehört?«, ruft Kellermann aus. »Wir haben ihm gerade all unsere Überlegungen brühwarm erzählt?«

»Wir haben ihm nur das erzählt, was er mir gesagt hat. Wir haben ihm lediglich mitgeteilt, dass ich ihn verstanden habe, dass seine Nachricht angekommen ist, dass ich ermitteln werde und er Ihre Tochter in Ruhe lassen kann. Es ist die Antwort, die er hören wollte.«

»Mmh«, brummt Kellermann unzufrieden.

»Aber er hat uns noch etwas verraten.«

»Ja?«

»Er hat uns verraten, dass er nicht Teil von Eriks Jüngern gewesen ist. Er hat seine Partnerin nicht geopfert. Diese Variante können wir ausschließen.«

»Na ja«, wiegelt Kellermann ab. »Ausschließen ist vielleicht zu viel gesagt. Er kann uns auch einfach in die Irre führen wollen.«

»Selbstverständlich haben wir keine hundertprozentige Bestätigung, aber jemand, der so offensiv agiert wie Patisse, ist auf Tricks nicht angewiesen. Er sagt mir deutlich: Ermittle gegen Grüter oder Kellermanns Tochter leidet. Weniger Trick geht nicht.«

»Punkt für Sie. Patisse ist demnach tatsächlich als Racheengel unterwegs. Bleibt zu klären, welche Rolle Grüter eingenommen hat. War er Komplize im Komplott der Kunstmörder und sind die Wagenfeld-Gegenstände nur eine andere Kommunikationsart gewesen, um die Opfer auszuwählen? Oder steckt hinter Natalies und Grüters Tod eine ganz andere Geschichte? Eine Verbindung, die wir noch nicht kennen?«

»Diese Fragen gilt es zu klären.«

40

Von den Landungsbrücken bringt mich eine Fähre die Elbe hinunter bis nach Finkenwerder. Abgestimmt auf die Ankunftszeit steht dort ein Bus bereit, der die Gäste weiter ins Alte Land transportiert. Vorbei am Airbus-Gelände geht die Fahrt am Flussufer entlang. Auch bei dem Halt in Jork steige ich nicht aus.

Mein Ziel liegt zwei Stationen weiter, in einer Gegend ohne jede Besiedelung. Von hier fuhrt nur ein Pfad hinunter zum Wasser. Das Ufer liegt frei, ist nicht durch Büsche und Bäume zugewuchert und mutet mit seinem Sandstreifen an eine paradiesische Badestelle an. In der Mitte des Flusses befindet sich eine kleine Insel. Auch sie ist nicht bewohnt, sondern besteht nur aus verwunschenem Buschwerk und Grasflächen, die zum Wasser hinabführen.

Nur wenige Schiffe sind unterwegs, ein paar Segelboote und kleinere Fähren. Die großen Tanker, die in den Hamburger Hafen einlaufen oder Kurs auf die Nordsee nehmen, nutzen die Fährrinne hinter der Insel. Das Flussbett wäre hier nicht tief genug.

Ich trete näher ans Wasser, sodass meine Schuhe in den Sand sinken, die Wellen meinen Füßen jedoch nicht gefährlich werden können. Ich verstehe gut, dass Natalie diesen Platz geliebt hat. Er ist von ganz besonderer Schönheit. Idyllisch gelegen, geschützt vor zufällig vorbeispazierenden Wanderern und abgeschirmt vom Schiffsverkehr. Nur der ein oder andere Wasservogel verirrt sich auf den Wellen oder sucht nach Nahrung im nicht weit entfernten Gebüsch.

Natalie, was hast du hier gemacht? Was hat dich dazu getrieben, ins Wasser zu steigen? Bei der Kälte. Zu der Jahreszeit. Oder geschah das gar nicht aus freiem Willen? Bist du ein Opfer anderer gewesen? Ziel einer Gruppe von Psychopathen, die in dir nichts anderes als ein mögliches Kunstwerk gesehen haben?

Ausgeschlossen ist das nicht. Es gibt einige Beispiele in der Kunst, die derartige Szenen abbilden. Vor allem in der Malerei. Ein Gemälde von Pablo Picasso kommt mir in den Sinn, das den Titel *Rettung einer Ertrinkenden* trägt. Oder das apokalyptische Bild Jakob Steinhardts, das schlicht *Ertrinkende* genannt wurde. Auf dem düsteren Bild kämpfen zwei dem Untergang geweihte Gestalten in schwarzen Wellen. War das die Ursache dieser Tragödie? Der Ursprung von Natalies Tod? Ich lasse meinen Blick über die Wellen gleiten, beobachte das gegenüberliegende Inselufer, schaue den vorbeiziehenden Möwen hinterher. Ist das das Motiv?

In meiner Jackentasche vibriert es. Kellermann ruft an.

»Wo stecken Sie?«

»An der Elbe, wo Natalie ins Wasser gegangen ist.«

Der Kommissar schluckt. »Und?«

»Nichts«, antworte ich. »Ein landschaftlich schöner Fleck abseits vom Trubel. Verständlich, dass sie diesen Ort geliebt hat. Aber zu finden ist hier nichts.«

»Gar nichts?«, versichert sich Kellermann.

»Wasser, Sand und Steine. Ansonsten gar nichts.«

»Und jetzt?«

»Jetzt gehe ich rüber ins Dorf. Erst nach Hohendeich zu Sams Mutter, dann nach Jork.«

»Gut. Sie melden sich danach wieder.«

Der letzte Kommentar klingt wie eine Anweisung, der Befehl eines Offiziers. Doch ich nehme dem Kommissar die rüde Art nicht krumm. Ich verstehe, dass Besorgnis dahintersteckt.

Der nächste Bus kommt erst in einer halben Stunde und so lege ich die kurze Strecke nach Hohendeich zu Fuß zurück. Parallel zur Straße nutze ich den Radweg, obschon auch die Fahrbahn kein Problem dargestellt hätte. Nicht ein Auto kommt vorbei. Einzig ein paar kreischende Möwen begleiten mich auf dem Weg.

Als ich in den Kiesweg zur Reetdachkate einbiege, kommt mir ein Polizeifahrzeug entgegen. Am Steuer erkenne ich Bredehöft. Er muss Frau Bilke gerade einen Besuch abgestattet haben. Der Polizist stoppt das Fahrzeug, lässt die Fensterscheibe herunter und lächelt mir freundlich entgegen.

»Hallo, Frau Wagenfeld, Kommissar Kellermann hat mir bereits berichtet, dass ich Sie hier antreffen würde.«

Der Kommissar scheint sich wirklich zu sorgen. Sonst ist er keine solche Plaudertasche.

»Haben Sie noch etwas gefunden? Hat Frau Bilke weiterhelfen können?«, frage ich rasch, um bloß keine weiteren Erkundigungen zu meiner Person zuzulassen.

»Ich habe einen Kerzenständer konfisziert. Der stammt aus Samanthas Zimmer. Und einen Salz- und Pfefferstreuer.« Der Kommissar greift auf die Rückbank und zieht einen durchsichtigen Beutel hervor. Im Inneren entdecke ich einen Kerzenleuchter, der mit seinem verschnörkelten Design weit entfernt von der klaren Formensprache des Bauhaus-Künstlers ist.

»Stammt der wirklich von Wilhelm Wagenfeld?«, frage ich stirnrunzelnd.

»Nicht ganz«, eröffnet mir der Polizist stolz, »aber es ist ein Designerstück, also auch Kunst.«

Ich presse die Lippen aufeinander und bringe es nicht über das Herz, ihm zu sagen, dass wir mit dem Ding nichts anfangen können.

Bredehöft merkt mir meine Zweifel auch ohne Worte an und schiebt entschuldigend hinterher: »Aber die Salz- und Pfefferstreuer, die sind auf jeden Fall von diesem Wagenfeld. Ich habe extra unter dem Glasboden nachgeschaut.«

Ich ziehe die Augenbrauen hoch und nicke. Auch jetzt werde nicht ich diejenige sein, die ihn darüber aufklärt, dass die Anzahl der Haushalte, die *Max und Moritz* zu ihrem Küchenrepertoire zählen, weit in die Hunderttausende geht.

Ungeachtet meiner stillen Zweifel fährt der Polizist fort: »Frau Bilke war ein bisschen durcheinander. Mehrfach habe ich sie zu Samantha und Natalie befragt, aber etwas Brauchbares kam dabei leider nicht heraus. Sie ist einfach zu wirr im Kopf.«

»Ich werde trotzdem mal kurz Hallo sagen.«

Bredehöft tippt sich zum Gruß an die Schläfe und fährt die Fensterscheibe wieder hoch. Dann knirschen die Reifen auf dem Kiesbett.

Die Tür zur Reetdachkate ist nur angelehnt, sie springt auf, als ich dagegenklopfe. »Frau Bilke«, rufe ich, bekomme jedoch keine Antwort. Nochmals mache ich mich bemerkbar. Aber wieder keine Reaktion.

Ich setze einen Fuß in den Flur. Die Gerümpelberge sind nicht kleiner geworden. Selbst Kinderspielzeug entdecke ich in dem Gewühl. Die Zeit, als Samantha in das Bobbycar gepasst hat, ist lange vorbei.

Ich entdecke die Hausbesitzerin schließlich im Wohnzimmer, auf einem goldfarbenen Sessel. Eingepfercht zwischen Zeitungen, Kissen und Wolldecken, wiegt sie sich vor und zurück.

»Frau Bilke«, sage ich noch einmal, diesmal eine Spur leiser.

Trotzdem fährt die Angesprochene herum, antwortet mit einem hastigen »Ja?« und blickt mich erschrocken an. Als sie mich erkennt, entspannen sich ihre Gesichtszüge etwas. Sie blickt wieder geradeaus, auf den Zweisitzer gegenüber, auf die dahinterliegende Wand oder einfach nur ins Leere.

Ich wandere um den Sessel herum und nehme auf dem Sofa Platz. Die Sitzfläche ist leer. Bredehöft hat sich zuvor sicher Platz geschafft.

»Haben Sie einen Moment Zeit für mich?«, frage ich die zerbrechliche Frau, obwohl ich weiß, dass es eine dumme Frage ist. Zeit hat sie mehr als genug, mehr als ihr wahrscheinlich lieb ist.

Bilkes fahriger Blick wendet sich jetzt mir zu, die Augen sind wässrig, die hellgraue Iris verwaschen.

»Mir ist bewusst, dass die Polizei gerade hier war. Ich habe den Beamten in der Einfahrt getroffen. Ich möchte Ihnen nicht die gleichen Fragen noch mal stellen, auch nicht das Haus durchsuchen. Ich würde einfach gerne mit Ihnen über Natalie und Samantha sprechen. Wie waren die beiden als Kinder?«

Bilke fokussiert mich, überlegt einen Moment und fragt dann: »Möchten Sie ein Klümpchen?«

Ihr Blick wandert zu einer Porzellanschale voller Bonbons auf dem Wohnzimmertisch, eingerahmt von Fernsehzeitungen, Kekspackungen und Taschentuchpaketen. Ich werfe einen Blick darauf und zögere. Dann greife ich aus dem bunten Mix ein Karamellbonbon, eingewickelt in goldenes Papier. Nur mühsam lässt sich die brüchige Plastikfolie vom Inhalt trennen. Im Mund gestaltet sich die klebrige Masse noch zäher als üblich. Ich bin froh, das Haltbarkeitsdatum nicht zu kennen.

Mit meinem Bonbon im Mund setze ich erneut an: »Wie waren ihre beiden Töchter früher? Waren sie fröhliche Kinder? Oder aufmüpfige Teenager? Haben sie viel angestellt?«

»Ja, ja, das waren sie. Ja, ja, das schon.« Frau Bilke blickt durch mich hindurch, fasst sich mit einer Hand an den Hinterkopf, als wolle sie prüfen, ob ihr sprödes, graues Haar noch richtig sitzt.

Ich starte einen neuen Versuch. »Können Sie Natalie beschreiben? War sie ein lebhaftes Kind?«

Bei dem Namen ihrer ältesten Tochter zuckt Bilke kurz, als hätte sie einen leichten Stromschlag bekommen. »Natalie? Natalie lebt nicht mehr«, sagt sie dann fest.

»Das stimmt. Es tut mir entsetzlich leid. Aber wie war sie als Kind? Als Teenager? Hatte Natalie viele Freunde? War sie häufig unterwegs?«

Frau Bilke fällt wieder in sich zusammen.

Ich wiederhole die letzte meiner Fragen, doch wieder kommt nur ein fahriges »Ja, ja«.

Die Unterhaltung führt zu nichts, denke ich resigniert und überlege, ob ich den Besuch abbrechen soll. Meine nächsten Schritte überdenkend, lasse ich den Blick im vollgestopften Wohnzimmer umherschweifen. Die Schrankwand aus Eichenholz bietet Raum für zahlreiche Gläser, Vasen, Bücher und Kitsch. Schachfiguren wurden in ein großes Einmachglas gestopft. Der schwarze König schaut über dem Rand hervor. Darunter stehen DVDs und VHS-Kassetten. Die danebenliegenden Buchbände deuten bereits optisch ein anderes Jahrzehnt an. Es sind Fotoalben mit dem für die Siebzigerjahre typischen Einband aus psychedelischen Formen und experimentellen Farben.

»Darf ich mir die mal anschauen?«, frage ich spontan.

Aus Frau Bilkes Mund erklingt das schon vertraute »Ja, ja«.

Da ich mir nicht sicher bin, ob sie meine Gedanken erraten hat, ergänze ich: »Ich meine die Fotoalben?« Ich zeige mit dem Arm auf die Schrankwand.

Frau Bilke folgt meiner Geste und wendet ihren Kopf. Kurz zeichnet sich ein Lächeln auf ihrem Gesicht ab und sie nickt.

Ich hoffe, dass sie mein Anliegen verstanden hat und ich die Bildbände nicht gegen ihren Willen aus dem Regal nehme. Um ihre Privatsphäre zu schützen, ziehe ich einen Stuhl heran und setze mich direkt neben ihren Sessel. So hat sie Einblick in die Alben in meinem Schoß und kann im Zweifelsfall intervenieren.

Klassische Familienfotos füllen die Seiten. Geburt, Taufe, erste Gehversuche und die erste Höhle im Schnee. Kindergeburtstage mit bunten Luftballons und einem kalten Hund auf dem Kuchentisch. Es ist Natalies Album. Auf ihrem Einschulungsfoto ist sie mit einer riesigen roten Zuckertüte zu sehen. Einige Seiten weiter folgten die Aufnahmen von Geburtstagsfeiern. Ein hochgeschossener Teenager mit Dauerwelle und Lippenstift bläst die Kerzen aus. Ihre schlanken Beine stecken in Karottenjeans und aus den weißen Basketballschuhen ragen weiße Tennissocken. Frau Bilke steht hinter ihrer Tochter. Dennoch sieht man ihren kugelrunden Bauch, der die nächste Geburt ankündigt. Kurz darauf folgen Aufnahmen, auf denen Natalie ein kleines Baby in den Armen hält oder ihm einen Löffel Brei in den Mund schiebt.

Frau Bilke macht auf diesen Bildern einen glücklichen Eindruck. Zufrieden schaut sie ihren Kindern zu, hält sie dankbar in den Armen. Die Gestalt auf den Fotos ist mit der heutigen Person nicht mehr zu vergleichen. Nichts erinnert an die freudestrahlende Mutter von einst, sie ist nur noch ein Schatten ihrer selbst.

Der Vater der beiden Mädchen taucht nur selten auf. In ihren jungen Jahren hält er insbesondere Natalie oft auf dem

Arm oder schiebt sie im Kinderwagen umher. Der stolze Papa trägt trendbewusst eine Jeansjacke mit Aufnähern. Je älter die Mädchen werden, desto seltener sieht man ihn auf den Bildern. Einmal entdecke ich ihn in einer Ecke. Er trägt einen schwarzen Anzug, die Aufnahme stammt von Natalies Konfirmation.

Während ich die Alben durchblättere, sitzt Frau Bilke still neben mir. Dennoch ist ihre Aufmerksamkeit gebannt und ihr Blick wandert ebenfalls über die Bilder. Doch von ihrer Seite kommt keine Äußerung. Kein Hinweis, kein Kommentar, auch keine Bitte, innezuhalten oder umzublättern. Ab und an huscht allerdings ein schüchternes Lächeln über ihr eingefallenes Gesicht.

Ich nehme das nächste Album aus dem Regal und verfolge Natalies Teenagerleben. Auch sie hat wie ihre Schwester Volleyball gespielt, bestritt jedoch auch andere Sportarten. Es folgt eine Aufnahme von einem Leichtathletikturnier, die Heranwachsende hält einen Pokal in der Hand. Eine andere zeigt sie auf einem Segelboot inmitten einer ganzen Crew, eventuell auf der Elbe, ich bin mir nicht sicher. Frau Bilke frage ich nicht danach, es wäre zwecklos.

Die letzten Bilder stammen aus der Oberstufenzeit. Stolz reckt Natalie ein Zeugnis in die Kamera. Danach finden sich kaum noch Fotos von ihr. Auch in Samanthas Kinderjahren sind wenige Aufnahmen entstanden. Nach Natalies Tod hat die Fotografie keine große Rolle mehr gespielt.

Ich klappe das letzte Album zu und verstaue es wieder in der Schrankwand. Auch den Stuhl schiebe ich an seinen vorherigen Platz zurück, um Frau Bilke meinen Abschied anzukündigen. Danach stelle ich mich neben den Sessel und beuge mich zu ihr herunter. Sie wendet mir ihr Gesicht zu, die Haut so dünn wie Pergament.

»Ich verabschiede mich jetzt wieder«, sage ich langsam und deutlich.

Sie nickt, als ob sie mich verstanden hätte. Dann nimmt sie meine Hand in ihre, umfasst sie vollständig, als wolle sie etwas prüfen, den Puls oder die Körpertemperatur. Ihre Haut fühlt sich kühl und leblos an. Während sie meine Hand noch immer festhält, fragt sie: »Wollen Sie denn nicht noch ein Klümpchen?«

Ich schüttle den Kopf. »Nein, nein, das ist lieb von Ihnen. Vielen Dank.«

Langsam lässt die gebrochene Frau meine Hand aus ihren Fingern gleiten und zieht sich in ihre eigene Welt zurück.

Auf halbem Weg zur Haustür rufe ich noch einmal »Auf Wiedersehen«. Aber der Abschiedsgruß verhallt ohne jede Reaktion.

Der Bus kommt erst in einer Dreiviertelstunde, doch es stört mich nicht. Ganz im Gegenteil, ich bin sogar froh über den Fußmarsch.

Das Gespräch mit Frau Bilke, ihre Trostlosigkeit und Resignation haben mir schwer zugesetzt. In einen vollgestopften Bus zu steigen, könnte ich jetzt kaum ertragen, und so ziehe ich den Reißverschluss meiner Jacke zu und mache mich auf den Weg Richtung Jork.

Ich bin schon eine Weile gegangen, da spüre ich mein Handy in der Hosentasche vibrieren. Es ist der Kommissar.

»Hallo, Herr Kellermann«, begrüße ich ihn förmlich, obwohl unser letztes Gespräch kaum mehr als zwei Stunden zurückliegt.

»Sind Sie noch in Hohendeich?«

»Nicht ganz, ich bin etwa auf halber Strecke nach Jork.«

»Sind Sie zu Fuß unterwegs?«, fragt Kellermann ungläubig.

»Ja.«

»Warum?«

»Weil der Bus nicht gefahren ist.« Ich wähle die naheliegendste Erklärung. Ich muss dem Kommissar nicht auf die

Nase binden, dass ich nach dem Besuch bei Frau Bilke frische Luft brauche.

»Warum haben Sie sich keinen Mietwagen genommen? Was stapfen Sie zu Fuß durchs Alte Land?«

»Es macht mir Spaß.«

»Papperlapapp, ich schicke Ihnen Bredehöft vorbei. Der ist bestimmt noch in der Nähe und kann Sie fahren.«

»Nein«, widerspreche ich.

»Keine Diskussion«, stellt der Kommissar entschieden fest.

Aus Kellermanns Sicht gibt es zu dem Thema nichts mehr zu sagen, aus meiner überwiegt gerade das unangenehme Gefühl, bevormundet zu werden.

»Aber warum ich eigentlich anrufe – Samanthas Vater war heute hier.«

»Und?«

Der Kommissar hat es geschafft, mit diesem Hinweis mein Missbehagen verschwinden zu lassen.

»Das Gespräch hat leider nicht viel ergeben. Natalies Tod hat die Familie auseinandergerissen. Die Ehe scheint schon vorher distanziert gewesen zu sein. Aber das Schicksal ihrer ältesten Tochter hat dem Paar dann den Rest gegeben. Herr Bilke ist daraufhin nach München gezogen. Dort war er ohnehin häufig beruflich. In Bremen saß nur eine Zweigstelle des Konzerns.«

»Hat er Ihnen etwas Brauchbares über die Schwestern erzählt? Wie war Natalie als Teenager, mit welchen Freunden hat sie verkehrt?« All meine zuvor gestellten Fragen platzen wieder heraus.

»Er konnte erstaunlich wenig zu den beiden Mädchen sagen. Auch als die Ehe noch intakt war, hielt er sich unter der Woche in Bremen oder München auf. Bei der Familie auf dem Land war er nur am Wochenende.«

»Das erklärt die wenigen Fotos von ihm«, denke ich laut.

»Welche Fotos?«, fragt Kellermann.

Ich erkläre dem Kommissar den Kontext meines Gedankengangs und berichte von den Alben.

»Also kommen wir bei beiden Elternteilen nicht weiter«, bemerkt der Kommissar resigniert. »Was ist mit Bredehöft, hat er etwas entdeckt?«

»Leider war seine Ausbeute ebenso mager. Außer dem Klassiker *Max und Moritz* war nichts zu finden.«

»Und die hat selbst Ihr Italiener in Frankfurt. Was machen Sie jetzt?«

Ich überlege kurz. »Mittag essen.«

In Jork kehre ich in den Gasthof *Störtebeker* ein. Das Restaurant liegt mitten im Ortskern, auf der Grenze zwischen Oster- und Westerjork. Die Tische sind in einzelnen Holzkarrees angeordnet. Eine brusthohe Stellwand trennt jeweils einen Tisch vom nächsten. Ich fühle mich an die Kammern der Bierzelte auf dem Oktoberfest erinnert.

Ich schiebe mich auf eine Sitzbank und blättere die Speisekarte durch.

Von Beate Grüter habe ich erfahren, dass das Geburtshaus ihres Mannes der Gaststätte direkt gegenüberliegt. Doch nach dem Tod der Schwiegereltern wurde es verkauft, heute wohnen neue Besitzer darin.

Durch die unmittelbare Nähe zur Straße sind die Fenster im Erdgeschoss mit Gardinen verhängt. So kann ich nur das Fachwerk und die für die Region typischen Giebelverzierungen betrachten.

»Haben Sie schon etwas gefunden?«, spricht mich eine kräftige Frau mit dunkler Stimme an.

»Ich nehme ein großes Mineralwasser und einmal Labskaus, bitte.«

»Wissen Sie, was das ist?«, fragt mich die resolute Kellnerin skeptisch. Ihre wasserstoffblonden fusseligen Haare sind am Ansatz grau.

Kellermann würde jetzt laut auflachen und darauf pochen, dass sich seine Prophezeiung bewahrheitet hat. Ich werde sofort als Fremde entlarvt.

»Ja, ich kenne das Gericht, auch wenn ich nicht von hier stamme.«

»Dann sollte es ja keine Scherereien geben. Ich habe oft erlebt, dass Touristen mutig Labskaus bestellen, sich dann über den Brei beschweren und den Teller unangetastet zurück in die Küche schicken.«

Das Lokal teilt nur ein Gast mit mir. Ein alter Mann mit Schiebermütze und Holzfällerhemd sitzt am Tresen. Hinterkopf und Hemdkragen ragen über der Holzwand hervor. Mehr kann ich nicht erkennen.

Als die resolute Chefin des Hauses an seinem Tisch vorbeikommt, höre ich ihn rufen: »Renate, machste mir noch einen?« Danach folgt ein Geräusch, als ob er mit einem Glas auf die Theke klopft.

»Aber das ist dann dein Letzter«, höre ich sie schimpfen, bevor sie in der Küche verschwindet.

Ich schiebe mich aus meiner Box und gehe hinüber zu dem Alten. »Darf ich Sie kurz stören?«

Neben seinem leeren Schnapspinnchen liegt eine offene Zigarettenschachtel. Er blickt mich misstrauisch an. Das liegt wohl nicht nur daran, dass ich eine Fremde bin, sondern ist auch der Tatsache geschuldet, dass ich die Ursache für sein Rauchverbot bin. Solange er der einzige Gast im Haus ist, wird das aufgehoben. Der kalte Rauch hängt noch in der Luft.

»Darf ich eine?«, kommt mir spontan in den Sinn.

Das Gesicht des Alten wird freundlicher und sofort verliert er etwas an Größe, als ließe man die Luft aus einem Ballon. Plötzlich macht er den Eindruck eines verschmitzten Rumpelstilzchens, das sich unter seiner Kappe diebisch über eine Komplizin freut. Er schiebt mir die Zigarettenpackung samt Feuerzeug über den Tisch.

Ich zünde mir eine an und inhaliere den Rauch. Im nächsten Moment wird mir schwindelig. Die Zigaretten sind unheimlich stark. Doch ich lasse mir nichts anmerken.

Routiniert zündet auch er sich eine an und zieht das Nikotin tief in die Lunge hinein. Die Zigarette nimmt er nicht aus dem Mundwinkel, als er nuschelt: »Ich bin Klaus.«

Ich inhaliere ein zweites Mal. Das verschafft mir Zeit, mich zu entscheiden. Mit Small Talk brauche ich ihm nicht kommen, auch eine glaubhafte Geschichte will mir so schnell nicht einfallen. Daher entscheide ich mich für den direkten Weg. »Kennen Sie die Grüters? Die haben mal gegenüber gewohnt.« Mit dem Finger zeige ich durch das Fenster auf das Nachbarhaus.

»Bist du Polizistin oder was?«, fragt der alte Mann kritisch.

»Das nicht, aber ich arbeite für die Polizei.«

Mein Gegenüber nimmt noch einmal einen kräftigen Zug. Die halbe Zigarette besteht nur noch aus Asche. Er klopft sie nicht ab, eine seit Jahren eingeübte Praxis.

Ich bin weniger routiniert und ziehe den Aschenbecher heran, klopfe ab und schiebe das dunkel gefärbte Glasgefäß dann wieder zurück. Mein Sitznachbar nickt dankend, hält seine Zigarette jedoch weiter zwischen den Fingern.

Diese Gesten enthalten mehr Kommunikation, als wir mit Worten austauschen könnten. Ein letzter prüfender Blick, dann erscheint die resolute Renate. Mit einer Hand fuchtelt sie wild in der Luft herum, mit der anderen hält sie ein Tablett mit zwei Gläsern. Beide enthalten klare Flüssigkeit, sie sind nur von unterschiedlicher Größe.

»Wessen Idee war das denn?«, schimpft die Besitzerin laut.

»Meine«, gebe ich unmittelbar zu verstehen.

Kaum verständliches Gemurmel ertönt, etwas in der Art von: »Mein Gott, meinetwegen. Aber nicht, dass ich wegen euch Ärger kriege.« Dann rauscht Renate wieder ab und Klaus entledigt sich seiner Asche.

»Die kriegt schon keinen Ärger. Wer soll sich denn hierher verirren?« Der Alte öffnet kurz die Hände, um auf das umliegende Dorf zu verweisen. »Wir sterben doch aus.«

»Aber in das ehemalige Haus der Grüters, da ist doch wieder jemand eingezogen.«

Der alte Mann reagiert erst skeptisch, als ich direkt wieder auf mein Ursprungsthema komme. Dann antwortet er: »Ja, schon, eine Familie aus der Stadt. Die Kinder sollen im Grünen aufwachsen.«

»Kannten Sie die Grüters?«, versuche ich es erneut und habe mehr Erfolg.

Klaus nickt. »Ja, das waren ehrliche Leute. Der alte Grüter hat auf dem Bauamt in Stade gearbeitet. Seine Frau hat sich um das Kind gekümmert und später hier im Dorf viel für die Kirche gemacht. Zum Beispiel die Gemeindefeste organisiert, zum Erntedank oder zu Weihnachten.«

»Waren die Grüters denn sehr christlich? Auch der Sohn, Werner?«

Klaus zuckt übertrieben die Schultern. »Keine Ahnung, ich habe mit der Kirche nichts am Hut. Gehe nur Weihnachten in die Messe. Oder zum Begräbnis.«

Das bringt mich auf einen anderen Gedanken: »Waren Sie damals auch auf der Beerdigung von Natalie Bilke?«

»Jetzt willst du auch noch die Bilkes ausspionieren?«

Da er mit seiner Frage im Grunde recht hat, zucke ich kurz mit den Achseln, was bedeuten soll: eigentlich schon. Um meine fehlende verbale Äußerung zu begründen, ziehe ich kurz an meiner Zigarette. Mittlerweile habe ich mich an den Nikotinschub gewöhnt und der Schwindel hält sich in Grenzen.

Die Geste wirkt sich positiv auf Klaus' Redseligkeit aus und er fährt fort: »Das war eine traurige Geschichte damals. Natalie war noch ein ganz junges Ding. So richtig verstanden hat das keiner.«

»Kannten Werner und Natalie sich? Ihr Altersunterschied betrug ja nur wenige Jahre.«

»Hier kennt sich jeder, ob jung oder alt«, bestimmt Klaus trotzig.

»Aber waren sie befreundet? Können Sie sich erinnern, dass die beiden etwas zusammen unternommen haben?«

Der Alte überlegt kurz, verschwindet in vergangene Tage. »Ich glaube schon. Die fuhren ja alle Richtung Stade. Eine Grundschule haben wir noch im Dorf, aber für die weiterführenden Schulen gibt es hier viel zu wenige Kinder. Da müssen sie mit dem Bus los.«

»Waren die beiden denn auf der gleichen Schule?«

»Ach, da musst du jemand anderes fragen.«

Ich denke, dass das Thema damit abgehakt ist, doch ich irre mich.

Klaus beugt sich über den Tresen und ruft Richtung Küche: »Renate! Renate, kommst du mal?«

»Was ist denn?«, zetert die Kneipenchefin im Türrahmen und wischt sich mit dem Unterarm den Schweiß von der Stirn.

Klaus verharrt in seiner verdrehten Stellung und ruft: »Weißt du noch, ob die ältere Tochter der Bilkes und Werner Grüter auf dieselbe Schule gegangen sind?«

Renate stapft zu uns herüber. Klaus schiebt sich auf den Hocker zurück und die Kellnerin stützt sich mit einer Hand auf der Thekenfläche ab. Neben ihr wirkt der Rentner wie ein kleines, schmales Männchen.

»Was grabt ihr denn die alten Kamellen wieder aus?«

»Können Sie sich an die Schulzeit der beiden erinnern?«, schiebe ich schnell und unverblümt nach, um ihr Misstrauen gar nicht erst im Raum stehen zu lassen.

Der Trick wirkt.

Die Chefin legt die Stirn in Falten. »Ja, die beiden waren auf derselben Schule. Ich kann mich erinnern, dass wir einmal die Mittagspause in der Gastschenke ausgerichtet haben. Die hatten Wandertag und sowohl Natalie als auch Werner waren dabei. Ich kann mich so genau erinnern, weil die Kinder damals mit Wasserbomben spielten. Werner war klitschnass. Er ist einfach rüber nach Hause gegangen und hat sich umgezogen.« Renates Gesicht ist weicher geworden. Die Erinnerung an die damalige Zeit hat ein Lächeln hervorgerufen. Doch dann versteift sie sich wieder und raunzt ruppig: »Aber die Toten soll man ruhen lassen. Natalie ist begraben. Das ist traurig genug.«

Damit wendet die Besitzerin sich wieder ab und geht Richtung Küche, doch sie hält inne, als ich anfüge: »Auch Werner lebt nicht mehr.«

Beide Augenpaare sind jetzt gebannt auf mich gerichtet. Ich bin überrascht, dass diese Nachricht nicht längst wie ein Lauffeuer durch das Dorf gegangen ist. Dann fällt mir ein, dass über den brutalen Mord sicher nur anonymisiert in den Medien berichtet wurde. Grüter hatte alle Verbindungen in Jork abgebrochen. Selbst seine Frau war nur einmal hier und hat seine damaligen Bekannten aus dem Alten Land nie kennengelernt.

Die beiden älteren Herrschaften schauen mich immer noch fragend an. Je länger meine Pause währt, desto misstrauischer werden ihre Blicke.

»Er starb vor ein paar Wochen«, beginne ich zögerlich. »In Hamburg. Er wohnte in Othmarschen.« Ich habe gehofft, dass die spärliche Erklärung reichen würde, aber die argwöhnischen Mienen der beiden verändern sich nicht. Ich sehe mich genötigt, ihnen mehr Informationen zu geben. »Werner Grüter wurde umgebracht. Der Fall ist noch nicht aufgeklärt, die Polizei ermittelt.«

Trotz der Ergänzung bleiben die Gesichter der Dörfler versteinert. Die Situation wird immer unbehaglicher. Mir ist nicht danach zumute, Grüters Tod im Detail zu beschreiben.

Da rettet mich eine Stimme aus der Küche: »Renate, das Labskaus ist fertig.«

Zum Glück. Ich atme innerlich auf, auch wenn ich gerade überhaupt keinen Bissen hinunterbekomme.

Renate verschwindet und Klaus zündet sich eine weitere Zigarette an. Während er den Rauch inhaliert und durch die Nase wieder ausstößt, ruht sein prüfender Blick auf mir. Zum Glück stellt der Alte keine weiteren Fragen.

Ich knibble an einem Bierdeckel, bis Renate mit einer riesigen Portion des nordischen Gerichts erscheint. Der Koch hat es gut gemeint. Auf dem Kartoffelbrei liegen gleich drei Spiegeleier. Ich weiß nicht, wie ich die große Portion mit dem verloren gegangenen Appetit verdrücken soll.

Da öffnet sich plötzlich die Eingangstür und Bredehöft steht im Schankraum. Jetzt ist er es, der kritisch beäugt wird.

Unschlüssig wandert sein Blick von einem zum anderen und landet schließlich auf dem Teller in Renates Hand. »Das nehme ich auch.« Sein jugendliches Grinsen ist zurückgekehrt.

41

Bredehöft verspeist neben seiner auch gleich die Hälfte meiner Portion. Wo er diese Mengen in seinem schlanken, fast schlaksigen Körper lässt, ist mir schleierhaft. Genüsslich kratzt er die letzten Reste des Kartoffelgerichts mit der Gabel vom Teller. Während er durch den vollen Mund verbal außer Gefecht gesetzt ist, berichte ich ihm von unserem nächsten Zielort.

Mit deutlich erhöhter Geschwindigkeit steuert er uns kurz darauf über die Landstraße Richtung Stade. Stirnrunzelnd werfe ich einen Blick auf den Tacho. Als der Beamte parallel mit dem Handy die Schule in Stade anruft, um uns bei dem Direktor anzukündigen, wende ich mich ab. Die Polizei wird es wissen müssen.

Stade hat einen klassisch runden Ortskern, umgeben von einer kreisförmigen Wallstraße. Während wir das Städtchen durchfahren, erhasche ich Einblicke in den verwinkelten Altbaubestand.

Auch das hiesige Gymnasium ist in einem historischen Gebäude untergebracht. Ein klassischer Backsteinbau ragt vor uns auf. Um das Portal für den Besucher hervorzuheben, wurden die Eingangstüren leuchtend blau gestrichen. Neben dem charmanten Schulgebäude steht ein Plattenbau aus den Siebzigerjahren, ein schmuckloser Betonklotz mit Flachdach und eingesetzten Glasbausteinen. Auch aus dessen Eingang drängen Schüler in den freien Nachmittag. Die Ranzen stoßen in dem Gewühl aneinander. Nach dieser Menschenmasse zu schließen, kann sich Stade nicht über mangelnde Schülerzahlen beschweren.

Auf der Suche nach dem Direktor betreten wir das Schulgebäude. Die massive Eingangstür fällt krachend hinter uns ins Schloss. Noch vor der ersten Treppenstufe geht eine Tür ab. Eine Klingel in der Wand ist mit *Schulwart* beschriftet. Doch auch nachdem Bredehöft den Knopf zum dritten Mal gedrückt hat, tut sich in den dahinterliegenden Räumen nichts.

Also steigen wir die herrschaftlichen Stufen hinauf, bis wir im ersten Geschoss sind. Links und rechts zweigt ein Flur ab und wir entscheiden uns für den linken. Auf kleinen Schildern sind Raumnummern verzeichnet, ergänzt durch Hinweise auf ein Physiklabor, den Videoraum oder das Lehrerzimmer. Die letzte Tür ist nur angelehnt, Stimmen sind zu hören.

Bredehöft schiebt sie vorsichtig auf und schlägt dann mit dem Fingerknochen gegen den Holzrahmen, um sich bemerkbar zu machen.

Der vor uns liegende Saal ist riesig und erinnert eher an eine kleine Turnhalle oder Mensa. Doch statt einer Essensausgabe befinden sich an den Wänden nur vollgestopfte Bücherregale, zudem sind Tische zu einem überdimensionalen Rechteck zusammengestellt. Papiere und Bücherstapel verteilen sich vor den Sitzplätzen.

Da keine der anwesenden Personen auf uns reagiert, treten wir auf eine rothaarige Frau mit Pferdeschwanz zu. Sie sitzt am nächsten. Doch sie bemerkt uns immer noch nicht, zu vertieft ist sie in ein Schulheft, das sie intensiv mit einem Rotstift bearbeitet.

»Entschuldigung«, bringt Bredehöft zögerlich hervor.

Die Frau dreht sich um und blickt uns verblüfft an. Ein Polizeibeamter in Begleitung einer Fremden erscheint wohl nicht allzu oft im Lehrerzimmer.

»Ja?«, fragt sie ebenso zögerlich und gedehnt zurück. Noch bleibt sie sitzen und schaut verdattert zu uns auf.

»Wir suchen Direktor Fischer. Können Sie uns eventuell weiterhelfen?«

Die Nennung des Namens lässt die Gesichtszüge der Lehrerin entspannen. Dass Bredehöft den Schulleiter namentlich kennt, sorgt für erstes Vertrauen. Sie zeigt mit dem Zeigefinger in die Luft. Den roten Stift hält sie nach wie vor fest umklammert, sodass die Spitze des Tintenrollers gen Decke ragt. »Der ist oben, im dritten Stock.«

»Würden Sie uns hinführen?«, bittet der Kommissar.

Eine kurze Sekunde des Zögerns, dann setzt sie sich in Bewegung. »Aber sicher.« Sie streckt die Hand aus und bedeutet uns, vor ihr durch die Tür zu treten. Mit ähnlicher Gestik dirigiert sie uns zurück ins Treppenhaus.

»Sie haben aber viele Lehrer«, versuche ich, das Schweigen auf dem Weg zu brechen.

»Finden Sie?«, fragt die Rothaarige nachdenklich, die neben mir die Stufen hochtänzelt, ohne außer Atem zu geraten.

»Ich habe noch nie so ein großes Lehrerzimmer gesehen. Der Raum ist doch sicher für über achtzig Leute ausgelegt.«

Zum ersten Mal ist ihre Reaktion nicht überlegt, sondern kommt spontan. »Wir sind noch viel mehr. Die meisten von uns haben gar keinen festen Platz.«

»Sie teilen sich also die Tische?«, versuche ich, das Gespräch fortzusetzen, doch wir erreichen den dritten Stock und die Lehrerin verweist uns auf das erste Büro. Sie klopft kurz, öffnet und informiert den Direktor über die neben ihr stehenden Gäste.

Da Bredehöft uns angekündigt hat, ist Herr Fischer nicht überrascht. Fast sprunghaft reckt er sich in die Höhe und kommt mit zackigem Schritt hinter seinem Schreibtisch hervor.

Die rothaarige Lehrerin verabschiedet sich und dreht sich schwungvoll, sodass ihr Pferdeschwanz wippt. Im nächsten Moment ist sie im Treppenhaus verschwunden.

»Herzlich willkommen am Elbe-Gymnasium, treten Sie doch ein. Womit kann ich Ihnen helfen?«, fragt der Direktor freundlich und streckt uns die Hand entgegen.

Trotz seines enthusiastischen Entgegenkommens bin ich zögerlich. Die Freundlichkeit erscheint mir aufgesetzt, die Geste verkrampft, sein Händedruck zu gewollt. Nachdem wir uns sortiert und Platz genommen haben, stützt Fischer die Ellenbogen auf der Schreibtischplatte ab und faltet geschäftig die Hände. Seine randlosen Brillengläser blitzen auf.

Bredehöft bringt sein Anliegen vor. Der Schulleiter lauscht mit gerunzelter Stirn. Die Falten ziehen sich an seinem Glatzkopf weit hinauf. Er antwortet nicht sofort. Als wolle er die entstehende Pause nutzen, um sein Gegenüber einzuschätzen, aber auch, um uns einzuschüchtern. Der Direktor ist jemand, der Kontrolle will.

Dann nickt er akkurat, fast militärisch. »Natalie Bilke und Werner Grüter waren Schüler in diesem Haus. Es ist schon eine Weile her, aber ich habe das nach Ihrem Anruf direkt in den Akten geprüft.« Sein Kinn bezieht wieder Position auf den zusammengefalteten Händen, seine Augen sind so fokussiert wie die eines Falken.

»Sind die beiden in eine Klasse gegangen?«

Fischer schüttelt den Kopf. »Nein, Werner Grüter war eine Klasse über Natalie Bilke. Als sie von uns ging, war sie in der Oberstufe.«

»Aber die beiden haben sich gekannt?«

Der Schulleiter greift nach einem silbernen Kugelschreiber, der in einer gewölbten Nussholzschale ruht. Der Direktor klickt auf den Auslöser, lässt die Mine raus- und reinspringen, dreht den Stift in der Hand und steckt ihn dann in die Brusttasche des Sakkos. Fast unmerklich zuckt er die Achseln und fügt hinzu: »Ich denke schon. Damals war das Gymnasium noch deutlich kleiner. Erst nach der Zusammenlegung der Schulen aus dem Umland haben wir die Schülerzahlen fast verdreifacht. Damals kannte wohl jeder jeden. Es gab sogar jahrgangsübergreifende Lehrveranstaltungen und Ergänzungskurse. Das ist heute gar nicht mehr möglich. Für unser Schülervolumen und die Bandbreite der Lehrangebote, die spezifisch auf die Jahrgänge zugeschnitten sind, ist unser Institut überregional bekannt. Das weiß man selbst in Hamburg.«

Bei dem letzten Satz geht seine Stimme wie in einer Werbesendung nach oben, als wolle er uns die Vorteile des Schulangebots anpreisen oder dafür Lob abstauben. Doch das bleibt aus.

»Wie waren die beiden? Haben Sie sie persönlich gekannt?«, fragt Bredehöft.

»Gekannt schon, allerdings nur vom Sehen. Mir als Direktor ist es selbstverständlich nur begrenzt möglich, neben meiner Leitungsfunktion Schulstunden zu geben. Aber nach dem Unglück war Natalie Thema in der ganzen Schule. Ihr Tod hat uns alle in tiefen Schock versetzt.«

Wieder liegt die Betonung auf dem letzten Satz. Anschließend wandern die Augen hinter der Brille von Bredehöft zu mir, als wolle der Direktor prüfen, ob wir seine Bestürzung teilen.

»Gibt es noch Lehrer, die die beiden unterrichtet haben? Vielleicht sogar einen Klassenlehrer mit einer intensiveren Bindung? Jemanden, der uns etwas über ihre Charaktere erzählen kann?«

Fischer überlegt kurz, dann blitzen seine Augen freudig auf. »Aber sicher, fragen Sie am besten direkt Frau Denninger. Sie war damals selbst Schülerin hier, im selben Jahrgang wie Werner Grüter.«

»Gut«, sagt Bredehöft entschlossen. »Würden Sie uns die Dame dann bitte vorstellen?«

»Sie kennen Sie bereits, sie hat Sie hergeführt.«

Ich meine, verstohlene Freude in Fischers Gesicht zu erkennen. Ob er uns etwas verheimlichen will oder einfach erleichtert ist, dass er den Staffelstab weiterreichen darf, kann ich jedoch nicht sagen.

Im Lehrerzimmer herrscht ein ziemlicher Lärmpegel, daher führt Frau Denninger uns in einen Seminarraum, der für Kleingruppen genutzt wird. Diese Veranstaltungen scheinen nicht besonders oft stattzufinden, denn die Luft ist schal und abgestanden. Resolut greift die Lehrerin zum Fenstergriff.

»Sie haben damals mit Werner Grüter die Schulbank gedrückt?«, eröffnet der Kommissar das Gespräch. Sein Vorgehen wirkt routiniert. Auch im Gespräch mit dem Schulleiter ist mir die ruhige, aber konsequente Verhörtechnik aufgefallen. Aufgrund seines jugendlichen Äußeren habe ich den Polizisten unterschätzt.

Frau Denninger verunsichert die forsche Professionalität. Nervös rutscht sie auf dem Stuhl hin und her, während sie von ihrer Schulzeit berichtet. Sie beschränkt sich auf allgemeine

Fakten, den Abiturjahrgang, die Klassengröße, die gemeinsamen Fächer mit Grüter. Die Informationen kommen stückweise, als würden ihr nach und nach einzelne Erinnerungsbrocken einfallen, die sie zögernd an uns weitergibt.

»Und Natalie Bilke? Haben Sie die auch gekannt?«

Bei der Nennung des Namens werden Denningers Augen groß. »Ja, natürlich, jeder kannte sie. Das war eine traurige Geschichte damals.«

»Waren Bilke und Grüter befreundet?«

Die Lehrerin überlegt kurz. Eine Strähne löst sich aus ihrem Zopf – es ist ein tiefes Messingrot. Eine seltene und auffällige Farbe. Ich frage mich, ob sie über dieses markante Haar immer glücklich gewesen ist oder ob es sie im Teenageralter eher störte.

Sie streicht die Haarsträhne zurück. »Ja, die beiden waren in einer Clique.«

»Und wer gehörte noch dazu? Sie auch?«

Denninger schüttelt den Kopf und senkt den Blick. Als sie wieder zu uns aufschaut, erklärt sie: »Ab und an haben wir etwas gemeinsam unternommen. Ich war einmal zu einer Party eingeladen, bei Werner zu Hause. Das war eher die Ausnahme. Ich würde sagen, ein Versehen. Ich bin damals frisch aus Bayern gekommen und hatte noch mit meinem Dialekt zu kämpfen. Meine Familie stammt nicht von hier. Sie wissen ja selbst, wie das unter Jugendlichen ist, da kommt man nicht so schnell in eine Clique rein.«

Ihre Aussprache ist ruhig und gefasst, es schwingt keine Verunsicherung mit. Dennoch lässt mich gerade der Tonfall erahnen, wie schwierig diese Zeit gewesen sein muss. Ihren einstigen Dialekt hört man nicht heraus, keine Betonung, keine einzige Wortwahl deutet darauf hin. Die Lehrerin hat ihre Herkunft aus ihrer Sprache verbannt und ich bin mir sicher, dass sie es mit ihren roten Haaren damals genauso gemacht hat.

»Erzählen Sie uns noch ein bisschen von diesem Freundeskreis.«

Es ist das erste Mal, dass ich mich in das Gespräch einmische. Bredehöft stört das nicht. Er reagiert in keiner Weise, lässt seinen Blick unbeirrt auf Denninger ruhen.

Die Lehrerin reist gedanklich zurück. Sie nimmt sich Zeit für ihre Antwort. »Es gibt nichts Besonderes zu berichten, das war eine Truppe wilder Teenager. Die Lehrer hatten Mühe, sie zu bändigen. Aber das ist nichts Ungewöhnliches. In jeder Stufe gibt es eine Clique, die als besonders wild gilt, sich mit den Lehrern anlegt, provoziert. Die anderen Schüler schauen zu den Mitgliedern auf, möchten dazugehören. Diesem Glanz ist auch Natalie erlegen, obwohl sie gar nicht in dieselbe Stufe ging. Sie war einen Jahrgang unter uns und auch dort eine der Jüngeren. Aber das Aufschauen zu den älteren Schülern hat die Wirkung der Clique wahrscheinlich noch verstärkt.«

»Und Grüter war einer dieser wilden Teenies?«, frage ich nach.

Denninger wiegt den Kopf hin und her. »Nicht wirklich. Er wollte gerne dazugehören, aber ich habe ihn eher als Mitläufer wahrgenommen. Für die Jüngeren wird er wie ein Teil des harten Kerns gewirkt haben, das bestimmt. Aber er war nie einer der ganz tollen Typen.«

»Und wer war das dann?«, mischt Bredehöft sich wieder in das Gespräch ein. Er klingt ironisch, als würde er sich unbekannterweise über die einstigen Rabauken lustig machen. Vielleicht schwingt in dieser Reaktion auch die eigene schmerzhafte Erfahrung mit, nicht zu der privilegierten Spezies gehört zu haben.

»Es war eine Truppe von fünf, sechs Teenagern. Sie haben damals den Ton angegeben. Werner gehörte dazu, stand aber nicht an der Spitze. Diese Position ließ Otto sich nicht nehmen.«

Der Kommissar notiert sich etwas auf seinem Block. Wie Kellermann zieht er die Papiervariante einer digitalen Version vor. Als er wieder aufschaut, fragt Bredehöft: »Können Sie uns mehr über Otto erzählen?«

»Er war der Sohn eines Apfelbauern aus der Gegend. Damals machte das noch unglaublich was her. Mittlerweile hat der Status gelitten. Es gibt kaum jemanden, der die Hofnachfolge antreten will. Aber vor zwanzig Jahren waren das die Könige des Dorfes mit ihren Ländereien und der Hofanlage. Ottos Eltern besaßen auch ein Segelboot, das er mit stolzer Brust über die Elbe schipperte. Das Image des wohlhabenden Großbauern hat er genossen und gepflegt. Hinzu kamen sein Auftreten und seine Statur. Otto hat kein Blatt vor den Mund genommen, das hat die anderen Schüler eingeschüchtert, aber ihnen auch imponiert.«

»Inwiefern hat seine Statur zu seinem Image beigetragen?«

Frau Denninger scheint überrascht, dass ich mir diesen Punkt gemerkt habe. »Wir waren damals noch jung. Viele der Jugendlichen waren schlaksig, hatten kaum etwas auf den Rippen. Bei Otto war das anders. Er hatte die Figur eines Ringers, einen breiten, muskulösen Oberkörper. Das half ihm natürlich, die anderen auch physisch in Schach zu halten und seine Position zu behaupten.«

»Gab es mal Streit zwischen Werner und Otto?«, fragt Bredehöft.

Die Lehrerin will gerade zu einer Antwort ansetzen, da wird sie durch die aufreißende Zimmertür unterbrochen. Eine Schülerin streckt kurz den Kopf hinein, macht große Augen und verschwindet dann unter lautem Türknallen wieder im Flur.

Denninger hat den Faden verloren, doch Bredehöft erinnert sie an den Streit.

»Ach ja, stimmt. Ich habe nie einen offenen Konflikt erlebt oder von einer Auseinandersetzung gehört. Ich glaube auch nicht, dass Werner sich das getraut hätte. Otto hatte ein vereinnahmendes Wesen, er war sehr präsent. Mit wenigen Worten konnte er andere überzeugen. Ich glaube nicht, dass Werner einen Schlagabtausch riskiert hätte.«

In Denningers Stimme schwingt ein leichtes Zittern mit. Sie bemüht sich, die Geschichte neutral zu erzählen, aber ich sehe, dass es sie anstrengt. Daher wage ich einen Vorstoß.

»Hat Otto Sie auch unter Druck gesetzt?«

Erst blickt Frau Denninger mich überrascht an, dann schleicht sich so etwas wie Resignation in ihre Mimik. Ihr wird klar, dass ihre Emotionen nicht verborgen geblieben sind. Es folgt ein nichtssagendes Schulterzucken. »Ich war das Mädchen aus Bayern mit den roten Haaren.«

Diese Aussage enthält nicht viel mehr Informationen als das Schulterzucken. Nichts, was wir nicht schon gehört hätten, doch die Schwere, mit der die Lehrerin diesen Satz hervorbringt, lässt erahnen, wie es ihr damals ergangen ist.

Bredehöft und ich schweigen, in diesem Moment das beste Mittel, um Denninger zum Reden zu bringen.

Die Lehrerin knibbelt an ihren Fingern. »Ich möchte niemanden in Misskredit bringen. Wir waren damals schließlich noch Teenager. Aber Otto hatte ein sehr dominantes Wesen, ja, vielleicht eher schon einen narzisstischen Charakter. Wenn er etwas wollte, hat er es sich einfach genommen. Er benutzte andere Schüler, wie es ihm passte. Machte sie lächerlich, wenn er gerade Spaß daran hatte. Und ließ sich von niemandem aufhalten. Von den Lehrern schon gar nicht. Seine Eltern hatten auch keine Handhabe. Vielleicht haben sie sein Verhalten sogar unterstützt. Sein Vorname kann doch kein Zufall gewesen sein, man denke an Otto den Großen.«

Ich versuche, die Lehrerin zum eigentlichen Thema zurückzuführen: »Hat Otto Sie damals denn auch unter Druck gesetzt?«

Wieder widmet Denninger sich ihren Fingernägeln.

Mir kommt ein spontaner Gedanke. »Herr Bredehöft, wären Sie so lieb und würden uns einen Kaffee aus der Cafeteria besorgen?«

Der Polizist scheint sofort zu begreifen, warum ich diese Bitte an ihn richte. Er ist nicht beleidigt. Ohne zu zögern, nickt er und verlässt kommentarlos den Raum.

»Also, Frau Denninger«, probiere ich es noch mal. »Hat Otto Druck auf Sie ausgeübt? Auf Sie als Frau?«

Die Lehrerin beginnt zögernd: »Ja ... ich meine, manchmal. Wissen Sie, er hat mich nicht vergewaltigt, das nicht. Aber übergriffig ist er geworden, hat sich einfach genommen, wozu er gerade Lust hatte.«

Sie stockt wieder, daher frage ich: »Und wie hat sich das geäußert?«

»Bei einem Sommerfest saß ich neben Otto. Warum, weiß ich nicht mehr. Sonst war ich nicht besonders erwünscht in der Clique, wurde einfach übersehen oder wegen meiner Haare gehänselt. Aus irgendeinem Grund saß ich an ihrem Tisch, an dem großer Andrang herrschte. Wir quetschten uns dicht gedrängt nebeneinander, so nah, dass unsere Schenkel sich berührten. Doch die Enge machte mir nichts aus. Ich war stolz darauf, bei der Clique sitzen zu dürfen. Ich weiß noch, dass ich über das ganze Gesicht strahlte. Ich trug eine weiße Bluse und einen weiten Sommerrock, kam mir vor wie eine Prinzessin.« Denninger lacht auf. Spöttisch, kopfschüttelnd. Dann fährt sie fort, ohne mich anzuschauen, den Blick leer auf die Wand in meinem Rücken gerichtet: »Jung und naiv war ich. Ich habe nicht dazugehört, war nie Teil der Gruppe. Ich war nur nützliches Material für den Moment. Ottos Hand landete auf meinem Knie. Ich habe sie auf sein Bein zurückgeschoben. Wenige Minuten später kehrte sie zurück. Diesmal lag sie höher, ein paar Zentimeter über dem Knie. Das Spiel ging erneut los. Ich schob seine Hand zurück, daraufhin wanderte sie ein Stück höher. Zur

Mitte des Oberschenkels und noch weiter hinauf. Schließlich schob er sie mir direkt zwischen die Beine, drückte brutal gegen mein Schambein. Ich ergriff sein Gelenk mit beiden Händen und wollte ihn wegziehen, doch er war stärker. Seine Hand bewegte sich keinen Millimeter. Also bin ich aufgestanden, habe mich von der Bank geschält. Otto hat gar nicht reagiert, als wäre eine Stubenfliege davongeflogen. Er hat seinen Kübel Apfelwein angesetzt und sich den anderen Leuten am Tisch gewidmet.«

»Warum haben Sie sich nicht lautstark zur Wehr gesetzt?«, frage ich ruhig.

Wieder kommt erst nur ein Schulterzucken. »Das habe ich mich auch oft gefragt. Ehrlich gesagt, weiß ich es nicht. Da haben viele Faktoren zusammengewirkt.«

»Versuchen Sie, ein paar zu benennen«, ermuntere ich sie.

»Im Nachhinein könnte ich mich selbst ohrfeigen, schäme mich vor mir selbst. Bei seiner ersten Berührung war ich geschmeichelt. Ich sah sie als Kompliment an, als Zeichen der Zugehörigkeit. Der von allen bewunderte Otto interessierte sich für mich. Dann wanderte die Hand höher und mir wurde es zu viel. Doch ich habe mich nicht getraut, laut aufzubegehren. Was würden die anderen am Tisch sagen? Was Otto? Würde er den Spieß umdrehen und mich bloßstellen? Ich hatte mich ja nicht von Anfang an gewehrt. Erst als seine Hand so kraftvoll zupackte, bin ich aufgesprungen, ohne ihn zur Rede zu stellen. Darüber ärgere ich mich noch heute.«

»Ich kann Sie verstehen«, sage ich mitfühlend. »In solchen Momenten spielen wirklich viele Dinge eine Rolle: die Überrumpelung, die Furcht davor, selbst als prüde Zicke abgestempelt zu werden oder den Vorwurf zu erhalten, man habe die Situation absichtlich provoziert.«

»Es tut gut, dass Sie das sagen. Wissen Sie, ich habe diese Geschichte noch nie jemandem erzählt.«

»Hat Otto das auch mit Natalie gemacht? Haben Sie so etwas mal beobachtet?«

Denninger nickt. »Das hat er mit allen Mädchen gemacht. Selbst wenn er eine Freundin hatte, fasste Otto andere an. Ihm war völlig egal, ob er dabei beobachtet wurde, ob er seine Freundin verletzte. Er war ziemlich rücksichtslos, völlig gefühlskalt.«

Die Worte sprudeln förmlich aus der Lehrerin heraus. Nachdem sie Vertrauen zu mir gefasst hat, ist es ihr ein inneres Bedürfnis, von diesen Ereignissen zu erzählen. Ich hoffe, Bredehöft platzt nicht herein und unterbricht ihren Redefluss. Aber er hat den Hinweis verstanden. Wenn er tatsächlich nur Kaffee hätte holen wollen, müsste er längst zurück sein.

»Natalie war Teil der Gruppe, gehörte zur Clique, obwohl sie ein Jahr jünger war als der Rest. Das macht in dem Alter viel aus. Aber sie war hübsch und kess. Das hat ihr Pluspunkte gebracht. Das war ihr Eintrittsticket.«

»Hübsch und kess«, wiederhole ich.

»Ja, deshalb waren auch alle so verwundert über ihren Schritt. Ihr hätte alles im Leben offengestanden.«

»War sie mit Otto liiert?«

»Nein, das glaube ich nicht. Ich kann mich an eine Szene erinnern, da hat er ihr an den Hintern gefasst. Auf einer Party. Nicht zärtlich, eher selbstgefällig. Wie man nach einer Ware greift. Das sah mir nicht nach einer Beziehung aus.«

»Dann hat Otto sie also genauso drangsaliert wie die anderen Mädchen?«

Wieder überlegt die Lehrerin einen Moment. »Das war sehr ambivalent. Einerseits gehörte Natalie zum inneren Kreis. Andererseits hat er sie gehänselt wie alle anderen auch. Ich kann mich an eine Situation in der Mensa erinnern. Natalie kam an den Tisch, nur mit einem Kaffee in der Hand. Als sie sich setzte, rief Otto: ›Hier stinkt es nach

Fisch.‹ Ihr sind Tränen in die Augen gestiegen, sie ist aufgestanden und gegangen.«

»›Hier stinkt es nach Fisch‹?«, frage ich verwundert. »Für einen Tyrannen wie Otto war das doch eine relativ harmlose Attacke, oder?«

»Ja, sicher. Otto hatte ganz andere Sprüche auf Lager. Vielleicht ist mir die Szene deshalb auch in Erinnerung geblieben. Natalies Reaktion war unerwartet heftig und …«

Es klopft an der Tür. Diesmal ist es keine Schülerin, sondern Bredehöft, der den Kopf durch den Türspalt steckt. Ohne ein Wort winke ich ihn herein. In einer Hand balanciert er ein Tablett mit drei schmucklosen Tassen.

Ich informiere den Kommissar kurz darüber, dass es eine intensive Verbindung zwischen Otto, Natalie Bilke und Werner Grüter gegeben hat. Die persönlichen Erfahrungen Frau Denningers lasse ich jedoch unerwähnt.

»Dann sollten wir uns einmal mit dem Burschen unterhalten. Wie heißt er mit Nachnamen?«

Als die Lehrerin antwortet, bleibt für einen Moment die Zeit stehen. Kann das sein? Habe ich mich verhört? Wie wahrscheinlich ist es, wiederholt auf diesen Namen zu treffen? Hunderte Familien gibt es davon sicher in Deutschland. Wenn das tatsächlich Ottos Nachname ist, besteht eine Chance darauf, dass meine Familie nicht in diesen Fall verwickelt ist. In mir explodiert eine Melange aus Freude, Aufregung und brennender Neugierde.

Dem Kommissar scheint es ähnlich zu gehen. Er hat sich zu mir umgedreht, starrt mich gebannt an. Doch ich reagiere nicht, bin zu sehr damit beschäftigt, meine Emotionen zu sortieren.

Mit dieser Reaktion hat die Lehrerin nicht gerechnet. Verdattert blickt sie uns an.

Ich löse mich aus meiner Starre. »Und er heißt tatsächlich Wagenfeld?« Um keinen Zweifel zuzulassen, buchstabiere ich.

Denninger nickt heftig.

»Gut.« Bredehöft schnauft laut. »Dann unterhalten wir uns wohl mit Otto Wagenfeld.«

»Das wird schwierig«, meint die Lehrerin.

»Warum?«, erklingt es zeitgleich aus Bredehöfts und meinem Mund.

»Otto Wagenfeld ist tot. Er hatte einen Motorradunfall, kurz nach seinem Abitur.«

42

»Das glaube ich nicht«, stößt Kellermann hervor, nachdem ich ihn aus dem Auto angerufen und ihm von dem Besuch im Stader Gymnasium erzählt habe. »So viel Zufall kann es doch gar nicht geben!«

»Der Name ist korrekt. Bredehöft hat ihn überprüft«, versichere ich, während der Hamburger Kommissar unseren Wagen gerade auf die Köhlbrandbrücke lenkt.

»Hat Bredehöft bereits etwas über diesen Motorradunfall in Erfahrung bringen können? Wenn Otto Wagenfeld angeblich aus reiner Achtlosigkeit von der Straße abgekommen sein sollte, wären mir das ein bisschen viele Todesfälle auf einmal da draußen im Alten Land.«

»Er hat seine Kollegen schon informiert. Die polizeilichen Ermittlungen haben damals kein Fremdeinwirken festgestellt. Das Motorrad ist durch einen Ast auf der Fahrbahn ins Schlingern gekommen. Wagenfeld muss ihn übersehen haben. Er ist unglücklich gestürzt und hat sich das Genick gebrochen.«

»Bredehöft soll sich die Unterlagen noch einmal genau anschauen«, blafft Kellermann.

»Das hatte er vor.«

»Und er soll sie mir schicken.«

Ich reiße mich zusammen, um gleichmütig zu bestätigen: »Auch das hat er bereits veranlasst.«

Der Kommissar fühlt sich in seiner Rolle pudelwohl. Die nächste Ansage folgt sogleich: »Prüfen Sie, ob der gute Otto im weitesten Sinne zu Ihrer Familie gehört.«

»Auch das ist bereits geschehen«, beruhige ich ihn. »Es besteht kein verwandtschaftliches Verhältnis.« Um Kellermanns Kommandoton zu umgehen, übernehme ich jetzt die Gesprächsführung. Voller Begeisterung verkünde ich: »Aber ist das nicht sensationell? Der Name! Das muss doch etwas bedeuten.«

Kellermann lässt sich von meinen positiven Emotionen nicht mitreißen. Griesgrämig raunt er zurück: »Sensationell ist noch gar nichts. Wir haben eine neue Spur, einen nächsten Namensvetter. Nicht mehr und nicht weniger.«

Als ich einige Zeit später die Hotellobby betrete, fängt einer der Rezeptionisten mich ab. »Hallo«, ruft er hinter mir her, »Frau Wagenfeld.«

Ich zucke unwillkürlich zusammen, so sehr haftet diesem Namen inzwischen etwas Bedrohliches an. Ich drehe mich rasch um und winke ihm entgegen, in der Hoffnung, dass er dadurch schnell Ruhe gibt.

Raschen Schrittes kommt er auf mich zugeeilt und wedelt lächelnd mit einem Umschlag. Als er direkt vor mir steht, eröffnet er mir: »Dieser Brief wurde gerade eben für Sie abgegeben.«

Ich starre auf das Papier in seiner Hand, dann auf das leicht picklige Gesicht des Rezeptionisten. »Für mich?«, frage ich entgeistert.

»Ganz gewiss«, bestätigt mein Gegenüber und wedelt erneut mit dem Kuvert durch die Luft. »Vor vielleicht einer Viertelstunde kam ein Herr herein, der mich explizit bat, Ihnen dieses Schreiben persönlich zu überreichen.«

»Aha.« Verdattert greife ich nach dem Dokument. Mit dem Papier in der Hand setze ich mich in Bewegung, nehme die Treppen in den ersten Stock. Den Umschlag halte ich mit ausgestrecktem Arm so weit wie möglich von meinem Körper entfernt.

In meinem Zimmer lege ich das Kuvert auf den schmalen Schreibtisch, ziehe den Stuhl heran und setze mich steif. Bevor ich den Umschlag öffne, betrachte ich ihn von allen Seiten. Ein C4-Kuvert ohne Beschriftung. Ich reiße es auf und zum Vorschein kommt eine weiße Karte mit zwei kurzen Sätzen: *Gut gemacht. Weiter so.*

Ich lasse die Karte sofort fallen, als würde ein ätzendes Mittel an ihr haften. Sie stammt von Patisse. Ohne Zweifel hat er diesen Text geschrieben. Er wird die Karte an der Rezeption für mich abgegeben haben. Wer sonst sollte es gewesen sein?

Die alles andere als subtile Erinnerung daran, dass er mich auf Schritt und Tritt beobachtet, macht mich ungeheuer wütend. Ich balle eine Hand zur Faust und schlage sie auf die Tischplatte. Das Holz ächzt, gibt jedoch nicht nach. Zurück bleibt ein höllischer Schmerz in meinen Fingerknochen, der mir die Tränen in die Augen treibt.

43

Ich schließe die Zimmertür hinter mir ab. Ich bin mit dem Aufzug in die vierte Etage gefahren und von dort in den gegenüberliegen Gebäudeflügel eingeschert. Kellermann hat auf den Zimmerwechsel bestanden – wenn ich an seinen Tonfall denke, dann sogar eher angeordnet. Ich solle das Hotel nicht verlassen, auf keinen Fall auschecken. Patisse überwache aller Wahrscheinlichkeit nach den Eingang. Aber ich solle umziehen, ein zweites Zimmer unter einem anderen

Namen buchen, es bar bezahlen. Bei eventuellen Rückfragen werde er sich persönlich einschalten.

Das war jedoch nicht nötig. Ohne zu zögern, wurde mir die Schlüsselkarte für Nummer 423 ausgehändigt. Ein Doppelzimmer mit zwei Einzelbetten, auch das eine Anordnung Kellermanns. Der Kommissar wollte sich auf den Weg nach Hamburg machen. Ich konnte ihn nicht vom Gegenteil überzeugen. Vielleicht habe ich es auch nicht wirklich versucht, denke ich müde. Solange der Kommissar unterwegs ist, hält Bredehöft in der Lobby Wache.

Sobald ich die neue Schlüsselkarte in Händen hielt, bin ich in mein Zimmer geflüchtet. Jetzt lege ich mich auf eines der Betten, stelle den Fernseher an und versuche verzweifelt, mich abzulenken. Meine Straßenkleidung behalte ich an.

Mein vibrierendes Handy reißt mich aus einem unruhigen Schlaf. Irgendwie sind mir doch die Augen zugefallen. Doch jetzt bin ich blitzartig wieder hellwach.

»Ja?« Ich bin selbst überrascht, wie schneidig mein Ton klingt.

»Ich bin da«, höre ich Kellermann wesentlich sanfter am anderen Ende der Leitung. »Der Portier hat mir die Zimmernummer verraten, ich stehe vor Ihrer Tür.«

Auch eine Vorsichtsmaßnahme des Kommissars. Ich sollte ihm die Nummer weder senden noch am Telefon nennen.

Ich springe auf, öffne die Tür und meine Knie werden weich. Darauf war ich nicht vorbereitet, obwohl ich Stunden Zeit hatte. Wieder ein Gefühl, das mich kalt erwischt.

Kellermann steht im Flur, mit hängenden Schultern, die Augenringe dunkler als je zuvor. Kein Mensch, der in diesem Augenblick Stärke ausstrahlt. Eher Müdigkeit, Resignation. Verstrubbelte Haare, Bartstoppeln. In anderer Kleidung und an einem anderen Ort käme er einem Landstreicher gleich. Und dennoch überkommt mich das unbändige Gefühl, ihm um den Hals fallen zu wollen, mich von ihm in den Arm nehmen zu lassen. Ich möchte mich in seiner Nähe verlieren.

Diese emotionale Woge überkommt mich mit solch einer Wucht, dass ich spüre, wie mir Tränen in die Augen schießen. Ich beiße mir auf die Unterlippe, so fest, dass ich davon allein fast heulen müsste. Dann trete ich beiseite, wende den Blick ab und bedeute dem Kommissar einzutreten.

Kellermann stampft an mir vorbei und schmeißt einen Jutebeutel auf das noch unberührte Bett. Dann schiebt er wie im Film die Vorhänge ein Stück zur Seite, späht nach draußen.

Fast unmerklich schüttle ich den Kopf. Was für eine skurrile Situation. Mehr Klischee geht nicht. Das emotional angegriffene Opfer und der unterkühlte Kommissar, der vor dem Austausch jeglicher Begrüßungsfloskeln selbstverständlich das Zimmer absichert.

Ich setze mich auf mein Bett und lehne mich an die Kopfstütze. Die Knie angezogen, die Beine fest mit den Armen umschlossen. Ich bilde einen Schutzwall, der die Außenwelt auf Abstand hält und mich daran hindert, meinen Gefühlsausbruch auszuleben.

Nachdem Kellermann den Vorhang zurückgeschoben hat, kontrollierte er noch einmal die Tür und das Badezimmer. Überzeugt, dass keine unmittelbare Bedrohung vorliegt, lässt er sich dann auf dem Stuhl vor dem Schreibtisch nieder. Seine steife Körperhaltung wirkt genauso unentspannt wie meine.

»Wo ist die Karte?« Es sind Kellermanns erste Worte, seit er das Zimmer betreten hat.

Mit dem Kinn zeige ich auf den Schreibtisch hinter ihm. Der Kommissar dreht seinen Oberköper und greift mit den Fingerspitzen nach einem Zipfel des Umschlags. Danach richtet er sich wieder auf und wirft einen Blick in das Kuvert. Nur kurz, um sich zu vergewissern, dass der Text mit meiner Aussage übereinstimmt. Dann lässt er das Kuvert in einer Papiertüte verschwinden, die er auf dem Schreibtisch ablegt.

Ich beobachte ihn, ohne etwas zu sagen, ohne ihn etwas zu fragen. Mein Kopf ist wie benebelt. Vom kurzen Schlaf, von der bizarren Situation, von Kellermann, der erschlagen und dennoch geschäftig in meinem Hotelzimmer sitzt, von Patisses Nachricht. Das alles scheint so unwirklich, so irrsinnig.

»Haben Ihre Kollegen aus Frankreich sich noch mal gemeldet? Haben Sie mehr über Patisse erfahren?«

Kellermann nickt. »Der Tod seiner Freundin hat ihn stark mitgenommen. Sie wollten anscheinend heiraten, eine Familie gründen, waren kurz davor zusammenzuziehen. Ihr Verlust und das Schuldgefühl, an diesem Abend nicht bei ihr gewesen zu sein, haben ihn zerrieben.«

Ja, denke ich bitter, dieses Schuldgefühl kenne ich. Es nagt und nagt und lässt sich nicht vertreiben.

»Erst hat er sich krankschreiben lassen, hat sich sogar Hilfe geholt. Er war bei einem Therapeuten. Doch dann hat er alle Verbindungen gekappt. Hat sich bei Freunden und Familie nicht mehr gemeldet, ging nicht mehr ans Telefon. Er hat sich zu Hause zurückgezogen und über den Fall recherchiert. Er war in Internetforen aktiv, hat den Austausch mit Opfern von Gewalttaten gesucht. Zum Teil konnten seine Spuren nachvollzogen werden. Sicher wird aber auch viel im Darknet stattgefunden haben. Wahrscheinlich hat er so auch Sam kennengelernt. Vielleicht hat sie die Foren ebenfalls besucht, um jemanden zu finden, mit dem sie über den Selbstmord ihrer Schwester sprechen konnte.« Kellermann macht eine Pause, holt einmal tief Luft, gibt seine steife Position jedoch nicht auf. »Dieses Leben hat er geführt, bis Ihr Bruder als Täter überführt wurde. Patisse hat jahrelang zu Hause vor sich hinvegetiert und dann öffnete sich plötzlich eine Tür. Wenige Wochen, nachdem der Fall aufgeklärt wurde, haben wir die ersten Kontoabhebungen an Geldautomaten in Deutschland entdeckt, hauptsächlich in Frankfurt und Berlin. Ihr Gefühl, von der Presse verfolgt zu werden, lag nicht nur an den Journalisten. Patisse hat Sie wahrscheinlich schon länger beobachtet. Die Installation der Spionage-App auf Ihrem Rechner war sicher von langer Hand geplant. Patisse musste dafür schließlich erst Ihre Gewohnheiten kennenlernen. Er hat sich auf Sie fixiert. Sie sind seine Chance, an mögliche weitere Hintermänner zu gelangen. Vielleicht sieht er in Grüters Ermordung, in der Inszenierung des Tatorts ein Indiz, dass es diese Komplizen gibt. Vielleicht hat er in Grüter auch einen weiteren Jünger identifiziert und ihn selbst umgebracht. Die Abhöranlage im Jugendklub hat er bereits vor Grüters Tod installiert. Irgendetwas muss ihn also bewogen haben, den Vorstandsvorsitzenden unter die Lupe zu nehmen, und mein Gefühl sagt mir, dass dieser Impuls von Sam kam.«

Wieder unterbricht der Kommissar seinen Redefluss, lehnt sich diesmal etwas zurück, sodass seine Haltung nicht mehr ganz so aufrecht ist. Es wirkt, als wolle er sein Gewicht verteilen, als könne er von der Schwere seines nächsten Satzes etwas an die Rückenlehne abgeben.

»Aber bei all der Suche nach den Hintermännern liegt sein Hauptfokus auf Ihnen, das wird aus seinem Bewegungsprofil mehr als deutlich.«

Ich will einwenden, dass mich doch keine Schuld trifft, dass nicht ich es war, die Patisses Freundin das Leben nahm. Doch mein Aufbegehren erstickt im Keim. Ich stelle mir Patisse vor, wie er immer weiter in die Isolation gedriftet ist, allein mit sich und seiner Trauer. Es ist egal, ob mich wirklich Schuld trifft oder nicht. Ich bin ein Ventil. Die Rache ist ein Ziel, an dem er sich festhalten kann und für das es sich zu leben lohnt.

»Schlafen Sie jetzt«, unterbricht Kellermann meine Gedanken.

Ratlos schaue ich ihn an. Wie soll ich Schlaf finden, nach den Geschehnissen des heutigen Tages?

»Versuchen Sie es einfach. Wir werden morgen nach Stade fahren. Ich möchte mir selbst ein Bild von der Schule machen. Es muss noch andere Personen geben, die Otto Wagenfeld kannten. Und vorher bringen wir das da noch ins Kommissariat.« Sein Blick schweift auf die Schreibtischplatte.

›Das da‹, klingt es meinen Ohren nach. Ich starre auf die Karte. Wut steigt erneut in mir auf. Doch dann schießt mir ein anderer Gedanke durch den Kopf. Es geht hier nicht nur um mich.

»Wo ist Ihre Tochter?«

»Machen Sie sich keine Sorgen, sie ist in Sicherheit«, gibt der Kommissar mir knapp zu verstehen und erklärt dann seine Einsilbigkeit. »Das muss leider an Information reichen. Ihren Aufenthaltsort behalte ich vorerst für mich.«

Das ist nachvollziehbar. Ich zögere noch einmal, dann strecke ich mich auf dem Bett aus. So wie ich bin, ohne mich auch nur eines Kleidungsstückes zu entledigen. Ich lösche das Licht, sodass nur noch eine kleine Schreibtischlampe leuchtet. Sie steht halb verdeckt hinter Kellermann. Ich schließe die Augen. Verharre so einige Minuten, ohne dass sich meine innere Unruhe legt. Dann richte ich mich wieder auf.

»Das geht so nicht. Ich kann nicht schlafen, während Sie da sitzen und mich beobachten. Können Sie sich nicht wenigstens auf Ihr Bett legen?«

Wortlos steht Kellermann auf und tritt zwischen die beiden Einzelbetten. Bevor er sich auf die Matratze fallen lässt, streift er zumindest seine Schuhe von den Füßen.

Ich habe meinen Kopf zur anderen Seite gedreht und höre jetzt nur noch seine gleichmäßigen Atemzüge. Ich konzentriere mich darauf, bis wir synchron den Sauerstoff aufnehmen. All meine Gedanken fokussieren sich jetzt darauf, den gleichen Takt zu finden, im selben Moment zwischen Ein- und

Ausatmung umzuschalten. Eine ganze Weile beschäftigt mich dieses Unterfangen, bis ich in einen traumlosen Schlaf gleite.

44

Die Formalitäten im Kommissariat haben sich länger hingezogen als erwartet. Bis ich meine Aussage aufgeben konnte und alle erforderlichen Unterlagen unterzeichnet hatte, ist eine Ewigkeit vergangen. Kellermann hat sich abgesetzt, den Austausch zu seinen Kollegen gesucht und ist nur ab und an in meinem Vernehmungszimmer aufgetaucht.

Erleichtert atme ich auf, als der Kommissar mir schließlich vom Türrahmen zuwinkt und ruft: »Kommen Sie, es geht los.«

Als wir auf den Bürgersteig treten, frage ich überrascht: »Allein?«

»Wen wollen Sie denn noch mitnehmen?«, fragt Kellermann schalkhaft. Zum ersten Mal seit gestern Abend erkenne ich wieder so etwas wie ein leichtes Funkeln in seinen Augen.

Ich atme laut ein und entgegne: »Herrn Bredehöft vielleicht?«

»Aha«, erwidert der Kommissar süffisant. »So schnell Freundschaft geschlossen?«

Ich könnte ihm für seine spöttische Bemerkung den Hals umdrehen, dennoch bin ich ihm auch dafür dankbar. Mit diesem platten Scherz hat er mich zum ersten Mal seit gestern Abend auf andere Gedanken gebracht.

Auf dem Weg nach Stade stoppt Kellermann an einer Tankstelle und kehrt mit zwei Kaffeebechern und zwei Franzbrötchen zurück. »Hier«, eröffnet er mir. »Wir fahren gleich in den Elbtunnel. Mir knurrt jetzt schon der Magen und wenn dort Stau herrscht, werde ich vor Hunger unleidlich.«

Ich bedanke mich und umfasse den heißen Becher. Das Brötchen lasse ich vorerst in der Tüte. Ganz anders Kellermann. Er hat das süße Stütchen wie ein Staubsauger inhaliert. »Haben Sie keinen Hunger?«, fragt er, während noch Krümel in seinem Bart hängen.

»Möchten Sie?« Ich halte ihm die Papiertüte vor die Nase, statt seine Frage zu beantworten. Mein Magen sträubt sich gegen feste Nahrung.

»Gerne«, ruft er aus und greift zu. Mit gesundem Appetit beißt er ab. Weitere Krümel landen auf seiner Jeans. Mit noch vollem Mund sagt er dann: »Sie müssen das nicht machen, das wissen Sie. Sie können jederzeit gehen. Sie können bei jemandem Unterschlupf suchen. Ich kann Sie unter Polizeischutz stellen.«

Verblüfft drehe ich mich zu ihm um. Ich habe ihn unterschätzt. So wie er dasitzt, kauend und krümelnd, habe ich nicht damit gerechnet, dass er sich diese Gedanken macht

Kellermann lässt den Verkehr kurz aus den Augen und blickt mir direkt ins Gesicht. »Das wissen Sie? Oder?«, fragt er noch einmal und nickt dabei leicht, aber mehrfach, als wolle er die angenommene Gewissheit dadurch bekräftigen.

Bevor ich antworten kann, nehme ich plötzlich aus dem Augenwinkel einen Schatten wahr und rufe: »Vorsicht!«

Kellermann bremst augenblicklich ab und lässt die dunkle Limousine vor uns einscheren.

Als ich mich von dem Schreck erholt habe, antworte ich: »Ja, das weiß ich.«

Wieder schaut der Kommissar mich von der Seite an. »Was?«

»Wie, was?«, frage ich ungläubig.

»Was wissen Sie?«

»Sie haben mich doch gerade gefragt, ob ich weiß, dass ich gehen kann.«

»Ach so, ja«, stellt Kellermann gedankenverloren fest.

Ich atme tief ein und schließe kurz die Augen. Jeglicher Kommentar ist überflüssig.

Direktor Fischer empfängt uns eifrig in seinem Büro. Sein Schädel blitzt so makellos, als hätte er ihn extra für uns poliert. »Setzen Sie sich doch, setzen Sie sich.« Mit beiden Händen zeigt er gebieterisch auf die Besucherstühle vor seinem Schreibtisch. »Möchten Sie einen Kaffee?«

Sein Blick wandert zu einem Eckschrank, auf dem ein silbernes Tablett mit einer Warmhaltekanne posiert. Daneben stehen zwei Schüsselchen, eins gefüllt mit Kaffeesahne, das andere mit Keksen. Ich kann mir lebhaft vorstellen, wie er seine Sekretärin darum gebeten hat, dieses Arrangement für uns anzurichten.

Kellermann verneint, doch ich lasse mir das Theaterstück nicht entgehen. Obwohl mein Koffeinhaushalt noch ausreichend bestückt ist, nehme ich Fischers Angebot freundlich lächelnd an.

Umständlich schraubt der Schulleiter den Kannendeckel ab und gießt die braune Flüssigkeit in eine Tasse. Stolz jongliert er dann mit beiden Händen das Gefäß zu meinem Platz. Die Untertasse ist unter Kaffee gesetzt.

Als er das Unglück erblickt, verkündet Fischer: »Warten Sie, ich lasse eine Serviette kommen.«

Dafür reicht mein Interesse nicht mehr und ich winke ab. Der kurze Auftritt als Herr des Hauses war mehr als ausreichend.

»Herr Fischer, an Ihrer Schule gab es einmal einen Schüler namens Otto Wagenfeld. Er war in derselben Stufe wie Werner Grüter. Haben Sie ihn gekannt?«, fragt Kellermann, dem das Intermezzo schon zu lange geht.

Der Schulleiter hat wieder Platz genommen. Kerzengrade sitzt er in seinem Chefsessel und verfolgt Kellermanns Frage aufmerksam. Die Brillengläser spiegeln mit seiner Glatze um die Wette. »Vom Namen her ja, sicher. Wie ich Ihrer Kollegin bereits gesagt habe, hatte ich keine pädagogischen Verpflichtungen in seiner Klasse.«

»Aber vielleicht haben Sie etwas über ihn gehört? Wie mir zu Ohren gekommen ist, hatte Herr Wagenfeld einen recht markanten Charakter«, wirft Kellermann nonchalant ein.

Der Direktor zögert, als würde er prüfen, ob es sich bei dem Einwand um eine Fangfrage handelt. Dann bestätigt er: »Das mag sein. Otto Wagenfeld war bei vielen im Gespräch. Wegen seines, wie Sie sagen, ›ausgeprägten Charakters‹. Aus meiner Sicht waren das bloße Gerüchte. Es hat nie eine offizielle Beschwerde gegen ihn gegeben, sonst hätte man natürlich sofort disziplinarische Maßnahmen ergriffen.«

»Na ja«, wendet Kellermann abwägend ein, »es gibt schon Aussagen, die Zweifel an Otto Wagenfelds Charakter aufwerfen.«

»Gut«, gibt der Direktor mit einer wegwerfenden Handbewegung zu, die die Zeugenaussage als dummes Geschwätz von gestern abtun soll. »Die eine oder andere Geschichte hat ihn vielleicht in kein ganz positives Licht gerückt.«

Kellermann fasst Fischers diplomatische Aussage kurz zusammen: »Sie wollen sagen, er hatte Feinde.«

Der Schulleiter atmet tief ein, sein Brustkorb hebt sich. Dann meint er beschwichtigend: »Na ja, es klang nicht immer alles nett.«

»Erzählen Sie doch mal, was nicht immer nett gewesen sein soll«, fordert ihn der Kommissar auf.

Fischer rutscht nervös auf seinem Stuhl herum. Er scheint abzuwägen, welche der Erzählungen ein negatives Licht auf seine Institution werfen könnten. Lückenhaft und nur unter mehrfacher Ermahnung durch Kellermann rückt er eine Begebenheit nach der anderen heraus. Ähnliche Situationen wie die, die bereits Frau Denninger geschildert hatte, kommen zum Vorschein. Wagenfeld war roh, rücksichtslos und übergriffig.

Kellermann notiert sich einige Eckdaten, vor allem Namen und Orte des Geschehens: ein Schulausflug nach Husum, ein örtliches Schützenfest, eine Segelregatta. Doch die Informationen, die Fischer weitergibt, erscheinen unvollständig und vage.

Nach gut einer Stunde verabschieden wir uns und Kellermann äußert die Bitte, noch einmal mit Frau Denninger zu sprechen. Fischer führt uns erleichtert in das Lehrerzimmer, das heute noch deutlich belebter ist. An ein ruhiges Gespräch ist hier nicht zu denken. Denninger teilt meinen Gedanken und schlägt direkt den kleinen Seminarraum vor.

Kurz darauf sitzt der Kommissar der rothaarigen Frau wie in einem Verhör gegenüber. Ich beobachte die beiden, etwas abseits sitzend.

Kellermann stellt seine Fragen. Frau Denninger beantwortet sie gewissenhaft. Sie wirkt aufgeräumter als gestern. Als hätte ihr die Aussprache gutgetan, als wäre es ihre Generalprobe gewesen für etwas, was ihr jetzt leicht und routiniert von den Lippen kommt. Wieder macht sich Kellermann Notizen und stellt die Frage, ob Wagenfeld Feinde hatte.

»Jede Menge«, bekräftigt die Lehrerin emotionslos. »Wenn man sich wie ein Elefant im Porzellanladen aufführt, bleibt das nicht aus.«

»Glauben Sie, dass ihm jemand den Tod wünschte?«

Diesmal stockt Denninger. Die Antwort auf diese Frage hatte sie nicht geprobt. Sie entscheidet sich für die unbestimmte Mitte: »Um ehrlich zu sein, weiß ich es nicht. Otto Wagenfeld war ein Schwein. Ein gemeiner Egoist, der seine Finger nicht bei sich behalten konnte, egal wer gerade neben ihm stand. Ob ihm deshalb jemand nach dem Leben trachtete, kann ich nicht sagen. Es gab viele, die ihn nicht leiden konnten oder denen er übel mitgespielt hat. Mir fällt allerdings niemand ein, der einen stärkeren Groll hegte als alle anderen. Aber wieso fragen Sie? Sein Tod war doch ein Unfall, oder?«

»Davon gehen wir aus«, versichert Kellermann resolut.

Die Lehrerin öffnet den Mund, schließt ihn jedoch unverrichteter Dinge wieder. Die Aussage des Kommissars klang so reserviert, seine ganze Körperhaltung zeigt so viel Verschlossenheit, dass sich jede Nachfrage erübrigt.

Ich will schon aufstehen, denn alle Anzeichen deuten auf ein Ende des Gesprächs hin, als Kellermann noch einmal das Wort ergreift.

»Sagt Ihnen der Name Alexander Kerbas etwas?«

Augenblicklich lasse ich mich zurück auf meinen Stuhl fallen. Wieso bringt der Kommissar auf einmal Kerbas ins Spiel? Der Fondsmanager starb rund fünfhundert Kilometer südlich vom Alten Land, es besteht keine Verbindung zu Otto Wagenfeld und auch nicht zum Gymnasium in Stade. Wieso stellt er Denninger diese Frage? Und wieso hat er mich darüber nicht informiert?

Ich fühle mich überrumpelt. Das versteht Kellermann nun also unter Teamarbeit. Ich verschränke die Arme vor der Brust und lehne mich frustriert zurück. Dann streift mich ein Blick der Lehrerin und ihr Gesicht wird augenblicklich zu einem lebendigen Spiegel. Ihr verwirrter Ausdruck verrät mir deutlich, dass meiner zu eindeutig ist. Ich richte mich wieder auf und versuche, gelassene Miene zum unverhofften Spiel zu machen.

Der Name sagt Frau Denninger nichts, weder im Schulkontext noch in einem anderen Zusammenhang. Kellermann hakt noch einmal nach, ob ihr der Name vielleicht in Verbindung mit Werner Grüter bekannt vorkommt, doch auch das verneint die Lehrerin.

»Frau Wagenfeld, haben Sie noch eine Frage?« Ganz offiziell richtet der Kommissar das Wort plötzlich an mich. Einwandfreie Teamarbeit.

Wieder kalt von ihm erwischt, schüttle ich still den Kopf.

»Gut«, schließt Kellermann und bedankt sich bei Denninger für ihre Kooperation.

Wenige Minuten später überqueren wir, umzingelt von einer Horde lärmender Teenager, den Schulhof. Der Kommissar zieht den Wagenschlüssel heraus und eilt Richtung Parkplatz.

»Wie kommen Sie darauf?«, rufe ich zwei Schritte hinter ihm, hechte hinterher wie ein Schulmädchen dem Klassenschwarm und komme mir dabei genauso idiotisch vor. Kellermann antwortet nicht. Meine Gemütslage wird dadurch nicht besser und mein Ton harscher: »Warum haben Sie nach Kerbas gefragt?«

Inzwischen haben wir den Parkplatz erreicht und Kellermann zeigt auf die Beifahrertür des Kombis. »Jetzt steigen Sie erst mal ein.«

Sein Kommentar beruhigt mich nicht im Mindesten. Erbost schwinge ich mich in den Wagen und lasse die Tür zuknallen. »Was soll das?«, rufe ich. »Ich riskiere hier Kopf und Kragen für Sie. Ich werde persönlich bedroht. Und Sie? Sie hintergehen mich und halten Informationen zurück.«

Auch Kellermann hat mittlerweile seine Wagentür geschlossen, leiser als ich meine. Er umfasst das Lenkrad, jedoch ohne den Schlüssel im Zündschloss zu drehen.

»Das stimmt nicht«, sagt er mit ruhiger und gefasster Stimme. Ohne mich anzusehen, fährt er fort: »Sie machen das nicht für mich, sondern für sich.«

Mich überkommt der plötzliche Impuls, ihn anzubrüllen. Doch ich beiße mir auf die Lippen. Mir ist bewusst, dass er recht hat. Ich bin nicht wegen ihm hier. Ich verfolge den Fall nicht ihm zuliebe oder der Gerechtigkeit wegen. Der einzige Grund, warum ich hier bin, ist der Wunsch nach Klarheit über die Frage, ob dieser Fall mit Erik verknüpft ist oder nicht. Also beiße ich mir wieder auf die Unterlippe, so fest und so lange, bis die Wut abebbt.

Kellermann wartet. Startet weder das Auto noch bewegt er sich. Verharrt einfach in seiner Position und lässt den Blick durch die Windschutzscheibe über den Schulhof gleiten.

Als ich mich wieder gefangen habe, frage ich ihn nochmals, jedoch in gefassterem Ton: »Wie kommen Sie auf eine Verbindung zu Kerbas?«

Der Kommissar lässt das Lenkrad los und die Arme sinken. »Es gibt keinen besonderen Impuls für die Frage. Das ist das normale Vorgehen. Wagenfeld kannte Grüter, der wiederum Kerbas. Eine weitere Verbindung nicht abzuklopfen, wäre grob fahrlässig.«

»Mmh. Ist das der einzige Grund für die Frage?«

Kellermann zuckt mit den Schultern. »Wagenfeld starb durch einen Sturz mit seinem Motorrad. Alle Akten deuten auf einen Unfall hin. Kerbas starb durch eine Überdosis Insulin. Viel deutet auf Selbstmord hin. Beide kannten Grüter. Der ist ermordet worden. Wagenfeld und Grüter kannten Natalie, auch sie ist tot, auch sie hat sich anscheinend das Leben genommen. Sind das nicht zu viele Zufälle? Zu viele Selbstmorde? Zu viele Unfälle?«

»Aber die polizeilichen Untersuchungen haben in keinem der Fälle etwas Auffälliges ergeben«, wende ich ein.

»Theoretisch lagen all diese Unfälle im Bereich des Möglichen. Theoretisch ja, aber realistisch betrachtet? Liegen sie im Bereich des Wahrscheinlichen? Danach müssen Sie fragen. Und die Frage kann ich klar mit Nein beantworten.«

Kellermanns Stimme verhallt. Seine Sätze kreisen in meinem Kopf.

Auch er hängt seinen eigenen Gedanken nach.

Ich bin es, die nach einer ganzen Weile die Stille bricht: »Und was machen wir jetzt?«

Der Kommissar dreht den Zündschlüssel. »Wir fahren zu Otto Wagenfelds Eltern.«

45

Die Wagenfelds haben ihren Obstbetrieb verkauft. Es gab keinen Nachkommen mehr, der ihren Apfelhof hätte übernehmen können, und so wurde die Anlage an einen Landwirt aus dem Nachbardorf veräußert. Jetzt wohnt das Ehepaar in einem kleinen Ort nahe der Elbe, der Deich liegt nur einen kurzen Spaziergang entfernt.

Bei dem Haus der Wagenfelds handelt es sich um einen typischen Vertreter des Altländer Fachhallenhauses. Die weißen Balken sind sorgfältig gestrichen und das Reetdach wirkt so akkurat, als sei es mit der Nagelschere geschnitten. Der Kiesweg führt schnurgerade auf die Eingangspforte zu. Kein einziges Steinchen hat sich auf den benachbarten Rasen verirrt.

Statt einer Klingel ist die klobige Eingangstür mit einem Türklopfer aus Messing ausgestattet. In das Ensemble aus verziertem Giebel, Fachwerk und Sprossenfenstern passt er sich wunderbar ein. Ich stutze jedoch über die Formgebung. Als besonderer Blickfang wurde eine menschliche Hand in Originalgröße nachgeahmt.

Kellermann muss diese ausgefallene Klingelvariante ebenfalls stutzig machen, denn er stockt einen Moment. Als sich seine Hand in Richtung der Messingfinger bewegt, ist es zu spät. Die Tür öffnet sich von allein und ein gebückter Mann mit einer goldenen Nickelbrille schaut uns nicht feindselig, aber auch nicht freundlich an. Die schlohweißen Haare sind so perfekt frisiert, als wolle er mit dem peniblen Reetdach in Wettstreit treten.

»Guten Tag«, begrüßt uns der Alte in gestelztem Hochdeutsch. Die Tür hält er mit einer Hand fest, jederzeit bereit, sie wieder zuzuschlagen.

Kellermann ergreift das Wort. »Guten Tag, ich bin Kommissar Kellermann von der Kriminalpolizei. Sind Sie Herr Wagenfeld?«

Der alte Mann nickt fast unmerklich, doch die Bewegung zeichnet sich durch die sich verändernden Lichtreflexe auf seinen Brillengläsern ab.

»Dürften wir hereinkommen und Ihnen ein paar Fragen stellen?«

Wieder ist zurückhaltende Zustimmung erkennbar. Wagenfeld öffnet die Haustür ganz und gibt den Weg in die Diele frei. Als ich dem Kommissar folgen und ebenfalls an dem Alten vorbei in den Flur treten will, stoppt er mich mit einem mahnenden Blick auf der Schwelle.

»Und wer sind Sie?«, fragt er kritisch und mit emporgerecktem Kinn.

Ich bin von dem unerwarteten Stopp noch verdutzt, sodass mir Kellermann zuvorkommt: »Das ist Frau Wagenfeld.«

Es entsteht eine verwunderte Stille. Wagenfelds Blick geht erst zu Kellermann, dann zu mir und letztendlich zurück zum Kommissar.

Auch mein Blick wandert von einem zum anderen. Ich bin weniger perplex über die Dopplung des Nachnamens, darauf war ich vorbereitet. Allerdings frage ich mich, ob mich meine Rolle als Zivilperson gleich in Schwierigkeiten bringen wird. Schließlich hat sich der Kommissar nicht zu meiner Position geäußert, zu meiner Rolle, und diese Frage könnte unmittelbar kommen.

Kellermann springt ein. Salopp und völlig unbedarft bringt er hervor: »Sogar gleich geschrieben. Beide mit einem D am Ende.« Damit ist das Thema für ihn erledigt und er dreht sich wieder um und folgt dem Lauf der Diele.

Uns bleibt nichts anderes übrig, als ihm nachzueilen. Gemeinsam landen wir in einer Art Wohnküche. Dort wartet schon Frau Wagenfeld auf uns. Ihr Haar ist nicht ganz so hell wie das ihres Mannes und zu einem Dutt gebunden. Ihre blauen Augen hingegen leuchten wie kristallklares Wasser.

Ohne dass sie fragt, beruhigt sie ihr Ehemann. »Die Herrschaften sind von der Polizei.«

Frau Wagenfeld mustert uns still. Ihre mit Falten und Altersflecken übersäten Hände nesteln an einem Häkeldeckchen.

Herr Wagenfeld bedeutet uns, Platz zu nehmen. Ich schiebe mich auf die Eckbank, der alten Dame schräg gegenüber. Die beiden Männer wählen je einen Stuhl, sodass wir in perfekter Doppelkopfmanier am Tisch sitzen.

Diesmal ist es Wagenfeld, der das Wort ergreift. »Warum sind Sie hier?«

Mit fast sonorer Stimme führt Kellermann das Ehepaar in den Fall Grüter ein und erklärt, dass alle Hintergründe ermittelt würden und dazu auch sein Familienumfeld und seine Herkunft zählen. In diesem Zusammenhang habe sich die Bekanntschaft zu Otto Wagenfeld herausgestellt. Daher seien wir heute hier, um etwas zu dieser Freundschaft oder über den jungen Grüter zu erfahren. Mit keinem Wort erwähnt der Kommissar die Vorwürfe, welche die Lehrerin und der Schulleiter gegenüber Otto erhoben haben.

Zwei Augenpaare starren Kellermann während seiner Rede gebannt an. Ohne Kommentar oder Einwand, nicht einmal ein Blinzeln bemerke ich. Nachdem der Kommissar geendet hat, wenden sich die Senioren einander zu. Zeitgleich, wie aufeinander abgestimmt. Ein Paar, das nach all den gemeinsamen Jahren ohne Worte und weitere Zeichen miteinander harmoniert. Auch ihr Austausch benötigt keinen Ton. Stillschweigend stimmen sie sich ab und einen kurzen Moment später wendet sich Herr Wagenfeld an uns.

Er berichtet sorgfältig über Grüter, beginnt in dessen jungen Jahren, als er das erste Mal mit Otto nach der Schule zu Besuch kam. Strukturiert fährt er fort, erzählt, wie die beiden aufwuchsen und gemeinsam dem Ruder- und später dem

Segelverein beitraten. In den Ferien oder an den Wochenenden half Werner auf dem Hof, um sich ein Taschengeld dazuzuverdienen. Gerade diese Erinnerungen sind Herrn Wagenfeld lebhaft im Gedächtnis geblieben, denn er zieht seine Augenbrauen hoch und legt den Kopf leicht zurück. Tüchtig sei er gewesen, der junge Grüter. Sehr fleißig und ein wohlerzogener Bursche.

Bei Wagenfelds Lobrede auf Grüters tugendhafte Strebsamkeit frage ich mich, wie er die Charaktereigenschaften seines Sohnes beschreiben würde. Kellermann ist in seiner Gesprächsführung noch nicht bei diesem delikaten Thema angelangt und doch wappne ich mich bereits gegen die bekannten Sprüche von allzu beschützenden Müttern und Vätern: ›Wissen Sie, er ist so ein willensstarkes Kind. Unser Sohn muss auf niemanden hören – er wird ja schließlich später Chef. Seine Kreativität dürfen wir nicht begrenzen.‹ Die Wagenfelds als frühe Vorläufer heutiger Helikoptereltern.

Das Gespräch zieht sich dahin. Frau Wagenfeld und ich beschränken uns darauf, es still zu verfolgen. Mir fällt auf, dass die alte Dame aufgehört hat, an ihrem Deckchen zu nesteln. Stattdessen krampfen sich ihre Finger fest um das Garn, so intensiv, dass einzelne Stellen ihrer Haut ganz weiß geworden sind. Das Blut ist abgeschnürt. Trotz dieser Kraftanstrengung wirken ihre Augen gelassen, kristallklar, als könne nichts sie trüben.

Neben Ottos Freunden kommt Kellermann auch auf Alexander Kerbas zu sprechen. Doch der Name sagt den beiden Senioren nichts.

Schließlich nähert Kellermann sich dem eigentlichen Ziel und stellt wie nebenbei und ganz belanglos Fragen zum Sohn des Paares. Er beginnt mit den sportlichen Hobbys, fragt, ob Otto viele Freunde außer Grüter hatte, vielleicht sogar eine Freundin.

Herr Wagenfeld beantwortet die Fragen beflissen, obwohl sie vom genannten Grund unseres Besuches abweichen. Ich denke, er ist in seiner eigenen Rolle gefangen. So sehr, wie er Grüters Tugendhaftigkeit lobte, gelten für ihn dieselben Werte: Strebsamkeit, Gehorsam und Aufrichtigkeit. Wenn ein Kommissar Fragen stellt, dann sind diese auch zu beantworten.

Der Rentner erzählt also von einer Gruppe Jugendlicher, der ›Clique‹, wie Otto seine Kumpels immer genannt habe, und auch von einzelnen Mädchen. Wagenfeld wirft die Namen lose dahin, als wäre keine feste Beziehung darunter gewesen.

»Hat es denn auch mal Reibereien gegeben?«, fragt Kellermann und fügt beschwichtigend hinzu: »Ich meine, unter Jugendlichen kommt das ja immer wieder mal vor.«

Wagenfeld senkt kurz den Blick. Er schaut seine Frau diesmal nicht an, dennoch habe ich das Gefühl, als sei der nächste Satz abgestimmt und schon seit Jahren geprobt.

Der Alte eröffnet uns: »Otto hatte keinen einfachen Charakter. Sollten Sie es nicht schon wissen, werden Sie das schnell in Erfahrung bringen.«

Ich bin baff ob dieser Ehrlichkeit. Meine Vorurteile sind über den Haufen geworfen. Die Wagenfelds sind weit entfernt von überfürsorglichen Eltern, die ihre Schützlinge aus jeder Verantwortung nehmen.

Das schlechte Gewissen erwischt mich mit voller Breitseite. Erschrocken schweift mein Blick von Herrn zu Frau Wagenfeld. Die Finger der Seniorin sind noch stärker im Häkelgarn vergraben, doch ihre Augen ruhen standhaft auf ihrem Mann. Kein Widerspruch, kein Einwand.

Auch Kellermann lässt sich nichts anmerken, tut, als wäre das eine harmlose Information, nicht relevanter als eine Plauderei über die aktuelle Wetterlage. Er lässt dem Vater Zeit, sich zu sammeln.

Trotz seiner Ehrlichkeit fallen dem Alten die Worte über seinen Sohn sichtlich schwer. Er setzt an, räuspert sich und beißt sich dann doch nur auf die Lippe. Niemand am Tisch bewegt sich, die kleinste Geste würde Wagenfelds Redefluss vollends versiegen lassen.

Das Warten lohnt sich. Nach wenigen Augenblicken fasst er Mut und fährt fort: »Die Nachbarn kamen und haben sich beschwert. Erst waren es kleine Dinge, man hätte sie als Streiche abtun können. Das Ärgern eines Hundes, das Jagen von Hühnern oder das Zerschlagen von Taubeneiern. Nach und nach wurden die Rückmeldungen lauter und auch Ottos Verhalten aggressiver. Wir haben versucht, mit unserem Sohn darüber zu reden, aber wir sind nicht zu ihm durchgedrungen. Wir waren seine Eltern, auf uns wollte er erst recht nicht hören.«

»Hat Werner mitgemacht?«

Kellermann wählt bewusst unbestimmte Worte. Er definiert nicht, wobei Grüter mitgemacht haben könnte, benennt die Rüpeleien und den Sadismus nicht. Diese Begriffe vermeidet er, um das Elternpaar nicht vor den Kopf zu stoßen.

Die sensible Kommunikation wirkt. Herr Wagenfeld kooperiert. Er überlegt kurz und antwortet dann: »Ich denke nicht. Wir haben nie etwas in der Art gehört. Die beiden hatten Kontakt, aber wie sie genau zueinander standen, kann ich Ihnen nicht sagen.«

Wie ernüchternd. Ich hatte gehofft, dass wir etwas Neues in Erfahrung bringen würden, doch augenscheinlich läuft die Spur ins Leere.

Der Kommissar hingegen lässt sich ganz und gar nicht entmutigen. Vorsichtig fragt er: »Diese Gemeinheiten, haben die sich auch gegen Mitschüler gerichtet?«

Wieder braucht Herr Wagenfeld einen kurzen Moment, bis er bereit ist, sich zu äußern. Zögerlich nickt er. »Ja. Als Otto älter wurde, waren es nicht mehr nur Tiere, er setzte auch seine Mitschüler oder Kinder aus den umliegenden Dörfern unter Druck. Die Eltern riefen bei uns an. Otto habe ihren Sohn bedroht oder verprügelt. Einem Mädchen schmierte er Sekundenkleber in die Haare, einem anderen hatte er Kaulquappen in den Turnbeutel geschüttet. Wir haben ihn zur Rede gestellt, aber er hat immer alles bestritten.«

»Haben sich die anderen Schüler nicht gewehrt? Wurde Ihr Sohn gemieden?«, will Kellermann wissen. Trotz der argen Geschichten klingt kein Vorwurf in seiner Stimme mit. Sein Ton ist völlig wertfrei.

»Sie kennen das doch.« Diesmal antwortet Wagenfeld unmittelbar, sein Blick ist direkt, sein Kinn spöttisch vorgereckt. »Die Menschheit sehnt sich nach einem starken Führer, nach einem starken Mann. Brutalität wird als Stärke ausgelegt, Unterdrückung als Durchsetzungskraft. Otto wurde für sein Handeln belohnt. Ständig tauchten hier wechselnde Mädchen auf, in seiner Clique war er der König. Wieso hätte er sein Verhalten also ändern sollen, wo sein Umfeld ihm doch suggerierte, dadurch zum Helden zu werden? Sagen Sie mir, warum?«

Die letzte Frage klingt schneidend. Wie eine heiße Klinge, die niemand ergreifen will, schwebt sie in der Luft. Auch Kellermann packt nicht zu. Ausweichend stellt er stattdessen eine andere Frage: »Natalie Bilke gehörte auch zur Clique Ihres Sohnes, oder?«

Frau Wagenfelds Gesicht zuckt bei der Erwähnung dieses Namens und ihr Mann lässt das vorgereckte Kinn wieder sinken. Statt einer Antwort nickt der Alte mehrmals kurz, als wolle er sich durch die wiegenden Bewegungen selbst beruhigen.

»Natalie war schwermütig. Glauben Sie, Ihr Sohn hatte etwas damit zu tun?«

Wieder entdecke ich ein nervöses Zucken unterhalb der Wangenknochen. Frau Wagenfeld senkt ihren Blick, den

Kopf, die Schultern. Ihr ganzer Körper fällt in sich zusammen, als wolle sie sich in ein Schneckenhaus verkriechen und sich so dieser Unterhaltung entziehen.

Auch ihr Mann wirkt gebrochen. Unzählige Male müssen die beiden diese Gespräche geführt haben. Sich nach dem Warum gefragt haben. Warum war Otto der, der er gewesen ist? Was hat ihn dazu gemacht? Wieso fehlte ihm die Empathie und woher kam die Freude an der Qual anderer Menschen, woher die Zerstörungslust? Obwohl die beiden Fremde sind, haben sie sich dieselben Fragen gestellt wie ich mir, immer wieder die gleichen Szenarien durchdacht. In diesem Augenblick sind sie mir näher als so mancher langjährige Weggefährte. Ich möchte die faltigen Hände der alten Frau ergreifen und sie fest umschließen. Doch ich unterdrücke den Impuls.

Wagenfeld schluckt. Dann spricht er wie durch eine neblige Wand: »Wir haben einmal eine Geschichte gehört. Auf dem Erntedankfest, zu später Stunde. Die Leute hatten schon einiges getrunken, da werden auch Dinge erzählt, die man sonst nicht erfährt. Es hieß, Natalie wäre auf der Schulhoftoilette gequält worden. Man hätte ihren Kopf in das Becken gedrückt und sie angepinkelt. Auf den Rücken, sodass der Urin ihr an Schultern und Schenkeln hinablief. Danach hätte man sie in der Toilette eingesperrt. Wir wurden aufgefordert, unseren Sohn dafür zu bestrafen. Aber Otto stritt alles ab. Wir sind nie wieder auf eines der Dorffeste gegangen.«

»Das war auch der Grund, warum Sie den Hof verkauft haben, oder?«, fragt Kellermann.

»Ja. Die Kunden blieben aus. Auch wenn Otto in seiner Clique ein Held war, hatten wir es in der Nachbarschaft zunehmend schwerer. Auch nach dem Tod unseres Sohnes. Es war eine Erleichterung, alles wegzugeben.«

»Glauben Sie, Ottos Unfall war wirklich einer? Vielleicht hat jemand Rache an ihm geübt.«

Wieder schaut sich das alte Ehepaar in die Augen. Beide senken kurz, aber nachdrücklich den Blick, um sich ihre gegenseitige Zustimmung zu versichern.

Wagenfeld öffnet den Mund, als wolle er etwas sagen. Doch als er stockt, springt überraschend seine Frau ein. Ihre Stimme ist fest und klar, von fast jugendlicher Forschheit, die ganz im Gegensatz zu ihrer faltigen, pergamentartigen Haut steht. »Die Polizei hat seinerzeit eine Untersuchung eingeleitet und ist zu dem Schluss gekommen, dass es ein Unfall gewesen sein muss. Fremdeinwirkung wurde ausgeschlossen.«

»Und Sie haben dieses Ergebnis nie angezweifelt?«

Kellermanns Rückfrage kommt wie aus der Pistole geschossen. Nicht der Ton, das Tempo lässt die beiden Senioren zurückschrecken. In der Plötzlichkeit versteckt sich ein unausgesprochener Vorwurf.

Still wandern meine Augen vom einen zur anderen. Diese Zustimmung eben war die Rückversicherung eines bereits vor Jahren geschlossenen Bunds. Die beiden wissen, dass auch eine andere Todesursache infrage käme. Aber sie haben sich dafür entschieden, mit der Ungewissheit zu leben. Eine Untersuchung hätte jede einzelne von Ottos Missetaten ans Licht gebracht. Diese Bürde wollten sie nicht zusätzlich tragen. Die Angst vor der öffentlichen Schmach war stärker als der Wunsch nach Gewissheit.

»Nein«, versichert Frau Wagenfeld mit fester Stimme. »Wir haben diese Untersuchung nie infrage gestellt.« Mit genauso festem Blick hält sie der eingängigen Prüfung des Kommissars stand. Nach wenigen Augenblicken, in denen einzig das Ticken der Wanduhr die Stille durchbricht, regt sich Frau Wagenfeld erneut. »Und wir werden auch jetzt keine weiteren Ermittlungen einleiten.«

»Glauben Sie den beiden? Ich meine, erst erzählen sie uns breitwillig von ihrem missratenen Sohn und dann wollen sie noch nicht einmal wissen, ob ihn jemand umgebracht hat?«, fragt Kellermann, nachdem er die Fahrertür mit Wucht zugeschlagen hat. Statt den Motor zu starten, lässt er sich resigniert in seinen Sitz zurückfallen.

Ich starre durch die Windschutzscheibe in Richtung des Deiches und lasse mir die Frage durch den Kopf gehen. »Ja«, sage ich schließlich. »Ich kann ihre Argumentation nachvollziehen.«

Ungläubig starrt Kellermann mich an. »Wieso?«, fragt er entgeistert. »Wir sind zwei völlig Fremde, warum sollten sie uns gegenüber so ehrlich sein? Weil wir Polizisten sind?« Dann korrigiert er: »Beziehungsweise eine ehemalige Polizistin in Ihrem Fall.«

Ich schüttle den Kopf. »Ich glaube, ihre Offenheit hatte nicht primär mit Beamtenhörigkeit zu tun. Ich denke, die Entscheidung dafür ist bereits vor Jahren gefallen, völlig unabhängig von uns. Die beiden haben sich während Ottos Jugend mit der Frage gequält, wieso ihr Sohn tat, was er tat, warum er so geworden war. Es hat sicher Phasen gegeben, in denen sie die Wahrheit verleugnet haben oder Ottos Taten verheimlichen wollten. Die beiden haben so viel Ballast mit sich herumgetragen, dass sie irgendwann daran zerbrochen wären. Also haben sie sich für Offenheit entschieden, um jegliche Angriffsfläche zu vermeiden. Sie stellen sich hin und sagen direkt und ungeschönt, wie es gewesen ist. Damit tragen sie die Last selbst, aber nicht die zusätzliche Bürde, die Lügen, Scham und üble Nachrede mit sich bringen.«

»Aber warum wohnen die Wagenfelds noch hier? Sie hätten einfach wegziehen können. Der Verkauf des Hofes hat sicher genug Geld abgeworfen.«

»Können Sie sich noch daran erinnern, warum Sie mir prophezeiten, dass ich im Dorf nichts in Erfahrung bringen würde?«

Kellermann zuckt mit den Schultern.

»Als Fremde bleibt man fremd. Wenn man nicht hier geboren ist, bleibt man für immer der Hinzugezogene. Das ist Grund genug, um einem das Leben auf dem Land schwer zu machen. Bei den Wagenfelds funktioniert es genau andersherum. Sie sind mit diesen Strukturen verwachsen und können sich nicht daraus lösen. Das Dorfleben ist ein Teil von ihnen. Sie haben ihre Wurzeln in das Land geschlagen, die können sie nicht einfach ausreißen und woanders wieder einpflanzen. Auch nicht, wenn ihr Sohn als brutaler Unhold gilt.«

Kellermann blickt mich eine Weile mit zusammengekniffenen Augen an, als würde er meine letzten Worte abwägen. Dann dreht er sich mit einem Ruck zum Lenkrad. Bevor der Motor startet, schiebt er noch einen Satz hinterher: »Verzetteln wir uns nicht mit Hypothesen.«

Ich verdrehe die Augen und schließe mit übertriebener Vehemenz den Anschnallgurt. »Und welchen realen Tatsachen gehen wir jetzt auf den Grund?«

»Wir fahren noch mal zu Grüters Frau.«

46

Kellermann hat uns nicht angekündigt. Als auf das Klingeln keine Reaktion erfolgt, fürchte ich, dass wir uns umsonst durch den Stau gequält haben. Der Elbtunnel war wieder einmal verstopft, der Verkehr zähflüssig und die Fahrt bis Othmarschen hat uns fast zwei Stunden gekostet. Kellermann schellt ein zweites, ein drittes Mal. Ungeduldig schaut er an der Fassade hoch, um zu kontrollieren, ob sich ein Schatten hinter einer der kleinteiligen Fensterflächen abzeichnet. Dann reckt er den Kopf um die Hausecke, um in den Garten zu spähen. Im nächsten Moment reißt er den Arm in die Höhe und verschwindet aus meinem Gesichtsfeld. Stimmen werden laut. Anscheinend hat er Frau Grüter gefunden.

Ich stapfe ihm stumpf hinterher. Auf eine Einladung würde ich vergebens warten.

Beate Grüter muss einen Spaziergang im Jenischpark unternommen haben. Aus ihrem streng nach hinten gekämmten Haar haben sich einzelne Strähnen gelöst. Die Wangen sind von der körperlichen Anstrengung gerötet. Ein leichter Schweißfilm lässt ihre Brille herabrutschen, sie schiebt das Horngestell mit einem Zeigefinger wieder zurück an seine Position.

»Hallo, Frau Wagenfeld, Sie sind auch wieder da. Kommen Sie doch herein.«

Kellermann hat der Witwe bereits knapp vermittelt, dass sich noch ein paar Rückfragen ergeben haben, jedoch ohne zu erwähnen, dass ich hinter der Hausecke warte. Die Kommunikation läuft mal wieder fantastisch, denke ich verdrossen, als ich als Letzte durch die Terrassentür trete, die erstaunlicherweise nicht verschlossen war. Frau Grüter scheint kein ängstlicher Mensch zu sein.

Die Witwe bittet uns, am Esstisch Platz zu nehmen, und verschwindet mit dem Hinweis, sich kurz frisch machen zu wollen. Nach wenigen Minuten kehrt sie zurück. Das graue Haar sitzt wieder perfekt und ist zu einem Pferdeschwanz gebunden. Den sportlichen Sweater hat sie gegen einen eleganten cremefarbenen Leinenpullover eingetauscht. Sie fragt nach unseren Getränkewünschen. Da wir keine haben, setzt sie sich zu uns, an das Kopfende des Tisches, in unsere Mitte. »Womit kann ich Ihnen helfen?« Beherzt ergreift die Witwe das Wort und blickt uns abwechselnd an.

Über Kellermanns Gesicht huscht ein kurzes Lächeln. Ihm scheint ihr Elan zu gefallen. Oder zumindest will er ihr genau dieses Bild vermitteln. »Zu Jugendzeiten hatte Ihr Mann Kontakt zu einem gewissen Otto Wagenfeld. Um Missverständnissen vorzugreifen: Er ist weder mit dem Designer noch mit Frau Wagenfeld hier am Tisch verwandt. Sagt Ihnen der Name etwas? Haben Sie ihn schon mal gehört? Wenn nicht direkt von Ihrem Mann, dann vielleicht in einem anderen Zusammenhang?«

Frau Grüter überlegt einen Moment und schüttelt dann den Kopf. Dabei rutscht ihre Brille wieder etwas herunter, doch diesmal korrigiert sie den Sitz nicht. »Der Name ist mir völlig unbekannt.«

»In Ordnung, das hilft uns schon weiter«, lobt Kellermann Frau Grüter. »Aber hat Ihr Mann Ihnen vielleicht von einem Jugendfreund erzählt, der von einem Obsthof im Alten Land stammte?«

Wieder nimmt sie sich Zeit, verneint dann erneut.

Der Kommissar lässt sich davon nicht entmutigen. »Hat er Ihnen überhaupt etwas aus seiner Jugend erzählt? Geschichten aus der Schule? Von seinem Freundeskreis? Welche Streiche gespielt wurden?«

Diesmal zuckt Frau Grüter sofort die Schultern. »Werner hat wenig von seiner Jugend gesprochen. Ich könnte Ihnen keine Person nennen, mit der er besonders eng befreundet gewesen wäre. Wenn ich nachgefragt habe, hieß es immer, es wäre eine langweilige Zeit auf dem Land gewesen. Nichts Spektakuläres.«

Kellermann legt sein charmantestes Lächeln auf und spätestens jetzt bin ich mir sicher, dass seine zugewandte Art hauptsächlich der Gesprächsführung dient. Aufmunternd blickt er Frau Grüter in die Augen, den Oberkörper leicht über die Tischplatte gebeugt. »Aber das eine oder andere wird er Ihnen doch berichtet haben. Welche Abiturnote hatte er? Welche Leistungskurse hat er belegt? Mit welchem Lehrer gab es Streit?«

Ohne auf die Fragen einzugehen, erhebt sich Frau Grüter und schlendert zur Regalwand. Zwischen den unzähligen, der Farbe und Größe nach sortierten Büchern befinden sich Schubfächer. Die Witwe geht in die Knie und öffnet eines der unteren. Als sie fündig geworden ist, kehrt sie an den Tisch zurück und legt eine prall gefüllte graue Aktenmappe vor uns. Das Volumen der Papiere darin wird nur mit Mühe von einem Gummiband zusammengehalten.

Erwartungsvoll blicken wir beide erst auf die Kladde, dann zu Frau Grüter.

»Das sind Werners Unterlagen aus seiner Jugend. Zeugnisse, Sportabzeichen, Zeitungsartikel. Wenn Sie etwas suchen, finden Sie es am ehesten darin. Ich habe ihn ab und an gefragt, ob wir nicht etwas davon wegwerfen könnten. Die Mappe hat das gesamte Schubfach eingenommen. Aber Werner hat sich vehement gewehrt.«

Kellermann öffnet das Gummiband. Um mir bessere Sicht zu verschaffen, recke ich mich über die Tischplatte.

Der Kommissar beginnt, in den Unterlagen zu blättern. Eine vergilbte Annonce, die Grüters Taufe ankündigt. Zeugnisse aus der Grundschule und dem Gymnasium. Ein Zeitungsartikel mit einem Foto, das eine Gruppe Konfirmanden zeigt. Danach folgen Glückwunschkarten. Ein Dokument wirkt wie ein alter Personalausweis, entpuppt sich dann jedoch als Sportbootführerschein. Als Nächstes blitzt der ähnlich aussehende Segelschein für Binnengewässer auf.

Kellermann prüft Papier für Papier und legt jedes einzelne sorgfältig zur Seite. Als er auf ein Foto stößt, hält er es sich dichter vor die Nase, sodass mir ein Blick darauf verwehrt bleibt. Auch wenn meine Neugierde mich reizt, bleibe ich stumm und warte ab. Meine Ungeduld wird schnell besänftigt. Kellermann dreht das Bild zwischen seinen Fingern und hält es mir direkt vor die Nase. So dicht, dass ich ein Stück zurückweiche, um meinen Blick scharf zu stellen.

Eine Gruppe Jugendlicher auf einem Segelboot, das kurz davor ist, in den Hafen einzulaufen. Zwei Jungs, zwei Mädchen. Einer reckt siegessicher die Faust in die Höhe. Sein Körper ist ungewöhnlich kompakt für das Alter, wie der eines Ringers. Otto Wagenfeld. Der schmächtigere Bursche neben ihm muss der junge Werner Grüter sein. Die beiden Mädchen kichern, eine krümmt sich vor Lachen und hält die Hände vors Gesicht. Ich wette auf Natalie Bilke, kann es durch das teilweise verdeckte Gesicht jedoch nicht mit Bestimmtheit sagen. Die Vierte im Bunde habe ich noch nie gesehen. Es kann sich jedoch nicht um Frau Denninger handeln. Die Haare des jungen Mädchens sind strohblond, die heutige Lehrerin hätte ihre roten Haare nie so bleichen können.

Erwartungsvoll blicke ich Kellermann über den Rand des Fotos an, will ihn stillschweigend fragen, wie wir weiter vorgehen wollen.

Der Kommissar ist jedoch nicht an einem stummen Austausch interessiert und wendet sich stattdessen Frau Grüter zu. »Können wir die Mappe mitnehmen?«

Die Witwe nickt. »Ja, sicher, nehmen Sie die Unterlagen ruhig mit. Aber ich bekomme sie wieder, oder?«

Der forsche Elan bekommt mit einem Mal Risse. Ihre Augen sind wehmütig auf die vergilbten Unterlagen gerichtet. Konfrontiert mit der Gefahr, Grüters Erinnerungen fortgeben zu müssen, ist ihr der Verlust ihres Mannes wieder schmerzhaft bewusst geworden. Als der Kommissar ihr versichert, alle Dokumente so bald wie möglich zurückzugeben, holt er noch einmal seinen ganzen Charme hervor. Diesmal ist es ehrlich gemeint.

Statt über die Terrasse zu gehen, wählen wir diesmal den Weg durch die Haustür. An der Schwelle verabschieden wir uns und Kellermann reicht Frau Grüter die Hand. Als sie meine ergreift, erstaunt mich ihr fester Händedruck. Die Witwe hat sich wieder gefangen. Noch mehr überrascht mich jedoch, dass sie meine Hand nicht mehr loslässt.

»Frau Wagenfeld, Sie haben sich letztens nach Ihrem Namensvetter erkundigt. Dazu ist mir noch etwas eingefallen.«

Kellermann, der das Haus schon verlassen hat, macht auf dem Treppenabsatz kehrt. Frau Grüter und ich verharren auf der Schwelle, sie hält meine Finger noch immer eng umschlossen.

In mir regt sich das Verlangen, mich diesem Händedruck zu entziehen. Der Körperkontakt wird mir zu viel. Noch größer ist jedoch die Neugier. Und so verharre ich wohl oder übel.

»Wir waren im Museum, Werner und ich, vor Jahren schon. In der Wilhelm Wagenfeld Stiftung in Bremen. Es war an einem warmen Frühlingstag und wir sind an der Weser entlangspaziert und von dort ins Museumsviertel abgebogen, Richtung Kunsthalle. Das Wagenfeldhaus steht direkt gegenüber. Es war nur ein kurzer Besuch, wissen Sie, das Museum ist ja sehr klein.«

Auf meiner Handfläche hat sich ein Schweißfilm gebildet. Die sich stauende Wärme ist mir fast unerträglich und ich frage mich, warum Beate Grüter dieser enge, anhaltende Hautkontakt nicht unangenehm wird.

Doch die Witwe schwelgt in Erinnerungen. Ihre Augen sind glasig ob dieses erquickenden Ausflugs. Munter sprudeln ihre Erlebnisse hervor. »Wir haben uns zwei Tickets gekauft, die nicht nur für die Wagenfeld-Ausstellung gültig waren, sondern auch für das Museum gegenüber. Die Galerie selbst umfasste nur wenige Räume, in denen die Exponate Wagenfelds in Vitrinen und Plexiglaskuben ausgestellt wurden. Alltagsgeräte für den Haushalt, Küchenutensilien, sogar ein Bordgeschirr für den Flugverkehr war darunter. Daran erinnere ich mich genau, weil wir kurz zuvor nach Venedig geflogen sind und ich mir eine solch formschöne Variante gewünscht hätte. Werner war hingegen etwas enttäuscht von der Ausstellung. Als hätte er mehr erwartet. Er stand vor jeder Tafel, sog alle Informationen zu Wagenfelds Lebensweg auf und fragte den Museumswächter sogar noch nach den literarischen Werken des Designers. Ich glaube, er hatte eine umfangreichere Sammlung erwartet.«

»Hat er das so explizit gesagt? Oder angedeutet, was er suchte?«, bringe ich hervor, noch immer in unveränderter Position.

Frau Grüter schüttelt den Kopf. »Nein, aber ich weiß noch, dass er danach missmutig war und sich nicht mal mehr die Skulpturenausstellung im Haus gegenüber ansehen wollte.«

Ich erhöhe meinen Händedruck und deute ein leichtes Schütteln an. Das scheint Frau Grüter an den nicht zu Ende geführten Gruß zu erinnern, schlagartig lässt sie meine Hand los.

»Ach, Entschuldigung, ich habe gar nicht bemerkt, dass ich Sie immer noch festhielt.«

»Gar kein Problem«, lüge ich und spüre erleichtert den kühlen Luftzug auf meiner Haut.

»Was sagen Sie jetzt?«, fragt Kellermann energiegeladen, als er sich hinter das Lenkrad schwingt. »Das einzige Foto, das Grüter in seiner Erinnerungsmappe aufbewahrt, zeigt Otto Wagenfeld. Da muss es definitiv eine besondere Verbindung gegeben haben.«

»Na ja«, beschwichtige ich seinen Enthusiasmus, »verzetteln wir uns mal nicht in Hypothesen.«

Kellermann fährt bei der Wiederholung seines Satzes herum und schaut mich erstaunt an. »Sagen Sie jetzt nicht, dass Sie sauer sind.« Dann verschwindet der erschrockene Gesichtsausdruck und sein Mund verzieht sich zu einem breiten Grinsen. »Ach was, Sie wollen mich nur foppen.« Er startet den Motor.

Nein, denke ich zerknirscht, das wollte ich nicht. Aber jeder Ärger scheint zwecklos zu sein, er perlt an Kellermann ab wie an Teflon. Ich schlucke fest und hoffe, dass sich meine gekränkte Eitelkeit bald verabschiedet.

Nachdem wir uns in den dichten Verkehr Richtung Innenstadt eingefädelt haben, zeigt Kellermann zur Mappe, die er auf dem Armaturenbrett abgelegt hat. »Fotografieren Sie die Aufnahme auf dem Boot mit Ihrem Handy und schicken Sie das Bild dann an Bredehöft. Er soll damit noch mal zu Frau Bilke gehen und sie auch nach der Beziehung zwischen Otto Wagenfeld und Grüter befragen. Falls Natalies Mutter uns etwas zu den beiden sagen kann, kennt sie vielleicht auch das Mädchen an Deck. Und er soll sie fragen, ob es sich bei der lachenden jungen Dame tatsächlich um ihre Tochter handelt.«

Kellermanns Auftrag kommt im Stakkato. Eine Formulierung im Konjunktiv oder ein ›bitte‹ wären mir lieber gewesen, aber ich verzichte auf einen Einwand. Einen höflicheren Umgangston habe ich mir für heute abgeschminkt.

Ich verschicke das Bild und kurz darauf klingelt mein Handy. Es ist Bredehöft.

Über die Lautsprecherfunktion erklärt Kellermann ihm sein Anliegen.

Der Polizist verspricht, umgehend zu Frau Bilke aufzubrechen. Er ist über den spontanen Auftrag sogar erfreut, denn eifrig verkündet er: »Vielleicht führt diese Aufnahme zu mehr Erkenntnissen. Der visuelle Kontext hilft bestimmt. Die letzten Besuche bei Frau Bilke haben ja leider kaum etwas ergeben.«

»Gut, gut«, ruft Kellermann phrasenhaft. Ich will das Gespräch schon beenden, doch der Kommissar hebt die Hand. »Bredehöft?«, ruft er.

»Ja?«, ertönt es aus dem Lautsprecher.

»Wenn Frau Bilke Ihnen nichts zu den beiden Mädchen auf der Aufnahme sagen kann, dann fahren Sie zu der Lehrerin aus Bayern. Sie wissen schon, die Frau, die uns von Otto überhaupt erst erzählt hat.«

»Gut, gut«, wiederholt Bredehöft Kellermanns Floskel und legt dann auf.

Da scheinen sich zwei gesucht und gefunden zu haben.

Der Wagen schiebt sich die Elbchaussee entlang und ab und an gibt eine Lücke zwischen den Häusern den Blick auf das Wasser frei. Am anderen Ufer türmen sich Kräne und Schiffscontainer auf und der Hafen erstrahlt in seinem industriellen Glanz. Ich bin ganz gefangen von den bunten Kisten, den monströsen Docks und den hoch aufragenden Stahlgerüsten. Aus meinem Bann zieht mich plötzlich Kellermanns Stimme.

»Sie haben sicher nicht viel Gepäck.«

Ich wende mich der Fahrerseite zu, sage jedoch nichts. Es war eine Feststellung, keine Frage.

»Ich warte im Wagen vor dem Hotel«, fährt der Kommissar fort. »Dann muss ich keinen Parkplatz suchen.«

Verblüfft betrachte ich mein Gegenüber, das die direkte Beobachtung nicht zu irritieren scheint. Ungerührt steuert Kellermann den Wagen weiter durch den Verkehr. »Wie kommen Sie darauf, dass ich mit Ihnen fahre?«, frage ich schließlich nüchtern.

Der Kommissar dreht sich wieder kurz zu mir, diesmal mit einem Stirnrunzeln und übertrieben erstaunter Miene. »Wie kommen Sie darauf, hierbleiben zu wollen?«

Er spielt den Unwissenden, da bin ich mir sicher. Genau wie er vor Frau Grüter die Rolle des Motivators eingenommen hat, gaukelt er mir jetzt den Überraschten vor. Kellermann will mich aus Hamburg lotsen, weg von Patisse.

Nachdrücklich bestimme ich: »Ich habe keine Angst vor Patisse und werde mich nicht vor ihm verstecken. Wenn ich einmal damit anfange, hört das nicht mehr auf. Ich werde mich nicht von ihm jagen lassen. Die Flucht nach Frankfurt würde ohnehin zu nichts führen. Patisse findet mich hier wie dort.« Auffordernd blicke ich Kellermann an, bereit für die nächste verbale Attacke.

Doch der Kommissar konzentriert sich wieder auf den Verkehr. Ein verdattertes Kopfschütteln hat er unterdrückt, auch wenn ihm die Verwirrung deutlich ins Gesicht geschrieben steht. Erst nach ein paar Sekunden verkündet er: »Ich nehme Sie mit, weil Sie Ihren Job machen sollen. Schon vergessen?« Wieder ein kurzer Seitenblick, diesmal mit zwei zusammengekniffenen Augen. »Stallenberg hat Sie engagiert, um die Verbindung zwischen seinem Neffen und Grüter aufzuklären. Ich habe morgen um acht Uhr ein Treffen bei der *Sega Invest* vereinbart. Sie, Stallenberg und ich. Bei all den Wagenfelds dürfen wir die Familie Kerbas nicht vergessen.«

Ich öffne den Mund, will protestieren, schließe ihn dann wieder, wende mich dennoch nicht ab. Ich will mich nicht so schnell geschlagen geben, weiß aber auch keinen Konter. Die Suche nach der Verbindung zwischen Grüter und Kerbas ist bestimmt nur ein Vorwand, um mich wegzulocken. Es ist immer noch nicht gewiss, dass es überhaupt einen Zusammenhang zwischen den beiden Todesfällen gibt. Und warum das gerade jetzt so eine große Rolle spielen sollte, wo wir in Hamburg ein loses Ende nach dem nächsten aufspüren, ist mir schleierhaft. Das Treffen ist nur vorgeschoben, daher schlage ich Kellermann nicht mit seinen eigenen Waffen, aber zumindest mit seinen eigenen Worten und scherze: »Ach was, Sie wollen mich nur foppen. Es gibt gar keinen Termin morgen früh.«

Selbstzufrieden lasse ich mich auf den Beifahrersitz zurückfallen und nehme aus den Augenwinkeln eines der Wahrzeichen Hamburgs wahr: das Chilehaus. Während ich mich nach dem Paradebeispiel für den Backsteinexpressionismus der Zwanzigerjahre umdrehe, tippt Kellermann etwas auf seinem Handy ein und aktiviert die Freisprechanlage.

Nach dem zweiten Klingeln empfängt uns eine warme Stimme: »*Sega Invest,* Schröder.«

»Hallo, Frau Schröder, schön, dass ich Sie noch erreiche. Ich wollte mich kurz rückversichern. Der Termin morgen mit Herrn Prof. Stallenberg und Frau Wagenfeld um acht Uhr steht noch, oder?«

»Aber natürlich. Der Termin ist fest notiert, Herr Stallenberg wird Sie in seinem Büro erwarten.«

Der Kommissar hat gewonnen. Auf ganzer Linie.

47

Ich habe unruhig geschlafen. Kellermann bestand darauf, dass ich in seinem Gästezimmer übernachtete. Ich fand ewig keinen Schlaf in dem fremden Bett und habe mir noch stundenlang den Kopf über den Fall zerbrochen. Während der Autofahrt rief Bredehöft an und berichtete, dass Frau Bilke mit dem Foto kaum etwas hätte anfangen können. Mit Mühe erkannte sie ihre eigene Tochter. Frau Denninger hingegen war gar nicht zu erreichen. Das Rätsel um das zweite Mädchen blieb offen.

Schlaf fand ich erst, als Karla mir zu später Stunde ein Musikvideo schickte. Im Begleittext stand: *Wir treten auf. Nächsten Donnerstag im Sandsteinkeller. Kommst Du? Kuss K.* Danach machte sich ein wohltuendes Gefühl in mir breit. Ich freute mich über die Nachricht, über die wieder aufkeimende Kommunikation. Und für Karla. Ich musste mich nicht verstellen, als ich zurückschrieb: *Tolles Video! Ich werde es versuchen.*

Obwohl ich vom Kommissar einen ersten und von Frau Schröder einen zweiten Kaffee serviert bekomme, fallen mir in Stallenbergs Büro fast die Augen zu. Ganz anders beim Topmanager. Trotz seines fortgeschrittenen Alters strotzt er vor Vitalität und Tatendrang. Er lauscht Kellermann aufmerksam, als der ihm den aktuellen Ermittlungsstand unterbreitet. Gezielt platziert er einzelne Rückfragen und vermeidet es ansonsten, den Redefluss des Kommissars zu stören.

Nach einer guten Viertelstunde endet Kellermann seinen Bericht. Der Aufsichtsratsvorsitzende reibt sich das Kinn, als wolle er seine Gedankengänge auch nach außen sichtbar machen. Niemand sagt einen Ton. Ich bin zu müde, um zu intervenieren. Kellermann hat bereits genug geredet.

Nach einer ganzen Weile löst sich Stallenberg aus seiner Denkerpose. »Sie glauben also, dass Herr Grüters Ermordung in Verbindung mit seiner Vergangenheit steht?«

Seine blauen Augen fixieren uns. Ich fühle mich aufgefordert und antworte: »Im Moment ist das bloß eine Theorie. Aber es besteht die Möglichkeit, dass der eingeritzte Name auf Grüters Arm kein Verweis auf meinen Bruder, sondern auf Otto Wagenfeld ist.«

Kellermann schweigt neben mir auf dem Ledersofa. Ich werte das als Zustimmung.

Stallenberg streicht sich eine seiner weißen Haarsträhnen hinter das Ohr. »Aber wieso sollte man Grüter viele Jahre später für eine Schandtat aus seiner Jugend umbringen? So wie Sie es dargestellt haben«, sein Blick schwenkt zu Kellermann, »war Otto Wagenfeld der Übeltäter. Bei Grüter handelte es sich um einen bloßen Mitläufer.«

»Nach aktuellem Sachstand ja«, antwortet der Kommissar. »Welche Rolle Grüter in der Clique genau gespielt hat, wird noch ermittelt. Meine Kollegen aus Hamburg vernehmen sein ehemaliges Umfeld. Eine damalige Mitschülerin arbeitet heute als Lehrerin am selben Gymnasium.«

Der Professor brummt eher zustimmend als fragend und nimmt wieder seine Denkerpose ein. Mit der Hand am Kinn gibt er kurz darauf zu bedenken: »Aber wenn das Motiv für

Grüters Tod in seiner Jugend verborgen liegt, was hat mein Neffe dann damit zu tun? Vielleicht gibt es tatsächlich keine Verbindung zwischen den beiden Todesfällen.«

Jetzt lässt sich auch Kellermann Zeit. Sorgfältig wählt er seine Worte. »Aktuell können wir nichts mit Gewissheit sagen. Wir prüfen weiterhin alle Möglichkeiten. Daher möchten wir noch einmal verstehen, welche Anknüpfungspunkte Alexander Kerbas und Werner Grüter hatten. Ihr Neffe war der Fondsmanager eines Anlageprodukts, in das Grüters Unternehmen investierte. Zudem haben die beiden gemeinsam in einem strategischen IT-Projekt gearbeitet. Ich habe natürlich schon einiges von Frau Wagenfeld gehört, aber vielleicht könnten Sie noch einmal mit eigenen Worten erläutern, worum es bei diesem strategischen Projekt genau ging?«

Sachlich erläutert der Aufsichtsratsvorsitzende den technologischen Hintergrund und das Ziel, die Prozesse der Immobilienwirtschaft und des Einzelhandels in einer Blockchain abzubilden.

»Und Grüter und Herr Kerbas haben diese digitale Kette entwickelt? Also die digitale Vernetzung vom Kunden im Geschäft bis zur *Sega Invest?*«

Stallenberg nickt. »Ja. Sie haben das Projekt gesteuert und intensiv mit dem Systementwickler *WIRED* zusammengearbeitet. Sogar in die Testphase waren sie involviert. Dafür hat Alexander einen privaten Rechner zusätzlich zu seinem Firmen-PC genutzt. So konnte er einerseits den privaten Käufer im Laden als auch den Fonds als Endabnehmer der Daten simulieren.«

»Und was sollte mit diesem Projekt erreicht werden?«, fragt der Kommissar misstrauisch, dem die Technik noch nicht ganz geheuer ist.

»Es soll unsere Prozesse schlanker und die Organisation agiler machen.«

»›Schlanker‹. ›Agiler‹. Haben solche Worte nicht immer eine Personalreduktion zur Folge?« Kellermanns Ton ist sachlich, kein Vorwurf schwingt mit.

»Das war mit Sicherheit das Ziel, auch wenn das nicht so explizit ausgesprochen wurde. Aber wie ich Frau Wagenfeld bereits erklärt habe, sehe ich für unsere Managementdisziplinen vor allem einen Wissensvorsprung. Jobs halte ich in unserem strategischen Arbeitsumfeld für weniger stark gefährdet.«

»Herr Grüter hat sich sozial sehr engagiert. Daher scheint dieses Projekt eigentlich nicht zu ihm zu passen. Wie sieht es bei Ihrem Neffen aus? Könnte Herr Kerbas Gewissensbisse entwickelt haben?«

»Wenn ich ehrlich bin, würde ich Nein sagen, auch wenn es Alexanders Charakter sicher in ein besseres Licht rücken würde, wenn es anders wäre. Mein Neffe war Fondsmanager durch und durch. Ihn haben die Zahlen interessiert, die Gewinne. Das heißt nicht, dass er skrupellos war, ganz und gar nicht. Er hat sich liebevoll um seine Familie gekümmert, seine Frau und Tochter waren sein Ein und Alles. Er hat sich für sie aufgeopfert. Aber die Gesellschaft im Ganzen oder sozialpolitische Themen haben ihn wenig gekümmert.«

Kellermann lässt Stallenbergs Charakterskizze auf sich wirken. Als er keine Anschlussfrage stellt, nutze ich meine Chance.

»Die beiden waren etwa im selben Alter. Gab es vielleicht einen anderen Kontaktpunkt, zum Beispiel im Studium, während eines Auslandssemesters, bei einer Freizeitveranstaltung oder Reise?«

Wieder schüttelt der Aufsichtsratsvorsitzende sein schlohweißes Haar.

»Wo hat Alexander studiert?«

»In Regensburg.«

»Hat er mal im Ausland gelebt?«

»Ja, in Manchester. Für zwei Semester während seines Studiums.«

»Und nach seinem Abschluss fing er direkt bei der *Sega Invest* an?« Ich setze meine Fragen fort, in der Hoffnung, doch noch auf etwas zu stoßen, was uns weiterbringt.

Stallenberg erzählt, dass sein Neffe erst bei einer Bank in München beschäftigt war, bevor er nach Frankfurt kam.

Ich will gerade nach dem Namen des Instituts fragen, als Kellermann die Hand hebt und auf sein Smartphone deutet. Er steht auf, nimmt das Gespräch an und stellt sich vor die Glasfassade. Er steht nur wenige Meter entfernt, dennoch kann ich sein Murmeln nicht verstehen. Unter dem Cordjackett zeichnen sich jedoch seine angespannten Schultern ab. Wie gebannt verfolgen Stallenberg und ich das Telefonat.

Als der Kommissar sich wieder zu uns umdreht, sieht sein Gesicht fahl und abgespannt aus. Er wirkt so erschöpft, dass weder Stallenberg noch ich uns trauen, ihn mit einer Frage zu belästigen. Ich vermute, dass Bredehöft am Apparat war, der dem Kommissar mitgeteilt hat, dass auch die Befragung Frau Denningers in Leere lief und wir keinen Schritt weiter sind. Doch ich irre mich.

»Patisse ist aufgetaucht«, haucht Kellermann.

»Wo?«

»In Köln.«

Schlagartig wird mir klar, dass Kellermanns Tochter sich noch immer in ihrer Heimatstadt aufhält.

»Wer ist Patisse?«, reißt uns Stallenberg aus unseren Gedanken.

Kellermann reagiert nicht auf die Frage und ruft stattdessen: »Ich muss jetzt gehen, man braucht mich auf der Wache. Sie bleiben hier.« Er richtet den Zeigefinger auf mich. »Niemand weiß, ob Patisse nicht den nächsten Zug nach Frankfurt genommen hat. Dann wäre er längst hier. Das Video vom Kölner Hauptbahnhof ist vor ein paar Stunden entstanden. Sollten Sie das Gebäude verlassen wollen, rufen Sie einen meiner Kollegen an, der bringt Sie ins Präsidium. Verstanden?« Kellermann erwartet keine Antwort. Er drückt die Klinke und verschwindet durch das Vorzimmer.

Etwas verdattert starren Stallenberg und ich auf die leere Türöffnung.

Ich nehme mein Handy aus der Tasche und richte mich an Stallenberg: »Einen Moment, ich möchte rasch ein paar Zugverbindungen nachschauen.«

Der Aufsichtsratsvorsitzende zeigt mit der Hand in Richtung seines schweren Eichenpults. »Das können Sie auch gerne an meinem Rechner tun. Das ist sicher einfacher.«

Da sage ich nicht Nein. Ich bedanke mich und lege die wenigen Meter zum Pult zurück. Stallenberg hebt die Sperre des Rechners auf und tritt einen Schritt zur Seite.

Die Zugverbindungen sind schnell recherchiert. Patisse hätte nach unserer Abreise aus dem Hotel noch einen Zug nach Köln erwischen können. Dann hätte er Köln gegen drei Uhr morgens erreicht. Das bedeutet jedoch, dass Patisse unsere Abreise bemerkt und unmittelbar seine Sachen gepackt haben muss, um zum Zug zu eilen.

Ein kalter Film legt sich auf meinen Nacken.

Der Blick auf die Verbindungen macht zudem deutlich, dass auch Kellermann mit seiner Einschätzung richtigliegt. Wäre der Franzose direkt in den nächsten Zug gestiegen, könnte er jetzt schon in Frankfurt sein.

Aber macht das Sinn?

Nach ein paar Klicks weiß ich die Antwort. Nein. Wenn Frankfurt sein Ziel gewesen wäre, hätte Patisse eine Direktverbindung wählen können.

Gedankenverloren starre ich auf den Bildschirm. Wieso hat er den Zug genommen? Er besitzt doch sicher einen Wagen. Schließlich muss er sich abseits des öffentlichen Verkehrs fortbewegen können.

In meinem Kopf rotieren die Gedanken. Ich lasse die letzte Begegnung mit Patisse Revue passieren. Augenblicklich steigt die schmerzhafte Erinnerung an meine verletzten Schultergelenke auf. Dann rufe ich mir seine Nachricht vor Augen. Ein Brief, den er persönlich im Hotel abgab. Ein ebenso unnötiges Risiko wie die Durchquerung einer videoüberwachten Bahnhofshalle. Er will die Gefahr gar nicht vermeiden, schießt es mir durch den Kopf. Er sucht das Risiko. Je gewagter seine Aktionen, umso größer wirkt die Bedrohung durch ihn. Patisse will uns seine Stärke demonstrieren und seine Überlegenheit beweisen.

Ich setze mich wieder zu Stallenberg auf die Sofagarnitur.

Weltmännisch schlägt der Professor ein Bein über das andere und blickt mich auffordernd an. »Verraten Sie mir, wer dieser Patisse ist?«

Ich erkläre ihm, dass es sich bei dem Franzosen um den ehemaligen Lebensgefährten eines der Opfer handelt und berichte von dem Erstkontakt im Berliner Café. Auch die Verbindung zwischen ihm und Samantha Bilke lasse ich nicht unerwähnt, genauso wenig wie seine möglichen Motive.

Der Aufsichtsratsvorsitzende grübelt einen Moment. Dann resümiert er: »Patisse glaubt, es gibt einen Hintermann, und er will Sie und den Kommissar unter Druck setzen, den Fall zu lösen.«

Ich nicke.

»Zeigt er sich deswegen auf dem Video aus Köln?«

Ich nicke abermals.

»Dann schweben Sie in Gefahr, sobald Sie den Hintermann finden oder sich herausstellt, dass es keinen gibt.«

Diesmal nicke ich nicht, lasse Stallenbergs Aussage einfach unkommentiert stehen. Würde ich nicken, wäre die Bedrohung realer.

»Glauben Sie, Grüter war einer dieser Hintermänner? Oder zumindest ein Komplize? Es gab ja Kontakt zu Erik.«

»Wissen Sie, es gab nicht nur persönlichen Kontakt. Grüter hat sich auch für die bildende Kunst interessiert oder zumindest für Produktdesign.«

»Hatte er eine Vorliebe für eine spezielle Stilrichtung oder einen bestimmten Künstler?«

»Er fokussierte sich ausschließlich auf Wilhelm Wagenfeld.«

»Wagenfeld? Was für ein Zufall.« Der kunstversierte Manager zieht die Nase kraus. »Der Bauhaus-Künstler. Kein schlechter Geschmack. Bevorzugte er einzelne Exponate? Die Wagenfeld-Leuchte ist ja ein Glanzstück der Schaffenskraft.«

Ich schüttle den Kopf. »Nein, eigentlich nicht. Er besaß Vasen und Geschirr, verschenkte Teedosen und verwendete einen Eierkoch als Grablicht.«

»Einen Eierkoch?«

Ich erkläre Stallenberg kurz die Formgebung und den Zweck des kleinen Haushaltsgeräts. Als die Fragezeichen nicht aus seinem Gesicht verschwinden, zücke ich mein Handy und rufe die Website der Wilhelm-Wagenfeld-Stiftung auf. Dann wende ich das Display und halte es Stallenberg vor die Augen.

Der ergreift mein Smartphone, betrachtet kurz den Eierkoch und scrollt dann durch die weiteren Werke. Plötzlich stoppt er und dreht das Gerät wieder in meine Richtung. »Diese Boxen standen auf Alexanders Schreibtisch.«

Auf dem Display erkenne ich das Vorratsgeschirr *Kubus* aus Pressglas. Es war zwar nicht zur Aufbewahrung für Schreibutensilien und Büroklammern gedacht, ist aber sicher auch dafür dienlich.

»Sind Sie sicher?«

»Hundertprozentig. Ich habe sie selbst in einen Karton gepackt und seiner Frau gebracht.«

»Dann ist das Geschirr noch in seinem Haus?«

»Ich denke schon. Sie müssten feststellen können, ob Grüter das Geschirr einmal in Händen gehalten hat.«

Ich rutsche ein Stück auf dem Ledersofa vor. Elektrisiert von dem neuen Hinweis, möchte ich aufspringen und Kellermann diese Neuigkeit übermitteln. Doch die nächste Frage des Aufsichtsratsvorsitzenden hält mich zurück. Für ihn ist das Gespräch noch nicht beendet.

»Warum fragen Sie nicht Meier? Als Mittäter müsste er doch Informationen zu möglichen Hintermännern oder Komplizen geben können.«

»Das haben wir bereits versucht«, erwidere ich nüchtern.

»Und er hat Ihnen nichts gesagt?«

Ich seufze. »Das schon, aber nichts Sinnvolles. Ich müsse Rodin verstehen. Seine Jugend und seine Ausbildung an der École des Beaux-Arts in Paris.«

»Rodin war nie an der École des Beaux-Arts«, platzt es aus Stallenberg heraus.

Mir wird heiß.

Gerade war ich nur aufgekratzt, jetzt flimmert es förmlich in meinem Gehirn. Wieso hat Meier mir dann diesen Hinweis gegeben? War es ein Versehen?

Das glaube ich nicht. Das würde ihm bei diesem Künstler nicht passieren.

»Sind Sie sich sicher?«, frage ich mein Gegenüber.

»Absolut. Rodin versuchte dreimal, an der Schule aufgenommen zu werden, scheiterte jedoch stets. Seine Entwürfe wurden allesamt abgelehnt. Daher besuchte er die École des arts décoratifs. Er ist bestimmt drei oder vier Jahre dort gewesen.«

»Die École des arts décoratifs ist doch eine Schule für angewandte Kunst, also Grafik, Produktdesign und Innenarchitektur«, überlege ich laut.

Stallenberg nickt.

Meine Gedanken überschlagen sich. »Eine ganz ähnliche Ausbildung durchlief auch Wagenfeld. Er lernte am Staatlichen Bauhaus Weimar.«

»In der Tat«, brummt der Aufsichtsratsvorsitzende mit zusammengekniffenen Augen. Ich sehe, dass hinter seiner Stirn ebenfalls die Gedanken rotieren.

Dieser neue Sachverhalt bringt uns wieder einer der frühen Theorien Kellermanns näher. »Vielleicht hat Grüter in Wagenfeld seinen Mentor gefunden, so wie Erik in Rodin. Auch wenn beide Künstler sich im Grabe umdrehen würden, wenn sie wüssten, wofür sie missbraucht wurden.«

»Aber es gibt kein Verbrechen, das sie Grüter zuordnen können, oder? Für seine potenzielle Mitgliedschaft in Eriks Vereinigung fehlt jeglicher Beweis. Bisher ist er ein Opfer. Und überhaupt, würde Wagenfeld als Mentor überhaupt Sinn machen? Die Ermordung eines Menschen als Nachbildung einer Stehlampe?«, wendet Stallenberg ein.

Der Professor bringt denselben Einwand, den ich auch schon mit dem Kommissar diskutierte. Wagenfelds Produkte eignen sich nicht zur Nachahmung.

»Nichtsdestotrotz«, sage ich bestimmt, »müssen wir dieser Spur nachgehen. Meiers falscher Hinweis kann kein Zufall gewesen sein. Und die KTU muss das *Kubus*-Geschirr auf Grüters Fingerabdrücke untersuchen.«

Der Aufsichtsratsvorsitzende schlägt sich mit beiden Händen auf die Schenkel. »Gut, sprechen Sie mit Kellermann. Ich will Sie nicht länger aufhalten.«

Ich schüttle Stallenberg die Hand, verabschiede mich auch von Frau Schröder, während ich ihr Zimmer durchquere, und suche Zuflucht in meinem eigenen Büro.

Kellermann hebt nach dem zweiten Klingeln ab.

»Geht es Ihrer Tochter gut?«

Es ertönt nur ein kurzes »Ja.«

»Ist sie in Sicherheit?«, hake ich noch einmal nach.

»Ja, das ist sie. So wie es aussieht, wollte Patisse uns nur unter Druck setzen. Eine Kamera hat ihn und Samantha in Frankfurt erfasst. Er muss in Köln gezielt in den videoüberwachten Abschnitt getreten sein und ist anschließend direkt in den Zug Richtung Hessen eingestiegen.«

Also hat es sich tatsächlich um eine reine Machtdemonstration gehandelt.

Aber was will Samantha in Frankfurt? Sind die beiden zu einer modernen Variante von Bonnie und Clyde geworden?

Ich verscheuche vorerst die Gedanken daran und konzentriere mich auf mein eigentliches Anliegen. »Meier hat uns übrigens belogen. Rodin war nicht auf der École des Beaux-Arts.«

In der Leitung herrscht Stille. Schließlich meldet sich ein wenig begeisterter Kellermann wieder. »Und wie kommen Sie jetzt darauf?«

Ich berichte von dem Gespräch mit Stallenberg.

Ganz entgegen meiner eigenen Aufregung beißt Kellermann nicht an. »Vielleicht hat Meier sich vertan, vielleicht Stallenberg. Ich weiß wirklich nicht, wie uns das weiterbringen soll.«

»Rodin und Wagenfeld waren beide auf einer Hochschule für Grafikdesign.«

»Potz Blitz, das gibt es ja gar nicht«, bemerkt Kellermann ironisch.

Ich atme tief durch, um mich nicht von seinem Sarkasmus provozieren zu lassen. »Es gibt noch eine weitere neue Erkenntnis. Kerbas hat ein Wagenfeld-Geschirr besessen. Es stand in seinem Arbeitszimmer bei der *Sega Invest*, er hat es zur Aufbewahrung von Büroutensilien verwendet.«

»Sie müssen sich zwingend einen neuen Nachnamen zulegen, sonst werde ich noch wahnsinnig bei all den Wagenfelds«, flucht Kellermann.

Auch diesen Kommentar überhöre ich. »Stallenberg hat das Geschirr eigenhändig in einen Karton gepackt, der steht jetzt in der Villa der Familie Kerbas. Ich werde hinfahren und ihn zur KTU bringen.«

»Moment!«, erschallt es jetzt in der Leitung. Laut, nachdrücklich und ohne jede Ironie. »Wir hatten vorhin etwas vereinbart. Schon vergessen?«

Stille.

»Sie bleiben, wo Sie sind. Ich bin in einer halben Stunde bei der *Sega Invest* und hole Sie ab.«

Ich erwarte ein ›In Ordnung?‹, ein ›Abgemacht?‹ oder irgendeine andere Aufforderung zur Zustimmung zu diesem Vorgehen. Doch natürlich erklingt keine. Der Kommissar hat einfach aufgelegt.

48

Noch bevor ich die Beifahrertür geschlossen habe, setzt Kellermann den Kombi in Bewegung. Im Fußraum erwartet mich das gewohnte Chaos. Als ich Füße, Tasche und Gurt sortiert habe, blicke ich zu meinem Fahrer. Der Kommissar zieht eine finstere Miene. Seine Laune hat sich seit unserem Telefonat nicht gebessert.

Um mich nicht von Kellermanns missmutiger Stimmung anstecken zu lassen, schaue ich aus dem Fenster. Im zähen Verkehr fahren wir an der Festhalle vorbei und biegen in die Theodor-Heuss-Allee ein, um Richtung Autobahn zu gelangen. Kurz hinter dem Eschborner Dreieck verliere ich die Geduld. Möglichst beiläufig frage ich: »Gibt es etwas Neues von Bredehöft?«

»Ja, schon«, brummt der Kommissar und fädelt auf die rechte Spur ein.

»Verraten Sie mir auch was?«, frage ich mit zuckersüßer Stimme.

»Er hat das zweite Mädchen auf dem Bild identifiziert.«

Der Kommissar lässt sich jedes Wort aus der Nase ziehen. Doch eine Beschwerde würde seinen Redefluss völlig zum

Stillstand bringen, daher erkundige ich mich wie selbstverständlich: »Um wen handelt es sich denn?«

Wir erreichen jetzt die Autobahnabfahrt Höchst und Kellermann reduziert die Geschwindigkeit. Er antwortet mir erst, als er auf die Königsteiner Straße in Richtung Main eingebogen ist. »Um eine Mitschülerin Natalies. Sabine Klamm.«

»Und Bredehöft spricht jetzt mit ihr?«

»Nein«, verkündet Kellermann kurz und bündig und bringt mich damit zur Weißglut.

Mit aller Selbstbeherrschung, die ich aufbieten kann, frage ich höflich: »Warum nicht?«

»Er muss erst rauskriegen, wo sie wohnt. Sie hat geheiratet, ist weggezogen.«

Gut. Damit kann ich meine freundliche Fragerunde vorerst beenden. Als wir in die Straße zu Kerbas' Villa einbiegen, erledigt sich das Thema ohnehin von selbst. Bredehöft meldet sich und Kellermann stellt den Lautsprecher an.

»Haben Sie schon etwas in Erfahrung gebracht?«

»Aus Klamm ist Klemm geworden. Kein Scherz, die Dame hat tatsächlich einen Heribert Klemm geheiratet. Damit sind die reif für eine Fernsehshow.«

Klamm und Klemm. Insgeheim freue ich mich über den Gleichklang. Ich bin also nicht die Einzige, die auf kuriose Doppelgänger trifft.

»Und wohin hat es die Dame verschlagen?«, hakt Kellermann nach.

»Da haben Sie Glück. Gar nicht weit entfernt, nach Wiesbaden. Ich schicke Ihnen die Adresse und melde Sie telefonisch bei Frau Klemm an.«

»Herr Bredehöft, Sie sind klasse.«

Den Main in unserem Rücken, schreiten wir den gepflasterten Weg bis zur Haustür entlang. Kellermann erreicht die schlichte

Nussholzplatte als Erster und drückt auf den Klingelknopf aus Edelstahl.

Wir müssen nicht lange warten und das kühle Eingangsportal wird von der warmherzigen, strahlenden Henrietta geöffnet. Ihre Wangen glühen. Da sie Jogginghose und ein Sweatshirt trägt, kommt sie wohl gerade vom Sport.

»Treten Sie ruhig ein, Herr Stallenberg hat Sie bereits angekündigt.«

Die junge Schwedin führt uns direkt ins Wohnzimmer. Die Glasfront zum Garten ist diesmal halb geöffnet. Über einem der Stühle hängt ein Handtuch, darunter stehen Joggingschuhe. Mit meiner Vermutung lag ich demnach richtig.

»Die Kisten aus Alexanders Büro stehen im Arbeitszimmer. Kommen Sie am besten gleich mit, dann können Sie selbst entscheiden, was Sie brauchen.«

»Ist Frau Kerbas gar nicht hier?«, erkundigt sich Kellermann.

»Nein, Linda ist heute den ganzen Tag unterwegs. Sie wird erst gegen Abend wieder heimkommen. Soll ich ihr etwas ausrichten oder kann ich Ihnen vielleicht weiterhelfen?«

Henrietta strahlt eine solche tapfere Freundlichkeit aus, dass jeder Personalvermittler sie vom Fleck weg engagieren würde.

»Nein, nein«, wiegelt Kellermann ab. »Wenn Sie uns die Kisten zeigen könnten, wäre das völlig ausreichend. Wir finden uns schon zurecht.«

Die junge Frau führt uns beherzt in den ersten Stock. Das Arbeitszimmer verfügt über einen direkten Blick auf den Main. Wie der Rest des Hauses ist das Mobiliar schlicht, hell und von zeitloser Eleganz. Die drei abgerissenen Umzugskisten wirken wie schäbige Fremdkörper.

»Das sind sie. Alles, was Alexander im Büro bei der *Sega Invest* stehen hatte, wurde in diese drei Kartons gepackt. Nehmen Sie sich so viel Zeit, wie Sie benötigen. Falls Sie etwas brauchen, geben Sie Bescheid, ich bin unten.«

Ich bedanke mich bei ihr, bevor sie auf den Truppenstufen verschwindet. Kellermann hat keine Anstalten gemacht, diese Höflichkeit selbst zu äußern.

Der Kommissar reißt den obersten Karton auf und wühlt in den Aktenmappen und Ordnern. Er wird jedoch nicht fündig.

Also widmet er sich der nächsten Kiste.

Nach kurzer Suche hält er inne und fischt ein paar Handschuhe aus der Jackentasche. Vorsichtig hebt er das gläserne Vorratsgeschirr heraus.

»Das ist es«, sage ich mit Blick auf das Wagenfeld-Produkt.

In den viereckigen Aufbewahrungsgefäßen liegen Büroklammern, Heftzwecken und Stifte. Selbst ein paar Münzen entdecke ich.

Sorgfältig platziert Kellermann das Geschirr auf der Schreibtischplatte. Danach widmet er sich dem restlichen Karton-inhalt. Außer ein paar Unterlagen und Zeitschriften befindet sich nichts Spannendes darin.

Der Kommissar will die Papiere schon wieder zurücklegen, als ich ihn zurückhalte. »Warten Sie, darf ich die Zeitschrift mal sehen?«

Kellermann hält mir ein Fachjournal hin. Auf der Titelseite prangt das Wort *Digitalisierung.* Darunter die Schlagzeile: *Wie Blockchain die Wertschöpfungskette auflöst.* Die nächste Zeitschrift stammt von einem anderen Verlag, doch die neue Technologie ist ebenfalls Titelthema. Kellermann blättert durch den Stapel. Allen Magazinen ist die Auseinandersetzung mit der IT-Thematik gemein.

»Kerbas hat das Thema mächtig interessiert«, bemerkt der Kommissar.

Ich sage nichts, sondern überfliege die Inhalte der einzelnen Artikel. Kellermann widmet sich derweil dem dritten und letzten Karton.

Inmitten meiner Lektüre hält er mir kurz darauf ein kleines, viereckiges Gerät unter die Nase, an dem ein Kabel baumelt. »Was ist das?«

Ich weiche zurück, um mir genügend Platz zur Begutachtung des Geräts zu verschaffen. »Ein Kartenleser«, antworte ich nach einer Weile.

»Wofür braucht man so etwas?« Kellermann schaut mich mal wieder mit zusammengekniffenen Augen an.

»Wahrscheinlich hierfür.« Ich tippe auf eines der Zeitschriftencover. »Um an einer Blockchain teilzunehmen, ist eine Identifikation erforderlich. Auf jeden Fall, wenn es darum geht, einen Warenkauf zu tätigen oder Umsatzzahlen zu melden. Kerbas hat das System selbst getestet. Ich kann mir gut vorstellen, dass er dafür den Kartenleser benötigt hat. Man schiebt den Personalausweis hinein, den das Gerät dann ausliest. Die modernere Variante wäre eine Scan-App auf dem Smartphone. Für Testzwecke ist die konventionelle Methode allerdings völlig ausreichend.«

»Aha«, antwortet Kellermann gedehnt und lässt den Kartenleser wie eine heiße Kartoffel zurück in den Karton fallen.

»Kann ich Ihnen etwas zu trinken bringen oder sonst irgendwie behilflich sein?«

Wir drehen uns um und erblicken Henrietta im Türrahmen. Ihr Lächeln ist mehr als ansteckend.

»Nein, danke«, erklingt es fast gleichzeitig aus unseren Mündern.

49

Bei dem Stau auf der Autobahn nach Wiesbaden wäre eine Fahrt mit dem Zug die bessere Wahl gewesen. Zumal Sabine Klemm unweit des Hauptbahnhofs für einen Verlag arbeitet, der sich auf Fachblätter rund um die Themen Heim und

Garten spezialisiert hat. Kellermann stellt den Wagen auf einem Anwohnerparkplatz in einer Seitenstraße ab und wir spazieren die wenigen Meter zum Luisenplatz.

Eine Verlagsmitarbeiterin hinter dem Empfangstresen öffnet uns auf Knopfdruck die Glastür zu der umgebauten Altbauwohnung. Hohe Decken, die mit Stuck verziert sind, harmonieren mit der modernen Büroausstattung. In der Farbgebung hat man sich auf die Töne Weiß, Beige und Grau beschränkt. Selbst die Assistenz, die uns jetzt durch einen langen Flur zum Sitzungszimmer führt, trägt eine weiße Bluse zum hellgrauen Rock.

Im Konferenzraum stehen Getränke für uns bereit. Niedliche Portionen in 0,25-Liter-Fläschchen. Ich bediene mich und denke, dass ich bei meinem Wasserverbrauch heute eine Menge Altglas produzieren werde.

Sabine Klemm lässt uns nicht lange warten. Ganz im Gegensatz zur nüchternen Umgebung erscheint die Chefredakteurin im bunt geblümten Sommerkleid. Ihre hellblonden Haare sind gemäß dem aktuellen Trend zu einem Dutt hochgesteckt. Mit selbstbewusstem Lächeln heißt sie uns willkommen. Es scheint sie in keiner Weise zu verunsichern, dass die Polizei sich angekündigt hat.

Nachdem das übliche Händeschütteln erledigt ist und wir uns um den ovalen Tisch niedergelassen haben, beginnt Klemm ohne Umschweife: »Womit kann ich Ihnen dienen?« Sie ist es also gewohnt, durch eine Sitzung zu führen.

Der Kommissar erzählt in knappen Worten von Grüters Tod und den Umständen, die uns zu Otto Wagenfeld geführt haben. Als er auf das Foto des Segeltörns in Grüters Unterlagen zu sprechen kommt, zieht er sein Smartphone aus der Jackentasche. Er ruft die Aufnahme jedoch nicht sofort auf, sondern legt das Telefon vorerst beiseite und lässt die Redakteurin dabei nicht aus den Augen. Erst als Frau Klemm sich nach dem Foto erkundigt und fragt, ob sie es sich einmal anschauen dürfe, reicht der Kommissar ihr das Gerät.

Sabine Klemm schiebt sich die Brille in die Haare und hält das Display dicht vors Gesicht.

Nach einigen Sekunden intensivem Studium fragt Kellermann: »Das sind Sie, oder?«

Die Redakteurin legt das Smartphone beiseite und bestätigt: »Ja, das bin ich.«

»Können Sie uns etwas über Otto Wagenfeld und vor allem seine Verbindung zu Werner Grüter erzählen?«

Klemm lässt sich diesmal etwas mehr Zeit. Mit sorgfältig gewählten Worten beginnt sie: »Die beiden waren Schulfreunde. Wir sind damals alle auf dasselbe Gymnasium gegangen, in Stade. Zudem haben sie ein Hobby geteilt: das Segeln.«

»Otto Wagenfeld soll einen zweifelhaften Charakter gehabt haben«, stellt Kellermann fest, da die Redakteurin nicht fortfährt.

Wieder wählt Klemm ihre Worte mit Bedacht. Sie faltet die Hände, streicht mit den Daumen übereinander. »Otto war ein zielbewusster Junge und äußerst konsequent. Er kennzeichnete sich durch eine überdurchschnittliche Entscheidungsfreude und Verantwortungsübernahme aus.«

Die salbungsvolle Beschreibung Wagenfelds hätte aus einem Stellenprofil entnommen sein können. Mit äußerster Diplomatie beschreibt die Chefredakteurin Ottos Machtstreben.

»Frau Klemm, Herr Wagenfeld ist tot, Herr Grüter ebenfalls. Wir befinden uns hier nicht in einem Bewerbungsgespräch«, betont Kellermann. Anscheinend hatte er denselben Eindruck wie ich.

Die Redakteurin lässt ihre Finger auseinandergleiten, legt sie jetzt flach auf den Tisch. »Otto war eine schwierige Person.«

»Inwiefern?«

Klemm ergänzt langsam und sorgfältig: »Nun, Otto besaß gewissen Einfluss, allein durch seine gesellschaftliche Stellung im Dorf. Er war der Sohn des größten Obsthofes im Umkreis. Die Jugendlichen sahen zu ihm auf und wollten ihm nahe sein, als hofften sie, dass sein Glanz auf sie abstrahlen würde. Otto hat seine Wirkung genossen, die Dominanz, die er dadurch über sein Umfeld hatte. Er hat sie ausgekostet und sich darin gesonnt.«

»Und weiter?«, hakt der Kommissar nach.

Die Chefredakteurin trommelt mit den Fingern auf die Tischplatte, bevor sie zögernd fortfährt: »Sie kennen doch die Machtgier, die im Menschen steckt. In Otto hat sie wahnhafte Züge angenommen. Er hat die anderen Jungen und Mädchen bloßgestellt und erniedrigt. Aber seinem Image hat das nicht geschadet. Werner zum Beispiel hat ihn nur umso mehr angehimmelt, er war sein treuer Gefährte. Zu klein war sein eigenes Selbstbewusstsein, als dass er eine eigenständige Figur hätte spielen können. Daher hat er sich Otto angeschlossen und dessen Spiele mitgespielt.«

Klemm betrachtet ihre Fingernägel und fährt mit dem Daumen über die Kuppen. Die Aussage ist ihr sichtlich unangenehm. Ich frage mich, ob ihr wohler wäre, wenn sie wüsste, dass sie nicht die Einzige ist, die Ottos Sadismus thematisiert hat, wenn sie wüsste, dass selbst seine Eltern über das Verhalten ihres Sohnes Kritik äußerten. Daher mische ich mich jetzt ins Gespräch ein.

»Auch andere Zeugen haben uns gegenüber bestätigt, dass Otto seine Mitschüler quälte. Wieso hat er das getan? Wie kam es dazu?«

Frau Klemm blickt mir jetzt direkt in die Augen, zieht die Stirn kraus und seufzt. »Otto und Werner waren durch großen Ehrgeiz geprägt. Sie gierten förmlich nach Macht. Otto mit einer erschreckenden Selbstverständlichkeit, Werner hingegen hatte etwas Krampfhaftes, Linkisches an sich, als würde er in zu großen Schuhen laufen, Kleider tragen, die ihm nicht passten, die er jedoch unbedingt anziehen wollte. Ihm war wichtig, Teil der Machtstruktur zu sein, zu einem Befehlshaber zu gehören. Diesem Anführer konnte er sich unterordnen und gleichzeitig sicher sein, dass andere noch tiefer standen als er. Wie ein Hund ist er Otto hinterhergeschlichen. Dem kam es jedoch nicht auf Ordnung an, ihn faszinierte die Willkür.«

»Sie zeichnen kein gutes Bild der beiden Männer. Warum waren Sie dann mit ihnen auf dem Boot?« Kellermanns Stimme klingt streng.

Die Chefredakteurin fährt sich durch die Haare, zuckt die Achseln und legt dann die Hände wieder auf den Tisch. »Weil ich jung war, weil auch ich mich habe blenden lassen vom starken Kerl aus dem Dorf. Ich war sechzehn, vielleicht siebzehn.«

»Können Sie sich an den Tag erinnern?« Der Ton des Kommissars ist wieder weicher geworden.

Klemm nickt. »Wir sind auf die Elbe gefahren, zu den Buhnenfeldern.«

»Wohin?«

»Buhnen sind rechtwinklig zum Ufer errichtete Dämme«, erklärt die Redakteurin jetzt sachlich. »Sie bestehen aus Holz oder Naturstein und haben den Zweck, die Strömung zu beschleunigen. Dadurch werden aber mehr Sedimente mitgerissen und sogenannte Buhnenfelder mit tiefen Ausspülungen entstehen. Das lieben die Fische, insbesondere Zander. Wir hatten an dem Tag Glück, haben einen Fang nach dem anderen aus dem Wasser gezogen. Otto und Grüter töteten die Tiere direkt und nahmen sie noch im Boot aus.«

Wieder entsteht eine Pause.

»Und dann?«

Frau Klemm zögert noch einen Moment. »Dann meinte Otto, dass Natalie und ich die Aufgabe übernehmen sollten.

Dass auch wir die Fische mit einem Knüppel erschlagen und anschließend köpfen und ausnehmen sollten.«

Kellermann regt sich. »Ist das für Angler nicht normal?«

»Ja, schon«, pflichtet Klemm ihm bei. »Wir haben nicht nur Zander geangelt. Zu der Jahreszeit zogen lauter Stintschwärme die Elbe hinauf. Diese Sorte ist wesentlich kleiner als Zander. Der Stint hat einen leicht durchscheinenden Körper, ist graugrün und stellenweise silbrig glänzend. Und, was die meisten ganz absonderlich finden, er riecht ein wenig nach Gurke. Natalie hat einen aus dem Wasser gezogen, nicht viel größer als ein zusammengeklappter Zollstock. Als sie zu dem Holzknüppel griff, riss Otto ihr das Werkzeug aus der Hand. ›Na, na‹, rief er, ›doch nicht für den Kleinen. Den kannst du so töten.‹ Ungläubig schaute Natalie zu ihm auf, verstand erst gar nicht, was er wollte. Auch wir waren verwundert. Dann sagte Otto: ›Beiß ihm den Kopf ab. Oder traust du dich nicht?‹ Natalie hat ihn entsetzt angestarrt, wir waren sprachlos. Diese Aufforderung kam aus dem Nichts. Es war ein strahlender Frühlingstag, wir trugen T-Shirts und kurze Hosen. Es war fast so warm, dass wir ins Wasser gesprungen wären. Eine Frühsommeridylle. Das meinte ich mit Ottos Willkür. Er war in der Lage, von einem Augenblick auf den anderen einen Schalter umzulegen und eine völlig harmlose Situation zu sprengen.«

»Hat sie es getan?«, frage ich.

Klemm nickt. »Otto hat sich vor Natalie aufgebaut. Sie musste ihren Kopf so weit in den Nacken fallen lassen, dass sich ihr Hals spannte. Dann nahm er ihr den Fisch aus der Hand. Er zog noch nicht einmal daran, Natalie war so paralysiert von seiner körperlichen Dominanz, dass sie ihm den Stint einfach übergeben hat. Nicht eine Sekunde hat sie daran gedacht, ihn zurück in den Fluss zu werfen. Dann hat Otto ihr den Fisch in den Mund gesteckt, wie eine Opfergabe, eine Hostie. Der Fischschwanz zappelte, während der Kopf des silbrigen Tieres in Natalies Mundhöhle steckte. Sie wollte ihre Zähne nicht schließen, Tränen liefen ihr über die Wangen. Dann griff Otto um ihren Hinterkopf. Dank seiner riesigen Pranke reichten seine Finger fast von einem Ohr bis zum anderen. Er zog den Kopf vor, richtete ihn auf und durch diese Bewegung schlossen sich Natalies Lippen. Otto bückte sich, sein Gesicht war direkt vor Natalies, zwischen ihnen nur der glitschige Fischschwanz. Seine Hand glitt vom Hinterkopf höher, auf die Schädeldecke. Mit der anderen griff er um ihr Kinn und drückte zu, presste die Kiefer aufeinander und Natalies Zähne zermalmten den Stint. Als der Rumpf zu Boden fiel, sprang Otto mit gespieltem Entsetzen hoch. Als hätte er sich vor einer Spinne erschreckt. ›Igitt‹, schrie er und zeigte auf die zusammengekrümmte Natalie, ›wie ekelig bist du denn?‹ Sie beugte sich im nächsten Moment über die Reling, spuckte den Fischkopf aus und übergab sich ins Wasser.«

Kellermann hat es die Sprache verschlagen. Mir ebenso. Beide blicken wir entgeistert Frau Klemm an. Das Gesicht der Redakteurin ist von roten Flecken übersät.

Der Kommissar fängt sich als Erster. »Und was ist dann passiert?«

Klemm zieht die Schultern hoch. »Nichts. Erstaunlicherweise gar nichts. Dafür schäme ich mich bis heute. Wir sind zum Hafen zurückgekehrt, haben das Boot vertäut und jeder ist seiner Wege gegangen.«

»Ohne Konsequenzen?«, frage ich.

»Zumindest gab es keine offensichtlichen.«

»Wie meinen Sie das?«, hake ich nach.

»Sie wissen doch, was mit Natalie passiert ist. Ich kann gar nicht sagen, wie oft ich mich gefragt habe, welchen Einfluss dieses Erlebnis auf ihre Entscheidung hatte, welche Schuld wir an ihrem Tod tragen. Ob sie noch leben würde, wenn dieser Tag anders verlaufen wäre.«

Sabine Klemms Augen sind glasig. Ihre Worte kommen nur bruchstückhaft hervor und aus ihrem Ton ist herauszuhören, wie trocken ihre Kehle ist.

»Es war Otto, der Natalie gezwungen hat, nicht Sie«, versuche ich, Klemm etwas von ihrer Qual zu nehmen.

»Das Böse wächst aber, wenn die Guten nichts dagegen unternehmen.« Die Stimme der Redakteurin klingt wieder bestimmter. Sie ist jahrelang selbst mit sich ins Gericht gegangen und ihr Schuldspruch steht fest.

Ich weiß nicht, was ich darauf entgegnen könnte, und bin froh, dass Kellermann das Wort ergreift.

»War es das einzige Mal, dass Natalie gequält und gedemütigt wurde?«

»Ja, zumindest in diesem Ausmaß. Sicher hat Otto zuvor auch immer mal wieder ein paar Sprüche auf ihre Kosten geklopft. Aber kein anderes Ereignis ist mir so in Erinnerung geblieben wie dieses. Ich habe mich nach diesem Tag von Otto und seiner Clique abgewandt und ihren Kontakt gemieden.«

»Damit haben Sie sich eigenhändig zu einer Persona non grata abgestempelt. Das war mutig.«

In Kellermanns Stimme schwingt echte Anerkennung mit. Er weiß, welch schwierige Rolle Frau Klemm sich unter den Jugendlichen durch diese Entscheidung einhandelte.

»Mutig wäre es gewesen einzuschreiten. Meine Distanzierung war nur eine feige Reaktion auf die Geschehnisse. Ich habe versucht, mich damit loszusprechen. So leicht lässt sich Schuld jedoch nicht abwaschen.«

Kellermann nickt, als wolle er ihr sein Verständnis deutlich machen. »Geschah Natalies Selbstmord unmittelbar nach dem Bootsausflug?«

Sabine Klemm schüttelt den Kopf. »Nein, da lagen ein paar Monate zwischen, vielleicht auch ein Jahr. So genau kann ich das nicht mehr sagen.«

»Können Sie uns sonst noch etwas über Otto Wagenfeld, Werner Grüter oder Natalie Bilke erzählen? Oder über Ottos Tod, den Motorradunfall?«

Ein sarkastisches Lächeln huscht über das Gesicht der Redakteurin. »Machtgier hat ihren Preis.« Ihr Blick geht jetzt ins Leere.

Mit einem Ruck holt Kellermann sie zurück. »Wissen Sie mehr über die Unfallumstände?«

»Nein.« Ein vehementes Kopfschütteln folgt. »Nein, ich habe erst Wochen später davon erfahren. Damals war ich auf einem Schüleraustausch in Frankreich. Aber bevor Sie fragen: Ich habe nicht um Otto getrauert.«

Kellermann mustert die Chefredakteurin intensiv, hält den Blick gerade auf ihr Gesicht gerichtet. Doch er ergänzt nichts mehr und lässt ihren letzten Satz unkommentiert. Schließlich erhebt er sich und streckt ihr die Hand hin.

Statt ebenfalls aufzustehen, bleibt Sabine Klemm zusammengesunken sitzen. Alle Energie hat sie verlassen. Erst jetzt ist deutlich, wie viel Kraft die Aussage sie gekostet hat und wie viel Schuld auf ihren Schultern lastet.

Ich verabschiede mich ebenfalls und folge Kellermann Richtung Rezeption.

Plötzlich stoppt der Kommissar, drängt sich an mir vorbei und kehrt noch einmal zur Schwelle des Sitzungszimmers zurück. »Frau Klemm«, höre ich ihn sagen, »wer hat eigentlich damals das Foto geschossen?«

»Es war ein Mädchen namens Jensen oder Jansen, irgendwas mit J, der Name endete auf ›sen‹. So genau kann ich mich nicht erinnern. Sie war nicht in meiner Stufe.«

»Wie sah sie aus?«, will der Kommissar wissen.

»Das ist schon so lange her. Damals trug sie einen Pferdeschwanz. Ihr Haar war blond, etwas dunkler als meins. Und sie war ein kleines Stück größer als ich, vielleicht ein Meter siebzig.«

Kellermann bedankt sich bei der Redakteurin und macht dann auf dem Absatz kehrt.

Zurück auf der Autobahn denke ich laut. »Jensen. Jansen. Diese Namen tauchen zum ersten Mal auf. Sollen wir Bredehöft darauf ansetzen?«

Kellermann nickt. »Rufen Sie ihn an.«

Das Telefon klingelt nur zweimal, dann hebt der Beamte ab. Als ich mein Anliegen vorgebracht habe, muss Bredehöft laut lachen.

»Da haben Sie sich ja eine ganz besonders leichte Aufgabe ausgesucht. In der Gegend wimmelt es vor lauter Jensens und Jansens.«

»Sie schaffen das schon«, ermutige ich ihn tapfer, auch wenn mir die Größe des Heuhaufens selbst bewusst wird.

»Ja sicher«, flötet der Hamburger Kommissar sarkastisch, während Kellermann auf die Spur Richtung Frankfurt Zentrum einbiegt.

Als ich das Handy wieder in der Tasche verstauen will, sehe ich, dass während des Gesprächs eine Nachricht hinterlassen wurde. Ich schalte den Anrufbeantworter an.

»Frau Wagenfeld, ist der Kommissar noch bei Ihnen? Es ist jemand im Haus. Kommen Sie schnell!«

»Fahren Sie ab, das war Henrietta«, herrsche ich Kellermann an. »Jemand ist in das Haus der Kerbas' eingedrungen.«

50

Als wir die Villa in Höchst erreichen, erwarten uns zwei Streifenwagen auf dem Bürgersteig. Henrietta ist anscheinend so geistesgegenwärtig gewesen, direkt die Polizei zu verständigen, als sie mich nicht erreichen konnte. Oder, durchzuckt mich plötzlich, ist noch mehr passiert und die

Nachbarn haben Schreie oder Schüsse gehört und einen Notruf abgesetzt?

Ich lasse die Beifahrertür offen stehen und renne auf das Haus zu. Panik steigt in mir hoch, ich stolpere durch die Eingangstür. Im Flur stoppe ich abrupt und atme tief durch: Henrietta sitzt am Wohnzimmertisch, etwas blass, aber unversehrt.

Zwei Polizisten nehmen ihre Aussage auf, stellen Fragen und machen sich immer wieder Notizen. Einer nutzt einen Block, der andere tippt etwas in sein Smartphone.

»Was ist passiert?«, höre ich Kellermann hinter mir fragen. Auch er muss den kurzen Weg gesprintet sein, denn sein Atem geht schneller als sonst. Dann stellt er uns knapp den beiden Uniformierten vor.

»Es wurde eingebrochen«, erläutert einer der Beamten ungerührt. »Anscheinend kurz nachdem Sie das Haus verlassen haben. Frau Andersson war rasch beim Bäcker und in einem Lebensmittelgeschäft und als sie wiederkam, war die Terrassentür aufgehebelt.«

»Haben Sie den oder die Täter noch gesehen?« Der Kommissar wendet sich direkt an Henrietta.

Zusammengekrümmt wie ein Häufchen Elend schüttelt das sonst so aufgeweckte Au-pair-Mädchen den Kopf.

Als keine weitere Erklärung folgt, antwortet einer der beiden Polizisten für sie: »Zum Glück hat Frau Andersson direkt das Haus verlassen und uns auf der Straße verständigt. Dort haben wir sie auch angetroffen. Ob jemand durch den Garten geflüchtet ist, hat Sie daher leider nicht beobachten können.«

»Haben Sie schon feststellen können, ob die Täter etwas entwendet haben?« Kellermann beugt sich zu der jungen Frau herunter.

Diesmal zuckt Henrietta die Schultern und spricht mit dünner Stimme. »Mir ist bisher nichts aufgefallen. Ich habe mich mit Ihren Kollegen im Haus umgesehen, aber nichts entdeckt, was fehlen könnte.«

Kellermann richtet sich wieder auf und blickt die Beamten auffordernd an. Doch die bestätigen Henriettas Aussage. Bis auf die Terrassentür wurden keine Einbruchsspuren entdeckt. Auch fehlen scheinbar keine Wertgegenstände. Selbst ein Tablet-PC, der direkt auf einem Sideboard neben der Gartentür lag, wurde liegen gelassen.

»Dann haben die Täter entweder keine Wertsachen gesucht oder sie wurden durch Henriettas Rückkehr so früh gestört, dass sie schlagartig die Flucht ergriffen.«

Die beiden Polizisten kommentieren Kellermanns Zusammenfassung nicht. Einer der beiden verzieht allerdings kurz bestätigend die Miene.

»Ich werde mich noch einmal im Haus umschauen. Nehmen Sie weiter die Anzeige auf und rufen Sie einen Schlosser, wenn alle Spuren gesichert sind.«

Kellermann durchstreift erst das Obergeschoss, kommt dann zurück auf unsere Ebene und widmet sich schließlich dem Keller. Zögerlich nehmen die beiden Beamten ihren Job wieder auf.

Ich komme mir deplatziert vor und wende mich daher der Terrassentür zu. Ohne etwas zu berühren, inspiziere ich die Einbruchstelle. Gesplittertes Holz, die Tür wurde aufgehebelt. Doch das dazu benutzte Werkzeug ist nirgendwo zu sehen.

Als Kellermann zurückkehrt und wir uns verabschieden, versichert er sich zweimal, ob Henrietta wirklich in der Villa bleiben möchte.

»Auf jeden Fall«, beteuert die jetzt schon gefasstere junge Schwedin. »Der Schlosser kommt gleich und Linda wird ebenfalls bald zurück sein. Es wird ja nicht einfacher, wenn ich erst morgen oder in den nächsten Tagen hierher zurückkehre.«

51

Nachdem wir Henrietta mit den beiden Polizisten allein gelassen haben, steuert Kellermann den Wagen Richtung Innenstadt.

»Glauben Sie, der Einbruch hängt mit dem Fall zusammen?«

»Vielleicht, vielleicht auch nicht«, brummt der Kommissar.

»Glauben Sie, es war Patisse? Er hält sich schließlich mit hoher Wahrscheinlichkeit in Frankfurt auf«, hake ich trotzdem nach.

»Warten wir auf die Ergebnisse der Spurensicherung.«

Kellermann stellt das Radio an und ein Schlager beschallt den Innenraum des Kombis.

Als wir die Autobahnabfahrt erreichen, fragt der Kommissar: »Wohin möchten Sie jetzt? Sie haben die freie Auswahl zwischen dem Präsidium und dem Präsidium.« Er blickt zu mir herüber und grinst zum ersten Mal heute. Ganz entgegen seiner bisherigen Verschlossenheit strotzt sein ganzes Gesicht jetzt vor Schabernack.

Bei dem Anblick kann ich nicht anders. Ich muss lachen. Wahrscheinlich fällt einfach nur meine innere Anspannung ab.

»Bringen Sie mich lieber zur *Sega Invest.* Ich habe Christian versprochen, mich bei ihm blicken zu lassen, um mit ihm ein paar offene Fragen zum Reporting-Konzept zu klären. Außerdem habe ich Herrn Blasek schon seit ein paar Tagen nicht mehr gesehen.«

Kellermann holt tief Luft, als wolle er Zeit gewinnen und widersprechen. Doch dann lenkt er den Kombi still in Richtung Bankenviertel. Vor dem Coffeeshop in der Junghofstraße bringt er den Wagen zum Stehen. Ich öffne die Beifahrertür und will schon hinausspringen, als mich seine Hand auf meiner Schulter sachte zurückhält.

»Ich hole Sie hier wieder ab. Wenn ich fertig bin, komme ich her und sammle Sie ein.« Seine Augen sind durchdringend, er wartet auf eine Reaktion. »Ja?«, hakt er nach und wiederholt: »Ich hole Sie hier ab.«

»Ja«, versichere ich und gleite langsam aus dem Auto. Kellermanns besorgter Einwand lässt mich die Wagentür vorsichtig schließen, als wäre sie aus zerbrechlichem Material. Noch etwas benommen von der Fürsorge bleibe ich auf dem Bürgersteig stehen, will wie in einem kitschigen Drama dem Auto hinterherschauen und rechne mit einem Blick Kellermanns im Rückspiegel.

Doch nichts dergleichen passiert. Der Kommissar gibt Gas und der alte Kombi schrammt mit einem lauten Krachen an der Bordsteinkante entlang. Kein Blick im Rückspiegel, keiner über die Schulter. Das Drama ist schneller zu Ende, als es begann.

Kopfschüttelnd betrete ich die Empfangshalle der *Sega Invest* und nehme die Treppen in den zweiten Stock. Blaseks Bürotür steht offen und ich mache mich mit einem kurzen Klopfen an der Zarge bemerkbar.

Augenblicklich hebt sich sein Kopf und ein herzerfrischendes Lachen begrüßt mich. Der Leiter der IT-Abteilung freut sich offenkundig, mich zu sehen. Ich spüre, wie mich diese zwischenmenschliche Aufmerksamkeit rührt. Wie einsam muss ich gerade sein, dass die freundliche Begrüßung eines mir fast fremden Arbeitskollegen das Herz erwärmt? Ich denke an Anna und Karla und mir wird mit einem Mal schmerzhaft bewusst, wie sehr sie mir fehlen.

Davon lasse ich mir jedoch nichts anmerken und erkundige mich nach Blaseks Sicht auf das Reporting-Tool, die nächsten Schritte bis zur Fertigstellung und die letzten Reaktionen der Investoren. Insbesondere die Berliner sind schwierig. Für morgen ist eine erneute Telefonkonferenz angesetzt und Blasek fragt, ob ich daran teilnehmen könnte. Nach meiner Zusicherung gleitet der IT-Experte in weitere fachliche Details ab. Als er nach einer guten Stunde von einem seiner Mitarbeiter gerufen wird, verabschiede ich mich und trete den Weg zu Christians Arbeitsplatz an.

Auch er vereinnahmt mich direkt mit IT-Themen. Ohne Umschweife fachsimpeln wir über die Probleme des Datenimports. Die lebhafte Geschäftigkeit tut mir gut und statt an Grüter oder Wagenfeld zu denken, bin ich binnen weniger Minuten in Christians Datenmeer eingetaucht.

Als nach etwa einer Stunde alles besprochen ist, klappt mein Mitarbeiter seinen Laptop zu. »Gehen wir noch ein Feierabendbier trinken?«

Ich bin völlig verdutzt. Solch ein Vorschlag kommt selten aus Christians Mund. Zudem denke ich an das Versprechen, das ich Kellermann gegeben habe.

Mein Mitarbeiter erlöst mich aus meinem inneren Konflikt. »Direkt gegenüber in der Neuen Mainzer wurde vor Kurzem eine Bar eröffnet. Kein Frankfurter Schickimicki, eine ehrliche Kneipe. Wird dir gefallen.«

»Direkt gegenüber?«, vergewissere ich mich. »Dann los.«

Von einer neuen Bar kann eigentlich keine Rede sein. Temporär wäre der passendere Begriff. Eine Pop-up-Bar, die bald wieder verschwinden wird. In einen entkernten Altbau wurde behelfsmäßig ein Tresen eingebaut. Alles wirkt provisorisch und zurechtgezimmert. Zur Nachbarschaft wird das Gelände durch Bauzäune abgetrennt. Doch diese notdürftige Ausstattung schreckt die Gäste nicht ab. Die Bar ist gut gefüllt. Das Frankfurter Publikum lechzt nach Normalität oder vielleicht auch nach dem typischen heruntergekommenen Berliner Chic.«

Christian hat uns zwei Flaschen Bier organisiert und kraxelt auf einen Stapel Europaletten, der uns als Sitzgelegenheit dient. Ich tue es ihm gleich, lehne mich mit dem Rücken an die Wand und stelle die Beine auf. Stilecht erklingt Deep

House aus den Boxen. Ich atme tief ein. Die Luft, die Musik, die Lichter und Christians Anwesenheit neben mir – das alles sauge ich auf und lasse mich von der Stimmung davontragen.

Mein Kollege fragt nicht nach dem Ermittlungsstand, nicht nach der Spionage-App und auch nicht, worüber ich mit dem Kommissar rede. Er sitzt einfach neben mir, nippt an seinem Bier und schiebt ab und an seine Brille die Nase hoch. Seine wachen Augen gleiten über die Menge, als wolle er sie scannen. Ich habe noch nie erlebt, dass er sich daruntermischt. Auch habe ich Christian noch nie tanzen sehen. Dass er jetzt hier sitzt, dass er mich gefragt hat, ist Zeichen seiner stillschweigenden Anteilnahme. Eine verschlüsselte Art zu sagen: Marie, ich hoffe, es geht dir gut.

An seiner angespannten Haltung erkenne ich jedoch, dass selbst diese stumme zwischenmenschliche Kommunikation für ihn eine Anstrengung bedeutet. Seine Welt sind die Daten, daher frage ich ihn nach den weiteren Programmierschritten.

In unsere Plauderei platzt ein Anruf Kellermanns. Ich nehme ab, verstehe jedoch keinen Ton und schreie in den Hörer: »Einen Moment, ich muss kurz rausgehen.«

Im Innenhof nimmt die Geräuschkulisse ab und ich melde mich wieder.

»Sind Sie wahnsinnig?«, schreit Kellermann, lauter als jetzt notwendig. »Wir haben vereinbart, dass ich Sie bei der *Sega Invest* abhole.«

»Ja, genau«, versichere ich. »Da bin ich auch, nur eben im Gebäude gegenüber.« In der Leitung ist nichts außer Kellermanns wutschnaubendem Atem zu hören, also ergänze ich: »Zusammen mit Christian und einer Menge anderer Leute.«

Das wirkt. Der Kommissar spricht wieder mit mir, wenn auch in frostigem Ton. »Ich habe Ihnen gerade eine E-Mail geschickt. Schauen Sie sich bitte die Fotos an. Das sind alle Jensens und Jansens, die Bredehöft an der Stader Schule finden konnte.«

Das Tempo der Informationsbeschaffung überrascht mich sehr. »Haben die alle bereits einen Personalausweis mit biometrischen Daten? Oder wie sind Sie so schnell an die digitalen Fotos gekommen?« Im Kopf spiele ich alle zeitaufwendigen, administrativen Hürden durch, die die Polizeivollzugsbehörden überwinden müssen, bevor sie die zentral gespeicherten Daten der Ausweisinhaber auslesen dürfen.

Die Antwort des Kommissars ist knapp und einleuchtend: »Facebook.«

»Verstehe«, sage ich ernüchtert. »Ich schaue Sie mir an, aber was ...«

Kellermann unterbricht mich. Sein Bericht beantwortet meine nicht ausformulierte Frage jedoch bereits. »Gehen Sie alles durch, woran Sie sich erinnern können. Die Besuche im Jugendzentrum, Fotografien Grüters oder im Haus der Bilkes. Vielleicht haben Sie ein Gesicht schon mal irgendwo gesehen. Ich habe auch einen Polizeibeamten mit den Bildern zu Frau Klemm geschickt.«

Wir beenden das Gespräch und ich kehre zu Christian zurück. Nachdem ich wieder Platz genommen habe, öffne ich Kellermanns Mail und betrachte die angehängten Fotos. Es sind rund zwanzig Aufnahmen. Blonde Frauen, ungefähr Ende dreißig, vielleicht auch Anfang vierzig. Auf manchen ist das Gesicht gut zu erkennen, Frontalaufnahmen, Selfies. Auf anderen sieht man die Person im Profil, durch Gegenstände halb verdeckt oder hinter einem Nebelschleier verborgen. Doch keines der Gesichter kommt mir bekannt vor. Das überrascht mich nicht besonders. Es wäre reiner Zufall gewesen, wenn ich eine der Frauen zuvor einmal gesehen hätte. Sabine Klemm wird uns weiterhelfen, sie ist die bessere Ansprechpartnerin. Zur Sicherheit gehe ich noch einmal alle

Fotos durch und schicke Kellermann dann eine SMS: *Erkenne keine der Personen wieder.*

Obwohl die Suche ergebnislos war, spuken mir die Bilder der Frauen im Kopf herum. So gut es geht, versuche ich, die Plauderei wieder aufzunehmen. Christian ist jedoch keine rechte Hilfe. Mein Kollege ist nicht für seine Kommunikationskünste berühmt und so lassen wir uns nach kurzer Zeit stillschweigend von der Musik und den uns umgebenden Menschen berieseln.

Als Kellermann mich schließlich abholt, ist es kurz vor Mitternacht.

Christian verabschiedet sich an der offenen Beifahrertür: »Falls dir morgen langweilig werden sollte, komm vorbei. Wir definieren die Ausschüttungsregeln, da kann ich dich gut gebrauchen.«

Um jede Ablenkung froh, nehme ich das Angebot an. Ich bin ohnehin morgen in der Firma dank der Telefonkonferenz mit Blasek und den Berlinern.

Die Fahrt bis ins Ostend zu Kellermanns Wohnung legen wir schweigend zurück. Erst als der Kommissar seine Schlüssel auf den Küchentisch wirft und sich erschöpft auf einen Stuhl plumpsen lässt, frage ich: »Was hat Frau Klemm gesagt? Wie heißt das Mädchen von damals tatsächlich?«

»Wir wissen es nicht.«

Ich setzte mich dem Kommissar gegenüber. »Wieso? War Frau Klemm nicht zu erreichen?«

»Doch, doch«, bringt Kellermann müde hervor. »Aber sie hat keine der Frauen auf den Fotos wiedererkannt.«

»Keine?«

»Keine.«

»Und Bredehöft? Kann er denn nicht noch mal mit Frau Denninger sprechen?« In meinen Ton hat sich eine Spur Hoffnungslosigkeit eingeschlichen.

»Das hat er schon. Die Lehrerin konnte ebenfalls keine der Damen identifizieren. Die eine oder andere kannte sie natürlich, aber keine hatte engeren Kontakt zu Wagenfeld und Grüter.«

»Wie ernüchternd.«

»Das kann man wohl sagen«, stimmt der Kommissar zu und ergänzt: »Entweder ist der Name falsch, das Mädchen hieß gar nicht Jensen oder Jansen oder sie war nicht auf der Schule in Stade.«

»Weitet Bredehöft die Recherche aus?«

»Ja«, versichert Kellermann knapp und hebt dann die Augenbrauen, als wäre ihm soeben ein spontaner Gedanke gekommen: »Mögen Sie noch einen Schluck Wein?«

»Nein, danke«, wehre ich ab. »Ich habe heute bereits genug getrunken.«

Nichtsdestotrotz erhebt er sich und wendet sich einem hölzernen Regal zu. Kein Designerstück, eher eine praktische Variante, die in jedem Weinkeller zu finden ist. Der Kommissar bückt sich, prüft eine Flasche nach der anderen im untersten Fach und entscheidet sich schließlich für einen Chianti.

Nachdem Kellermann einen ersten Schluck getrunken hat, frage ich ihn nach den Ergebnissen der Spurensicherung aus dem Einbruch.

»Die kommen morgen«, antwortet er knapp und nippt an seinem Glas. Statt den Wein in Ruhe zu genießen, steht er auf und sucht wieder etwas im Regal. Zum Vorschein kommt eine Packung Salzstangen. »Mögen Sie?«

Erst als der Kommissar mir das Gebäck entgegenstreckt, fällt mir auf, wie hungrig ich bin.

»Gerne«, antworte ich, greife mir eine Handvoll Salzstangen und beginne direkt zu knabbern. Mit halb vollem Mund frage ich: »Haben Sie etwas neues über Patisse und Samantha herausgefunden? Sind die beiden noch mal aufgetaucht?«

Kellermann, der selbst gerade den Mund voll hat, zieht die Schultern hoch. »Wir haben die beiden nirgends mehr entdeckt. Nach ihrem Auftauchen im Bahnhof sind sie wieder von der Bildfläche verschwunden.«

»Ob Sie gemeinsam den Einbruch verübt haben?«

Kellermann gießt sich einen weiteren Schluck Wein ein. Tiefrot perlt die Flüssigkeit am Glas entlang. »Sie wollen wirklich nichts?«

Ich überlege eine Sekunde zu lange, denn der Kommissar springt auf, fischt ein Glas hervor und schenkt mir ein. Er wählt ein schlichtes Wasserglas. Kellermann bevorzugt die ursprüngliche italienische Art, Wein zu trinken. Das kommt mir entgegen. Wir stoßen an und ein bitterer Geschmack legt sich auf meine Zunge – die Sorte hat einen hohen Tanningehalt.

»Meine Kollegen haben bestätigt, dass Samantha im Netz nach Gleichgesinnten suchte. Aber sie haben noch mehr herausgefunden. Im Darknet kursieren einige Einträge und Foren zu Ihrem Bruder.«

Prüfend beobachtet Kellermann, wie ich auf den letzten Satz reagiere. Obwohl er mir einen Stich versetzt und Erinnerungen hochkommen, versuche ich, unbeeindruckt zu wirken. Ich bin nicht sicher, ob der Kommissar mir die Maskerade abnimmt, aber er fährt zumindest fort.

»Ich bin überzeugt, dass Samantha von Grüters und Eriks Verbindung irgendwie Wind bekommen hat. Möglicherweise hat Grüter selbst es ihr erzählt. Nach der Aufklärung der Kunstmorde wird sie wohl auf den Gedanken gekommen sein, dass der Tod ihrer Schwester damit in Zusammenhang stehen könnte. So recherchierte sie und fand in Patisse einen Gleichgesinnten. Wenn sie den Mord an Natalie rächen will, ist sie bei ihm an der richtigen Adresse. Dass Sam von Grüters stillschweigender Akzeptanz von Ottos Quälereien wusste, glaube ich nicht. Denn dann wäre sie schon früher aktiv geworden, hätte ihn angezeigt, ihn auffliegen lassen. Aber irgendwas vermutete Sam und deshalb wollte sie ihn ausspionieren. Dazu kam ihr Patisse gerade recht. Mit seinen IT-Kenntnissen war die Abhöranlage schnell installiert.«

Ich überlege einen Moment. »Wenn Grüter Eriks Verbündeter war und Natalie mitgepeinigt hat, hatten Patisse und Samantha einen gemeinsamen Feind.«

»Zweckgemeinschaft nennt man das wohl.«

Ich nippe am Wein, der bereits weniger bitter schmeckt. »Die beiden geraten mehr und mehr unter Mordverdacht.«

Auch Kellermann nimmt einen Schluck. »Macht das Sinn? Wieso taucht Samantha dann auch nach Grüters Tod noch im Jugendzentrum auf? Wieso setzt Patisse Sie auf Grüter an? Sollen wir etwa herausfinden, dass die beiden die Täter sind?«

Die Argumentation macht mir klar, wie fadenscheinig meine Idee ist. Der Alkohol hat anscheinend bereits Wirkung gezeigt, meine Einfälle sind nicht mehr allzu geistreich.

Stumm mümmeln wir die Salzstangen, nippen hin und wieder an unserem Wein. Als mein Hunger nachlässt, spiele ich mit den Stangen auf der Tischplatte, lege sie parallel zueinander, dann über Kreuz, als ob es sich um Mikadostäbe handele. Ich fische eine aus dem Haufen heraus und lege sie obenauf. Versunken in den Balanceakt, hänge ich meinen eigenen Gedanken nach. Samantha und Patisse tauchen auf, verschwimmen wieder vor meinem inneren Auge und werden von Grüter und Kerbas abgelöst.

Nach einer Weile blicke ich auf und stelle überrascht fest, dass Kellermann mich beobachtet. Nicht eindringlich, eher abwartend ruhen seine Augen auf mir. Er wendet seinen Blick auch jetzt nicht ab. Unbedarft schaut er mich an. Die unterschiedlichen Irisfarben sind unverkennbar.

Seine Beobachtung macht mich plötzlich nervös. Nicht auf unangenehme Weise, sie überfordert mich schlicht. Der

Kommissar kommt mir auf eine Art nahe, die meinen Schutzwall durchbricht, und das ist etwas, was ich im Moment ganz und gar nicht gebrauchen kann. Mit einem Schluck leere ich meinen Wein und stelle das Glas schwungvoll auf der Tischplatte ab.

Unmittelbar fragt Kellermann: »Möchten Sie noch etwas?«

Ich hebe entwaffnet die Hände. »Nein, danke. Das reicht mir. Ich gehe ins Bett.«

Als ich in den Flur trete, höre ich, wie Kellermann sich einen weiteren Schluck einschenkt.

52

»Und? Wie ist eure Telefonkonferenz gelaufen? Alles gut gegangen?«, begrüßt mich Christian, ohne sich vom Bildschirm abzuwenden.

»So gut es eben geht. Die Berliner sind wirklich kompliziert. Aber wir haben einen Kompromiss gefunden. Leider wirkt der sich noch mal erschwerend auf die Auszahlungsmodelle aus«, antworte ich und strecke ihm einen Becher Kaffee hin, den ich in der Cafeteria für ihn ergattert habe.

»Dann kommst du ja genau richtig«, verkündet Christian und streckt mir im Gegenzug die Unterlage mit den unterschiedlichen Ausschüttungsvarianten entgegen.

Ich ziehe mir einen Bürostuhl heran und blättere die Seiten durch. Knifflig wird es bei integrierten Wenn-dann-Regeln, die eine Auszahlung nur unter bestimmten Konditionen zulassen. Die Knacknüsse nehmen meine Konzentration völlig in Anspruch. Mit Eifer diskutieren wir eine Umsetzungsvariante nach der anderen, verwerfen einige Ideen und gelangen letztendlich zu einer Lösung.

Als Christian das Ergebnis in seinen Laptop tippt, sind meine Gedanken nicht länger gefangen und kehren zum gestrigen Tag zurück. Ob der Kommissar bereits neue Erkenntnisse hat? Es ist erst kurz vor elf. Wenn die Kollegen von der KTU nicht durchgearbeitet haben, werden die Ergebnisse aus dem Einbruch sicher noch auf sich warten lassen.

Plötzlich steigt eine vage Erinnerung hoch. Ich habe gestern etwas in Kellermanns Wohnung gesehen, das mir bekannt vorkam. Ich zücke mein Handy und öffne das Fotoalbum, scrolle zurück zu den Bildern der Villa in Harburg. Diesmal lasse ich das Graffiti außer Acht und konzentriere mich auf die Aufnahmen aus den Kellerräumen. Ein leeres Weinregal und daneben zerschlissene Kisten einer Kelterei.

»Marie … Marie?«, höre ich Christians Stimme erst leise, dann nachdrücklich fragen.

»Äh, ja?« Verdutzt schaue ich zu ihm auf.

»Du bist ja total in dein Smartphone versunken. Ich habe dich gefragt, was du davon hältst, für die Ausschüttung noch ein Auswahlfeld zu hinterlegen, bei dem man angeben kann, ob sich die Regel auf die Istwerte, die Planwerte oder die Hochrechnung beziehen soll?«

Ich muss mich kurz sammeln und antworte dann: »Ja, das wäre sinnvoll.«

Meine Augen wandern zurück zum Display. Mit wenigen Klicks habe ich eine Suchmaschine geöffnet und gebe den Begriff *Johanssens Apfelmost* ein. Als erster Link erscheint eine Weinkellerei aus dem Alten Land.

Im Menü finde ich den Punkt *Historie.* Ich klicke den Link an und das alte Schwarz-Weiß-Foto eines Bauernhofes erscheint. Vor dem angrenzenden Scheunengebäude türmen sich Äpfel in Bastkörben. Ich überfliege den Text, in dem von der Wiege der Apfelweinkultur gesprochen wird. Seit über fünfzig Jahren verarbeitet die kleine Kelterei überschüssiges Obst von umliegenden Höfen. Weitere Absätze zur traditionellen Apfelweinherstellung, über Kooperationen mit anderen Betrieben oder auch über Schwierigkeiten mit Schädlingen und frostigen Winterperioden folgen. Der Text ist illustriert mit Fotos, die den Herstellungsprozess zeigen, aber auch den Obstbestand und die helfenden Familienmitglieder.

Ein Bild lässt mich innehalten. Eine junge Frau mit schlanken Armen wirft einen prall gefüllten Korb auf die Ladefläche eines Hängers. An der Bildqualität und ihrer Kleidung ist deutlich zu erkennen, dass die Aufnahme vor einigen Jahren entstanden sein muss. Ich inspiziere das Gesicht im Detail, vergrößere den Ausschnitt und bin mir umso sicherer: Die junge Frau ist niemand anders als Linda Kerbas.

Ich mache einen Screenshot von der Homepage und schicke ihn an Kellermann. *Linda Kerbas alias Linda Johanssen,* füge ich hinzu. Dann wechsle ich in den Telefonmodus und rufe den Kommissar an.

Es tutet viermal, fünfmal. Nach dem siebten Mal gebe ich auf und kontaktiere stattdessen die Taxizentrale. Christian schaut mir entgeistert zu, während ich meinen Standpunkt und Zielort durch die Leitung diktiere. Danach beantworte ich seine lautlose Frage, wenn auch unbefriedigend: »Ich muss noch mal los.«

53

Die Rushhour ist vorbei, der Taxifahrer mit modischem Basecap hat mich zügig vor die Villa in Höchst chauffiert. Währenddessen habe ich mehrfach mein Handy überprüft, doch Kellermann hat sich nicht gemeldet. Ein demonstratives Schweigen würde mich allerdings nicht überraschen.

Ich drücke den Klingelknopf. Während ich auf Einlass warte, braust in meinem Rücken das Taxi mit quietschenden

Reifen davon. Ich verdrehe die Augen, auch wenn ich längst außerhalb des Blickfelds des Heißsporns bin.

Obwohl ich Geräusche höre, tut sich nichts. Daher klingele ich erneut. Diesmal mit mehr Erfolg. Die Designertür öffnet sich und ich erblicke Henrietta. Im Gegensatz zu sonst fehlt ihr heute das ansteckende Lachen.

Zögerlich begrüße ich sie mit einem leisen »Hallo«. Auch sie will etwas sagen, formt aber nur lautlos ein Wort, dessen Bedeutung sich mir nicht erschließt. Ich will eintreten, doch Henrietta hebt fast unmerklich ihre Hände, so als wolle sie mich zurückweisen.

Ich verharre mit einem Fuß im Türrahmen, als mich von der Seite jemand am Handgelenk ergreift und mit einem gewaltigen Ruck in den Flur zerrt. Durch den Schwung verliere ich das Gleichgewicht und schlage mit dem Knie auf die Granitplatten im Flur. Ich rolle mich seitlich ab und erkenne, auf dem Boden liegend, meinen Angreifer. Ein bekanntes Gesicht. Patisse.

Verdammt, schießt es mir panisch durch den Kopf, während meine Kniescheibe und die Hüfte schmerzende Signale aussenden. Wie konnte ich nur in einen solchen Hinterhalt hineinlaufen? Auf dem Granitboden liegend, bin ich dem Franzosen schutzlos ausgeliefert. Ihm und der Pistole, die er auf mich richtet.

»Dann sind wir jetzt ja vollständig«, konstatiert Patisse zufrieden. »Die Suche nach Ihnen kann ich mir also sparen.« Dann wedelt er mit der Waffe. Ein Zeichen, dass ich mich erheben und in das Wohnzimmer gehen soll.

Auf der Couchgarnitur sitzen sich Samantha und Linda Kerbas gegenüber. Auch Sam ist bewaffnet, ihre Faust krallt sich um einen Pistolengriff. Der Schriftzug *Fuck **** ist auf ihrem Handrücken deutlich sichtbar.

Der zierlichen Frau Kerbas ist jede Farbe aus dem Gesicht gewichen. Ihre Haut ist blass und an der Schläfe schimmern dünne Äderchen hervor. Trotz der auf sie gerichteten Pistole wirkt sie ruhig. Aufrecht sitzt sie auf dem weißen Ledersofa. In ein elfenbeinfarbenes Leinenhemd gekleidet, unterscheidet sie sich nur in Nuancen vom Hintergrund. Ihre starre Haltung, die ineinanderfließenden hellen Farben, das blutleere Gesicht lassen Frau Kerbas' Erscheinung noch künstlicher wirken als sonst. Als handle es sich um eine perfekt gemeißelte Porzellanpuppe.

»Eine Vorstellung ist wohl nicht nötig. Ich denke, wir kennen uns alle.« Der lockere Spruch richtet sich eigentlich an mich, nicht die anderen. Solange ich nach außen einen kühlen Kopf wahre, hoffe ich, meine innere Panik in Schach zu halten.

Mein Kommentar ruft keine nennenswerte Reaktion bei den zwei Frauen hervor. Linda Kerbas scheint für Einflüsse von außen unangreifbar zu sein und hat nur kurz einen Seitenblick zu mir herübergeworfen. Samantha ist in ihrem Wahn gefangen. Sie umklammert den Griff der Waffe mit solcher Kraft, dass die Haut um ihre Knochen weiß wird. Zudem zittern ihre Kiefermuskeln. Sie würdigt mich keines Blickes. Ihre schwarz geschminkten Lider wirken durch die darunter liegenden Augenringe umso dunkler.

Patisse raunzt wütend: »Sparen Sie sich Ihre Sprüche und setzen Sie sich.«

Immerhin siezt er mich. Der Franzose wahrt die förmliche Distanz und ich frage mich, ob das zu meinem Vorteil ist. Ich nehme in einem Sessel Platz, sodass ich im gleichen Abstand zu den beiden Frauen sitze.

Henrietta flüchtet sich neben ihre Tante. Ihr Gesicht ist mit roten Flecken übersät, die Augen flackern wild. Sie greift nach Linda Kerbas' Unterarm und die Witwe legt ihre Hand auf die der Schwedin. Eine zarte, leblos wirkende Frau, die einem sonst vor Gesundheit strotzenden Mädchen Trost spendet.

Patisse ist der Einzige in der Runde, der stehen bleibt. Er lehnt sich mit dem Rücken gegen die Schrankwand, sodass er den Überblick behält. Da sein Gesicht mit Bartstoppeln übersät ist und ihm dunkle Haarsträhnen ins Gesicht fallen, weiß ich seinen Ausdruck nicht zu deuten. Doch er wirkt ruhig und gefasst.

Samanthas Anspannung hingegen wird immer größer. Ihre Augenlider zucken, die Kiefer mahlen. Ich muss die Situation deeskalieren, denn sonst droht Natalies Schwester überzuschnappen.

»Leg bitte die Waffe nieder, Samantha«, sage ich sanft, aber nachdrücklich. »Wir können über alles reden, aber bitte leg die Pistole weg.«

Die junge Frau reagiert nicht. Stattdessen donnert Patisse: »Halten Sie den Mund!«

Die Härte seiner Stimme fährt mir in die Knochen und ich rutsche tiefer in den Sessel. Das wird nicht gut gehen, denke ich verzweifelt und blicke von Patisse zu Samantha und wieder zurück zu dem bärtigen Franzosen.

Hoffentlich hat Kellermann meine Nachricht gelesen und ist so geistesgegenwärtig, zur Villa zu fahren. Und hoffentlich begeht er nicht den gleichen Fehler wie ich und lässt sich schon an der Tür überwältigen.

Patisse richtet das Wort an Frau Kerbas: »Also los, erzählen Sie es uns.«

Anscheinend hat er die Forderung schon einmal gestellt. Ich bin in eine bestehende Unterhaltung hineingeplatzt und nach der erzwungenen Pause soll es nun weitergehen.

Frau Kerbas denkt jedoch nicht daran. Leer starren ihre wässrigen Augen in den Raum. Eigentlich müsste sie Samantha ansehen, doch ihr Blick geht durch sie hindurch.

»Reden Sie!«, schreit Patisse mit solch einer Heftigkeit, dass Henrietta zusammenzuckt und ihre Nägel sich in den Arm ihrer Tante bohren.

Die zeigt keine Reaktion. Völlig unbeeindruckt, lässt sie den körperlichen Eingriff über sich ergehen.

Samantha hingegen wirkt wie ein Pulverfass, das zu explodieren droht. Die Pistole in ihren Händen fängt an zu zittern. Die Vibration zieht sich durch ihren ganzen Körper. Ein Fuß wippt nervös auf und ab. Sie stößt mit dem Knie wiederholt gegen den Couchtisch, aber sie scheint es nicht mal zu bemerken.

»Also gut.«

Patisse springt auf Frau Kerbas zu. Im ersten Moment denke ich, er will sie schlagen, ihr an die Gurgel gehen, doch er bremst ab und hält ihr ein kleines Gerät vor die Augen. Am Kabel gepackt, baumelt das Kartenlesegerät aus der Umzugskiste in der Luft.

Dann war Patisse also tatsächlich der Einbrecher. Er ist in das Haus eingedrungen, hat in Kerbas' Kartons gewühlt und das Lesegerät entwendet. Aber warum?

Wie gebannt schaue ich auf die beiden Figuren, Patisse, der sich wie ein wuchtiger Bulle vor Frau Kerbas aufbaut, und die Witwe, die wie eine zarte, aber leblose Porzellanpuppe davon völlig unberührt bleibt.

»Sie haben den Einbruch doch wohl nicht ohne Grund fingiert«, sagt der Franzose langsam, aber mit höhnischem Unterton.

Wie bitte? Frau Kerbas soll in ihr eigenes Haus eingedrungen sein und den Einbruch fingiert haben? Wieso das? Meine Gedanken rasen. Wieso sollte sie ein Kartenlesegerät entwenden, das sich bereits in ihrem Besitz befindet? Ich starre auf den kleinen rechteckigen Kasten. Plötzlich macht es klick, ich könnte mich selbst verfluchen.

Eine Hand hat Patisse um den USB-Stecker des Kabels gekrallt, die andere zu einer Faust geschlossen. Der Arm hängt lose an seinem Körper herab, doch an den hervortretenden Adern auf dem Handrücken ist erkennbar, mit welcher Kraft er die Faust ballt. Dann verliert er die Geduld. »Gestehen Sie«, schreit er erneut Frau Kerbas an. »Erzählen Sie, was Sie mit Samanthas Schwester gemacht haben. Erzählen Sie, was Sie ihr angetan haben. Sie und Ihre Freunde!«

Trotz des Ausbruchs reagiert die Witwe noch immer nicht. Ihre Augen bleiben starr auf Samantha gerichtet, ohne dass ihr Blick an ihr haften bleibt.

Die tätowierte junge Frau sucht hingegen verzweifelt nach einer Regung im Gesicht ihres Gegenübers. Ihre Augen gleiten über jeden Zentimeter, verfolgen jede kleinste Bewegung.

»Dann also nicht.« Patisse wendet sich mit einem Ruck ab und greift nach einer Tasche, die am Fuße des Bücherregals steht. Er muss sie mitgebracht haben, denn er öffnet gekonnt die Schnallen und zieht, ohne zu zögern, einen Laptop heraus. Den Computer positioniert er so auf dem Couchtisch, dass wir alle einen Blick auf das Display werfen können. Er schließt das Kartenlesegerät an und ein Ordnerverzeichnis erscheint auf dem Bildschirm. Patisse wählt eine Datei aus und startet ein Video. Der Film ist grobkörnig und unscharf. Aus der Qualität der Datei schließe ich, dass der Dreh schon einige Jahre zurückliegt.

Die Aufnahme zeigt eine Gruppe Jugendlicher in einer Scheune. Zwei Jungen und zwei Mädchen, die im Kreis auf umgedrehten Apfelkisten sitzen. Auf dem Boden liegen leere Bierflaschen herum. Lautstark unterhalten die vier sich, Gelächter ertönt, Gebrüll. Sie sind bereits alkoholisiert, obwohl es noch nicht allzu spät sein kann. Durch die Holzritzen der Scheune dringt Tageslicht.

Einer der beiden Jungen steht auf. Eigentlich ist er kein Jugendlicher mehr, sondern ein junger Mann mit festem und gedrungenem Körper. Otto Wagenfeld. Er reckt seine Flasche in die Luft und dreht sich im Kreis. Dabei schielt er in die Kamera, spielt mit ihr, flirtet. Oder mit der dahinterstehenden Person.

Doch ich glaube nicht, dass es einen Kameramann gibt. Der Bildausschnitt ist statisch, wackelt nicht einen Millimeter. Die Kamera muss auf einem Stativ oder Ähnlichem positioniert worden sein.

Ottos Blick schielt immer wieder in das Objektiv. Er weiß also von der Aufnahme oder hat die Kamera sogar selbst angebracht.

Er streckt seinen feisten Bauch hervor, als wolle er einen Bierkrug auf seinem Wanst abstellen, dreht sich und tanzt im Kreise der Jugendlichen. Dazu stößt er ein lautes, unverständliches Gegröle aus, prostet in die Luft und setzt die Bierflasche erneut an. Die gelbliche Flüssigkeit rinnt aus seinen Mundwinkeln und läuft ihm am Hals hinab, bis der Flanellstoff seines Holzfällerhemdes das Bier aufsaugt. Otto stört das nicht im Geringsten. Er lacht, grölt lauter und setzt erneut an. Dunkle Flecken zeichnen sich mittlerweile auf dem Hemdkragen und den Schultern ab.

Dann stoppt er, schaut sich im Kreis um, macht ein überraschtes Gesicht wie ein Pantomime, der zum ersten Mal die Bühne betritt und sein Publikum begutachtet. Seine geweiteten Augen wandern von Werner Grüter über Linda Kerbas, die damals noch Johanssen hieß, und landen letztendlich auf Samanthas Schwester Natalie Bilke.

Sein Blick verharrt dort.

Die anderen bemerken Ottos Fokussierung. Werner Grüter und Linda Johanssen werden stiller, hören auf, einander zuzuprosten, und beobachten im Wechsel Otto und Natalie. Eine seltsame Spannung baut sich auf. Jedem im Raum scheint klar zu sein, dass gleich etwas passieren wird.

Das gilt auch für Natalie. Ihre Schultern fallen nach vorn, rücken enger zusammen, ihr Kopf duckt sich weg. Sie wirkt wie ein Hund, der eine Tracht Prügel erwartet, selbstständig in die Defensive geht und mit der demütigen Haltung um Gnade winselt. Die Jugendliche ordnet sich unter, fügt sich in die unsichtbare Rangordnung und stellt sich selbst weit unter ihr Gegenüber.

Wagenfeld setzt noch einmal die Bierflasche an, wirft den Kopf in den Nacken und verharrt in dieser Position auch noch, als er die Flasche vom Mund nimmt und sie hoch über seinen Kopf hält. Letzte Tropfen lösen sich und landen in seinem geöffneten Schlund. Er lässt das Kinn wieder nach vorn fallen, fast bis auf seine Brust, sodass ein Doppelkinn entsteht, und reckt Natalie die leere Flasche hin. Parallel kramt er mit der anderen Hand in seiner Hosentasche. Es klimpert, der kleine Gegenstand zwischen seinen Fingern sieht wie eine Münze aus.

»Schlag den Boden raus«, befiehlt Otto Natalie.

Das Mädchen nimmt freimütig die Flasche und die Münze entgegen. Sie sitzt wieder gerade, auch ihre Miene hellt sich auf. Anscheinend hat sie mit etwas anderem gerechnet, etwas Unangenehmem. Diese Wendung hat sie nicht erwartet.

Geradezu erleichtert wirft sie die Münze in die Bierflasche und lässt sie über den Boden kreisen. Eine Minute verstreicht, ohne dass etwas passiert. Natalie verändert die Bewegung, hört auf zu kreisen, ruckelt und zerrt an der Flasche, sodass die Münze auf und ab hüpft. Ihr Arm muss mittlerweile lahm sein.

»Was denn, was denn?«, ruft Otto. »Bringst du es nicht?« Sein kompakter Körper ragt immer noch über Natalie auf.

Werner Grüter und Linda Johanssen beobachten das Schauspiel skeptisch. Bei ihnen hat sich keine Erleichterung breitgemacht. Abwartend beobachten sie Natalies verzweifelten Versuch, den Flaschenboden abzutrennen, ihr zunehmend röter werdendes Gesicht, ihre angestrengten Augen und Ottos höhnische Kommentare. Aus ihren Gesichtern ist leiser Argwohn herauszulesen, ein ungefähres Wissen darum, dass dieses Spiel nicht enden wird, sobald der Boden sich gelöst hat. Diese Vorahnung ruft Misstrauen hervor und zugleich eine knisternde Neugier. Die verstohlene Freude darüber, dass jemand anders in eine Falle tappen wird, man selbst nicht der Letzte in der Reihe ist, nicht derjenige, den es zu Fall bringen wird, den die Hunde beißen. Sondern nur passiver Zuschauer. Ja, vielleicht ist man bestürzt, wehrt sich innerlich sogar, echauffiert sich lautlos, leidet mit dem Verlierer. Aber zugleich ist da auch diese Erleichterung, nicht selbst in die Lage geraten zu sein. Als letzte Rettung aus der moralischen Misere schiebt man die Schuld dem Verlierer zu. Er wird zum Sündenbock gemacht, ihn trifft per se eine Schuld. Wäre er nicht so dumm, so hilflos, so unfähig, wäre er nie in diese Situation hineingeraten. All diese Gedanken, der Zwiespalt, die stillen Zweifel und letztendlich die Freude der Davongekommenen sind in den Gesichtern von Werner Grüter und Linda Johanssen abzulesen.

Mit einem lauten Klirren springt der Flaschenboden endlich auf den Steinplatten auf. Wie ein junger Hund, der freudig einen Stock apportiert und mit übereifrigem Stolz das Holzstück vor die Füße des Herrchens legt, streckt Natalie Otto die bodenlose Flasche entgegen.

Der hebt einen Zeigefinger und streicht wie in Zeitlupe durch die Luft. »Na, na, nicht so hastig.«

Otto geht einen Schritt auf Natalie zu, fasst nach ihrer leeren Hand, zieht sie von der Apfelkiste und legt den Arm um ihren Rücken. Doch der Tanz währt nur kurz. Der Jugendliche vollführt eine halbe Drehung, dann beugt er den Oberkörper des Mädchens zurück, hält ihr Gewicht mit einem Arm. Ein Leichtes für den starken Otto. Er beugt sich immer weiter hinunter, sodass sich Natalies Schwerpunkt verschiebt. Erst verteilt sich ein Teil ihres Gewichtes noch auf ihre Füße, doch dann schwebt sie nahezu über den Steinplatten. Wie ein gekonnter Tänzer lässt Otto sie langsam, fast sacht zu Boden gleiten, bettet ihren Kopf auf dem staubigen Untergrund.

Mit der gleichen Sanftheit ergreift er die Flasche, die Natalie nicht aus der Hand gegeben hat. Jetzt lösen sich ihre Finger. Mit einer geschickten Bewegung dreht Wagenfeld die Flasche, sodass der offene Boden nach oben zeigt. Dann widmet er sich seinen beiden Zuschauern.

»Haltet sie«, sagt er leise, aber nachdrücklich.

Ungläubig verharren die Jugendlichen auf ihren Plätzen.

Ottos Geduld währt nur wenige Sekunden. »Haltet sie!«, schreit er so laut, dass selbst ich zusammenzucke.

Spätestens jetzt muss Natalie klar sein, dass sie nicht mit der Flaschenübung davongekommen ist, dass das eigentliche Spiel erst beginnt und sie im Zentrum steht, dass es übel für sie ausgehen wird.

Otto hat eine Hand auf ihren Brustkorb gepresst, weit oben, sodass sein Daumen und Zeigefinger ihren Hals umschließen. Wagenfelds Körper ist wuchtig und stark. Natalie hätte wahrscheinlich keine Chance, sich aus diesem Griff zu lösen, doch sie wagt noch nicht einmal den Versuch. Still ergibt sie sich in ihr Schicksal. Sie interveniert nicht, sie regt sich nicht, sie schreit noch nicht einmal auf oder bittet die anderen um Hilfe. Versteinert liegt sie am Boden, die Augen starr zur Decke gerichtet. Fast als würde sie abwarten, dass das Spiel endlich beginne, denn je eher es eröffnet würde, desto früher wäre es vorbei. Apathisch liegt sie da, offenbart sich als Opfer, fügt sich in ihre Rolle.

Nach Wagenfelds Befehl rühren sich seine zwei Kumpane. Zwar zögerlich, doch ohne Widerspruch. Linda umfasst Natalies Knöchel, spreizt sie ein Stück weiter auseinander, sodass sie dazwischenknien und ihr volles Gewicht auf die Hände verlagern kann. Werner Grüter greift nach den regungslosen Armen, zieht sie wie bei einer biegsamen Schaufensterpuppe über dem Kopf zusammen. Auch er hockt auf dem Boden, eine seiner Kniescheiben ruht auf Natalies gefalteten Handflächen. Sein Gewicht drückt die

Fingerknochen in die Steinplatten. Der Schmerz muss groß sein, doch Natalie verzieht keine Miene.

Ich will aufschreien, Otto Wagenfeld zurückstoßen, Linda Johanssen und Werner Grüter anbrüllen, ihre Finger von dem Mädchen zu lassen. Doch das würde nichts mehr ausrichten. Die Geschehnisse liegen Jahre zurück, sind unveränderlich.

Ich schaue in die Gesichter der anderen. Samantha rinnen Tränen über die Wangen, ihre Schminke verläuft. Teile davon hat sie mit dem Ärmel weggewischt. Ihr Gesicht ist schmerzverzerrt. Henriettas Augen sind wässerig und erschrocken. Sie beißt in einen Ärmel, starrt gebannt auf den Bildschirm. Auf ihrem Gesicht zeichnet sich eine dunkle Vorahnung ab, gepaart mit der Hoffnung, dass die Geschichte ein gutes Ende nehmen wird. Frau Kerbas weiß, dass dem nicht so sein wird. Sie ist die einzige von uns Frauen, die nicht auf den Bildschirm schaut.

»Schau es dir an«, befiehlt Patisse vom Regal aus. »Schau dir an, was du getan hast.«

In Zeitlupentempo dreht Frau Kerbas den Kopf und wendet sich dem Laptop zu. Auf der Bildfläche löst sich gerade Wagenfelds Hand. Daumen und Zeigefinger fahren über Natalies Hals, als würde er die zarte Schönheit bewundern. Fast huldvoll berührt er die makellose, junge Haut. Ebenso sorgfältig streicht er über die blassen Lippen. Dann hält er inne und schiebt die Finger in Natalies Mund, öffnet ihre Kiefer und steckt den Flaschenhals hinein. So tief, dass die Flasche selbstständig stehen bleibt. Natalies Lippen sind durch die weite Öffnung gespannt, ihre Schneidezähne blitzen hervor und schlagen an das grüne Glas.

Otto ist zufrieden mit der Statik. Er richtet sich auf und setzt einen Fuß auf Natalies Brustkorb. Dann macht er sich an seinem Gürtel zu schaffen und öffnet die Hose. Die Enden des Lederriemens fallen lose hinab. Auf dem Bildschirm sieht man, wie seine Jeans ein Stück rutscht und die

Pobacken zum Vorschein kommen. Im nächsten Moment pinkelt Wagenfeld in die Flasche. Er zielt ungenau, ganz bewusst. Lässt den Strahl links und rechts an der Flasche vorbeigleiten, sodass der gelbe Urin auf den Wangen der Jugendlichen landet, sich in den geschlossenen Augenhöhlen sammelt und am Hals hinabrinnt. Natalies blondes Haar ist bald uringetränkt.

Mit voller Kraft pressen Grüter und die junge Linda Kerbas ihr Gewicht auf die Gliedmaßen des Mädchens. Völlig unnötig, denn Natalie wehrt sich nicht. Die Augen geschlossen, hat sie sich ihrem Schicksal ergeben, zuckt nicht einmal. Teilnahmslos liegt sie auf dem Scheunenboden, als wäre sie auf eine andere Art ihrer Folter entflohen, als wäre ihre Seele entrückt und hätte einen leeren Körper zurückgelassen.

Wagenfeld schüttelt sich. Der Gürtel schlägt auf seinen Oberschenkel. Ein paar letzte Tropfen landen auf Natalies Brust.

54

Patisse tritt einen Schritt vor und schlägt mit einem Knall den Laptop zu. »Warum?«, donnert er.

Als Frau Kerbas nicht reagiert, fährt Samantha auf. Hysterisch kreischt sie: »Warum, warum haben Sie das getan?«

Jetzt kommt Leben in die Witwe. Sie blickt Samantha an, erstaunt, als wolle sie sagen: ›Weißt du es denn nicht? Weißt du denn nicht selbst, wie es sich anfühlt?‹ Dann verändern sich ihre Gesichtszüge, werden weicher. Ihr Blick gleitet wieder ins Leere, ihre Augen fallen tief in die Höhlen zurück, als würde sie noch einmal zu diesem Tag zurückkehren.

»Ich wollte dazugehören, Teil der Gruppe sein, der Menschen, die Otto um sich scharte, die etwas Besonderes waren. Er verfügte über eine außergewöhnliche Anziehungskraft, nicht nur gegenüber Frauen. Das Geschlecht spielte keine Rolle. Es war seine Stärke, die alle gleichermaßen anzog. Diese Unberechenbarkeit, die etwas Bedrohliches an sich hatte, etwas Manisches, aber einen wahnsinnigen Reiz versprühte. Ottos Handlungen waren nicht vorauszuahnen, er hat sich keiner Regel und keinem Dogma unterworfen. Diese uneingeschränkte Wildheit machte ihn attraktiv. Er war autark und gehörte nur sich selbst. Diese Freiheit zog uns magisch an. Er lotete Grenzen aus und überschritt sie, ohne Rücksicht auf Verluste und Konsequenzen. Von diesem Selbstbewusstsein wollten wir uns etwas abschauen. Doch Otto hatte auch andere Seiten. Die einzige Regelmäßigkeit seines Charakters bestand darin, dass jemand leiden musste. Er traf seine Wahl beliebig. Wählte Person und Ort völlig willkürlich, erfand immer neue Arten, seine Mitmenschen zu malträtieren. Nur passte er sorgsam auf, dass er seine Anhänger nicht verprellte. Er hielt Ausschau nach den Schwachen, nach den Verlierern. Die waren so von seiner Stärke angezogen, dass sie die Spiele mitspielten, die Quälereien über sich ergehen ließen. Sie wollten nicht verstoßen werden aus der Gruppe der Außergewöhnlichen. Was ist schon ein kleines Elend gegen etwas Glorie?« Kerbas stockt, schaut Samantha prüfend an, als ob sie ihre nächsten Sätze abwägt. »Auch deine Schwester hat diese Folter still erduldet. Es war nicht das erste Mal, dass Wagenfeld sie gedemütigt hat. Es gab andere Momente der Erniedrigung. Doch Natalie kam immer wieder. Wie ein räudiger Hund hat sie sich angeschlichen, angebiedert. In der Hoffnung, es sei das letzte Mal gewesen.«

Samantha ballt die Hände zu Fäusten. So fest beißt sie auf ihre Lippe, dass sich ein Blutstropfen löst und an ihrem Kinn hinabrinnt.

»Aber es hörte nie auf. Bis auf dieses Mal hier. Das war Natalies letzte Demütigung, ein paar Tage später ging sie in die Elbe. Werner und ich haben Otto daraufhin konfrontiert. Uns war klar, was Natalie zu dem Entscheid getrieben hatte. Wir haben uns gestritten, ihn angeschrien. Wir waren verzweifelt. Was hatten wir getan? Nur um selbst Teil der Gruppe zu bleiben, uns als diejenigen zu fühlen, die dazugehören, die über dem Rest stehen. Um eine Gruppe bilden zu können, müssen andere draußen bleiben, so einfach ist das. Verlierer müssen Verlierer bleiben. Wir haben diese Regel gewahrt, sie sorgfältig beschützt, immer mit dem gierigen Blick darauf, auf der richtigen Seite zu bleiben, Gewinner zu sein und auf diejenigen hinabschauen zu können, die es nicht geschafft haben, die zu Ottos Zielscheibe wurden. Wir glaubten sogar, sie hätten es verdient. Sie hatten sich ihr Elend ja selbst ausgesucht. Wir hingegen haben jeden Tag gekämpft, um genau dort nicht zu landen. Doch der Tag, an dem Natalie starb, hat alles verändert. Wagenfeld lachte uns nur aus. Als törichte, naive Teenager stellte er uns hin. Als Weicheier, Angsthasen und Schwächlinge. Selbst in diesem Gespräch haderte ich mit mir. Selbst als Natalie schon tot war, zögerte ich, Otto zu widersprechen. Es drängte mich, ihm Glauben zu schenken, um weiterhin dazuzugehören, zu den Starken, den Außergewöhnlichen, den Selbstgerechten. Dieses Machtgefühl über andere zerrte so verlockend an mir, dass ich versucht war, unsere Schuld zu leugnen. Otto sah nichts von meinem inneren Zwiespalt, hörte nur Werners panische Argumente auf sich einprasselten. Wir standen in Ottos Zimmer. Er drehte sich einfach um, ließ uns stehen und ging an seinen Schreibtisch. Dann zog er aus einer Schublade eine Videokamera und startete die letzte Aufnahme. Er zeigte uns die Bilder, die wir gerade gesehen haben. Wir waren geschockt. Er hatte alles gefilmt. ›Wenn ihr zur Polizei gehen wollt, gehen wir zu dritt‹, sagte er entschlossen. Damit waren wir an ihn gekettet. Wenige Tage später lag ein Päckchen vor meiner Haustür. Mit Schleife und in rotes Seidenpapier gewickelt. Es war eine Kopie des Videofilms. Werner hat dasselbe Geschenk erhalten.«

Kerbas faltet die Hände ineinander und streicht mit einem Daumen über den anderen. Ihr ist deutlich anzusehen, dass sie sich dieser Unterhaltung entziehen will, dass dieses Gespräch für sie eigentlich schon längst beendet ist.

»Habt ihr Wagenfeld umgebracht? Habt ihr ihn getötet?«, schreit Samantha hysterisch, ein paar Speicheltropfen lösen sich. »Das war doch kein Unfall. Dieses Schwein hatte den Tod verdient! Habt ihr ihm die gerechte Strafe erteilt?«

Die junge Witwe regt sich nicht. Das versetzt Samantha nur noch mehr in Rage. Sie springt auf, beugt sich über die Tischplatte und reißt an Linda Kerbas' Schultern. Die zierliche Frau leistet keinen Widerstand und wird so stark durchgeschüttelt, dass ihr Kopf mehrfach gegen die Rückenlehne knallt. Dabei baumelt die Pistole von Samanthas Zeigefinger und schlägt gegen den Oberarm der Witwe.

Mein Gott, denke ich still, was tut Samantha da bloß? Was passiert, wenn Linda Kerbas die Waffe ergreift? Ein Schusswechsel mit Patisse? Würde die Witwe uns bedrohen? Schließlich steht sie gerade unter Mordverdacht.

Ich will Samanthas Namen rufen, doch Patisse kommt mir zuvor. Auch ihm ist die körperliche Auseinandersetzung nicht geheuer. Er reißt die junge Frau schroff zurück, sodass sie aufheult. Ihre wütenden Augen sind jetzt auf ihren Kompagnon gerichtet. Feuchte Strähnen fallen ihr ins Gesicht, verklebt durch Tränen und Schweiß.

»Setz dich«, befiehlt der Franzose nachdrücklich.

Er umfasst Samanthas Schulter und drückt sie zurück in die Polster. Noch einmal blitzt ihre Entrüstung auf, doch dann fügt sie sich in ihr Schicksal. Die Waffe lässt Patisse ihr. Sie ruht jetzt in Sams Schoß. Doch der Franzose scheint sich des explosiven Wankelmuts seiner Partnerin bewusst zu sein. Er weicht Samantha nicht mehr von der Seite.

Patisse steht jetzt direkt vor mir, verdeckt seine Komplizin, die sich wütend in ihrem Sessel zusammengerollt hat. Auch er ist angespannt, wirkt jedoch kontrolliert. »Erzählen Sie weiter«, bestimmt er und blickt auf Frau Kerbas hinab.

Ich bin mir sicher, dass er aus den Augenwinkeln auch mich beobachtet. Jedes Eingreifen von meiner Seite würde sofort entdeckt werden. Ich bin handlungsunfähig. Kellermann, denke ich verzweifelt, wann lesen Sie endlich Ihre Nachrichten!

Frau Kerbas streicht sich eine paar blonde Strähnen hinters Ohr, die sich durch Samanthas Attacke gelöst haben. »Nach Natalies Tod hat sich nichts geändert. Otto hat seine Mitmenschen weiterhin benutzt, gedemütigt und gefoltert. Schüler aus anderen Klassen oder Kinder aus den umliegenden Dörfern, wahllos hat er sich seine Opfer herausgegriffen und sich über sie lustig gemacht. Unsere Konfrontation hat nichts genützt, im Gegenteil, er drohte uns, zur Polizei zu gehen, wenn wir ihn nicht weiter in seinen makabren Spielchen unterstützten.«

»Aber wieso konnte er Ihnen damit drohen? Er hätte sich doch selbst ans Messer geliefert«, platzt es aus mir heraus.

Ich ernte einen wütenden Blick von Patisse und einen erstaunten von Kerbas.

Die Witwe überlegt einen Moment. »Sie haben ihn nicht gekannt, daher können Sie das nicht verstehen. Otto hatte kein Maß für Konsequenzen, sie waren ihm schlichtweg egal. Er hat einem Mädchen unter den Pulli gefasst, obwohl seine aktuelle Freundin nur wenige Meter entfernt stand. Er hat seine Eltern bestohlen und mit dem Geld im Dorf geprahlt. Er wollte, dass die anderen wussten, was er tat. Es war nicht so, dass ihm nicht klar war, dass er für diese Taten bestraft werden konnte oder welches Strafmaß ihm drohte. Alles war für ihn ein Spiel, bei dem es darum ging, den Exzess immer weiterzutreiben, die Grenzen ständig auszureizen,

Macht über die Kinder und Jugendlichen, über die Erwachsenen, seine Eltern und letztendlich über die Regeln und Gesetze der Gesellschaft zu gewinnen. Er hatte keine Angst, sich der Polizei zu stellen. Es wäre für ihn nur eine neue Stufe des Spiels gewesen.«

Frau Kerbas hat sich während ihrer Ausführungen zu mir gewandt. Auch die Blicke von Henrietta, Samantha und Patisse sind auf uns gerichtet. Daher füge ich an: »Das galt für Sie aber nicht?«

»Nein, auf keinen Fall. Ich hatte Angst, bestraft zu werden, ins Gefängnis zu müssen. Ich fürchtete mich vor der öffentlichen Demütigung.«

Die letzten Worte kommen Linda Kerbas sehr schnell über die Lippen. Prüfend schaue ich ihr in die Augen, doch obwohl ihr Gesicht mir zugewandt ist, kriege ich ihren Blick nicht zu fassen. Wie zuvor durch Samantha scheint sie jetzt auch durch mich hindurchzusehen.

Ihr letzter Satz fährt mir durch den Kopf. Irgendetwas daran stört mich. Zuvor hat sie von der Glorie der Starken geschwärmt, davon, sich zugehörig zu fühlen zu den Außergewöhnlichen, zu den Gewinnern. Zu einem erlauchten Kreis zu gehören, Verlierer zu stigmatisieren, Grenzen zu durchbrechen und die Rangordnung zu festigen. Wenn all diese Haltungen zu ihrem Gedankengut zählten, wieso hätte sie sich dann so geschämt, wenn öffentlich geworden wäre, dass sie selbst an der Unterdrückung der Schwachen mitgewirkt hatte? Im Rahmen ihres Wertverständnisses wäre das ein natürlicher Akt gewesen, eine legitime Machtausweitung, bei der es Opfer geben muss. Opfer, die es durch ihre eigene Unfähigkeit nicht anders verdient haben. Woher kam plötzlich diese Scham? Woher die Angst vor der öffentlichen Demütigung?

Meine Gedanken rasen, ich weiß, dass ich mich beeilen sollte. Dieses Schauspiel wird nicht ewig dauern. Patisse muss irgendwann die Geduld verlieren und Samantha die Nerven. Wenn dieses Treffen nicht in einem Blutbad enden soll, muss ich Zeit gewinnen, und die verschaffe ich mir, indem ich das Gespräch fortführe. Aber was sind die richtigen Fragen? Plump wähle ich die erstbeste.

»Haben Sie Wagenfeld umgebracht?«

Linda Kerbas presst die Lippen aufeinander, schüttelt dann den Kopf. »Nein, auch wenn ich es gerne getan hätte. Aber es war Werner Grüter. Er hat den Unfall fingiert. Er kannte die Strecke, wusste, dass Otto an diesem Tag dort vorbeikommen würde, wusste auch, dass er auf diesem Straßenabschnitt immer zu schnell fuhr. Den Unfall zu provozieren, war ein Leichtes.«

Kerbas antwortet wieder zögerlicher, wählt jedes Wort bewusst und stockt, als wäre sie in den Erinnerungen gefangen. Diesmal bin ich mir sicher, dass sie die Wahrheit sagt. Dass Grüter es war und auch, dass sie es selbst gerne getan hätte.

»Du fieses, feiges Miststück.«

Trotz Patisses Beobachtungspostens schießt Samantha an ihm vorbei, hechtet über den Couchtisch und stürzt sich auf Linda Kerbas. Mit dem angewinkelten Arm drückt sie deren Kehle gegen die Polster, sodass die junge Witwe den Mund aufreißt, um Luft zu bekommen. Mit der anderen Hand stößt Samantha die Pistole in Kerbas' Rachen. Unmittelbar hört man die Schneidezähne gegen den Stahl schlagen.

»Du hast meine Schwester auf dem Gewissen und willst nur deine eigene Haut retten. Du hast nicht daran gedacht, dich zu stellen, deine Schuld zuzugeben. Noch nicht einmal Wagenfeld hast du ausgeschaltet. Auch dafür hast du dir nicht die Finger schmutzig gemacht.«

Samantha stößt Kerbas die Pistole tiefer in den Rachen. Die Witwe muss würgen, ihre Halsmuskeln zucken wellenartig.

»Samantha«, ermahnt Patisse sie. Dann lauter: »Samantha!«

Doch Natalies Schwester reagiert nicht. Grüter ist tot, Wagenfeld auch, aber das reicht Samantha nicht. Sie will sich auch an der letzten verbliebenen Täterin rächen. Völlig außer sich schreit sie Frau Kerbas an, erhöht den Druck auf Hals und Rachen und stößt ihr dazu ein Knie in die Magengrube.

Henrietta ist auf dem Sofa zurückgewichen, in die rechte Ecke gerutscht und starrt völlig entgeistert abwechselnd auf Samantha und den Revolver.

»Du feiges, billiges Miststück!«

Die Jugendliche hebelt mit einem Satz die Pistole nach oben. Es knackt und Kerbas jault kurz auf. Samantha muss ihr einen Zahn ausgeschlagen haben. Im nächsten Moment dringt Blut aus der Mundhöhle und Tränenflüssigkeit läuft die Wangen hinunter. Doch Linda Kerbas hat aufgehört zu schreien. Sie verzieht noch nicht mal vor Schmerz das Gesicht.

»Sag es ihr doch endlich, sag es ihr«, fleht mit einem Mal Henrietta und schaut ihre Tante inständig an.

Also verbirgt Frau Kerbas doch noch etwas. Das Gefühl, dass sie uns etwas vorenthält, hat mich nicht getrübt. Ich wette, es hat mit einer öffentlichen Demütigung zu tun.

Henriettas Bitte ruft die erste Reaktion bei Samantha hervor. Sie weicht ein Stück zurück und zieht den Revolver aus Kerbas' Mund, sodass die Witwe den Kopf wieder aufrichten kann. Ihre helle Leinenbluse ist von Tränen und Blut verschmiert.

»Erzählen Sie«, ordnet Patisse an.

Doch Kerbas regt sich nicht, beißt sich auf die bereits wunde Lippe und stiert geradeaus.

Samantha ist kurz davor, erneut zu explodieren und auf die Witwe loszugehen, doch diesmal erwischt Patisse sie am Oberarm und hält sie zurück.

»Erzählen Sie oder sie stirbt.« Der Franzose hält die Pistole ruhig auf Henrietta gerichtet.

Die weicht geschockt noch weiter zurück. »So erzähle es ihnen doch!«, schreit die Schwedin verzweifelt mit weit aufgerissenen Augen.

Als Linda Kerbas sich immer noch nicht rührt, greift Henrietta selbst nach dem Laptop auf dem Couchtisch, öffnet den Explorer und sucht nach dem Ordner des Kartenlesegeräts. Als er aufpoppt, ist eine weitere Videodatei zu erkennen. Die Aufnahme in der Scheune war nicht die einzige.

»Bitte nicht«, flüstert Frau Kerbas. »Lass es gut sein, ich erzähle es.«

Henrietta gleitet zurück auf das Sofa.

»Damals …« Kerbas stockt, setzt erneut an. »Otto hat nicht aufgehört, das war richtig. Aber er hat sich keine anderen Teenager gesucht. ›Wozu in die Ferne schweifen, wenn das Gute liegt so nah?‹« Die Witwe verzieht bei diesem Satz. bitter das Gesicht. »Das hat Otto immer gesagt. Er hatte jetzt ein Opfer direkt vor der Haustür. Und Grüter, den hat er dazu gebracht mitzumachen.« Wieder stockt sie und ihr Blick gleitet ins Leere.

Ich frage leise, aber bestimmt: »Mitzumachen wobei?«

Linda Kerbas starrt mich an, schaut mir mitten in die Augen. Dann sagt Sie emotionslos: »Sind Sie schon einmal mit einem Fisch gevögelt worden? Mit einem gefrorenen Aal?«

Im Zimmer wird es totenstill. Ich bin geschockt, Samantha auch und selbst Patisse muss diese Grausamkeit zusetzen. Henrietta läuft eine Träne die Wange hinab. Sie wusste bereits von dieser Tortur. Jetzt ist mir auch klar, wovor Frau Kerbas sich gefürchtet hat. Es war die Angst, die Demütigung offenbaren zu müssen, allen zu erzählen, was ihr widerfahren ist. Was es für Sie noch schlimmer machte, waren die Täter. Sie hat diese Qualen nicht nur erlitten, sie wurde von ihrem eigenen Helden gedemütigt, verstoßen und als Verlierer abgestempelt. In ihrem Weltbild war sie damit nichts mehr wert. Verlierer haben es nicht anders verdient. Sie war in ihre eigene Falle getappt, hat sich ihren Peiniger ausgesucht und sich ihm hingebungsvoll ausgeliefert. Das durfte niemand erfahren. Kein Familienmitglied, keiner ihrer Freunde, niemand aus dem Dorf. Diese Bloßstellung hätte sie nicht ertragen.

»Grüter hat es schließlich nicht länger ausgehalten«, fährt Frau Kerbas fort. »Seine Arme haben gezittert, wenn er mich an den Handgelenken hielt. Er konnte nicht mehr schlafen, bekam eine Schuppenflechte im Gesicht. Ich schlug ihm einen Pakt vor: Er sollte Wagenfeld töten, dann würde ich ihn in Ruhe lassen. Das wäre das Opfer, das er erbringen müsste. Danach würden wir getrennte Wege gehen. Wir legten den Tag fest. Ich stahl die Videos aus Ottos Schublade und Werner provozierte den Unfall. Niemand verdächtigte uns. Noch nicht einmal die Polizei fragte nach dem Alibi, das wir uns zurechtgelegt hatten. Ottos Tod wurde als Unfall abgestempelt. Jetzt hatten wir Ruhe. Zumindest ich. Werner hat die Geschichte nicht losgelassen, der Mord und auch die ganzen Quälereien vorher nicht. Alles, was er Natalie und mir angetan hatte. Er fing an, Buße zu tun, hat sich einen Schrein errichtet. Gefunden hat er sein Vorbild in einem Herrn Wagenfeld, Ottos Namensvetter. Das war irgendein Industriedesigner, der auch im Erziehungswesen aktiv war. Werner hat alles von ihm gesammelt, was es zu kaufen gab. Mit jedem Griff zur Tasse, zur Butterdose oder zum Wasserglas sollte ihm seine Schuld wieder vor Augen geführt werden. Das war seine Strafe. Damit wollte er Reue zeigen.«

»Mit einem Wasserglas«, spuckt Samantha verächtlich aus.

Linda Kerbas lässt sich nicht irritieren. »Mein Hass auf Werner Grüter ist genauso groß wie deiner«, sagt sie verständnisvoll an die junge Frau gewandt. »Wenn nicht noch größer. Aber ich habe seine Buße gesehen, wie er sich selbst gegeißelt hat. Ich konnte die Taten verstehen, sie sogar langsam vergessen, aber verzeihen konnte ich sie ihm nie. Sein Selbsthass zerfraß ihn. Wussten Sie, dass er sich kastrieren ließ? Nur wenige Wochen nach Wagenfelds Tod ging er in eine Klinik und ließ sich die Samenleiter durchtrennen. Er wollte nicht, dass seine Gene weitervererbt würden, obwohl er gern Kinder gehabt hätte. Daher fing er an, sich um andere zu kümmern. Verwahrloste Jugendliche, Rumtreiber und Junkies. Er hat sich aufgeopfert, als wollte er alles, was er selbst getan hatte, wiedergutmachen. Wie ein Geläuterter wollte er das Leid, das er in die Welt gesetzt hatte, ausgleichen. Und überallhin nahm er seine Reliquien mit. Allerorts platzierte er Wagenfelds Haushaltswaren, verschenkte sie, klärte jeden über die Ideen des Designers zur Erziehung der Jugend auf. Wie ein Missionar.« Kerbas schluckt, blickt in ihren Schoß und dann auf Samantha. »Das ging jahrelang gut. Wir verloren uns aus den Augen, ich zog nach Hessen, mied den Kontakt. Ich glaubte schon, dass ich mit der Vergangenheit abgeschlossen hätte, damit leben könnte. Doch dann lief alles schief. Die Vergangenheit ruhte nicht, sondern kroch in unser Leben und schlug uns mit einem Mal entgegen. Wie ein Loch in einem Reifen, das immer wieder aufplatzt, egal, wie viele Flicken man über das Gummi klebt. Das Material ist brüchig und sobald eine Stelle repariert ist, reißt eine andere. Du tauchtest auf.«

Linda Kerbas starrt unbeirrt weiter auf Samantha. Die beißt sich auf die Lippe. Nicht weil ihre Wut verflogen ist, sondern weil ihr die Worte fehlen.

»Du hast dich Werner zuerst nur mit deinem Spitznamen vorgestellt, wolltest unerkannt bleiben, Grüter ausspionieren. Du hast wahrscheinlich alte Fotos gefunden, alte Klassenbücher, wolltest vielleicht nur die einstigen Bekannten deiner Schwester kennenlernen. Oder du hast etwas vermutet. Wer weiß, was Natalie in einem Tagebuch notierte oder sonst wo niederschrieb? Du dachtest, du könntest heimliche Nachforschungen anstellen, doch Werner hat dich sofort erkannt, obwohl du Natalie nicht einmal besonders ähnlich siehst. Er rief mich an, noch am selben Abend. Er bekam Angst und wollte mich warnen. Er wusste, wie wichtig es mir war, unser Geheimnis zu wahren.« Frau Kerbas breitet die Arme aus. Ihre Hände spannen das großräumige Wohnzimmer der Villa auf, zeigen in Richtung der Designermöbel, der kostspieligen Accessoires in den Regalen. »Das Geheimnis durfte mein Leben nicht zerstören. Meine Familie. All das, was ich mir aufgebaut habe. Ich wollte es bewahren, um jeden Preis. Werner behielt dich im Auge, Samantha. Das Risiko war überschaubar. Wir dachten, wir hätten alles im Griff. Aber du hast keine Ruhe gegeben.«

Die Worte klingen nicht nach einem Vorwurf, sondern eher respektvoll. Gleiches sagt der Blick, den die Witwe der jungen Frau zuwendet. Natalies Schwester hat einen Willen und eine Widerstandskraft gezeigt, die Linda Kerbas selbst nie hatte. Samantha hat sich frei gemacht von allen Konventionen, mit dem einzigen Ziel, diejenigen zu finden, die ihre Schwester in den Tod trieben. Diese Kraft hat Linda Kerbas nur einmal gezeigt – als sie alles vergrub, was sie an ihr früheres Leben erinnerte.

Natalies Schwester ist aber nicht die Einzige, die Kerbas' Vergangenheit wieder ans Licht zog. Die Witwe hat nicht ohne Grund von mehreren Löchern gesprochen. Ein zweiter Riss entstand an einer Stelle, an der sie es nicht vermutet hatte.

»Samantha war nicht Ihr größtes Risiko«, mische ich mich in die Unterhaltung ein. »Die Gefahr kam von einer ganz anderen Stelle. Ihr Mann hat das Video gefunden, nicht wahr?«

Linda Kerbas tut, als würde sie mich gar nicht hören, reagiert mit keinerlei Bewegung. Doch ich sehe, wie ihr Augenlid zuckt. Feine, fiebrige Bewegungen.

»Das Kartenlesegerät gehört gar nicht Herrn Kerbas. Es ist Ihres. Sie haben es wahrscheinlich für Ihre privaten

Bankgeschäfte benutzt. Es enthält eine integrierte Festplatte, für Außenstehende nicht sofort zu erkennen und daher das perfekte Versteck für die Dateien. Jeder separate USB-Stick, jede Festplatte wäre aufgefallen, doch dieses eingebaute Speichermedium erahnte keiner. Bei einem Kartenlesegerät bestand keine Gefahr, dass jemand anders die Dateien durch Zufall entdeckte, schließlich benutzte es niemand außer Ihnen. Wozu auch? Die Banken liefern eigene Tools an jeden Kunden aus, haben andere Systeme, Smartcards, RSA-Keys, SMS-Passwörter. Sie konnten sicher sein, dass Ihr Versteck nicht entdeckt wurde, obwohl es so offensichtlich war. So waren die Dateien immer in Ihrer Nähe und trotzdem gut verborgen. Und das beruhigte Sie, denn es handelte sich um Ihre Absicherung gegenüber Grüter. Ein Faustpfand fürs Leben. Ein Mittel, Grüter in Schach zu halten, sollte jemand zum Tod von Otto Wagenfeld Fragen stellen. Sollte Grüter auf die Idee kommen, Sie allein zu beschuldigen. Was muss es für ein Schock gewesen sein, als sich herausstellte, dass Ihr Mann Kontakt mit Grüter hatte, dass Ihr alter Peiniger einer der Investoren des *EuroShop XXL* war. Grüter hat sich nicht nur gegeißelt. Ein Teil der durch den Selbsthass freigesetzten Energie ist in seine Karriere geflossen. Bis er an der Spitze der *Nord Assekuranz* stand und in dieser Position verantwortlich für die Fondsinvestitionen war. Vielleicht wusste er nicht, wer der verantwortliche Kollege auf der anderen Seite war. Spätestens als er mit Ihrem Mann das Technologieprojekt anstieß, muss es ihm aber bewusst geworden sein. Grüter spielte mit dem Feuer. Wie die tägliche Erinnerung an Wagenfeld durch die Designergegenstände suchte er auch Ihre Nähe. Anders ist sein Engagement in dem Projekt nicht zu erklären. Ein Geschäftsführer, der an einem IT-Projekt teilnimmt, ist eine völlige Fehlallokation von Ressourcen. Aber er wollte Ihnen nah sein, Ihren Mann kennenlernen, Ihr Umfeld. Sie hingegen müssen aus allen Wolken gefallen sein, als Alexander Ihnen das erste Mal von seinem Projektpartner erzählte. Der Schreck stand Ihnen sicherlich ins Gesicht geschrieben. Ein neues Loch, aus dem die Vergangenheit hervorbrach. Doch auch dieser Riss konnte gekittet werden. Grüter verhielt sich professionell, wickelte das Projekt ab, ohne Ihre Geheimnisse zu verraten.«

Ich halte inne und warte auf eine Reaktion von Frau Kerbas, auf Intervention oder Zustimmung. Doch es kommt nichts. Die Witwe ist wieder in ihre alte Rolle verfallen. Von uns abgekehrt, verharrt sie stocksteif auf dem Sofa, den leeren Blick in die Ferne gerichtet.

Ich fahre fort, meine Stimme klingt fest und selbstbewusst, auch wenn ich nur Vermutungen äußere. Schlüsse, die ich aus den vorliegenden Informationen ziehe. »Als der Prototyp der Blockchain entwickelt war, mussten die Funktionen getestet werden. Es war das Paradeprojekt Ihres Mannes, sein Renommee hing davon ab. Herr Kerbas hängte sich rein, testete die einzelnen Prozessschritte selbst. Erst an mehreren Computern innerhalb der *Sega Invest*, dann wollte er die Anbindung einer Privatperson simulieren, eines Kunden im Geschäft, der via Blockchain seinen Einkauf tätigte. Daher borgte er sich ungefragt Ihr Kartenlesegerät. Diesen Fall hatten Sie nicht bedacht, nie für möglich gehalten. Jahrelang hatte das Versteck sich ja bewährt. Doch Herr Kerbas fand das Video. Er erkannte Sie und er erkannte auch seinen Geschäftskunden, seinen Projektpartner. Wo hat er es entdeckt? Im Büro der *Sega Invest*? Oder hier im Haus, in seinem Arbeitszimmer?«

Linda Kerbas reagiert noch immer nicht.

Ich rufe lauter: »Wann hat er es entdeckt? Wo war er?«

Jetzt springt mir Samantha zur Seite. Sie richtet sich in ihrem Sessel auf und hebt die Waffe. »Antworte!«

Mit dieser Unterstützung habe ich nicht gerechnet und ich will sie auch nicht. Ich war froh, dass Samantha sich in den letzten Minuten ruhig verhalten hat und die Waffe in ihrem Schoß lag. Auf keinen Fall darf die junge Frau erneut in Hysterie verfallen.

Daher setzte ich sofort mit ruhiger Stimme nach, als würde mich die Antwort nicht mehr interessieren: »Ihr Mann war mit Sicherheit geschockt, als er die Bilder sah. Er konnte eins und eins zusammenzählen. Er ...«

Auch wenn ich mühsam den Redefluss aufrechterhalte, nur um die Situation zwischen Frau Kerbas und Samantha nicht eskalieren zu lassen, hat Natalies Schwester andere Pläne. Sie unterbricht mich und schnauzt über den Tisch: »Jetzt rede schon.«

Die Waffe vibriert in ihren Händen. Auf diese Distanz könnte Samantha zittern, so viel sie wollte, sie würde ihr Gegenüber nicht verfehlen. Sie rutscht ein Stück vor, sitzt jetzt auf der Sofakante. Sie stößt die Waffe vor, als wäre es ein Bajonett. Doch die blasse Witwe reagiert noch immer nicht.

»Rede«, schreit die junge Frau und Speichelfäden seilen sich an ihren Mundwinkeln ab. Samantha reißt die zweite Hand hoch, umklammert den Griff der Waffe mit beiden Händen.

Patisse bleibt völlig ungerührt, zuckt nicht einen Millimeter.

Ich will gerade zum Sprung ansetzen, um Samantha die Waffe aus der Hand zu schlagen, als Henrietta dazwischenfährt. »Alexander war hier, oben in seinem Arbeitszimmer. Linda war nicht da. Aber ich. Im Nebenraum. Ich habe Geräusche gehört, konnte sie aber nicht zuordnen. Als ich Alexander auf dem Flur traf, war sein Gesicht tränenüberströmt. Ich fragte ihn, was los sei, doch er stieß mich weg und rannte aus dem Haus. Ich konnte nur noch erkennen, dass er das Kartenlesegerät in Händen hielt.«

Henrietta wusste von Anfang an Bescheid? Damit habe ich nicht gerechnet. Was bedeutet das? Ich bin irritiert, doch zum Nachdenken fehlt mir die Zeit. Ich muss das Gespräch weiterführen und die neu gewonnenen Informationen reichen, um eine Anschlussfrage zu stellen.

»Und was hat Alexander gesagt? Für ihn muss doch eine Welt zusammengebrochen sein.«

Ohne besondere Aufforderung ergreift diesmal Frau Kerbas das Wort. Sie schaut uns nicht an, ist weiter in sich gewandt. Sie spricht die nächsten Sätze nicht für uns, für mich, die danach fragt. Sie sagt sie für sich selbst.

»Alexander hat erst das Video gesehen, auf dem Wagenfeld mich …«, ihre Stimme bricht ab, doch sie fängt sich wieder, »… gequält hat. Mein Mann hat Werner direkt erkannt, seinen Geschäftspartner. Mittlerweile waren ihm seine Bewegungen, seine Gestik und Mimik vertraut. Auch wenn die Aufnahme einige Jahre alt ist, hat Alexander sofort geschlussfolgert, um wen es sich handelt. Es hat ihm das Herz zerrissen, mitanzusehen …« Wieder macht Frau Kerbas eine Pause und ergänzt nach einem tiefen Atemzug: »… was mit mir passiert ist.«

Ich räuspere mich. »Und der zweite Film, wann hat er den gesehen?«

»Mein Mann hat mich gesucht, doch ich war bei einer Freundin in Kronberg. Wir haben Kaffee getrunken, während die Kinder im Garten spielten. Ich hatte mein Handy in der Tasche, hörte seine Anrufe nicht. Alexander versuchte es fünf-, sechsmal, schrieb mir, dass er das Video gesehen habe. Dass es ihm leidtue, dass es ihn unendlich traurig mache, was ich erlitten habe.«

»Und dann?«

»Nachdem er mich nicht erreichen konnte, fuhr mein Mann wieder nach Hause. Er schloss sich in sein Arbeitszimmer ein und rief die Aufnahme erneut auf. Dabei stellte er fest, dass sie nicht die einzige Videodatei war. Er öffnete den Film mit Natalie. In dem Moment kam ich heim. Ich rief nach ihm, doch er antwortete nicht. Ich hatte nicht auf mein Handy geschaut, wusste von nichts. Wusste nur, dass er daheim war, sein Auto stand vor der Tür. Ich rief also erneut nach ihm und ging mit Elsa ins Kinderzimmer, vorbei an Alexanders Büro. Die Tür war geschlossen, was sonst nie vorkam. Ich habe geklopft, die Klinke gedrückt, doch sie ließ sich nicht bewegen. ›Alexander‹, rief ich. Einmal, zweimal, dann lauter ein drittes Mal. Ich bekam Angst, versorgte unsere Tochter im Kinderzimmer, stellte ein Hörspiel an, um sie abzulenken, und kehrte zurück zum Büro. Ich bat meinen Mann inständig, die Tür zu öffnen. Schließlich rührte sich etwas. Ich hörte, wie ein Stuhl zurückgeschoben wurde, Schritte, dann drehte sich der Schlüssel im Schloss und die Tür ging auf. Ich werde dieses Gesicht nie vergessen. Alexander sah aus, als wäre ihm die Lebensgrundlage entzogen worden. Um Jahre gealtert, mit eingefallenen, leeren Augen. Was Otto Wagenfeld mir angetan hat, brach meinem Mann das Herz. Das, was ich getan habe, hat ihn zerstört. Alles woran er geglaubt hat, uns beide, unsere Familie, unsere Zukunft, schien zu bröckeln. ›Warum hast du das getan?‹, fragte er. Ich versuchte, es ihm zu erklären, doch er hörte nicht zu, sondern schnitt mir sofort das Wort ab. ›Warum?‹, rief er immer wieder. ›Was bist du für ein Mensch?‹, fragte er, ohne tatsächlich eine Antwort zu erwarten. ›Ich kenne dich nicht. Wenn du das getan hast, dann habe ich dich nie gekannt.‹.«

Linda Kerbas schluckt und zupft an der Nagelhaut ihres Daumens. Der Finger ist schon blutverschmiert, doch sie hört nicht auf, an dem Hautfetzen zu ziehen. Ich unterbreche sie nicht, fordere sie nicht auf fortzufahren. Es ist ihre Beichte. Die Erleichterung ist ihr anzusehen. Trotz der Anstrengung, die dieser Moment erfordert, nimmt er ihr eine Last. Sie will diese Geschichte erzählen. Sie wird den Faden selbst wieder aufnehmen.

»Die Tage danach waren grausam. Alexander sprach kaum noch ein Wort mit mir. Nur wenn unsere Tochter im Raum war, versuchte er, Normalität vorzuspielen. Nach ungefähr einer Woche kam er auf mich zu. Ich solle ihm sagen, was damals passiert sei, wie es dazu hatte kommen können. Ich versuchte irgendwie, mich zu erklären, doch wie sollte ich das? In seinen Augen war ich die geliebte Frau, die Mutter seiner Tochter. Dieses Bild passte mit meinem früheren Verhalten überhaupt nicht zusammen. Ich sah, wie sehr Alexander mit sich rang. Wie sehr er sich wünschte, eine Erklärung, eine Entschuldigung für mich zu finden. Doch obwohl er mehrmals versuchte, ein Stück auf mich zuzugehen, wich er immer wieder zurück. Es war, als ob mein Mann sich vor mir fürchtete. Ich hätte ihm nichts tun können, dazu wäre ich rein körperlich nicht in der Lage gewesen. Aber es schien, als fürchtete Alexander, sich anzustecken. Mit dem gleichen Zweifel betrachtete er unsere Tochter. Als wäre er sich nicht sicher, wie viel von meiner Grausamkeit und Niedertracht bereits in unser Kind eingepflanzt worden sei. Diese Distanz hat Elsa natürlich gespürt. Aber sie wusste nicht, warum ihr Vater sie auf Abstand hielt, ihr nicht die gleiche Zärtlichkeit zeigte wie zuvor. Immer wieder bat ich ihn, mir zu verzeihen, die Aufnahmen zu vergessen, auch Elsa zuliebe. Doch Alexander kam nicht zur Ruhe. Weder konnte er mir vergeben noch Werner. Immer wieder schrie er mich an, fragte, wie er mit Grüter in einem Raum sitzen, mit ihm Kaffee trinken, über Renditen sprechen solle, mit diesem Wissen im Hinterkopf. Er nahm das Kartenlesegerät mit, wollte es nicht mehr hergeben. Er recherchierte, erkundigte sich nach Wagenfeld, fuhr nach Jork, meldete sich bei einem Segelurlaub krank und verbrachte die Tage allein im Alten Land. Alexander beschattete Werner, spionierte hinter ihm her. Er besuchte Natalies Grab. Sogar bei deiner Mutter ist er gewesen.«

Bei diesem Satz heben sich kurz Linda Kerbas' Augen und suchen Samanthas Blick. Die Jugendliche ist wieder tief in ihren Sessel zurückgerutscht. Ihr Gesicht ist versteinert. Sie gönnt Frau Kerbas keine Gnade. Doch die Witwe braucht auch keine. Sie beichtet für sich selbst, nicht vor Samantha.

»Ich habe Alexander angefleht, er möge die Sache auf sich beruhen lassen. Ich habe gebettelt, ich habe ihm die Scheidung angeboten, ich habe ihm versprochen, was er wollte, wenn er doch nur Ruhe geben würde. Doch er sprach immer wieder von Gerechtigkeit, über die Konsequenzen meines Handelns. Es war ein Mantra, das er konstant wiederholte. Dann verschwand er, kam nach der Arbeit einfach nicht nach Hause, ging nicht ans Telefon. Am nächsten Tag rief mich Werner Grüter an. Mein Mann sei bei ihm gewesen und habe ihn mit den Aufnahmen konfrontiert. Alexander sei außer sich gewesen.«

Kerbas wollte Werner Grüter also zur Rechenschaft ziehen. Doch das hätte bedeutet, dass er auch seine Frau ans Messer lieferte. Ich kann mir seinen Gewissenskonflikt vorstellen. Er muss ihn zerrissen haben.

»Hat Ihr Mann gedroht, die Aufnahmen der Polizei zu übergeben?«

Frau Kerbas zuckt fast unmerklich mit den Schultern. Es bestand also die Gefahr. Das war der Riss, durch den sich die schmutzige Vergangenheit ihren Weg suchte. Und die Reaktion ihres Mannes lieferte Linda Kerbas einen Vorgeschmack auf das, was noch kommen mochte. Alexander sah seine Frau nicht mehr als den Menschen, den er kennen- und lieben gelernt hatte. Ihre weiße Weste war befleckt. Sie musste panisch gewesen sein.

Hat Linda Kerbas in dieser Panik den Mord an Grüter geplant? Ihn aus dem Weg geschafft, damit ihr Mann wieder in Frieden leben konnte? Oder hat Alexander Kerbas selbst für jene Gerechtigkeit gesorgt, die ihn so sehr beschäftigte?

Grüters Tötung durch die abgebrochene Bierflasche deutet auf Natalies Video hin. Der Mord muss ein Racheakt gewesen sein, begangen von jemandem, der das Video kannte. Wäre Linda Kerbas zu dieser Inszenierung fähig? Vor Jahren hat sie bereits einen Pakt mit Grüter geschlossen. Ihre Rachegedanken dürften erkaltet sein. Ihren alten Peiniger auf diese Weise umzubringen, hätte nur unnötigen Verdacht auf sie gelenkt. Wieso hätte sie dieses Risiko eingehen sollen, wenn sie ihn nur aus dem Weg schaffen wollte? Nein, wenn sie die Mörderin gewesen wäre, hätte sie einen anderen Weg gewählt.

»Hat Ihr Mann Grüter ermordet?«, frage ich daher.

Es ist eine Frage ins Blaue hinein. Wieso sollte Linda Kerbas mir antworten? Wieso sollte sie ihren eigenen Mann, auch wenn er tot ist, unnötig belasten? Eine Frau, deren ganzes Leben so sehr darauf ausgerichtet ist, was andere von ihr denken, ändert nicht mit einem Mal ihre Ansichten. Ein Mörder im Haus, der eigene Mann als Täter, das wäre für sie eine Katastrophe gewesen. Was würden die Leute denken? Diese öffentliche Schande hätte sie nicht ertragen. Selbst wenn Linda Kerbas ihr Gewissen erleichtern möchte und ihr merklich anzusehen ist, dass ihr das Gespräch trotz aller Widrigkeiten auch eine gewisse Linderung verschafft, wird sie nicht so weit gehen, ihren eigenen Mann ans Messer zu liefern und damit auch sich selbst.

Dennoch wiederhole ich meine Frage. »Frau Kerbas, hat Ihr Mann Grüter ermordet?«

Die Witwe regt sich nicht. Als stünde keine Frage im Raum, kauert sie bewegungslos auf dem hellen Sofa. Mit ihrer blassen, zierlichen Gestalt wirkt sie verloren.

Ich rutsche ein Stück auf dem Sessel vor und stütze meine Ellenbogen auf den Knien ab, sodass ich der Witwe noch näher komme. »Frau Kerbas …«, setze ich erneut an, doch werde unterbrochen.

»Nein, das hat er nicht.«

Fassungslos fahre ich herum. Samantha hat diesen Satz ausgesprochen, macht jedoch keine Anstalten, ihn zu erläutern. Wie eine zornige Sphinx schaut sie mit funkelnden Augen auf Frau Kerbas hinab.

Wieso entlastet Samantha Alexander Kerbas? Wieso kommt sie ihrer Widersacherin entgegen? Meine Gedanken arbeiten schnell. Ich verstehe den Zusammenhang nicht und das macht mich nervös. Zwei Menschen im Raum sind bewaffnet, ich kann nichts gegen ihre Überlegenheit ausrichten, außer mich taktisch klug zu verhalten. Doch ohne das Spiel zu verstehen, werde ich Fehler machen. Ich verliere die Kontrolle über das Letzte, was mir in diesem Raum geblieben ist, und das lässt die Panik erneut in mir aufsteigen. Wo bleibt der Kommissar?

Ich starre Samantha an, versuche vergeblich, etwas in ihren Augen zu lesen. Außer Hass ist nichts zu erkennen.

In Linda Kerbas' Miene hat sich hingegen eine Veränderung vollzogen. Sie wirkt nicht länger entrückt. Auch scheinen ihre hohen Wangenknochen nicht mehr ganz so scharfkantig, ihr Teint nicht ganz so blass. Auf ihrer sonst so ebenmäßigen Haut zeichnen sich Hitzeflecken ab. Feine Äderchen pulsieren an den Schläfen und die wässrigen Augen sind gerötet. Tränen lösen sich und rinnen an der Nase vorbei über die halb geschlossenen Lippen. Keine Hand wischt sie weg, keine Zunge trocknet die Lippen.

Mein Blick wandert wieder zu Samantha. Jetzt hat sich ihr hasserfülltes Gesicht verändert, wenn auch nur minimal. Fast unmerklich blitzt so etwas wie Freude auf. Inmitten ihres schwarz verschmierten und zornigen Gesichts zeichnet sich eine leise Zufriedenheit ab.

Und plötzlich begreife ich.

Diese beiden Frauen sagen mir mit ihrem Schweigen gerade mehr als tausend Worte. Samantha ist Linda Kerbas nicht zur Seite gesprungen, sie hat Alexander Kerbas nicht entlastet, um der Witwe zu helfen, sondern um ihr den Todesstoß zu versetzen. Samantha muss die Witwe schon lange beobachtet haben. Ihr kann nicht entgangen sein, wie wichtig ihr die makellose Fassade ist. So wichtig, dass sie selbst ihren Mann dafür geopfert hat.

Schon einmal hat Linda Kerbas einen Mord gewählt, um ihr Bild in der Öffentlichkeit zu wahren. Wieso sollte sie nicht erneut zu diesem Mittel greifen? Alexander Kerbas' Tod war kein Unfall, kein Selbstmord. Seine Frau hätte es nicht ertragen, wenn er mit der Geschichte an die Öffentlichkeit gegangen wäre, wenn die Vergangenheit zum Vorschein käme, die sie so lange unter Verschluss hielt.

Doch auf all ihre Bitten und all ihr Flehen hörte er nicht. Alexander Kerbas wurde immer entschlossener, die Gerechtigkeit wiederherzustellen. Er suchte das Gespräch mit Grüter, stellte Fragen im Alten Land, wirbelte Staub auf. Und Linda Kerbas fand keinen Zugang mehr zu ihm. Ihr Mann wurde ihr fremd. Wie besessen stürzte er sich in das Unterfangen, sah nichts anderes mehr.

Und als der Mord an Werner Grüter geschah, ahnte Linda Kerbas, dass Alexander dahintersteckte. Da blieb ihr nur eine Möglichkeit. Sie musste ihren eigenen Mann, den sie ohne Zweifel liebte, zum Schweigen bringen. Die Liebe wog die Angst vor dem Verlust des gesellschaftlichen Ansehens nicht auf.

Wie in einem Kokon scheinen die beiden Frauen. Bisher hat ihr Austausch stillschweigend stattgefunden. Der Mord des eigenen Mannes ist nur durch Gesten bestätigt worden. Ein Geständnis oder eine offizielle Aussage, die diese Tat belegen würde, gab es nicht.

Ich muss Frau Kerbas dazu bringen, die Tat zu gestehen, oder Samantha dazu bewegen, mir zu verraten, was sie weiß. Beide Frauen werden kein Interesse daran haben, mir diesen Gefallen zu tun. Ganz im Gegenteil.

Im Kopf gehe ich verschiedene Varianten des Gesprächs durch, teste still Satzeinstiege, mit denen ich auf Frau Kerbas oder Samantha zugehen könnte, bis mich Patisse aus meinen Gedanken reißt.

Die ganze Zeit hat der Franzose uns ohne einen einzigen Kommentar beobachtet. Jetzt gibt er seine Position neben Samanthas Sessel auf und tritt mit einem Ruck auf mich zu.

Unsere Gesprächsrunde ist beendet.

Mit der Waffe bedeutet er mir, hinüber zur Wand zu gehen, wo der antike Heizkörper steht. »Setzten Sie sich dort auf den Boden und strecken Ihre Hände aus, sodass ich Sie fesseln kann.«

Was hat Patisse vor? Zögernd erhebe ich mich vom Sessel und gehe die zwei Schritte zur Wand. Dort lasse ich mich auf dem Parkett nieder und halte meine Hände vor die gusseisernen Heizungsstreben.

Der Franzose bückt sich, fischt einen Kabelbinder aus der Tasche und bindet meine Arme so fest aneinander, dass mir das Plastik ins Fleisch schneidet. Patisse ist mir so nah, dass ich seinen Geruch wahrnehme. Er riecht streng und muss wohl schwitzen. Die abgebrühte Gelassenheit, die er zur Schau trägt, ist demnach Fassade. Aber wieso fesselt er mich? Will er mich hier unten auf dem Boden abknallen?

Angst kriecht hoch. Mir wird kalt und mein Körper versteift sich. Bleib ruhig, ermahne ich mich. Du darfst nicht in Panik geraten. Bleib ruhig und denke nach, nutz deinen Verstand. Wenn er dich töten wollte, hätte er das längst tun können. Und bräuchte keine Kabelbinder dafür. Die Fesseln sind eine Chance. Patisse will mich außer Gefecht setzen, aber nicht umbringen. Nachdem ich zu diesem Schluss gekommen bin, wird mein Atem ruhiger und ich spüre meine Glieder wieder.

Patisse hat derweil den Raum durchquert und steht jetzt direkt hinter Henrietta, die sich eng an Frau Kerbas klammert. Der Franzose drückt ihr den Lauf seiner Waffe in den Nacken. »Auch da rüber«, raunzt er. »An die Wand.«

Ängstlich schaut die Schwedin zu ihrer Tante, doch die ist keine Hilfe. Starr blickt die Witwe auf die Mitte des Couchtisches.

Patisse erhöht den Druck auf Henriettas Hals, die Mündung der Waffe gräbt sich tief in die Haut. Die junge Schwedin zieht den Kopf ein, duckt sich, um der Bedrohung auszuweichen. Doch der Franzose setzt nach. Dann beugt sie sich seinem Willen, schält sich langsam aus dem Polstermöbel und kommt mit vorsichtigen Schritten auf mich zu. Ihre Augen suchen die meinen. Furcht und Misstrauen strahlten mir entgegen.

Henrietta lässt sich neben mir nieder. Patisse bindet auch ihre Hände an den gusseisernen Streben fest. Wieder steigt sein scharfer Geruch in meine Nase. Ich will schon das Gesicht wegdrehen, als ich aus den Augenwinkeln etwas bemerke. Die junge Schwedin hat die Hände leicht gewölbt, sodass sich ein Hohlraum ergibt und mehr Spiel zwischen den Kabelbindern entsteht. Sie ist also doch nicht nur das ängstliche Mädchen. Auch hinter ihrer Fassade versteckt sich mehr, als man von außen meint.

Patisse geht Richtung Flur und stoppt an einer Kommode, auf der eine flache silberne Schale steht. Samantha wirkt nicht überrascht über sein Vorgehen. Sie müssen sich im Vorfeld abgestimmt haben. Die junge Frau löst sich aus dem Sessel und folgt Patisse, geht sogar noch einen Schritt weiter in den Flur hinein.

Was haben die beiden vor? Wollen sie verschwinden? Warum sind wir gefesselt, Linda Kerbas aber nicht? Ich begreife nicht, was passiert, und die gerade erst abgeflachte Angst steigt wieder auf.

Patisse raunt Samantha etwas ins Ohr, dann wechselt ein Gegenstand die Hände, doch ich kann nichts Genaueres erkennen. Im nächsten Moment ist Sam im Flur verschwunden und ich höre die Haustür klicken. Der Franzose dreht sich zu uns um. Er hält jetzt beide Waffen in der Hand. Eine reckt er hoch, für alle sichtbar, und spricht mit deutlichen, klaren Worten. »Diese Pistole lege ich in die Schale. Sie ist geladen und entsichert. Frau Kerbas, ich gehe davon aus, dass Sie mit Schusswaffen umgehen können. Doch selbst wenn nicht, werden Sie in der Lage sein, sie zu bedienen, es ist kinderleicht. Die Entscheidung liegt jetzt bei Ihnen. Sagen Sie der Welt die Wahrheit oder retten Sie Ihren Ruf erneut? Zwei Menschen haben Sie dafür bereits getötet, was machen da zwei Leichen mehr?«

Ich erstarre. Das kann doch nicht Patisses Ernst sein? Er fordert Kerbas auf, uns zu töten? Pure Angst erfasst meinen ganzen Körper. Meine Glieder sind wie betäubt. Ich zerre an den Kabelbindern, doch sie haben keinen Millimeter Spiel. Auch Henrietta ist die Panik ins Gesicht geschrieben, was mich noch mehr beunruhigt. Sie traut ihrer Tante diese Tat zu.

Die Einzige, die nicht in Panik verfällt, ist Frau Kerbas. Sie schaut Patisse an, als würde er ihr gerade erklären, dass er die Post auf der Kommode ablegt. Entweder ist sie immer noch in ihrer eigenen Welt gefangen und verhält sich daher wie in Trance oder sie ist eiskalt und rechnet sich still ihre Chancen aus.

»Das ist mein Abschiedsgeschenk.« Patisse zieht einen Gummihandschuh heraus und legt ihn neben die Waffe. »Sie würden nicht einmal angeklagt. Unsere Fingerabdrücke sind auf der Waffe, nicht Ihre. Sie wären das einzig überlebende Opfer eines Überfalls.« Er macht eine kurze Pause, atmet tief durch, dann spricht er seine letzten Worte: »Es ist Ihre Wahl.«

Die Haustür klickt ein zweites Mal. Es herrscht absolute Stille im Raum. Kalter Schweiß sammelt sich auf meiner Stirn. Was ist Patisse für ein Schwein? Er will sich die Hände nicht schmutzig machen und halst Linda Kerbas unseren Tod auf. Ich bin mir sicher, dass er für einen Beweis gesorgt hat, der zeigt, dass nicht er geschossen hat. Vielleicht hat er eine Kamera installiert.

»Frau Kerbas«, rede ich sanft auf die Witwe ein. »Bitte binden Sie uns los. Wir müssen die Polizei verständigen, dann können wir die beiden noch erwischen. Patisse und Samantha werden noch nicht weit gekommen sein. Noch sind wir in der Lage, sie zu finden.«

Die Witwe reagiert jedoch nicht.

»Linda«, schreit Henrietta neben mir hysterisch. Ihr ganzer Körper zittert. »Linda, mach uns los. Bitte, mach uns los.«

Doch auch auf ihre Nichte reagiert Frau Kerbas nicht. Es scheint, als wären wir gar nicht im Raum.

Ich versuche es erneut, rede auf die Witwe ein und bete inständig, dass Kellermann endlich erscheint. Doch es nützt nichts. Keine Reaktion, kein Kommissar.

Henrietta neben mir zerrt an ihren Kabelbindern, versucht krampfhaft, sich zu befreien. Doch die Versuche scheitern.

Dann steht Frau Kerbas auf, schreitet zur Kommode und greift nach der Waffe. Die Szene läuft wie in Zeitlupe ab. Das kann sie nicht tun! So kaltblütig kann sie nicht sein!

Linda Kerbas dreht die Waffe in ihren Händen. Sie verzichtet auf den Handschuh, ihr scheint egal, ob ihre Fingerabdrücke auf dem Griff auftauchen. Vielleicht will sie gar nicht schießen und kümmert sich daher nicht um mögliche Spuren? Sie beabsichtigt kein Verbrechen, denke ich erleichtert. Doch im nächsten Moment weiß ich, dass ich mich getäuscht habe.

»Henrietta, bitte verzeih mir«, erklingt es leise aus dem Mund der Witwe. »Du hast mir vertraut, für mich geschwiegen, hast niemandem von den Videos erzählt. Doch ich kann nicht anders. Es tut mir leid, dass du dich in mir getäuscht hast. Ich wäre gerne die gewesen, die du in mir gesehen hast.«

Henrietta wird völlig hysterisch, zerrt wie wild an den Kabelbindern, verdreht ihre Hände. »Nein, nein. Bitte nicht, nein. Bitte.« Ihre Schreie kommen stoßweise hervor, bleiben ihr im Halse stecken, werden vom Schluchzen verschluckt.

Das Flehen dringt nicht mehr zu Frau Kerbas durch. Die Witwe löst sich von der Kommode und tritt auf uns zu. Ihre Miene ist starr, ihre Schritte gerade. Sie macht nicht den Anschein, als hätte sie Zweifel an dem, was sie gleich tun wird. Henrietta neben mir ist zusammengesackt, ein einziges Bündel aus Schluchzern und Tränen.

Ich schließe die Augen, will nicht miterleben, was uns gleich erwartet. Die Fäuste balle ich fest ineinander, sodass sich die Fingernägel in meine Handflächen eingraben. Ich höre, wie Linda Kerbas näher kommt. Ihre Absätze klacken auf dem Parkett.

Doch dann entfernen sich die Schritte. Die Witwe ist an uns vorbeigegangen und hat den Weg Richtung Treppe gewählt. Eindeutig ist zu hören, wie sie eine Stufe nach der anderen nimmt. Ich reiße die Augen auf und kann gerade noch ihre Fußsohlen erhaschen, bevor sie ins Obergeschoss verschwindet. Was sollte die Entschuldigung bei Henrietta, wenn sie uns gar nichts antun will? Was hat sie vor?

Plötzlich legt sich ein Schalter um und ich begreife, was vorgeht. Linda Kerbas' Angst vor dem Gesichtsverlust ist so groß, dass sie andere Menschen dafür geopfert hat, sogar ihren eigenen Mann. Da wird sie vor sich selbst nicht Halt machen. Sie würde nicht damit leben können, wenn ihre Geheimnisse an die Öffentlichkeit gelangten. Doch warum geht sie in die erste Etage? Wenn sie ihrem Leben ein Ende setzen möchte, kann sie das auch hier tun.

»Henrietta«, schreie ich. »Reiß dich zusammen, schau mich an!«

Verwirrt blickt die Schwedin mich aus tränenverschmierten Augen an.

»Deine Tante will Elsa töten!«

Henriettas Lippen formen ein lautloses »Nein«, doch rasch kommen ihr Zweifel. Auch ihr wird klar, dass Linda Kerbas, die selbst nicht mit der öffentlichen Bloßstellung leben kann, dieses Schicksal auch ihrer Tochter nicht wünschen wird.

»Du musst dich befreien. Versuche, durch die Kabelbinder zu gleiten. Dann machst du mich los.«

Henrietta zieht und zerrt an ihren Händen, bis die Haut ganz rot und aufgeschürft ist. Doch sie kann sich nicht befreien.

»Spuck drauf. Los, spuck«, feuere ich sie an.

Die Schwedin sammelt Flüssigkeit im Mund, spuckt, zieht und zerrt. Ich beuge mich vor, spucke ebenfalls, bis ihre gerötete Haut unter einem feuchten Film schimmert. Henrietta zieht so fest, dass es ihr Tränen in die Augen treibt. Endlich hat sie es geschafft. Ihr rechtes Handgelenk schlüpft durch die Fessel, der Kabelbinder baumelt lose herab.

Die Schwedin springt auf und ich schreie: »Mach mich los, schnell.«

Doch Henrietta denkt gar nicht daran. Panisch rast sie die Treppe hoch, nimmt drei Stufen auf einmal.

»Linda, nein«, höre ich sie schreien. »Bitte nicht.«

Dann poltert es. Alle Geräusche deuten auf einen Kampf hin, Gegenstände fallen zu Boden. Inmitten des Tumults ertönt Kindergeschrei, etwas wie Glas zerbricht. Plötzlich löst sich ein Schuss.

Ich fahre zusammen. Es ist jetzt völlig still im Haus. Kein Gepolter, keine Schreie sind zu hören. Was ist passiert? Hat Henrietta die Waffe ergreifen können? War Linda Kerbas schneller? Was ist geschehen? Krampfhaft spitze ich die Ohren, unterbreche die Atmung, um keinen Laut zu überhören. Wenn nur ein Schuss fällt, ist die Wahrscheinlichkeit hoch, dass Henrietta die Waffe erwischt hat, dass sie sich gegen Frau Kerbas zur Wehr gesetzt hat, dass sie in Notwehr und zum Schutz der Tochter die Mutter traf.

Dann fällt ein zweiter Schuss.

Kurz darauf ein dritter.

Ich sacke zusammen und kann nicht mehr aufhören zu schreien.

55

Ich weiß nicht, wie lange ich auf dem Boden gehockt habe. Irgendwann schüttelte mich jemand am Arm.

»Marie, Marie?«, rief eine vertraute Stimme.

Es war nicht Kellermann, den ich mir so sehr herbeigesehnt habe. Die Rettung kam von anderer Seite: Christian. Er hatte mehrfach versucht, mich zu erreichen. Als ich nicht reagierte, ist er nach Höchst gefahren. Wie oft habe ich die Taxizentralen verflucht, die den Zielort zwingend wissen wollen? Eine Information, die ohnehin nicht an die Fahrer weitergegeben wird. Der Sinn dieser Nachfrage blieb mir immer verbogen. Bis gestern. Und mehr noch als der Taxizentrale dankte ich Christian, der so geistesgegenwärtig gewesen war und sich meinen Zielort gemerkt hatte, als ich ihn laut am Telefon durchgeben musste.

Kurz darauf wimmelten unzählige Beamte durch die Villa, um den Tatort zu sichern, an dem drei Menschen starben. Christian versorgte mich mit Wasser und Tee in der Küche, fragte immer wieder, wenn auch ungelenk, ob es mir wirklich gut ginge. Nie habe ich den sonst so wortkargen und in sich zurückgezogenen IT-Nerd so warmherzig erlebt.

Dann kam ein Notarzt auf mich zu, bepackt mit einem überdimensionalen Rucksack und einem Metallkoffer. Auch er erkundigte sich nach meinem Gesundheitszustand. Ich versicherte erneut, dass es mir gut gehe. Doch er ließ sich nicht so leicht abschütteln, sondern stellte sich wenige Zentimeter vor mich und zog mir ungefragt ein Augenlid nach dem anderen hoch. Christian ließ uns keinen Moment aus den Augen.

Nachdem ich den Arzt überzeugen konnte, dass keine weitere Behandlung notwendig war, gab er seine Position zugunsten eines Polizisten auf. Der stellte Fragen zu meiner Person und bat mich, auf Kellermann zu warten, der in einem Einsatz sei.

Schließlich hieß es, der Kommissar sei auf dem Weg. Eine weitere Stunde verging, bis er eintraf. Haarklein musste ich ihm den ganzen Tatablauf schildern, jede Geste, jeden einzelnen Satz aller Beteiligten wiedergeben.

»Dann hat sich Ihre Vermutung doch noch bewahrheitet«, schlussfolgert Kellermann am Ende meines Berichts.

Verdattert schaue ich den Kommissar an. Mir ist unklar, worauf er hinauswill.

»Ihre Theorie, dass des Rätsels Lösung in der Digitalisierung liegt. Letztendlich ist Frau Kerbas genau darüber gestolpert. Hätte ihr Mann nicht das Kartenlesegerät benötigt, um die Blockchain zu testen, wäre die Vergangenheit nie ans Licht gekommen.«

Damit hat sich eine meiner Theorien tatsächlich bewahrheitet, wenn auch anders als gedacht. Dennoch kann ich nur müde lächeln.

»Haben Sie irgendeine Ahnung, was Patisse und Samantha vorhaben oder wohin sie geflohen sind?«

Meine Antwort besteht lediglich aus einem matten Schulterzucken.

»Kommen Sie«, sagt der Kommissar und steht vom Küchentisch auf. Er macht Anstalten, den Raum zu verlassen.

»Wohin?«, frage ich erschöpft und rege mich nicht.

»Nach oben.« Kellermann zeigt mit dem Finger in Richtung Decke.

Ich schüttle den Kopf. »Nein, ich komme nicht mit. Ich kann Ihnen nichts weiter zu den Geschehnissen sagen. Alles, was ich gehört habe, wissen Sie bereits.«

Der Kommissar schließt die Augen für einen kurzen Moment und nickt. Anschließend dreht er sich zur Küchentür und will den Raum verlassen.

»Kellermann«, rufe ich, sodass er im Türrahmen verharrt und sich noch einmal zu mir umblickt. »Brauchen Sie mich noch? Ich meine, kann ich gehen?«

Der Kommissar überlegt kurz und sagt dann: »Nein, Ihre Anwesenheit ist nicht mehr erforderlich, Sie können gehen. Bleiben Sie aber erreichbar.«

Im nächsten Moment ist er verschwunden und ich höre, wie er die Treppe ins Obergeschoss nimmt.

Ich finde Christian draußen. Schlaksig steht er am Mainufer und raucht, was er selten tut. Wann, wenn nicht jetzt?

»Hast du auch eine für mich?«

Mein Kollege hält mir die geöffnete Schachtel hin. Ich fische eine Zigarette heraus, mit der anderen Hand hat er bereits ein Feuerzeug entzündet. Der Rauch brennt im Hals, vom Nikotin wird mir schwindelig. Ich ziehe noch fester an der Zigarette. Der Taumel ist gerade unendlich verlockend.

Nach dem letzten Zug frage ich Christian, ob er mich mitnehmen kann.

»Natürlich. Deswegen bin ich noch hier«, stellt er wie selbstverständlich klar. »Wohin möchtest du denn? Oder magst du mit zu mir kommen?«

»Zum Hauptbahnhof«, sage ich zielsicher.

»Zum Hauptbahnhof?«, fragt er verwundert.

»Ja, einfach nur zum Bahnhof.«

Christian behält seine Sorgen gerne für sich und so ist er auch jemand, der andere nicht drängt, ihr Herz zu öffnen. Stillschweigend steuert er den Wagen die Mainzer Landstraße entlang ins Gallusviertel.

Am ehemaligen Postgebäude steige ich aus. Bevor ich die Wagentür schließe, wünscht mein Kollege mir alles Gute. Ich wende mich Richtung Nordeingang des Bahnhofs, doch ich höre keine Motorengeräusche hinter mir. Christian muss stehen geblieben sein, um mir nachzuschauen. Ich drehe mich nicht um, doch seine stille Fürsorge rührt mich zutiefst.

Mit jedem Meter, den mich der Zug weiter entfernt, setzt ein Stück Erleichterung ein. Um keinen Preis der Welt hätte ich heute in Frankfurt bleiben wollen. Es reicht, dass die Toten wie Gespenster in meinem Kopf herumspuken und ich die Erinnerungen nicht verdrängen kann. Wie ein dumpfes Echo erklingen immer wieder ihre Stimmen, die Schreie und letztendlich die Schüsse. Ich stopfe mir die Finger in die Ohren, in der Hoffnung, dass Stille einkehrt. Doch es ist zwecklos.

Hinter Göttingen ziehe ich mir die Jacke über den Kopf, lehne mich an die Scheibe und zähle bis zehn. Danach beginne ich von vorn. Unzählige Male. Das Flüstern der monotonen Zahlenreihe ist besser als diese verzweifelten Schreie in meinem Kopf.

Irgendwann schlafe ich vor Erschöpfung ein, doch wilde Träume lassen mich immer wieder aufschrecken. Als der Zug in den Berliner Hauptbahnhof einfährt, bin ich nicht wirklich erholter als zuvor.

Im Zug habe ich mich versichert, dass ich mich nicht im Datum irre. Doch die Homepage hat eindeutig den heutigen Tag angegeben. Daher wechsle ich einmal zwischen S- und U-Bahn und eine halbe Stunde später stehe ich am Kottbusser Tor. Keine geschickte Entscheidung, denn die Massen an Nachtschwärmern, die sich an mir vorbeidrängen, rempeln mich zur Seite. Daher folge ich dem Strom, ohne mich zu orientieren. Schließlich entdecke ich eine Reklametafel, danach ein Straßenschild und schere nach links aus.

Durch einen schmalen Gang gelange ich in den Hinterhof. Das vor mir aufragende Gebäude ist mehr als sanierungsbedürftig. Ein Neonpfeil zeigt in den Keller, die Obergeschosse sind sicher nicht mehr begehbar. Einsturzgefahr.

Das Treppenhaus ist feucht und Schimmelgeruch steigt mir in die Nase. Da die Stufen ausgetreten und von Löchern durchsetzt sind, stütze ich mich an der Wand ab. Sandkörner und Staub bleiben dabei an meinen Handflächen kleben. Je tiefer ich in den Keller hinabsteige, desto lauter werden die Bässe. Als ich den Boden erreicht habe, spüre ich die Vibration bis in meine Magengrube. Der Flur macht einen Knick und mündet in einen Kellerraum. Der Durchgang ist offen, das Türblatt wurde ausgehängt und dient als Tresen.

Ich zücke einen Zehneuroschein und erhalte im Gegenzug einen Stempel auf meinem Unterarm, direkt neben die roten Striemen der Kabelbinder. Den Türsteher interessieren sie herzlich wenig.

Das Konzert hat noch nicht begonnen. Ein paar Leute stehen an der Bar, trinken, rauchen, lehnen sich an die feuchten Wände. Der Zigarettenqualm übertüncht den Schimmelgeruch. Am Ende des Raumes markieren auf dem Boden liegende Kabel den Übergang zur Bühne. Auf ein Podest wurde verzichtet, wie auf vieles andere auch.

Ich entdecke Karla, die gerade ihre Gitarre stimmt und an den Knöpfen des Verstärkers dreht. Der Schlagzeuger im Hintergrund schreibt die Playlist mit Filzstift auf ein Plakat. Seine Bass-Drum ist mit einem schwarzen Schriftzug verziert: *Shirley Holmes.* Ganz rechts auf der nicht vorhandenen Bühne steht Sebi. Auch sie ist mit ihrem Instrument beschäftigt und völlig darin versunken, sich für den anstehenden Auftritt bereit zu machen.

Ich bestelle mir einen Gin Tonic, frage zudem nach Zigaretten und erhalte beides. Der Kater wird furchtbar werden. Doch das ist mir egal.

Ich tue es den anderen Gästen gleich und lehne mich mit meinem Getränk an die Wand. Die rauen Ziegelsteine spüre ich in meinem Rücken. Ich drücke mich fester dagegen. Jede Bodenhaftung ist mir willkommen.

Karla erkundigt sich kurz bei Sebi und dem Schlagzeuger nach etwas und setzt sich dann in Richtung Bar in Bewegung. Sie hat wahrscheinlich eine Getränkebestellung aufgenommen. Auf halbem Weg blickt sie zu mir herüber, erst nachdenklich, dann perplex und im nächsten Moment mit freudiger Überraschung. Mit zwei Sätzen springt sie auf mich zu und fällt mir um den Hals. Ein Schluck Gin Tonic schwappt dabei aus meinem Glas.

»Was machst du denn hier?«, ruft sie gegen die Boxen an.

»Ich muss mir doch euren Auftritt anschauen.«

»Was für eine Bombenüberraschung!« Aus Karlas Gesicht ist das Grinsen nicht mehr wegzudenken. Dann sprudelt sie förmlich über: »Magst du was trinken? Ah, du hast schon etwas. Wir legen gleich los, mit dem ersten Lied. Aber du bleibst doch? Wir sehen uns danach, oder?«

Ich schließe sie in meine Arme, lege meinen Kopf an ihre Schulter und atme tief den Geruch ihrer Haare ein. Karlas Shampoo hat ein furchtbar süßliches Aroma, ich mochte es nie. Doch jetzt erscheint es mir wie ein himmlisch vertrauter Duft. Sie streicht mir mit einer Hand den Rücken entlang. Daraufhin schließe ich den Arm enger um ihre Taille.

Als wir uns wieder voneinander gelöst haben, dreht sich Karla um und reißt eine Hand hoch, um Richtung Tanzfläche zu winken. Die Bassistin sieht das Zeichen, nickt und stellt ihr Instrument beiseite. Mit wenigen Schritten ist sie bei uns.

Sebi ist etwas größer als Karla, überragt sie um wenige Zentimeter. Während Karlas dunkle Mähne wild um ihren Kopf schwingt, ist das Haar der Bassistin kurz und kantig, was ihre ebenmäßigen Gesichtszüge umso mehr betont.

Sie streckt mir die Hand hin und schreit lauter, als die Musik aus den Boxen dröhnt: »Ich bin Sebi.«

»Ich weiß«, sage ich, leiser, aber dennoch hörbar.

56

Die kurzen Stunden der Unbeschwertheit fordern ihren Preis. Was sich gestern noch anfühlte wie Schwerelosigkeit, lastet jetzt tonnenschwer auf meinem Kopf. Auch zwei Schmerztabletten bringen nichts.

Sebi bereitet eine Espressokanne für den Herd vor, Karla sucht nach etwas Essbarem im Kühlschrank und entscheidet sich dann dafür, Rührei zu machen. Und ich suche in der CD-Sammlung nach einer angenehmen musikalischen Begleitung. Letztendlich entscheide ich mich für französische Chansons. Ich habe wohl endgültig meinen Frieden mit Sebi geschlossen.

Die Gespräche am Frühstückstisch drehen sich um den gestrigen Auftritt: das bunt gemischte Publikum, die Frage, ob die Gitarre laut genug war, und darum, dass der Schlagzeuger kurz aus dem Takt geriet. Sebi und Karla schwelgen in Erinnerungen.

Von meinen erwähne ich hingegen nichts. Die Fahrt nach Berlin, das Konzert, alles ein Versuch, die Gedanken an den gestrigen Tag zu kappen und tief drinnen zu verstecken. Jetzt, während die beiden ihren Auftritt Revue passieren lassen, kommen die Erinnerungen wieder hoch. Sie lassen sich nicht länger verdrängen.

Ich unternehme einen letzten Versuch, um etwas Abstand zu wahren, und bringe mich in das Gespräch ein, plappere über die Musik, die Gäste, den verschlafenen Barkeeper, der uns nur durch seine Langsamkeit vor Schlimmerem bewahrt hat. Als mein Handy klingelt und ich sehe, dass der Kommissar anruft, weiß ich definitiv, dass sich meine gedankliche Auszeit dem Ende neigt. Ich gebe Karla und Sebi ein Zeichen und ziehe mich ins Gästezimmer zurück.

»Ja«, sage ich, als ich den Anruf annehme.

»Wie geht es Ihnen?«, fragt Kellermann besorgt.

»Ganz okay.«

»Wirklich?«

»Wie kann ich Ihnen helfen?«, lenke ich ab.

»Samantha wusste tatsächlich, dass Alexander Kerbas nicht Grüters Mörder war. Jedoch können wir nicht mit Sicherheit sagen, ob sie den Täter kennt.«

»Aha.« Noch weiß ich nicht, warum der Kommissar diesen Schluss zieht, und hoffe auf mehr Informationen.

Kellermann tut mir den Gefallen. »Wir haben die Handydaten geprüft. Ein und derselbe Sendemast hat zeitgleich Samanthas und Kerbas Smartphones erfasst. Bredehöft hat heute Morgen bereits sämtliche verfügbaren Videoaufnahmen in der Gegend geprüft und die beiden entdeckt. Samantha und Alexander Kerbas waren zum Tatzeitpunkt zusammen und haben sich noch nicht einmal versteckt. Dann hätten sie auch einen anderen Treffpunkt gewählt. In dem Café in Bahnhofsnähe wimmelt es vor Gästen und Videokameras.«

»Daher war Samantha sich so sicher, dass Kerbas es nicht gewesen ist«, schlussfolgere ich.

»Genau. Sie ist sein perfektes Alibi. Alexander Kerbas können wir definitiv als Grüters Mörder ausschließen, genauso wie Sam. Allerdings lässt sich aus dieser Information nicht ableiten, ob Samantha oder Patisse wissen, wer der wirkliche Täter ist – oder ob der Franzose selbst aktiv wurde. Es kann gut sein, dass die beiden weiterhin im Dunkeln tappen.«

»Gibt es von unserem Duo denn eine Spur? Die zwei können sich doch nicht in Luft aufgelöst haben.«

»Es wirkt aber leider so. Wenn Patisse will, dass wir ihn sehen, erscheint er, will er es nicht, ist er wie vom Erdboden verschluckt.«

Für einen Moment herrscht Stille in der Leitung. Jeder verharrt in seinen eigenen Gedanken. Dann spreche ich die Frage aus, die mich am meisten umtreibt: »Wenn Alexander Kerbas nicht Grüters Mörder war, wer dann? Linda Kerbas, kann es aus meiner Sicht nicht gewesen sein. Nie und nimmer hätte sie Spuren am Tatort hinterlassen, die auf ihre eigene Vergangenheit hinweisen. Die Flasche, der Schriftzug. Das wäre viel zu eindeutig.«

»Das stimmt. Linda Kerbas war es tatsächlich nicht. Sie war an dem Tag in Mainz. Das haben wir geprüft. Auch die Geschichte mit ihrem Mann ist korrekt. Alexander Kerbas hat tatsächlich im Alten Land recherchiert. Das beweist auch der Kontakt zu Samantha. Zudem zeigen seine Handydaten Aufenthalte in Jork, Stade und Hamburg. Er wird mit alten Bekannten der Wagenfelds gesprochen haben.«

»Meinen Sie, er hat sogar die Videos herumgezeigt?«

»Das kann man nicht ausschließen.«

Ich grübele einen kurzen Moment und stelle dann eine Vermutung an: »Die Flasche, mit der Grüter umgebracht wurde, erinnert stark an den Übergriff auf Natalie damals in der Scheune. Wenn das Video auch noch andere Leute zu Gesicht bekommen haben, dann muss der Mörder nicht zwingend einer der unmittelbar an den Quälereien Beteiligten gewesen sein. Jeder, der dieses Video kennt, hätte die Szene nachstellen und Grüter mit seiner eigenen Waffe umbringen können.«

»In der Tat«, kommentiert Kellermann zustimmend und macht damit deutlich, dass er diese These bereits selbst aufgestellt hat.

Trotzdem führe ich auch meinen nächsten Gedanken laut aus. »Wenn Alexander Kerbas sich im Alten Land aufgehalten hat, dann wird er sicher auch mit Ottos Eltern gesprochen haben. Vielleicht haben Sie den Tod ihres Kindes gerächt.«

»Die Eltern haben jedoch das Verhalten ihres eigenen Sohnes kritisiert«, gibt Kellermann zu bedenken.

Ein kurzer Blick auf die Uhr und ich stelle voller Tatendrang fest: »Ich könnte in drei Stunden in Hamburg sein.«

»Wo sind Sie überhaupt?«

»In Berlin.«

»Berlin?« Kellermann erwartet vielleicht eine weitere Erklärung, doch ich gebe keine. Nach einer kurzen Pause sagt er: »Geben Sie mir eine Stunde mehr.«

57

Karla hat mir eine Jeans, ein frisches Shirt und einen Kapuzenpulli geliehen. Nach dem gestrigen Abend im verrauchten Keller gehören meine Sachen erst mal in die Waschmaschine. Zudem hat sie mir Proviant eingepackt. Cola, Salzstangen und Kopfschmerztabletten. Ich schmunzle und stopfe alles in meine Tasche.

Der ICE durchquert die grünen Landschaften Mecklenburgs und mein Blick gleitet aus dem Fenster. Haben Ottos Eltern den Gehilfen ihres eigenen Sohnes gerichtet? Diese Frage stelle ich mir immer wieder und rufe mir die Unterhaltung mit dem kauzigen Ehepaar in Erinnerung. Wären die beiden Senioren, die mich mit ihrer Ehrlichkeit über Ottos Charakter überrascht haben, so freimütig gewesen, wenn sie Werner Grüter auf dem Gewissen hätten? Hätten diese Aussagen dann nicht unnötigen Verdacht auf sie gelenkt?

Kurz werde ich in meinem Gedankenfluss unterbrochen, als sich eine Partygesellschaft durch den Gang schiebt und den Speisewagen aufsucht. Die grölenden Jungs werden heute Nacht bestimmt die Reeperbahn unsicher machen.

Stilecht für das anvisierte Quartier sind ihre Arme tätowiert. Einer der Spaßvögel trägt kurze Hosen und so ist ein Tattoo auf den Waden zu sehen. Links steht *What*, rechts *else?*

Ich schüttle den Kopf und widme mich wieder der Natur. Dann kommt mir eine Idee. Was, wenn Grüters Wunde gar nicht an Wilhelm Wagenfeld erinnern sollte und auch nicht an Otto oder meinen Bruder? Was, wenn er schlicht und einfach seinen Täter benannt hat?

Trotz meines anhaltenden Katers bin ich mit einem Mal hellwach und mein Gehirn arbeitet auf Hochtouren. Wenn ich mich richtig erinnere, war der erste Buchstabe der Gravur etwas seltsam. So als hätte man, um das W zu schreiben, zweimal angesetzt. Dadurch kam es zu einem Doppelstrich. Wir haben das bisher einem ersten gescheiterten Versuch zugeschrieben, eine bloße Randerscheinung. Jetzt könnte dieser Strich noch eine ganz andere Bedeutung bekommen. Vielleicht gehört er nicht zum ersten Buchstaben des Nachnamens, sondern ist die Initiale eines Vornamens. Dann würde die Inschrift *I. Wagenfeld* lauten.

Mein Herz klopft. Mit nervösen Fingern fische ich mein Handy aus der Tasche und rufe Kellermann an. Es tutet sechsmal, siebenmal. Ich gebe auf und schicke stattdessen eine SMS: *Wie heißen Ottos Eltern mit Vornamen?*

Auch als ich mich wieder dem Ausblick zuwende und mir zusätzlich Kopfhörer mit Musik in die Ohren stecke, legt sich meine Nervosität nicht. Ich bin zu gespannt darauf, ob uns dieses Indiz zum Mörder führen wird.

Nach einer halben Stunde werde ich erlöst, Kellermann meldet sich. Jedoch beginnt keiner der Vornamen mit einem I. Ottos Eltern heißen Renate und Leif. Im ersten Moment bin ich enttäuscht. Dann überlege ich, dass es sich auch um ein L handeln könnte. Grüter befand sich schließlich bereits im Todeskampf, wer achtet da auf korrekte Orthografie?

Ich warte auf den Kommissar im *Störtebeker*. Die Mittagsgäste sind gerade verschwunden, für ein Feierabendbier ist es noch zu früh und zu einem Stück Torte lädt die urige Pinte nicht wirklich ein. Daher bin ich der einzige Gast in dem heimeligen Schankraum. Trotz der Ungestörtheit ziehe ich mich tief in eine der Holzboxen zurück und schiebe die Gardine zur Seite. So ist der Blick auf die Straße frei und ich werde Kellermann sofort sehen, wenn er vorfährt.

»Woll'n se denn auch noch was essen, Mädscheen?«, fragt Renate gedehnt.

Als Mädchen wurde ich schon lange nicht mehr bezeichnet. Vor allem nicht nach so einer langen Nacht. Mir kommen Karlas Salzstangen in den Sinn, keine adäquate Mahlzeit. Daher frage ich: »Haben Sie zufällig wieder Labskaus auf der Karte?«

»Sicher«, bestätigt die Wirtsfrau aus voller Kehle.

In dem Moment sehe ich Kellermanns Kombi auf dem Parkplatz einbiegen und ergänze: »Bitte machen Sie zwei Portionen.«

Der Kommissar scheint zufrieden mit meiner Essensauswahl, denn sein Teller ist schon nach wenigen Minuten blank geputzt. Behaglich lehnt er sich an die Holzbrüstung und faltet die Hände über dem Bauch. Satt und sichtlich zufrieden kommt er auf meine SMS zu sprechen. »Warum haben Sie nach den Vornamen der Wagenfelds gefragt?«

Ich erkläre dem Kommissar meine Theorie.

»Und all das leiten Sie aus dem winzigen Doppelstrich ab?«

»Es könnte ein separater Buchstabe sein.«

»Oder eine Macke, ein Versehen, ein Abrutscher.« Kellermann fährt mit den Händen durch die Luft, als wolle er damit unterstreichen, dass es tausend Gründe dafür geben könnte.

»Oder ein L«, erwidere ich standhaft.

Kellermann verdreht die Augen, atmet tief ein. Dann bemerkt er kritisch: »Gut, jetzt lassen wir mal für einen Moment Ihr Buchstabenrätsel außen vor. Sie turnen fröhlich in Berlin herum, machen sich heiter auf den Weg nach Hamburg. Aber Sie wissen schon, dass die Gefahr nicht vorbei ist, oder?«

»Sie meinen Patisse.«

Kellermann legt kurz den Kopf schief, seine persönliche Variante der Zustimmung.

Ich kommentiere ausführlicher: »Sie meinen, nur weil er mich in der Villa nicht angegriffen hat, glauben Sie nicht, dass er mich laufen lässt.«

»So in etwa«, konstatiert der Kommissar.

Ich trommle mit den Fingern auf der Tischplatte. »Sie meinen, er hat auch die Option, dass Frau Kerbas mich am Leben lässt, einkalkuliert?«

Kellermann nickt nachdrücklich. »Davon gehe ich aus. Er hatte bestimmt nichts dagegen, dass sein Katz-und-Maus-Spiel im Zweifelsfall etwas länger dauern könnte.«

»Es scheint mir außerdem ein weiteres Indiz dafür, dass auch Patisse und Samantha Grüters Mörder nicht kennen.«

Wieder legt der Kommissar den Kopf schief, fügt jedoch hinzu: »Wenn die beiden wüssten, wer der Mörder ist, hätten Sie keine Verwendung mehr für Sie. Dann wäre klar, ob es eine Verbindung zu möglichen Hintermännern Ihres Bruders gibt oder nicht. Patisses Rochade, die Übergabe der Waffe an Frau Kerbas, deutet darauf hin, dass er Sie nicht zwingend aus dem Spiel werfen wollte. Ihr Wohlergehen ist ihm allerdings nicht so wichtig, als dass er sich hätte entgehen lassen, Frau Kerbas final zu quälen.«

»Er sieht mich als reine Verhandlungsmasse?« Ich ziehe die Augenbrauen hoch.

Kellermann wiegt nachdenklich den Kopf hin und her. »Es sieht ganz danach aus. Patisse betrachte ich als tickende Zeitbombe.«

Ich schlucke. Auch Kellermann fügt nichts mehr hinzu, sieht mich nur weiterhin auffordernd an, als würde er eine Reaktion oder das Versprechen erwarten, alle möglichen Vorsichtsmaßnahmen einzuhalten.

»Möchten Sie noch einen Kaffee?«, frage ich ausweichend.

Kellermann schüttelt demonstrativ den Kopf.

Wenige Minuten später knirscht der helle Kies unter unseren Schuhen. Wieder ist es der alte Herr Wagenfeld, der uns öffnet, und wieder wartet seine Frau am Tisch in der Wohnküche.

»Womit verdienen wir denn Ihren Besuch? Jetzt sagen Sie nicht, Sie haben etwas Neues herausgefunden?«, begrüßt er uns spöttisch. Auch die Bitterkeit in seiner Stimme ist nicht neu.

»Wir möchten Sie gerne zu einem Mann befragen, der womöglich Kontakt zu Ihnen gesucht hat«, beginnt Kellermann.

Als keine Einwände kommen, zückt der Kommissar ein Foto und legt es auf die Tischmitte.

Wir sitzen in der gleichen Konstellation wie beim letzten Mal, sodass ich die Reaktion des Ehepaars direkt in den Gesichtern ablesen kann. Herr Wagenfelds Mimik bleibt verschlossen, höchstens ratlos. Verneinend schüttelt er den Kopf.

Seine Ehefrau wirkt hingegen erst erschrocken, einen Moment später senkt sie zögerlich die Augenlider und nickt langsam.

»Sie kennen den Herrn?«, fragt Kellermann.

Verwundert wendet sich Herr Wagenfeld an seine Frau. Sie sieht ihn bittend an. Ihre Augen appellieren an sein Verständnis.

»Er war einmal hier«, gibt sie mit dünner Stimme zu.

»Aber warum …?«, fragt ihr Mann kopfschüttelnd, ohne den Satz zu vollenden.

»Er hat sich nach Otto erkundigt und ich wollte dich nicht damit belasten. Es nimmt dich doch immer so mit.«

Ihr Mann schwankt noch einen Moment, dann legt er seine mit Altersflecken übersäte Hand auf ihre. Ganz sachte schließen sich seine Finger, als hätte er Sorge, dass ihre Hand unter dem Druck zerbricht.

Kellermann nimmt den Faden wieder auf. »Der Herr hat sich also vorgestellt?«

Die alte Frau versichert sich kurz des Einverständnisses ihres Mannes und deutet dann ein Nicken an.

»Als Alexander Kerbas«, betont der Kommissar.

Jetzt blickt uns Frau Wagenfeld mit hellwachen Augen an. »Nein, das war nicht der Name, den er mir nannte. Er hat sich als Maximilian Weber vorgestellt und behauptet, er sei ein Verwandter Natalie Bilkes.«

Jetzt wechselt Kellermann einen Blick mit mir und hakt dann nach: »Er hat sich definitiv nicht als Alexander Kerbas ausgegeben, als Linda Johanssens Mann?«

Vehement schüttelt die Seniorin den Kopf.

Bestimmt hat Kerbas seine Frau schützen wollen, denke ich. Er hatte nicht vor, sie bloßzustellen, sie der Polizei zu übergeben. Kerbas ermittelte für seine eigene Gewissheit. Er wollte mehr über die Zusammenhänge zwischen Wagenfeld, Grüter und seiner Frau wissen. Von ihm ging keine Gefahr aus. Vielleicht versuchte er sogar zu verstehen, was seine Frau damals zu ihren Taten trieb. Linda Kerbas hat ihren Mann umsonst geopfert. Sie hat ihn getötet, um eine Bedrohung abzuwenden, die es gar nicht gab.

Während meiner traurigen Erkenntnis setzt Kellermann die Befragung fort. »Hat dieser Herr Ihnen vielleicht Videoaufnahmen gezeigt?«

Nach den ersten Ungereimtheiten ist Frau Wagenfeld vorsichtig geworden. Auch jetzt tauscht sie mit ihrem Mann Blicke aus, die jedoch eher Unwissenheit vermitteln. Dazu passend, eröffnet sie uns: »Nein, er hat mir keine Videos gezeigt. Er hat mich nach unserem Sohn gefragt, nach seiner

Freundschaft zu Werner Grüter. Er stellte mir dieselben Fragen wie Sie. Das Treffen war sehr kurz, ich wollte das Gespräch so schnell wie möglich beenden.«

»Hat er sich auch nach der Beziehung zwischen Ihrem Sohn und Linda Johanssen erkundigt?«

»Nicht direkt. Er hat gefragt, welche Freundschaften Otto pflegte. Da fiel sicher auch ihr Name. Aber wir haben nicht besonders intensiv über das Mädchen gesprochen, das wäre mir in Erinnerung geblieben.«

Wagenfelds Aussage bestätigt meine Theorie, dass Alexander Kerbas seine Frau schützen wollte. Linda Kerbas hat sich geirrt, ihren Mann umsonst geopfert. Die Vorstellung ist so bitter, dass sich meine Kehle zusammenkrampft.

»Hat der Mann konkrete Vorwürfe gegen Ihren Sohn erhoben? Hat er ihm vorgeworfen, für den Tod von Natalie verantwortlich zu sein?«

Wieder ein Kopfschütteln.

»Hat er sich denn zu dem Tod Ihres Sohnes geäußert?«, fragt der Kommissar weiter. »Hat er Andeutungen gemacht, dass er nicht an einen Unfall glaubte?«

»Nein, das nicht«, antwortet Frau Wagenfeld leise. »Wir haben nicht über Ottos Tod gesprochen. Und das war auch gut so. Wir gehen weiter von einem Unfall aus.« Wieder tauscht sie einen tiefen Blick mit ihrem Mann.

»Ich habe eine letzte Frage, die ich Ihnen stellen muss«, verkündet Kellermann und erkundigt sich nach dem Alibi für Werner Grüters Mordnacht.

Die beiden wirken weder überrascht noch verärgert. Es scheint für sie eine normale Frage im Berufsleben eines Polizisten zu sein.

Dennoch antwortet Herr Wagenfeld nicht sofort, sondern erkundigt sich mit fester Stimme: »Ist das der Tag, an dem Werner Grüter starb?«

»Ja«, bestätigt Kellermann.

»Warten Sie, ich muss kurz unseren Kalender holen. Das haben wir nicht mehr alles im Kopf.«

Der Alte durchquert die Küche und zieht eine Schublade auf. Dann kehrt er mit einem Taschenkalender und seiner Lesebrille zurück. Er setzt sie auf und beginnt zu blättern. »Der fünfzehnte September, sagten Sie?«

»Ja, es war ein Freitag«, bestätigt Kellermann.

Ich versuche, etwas in dem Kalender zu entziffern, doch die Schrift ist unleserlich.

Plötzlich stoppt Herr Wagenfeld und faltet das Büchlein auseinander. »Der fünfzehnte, da haben wir ihn. Da waren wir beim alten Fritz. Der ist achtzig geworden und hat im Gemeindehaus von Jork gefeiert.«

Ich atme tief aus. Obwohl sich meine Buchstabentheorie gerade in Luft auflöst, bin ich erleichtert, dass die beiden älteren Herrschaften ein Alibi haben und nicht für den Mord an Grüter infrage kommen.

Auch Kellermann wirkt befreit. Seine Gesichtszüge entspannen sich deutlich. Der Form halber nimmt er dennoch den korrekten Namen des betagten Geburtstagskindes und seine Adresse auf.

Ich drücke mich tief in den Beifahrersitz und seufze. »Und jetzt?«

»Wenn wir die Lösung nicht sehen, müssen wir die Varianten eingrenzen. Wer hat ein Motiv? Wenn die Wagenfelds Ottos Mörder nicht tot sehen wollten, wer hat Grüter dann dieses Ende gewünscht?«

»Nun, falls sie das Video gesehen haben sollten, sicherlich Natalies Eltern.«

»Fangen wir bei Natalies Mutter an.« Voller Tatendrang dreht Kellermann den Zündschlüssel.

»Sind Sie sicher? Frau Bilke ist kaum ansprechbar und nicht in der Lage, ihr eigenes Leben zu bewerkstelligen. Wie soll sie diesen komplexen Mord im Hafen geplant und ausgeführt haben?«

»Varianten eingrenzen, darum geht es, um nicht mehr und nicht weniger«, stellt Kellermann fest und lenkt den Wagen auf die Straße.

»Frau Bilke?«, ruft der Kommissar in den Hausflur. Die Eingangstür ist nur angelehnt. Als keine Antwort ertönt, ruft er erneut nach der Bewohnerin. Wieder bleibt es still.

Kellermann betritt die Reetdachkate. Langsam wagt er sich vor, wiederholt dabei immer wieder seine Rufe. Ich folge ihm in geringem Abstand, es bleibt wenig Spielraum. Der Weg ist von Ramsch, Büchern und Alltagsgegenständen gesäumt. Seit unserem letzten Besuch hat hier niemand Platz geschaffen.

Im Wohnzimmerdurchgang bleibt Kellermann urplötzlich stehen, sodass ich in ihn hineinstolpere. Als ich mich wieder gesammelt habe, sehe ich die Ursache seines abrupten Stopps. Frau Bilke sitzt selbstzufrieden in einem ihrer Sessel und schaut uns freudig an. Ihre feingliedrige Gestalt verliert sich in dem Polstermöbel und ihr Ausdruck hat etwas Kindliches.

»Frau Bilke?«, meint Kellermann erneut. Die Frage hat ihren Ton gewechselt. Zuvor wollte er wissen, wo die Bewohnerin sich befindet, jetzt drückt sein Satz Verwunderung aus.

»Ach, die Polizei ist wieder da.« Bilkes Antwort ist völlig unbekümmert. »Setzen Sie sich doch, setzen Sie sich.«

Ich umrunde den Sessel und suche wieder Zuflucht auf der Couch. Bevor ich Platz nehme, muss ich jedoch erst die Sitzfläche von Altpapier, Pappschachteln und Keksdosen befreien. Als ich damit fertig bin, schiebt sich Kellermann neben mich.

»Frau Bilke, kennen Sie diesen Mann?« Der Kommissar legt ein Foto auf eine der letzten freien Stellen des Couchtisches.

»Möchten Sie vielleicht ein paar Kekse?«, erwidert die Hausbesitzerin. Ihr Gesicht ist durch ein freudiges Strahlen gekennzeichnet.

»Nein, vielen Dank«, lehnt Kellermann ab und erklärt dann mit fester Stimme: »Es wäre schön, wenn Sie sich das Foto anschauen würden und uns sagen könnten, ob Sie den Mann schon einmal gesehen haben.«

Bilke wirkt ein wenig erschrocken über die strikte Aufforderung. Mit nervös flackernden Augen sucht sie die Tischplatte ab, findet das Foto in dem Chaos jedoch nicht. Erst als Kellermann sich vorbeugt und ihr die Aufnahme direkt vor das Gesicht hält, fixiert sich ihr Blick, dann zuckt sie kurz zusammen.

»Kennen Sie ihn?«, wiederholt der Kommissar.

Bilke nickt fast unmerklich.

»Hat er sich Ihnen vorgestellt? Vielleicht als Maximilian Weber?«

Wieder ein zartes Nicken.

»Hat er Ihnen ein Video gezeigt?«

Obwohl Frau Bilke ihre wässrigen Augen weiterhin strikt auf die Aufnahme richtet, ist wieder ein leichtes Zucken sichtbar, als würde sie einen harmlosen, aber doch spürbaren Stromstoß erhalten.

Als keine weitere Reaktion folgt, wiederholt Kellermann sein Anliegen: »Hat er Ihnen ein Video präsentiert oder Fotos vorgelegt?«

Samanthas Mutter wendet die Augen jetzt von der Aufnahme ab. Es scheint, als würde sich über ihre Linsen ein Grauschleier schieben, so abwesend wirkt sie mit einem Mal. Ihre Gestalt sieht noch zierlicher, noch zerbrechlicher aus als zuvor.

»Frau Bilke?« Ein Dutzend Mal hat Kellermann den Namen schon wiederholt, jetzt gilt er dazu, den Kontakt wiederherzustellen.

»Ach ja«, kommt es flüsternd hervor. Dann hellt sich ihre Miene auf. »Möchten Sie nicht vielleicht einen Kaffee? Oder doch ein paar Kekse?«

»Das ist sehr nett von Ihnen«, betont der Kommissar ruhig, »aber nein, danke. Ich bitte Sie, sich noch einmal zu erinnern. Was hat der Mann Ihnen gesagt? Hat er Ihnen Fotos gezeigt?«

Für einen Moment sieht es so aus, als würde Samanthas Mutter sich die Begegnung tatsächlich in Erinnerung rufen. Ihre Mimik ist erst nachdenklich, verschlossen, dann hellt sie sich auf, ein Lächeln huscht über ihr Gesicht und sie verkündet: »Es gibt Nussecken. Mit Schokolade.«

Kellermann fährt sich durch die Haare und schnauft kurz, antwortet jedoch mit warmer, mitfühlender Stimme. »Nein, vielen Dank, Frau Bilke. Das war es schon, wir möchten Sie nicht länger stören.«

Der Kommissar greift nach dem Foto und steht auf. Die Mutter der beiden Schwestern folgt ihm mit großen, verwunderten Augen. Ein Kind, das voller Erwartungen dem Lauf der Dinge zuschaut.

»Puh«, entfährt es Kellermann, als wir auf seinen Kombi zugehen.

»Das ist wirklich schwer anzusehen«, füge ich traurig hinzu. Schweigend schreiten wir nebeneinander den Kiesweg entlang. Als wir das Fahrzeug erreichen, frage ich: »Glauben Sie, sie kannte den Film?«

Kellermann zuckt die Schultern. »Vielleicht. Ich meine, eine Reaktion in ihren Augen gesehen zu haben. Aber mehr werden wir mit Sicherheit nicht von ihr erfahren. Sie blendet offensichtlich alles aus, hat die Türen zu diesem Kapitel verschlossen.«

»Und wenn wir einen Psychologen um Hilfe bitten?«, schlage ich vor.

Wir stehen am Wagen, steigen jedoch noch nicht ein. Über das Autodach schaut mich Kellermann resigniert an. »Was würde das bringen? Die Frau ist so abgemagert, dass sie sich kaum auf den Beinen halten kann. Sie ist außerstande, ihre Wohnung zu säubern, hat Mühe, unseren Gesprächen zu folgen. Trauen Sie ihr einen bestialischen Mord zu, bei dem alle Spuren verwischt wurden und alle Indizien ins Leere laufen? Selbst wenn sie das Video kannte?«

Am liebsten würde ich Kellermann entgegnen, dass ich ihm das gleich gesagt habe. Doch ich verkneife mir meinen Kommentar und wähle die abgemilderte Form: »Varianten eingrenzen, darum ging es.«

Der Kommissar schiebt eine Augenbraue hoch und steigt dann in den Wagen. Als ich auf dem Beifahrersitz Platz genommen habe, dreht er den Zündschlüssel und wir fahren zurück Richtung Jork.

Was jetzt? Wenn Alexander Kerbas Frau Bilke und die Wagenfelds besucht hat, dann war er vielleicht auch bei Frau Grüter. Möglicherweise hat er ihr das Video vorgeführt und ihr gezeigt, was wirklich in ihrem Mann steckt. Würde diese Erkenntnis Beate Grüter so weit bringen, ihren Mann zu töten? Aus Entrüstung darüber, was ihr Lebensgefährte als junger Mensch angerichtet hat? Sie kannte Natalie Bilke nicht und auch Linda Johanssen ist für sie eine Fremde. Die Witwe hat behauptet, sie kenne niemanden aus Grüters Jugendzeit. Doch ob Alexander Kerbas ihr überhaupt die Aufnahme seiner Frau gezeigt hat, ist mehr als ungewiss. Würde ein einziges Video, das den jugendlichen Werner Grüter dabei zeigt, wie er mithilft, ein ihr unbekanntes Mädchen zu quälen, reichen, um seine Ehefrau zum Mord am eigenen Gatten zu verleiten? Starke Zweifel überkommen mich.

Dennoch frage ich den Kommissar, als wir Wester- und auch Osterjork ohne Halt passiert haben: »Fahren wir zu Frau Grüter?«

»Jep.«

Da von Kellermanns Seite nicht mit weiterer Kommunikation zu rechnen ist, verharre ich gedanklich bei dem Video. Die Szene in der Scheune taucht vor meinem inneren Auge auf, Natalie am Boden. Ich merke, wie ich mich sperre, wie ich die Bilder mit Gewalt aus meinem Hirn verbannen will, doch sie lassen sich nicht verscheuchen. Ich starre aus dem Fenster, versuche, mich auf die Umgebung zu konzentrieren, aber auch das nützt nichts. Natalie mit dem Flaschenhals tief im Rachen hat sich auf meiner Netzhaut eingebrannt.

Plötzlich wird mir heiß, und das nicht nur aufgrund der quälenden Erinnerungen.

»Kellermann?«, beginne ich stockend.

»Jep«, wiederholt der Kommissar.

»Die Bierflasche in Natalies Hals hat nicht mit der Flasche in Grüters Hals übereingestimmt.«

Entgeistert dreht sich der Kommissar zu mir um. »Na und? Natalies Fall liegt Jahre zurück. Seitdem haben sich die Flaschenformen verändert.«

»Nein, ich meine nicht die Form, sondern die Richtung. In Grüters Mund wurde die Flasche mit dem Boden voran eingeführt, bei Natalie war es hingegen genau andersherum.«

»Sie sind ja vielleicht spitzfindig«, meint der Kommissar in einer Tonlage, die sich irgendwo zwischen Anerkennung und Spott bewegt.

Als wir das verwinkelte Haus in Othmarschen erreichen, schließt Beate Grüter gerade die Tür auf. Neben ihr stehen zwei prall gefüllte Einkaufstaschen und eine Kiste Mineralwasser.

»Hallo, Frau Grüter«, ruft Kellermann durch den Vorgarten. »Können wir Ihnen helfen? Wir wollten gerade zu Ihnen.«

Die Witwe streicht sich eine Strähne aus der Stirn. Ihr Gesicht ist gerötet und mit einem feuchten Schweißfilm überzogen. »Ja, gerne. Das ist aber freundlich.«

Kellermann erreicht mit drei Schritten die Wasserkiste, ich kümmere mich um die Einkaufstüten. Gemeinsam folgen wir der Hausbesitzerin durch den Flur in die Küche.

»Stellen Sie einfach alles vor dem Fenster ab. Ich räume es später weg.«

Der Kommissar und ich platzieren die Einkäufe in der schmalen Küche und bevor wir den engen Raum wieder verlassen, fragt Frau Grüter: »Möchten Sie vielleicht einen Kaffee?«

Die kurze Nacht steckt mir noch in den Knochen und ich stimme dankbar zu. Kellermann blickt mich kritisch an, entscheidet sich aber auch dafür.

»Dann gehen Sie ruhig schon einmal ins Wohnzimmer. Ich setze eine Kanne auf und komme nach.«

Wir tun wie geheißen, hören Wasser laufen und Geschirr klimpern. Dann verschwindet Frau Grüter im Flur und kehrt bald darauf mit einer streng zurückgelegten Haarfrisur zurück. Ein paar Strähnen sind noch feucht, sie hat sich frisch gemacht, jedoch nicht den sandfarbenen Strickpulli gewechselt, den sie lässig über einer weiten Leinenhose trägt. Erneut ist ein Klappern aus der Küche zu vernehmen, dann gesellt sich die Witwe mit einem Tablett zu uns. Neben drei vollen Kaffeetassen hat sie Milch und Zucker bereitgestellt und einen Teller mit Keksen angerichtet.

Ich ergreife dankbar den Kaffee und gieße einen großen Schuss Milch hinzu. Da Farbe und Temperatur noch nicht zufriedenstellend sind, trinke ich einen Schluck ab und gieße noch einmal etwas nach.

Frau Grüter lacht. »Sie trinken also Milch mit Kaffee statt Kaffee mit Milch.« Die Witwe hat sich neben mich auf das Sofa gesetzt und schaut in meine Tasse.

»Ja, so in etwa«, gebe ich schmunzelnd zurück und nippe an meinem Getränk.

Kellermann räuspert sich. »Frau Grüter, wir würden Ihnen gerne noch einmal ein paar Fragen stellen.«

»Aber sicher, fragen Sie ruhig.«

»Kennen Sie Alexander Kerbas?«

»Sie meinen Werners Geschäftspartner aus Frankfurt?«

»Ja, genau, den Fondsmanager der *Sega Invest.*«

Frau Grüter überlegt einen Moment und antwortet dann: »Ich glaube, ich bin ihm einmal begegnet. Ich habe meinen Mann gelegentlich zu geschäftlichen Anlässen begleitet, zuletzt bei der Einweihung der Elbphilharmonie. Werner bekam ab und an Karten geschenkt oder wurde zu Partys eingeladen. Ich bin selten mitgegangen, aber das neue Konzerthaus hat mich interessiert. Es könnte sein, dass diese Veranstaltung von der *Sega Invest* ausgerichtet wurde und dass auch Herr Kerbas anwesend war. Aber ich bin mir nicht sicher. Wenn, war es nur ein flüchtiges Treffen.«

»Ich zeige Ihnen sein Foto, vielleicht hilft es bei der Erinnerung.« Kellermann zieht die Aufnahme aus seiner Jacke und schiebt sie über die Tischplatte.

Beate Grüter wirft einen kurzen Blick darauf und nickt dann nachdrücklich. »Ja, das ist Alexander Kerbas.«

»Sie haben ihn also definitiv getroffen?«, platzt es aus Kellermann heraus.

Die Witwe hebt abwehrend die Hände. »Da bin ich mir, wie gesagt, nicht sicher. Aber den Mann auf dem Foto erkenne ich eindeutig wieder. Werner hat öfter Immobilienzeitschriften mit nach Hause gebracht. Wenn darin eine Person porträtiert wurde, die er kannte, hat er mir den Artikel gezeigt. Alexander Kerbas war hin und wieder abgelichtet.«

Der Eifer des Kommissars ist etwas abgeklungen. Dennoch probiert er es erneut. »Eventuell hat Herr Kerbas sich Ihnen unter anderem Namen vorgestellt. Er hat Nachforschungen zu Ihrem Mann angestellt und sich währenddessen als Maximilian Weber ausgegeben.«

Tiefe Falten durchziehen Frau Grüters Stirn. »Er hat sich unter falschem Namen ausgegeben? Nachforschungen angestellt? Aber wieso?«

Kellermann geht nicht auf ihre Fragen ein. »Alexander Kerbas hat Sie nie kontaktiert, weder unter seinem Namen noch als Maximilian Weber?«

»Nein«, antwortet Frau Grüter bestimmt.

»Und er hat Ihnen auch kein Video oder Fotografien gezeigt oder zugeschickt?«

»Nein!« In Beate Grüters Stimme schwingt jetzt Empörung mit. »Jetzt sagen Sie mir doch erst mal, was das alles soll. Von was für Videoaufnahmen sprechen Sie?«

Hinter den Schläfen des Kommissars arbeitet es. Er wägt ab, ob er Frau Grüter mit der Vergangenheit ihres Mannes konfrontieren, das Bild ihres Partners möglicherweise unnötig zerstören soll. Alles deutet derzeit darauf hin, dass der Mordfall mit Grüters früheren Verfehlungen zusammenhängt. Sollte der Täter gefasst werden, würde die Wahrheit ohnehin ans Licht kommen. Es sei denn, der Mord geschah aus einem anderen Grund, dann würde Kellermann Frau Grüter unnötig zusätzliches Leid zufügen. Allerdings ist auch noch unbewiesen, ob sie nicht selbst in die Tat verstrickt ist.

»Ihr Mann hat in seiner Jugend einen Fehler gemacht«, beginnt Kellermann zögerlich. »Mehrere. Sie waren so schwerwiegend, dass dadurch Menschen ihr Leben verloren.«

Die Witwe wird kreidebleich, ihre Augen sind weit aufgerissen, die Hände krallen sich um die Knie.

»Er hat damals zusammen mit zwei Freunden eine Jugendliche unter Druck gesetzt, sie misshandelt.« Wieder stockt Kellermanns Stimme. »Sie hat sich das Leben genommen, wir vermuten als Reaktion auf die Gewalttaten.«

»Aber ...«, stammelt die Witwe. »Was ... was ist denn passiert?«

Der Kommissar schluckt. Er merkt selbst, dass es nur wenig braucht, bis Frau Grüter die Fassung verliert. Vorsichtig setzt er an: »Das Trio hat das Mädchen gepeinigt und gedemütigt, es zu Sachen gezwungen, die es nicht tun wollte.«

Ich habe mich Frau Grüter zugewandt. Aus ihren Augen fließen erste Tränen. Ich bin versucht, ihre Hand zu ergreifen, sie fest zu drücken, doch ich verharre starr in meiner Position. Ich bin nicht sicher, ob sie diese Berührung wollen würde, schließlich bin ich eine Fremde. Regungslos sehe ich zu, wie ihr Weinen zunimmt.

Kellermann fährt mit ruhiger Stimme fort: »Die Freunde Ihres Mannes waren Otto Wagenfeld und Linda Johanssen. Nach Natalies Tod wurde Linda zum Opfer, der primäre Aggressor war Otto Wagenfeld, doch Ihr Mann hat ihm geholfen.«

Beate Grüter ist jetzt versteinert, das Gesicht tränenverschmiert, auch ihr Strickpullover ist bereits feucht. Sie hat sich völlig in ihre eigene Welt zurückgezogen, als stünde sie unter Schock. Eine tote Maske, die fortwährend laufenden Tränen sind die einzige Reaktion. Für die Witwe bricht eine Welt zusammen.

Ich frage mich, ob Kellermann ihr auch vom Mord an Otto Wagenfeld berichten will. Diese Erkenntnis ist noch nicht gesichert.

Der Kommissar scheint meine Bedenken zu teilen, denn er fährt nicht fort.

Eine unangenehme Stille tritt ein. Kellermann, der nichts mehr sagen will, ich, die nicht weiß, was sie sagen soll, und eine völlig aufgelöste Frau Grüter, die überhaupt nicht mehr in der Verfassung ist, etwas sagen zu können, sitzen uns stumm gegenüber.

Schließlich springe ich auf. »Ich besorge Taschentücher.«

Ich gehe in den Flur und biege in das Zimmer ab, in dem Frau Grüter sich zuvor frisch gemacht hat. Oberhalb des Waschtischs befindet sich ein klassischer Spiegelschrank. Ich klappe die Türen auf und suche die einzelnen Fächer nach Taschentüchern ab. Dabei überfliege ich ein ganzes Sammelsurium an Zahnbürsten, Deodorants und Gesichtscremes. Der andere Flügel ist vollgestopft mit Medikamenten. Zwischen zwei Packungen entdecke ich ein Päckchen Tempos. Als ich es herausziehe, fällt eine Tablettenschachtel ins Waschbecken. Zum Glück ist das bereits trocken, sodass ich die Pappschachtel unversehrt zurück ins Regal stelle. Ich klappe die Schranktüren zu und verlasse das Badezimmer.

Frau Grüter und der Kommissar haben sich während meiner Abwesenheit nicht einen Millimeter bewegt. Ich setze mich neben die aufgelöste Witwe und tausche einen kurzen Blick mit Kellermann. Der Kommissar guckt mich Hilfe suchend an. Daher fasse ich mir ein Herz, lege die Hand auf Frau Grüters Schulter und rede mit beruhigenden Worten auf sie ein. Dabei drücke ich ihr ein Taschentuch in die Hand und ermuntere sie, sich das Gesicht abzuwischen.

Durch meine Berührung verändert sich ihre Körperhaltung. Sie wird weicher, sackt ein Stück vor, fällt in sich zusammen. So als hätte sich in ihr etwas gelöst und ihr Körper würde nachgeben. Im nächsten Moment verändert sich auch ihr Weinen. Die Tränen treten nicht länger aus einer unbeweglichen Maske hervor, die Gesichtszüge ziehen sich zusammen und der Leib wird von einem fiebrigen Zittern geschüttelt.

»Können wir jemanden benachrichtigen, der Ihnen zur Seite steht?«

Im ersten Moment reagiert die Witwe nicht. Doch als ich meine Frage schon wiederholen will, rührt sie sich. Ihre Hand umklammert erst krampfartig das zerknüllte Taschentuch, dann führt sie es an ihr Gesicht, um sich von Tränen und

Rotz zu befreien. Als sie die schlimmsten Spuren beseitigt hat, schüttelt Beate Grüter leicht den Kopf. Ihre strenge Frisur hat mittlerweile jeden Halt verloren, Strähnen hängen links und rechts am Kinn herunter. »Nein«, haucht sie. »Das ist schon okay. Ich möchte jetzt gerne allein sein.«

»Sind Sie sicher?«

»Ja, ja, ist schon gut. Mir geht es gleich besser.« Ihre Stimme gewinnt an Halt und findet langsam zu ihrer vorherigen Stärke zurück.

»Gut, na dann«, stammle ich. Auch ich bin jetzt mit der Situation überfordert. Ratlos blicke ich zu Kellermann, dann wieder zu unserer Patientin. Unbeholfen rutsche ich auf dem Sofa vor, meine leeren Hände sehnen sich nach Halt.

Beate Grüter erlöst uns schließlich. Sie schnäuzt sich noch einmal die Nase und beruhigt uns: »Sie brauchen sich keine Sorgen machen. Es geht mir gut. Ich wäre nur gerne allein.«

Der Kommissar steht prompt auf, als hätte er nur auf das Stichwort gewartet. Wir verlassen das Haus, ohne dass Frau Grüter sich von der Couch erhoben hätte.

An der Windschutzscheibe von Kellermanns Wagen klebt ein Strafzettel. Missmutig rupft der Kommissar das Stück Papier unter dem Scheibenwischer hervor und stopft es in die Hosentasche. »Heute gelingt aber auch gar nichts.«

Wir steigen ein und bevor Kellermann seinen Kombi startet, frage ich: »Wohin?«

»Hotel.«

»In welches?«

»*Alter Hafen.*«

»Schon gebucht?«

»Ja.«

Damit endet unsere Kommunikation.

58

Die vorherige kurze Nacht sorgt dafür, dass ich unmittelbar in einen tiefen Schlaf falle. Leider ist der nicht von Dauer. Als ich aufwache und einen Blick auf mein Handy werfe, ist es 00:37 Uhr. Mein Herz klopft, mir ist warm, ich bin hellwach. Genervt schlage ich die Bettdecke zurück und öffne das Fenster. Straßenlärm und das Gegröle von Nachtschwärmern dringen in das Hotelzimmer.

Ich gehe ins Bad und fülle ein Glas mit Leitungswasser. Während ich es leere, bleibe ich vor dem Spiegel stehen, fülle es anschließend erneut und wiederhole die Prozedur. Mein prüfender Blick zeigt mir, dass ich müde bin. Müde von den Ermittlungen, von all dem menschlichen Leid, von der Angst vor Patisse, die mir stärker zu schaffen macht, als ich mir selbst eingestehen will. Ich beuge mich näher an die Glasoberfläche, untersuche jede meiner Hautporen, als könnte ich so den Dingen auf den Grund gehen. Dann greife ich zu meiner Creme und reibe mir das Gesicht ein.

Plötzlich stocke ich und meine Finger verharren auf den Wangenknochen. Meine Gedanken wandern zurück in Frau Grüters Badezimmer, zu der Tablettenpackung, die in den Spülstein fiel. Auf dem Karton prangte das Logo einer stilisierten Frau. Eine einfache Skizze aus geschwungenen roten Linien, die die Weiblichkeit betonen sollen. Ich bin ziemlich sicher, dass es sich bei dem Präparat um Clomifen gehandelt hat. Ein Wirkstoff, der in Medikamenten zur Fruchtbarkeitsbehandlung und zur Hormonstimulation eingesetzt wird. Ich rufe mir den Spiegelschrank vor Augen. Im Fach über den Tablettenschachteln reihte sich eine ganze Batterie von Medikamentenpäckchen aneinander. Ich bin sicher, dass eins davon Folsäure war.

Warum nimmt Beate Grüter diese Medikamente, wenn das Ehepaar den Kinderwunsch aufgegeben hatte? Und wieso in aller Welt präpariert sie sich mit Hormonen, wenn Werner Grüter eine Sterilisation hat vornehmen lassen? Das passt doch nicht zusammen.

Ich verreibe schnell die letzten Cremereste und kehre zum Bett zurück. Ich wähle Kellermanns Nummer. Das Smartphone tutet. Bestimmt sieben-, achtmal, ohne dass etwas passiert. Ungeduldig spaziere ich im Zimmer auf und ab. Doch es nützt nichts, der Kommissar nimmt den Anruf nicht an.

Ich werfe das Handy zurück auf das Bett und schlüpfe in meine Klamotten. Kellermanns Zimmer liegt direkt neben meinem, nach wenigen Schritten stehe ich vor seiner Tür und klopfe. Doch auch dieser Versuch ist zwecklos, der Kommissar reagiert nicht.

Ratlos bleibe ich im verwaisten Hotelflur stehen. Sind die Erkenntnisse über ein Hormonpräparat und eine mutmaßlich verschwiegene Sterilisation so bahnbrechend, dass ich Kellermann aus dem Schlaf holen soll? Ich trete von einem Bein auf das andere. Dann hämmere ich erneut gegen die Tür, rufe laut seinen Namen. Das ganze Spektakel verursacht einen solchen Lärm, dass sich die Tür gegenüber öffnet und mich eine verärgerte alte Dame beschimpft. Zu recht.

Doch wenn ich mit meinem Krawall selbst das Nachbarzimmer in Aufruhr versetze, wieso reagiert dann Kellermann nicht? Ist ihm etwas passiert? Steckt Patisse womöglich dahinter?

Panik steigt auf. Ich bin wie elektrisiert. An ein zweites Klopfmanöver ist nicht zu denken, doch ich muss wissen, ob Kellermann in dem Zimmer ist und ob es ihm gut geht. Mit raschen Schritten eile ich zu den Aufzügen, wenige Minuten später habe ich mein Anliegen dem Nachtportier erklärt. Der war gar nicht begeistert, erst die mehrfache Nennung der Begriffe ›Polizei‹ und ›Kommissar‹ hat ihn umgestimmt. Mit einem Generalschlüssel ausgestattet, folgt er mir in die fünfte Etage. Bevor er die Tür aufschließt, ernte ich einen letzten kritischen Blick.

Das Bett ist benutzt, Kellermanns Tasche steht in der Ecke, doch der Raum ist leer.

Außer Reichweite des Nachtportiers wähle ich Bredehöfts Nummer. Er ist nach dem zweiten Klingeln am Apparat. Auch diese Erläuterung fällt kurz aus. Bereits nach wenigen Worten verspricht er, mich umgehend am Hotel abzuholen. Ich verabrede mich mit ihm in der Seitenstraße, in der Kellermann seinen Wagen geparkt hat. So kann ich gleich überprüfen, ob der Kombi noch dort steht.

Der Hamburger Kommissar wohnt in einem angrenzenden Viertel und dank der freien Straßen bei Nacht erreicht er den Treffpunkt nur wenige Minuten nach mir. Er stößt die Beifahrertür auf und ich lasse mich auf den Sitz gleiten.

Zur Begrüßung kläre ich ihn auf: »Also, Kellermann war definitiv in seinem Zimmer, sein Bett war zerwühlt. Doch dann muss er das Hotel noch einmal verlassen haben. Sein Auto ist fort.«

»Haben Sie noch einmal versucht, ihn zu erreichen?«

»Gerade eben. Er geht nicht ran.«

»Und Sie glauben, Patisse steckt dahinter?« Die Stirn des Polizisten zeigt eindeutige Falten.

Ich zucke die Schultern. »Keine Ahnung. Bis jetzt hat er Kellermanns Tochter oder mich bedroht. Der Kommissar ist noch nie direkt in die Schusslinie geraten. Ich kann nicht einschätzen, ob Gefahr droht und wenn, wie akut sie ist.«

»Mmh«, murmelt Bredehöft nachdenklich. »Mit wem haben Sie heute denn alles gesprochen? Kann es sein, dass der Kommissar noch etwas recherchiert? Vielleicht ist ihm ein spontaner Einfall gekommen.«

Ich muss an meine eigene Erkenntnis denken und erzähle dem Polizisten von meinen Überlegungen.

»Meinen Sie, auch Kellermann ist darauf gekommen?«

Ich schüttle den Kopf. »Das ist unmöglich. Ich war allein im Badezimmer. Er ist nicht einmal in die Nähe des Spiegelschranks gekommen.«

»Fahren wir trotzdem zu Frau Grüter«, schlägt der Kommissar vor und lenkt den Wagen zielstrebig die Reeperbahn entlang.

Eine Viertelstunde später habe ich Gewissheit. Bredehöft hat die richtige Entscheidung getroffen. Der Kombi steht vor dem Haus der Grüters, auf derselben Stelle wie heute Nachmittag.

Fragend blicke ich zu meinem Kompagnon. »Wie kann das sein? Kellermann kann nicht von den Medikamenten gewusst haben. Ich habe ihm nichts davon erzählt.«

»Das werden wir gleich erfahren«, meint Bredehöft und starrt auf das hell erleuchtete Hexenhaus. »Wir nehmen den Weg durch den Garten.«

Wir schleichen zur Terrasse und ich entdecke im Wohnzimmer Beate Grüter und den Kommissar auf dem Sofa. Sie haben die gleiche Position wie bei unserem letzten Besuch eingenommen. Durch das gekippte Fenster ist deutlich zu hören, dass sie in eine Unterhaltung vertieft sind. Der einzige Unterschied ist die Waffe, die die Witwe in den Händen hält. Sie ist nicht direkt auf Kellermann gerichtet, sondern ruht auf Beate Grüters Knie.

Ich will Bredehöft ein Zeichen geben, doch auch er hat die Pistole erkannt. Unmittelbar zückt er sein Handy und tippt eine SMS. Ich bin sicher, sie ist seinen Kollegen gewidmet. Er ruft Verstärkung.

Dann tastet der Polizist sich einen weiteren Schritt vor, nähert sich dem geöffneten Fenster. Ich folge ihm. Die Lampen im Inneren des Hauses geben uns Schutz in der

Dunkelheit. Je dichter wir an die Fensteröffnung gelangen, desto deutlicher werden die Stimmen. Ich recke den Kopf in der Hoffnung, noch mehr Wortfetzen zu erhaschen.

»... durchsucht. Jeden Schrank, jedes Regal. Alle Kisten meines Mannes vom Dachboden bis zum Keller. Schließlich habe ich es gefunden, in einer Plastikbox, in der Werner seine Angelsachen verwahrt hat. In Anbetracht der Filmszenen war das sogar ein passender Ablageort.« Frau Grüter lacht kurz über ihren zynischen Kommentar. »Ich habe mir die Aufnahmen immer wieder angeschaut und konnte nicht glauben, was ich da sah. Werner als Helfer dieses Ungeheuers. Ich suchte weiter, fand Unterlagen aus dem Segelverein, die Fotos von Werner und seinen Freunden auf der Elbe, Zeitungsausschnitte. So stieß ich auf die Namen Bilke, Wagenfeld und Johanssen. Nach Natalie musste ich nicht lange suchen. Über ihr Schicksal habe ich sofort mehr herausfinden können. Auch Wagenfeld fand ich rasch, sein Vater war der hiesige Großgrundbesitzer. Nach kurzer Recherche stellte ich jedoch fest, dass Otto in jungen Jahren gestorben war. Bei einem tragischen Unfall. Angeblich. Die Aufnahmen lieferten genug Motive für andere Varianten.« Beate Grüter verzieht kurz misstrauisch das Gesicht und fügt dann hinzu: »Nur die zweite Jugendliche, Linda Johanssen, habe ich nicht aufspüren können. Sie musste ihre Verbindungen zur Vergangenheit gekappt haben. Das änderte sich erst, als ich Alexander Kerbas traf.«

»Und als sie von Otto Wagenfelds Unfall erfuhren, da dachten Sie, dass Ihr Mann sein Mörder war?«

»Ich hielt es zumindest nicht für ausgeschlossen. Werners Fokussierung auf den Designer Wilhelm Wagenfeld, die notorische Suche nach dessen Produkten, das Verschlingen seiner Schriften hatte etwas Manisches. Als würde er einen Gott anbeten. Ich habe diese Faszination immer als einen Spleen abgetan, habe sie ausgeblendet und meinem Mann seine Verrücktheiten gelassen. Als ich die Videos sah und den Namen des Haupttäters las, wurde mir einiges klarer. Da begriff ich, dass diese Wagenfeld-Besessenheit Werners Art der Buße war, dass er damit Abbitte leisten wollte. Und ja, ich habe auch in Betracht gezogen, dass mein Mann nicht nur diese Mädchen gequält hat, sondern außerdem Otto Wagenfelds Unfall verursachte.«

Der Kommissar stutzt. »Aber wieso haben Sie Ihren Mann ermordet? Wegen dem Gräuel, das er den jungen Frauen zufügte? Weil er wahrscheinlich eine der Personen war, die Natalie in den Tod trieben? Oder wegen des Mordes an Otto Wagenfeld?«

Beate Grüter schüttelt den Kopf. »Nein, nein, wegen nichts davon. Auch wenn es nicht rechtens ist, hat Werner mit dem Tod von Otto Wagenfeld doch für Gerechtigkeit gesorgt und das Leiden von Linda Johanssen beendet. Das habe ich ihm nicht vorgeworfen.«

»Was war es dann?«, fordert Kellermann sie heraus.

Ich weiß es, denke ich.

»Haben Sie Kinder?«, fragt die Witwe sanft.

Der Kommissar zögert, nickt dann jedoch.

»Eins? Zwei? Oder mehr?«

»Eine Tochter.«

»Dann haben Sie nie vergeblich versucht, Nachwuchs zu bekommen?«

Wieder nickt Kellermann stumm.

»Wissen Sie, wenn man Kinder möchte, aber keine zeugen kann, dann dreht sich alles nur noch um diesen Wunsch. In Gedanken wird der Kalender mitgezählt, jeder Eisprung Tage im Voraus geplant, der Körper mit Hormonen vollgestopft. Die Erwartungen sind hoch, immer. Tage danach fiebert man bei jedem Zwicken, jeder Übelkeit, jeder Missstimmung mit, ob es nicht Frühindikatoren der Schwangerschaft sein könnten. Nichts wird mehr langfristig geplant. Wer weiß, was in neun Monaten ist? Das Leben wird auf Stand-by geschaltet, jede Entscheidung daraufhin abgewägt, ob sie im positiven Fall revidierbar ist. Und dann kommt das Ergebnis – wieder negativ. Gefolgt von der Niedergeschlagenheit.«

Frau Grüter stockt. Es scheint nicht, als würde ihr die Stimme wegbrechen. Sie redet sehr gefasst. Es kommt mir eher wie eine bewusst gesetzte Pause vor, die sie sich nimmt, um die Vergangenheit noch einmal Revue passieren zu lassen.

Kellermann nutzt die Gelegenheit, um eine Frage zu stellen: »Haben Sie sich Hilfe geholt?«

Die Witwe schüttelt den Kopf. »Nein, das wollte Werner nie. Angeblich hat er den Ärzten nicht vertraut. Er hatte eine Antipathie gegen Krankenhäuser, hat abgelehnt, sich untersuchen zu lassen.« Wieder stockt Beate Grüter. Dann platzt es aus ihr heraus: »Dieser Lügner! Betrogen hat er mich, all die Jahre. Betrogen um meine eigenen Kinder. Er hat zugesehen, wie ich die Medikamente in mich hineingeschüttet habe, wie ich jeden Monat fieberte, es möge doch diesmal klappen, wie ich Urlaube und Geschäftsreisen nach meinem Eisprung plante. Und immer wieder in mich zusammenfiel, mit der Situation nicht umgehen konnte, mich abwendete von Freunden, denen Familienglück beschert war. Ich ertrug die Fragen nicht mehr. Ob ich Kinder habe. Ob ich mir welche wünsche. Ich zog mich mehr und mehr zurück, wurde ein Schatten meiner selbst. All das hat Werner mit angesehen, ohne mich über den wahren Grund unserer Kinderlosigkeit aufzuklären.«

»Ihr Mann konnte keine Kinder bekommen?«

»Er hat sich sterilisieren lassen, kurz nach Otto Wagenfelds Tod. Ich habe den Krankenhausbericht in seinen Unterlagen gefunden. Werner hat sogar extra eine zweite Analyse machen lassen, damit er völlig sicher sein konnte, unfruchtbar zu sein. Seine Gene sollten auf keinen Fall fortbestehen. Er hat mir jegliche Chance genommen, gemeinsam mit ihm Kinder zu bekommen. Und er hat mir nichts davon gesagt. Diese Lebenslüge war ihm wichtiger als ich. Als mein Glück, als meine Gesundheit, als mein Leben.«

Kellermann beugt sich ein Stück vor und spricht so leise, dass ich ihn kaum verstehen kann. »Und darum haben Sie ihn getötet?«

Beate Grüter fokussiert die Waffe und blickt dann wieder auf. »Ja, darum habe ich ihn getötet.« Sie zuckt die Schultern. »Es war leichter als gedacht. Sie glauben nicht, was mit einem Flaschenzug alles möglich ist. Mein Mann war zum Glück nicht der Kräftigste. Ich habe ihn bis zum Hafen gefahren, der Rest war reine Mechanik.«

»Wieso haben Sie ihn auf diese Weise getötet? Wegen des Videos?«

Mit einer Hand fährt Beate Grüter sich durch die Haare. Sie wird unruhig und ich befürchte, dass sie aufspringen und die Unterhaltung stoppen könnte. Dass sie dem Kommissar das alles so freimütig erzählt, verheißt nichts Gutes. Sie gesteht ihre Schuld. Aber sie will sich nicht von ihm abführen lassen, sonst hätte sie keine Waffe in den Händen. Sie gesteht, um die eigene Last zu schmälern, und den einzigen Zuhörer wird sie danach aus dem Weg schaffen.

»Ich hatte Zeit«, besinnt sich Frau Grüter. »Alle Zeit der Welt, um Werners Ende zu planen. Und mich gründlich abzusichern. Doppelt.«

»Doppelt?« Kellermann stutzt.

»Nachdem Alexander Kerbas bei mir war und ich erfuhr, dass er Recherchen im Alten Land anstellte, war ich mir sicher, dass die Geschichten aus der Vergangenheit über kurz oder lang ans Licht kommen würden. Irgendwann wäre das Video aufgetaucht. Da habe ich mich inspirieren lassen. Die Bierflasche als Folterwerkzeug, die Bierflasche als Mordinstrument. Ich setzte darauf, dass Kerbas oder seine Frau verdächtigt werden würden, dass man annähme, einer von ihnen oder beide zusammen hätten meinen Mann aus Rache getötet. Aber ich wusste auch, dass Alexander seine Frau liebte. Er war vorsichtig und vermied es, sie ins Spiel zu bringen. Er wollte sie schützen. Daher habe ich eine zweite Spur gelegt.«

»Sie haben Ihrem Mann den Schriftzug in die Haut geritzt?«, platzt es aus Kellermann hervor.

»Ja, das habe ich«, stellt Frau Grüter entschieden fest.

»Und die Gravur im Unterarm war doppeldeutig.«

»Werner war nicht nur von Wilhelm Wagenfeld besessen, sondern auch von seinem nichtsnutzigen Namensvetter. Irgendwann tauchte er mit diesem Junkie auf, Erik Wagenfeld.«

Das kann nicht sein, denke ich. Frau Grüter kannte meinen Bruder und hat seinen Namen benutzt, um von sich abzulenken. Sie hat mich in diesen Fall hineingezogen. Erik hat nichts mit dem Mord zu tun gehabt. Augenblicklich erfasst mich eine maßlose Erleichterung.

Doch ich weiß, dass sich ihr Geständnis dem Ende nähert und noch immer ist Bredehöfts Verstärkung nicht in Sicht. Ich stoße ihn an und tippe mit dem Finger auf mein Handgelenk.

Der Polizist versteht sofort, dass ich damit eine imaginäre Uhr andeuten will. Er zuckt die Schultern und zieht das Handy hervor. Eine Nachricht ist eingetroffen. Er streckt mir einen hochgereckten Daumen entgegen. Sie kommen, aber wann?

»Werner wollte ihn unbedingt auf den rechten Pfad zurückführen«, fährt Beate Grüter in der Zwischenzeit fort. »Um jeden Preis. Als ob es seine Berufung wäre. Er reiste dem Jungen hinterher, nach Berlin, nach Frankfurt, zog ihn aus der Drogenhölle und dem Rotlichtmilieu raus. Erik fiel immer wieder hinein. Diese Welt zog ihn an wie das Licht die Motten. Einmal war ich dabei, in einem SM-Klub in Frankfurt nahe dem Bahnhof. Ich redete auf Werner ein, dass der Junge sich nicht helfen lassen wolle. Doch mein Mann war auf diesem Ohr taub. Er schien besessen, als ginge es um sein Lebenswerk.«

»Wussten Sie, was aus Erik wurde?«

»Ja, sonst hätte ich seinen Namen nicht eingeritzt. Werner sammelte jeden Zeitungsausschnitt, den er zu dem Fall entdeckte. Monatelang durchforstete er das Internet nach Informationen. Erik und seine Jünger. Das Höllentor. All diese Schlagzeilen und Pressemeldungen, mit denen Werner sein Arbeitszimmer auskleidete. Er konnte nicht glauben, dass das alles das Werk seines Schützlings sein sollte, zweifelte die Untersuchungen an, fragte sich, ob es Hintermänner gab, weitere Komplizen, die Erik erst dazu brachten. Ich war mir sicher, dass dieser Fall neu aufgerollt würde, wenn Eriks Name in Zusammenhang mit einem obskuren Mord auftauchen würde. Daher musste der Tatort einem der früheren Inszenierungen gleichen, ebenfalls ein Motiv aus der Kunst andeuten. Welches Werk sollte ich nachstellen? Ich grübelte, verschlang Kunstführer, bis ich eines Tages in der Hamburger Kunsthalle war. Erik Wurm, *Bei Mutti* hieß die Ausstellung. Sie thematisierte die Engstirnigkeit der Provinz. Das Gefühl der Enge, das Wurm mit seinen Werken provozierte, war omnipräsent. Meine Haut begann zu kribbeln. Die Analogie zu Werners Vergangenheit im Alten Land war zu eindeutig. Ich wusste, dass ich meine Inspiration gefunden hatte. Und tatsächlich entdeckte ich unter den Instruktionszeichnungen den Mann mit der Flasche im Mund. Das Motiv war einfach brillant. Wurms abstruses Spiel zwischen Befehl und Gehorsam, seine Forderung nach der Aufgabe der individuellen Unabhängigkeit, der Mensch, der seine Eigenständigkeit unter eine Doktrin stellt. Auch wenn die Intention des Künstlers sicherlich eine ganz andere war, passte das Bild so perfekt, dass es mir schier den Atem nahm. Daher wählte ich die Inszenierung.«

Wurm, schießt es mir durch den Kopf, also doch. So früh sind wir auf seine Spur gekommen und haben ihn als Vorbild doch verworfen. Zu spielerisch sei er. Das hat Beate Grüter nicht gestört. Diese Inkonsequenz war ihr bei der starken Bildsprache egal.

Kellermann macht sich anscheinend die gleichen Gedanken wie ich, denn er geht noch intensiver auf den Künstler ein. »Deshalb positionierten Sie also die Flasche mit dem Boden voran. Sie wollten einen Hinweis auf Wurms Werk geben.«

»Ja, das war die künstlerische Vorlage.« Beate Grüter macht eine wegwerfende Handbewegung. »Aber wäre es nicht egal gewesen? Selbst wenn der Verdacht auf Alexander Kerbas gefallen wäre, hätte mein Verweis auf das Video als Motiv ausgereicht. Dessen war ich mir sicher.«

»Und warum wählten Sie den Hafen?«

Der Kommissar wird es ahnen, doch er stellt die Frage, um das Gespräch fortzusetzen.

Die Witwe zögert kurz und schnieft einmal. »Von meinem eigenen Mann wusste ich, dass einer der Mordfälle auf der anderen Seite der Elbe geschah. Ich wollte eine weitere Verbindung zu Eriks Morden schaffen. Doch Sie sind mir auf die Schliche gekommen.«

Kellermann rutscht ein weiteres Stück vor, um noch mehr Nähe zu Frau Grüter aufzubauen. Die Witwe tut, als würde sie seine Bewegung nicht bemerken. Was hat er vor? Will er über den Tisch hechten und ihr die Waffe entwenden? Kann das gut gehen? Der Mord an ihrem Mann war kaltblütig und bis ins letzte Detail geplant. Aber würde Beate Grüter im Affekt auch so effektiv agieren? Hätte Kellermann eine Chance gegen sie? Ich schaue wieder zu Bredehöft hinüber. Wo bleibt die Verstärkung?

»Frau Grüter, kommen Sie mit mir. Wir werden das alles regeln.« Der Kommissar legt seine ganze Überzeugungskraft in diese Worte.

Ein klirrendes Lachen erschallt aus Frau Grüters Mund. »Was gibt es denn da noch zu regeln?«

»Glauben Sie mir …«

Den Rest des Satzes höre ich nicht mehr, denn er geht im Quietschen des Gartentores unter. Geschockt blicke ich in Richtung Jenischpark, aus dem eine vermummte Polizeieinheit hervordrängt. Dann drehe ich mich wieder zum Fenster. Hat Grüter etwas gehört? Wurden wir entdeckt?

Die Witwe schließt kurz die Augen. Dann sagt sie: »Es gibt nichts mehr zu regeln. Das habe ich schon getan.«

Mit einem Ruck steht Beate Grüter auf und reißt den Couchtisch hoch. Sie stellt sich dahinter, als wäre er ein Schild. Einer, der sie gegen das Fenster abschirmt. Nur ihr Kopf und ein Arm sind noch zu erkennen, mit der Waffe in der Hand, die direkt auf Kellermanns Stirn zielt. Aus voller Kehle schreit sie: »Drei, zwei …«

Ohrenbetäubender Lärm erklingt, die Fensterscheibe zerbirst in tausend Splitter und Beate Grüter fällt zu Boden.

»Nein«, brüllt der Kommissar, wirft sich auf den Boden und tastet die Witwe ab. Seine Hände sind sofort voller Blut.

Das Spezialeinsatzkommando stürmt die Wohnung und zerrt Kellermann von der Toten weg. Mir versagen die Beine und ich sinke auf die Waschbetonplatten.

In unserer bisherigen Zusammenarbeit reichte Kellermann mir oft einen Tee zur Beruhigung. Jetzt ist es andersherum. In der spartanisch eingerichteten Küche des Polizeireviers habe ich eine Schachtel mit Restbeuteln gefunden. Für Kellermann wähle ich eine Kräutermischung, für mich einen Guten-Morgen-Tee.

»Das wird Ihnen guttun.« Ich strecke dem Kommissar den Becher hin und lasse mich auf einem Plastikstuhl nieder.

Eine ganze Weile starren wir auf die uns gegenüberliegende grau verputzte Wand. Dann lege ich einen Arm um den

Kommissar und ziehe ihn ein Stück an mich heran. Ich drücke ihm einen Kuss auf die Wange, direkt unter seine dunkle Augenhöhle.

»Warum das?«, fragt Kellermann erstaunt.

»Weil Sie noch leben«, antworte ich und löse die Umarmung.

»Beate Grüter hätte mich nicht getötet«, stellt der Kommissar fest. »Sie hat damit gerechnet, dass wir kommen. Wahrscheinlich ist ihr aufgefallen, dass wir sie ein bisschen zu oft aufgesucht haben, um nicht irgendwann auf ihr Motiv zu stoßen. Daraufhin hat sie ihren eigenen Tod so minutiös wie den ihres Mannes geplant.«

»Ich weiß. Als sie den Tisch hochriss, wurde mir klar, dass sie ihren Körper verdecken wollte, um das SEK zu zwingen, auf ihren Kopf zu zielen, anstatt sie nur zu verletzen. Doch meine Erkenntnis kam zu spät.«

»Die Waffe war nicht einmal geladen.«

Wieder entsteht eine Pause. Ab und an nippen wir an der warmen Flüssigkeit.

»Wieso sind Sie überhaupt zu ihr gefahren?«, frage ich schließlich. »Sie konnten doch nichts von den Hormontabletten wissen.«

»Davon hatte ich keine Ahnung.« Kellermann grinst schelmisch. »Aber ich habe gestern Abend noch Stallenberg angerufen und nach dem Firmenevent in der Elbphilharmonie gefragt, von dem Frau Grüter berichtet hat. Er verriet mir, dass es etliche Fotoaufnahmen des Abends gab, die für die Gäste auf einer Webseite zusammengestellt wurden. Er schickte mir den Link und ich klickte mich durch das ganze Fotoalbum.«

»Und?«

»Frau Grüter ist auf etlichen Fotos zu sehen gewesen und Alexander Kerbas war immer in ihrer Nähe. Im Gespräch mit ihr, auf dem Nachbarstuhl, beim Aperitif. Aus der Körpersprache der beiden wurde deutlich, dass sie sich gut kennen mussten. Sie hat uns also bewusst angelogen. Frau Grüter konnte den Kontakt zu Kerbas nicht verheimlichen, dazu gab es zu viele Zeugen, Leute von der Presse, Fotokameras. Daher hat sie uns die halbe Wahrheit aufgetischt. Sie ahnte nur nicht, dass ihre Interaktion so umfangreich dokumentiert worden war.«

Wenn ich recht überlege, hat Frau Grüter dieses Schema auch an anderer Stelle angewandt. Sie selbst erzählte uns von dem Kinderwunsch, auch wenn sie ihre und Grüters Rolle in der Darstellung vertauschte. Es hätte nicht vieler Nachforschungen bedurft, um einen redseligen Bekannten zu finden. Dass das Ehepaar Kinder wollte, war kein Geheimnis. Einige ihrer Freunde wussten es. Und so machte sie ihr Motiv öffentlich. Keiner stellte Fragen, keiner ahnte auch nur, dass hinter diesem vermeintlich Offensichtlichen das eigentliche Rätsel versteckt lag.

Stillschweigend höre ich den Ausführungen zu, doch sie dringen nicht wirklich zu mir durch. Auch stelle ich keine Frage, kommentiere nichts. Ich bin zu müde, möchte Augen und Ohren schließen und von all dem Abstand nehmen. Nur Kellermanns letzter Wortfetzen reißt mich aus meiner Apathie.

»Noch wird Patisse es nicht wissen, aber in den nächsten Tagen werden die Tathintergründe an die Öffentlichkeit dringen. Werner Grüter starb nicht durch Eriks Komplizen. Es ist fraglich, wie Patisse reagieren wird. Ob er weiterhin an die Theorie der ominösen Strippenzieher glaubt und Sie in seine Suche einspannen will.« Kellermann macht eine Pause. »Oder ob er dazu übergeht, sich an Ihnen zu rächen.«

»Das wird sich in den nächsten Tagen zeigen«, sage ich erschöpft. »In den nächsten Tagen. Nicht jetzt. Nicht morgen.«

Kellermann schüttelt verständnislos den Kopf, ist jedoch selbst zu kraftlos, um mir etwas entgegenzusetzen.

59

Kellermann und ich haben erst in den frühen Morgenstunden das Polizeirevier verlassen. Dennoch schlage ich um kurz nach neun Uhr die Augen auf, mein Puls pocht und an Schlaf ist nicht mehr zu denken.

Der Kommissar hat mir auf dem Anrufbeantworter die Nachricht hinterlassen, dass er noch ein Treffen mit seinen Kollegen hätte. Ich schäle mich aus dem Bett und verlasse das Hotel, ohne im Frühstückssaal zu stoppen. Die Menschenmenge, der Stimmenlärm, all das wäre mir jetzt zu viel. Mich zieht es hinunter zu den Landungsbrücken, zur Elbe, die bisher noch frei von Touristenströmen ist. Auch die tiefen Temperaturen und der leichte Nieselregen tragen dazu bei.

Ich suche mir eine Bank am Ende des Piers. Hinter der letzten Landungsbrücke, wo keine regulären Fährschiffe mehr anlegen. Die Holzbank steht so nah am Wasser, dass ich höre, wie die Wellen unter mir an die Kaimauer schlagen. Ich ziehe die Kapuze tief in die Stirn und lasse mich vom Schauspiel des Hamburger Hafens faszinieren. Die Kräne in den gegenüberliegenden Docks wirken wie stählerne schwarze Schwäne, die im dichten Nebel ihr träges Ballett veranstalten. Dann zieht ein riesiger Tanker vorbei, die Wogen schlagen so hoch, dass Wasser auf die Mauer spritzt. Meine Turnschuhe werden nass, doch ich ziehe meine Füße nicht weg.

Aus meiner lethargischen Beobachtung reißt mich ein Anruf von Kellermann. Er ist im Hotel und will wissen, wo ich stecke. Ich gebe ihm eine Wegbeschreibung.

»Ich komme.« Auch er ist hörbar erschlagen vom gestrigen Geschehen.

Ein blauer Fischkutter zieht vorbei und nimmt Kurs auf die Nordsee. Er wird überholt von einer Hafenfähre mit Fahrziel Finkenwerder. Die gleiche Linie, die ich selbst vor ein paar Tagen nahm. Die Boote schneiden sich fast, das Wasser peitscht über die Reling des Kutters und trotz der Entfernung höre ich den Kapitän dumpf schimpfen. Dann wird es wieder ruhiger und ich konzentriere mich erneut auf das Schauspiel in den Werften und das Spektakel der vor mir herziehenden, laut kreischenden Möwen.

Ich verfolge gerade ein besonders gut genährtes Exemplar, als sich eine Hand auf meine Schulter legt. Vorsichtig, aber mit sanftem Druck. Im ersten Moment zucke ich zusammen, doch dann entspannen sich meine Schultern und ich nehme die Berührung dankbar an. Die Hand fühlt sich warm und fest an, gibt Geborgenheit und Schutz zugleich. Um meine Zustimmung zu zeigen, lehne ich mich ein paar Millimeter zurück, erhöhe den Druck. Daraufhin beginnen die Finger, sich langsam zu rühren, erst sachte, dann in einer kraftvollen massierenden Bewegung.

Ich spüre, wie der Kommissar ganz hinter mich tritt und auch die zweite Hand auf meine Schultern legt. Mein Rücken ist jetzt vollends in seiner Obhut. Der sanfte Druck der Fingerspitzen löst meine Verkrampfungen. Dann verschwindet der Druck der rechten Hand und es raschelt, als ob der Kommissar ein Papier aus der Jacke zieht. Kurz darauf beugt er sich zu mir herunter, sodass sein Brustkorb meinen Hinterkopf berührt. Jetzt vernehme ich auch seinen Geruch, der intensiver, anders ist als sonst. Dann gleitet seine Hand nach vorn, streift dabei meinen Oberarm.

Im ersten Moment reagiere ich mit Verwunderung, im zweiten Augenblick mit Panik. Kellermann trägt keine Jeansjacke. Seine Haut ist heller, weniger behaart. Plötzlich kann ich auch den Geruch zuordnen. Alle meine Muskeln spannen sich an und das Adrenalin schießt durch mein Blut.

Patisse bewahrt hingegen Ruhe. Wie eine Felswand ragt er hinter mir auf und lässt das Papier auf meinen Schoß gleiten. Die Kopie eines Schwarz-Weiß-Fotos. Ich bin so erstarrt, dass sich mein Blick nicht scharf stellen will. Ganz verschwommen erscheinen die Gesichter auf dem Blatt. Auch den Schriftzug unter dem Bild kann ich nicht erfassen.

»Erkennst du ihn wieder?«, ertönt es in meinem Nacken.

Trotz meiner Panik versuche ich, mich auf das Bild zu konzentrieren, zwinge mich, meinen Blick zu fokussieren. Es handelt sich um eine Gruppe junger Leute – die Aufnahme eines Sportvereins oder einer Schulklasse. In Reihen steht gut ein Dutzend junger Frauen und Männer hintereinander, von vielen ragen nur die Köpfe hervor. Ich entdecke Erik ganz hinten, zwischen einem Mädchen mit langen Haaren und einem jungen Burschen. Mein Bruder und sein Nachbar tragen beide kurze Haare, schneidig abrasiert.

Jetzt gelingt es mir auch, die Bildunterschrift zu lesen. *Hochschule der Künste Berlin. Erstsemester.* Danach folgen die Namen der Abgelichteten, aufgelistet nach ihrer Positionierung auf dem Foto. Mir wird heiß, als ich den Namen *Erik Wagenfeld* lese. Doch schwindelig wird mir erst, als ich den Namen seines Nachbarn entziffere. *Titus Scherf.*

Mein Bruder war an der Hochschule der Künste Berlin? Davon hat er mir nie ein Wort erzählt. Und neben ihm steht ein Student namens Titus. Ist das sein Kompagnon? Ist das der mysteriöse T.? Aber meine Gedanken gehen noch weiter, zurück in den Besucherraum der JVA. Rodins vergebliche Versuche, sich an einer Kunstakademie zu bewerben. Löst sich hier das Rätsel, das Meier mir mit auf den Weg geben wollte? Die Fragen schießen so hektisch durch meinen Kopf, dass ich vor lauter Aufregung Patisse außer Acht gelassen habe. Ich spüre plötzlich, dass Patisse mich nicht mehr festhält, dass sein Körper mich nicht mehr berührt. Ich schaue mich um, doch da ist niemand. Ich springe auf, wende mich nach allen Seiten. Doch von dem Franzosen fehlt jede Spur. In meiner Konzentration habe ich sein Verschwinden nicht bemerkt.

Ziellos suche ich mit den Augen weiter den Steg ab, als eine wohlvertraute Person über die Brücke näher kommt. Diesmal irre ich mich nicht. Es ist Kellermann.

Wie alles begann ...

Kristin Lukas

Das Letzte, was du siehst

ISBN 978-3-89425-482-7
Auch als E-Book erhältlich

Ein kopfloser Projektmanager.
Ein eiskalter Serienmörder.
Mittendrin Marie ...

Expolizistin Marie Wagenfeld hat zur IT-Beraterin für Immobilienfonds umgesattelt. Eines Abends entdeckt sie die brutal zugerichtete Leiche eines Kollegen, dem der Kopf abgesägt wurde.

Schnell zeigt sich, dass der Tote alles andere als eine weiße Weste hatte. Unlautere Geschäftspraktiken, Kontakte in die SM-Szene und Erpressungsversuche kommen ans Licht. Aber wen genau hat er erpresst? Und womit?

Gemeinsam mit Kommissar Kellermann taucht die eigentlich nur als Zeugin vernommene Marie immer tiefer in die Ermittlungen ein. Als Verbindungen zu alten Fällen auftauchen, wird zunehmend klar, dass ein Serienmörder am Werk ist. Und das schon seit Jahren …

»Der Leser braucht starke Nerven, denn der Krimi-Erstling ist nicht nur höllisch spannend und virtuos komponiert, sondern geht an vielen Stellen ziemlich unter die Haut.« Monika Willer, Westfalenpost

»Zeugt von großer Sachkenntnis und wird sowohl Thrillerleser als auch IT-Fachleute und Bankmitarbeiter jeden Geschlechts überzeugen.« Leo Speidel, ekz-Bibliotheksdienst

»Ein Ausnahmethriller im positiven Sinn!«
Beatrix Petrikowski, Buchaviso

grafit